Nebenan

Bernhard Hennen

nebenan

Roman

Weitbrecht

Dramatis Personae

Etwaige Ähnlichkeiten mit lebenden oder verstorbenen Personen sind selbstverständlich zufällig und vollkommen unbeabsichtigt, wohingegen es durchaus beabsichtigt ist, dass nicht alle Randfiguren erwähnt werden.

Die Ui Talchiu

Till – ein Träumer, der sich für seelenverwandt mit Oswald von Wolkenstein hält, bis er ihn kennen lernt

Rolf – zwei Schwerter, sein Laden und die Dauerfehde mit Gabriela sind die soliden Pfeiler, auf denen sein Leben ruht

Martin – möchte am liebsten eine Celtic Rock Band gründen, findet am Niederrhein aber einfach keinen Sänger, der Gälisch beherrscht

Almat – die Seele der Ui Talchiu, auch wenn er gelegentlich mit Hirschgeweih auftritt

Gabriela – stets schwarz gewandet und perfekt gestylt sucht sie nach ihrem Platz in der Welt

Mariana – die Druidin der Ui Talchiu, Expertin im Umgang mit Tollkirschen und mit Leuten, die nicht an Magie glauben

Die Heinzelmänner

Nöhrgel – der Älteste unter den Kölner Heinzelmännern ist der festen Überzeugung, dass jeder, der die *Paten*-Trilogie kennt, das Handwerkszeug hat, um in führender Position bestens durch das Leben zu kommen

Wallerich – ein Rebell unter den Heinzelmännern, der alles tun würde, um Neriellas Herz zu gewinnen

Birgel – weiß immer, wo es etwas zu essen gibt, und ist Wallerichs bester Freund

Malko – sein geheimnisvolles Verschwinden sorgte dafür, dass die Möwe Schnapper unter Mordverdacht geriet

Mozzabella – die Älteste der Heinzelfrauen in der Colonia und wohl der einzige Zweibeiner, den Nöhrgel fürchtet

Luigi Bügler – der Modezar der Heinzelmänner, der sein Leben lang gegen konservative rote Zipfelmützen kämpft

Mazzi – aus dem Osten zugewandert und zu einem bedeutenden Mitglied im Heinzelmännerrat aufgestiegen.

Laller – der Zweitälteste der Kölner Heinzelmänner, der keine Gelegenheit auslässt, Nöhrgel zum Abgang zu verhelfen und dessen Platz einzunehmen

Die Dunklen

Cagliostro – sollte eigentlich im Kerker der Inquisition gestorben sein, hat es aber irgendwie geschafft, sich nach *Nebenan* davonzustehlen

Der Erlkönig – würde gegen einen prominenten Dichter am liebsten eine Klage wegen Rufmord anstrengen. Nebenbei hat er einen guten Einfluss auf Kernkraftwerke

Flammerich III. – ein Drache, dem zum Verhängnis wird, dass er seine Physikstunden geschwänzt hat

Erik – überlegt seit Jahren, wohin er seine Axt verlegt hat

Rübezahl – wurde vor kurzem zum Riesen mit dem bestsitzenden Haarersatz gewählt

Die Schneekönigin – eine etwas frigide Dame mit einer ausgeprägten Vorliebe für die Farbe Weiß

Geschöpfe von Nebenan

Neriella – ist eine Dryade und schafft es irgendwie, in einem Baum mit einem Durchmesser von weniger als einem halben Meter ein geräumiges Eigenheim unterzubringen

Oswald von Wolkenstein – weiß auch nicht recht, wie er nach *Nebenan* kam, aber seit einem Ausflug in die APO-Zeit träumt er davon, die Beach Boys kennen zu lernen und auf einer Harley Davidson quer durch die Staaten zu tingeln

Rölps – ist ein Troll und manche behaupten, Arnie würde als Terminator Rölps kopieren

Knuper – schafft es, gegen so ziemlich alle existierenden Bauvorschriften zu verstoßen, aber da sie eine Hexe ist, hat es noch niemand riskiert, ihr einen Vortrag über Statik oder Materialermüdung zu halten

Verschiedene Beamte und Angestellte
Dr. Anton Mager – der Energieminister von Nordrhein-Westfalen
Dr. Helmut Kohl – sagte seinen Gastauftritt kurzfristig ab, weil er dieses Buch für anarchistischen Unfug hält
Müller – ein Berater, der ob der Umstände bald recht ratlos wird
Fräulein Kleber – als Sekretärin quasi das ausgelagerte Gedächtnis des Energieministers
Nadine Schimanski – ein Bodyguard mit so viel Sexappeal, dass potenzielle Attentäter vergessen könnten, auf wen sie schießen wollten
Mike – Bodyguard des Energieministers, der alle Schwarzenegger-Filme kennt und befürchtet, dass es sein Schicksal sein könnte, eines Tages auf einen Predator zu treffen
Dr. Frank Schütte – ein Atomkraftgegner, den das Schicksal und sein Einfamilienhaus zu Fall brachten
Klaus Kowalski – ein Hauptwachtmeister, der nie mehr leichtfertig von Geisterfahrern reden wird
Maria Kuhn – geborene Schimanski, ging zur Kölner Polizei, weil die Rolle der Lara Croft schon vergeben war

Die Kirche
Pater Anselmus – hatte immer geglaubt in der Kirche schnell Karriere machen zu können, bis er Pater Wschodnilas traf und erfahren musste, woran andere Priester so glauben
Der Kardinal – ist zugleich der Erzbischof von Köln und trauert den Zeiten nach, in denen man in seiner Position noch Reichsfürst war
Pater Carol Wschodnilas – für ihn ist Inquisition mehr als nur ein Wort und seiner Meinung nach wäre Clint Eastwood ein verdammt guter Priester geworden, obwohl er kein Pole ist

Der Rest
Dr. Armin Salvatorius – ein Zahnarzt, der so bedeutend ist, dass er keine Termine gibt, sondern Audienzen erteilt
Bella – eine Pudeldame mit Autorität
Gabi – eine Friseuse, deren Leben sich ändern wird, weil sie gerne Star Trek sieht

Joe Pandur – ein Trucker mit ökologischem Bewusstsein, der einen Schützenpanzer in seiner Garage stehen hat

Blau – ein Bullterrier, der so ziemlich alles beißt, was sich bewegt

Philip Pirrip – der größte Illusionist unserer Zeit. Seine wohl berühmteste Nummer: Vor fünftausend Gästen unsichtbar werden und seitdem nie wieder aufgetaucht sein

Marie Antoinette – Ein Eichhörnchen mit Charakter

Ludwig XIV. – Wenn Sie ihm begegnen, müssen Sie Ihre Nase zwischendurch auch in ein anderes Buch gesteckt haben

1

Das war das Ende! Er konnte jetzt nur noch in die Fremdenlegion eintreten oder sich von einer Rheinbrücke stürzen. Sechs Jahre hatten seine Eltern sein Studium bezahlt und heute Morgen waren alle Träume von akademischen Würden zerstoben. Luftschlösser!
Wollen Sie überhaupt noch zu den Klausuren und Prüfungsgesprächen kommen? Die Worte von Professor Mukke klangen ihm in den Ohren. Ob Mukke klar war, dass er mit diesem Satz ein Leben vernichtet hatte? Ein *Sammelsurium unwissenschaftlicher Thesen* hatte der Professor die Magisterarbeit über den Dichter und Ritter Oswald von Wolkenstein genannt.

Till glaubte nicht, dass er sich so sehr geirrt hatte! Oswald von Wolkenstein war ein Träumer, ein Abenteurer und Schlitzohr gewesen. Obwohl sie Jahrhunderte trennten, war der Student überzeugt, in den Werken des Dichters einer verwandten Seele begegnet zu sein.

Niedergeschlagen sah er den Blättern nach, die der Herbstwind von den Ästen der Bäume pflückte, um sie dekorativ auf den geborstenen Grabsteinen des alten Geusenfriedhofs zu verteilen. Till schob die Hände tiefer in die Taschen seiner Lederjacke und zog fröstelnd den Kopf zwischen die Schultern. Es war ein verregneter Herbstmorgen. Nicht gerade ein Tag, der zum Spaziergang auf einem Totenacker einlud. Und schon gar nicht, wenn man in einer solchen Stimmung wie Till war. Doch er liebte diesen Ort. Obwohl der kleine Geusenfriedhof kaum hundert Meter vom Hauptgebäude der Universität entfernt war, verirrte sich nur selten jemand hierher. Inmitten verschulter Gelehrsamkeit war dies ein Ort der Ruhe, ein verwunschener Hain, geschaffen für Träumer, die einen ganzen Nachmittag lang fallenden Blättern zusehen konnten, ohne auch nur eine Sekunde dabei das Gefühl zu haben, ihre Zeit zu vertun.

Till dachte wieder an seine Audienz bei Mukke. Vielleicht war es tatsächlich nicht so klug gewesen, den alten Oswald einen Aussteiger zu nennen, und zu poetisch, in ihm einen Don Quichotte im Kampf gegen die höfischen Konventionen zu sehen. Aber war es denn falsch, ein Träumer zu sein, der die Hoffnung nicht aufgeben mochte, dass man auch dem Alltag seine kleinen Wunder abringen konnte?

Zweifelnd sah Till an sich hinab. Er war nicht sonderlich groß und auch nicht sehr kräftig gebaut. Vermutlich würde er bei der Musterungsstelle der Fremdenlegion genauso durchfallen wie in seinem Examen. Und der Rhein ... Um diese Jahreszeit war das Wasser eisig. Till überlief ein Schauer. Mit klappernden Zähnen zu ertrinken war weder romantisch noch heroisch. Vielleicht sollte er den großen Sprung doch noch einmal vertagen ... Außerdem stand heute Nacht noch das Samhaimfest an. Vorläufig würde es wohl reichen, den Frust in Strömen von Met zu ertränken. Oswald hätte sicher auch nicht einfach aufgegeben!

Till legte den Kopf in den Nacken und blickte zu den kahlen Ästen hinauf, die sich im Herbstwind wiegten. Es wäre ritterlicher, mit einem Lächeln auf den Lippen dem

sicheren Untergang entgegenzugehen. Den Kampf gegen
Windmühlenflügel aufzunehmen stünde einem Altgerma-
nisten, der Ritterepik mit dem Herzen und nicht mit küh-
lem Verstand las, gewiss besser zu Gesicht als sich klein-
laut davonzuschleichen.

Vom Starren zum Himmel hinauf war ihm ein wenig
schwindelig. Er sah auf die Uhr. Es war Zeit, zu Grünwald
zu gehen und sich seine Märchenvorlesung anzuhören.
Leichten Schrittes verließ Till den Friedhof. Die grünen
Augen, die ihn die ganze Zeit über verborgen aus dem Geäst einer alten Esche beobachtet hatten, bemerkte er auch
jetzt nicht.

*

Neriella seufzte. Die Welt war doch ein Jammertal! Wie
gerne hätte sie Till getröstet. Ihn in ihre Arme geschlossen
und zu sich in die Esche gezogen, um ihn alle Sorgen vergessen zu lassen. Seit Monaten schon beobachtete sie ihn.
Er war ihr aufgefallen, weil niemand so regelmäßig den
kleinen Friedhof besuchte wie dieser Sterbliche mit den
verträumten Augen. Anfangs war sie nur neugierig gewesen … Es war ein beliebter Zeitvertreib unter den Feenwesen, die Studenten auf dem Campus der Universität zu
Köln zu studieren. Manchmal traf man sich, um über die
interessantesten Exemplare zu tratschen. Auch wenn die
großen Eckpfeiler Liebe, Intrige, Habsucht und weltver-
gessener Wissensdurst Konstanten waren, die sich über
die Jahrhunderte kaum änderten, so ließ sich nicht bestrei-
ten, dass die Studierenden in den letzten Jahrzehnten immer sonderbarer und zugleich auch amüsanter wurden.

Die Dryade lächelte gedankenverloren. Hätte ihr vor
zwanzig Jahren ein Heinzelmann erklärt, dass es unter den
Menschen eines Tages Mode werden würde, *ihre* Haarfar-

be zu kopieren, hätte sie ohne Bedenken ihre Esche dagegen gewettet. Gut, dass es nicht so weit gekommen war! Heute wandelten Grünschöpfe jeder Art über den Campus ...

Nachdenklich strich sie über ihr langes Haar. Bisher hatte ihr das dunkle Efeugrün gut gefallen. Aber in letzter Zeit dachte sie oft darüber nach, wie ihr die Farbe von jungem Gras wohl stehen würde. Sie hatte sogar zwei Mädchen belauscht, die auf einer Parkbank darüber plauderten, wie man die Haarfarbe wechselte. Zunächst brauchte man offenbar ein oder zwei der schmutzigen Papierfetzen, die die Sterblichen *Geld* nannten, und dann musste man in einen *Laden* gehen und konnte dort das Geld gegen Zauberpulver tauschen ...

Aus den Augenwinkeln sah sie, wie Till den Friedhof verließ. Es war an der Zeit, ihm zu folgen! In seinem Zustand mochte er es sich im letzten Augenblick anders überlegen und doch noch zum Rhein gehen. Dieser verfluchte Professor Mukke! Sie sollte ein paar Heinzelmännchen gegen ihn aufstacheln, die seinen *Schreibkasten* krank machten! Wallerich und sein Freund hatten neulich von allerlei merkwürdigem Zeug gesprochen ... Viren, Infektionen ... Dass jetzt sogar Maschinen krank werden konnten! Die Welt wurde immer sonderbarer!

Neriella kletterte zu Marie Antoinette hinüber, die gerade in einer Astgabel döste. »Ich bin für zwei oder drei Stunden fort. Passt du so lange auf den Baum auf? Wenn was ist, findest du mich bei dem Märchenmann ...«

Marie nickte verschlafen. Für ein Eichhörnchen war sie relativ zuverlässig.

*

»Hast du ihn dabei?«, fragte Wallerich ungeduldig.

Birgel sah sich nervös um. Der Heinzelmann war ein wenig pummelig und hatte trotz seiner Jugend schon eine respektable Stirnglatze. »Was willst du eigentlich mit dem Ring?«

»Du hast ihn also ...«

»Ich hoffe, du wirst keinen Mist bauen, Wallerich. Du weißt, dass ich ihn eigentlich gar nicht ...«

»Nun hab dich nicht so! Sind wir Freunde?«

Birgel nestelte an seinem breiten Gürtel herum und zog endlich ein kleines Schmuckkästchen hervor. »Hier ... Dir ist klar, dass es mich Kopf und Kragen kosten wird, wenn dem Ring etwas passiert!«

»Sehe ich vielleicht aus wie jemand, dem man nicht trauen kann, Birgel?«

Der untersetzte Heinzelmann runzelte die Stirn. Wallerich biss sich auf die Lippen. Den letzten Spruch hätte er sich wohl besser verkniffen. Er griff schnell nach dem Kästchen, bevor es sich sein Freund anders überlegte. Eine winzige Feder ließ den Deckel aufschnappen, als Wallerich auf das Schloss drückte. Der Heinzelmann fühlte sein Herz schneller schlagen. Nie hatte er einen der sieben Ringe wahrhaftig vor sich gesehen. Es hieß, die Alten hätten sie geschaffen und einst habe man gar Kriege um ihren Besitz geführt. Dann wurden sie dem Volk der Heinzelmännchen überlassen, weil diese als besonders vertrauenswürdig galten. Trug ein Feenwesen einen der Ringe, dann wurde es für Menschen sichtbar. Und zog umgekehrt ein Mensch einen solchen Ring auf einen Finger, dann vermochte er das verborgene Volk zu sehen. Es hieß auch, dass jedem der Ringe noch eine ganz eigene, besondere Macht innewohnte, doch darüber wusste Wallerich nichts Konkretes und genau genommen interessierte es ihn auch nicht.

Wie verzaubert starrte er den Ring an. Er bestand aus drei Bändern aus rotem, weißem und gelbem Gold, die untrennbar miteinander verwoben waren. Ehrfürchtig nahm er ihn von dem blauen Samt, mit dem das Kistchen ausgekleidet war. Der Ring fühlte sich angenehm warm in seiner Hand an.

»Was willst du jetzt damit tun?«, fragte Birgel unruhig.

»Siehst du dort vorne ... Sie ist wieder gekommen.« Wallerich deutete mit ausgestreckter Hand auf die dritte Bankreihe. Dort saß Neriella, die ihrerseits ihren Blick nicht von Till wenden mochte, der eine Reihe über ihr saß. »Ist sie nicht wunderschön?«

»Na ja ... Ein bisschen dünn vielleicht und für uns Heinzelmännchen auch viel zu groß. Dann diese blasse Haut und das grüne Haar. Also ich weiß nicht ... Ich begreife nicht, was du an ihr findest!«

Wallerich richtete sich zu seinen vollen fünfunddreißig Zentimetern auf – was für sein Volk eine stattliche Größe war – und blickte überheblich auf seinen fünf Zentimeter kleineren Freund hinab. »Warst du jemals in eine Dryade verliebt?«

»Nö«, gestand Birgel unumwunden. »Ich käm nie auf die Idee, mich ...«

»Und deshalb kannst du auch nicht begreifen, was ich für sie empfinde.« Wallerich ballte seine Rechte zur Faust, entschlossen, den Ring nicht mehr herauszurücken, bis die Tat vollbracht war. »Heute soll sie erkennen, wie sehr ich sie liebe!«

»Dazu braucht man doch keinen Ring!«

Wallerich hörte nicht mehr auf seinen Freund. Entschlossen schlängelte sich der Heinzelmann durch die Sitzreihe bis zum Mittelgang, der direkt auf das Katheder des Professors zuführte. Grünwald war recht beliebt bei den Studenten. Ein kleiner Mann mit roten Backen, gepflegtem

14

schwarzen Bart und aufmerksamen dunklen Augen. Auch die Feenwesen besuchten seine Vorlesung gerne, doch kamen sie, um sich über die törichten Märcheninterpretationen der Menschen zu amüsieren. Es war schon erheiternd, was die *Langen* alles in Geschichten hineindeuteten, in denen mehr Wahrheit steckte, als sie sich in ihren kühnsten Träumen auszumalen vermochten. Schuld daran waren vor allem die Gebrüder Grimm, die die besten Geschichten erst gar nicht aufgeschrieben und auch die übrigen skrupellos der pikantesten Szenen beraubt hatten. Aber was wollte man von Menschen erwarten!

»Folgen wir also weiterhin Max Lüthis Ansatz, der ...«, dozierte der Professor, während sich Wallerich neben dem Pult aufbaute und die Hände in die Hüften stemmte. Von hier aus hatte er fast den ganzen Hörsaal im Blick und, was noch wichtiger war, alle würden auch ihn sehen können. Grünwalds Vorlesung war gut besucht. Der Saal stieg in Terrassen nach hinten an, fast wie ein antikes Amphitheater, nur dass diese moderne Variante der Kulturarena mit fest am Boden verschraubten Klapppulten und Stühlen ausgestattet war, die so dicht beieinander standen, dass die Studiosi Ellenbogen an Ellenbogen zusammengepfercht saßen. Fast zweihundert Studenten hatten sich an diesem letzten Oktobermorgen versammelt, um in dem fensterlosen Hörsaal mit seiner kühlen Neonbeleuchtung ein wenig von dem Zauber, der den Märchen ihrer Ahnen innewohnte, zu erhaschen. Wallerich schmunzelte versonnen. Diese Märchenvorlesung würden die *Langen* niemals vergessen!

Neriella, die sich in einer der mittleren Sitzreihen niedergelassen hatte, wandte den Blick von ihrem Lieblingsstudenten und runzelte die Stirn. Endlich beachtete sie ihn! Noch konnte nur sie ihn sehen. Doch das würde sich gleich ändern! Er würde ihr zeigen, dass er sich für sie über alle Gesetze der Feenwelt hinwegsetzte. Er war bereit alles für ihre Liebe zu tun. Und sogar die *Langen* sollten dies sehen. Wallerich nahm den Ring und schob ihn sich über den Finger, während der Professor gerade darüber philosophierte, dass sich der Aufbau der meisten Märchen in die Strukturen der Zweiteilung und eines Dreierrhythmus zergliedern ließ.

Als Wallerich sichtbar wurde, verstummte das beständige leise Flüstern unter den Studenten, das bisher die Vorlesung begleitet hatte. Jemand hatte sein Handy fallen lassen. Klackernd hüpfte es die Stufen hinab und blieb unmittelbar vor dem Pult des Professors liegen. Grünwald hob verwundert den Kopf. Die ungewohnte Stille schien ihn aus dem Konzept gebracht zu haben.

Der Heinzelmann räusperte sich leise und versuchte sich an die Rede zu erinnern, die er sich in den letzten Tagen zurechtgelegt hatte, doch sein Kopf war völlig leer.

»Bist du von allen guten Geistern verlassen?«, fluchte Neriella, ohne dass die Menschen sie hätten hören können.

»Also ...«, entgegnete Wallerich eingeschüchtert.

»Herr Professor ...« Einer von Grünwalds Assistenten hatte sich erhoben und zeigte auf den Heinzelmann.

»Was ist denn das?«, kreischte eine Studentin mit schweren, blonden Walkürenzöpfen in der vordersten Bankreihe.

»Was?«, fragte der Professor verdutzt, der den Heinzelmann, der im toten Winkel vor seinem Pult stand, noch immer nicht gesehen hatte.

»Scheiße!«, fluchte Wallerich und zog sich den Ring vom Finger. Das alles lief ganz anders, als er es sich vorgestellt hatte!

Neriella tippte sich mit dem Zeigefinger gegen die Stirn und wandte ihre Aufmerksamkeit dann wieder ganz diesem kraushaarigen Studenten zu.

Grünwald drehte sich um und schüttelte den Kopf. »Also, wie Max Lüthi darlegte ... « Sein Versuch, gegen den Lärm im Vorlesungssaal anzureden, scheiterte kläglich. Die Hälfte der Studenten hatte sich erhoben und diskutierte lebhaft miteinander, während die übrigen noch wie gebannt auf ihren Stühlen hockten und auf die Stelle starrten, an der Wallerich gerade wieder unsichtbar geworden war.

»Das war doch nur ein Hologramm«, rief ein pausbackiger Kerl mit hochrotem Kopf, während sich einige besonders Neugierige aufmachten, um den Platz neben dem Pult näher zu untersuchen.

»Ruhe bitte!« Niemand hörte auf den Professor.

Wallerich war inzwischen unmittelbar vor das Pult getreten. Er musste sich zusammenreißen! Es war unvermeidlich, dass die Ältesten von diesem Vorfall erfahren würden, und eine Chance wie diese würde es so schnell nicht wieder geben! Verächtlich sah er zu Neriellas Studenten in seiner abgewetzten Lederjacke. Was sie nur an dem Kerl fand? Nervös drehte der Heinzelmann eine Spitze seines frisch gestutzten Schnauzbarts zwischen den Fingern und sah an sich hinab. Er trug polierte braune Stiefel, eine weite graue Wollhose, ein dazu passendes graues Jackett und sein bestes Hawaiihemd. Er musste es noch einmal versuchen! Entschlossen zog er seine rote Schiebermütze ein wenig tiefer in die Stirn und streifte erneut den Ring über seinen Finger.

»Neriella, deine Augen strahlen wie Glühwürmchen in einer Mittsommernacht und der zarte Duft deines Haares macht trunkener als frisch gebrannter Ahornschnaps!« Aus den Augenwinkeln sah Wallerich, wie Birgel versuchte sich durch das allgemeine Durcheinander bis zum Pult vorzuarbeiten. Und Neriella ... Auf ihren Wangen zeigte sich ein leichtes Rot, das hervorragend zu ihrem blassgrünen Teint passte. Ermutigt fuhr der Heinzelmann fort,

während er sich unter der Hand eines Studenten weg-
duckte, der wohl überprüfen wollte, ob ein Hologramm
vor dem Katheder sprach.

»Sogar meinen Bart würde ich scheren, wüsste ich, der
Lohn dafür sei ein zarter Kuss auf meine Wangen.« Entschlossen machte der Heinzelmann sich auf den Weg zur
Dryade und sprang auf die vorderste Tischreihe im Vorlesungssaal. »Mit Freuden würde ich den Rest meiner Tage
im Stamm einer modrigen Esche verbringen, dürfte ich zur
Nacht mein Lager mit dir teilen.« Wallerich griff nach den
Walkürenzöpfen der Studentin in der vordersten Reihe
und schwang sich zur nächsten Bankreihe hinauf. »Gegen
Holzwürmer und Spechte würde ich unser morsches Eigenheim verteidigen. Mit bloßen Fäusten würde ich einen
der orangen Ritter des Unigartenbauamts niederstrecken
und dir seine Motorsäge· als Morgengabe bringen, um im
harzigen Duft deiner Schenkel zu versinken und ...«

Eine schallende Ohrfeige beendete Wallerichs Rede. Einen Herzschlag lang versuchte der Heinzelmann mit ru-
dernden Armen auf der Tischkante sein Gleichgewicht
wiederzugewinnen, bis ihn eine zweite Ohrfeige der Dryade nach hinten stürzen ließ. Kopfüber landete er auf dem
Schoß einer koreanischen Austauschstudentin, die ihn ansah, als sei sie gerade von einem Drachen zum Frühstück
eingeladen worden.

Wallerich spürte, wie er grob beim Handgelenk gepackt
wurde. Birgel schwang sich neben ihm auf den Schoß der
Koreanerin. »Das war genug!« Mit einem Ruck zog er seinem Freund den Ring vom Finger.

Wallerich schob verdrossen seine Schiebermütze in den
Nacken und sah zu Neriella hinauf. »Was habe ich nur
falsch gemacht?«

»*Morsches Eigenheim* ...«, murmelte Birgel schmunzelnd.
»Mir scheint, Dryaden sind sehr eigen, was ihre Bäume an-

geht. Lass uns lieber verschwinden, bevor sie auf die Idee kommt, zu uns herunterzusteigen.«

Wallerich leistete kaum Widerstand, als sein Freund ihn am Kragen packte und davonzerrte. Im Hörsaal war indessen allgemeine Panik ausgebrochen und die beiden Heinzelmänner hatten einige Mühe, unbeschadet zwischen trampelnden Menschenbeinen zum Ausgang zu kommen.

*

Nöhrgel war der Älteste unter den Kölner Heinzelmännern, und obwohl in letzter Zeit einige seinen Geisteszustand bezweifelten, war er immer noch der oberste Richter und es oblag allein ihm, ein Urteil über einen Angehörigen seines Volkes zu sprechen.

Nöhrgel strich sich geistesabwesend über die Glatze. Von seinem Haar war nur noch ein schmaler Kranz geblieben, der sein Haupt wie weißer Lorbeer umschloss. Dafür war sein Bart umso eindrucksvoller. Nach Art assyrischer Potentaten hatte er ihn in lange Locken gedreht und mit Rosenöl behandelt. Seine Kleidung stand in merkwürdigem Gegensatz zu diesem Kopf, der selbst einem biblischen Propheten gut gestanden hätte. Der Älteste steckte in einem Neoprenanzug, der an eine Taucherausrüstung erinnert hätte, wären da nicht all die Schläuche und Kabel gewesen. Sie waren mit den zahlreichen Computern verbunden, die die kleine Kammer des Ältesten fast völlig ausfüllten. Heinzelmänner hatten schon immer viel für die Technik der Menschen übrig gehabt, oder besser gesagt, sie hatten sich schon immer dafür begeistert, die Erfindungen der Menschen zu *verbessern*. Nöhrgel jedoch war selbst für die Verhältnisse des kleinen Volkes ein außergewöhnlicher Bastler und entsprechend sah es in seiner Kammer aus. Die Hightech-Spitzenerzeugnisse von Menschen und Heinzelmännern stapelten sich wirr durcheinander. So war Nöhrgels Schreibtisch gleich von drei menschlichen Computermonitoren umstellt, die für Heinzelmänner die Größe von Videowänden hatten. Auf dem Schreibtisch selber aber standen zwei Pentium-VII-Rechner, das Neueste aus den Hardware-Schmieden des kleinen Volkes. Rings herum bildeten aufgeschraubte Computergehäuse, modifizierte Mikrowellengeräte, lasergesteuerte Roboterarme und etliche Kilometer Kabelstränge, die kreuz und quer zwischen den Geräten verlegt waren, ein atemberaubendes Techniklabyrinth. Freilich hätte ein menschlicher Beobachter die improvisierten Gerüstplattformen und Leitern aus hölzernen Grillspießen, Konservendosenblech und Streichhölzern wohl einigermaßen seltsam gefunden und für die Körbe an altertümlichen Flaschenzügen nur ein Lächeln übrig gehabt. Doch der Umgang mit überdimensionierter menschlicher Technologie erforderte gewisse Zugeständnisse an die Körpergröße der Heinzelmännchen.

Dass Nöhrgel aber auch noch jedes Stückchen freien Platz nutzte, um Tische mit alchemistischem Gerät aufzustellen und über die Kühlaggregate und Ventilatoren seiner Rechner bündelweise Kräuter zum Trocknen aufgehängt hatte, war selbst für einen Angehörigen des kleinen Volkes ungewöhnlich. Doch der Älteste gehörte zu den Letzten, die noch an den Lehren der mittelalterlichen Alchemie festhielten und niemals die Hoffnung aufgegeben hatten, den Stein der Weisen oder ein wirklich zuverlässiges Haarfärbemittel zu finden. So mischte sich unter das Summen der Rechner ein beständiges Blubbern und Zischen aus Tiegeln und Töpfen und das Fauchen einer alten Espressomaschine, die angeblich schon dreimal explodiert war.

»Ihr könnt jetzt gehen«, brummte Nöhrgel die wartenden Heinzelmänner an, während er aufmerksam eine Tabelle auf einem der übergroßen Bildschirme vor seinem Schreibtisch betrachtete.

»Aber du kannst doch nicht ...«, begann Laller, der Chefankläger des hohen Rates. Er war der Zweitälteste unter den Kölner Heinzelmännern und seit Jahrhunderten Nöhrgels Rivale. Mit seinem dreifach gegabelten Bart, seiner groben Wollkleidung und einer roten Zipfelmütze war er ein typischer Vertreter der konservativen Puristen unter den Kölner Heinzelmännern. Wie üblich hatte Laller eine äußerst harte Bestrafung gefordert und diesmal wurde er in Anbetracht der Schwere des Vergehens sogar durch den Rat unterstützt.

»Ich brauche deine Erklärungen nicht. Ich kenne die beiden, das genügt mir für ein Urteil!« Der Alte blickte zu Birgel, der augenscheinlich am liebsten im Boden versunken wäre. »Ich denke, bei ihm handelt es sich eher um ein Opfer als um einen Täter. So wie ich Wallerich kenne, hat er den ehrenwerten Birgel erpresst oder vielleicht sogar unter Drogen gesetzt. Anders kann ich mir nicht erklären, dass unser unbescholtener junger Freund in diese infame Angelegenheit hineingeraten ist. Und nun lasst mich mit dem Übeltäter allein. Ich werde Wallerich mit einer Strafe bedenken, an die er sich noch in hundert Jahren erinnern wird.« Einer der Computer stieß ein schrilles Pfeifen aus und irgendwo hinter den Kabeln, die von der Decke hingen, begann eine rote Lampe zu blinken.

»Scheiße«, murmelte der Älteste halblaut und schlug mit der Faust auf eine Tastatur. Dort, wo die rote Lampe blinkte, quoll weißer Rauch aus einem Kabelschacht. Es stank nach verschmorter Plastikummantelung.

Laller blickte besorgt zur Decke und auch die übrigen Heinzelmänner, die mit den beiden Übeltätern erschienen waren, wirkten nervös. So widersprach niemand, als

21

Nöhrgel noch einmal vorschlug, ihn mit Wallerich allein zu lassen.

»Hast du ein Problem?«, fragte Wallerich, als sich die Tür hinter den Ringwächtern geschlossen hatte, und blickte zur Decke.

»Ich, ein Problem!«, grollte der Alte, drehte sich um und machte sich erneut an seiner Tastatur zu schaffen. »Ich glaube, du verkennst die Tatsachen!« Die Lampe hörte auf zu blinken und kein weiterer Rauch quoll zwischen den Kabeln hervor. Nöhrgel lächelte verschwörerisch. »Ein Tauchsieder in einem Topf mit eingetrockneter Farbe und eine kleine Trockeneismaschine, hört sich das wie ein Problem an? Ein erstklassiger Weg, sich endlosem Heinzelmännchengeschwafel zu entziehen ...« Der Alte zog die Brauen zusammen. »Aber dank dir werde ich mir jetzt wohl was Neues einfallen lassen müssen! Und jetzt erklär mir mal, was dieser Unsinn zu bedeuten hatte, den du bei dieser Vorlesung veranstaltet hast!«

Wallerich nahm seine Mütze ab und drehte sie unschlüssig zwischen den Händen. »Also ich ... Da war diese Dryade ... Ich fürchte, ich bin verliebt!«

Nöhrgel pfiff durch die Zähne. »Verliebt! Und du wolltest wohl ein bisschen Eindruck schinden ... Hat es denn wenigstens was gebracht?«

»Sie hat mir zwei Ohrfeigen verpasst ...«

Der Alte lachte. »Das ist nicht unbedingt ein schlechtes Zeichen.« Plötzlich wurde er ernst. »Aber warum zum Henker hast du dir ausgerechnet diesen Tag für deine Eskapaden ausgesucht! In der Samhaimnacht haben wir nun wirklich genug um die Ohren ... In keiner anderen Nacht sind die Tore nach *Nebenan* so leicht zu öffnen. Die *Dunklen* werden nichts unversucht lassen, um herüberzukommen ... Und zum Auftakt mischst du einen Vorlesungssaal auf! Was soll ich nur mit dir machen, Wallerich? Und dann noch einen der Ringe stehlen ...« Nöhrgel schüttelte missbilligend den Kopf.

»Es heißt, zu deiner Zeit hättest du auch gelegentlich einmal einen der Ringe ...«

»Wer sagt das?«

»Na ja, das sind halt so Geschichten ...«

»So ... Nehmen wir einmal an, das wäre wahr ... Zumindest hätte ich mich dann nicht erwischen lassen. Begreifst du, was ich meine?«

»Na ja, vielleicht macht Liebe wirklich blind ...« Wallerich legte die Rechte auf sein Herz und erklärte feierlich: »Ich gelobe bei meinem Barte ... dass ich mich beim nächsten Mal nicht wieder so dämlich anstellen werde.«

Nöhrgel zwinkerte ihm freundlich zu. »Wenn du mir jetzt versprochen hättest, es nicht wieder zu tun, hätte ich dich bestrafen lassen. Lügen kann ich nicht ausstehen ... Aber genug zu dem Thema.« Er deutete zu einem Computerbildschirm, der fest auf einem Rechner montiert war, aus dessen Rückseite die Kabel so dicht sprossen wie Haar aus den Nasenlöchern eines hundertjährigen Riesen. Auf dem Monitor erschienen abwechselnd ein Totenkopf und das Gesicht eines Mannes mit gepuderter Perücke.

»Dies ist ein Wahrscheinlichkeitskalkulator«, erklärte Nöhrgel stolz. »Zugegeben, es ist noch ein Prototyp, aber wenn ich noch ein paar Kleinigkeiten verbessert habe, dann wird er für immer das Leben aller Zwergenvölker verändern. Menschen sollte man ihn allerdings nicht überlassen. Ich denke, die *Langen* sind für diese Art von Technologie einfach noch nicht reif und ...«

Es klopfte kurz, dann flog die Tür zur engen Kammer auf. Ein eleganter Frack schwebte herein. Von dem Heinzelmann, der ihn brachte, sah man nur die Hand, die den Bügel hochhielt. »Bin fertig mit dem guten Stück, Chef.

Hab die ganze Nacht gearbeitet. Ich fang jetzt mit den hundert Seidenrosengestecken an, wenn's recht ist.«

Nöhrgel begutachtete den Frack mit verklärtem Blick, rieb prüfend den Stoff zwischen den Fingern und seufzte wie ein verliebter Teenager. »Sehr gute Arbeit. Ich lasse dir wie versprochen für tausend Mark BMW-Aktien gutschreiben.«

»Ähm, Chef ... Könnten wir Daimler-Aktien draus machen, ich weiß nicht, ob du heute schon die aktuellen Börsenberichte gelesen hast, aber ...« Hinter dem Frack war ein Heinzelmann zum Vorschein gekommen, als selbiger den Anzug an einen dicken Kabelstrang hängte. Es handelte sich um keinen Geringeren als Luigi Bügler, den allgemein anerkannten Topdesigner unter den Kölner Heinzelmännern, der vor rund hundert Jahren sein großes Coming-out gehabt hatte, als er hochmoderne Anzüge aus schottischem Clantartan mit passenden Zipfelmützen in Schottenmustern kombinierte. Luigi hatte heute sein langes Haupthaar zu einem Zopf geflochten. Auch sein Bart war in drei Zöpfe gedreht, die wie Gabelzinken vor seiner Brust abstanden. Der Gipfel war jedoch, dass er auch noch winzige Zöpfchen aus seinen Augenbrauen geflochten hatte. Wie es schien, stand ein neuer Modetrend bevor. Wallerich überlegte, wie teuer Haarimplantate an den Augenbrauen wohl sein mochten.

»Kein Problem, das Aktienpaket zu ändern«, antwortete Nöhrgel geistesabwesend, während er noch immer den seidenglänzenden Stoff streichelte.

Luigi war längst wieder verschwunden und Wallerich tat vom leisen Räuspern schon die Kehle weh, als Nöhrgel endlich aus seinen Tagträumen aufschreckte. »Hast du was gesagt, mein Sohn?«

»Kann es sein, dass ich irgendwas nicht mitbekommen habe?«

Der Älteste errötete leicht.»Nö, ich dachte, in meinem Alter sei es an der Zeit, einen vernünftigen Anzug zu besitzen.«

»Und hundert Seidenblumengestecke?«

Nöhrgel machte eine weit ausholende Geste.»Findest du nicht auch, dass diese bescheidenen vier Wände ein bisschen geschmückt werden könnten?«

Der junge Heinzelmann sah sich zweifelnd um. Solange er Nöhrgel kannte, hatte der Alte nie etwas daran auszusetzen gehabt, in einer Kammer zu wohnen, die so viel Charme wie ein stillgelegter Aufzugschacht hatte.

»Du plünderst also immer noch Aktienfonds im Internet«, wechselte Wallerich das Thema.

»Nein, seit ich im Lotto gewonnen habe, habe ich diese Robin-Hood-Spielchen nicht mehr nötig.«

»Im Lotto gewonnen?«

Nöhrgel grinste verschwörerisch.»Ich sagte doch schon, dass der Wahrscheinlichkeitskalkulator das Leben aller Zwergenvölker revolutionieren wird. Es ist der Durchbruch im Computerzeitalter. In Metaphern gesprochen könnte man sagen, wir Heinzelmänner haben es wieder einmal geschafft, die Büchse der Pandora zu öffnen und ...«

»Entschuldige, wenn ich dumme Fragen stelle«, unterbrach Wallerich Nöhrgels Redefluss, »aber was zum Henker ist ein Wahrscheinlichkeitskalkulator?«

Der Alte stockte und sah ihn an, als hätte er gefragt, warum eins und eins zwei ist.»Der Wahrscheinlichkeitskalkulator ist *die* technologische Innovation des beginnenden einundzwanzigsten Jahrhunderts! Er ermöglicht es, den Schleier der Zukunft zu zerreißen.«

»Ein Rechenprogramm, das Horoskope schreibt?«, fragte Wallerich vorsichtig.

»Nein, du Banause! Der Wahrscheinlichkeitskalkulator

hat nichts mit Astrologie oder faulem Hokuspokus zu tun. Er basiert auf der konkreten Anwendung höherer Mathematik! Je weiter man in die Zukunft blickt, desto unschärfer wird allerdings die Perspektive«, fügte Nöhrgel etwas weniger enthusiastisch hinzu. »Aber seine Aussagen über die Entwicklungen in den letzten zwei Wochen haben sich als größtenteils richtig erwiesen.«

Wallerich begutachtete die Maschine misstrauisch. »Meinst du, er könnte berechnen, wann Neriella meine Braut wird?«

»Für solchen privaten Unsinn werde ich doch nicht den intelligentesten Rechner der Welt bemühen!« Der Alte packte ihn und zerrte ihn zum Bildschirm, um mit seinen ölverschmierten Fingern auf das Porträt zu deuten. »Das ist Alessandro Graf von Cagliostro, alias Giuseppe Balsamo! Laut Aussage des Wahrscheinlichkeitskalkulators wird er uns zu Samhaim gefährlich werden.«

»Sprichst du von *dem* Cagliostro? Der ist doch vor über zweihundert Jahren in einem Kerker der Inquisition gestorben. Vielleicht solltest du deine Programme noch einmal überarbeiten!«

»Mein Rechner irrt sich nicht! Wenn er sagt, Cagliostro wird uns Ärger machen, dann kannst du dich darauf verlassen, dass es so sein wird! Alles, was ich von dir will, ist, dass du die Augen offen hältst. Du hast einen wacheren Geist als die meisten Torwächter. Ich möchte, dass du diese Nacht in der Zentrale sitzt und alle ankommenden Nachrichten studierst. Wenn dir etwas seltsam vorkommt, dann meldest du dich sofort bei mir. Und keine Widerrede mehr, sonst überlasse ich dich diesem Paragraphenreiter Laller. Der wartet schon lange darauf, mit dir ein Hühnchen zu rupfen und dich in irgendein abgelegenes Eifeldorf zu verbannen.«

Der Monitor begann zu flimmern. Das Bild des Grafen

verzerrte sich und verschwand. Stattdessen erschien ein
Schriftzug.

+++ Sorry, Chef. Muss die Berechnungen von
gestern Mittag berichtigen. Die Wahrscheinlichkeit, dass Sie in spätestens drei Wochen Sharon Stone heiraten werden, beträgt leider
nicht 99,999999999, sondern 0,000000001 Prozent. +++

»Wie war das? Für solchen privaten Unsinn werde ich
doch nicht den intelligentesten Rechner der Welt bemühen?«

»Zwischen deinem privaten Unsinn und meinem privaten Unsinn besteht ein großer Unterschied! Und jetzt
mach dich auf den Weg zur Zentrale!«, knurrte Nöhrgel in
einem Tonfall, der zu seinem Namen passte.

»Natürlich«, murmelte Wallerich so leise, dass der Älteste
ihn nicht mehr hören konnte. »Ich werde aufpassen,
dass wir heute Nacht keinen Ärger mit einem Grafen haben, der schon seit mehr als zweihundert Jahren tot ist.«

2

Martin legte die Hand flach auf die Gitarrensaiten und griff nach dem tönernen Becher. »Erzählst du eine Geschichte?«
Till schüttelte müde den Kopf. »Nicht heute Nacht.« Seit mehr als einer Stunde starrte er in das Lagerfeuer, gebannt vom Tanz der Flammen. Seine Augen waren rot vom Rauch. Selbst auf dem Mond hätte er sich nicht weiter entfernt vom ausgelassenen Lärmen an den anderen Lagerfeuern fühlen können. Es war ein Fehler gewesen, zu kommen. Er war heute einfach nicht in der Stimmung für ein Samhaimfest. Laut keltischer Mythologie war es die Nacht, in der sich die Pforten zur Geisterwelt öffneten. Till lächelte zynisch. Für ihn war es heute wohl eher der Tag, an dem ihm Mukke für immer die Pforten ins wirkliche Leben verschlossen hatte. Er sah zum halb vollen Becher in seiner Hand. Nicht einmal Trinken half!
An den drei großen Feuern hatte sich der Clan der Ui Talchiu versammelt, und wäre ein nächtlicher Wanderer auf den abgelegenen Hügel irgendwo zwischen Blankenheim und Schneeeifel gestiegen, dann hätte er wohl den Eindruck gehabt, eine Barbarenhorde aus vergangenen Jahrhunderten sei zurückgekehrt. Um die Feuer hockten junge Männer mit wilden Bärten und schlammbespritzten Umhängen, prosteten sich mit Methörnern und Tonbe-

chern zu und prahlten lauthals mit ihren Heldentaten bei den Schwertkampfübungen am späten Nachmittag. Hin und wieder verstummte das ausgelassene Grölen, dann ertönten Gitarrenklänge und eine einzelne, leise Stimme schlug alle für ein Lied oder zwei in ihren Bann.

Till spürte die Blicke der anderen auf sich lasten. »Nein, nicht heute Nacht«, erklärte er noch einmal laut. »Ich bin nicht in der Stimmung für eine Geschichte.«

»Vielleicht überlegt es sich dein Prof ja noch mal«, wandte Bambam ein und schob einen großen Scheit ins Feuer. Sein richtiger Name war eigentlich Rolf. Er war ein stämmiger Kerl, mit langem blonden Haar und klaren blauen Augen. Zu seinem Spitznamen Bambam war er an jenem Tag gekommen, an dem er zum ersten Mal mit zwei Macheten statt wie sonst mit einem Bastardschwert zu den Fechtübungen kam. Zunächst hatten sie ihn ausgelacht, doch am Ende des Sommers lachte keiner mehr und Bambams Ruf als Schwertmeister war legendär.

»Bevor Mukke seine Meinung ändert, fällt uns der Himmel auf den Kopf«, brummte Gabriela mürrisch und zog ihren Umhang aus schwarzen Rabenfedern enger um die Schultern. »Der hat auch meinen Ex über die Klinge springen lassen. Wenn der einen erst einmal auf dem Kieker hat, braucht man sich bei ihm nicht mehr blicken zu lassen.«

»Danke für den herzlichen Beistand«, knurrte Till. »Das ist genau, was ich jetzt hören möchte!«

Gabriela hob den Kopf und sah ihn geradewegs an. Mit ihrem scharf geschnittenen Gesicht, den hohen Wangenknochen und den funkelnden Augen wirkte sie wie ein wütender Raubvogel. Ein Windstoß bewegte ihr langes, schwarzes Haar und ließ die Federn auf ihrem Umhang rascheln. »Süßliches Gesäusel à la *Es wird schon nicht so schlimm* ist etwas für Weichlinge!« Sie warf Bambam einen spöttischen Blick zu.

»Könntest du vielleicht versuchen dich wenigstens heute Nacht nicht wie die Morrigan aufzuspielen? Glaubst du, dass du Till damit hilfst?«, mischte sich Martin ein. Normalerweise war der hünenhafte Gitarrenspieler eher still und so brachte sein plötzlicher Ausbruch für einen Moment alle zum Schweigen. Sie kannten einander zu gut, um jetzt noch weiterzustreiten. Till dachte daran, wie alles begonnen hatte. Seit sechs Jahren lebten sie zusammen. Martins Vater hatte ihnen eine alte Jugendstilvilla nahe der Uni überlassen, die sie noch immer gemeinsam bewohnten, obwohl die meisten von ihnen das Studium längst aufgegeben hatten, um andere Wege zu gehen.

In jenem Jahr, in dem sie gemeinsam anfingen zu studieren, hatten sie die Ui Talchiu gegründet, eine Truppe, die sie manchmal auch hochtrabend *Celtic reinactment group* nannten. Sie alle hatten sich schon am Gymnasium gekannt und in zahllosen Rollenspielnächten die phantastischsten Abenteuer im Geiste erlebt. Als sie zur Uni kamen, sollte alles noch größer und besser werden. Sie hatten begonnen sich Kostüme zu nähen, Schwerter gekauft und waren an den Wochenenden in entlegene Eifeltäler gefahren, um sich im Schwertkampf zu üben, nach verschollenen Kultplätzen zu suchen und wie die alten Kelten im Einklang mit der Natur zu leben.

Bald waren sie dabei auf Gleichgesinnte gestoßen und hatten an Heerlagern teilgenommen, zu denen Mittelaltergruppen aus halb Europa kamen. Sie waren als moderne Gladiatoren in den Schwertkampfarenen etlicher Mittelaltermärkte aufgetreten, hatten an nachgestellten Schlachten teilgenommen und an geheimen Treffen, wo Druiden vermeintlich keltische Rituale zelebrierten. Ihre Gruppe war gewachsen und zählte jetzt über dreißig Köpfe, doch sie waren immer der harte Kern gewesen: jene, die alles ausprobierten, die selbst im Winter im Zelt übernachteten und vor keiner Herausforderung zurückschreckten.

In letzter Zeit jedoch zeichnete sich mehr und mehr ab, dass sich ihre Wege bald trennen würden. Keiner sprach darüber, doch alle wussten es. Gabriela hatte ein Angebot, bei einem Musical in Hamburg zu tanzen, Rolf hatte einen Rollenspielladen eröffnet und war kaum noch zu Hause, Martin hatte eine Celtic-Rock-Band gegründet und interessierte sich mehr für Proben und Auftritte, Almat, der jetzt am Feuer fehlte, würde für ein halbes Jahr auf eine archäologische Expedition nach Syrien gehen und Till stand kurz davor, als Einziger von ihnen sein Studium zu vollenden – falls ihm Mukke keinen Strich durch die Rechnung machte.

Ihr kleines Haus an der Amalienstraße war still geworden und Martin hatte als Erster von ihnen die Befürchtung ausgesprochen, dass sie vielleicht begannen erwachsen zu werden. Als sicheres Indiz führte er an, dass schon seit einem halben Jahr keine Polizeistreife mehr bei ihnen vorbeigeschaut hatte, um irgendeiner Beschwerde von Nachbarn nachzugehen. Und was für Anzeigen sie früher bekommen hatten! In der WG-Küche hing eine Liste der Beschwerden, denen die Polizei nachgespürt hatte. Die Vergehen reichten von Lärmbelästigung durch Schwertkampfübungen bis zu der Behauptung, sie hätten einen heidnischen Kultplatz im Garten eingerichtet und würden in Vollmondnächten den Teufel anbeten.

Nach der ersten Anzeige hatten sie ihr Haus *Villa Alesia* getauft, denn sie fühlten sich von bürgerlicher Spießigkeit belagert, so wie das keltische Alesia einst von römischen Legionen eingeschlossen war. Sie hatten erfolgreich allen Konventionen getrotzt, hatten all das getan, wovor Eltern mit Schaudern in der Stimme warnten, und nun, da sie sich unbesiegbar wähnten, begann ihre Gruppe von innen heraus zu zerbrechen.

Martins Finger glitten über die Saiten der Gitarre. Er spielte *Davids Song* von Vladimir Costa. Das Lied war lange so etwas wie ihre Hymne gewesen, doch jetzt vertiefte die traurige Melodie nur das Schweigen am Feuer. Till beobachtete aus den Augenwinkeln seine Freunde, die jeder für sich ihren Gedanken nachhingen.

Bambam schnitzte mit seinem Dolch an einem Holzscheit herum. Sie beide kannten sich, seit sie vierzehn waren. Zum ersten Mal waren sie sich in einer Rollenspielrunde begegnet. Einen Elfen und einen Söldner hatten sie gespielt und zunächst hatten sie sich nicht riechen können, bis sie von Orks gefangen worden waren, um irgendeinem Gott geopfert zu werden, dessen Namen in erster Linie aus Konsonanten bestand. So etwas verbindet! Danach waren sie ein unzertrennliches Gespann geworden, und als sie das Tischrollenspiel aufgaben und Ui Talchiu gründeten, ließen sie ihre Phantasien wahr werden. Kaum ein Tag verstrich ohne gemeinsame Schwertkampfübungen im Garten der *Villa Alesia*, und als sie in ihre erste Schlacht auf einem Mittelaltermarkt zogen, waren sie ein Fechterduo geworden, das weder Tod noch Teufel fürchtete, höchstens vielleicht tschechische Stuntmen in Plattenrüstungen, die mit Zweihandschwertern jonglierten wie normale Sterbliche mit einem Brotmesser. Doch jetzt kamen sie immer seltener dazu, die Klinge zu kreuzen, und waren jeder für sich gezwungen Kämpfe auszufechten, bei denen man mit einem Schwert in der Faust nicht bestehen konnte.

Tills Blick wanderte zu Gabriela, die ins Feuer starrte und eine Haarsträhne um ihren Zeigefinger aufrollte. Sie wirkte mürrisch und unnahbar, wie fast immer. Gabriela war schön wie eine Märchenfee, nur dass Feen in der Regel nicht Schwarz trugen oder sich das Gesicht weiß puderten, und auf gar keinen Fall benutzten sie so viel Eyeliner, dass ihre braungoldenen Augen wie Raubvogelaugen wirkten. Auch trugen Feen – zumindest in Tills Vorstellung – in der Regel eher eine Garderobe, die Assoziationen an Nachthemden weckte, und keine hautengen Catsuits oder durchscheinende Kleider, bei deren Anblick einem zum WG-Frühstück regelmäßig der Löffel ins Müsli fiel. Trotz aller Bemühungen, sich mit einer düsteren Aura zu umgeben, wirkte Gabriela eher wie ein ätherisches Geschöpf, zart und zerbrechlich. Dennoch war immer sie es gewesen, die die Energie aufbrachte, die verrücktesten Ideen der Ui Talchiu Wirklichkeit werden zu lassen. Sie hatte die meisten Kostüme geschaffen, die sie trugen, hatte sie gelehrt im Schwertkampf die Eleganz von Tänzern zu bewahren und hatte sie zu dem berüchtigten Zeltlager während der Wintersonnenwende überredet, vom dem alle mit einer ausgewachsenen Grippe in die *Villa Alesia* zurückgekehrt waren.

Wehmütig dachte Till an den Sommer, in dem sie fast ein Paar geworden waren. Erst hatte Gabriela sich in ihn verliebt, was sich vornehmlich darin geäußert hatte, dass sie noch unnahbarer erschien. Als er dann endlich begriff, was ihre morgendlichen Sticheleien bedeuteten, und er sich in sie verliebte, war es zu spät gewesen. Vielleicht war aber auch deshalb nichts daraus geworden, weil sich Gabriela nur an dem begeistern konnte, was unerreichbar schien?

Tills Blick glitt weiter zu Martin. Groß, breitschultrig und mit einem selbst gefertigten Kettenhemd gewappnet war er das Fundament, auf dem die Freundschaft ihrer kleinen Gruppe ruhte. Martin war eher zurückhaltend und seine Schüchternheit stand im krassen Gegensatz zum ersten Eindruck, den man von ihm haben mochte. Er sah aus wie ein amerikanischer Baseball-Star und wirkte wie jemand, den nichts umzuwerfen vermochte. In Wahrheit jedoch hatte er lediglich hohe Mauern um seine verletzte Seele errichtet.

Als sie jünger waren, hatte Till Martin oft beneidet. Er hatte immer alles bekommen: die neuesten Computerspiele, die angesagtesten Klamotten, ein Mofa, ein Motorrad, ein Auto. Das Einzige, was ihm fehlte, waren seine Eltern. Sie waren die meiste Zeit auf irgendwelchen Kongressen oder in dem Forschungslabor, das sie leiteten. Martin war umgeben von Kindermädchen und Hauspersonal in einer wunderschönen, kalten Villa in Rhodenkirchen aufgewachsen und er hatte sehr früh gelernt, dass die meisten Menschen, denen er begegnete, nicht zu ihm nett waren, sondern zum Geld seiner Eltern.

Till hatte heute noch ein schlechtes Gewissen, wenn er daran dachte, wie seine Freundschaft mit Martin begonnen hatte. Als Schüler hatten sie Martin von ganzem Herzen gehasst. Nicht nur dass er von allem immer mehr als genug hatte, nein, er schrieb auch noch eine Eins nach der anderen und war der zweitbeste Schüler der Klasse. Deshalb hatten sie beschlossen, es ihm einmal so richtig zu zeigen.

Sie waren alt genug gewesen, um zu merken, dass seine Freundschaften nur recht einseitig waren, und sie heckten den Plan aus, ihn zu ihren Rollenspielabenden einzuladen. Für sie waren diese Abenteuer im Geiste einfach das Größte. Man konnte all das sein, was für einen pubertierenden Teenager unerreichbar war. Ein Held, berühmt, reich und edel. Jemand, vor dessen Namen ganze Heere erzitterten. Sie wollten, dass Martin dieses Spiel kennen lernte und dass es ihm gefiel. Sie benahmen sich ausgesucht kameradschaftlich, ihr geheimes Ziel jedoch war es, Martins Helden im Spiel zu ermorden und Martin aus der

Gruppe wieder hinauszuwerfen, sobald er sich richtig wohl fühlte. Sie waren vierzehn und hatten das für einen klasse Plan gehalten. Sie wollten Martin erleben lassen, was man für Geld nicht kaufen kann, und ihm die Tür vor der Nase zuschlagen, wenn er glaubte wirkliche Freunde gefunden zu haben.

Woran sie nicht gedacht hatten, war, dass sie vielleicht selber bestechlich waren. Es hatte immer das Problem gegeben, für ihre Spielabende einen Platz zu finden, an dem man sie in Ruhe ließ und wo sich am besten auch noch ein großer Tisch befand. Bei normalen Wohnverhältnissen kam es zwangsläufig zu Problemen, wenn eine Gruppe störrischer Teenager glaubte, ein- bis zweimal die Woche für eine halbe Nacht das ausschließliche Nutzungsrecht für den Küchentisch zu haben. Bei Martin war das nie ein Problem. Sie hatten den ganzen Partykeller für sich allein und obendrein gab es stets noch reichlich Chips, Cola und all die anderen Kalorienbomben, die sie in den unglaublichsten Mengen zu verdrücken pflegten, während ihre Helden die härtesten Entbehrungen erduldeten. Das war ein Luxus, den sie nie gekannt hatten und dem sie zunehmend verfielen.

Nach vier Wochen sprach niemand mehr davon, Martin – im wahrsten Sinne des Wortes – ins Messer laufen zu lassen, und nach drei Monaten hätte es jeder mit der Freundesclique zu tun bekommen, der versucht hätte Martin fertig zu machen. Till wusste nicht, wann genau es geschehen war, dass sie ihre Meinung änderten. Auf seine stille, unaufdringliche Art hatte es Martin geschafft, alle kindlichen Vorurteile unbedeutend werden zu lassen. Natürlich war es angenehm, von seinem Geld zu profitieren und in der Villa zu leben, die sein Vater ihnen als private Studentenförderungsmaßnahme zur Verfügung stellte, aber es wäre falsch gewesen, zu sagen, Martin hätte sie gekauft.

Zwischen Martin und Gabriela hatte eben noch Almat gesessen. Er kämpfte von ihnen allen den erbittertsten Kampf, um die Ui Talchiu zusammenzuhalten. Deshalb war er jetzt auch nicht da, sondern bereitete sich auf das festliche Ritual vor, das zum Höhepunkt des Abends werden sollte.

Almat war als Erster von ihnen auf einem Mittelaltermarkt gewesen und seine Begeisterung hatte auch in ihnen das Feuer geweckt. Nach sieben Jahren, die sie als Rollenspieler um ihren Spieltisch versammelt und die phantastischsten Abenteuer in ihrer Vorstellung erlebt hatten, hatte er sie in eine verzauberte Wirklichkeit geführt. Sie waren in eine Welt der Lagerfeuerromantik, ausgeflippter Aussteiger, Feuerspucker und moderner Bänkelsänger, Gladiatoren und Vaganten getreten. Die Welt des Hilbert Giller, des größten Organisators mittelalterlicher Märkte in Nord- und Mitteldeutschland. Er hatte es geschafft, aus Träumen ein Geschäft zu machen, und seine Märkte waren Attraktionen, die Zehntausende anlockten. Tagsüber wälzten sich Touristenströme über seine Festwiesen, nachts aber verwandelten sich seine Märkte in Reservate für Träumer, in denen die Künstler die Masken fallen ließen, miteinander feierten und in seltenen Momenten offenbarten, was nicht für die Augen der Massen bestimmt war.

Almat hatte die Ui Talchiu gegründet, um sie als Gruppe an die Gillermärkte zu verkaufen und ihnen so einen festen Platz unter dem modernen Gauklervolk zu verschaffen. Er hatte mit dem Clan in Regen und Schnee eine Schwertkampfchoreographie einstudiert, damit sie auf den Märkten im Sommer auch etwas zu bieten hatten, und er hatte mit Giller gefeilscht und gerungen, damit sie es nicht wie andere Neulinge ohne Gage taten. Die Organisation und all die tausend Kleinigkeiten, um die alle anderen sich herumdrückten, hatten stets auf seinen Schultern geruht. So war es auch in dieser Nacht. Während der Clan zechte, bereitete Almat den Rahmen, der diesen Abend unvergesslich machen würde, wenn das Schauspiel glückte.

Gabriela, Rolf, Martin und Till sollten die vier Elemente verkörpern und jeder mit genau festgelegten Worten die Geister der Ahnen begrüßen. Till zog noch einmal den zusammengefalteten Zettel aus dem Stiefelschaft und überflog seinen Text. Er hatte es schon in der Grundschule gehasst, Gedichte auswendig zu lernen, und sich regelmäßig blamiert. Aber all seine Versuche, sich um die festliche Kulthandlung herumzudrücken, waren vergebens gewesen. Almat und die Mehrheit hatten beschlossen, dass sie als die Gründer des Clans der Ui Talchiu das Ritual durchführen sollten.

Eine Windböe fuhr heulend durch den nahen Wald. Jemand warf ein dickes Scheit in die Glut und eine Fontäne glühender Funken stob in den dunklen Himmel hinauf, der in dieser Nacht den Mond verschlungen hatte. Einen Herzschlag lang war es still an den Feuern, dann klackten zwei Methörner gegeneinander und jemand rief laut: »Hört ihr Cernunos! Der Wächter der Unterwelt steht an der Pforte! Grüßt die Geister unserer Ahnen!«

Eine sommersprossige Hand legte sich auf Tills Schulter. »Ich weiß etwas, das deine Traurigkeit vertreiben wird«, flüsterte eine vertraute Stimme. Mariana, die selbst ernannte Druidin des Clans, beugte sich zu ihm herab und gab dabei tiefe Einblicke in ihr Dekolletee. Für Mariana waren Magie und Sinnlichkeit untrennbar miteinander verwoben, und obwohl sie im landläufigen Sinne keine Schönheit war, hatte sie eine erotische Ausstrahlung, der sich nur die wenigsten Männer entziehen konnten. Blass und sommersprossig, mit schulterlangem roten Haar, trug sie ein hochgeschlitztes Kleid, das nur von ihrem Gürtel und zwei Schulterspangen zusammengehalten wurde. Es war eines von jenen raffinierten Kleidungsstücken, die alles andeuteten, ohne wirklich etwas zu enthüllen, und es brachte Marianas üppige Formen auf das Vorteilhafteste zur Geltung. Obwohl die Druidin nicht zu den Gründungsmitgliedern der Ui Talchiu gehörte, war sie mittlerweile die einflussreichste Frau im Clan, denn im Gegensatz zu Gabriela legte sie größten Wert darauf, an allen Intrigen beteiligt zu sein und, was aktuellen Tratsch anging, immer auf dem neuesten Stand zu bleiben. Kurz gesagt war sie eine Frau, die stets dafür sorgte, dass man an ihr nicht vorbeikam.

Sie löste einen kleinen Lederbeutel von ihrem breiten, mit Amuletten verzierten Ledergürtel. »Getrocknete Tollkirschen«, hauchte sie Till ins Ohr. »In dieser Nacht werden sie dich den alten Göttern näher bringen und wer weiß wem sonst noch, wenn das Ritual abgehalten ist!« Sie lächelte verschwörerisch.

Till schob die Hand mit dem Beutel zurück. »Das ist nichts für mich!«

Die Druidin runzelte verwundert die Stirn. »Ich habe heute Abend schon zwei genommen. Glaub mir, sie befreien deinen Geist.«

Till starrte auf ihre Brüste und dachte einen Augenblick über Freiheit nach, dann schüttelte er entschieden den Kopf.

»Es ist nicht gut, sich immer von den anderen abzusondern und keine Hilfe anzunehmen«, zischte Mariana eingeschnappt, wich zurück und verheddterte sich mit ihrem Umhang an der Parierstange des Schwerts, das Till neben sich in die Erde gestoßen hatte.

»Der Stahl verletzt den Leib der Göttin!«, fluchte die Druidin entnervt. »Wie oft habe ich euch schon gesagt, dass ihr keine Schwerter in die Erde rammen dürft. Ihr beschwört damit den Zorn der großen Göttin.«

Vom Rand des nahen Waldes ertönte Trommelklang. Mariana richtete sich ganz auf und schüttelte mit einer knappen Bewegung die Haarsträhnen aus ihrem Gesicht. »Geht zum großen Feuerkreis! Das Ritual beginnt und ich hoffe, ihr wisst noch, was zu tun ist!«

Die trunkene Gemütlichkeit an den Feuern war dahin. Till fühlte, wie sich beim Gedanken an die dumme Litanei, die er immer wieder vergaß, sein Magen zusammenkrampfte. Alle anderen zogen gut gelaunt zum großen Feuer nahe am Waldrand. Selbst Gabriela und Rolf scherzten wieder miteinander. Till fluchte stumm und wünschte sich, er wäre ein anderer. Vielleicht Kurt, der Mathelehrer, der bei den Clanstreffen immer ein geflochtenes Lederband um die Stirn trug, um seine Geheimratsecken zu verbergen. Oder Uta, dessen dicke Freundin, die in der Tankstelle an der Berrenrather Straße als Mechanikerin arbeitete. Bettina, die Ethnologin im zwanzigsten Semester, Michael, der zum Clan geflüchtet war, um seinem tristen Alltag als Programmierer zu entgehen. Selbst mit Sebastian, dem katholischen Küster, dessen Arbeitgeber natürlich nichts von seinem heidnischen Hobby wussten, hätte er jetzt nur zu gerne getauscht.

Martin ließ ein paar aufmunternde Akkorde auf seiner Gitarre erklingen und nickte Till zu. »Komm, bringen wir den Pflichtteil des Abends hinter uns. Löschen wir die Feuer!« Er nahm einen großen Holzeimer und entleerte ihn über den Flammen. Rolf und Gabriela kümmerten sich um die übrigen Lagerfeuer.

Die Finsternis war vollkommen! Weit und breit gab es keine Straßenlaterne oder ein erleuchtetes Fenster eines Bauernhofes. Das Raunen der anderen, die schon zum Waldrand hinaufgegangen waren, war verstummt, und was Till noch vor wenigen Minuten als nette Legenden abgetan hatte, bekam in der Finsternis ein anderes Gesicht. Samhaim, das war die Nacht der Begegnung zischen den Lebenden und den Toten. Die Sidh, die Hügel, in denen die Elfen und die vergangenen Helden wohnten, öffneten sich und die Welten der Sterblichen und Unsterblichen vermischten sich für eine Nacht.

Am Waldrand waren Scheite für ein großes Feuer aufgeschichtet und der Clan hatte sich in weitem Kreis darum versammelt. In der Finsternis konnte man kaum seine Schuhspitzen sehen und so begriff Till erst, als sie die Stimme erhob, dass er sich ausgerechnet neben Mariana eingereiht hatte.

»Ihr Götter der Finsternis, Schatten der Verstorbenen, hört ihr mich? Wir sind gekommen euch zu opfern!«

Irgendwo am Waldrand krächzte eine Krähe. Die ganze Szene erinnerte Till an einen Horrorfilm aus den Sechzigern und ihm wäre gewiss mulmig zumute gewesen, hätte Mariana die Worte nicht so langsam und gedehnt gesprochen, als klebe ihr jede einzelne Silbe an der Zunge fest und sträube sich mit sämtlichen Vokalen und Konsonanten dagegen, über ihre Lippen zu gelangen.

»Nehmt den Wein, das Blut der Erde, als unsere Gabe!« Mariana nahm nun das größte Methorn des Clans, um eine ganze Flasche drittklassigen Chianti zu verschütten. Zufällig hatte Till früher am Abend gesehen, wie die Druidin mit ihren Priesterinnen zusammensaß und heimlich den teuren Burgunder becherte, der ursprünglich für das Ritual vorgesehen war. Danach füllten sie das Methorn mit einem dieser stapelbaren Weine, die in Milchtüten vertrieben wurden. Till grinste. Falls es tatsächlich irgendwelche senilen Götter aus alten Zeiten geben sollte, dann hatte Mariana sie mit diesem Auftakt zum Ritual wahrscheinlich dazu eingeladen, sich in einem Jahrhundertwinter auszutoben.

»Euch zu Ehren wurden alle Feuer gelöscht und die Welt in Dunkelheit getaucht. Nun segnet unsere Herdplätze, bevor wir die Flammen neu entfachen.«

Die Druidin kniete nieder und Till hörte das leise Knirschen eines Feuerzeugrädchens. Eine winzige Flamme erschien und verlosch sofort wieder. Mariana fluchte herzhaft und versuchte es erneut. »Wo zum Teufel stecken denn die Grillanzünder!« Sie zerrte die sorgfältig gestapelten Scheite auseinander. Wieder flammte das Feuerzeug auf und diesmal konnte Till die weißen Trockenspiritusblöcke erkennen, die zwischen dürren Ästen und welkem Gras unter den Holzscheiten versteckt waren. Auf einen Schlag stand der ganze Holzstoß in Flammen. Mariana zuckte erschrocken zurück. Vermutlich hatte jemand die Holzscheite sicherheitshalber noch mit Lampenöl oder Diesel getränkt, damit es beim rituellen Entfachen des Feuers zu keiner Panne kam.

Die Druidin hatte sich fast sofort wieder gesammelt und begann erneut damit, gedehnt feierlichen Wörterbrei abzusondern. »Ich grüße auch euch, Clan der Ui Talchiu, die ihr vollzählig erschienen seid, und möchte euch folgende Worte aus der Erzählung von der Geburt des Condobar in Erinnerung rufen: *Jeder der Urates, der nicht zur Samhaimnacht erschien, wurde wahnsinnig, und bereits am nächsten Morgen wurden sein Tumulus, sein Grab und sein Grabstein errichtet!*«

Till tastete nach dem Spickzettel, den er sich in den Stiefelschaft geschoben hatte. Gleich war er dran und er konnte sich an kein einziges Wort aus dem Ritualtext erinnern.

»Ehret die Geister dieser Nacht!«, forderte die Druidin und vom Waldrand erklang so passend der Schrei eines Käuzchens, dass Till sich fragte, ob Mariana dort eine Priesterin versteckt hatte, die einen Ghettoblaster mit einer Vogelstimmen-CD bediente. Indessen schob er die

Hand immer tiefer in den Stiefelschaft, ohne den verdammten Spickzettel zu finden.

»Und nun grüßt die Geister der Elemente und ruft unseren besonderen Gast für diese Nacht! *Älteste*, führt das Ritual fort!«

Als sich alle Blicke zu Till wandten, hielt er gerade seinen rechten Stiefel in der linken Hand, während sein rechter Arm fast völlig im Stiefelschaft verschwunden war und sein rechter Fuß allen Zuschauern das Geheimnis preisgab, dass Tills wärmste Socken rot und weiß geringelt waren. Till hatte einmal gelesen, dass man mit selbstbewusstem und würdevollem Auftreten jede peinliche Situation überspielen könne. Also setzte er eine Miene auf, als sei es völlig selbstverständlich, zum Samhaimritual als *Ältester* einen Stiefel in der Hand zu halten. Möglicherweise wäre es ihm auch gelungen, die anderen zu täuschen, wenn er sich wenigstens ansatzweise an seinen Text erinnert hätte, doch so musste er improvisieren.

»Ich ... äh ... rufe die lodernde Macht, die Hitze und Glut entfacht, und ...« Till spürte die Glut in seine Wangen steigen. Verdammte Reime!

Er hörte jemanden leise lachen und eine Frauenstimme flüstern: »Der beschwört wohl seine letzte Geliebte.«

Mariana hätte ihn am liebsten mit Blicken getötet. Sie nahm getrocknete Kräuter aus einem Lederbeutel an ihrem Gürtel und warf sie in die Flammen.

»... die Hitze und Glut entfacht«, wiederholte Till verzweifelt. Dann beschloss er auf die Reime zu verzichten und wenigstens dem Inhalt nach die Grußformel zum richtigen Ende zu bringen. »Ich rufe euch, Geister des Feuers. Seid uns gnädig in der Zeit der Kälte und tragt das Feuer in unsere Herzen ... äh, Herde natürlich. Ich rufe dich, gehörnter Herr der Finsternis. Äh, ich rufe den Gehörnten. Tritt ins Licht, um ...«

Ein Ruf vom Wald unterbrach sein Gestammel. Zwischen den Bäumen erschien eine unheimliche Gestalt mit einer Hirschmaske. Sie war nackt bis auf ein Fell, das um die Hüften geschlungen war. Der ganze Leib war mit einem Muster aus blauen Spiralen und Schlangenlinien bedeckt.

Die anderen Clansmitglieder begrüßten den Cernunos mit ausgelassenen Rufen. Die Priesterinnen schlugen Trommeln und Kurt spielte auf seiner Flöte. In wildem Reigen tanzten sie um das Feuer.

Mariana nahm noch einmal eine Hand voll Kräuter aus dem Beutel am Gürtel, um sie in die Flammen zu streuen, und bedachte Till mit giftigen Blicken.

Almat, der den Cernunos spielte, war genau im richtigen Moment erschienen, um die peinliche Vorstellung zu beenden, dachte Till erleichtert und sah aus den Augenwinkeln, wie sich die Flammen des Feuers grün zu färben begannen. Er hielt noch immer den Stiefel in der Linken. Als er ihn überstreifen wollte, bemerkte er den Spickzettel, den er sich in den geringelten Socken geschoben hatte. Till seufzte. Wenn es Geister gab, die ihren Schabernack mit den Menschen trieben, dann war er heute gewiss ihr Lieblingsopfer gewesen. Er sah zu Mariana hinüber und wollte sich für den peinlichen Auftritt entschuldigen, doch sie beachtete ihn gar nicht mehr, sondern starrte stattdessen wie gebannt in die Flammen, deren Farbe an einen spätsommerlichen Gewitterhimmel erinnerten.

*

Der Erlkönig zog sich den Umhang enger um die Schultern. Es war ein lausiges Wetter in dieser Nacht und seine Laune war auf dem Tiefpunkt angelangt. Was hatte ihn nur geritten, als er sich mit diesem Scharlatan eingelassen hatte?

Missmutig blickte er zu dem untersetzten Kerl, der vor dem halb herabgebrannten Lagerfeuer stand, irgendwelches Kauderwelsch murmelte und sich zwischendurch affektiert in ein spitzengesäumtes Tüchlein schnäuzte. Gestern noch, als ihm diese Witzfigur mit Seidenstrümpfen und gepuderter Perücke ihren Plan auseinander gesetzt hatte, war ihm alles ganz einleuchtend vorgekommen. Dies war die Nacht der Nächte! Sie beide wussten, dass die Zwergenvölker so aufmerksam wie an keinem anderen Tag des Jahres ihre Tore bewachten. Und doch war es die Nacht, in der es am leichtesten fiel, in die Welt der Sterblichen zurückzukehren, wenn man nur den richtigen Weg wählte. Alle Tore, die aus dem Reich der Feenwesen in die Welt der Menschen führten, wurden von den tyrannischen Zwergenvölkern auf das Strengste bewacht. Nur wer ihre ausdrückliche Erlaubnis hatte, durfte hinüber, um sich in der Welt der Sterblichen ein wenig zu amüsieren. Natürlich konnte man auch versuchen durch Zauberei ein Tor zu öffnen, doch gelang dies nur, wenn man einen Ort fand, von dem aus eine Verbindung zu einem Tor in der Menschenwelt bestand. Leider waren auch diese Tore sämtlich von den Zwergenvölkern besetzt. So bestand unter normalen Umständen nicht die geringste Hoffnung, die Feenwelt verlassen zu können.

In der Samhaimnacht aber galt diese Regel nicht. Es war eine Nacht voller wilder, ursprünglicher Magie, in der die von den Zwergen erzwungene Ordnung ins Wanken kam. Nur in dieser verwunschenen Nacht konnte es geschehen, dass unwissende Sterbliche aus Versehen einen Übergang in die Feenwelt öffneten. Um daraus jedoch Nutzen ziehen zu können, musste man wissen, wann und wo es zu einem solchen *Unfall* kommen würde. Soweit der Erlkönig wusste, war es bisher noch niemandem gelungen, eine Verbindung zwischen zwei Weltentoren herzustellen, ohne dass es vorher Absprachen gegeben hatte. Dies galt bis vor einer Woche, als Graf Cagliostro uneingeladen auf einem Thing, einer Versammlung der Anführer der *Dunklen*, erschienen war und behauptet hatte, er habe die genauen Koordinaten eines sich spontan öffnenden Tores berechnet. Der Graf hatte etwas von Kabbalismus, Freimaurertum und altägyptischer Astrologie erzählt und irgendwie hatten sich damals seine Ausführungen ganz plausibel angehört. Das war der Grund, warum der Erlkönig in dieser Nacht auf einem einsamen Hügel stand und auf ein Wunder wartete.

Cagliostro streute ein wenig Pulver in die Glut und die Flammen verfärbten sich grün. Baldur, ein Werwolf, der gleichzeitig das Schoßhündchen und den Leibdiener des Grafen abgab, heulte erschrocken auf und verkroch sich hinter dem Umhang seines Herren. Obwohl Baldur in seiner Wolfsgestalt recht eindrucksvoll aussah, legte er ein durch und durch hündisches Verhalten an den Tag.

Der Erlkönig schnaubte verächtlich. Billige Taschenspielertricks! Das mochte vielleicht reichen, um einen verblödeten Werwolf zu beeindrucken, aber mit wirklicher Magie hatte das nichts zu tun!

Der Fürst deutete in Richtung des Kläffers und wollte gerade einen bissigen Kommentar abgeben, als ihm Cagliostro energisch auf die Hand schlug. »Lass das! Das mag Baldur nicht. Du kannst von Glück sagen, dass er es nicht gesehen hat. Er ist sensibler, als er aussieht!«

»Sensibel?« Der Elbenfürst musterte den struppigen Wolf, der seinen Blick nun mit großen blauen Augen erwiderte.

»Er mag es nicht, wenn man mit Fingern auf ihn zeigt. Ich weiß nicht, warum das so ist, aber seit ich ihn kenne, haben es schon mindestens zwei Dutzend Leute bereut, auf ihn gezeigt zu haben. Weißt du, es gibt ein sehr hässliches Geräusch, wenn die Fingerknochen zwischen seinen Fängen knacken und ...« Der Graf unterbrach sich und sah fast erschrocken zum Feuer. Die grüne Flamme begann zu wachsen.

»Das Tor!«, rief Cagliostro triumphierend. »Bei den Göttern Ägyptens, es ist vollbracht!«

Der Erlkönig begutachtete die Flammensäule misstrauisch. Sie war inzwischen mehr als mannshoch und auch gut einen Schritt breit. Deutlich spürte er die magische Aura, die von ihr ausging. Das konnte tatsächlich ein Tor sein. Aber wohin würde es führen?

»Nun, mein Baumkönig«, der Zauberer lächelte ironisch und deutete auf die Flamme. »Ich würde sagen: Alter vor Schönheit.«

»Ich möchte Euch nicht um den Ruhm Eurer Tat bringen, Graf. Großmut ist das Privileg der Könige. So gewähre ich Euch, als Erster den Weg in die Freiheit zu beschreiten.«

Cagliostros Lächeln erstarrte. Sein linkes Augenlid begann zu zucken. »Mich jetzt vorzudrängeln wäre Majestätsbeleidigung. Ihr wisst, welchen Respekt ich vor Euch empfinde.«

So konnte das nicht weitergehen! Wahrscheinlich würde sich das Tor in wenigen Augenblicken wieder schließen, wenn es denn wirklich ein Tor war und nicht nur eine gleißende Flamme. Der Erlkönig bückte sich und griff nach einem trockenen Ast. »Schau her, Baldur. Schönes Stöckchen!«

Der Werwolf legte die Ohren an und begann treuherzig mit dem Schwanz zu wedeln.

»Komm, mein Guter! Bring's zu Herrchen!« Mit einer knappen Bewegung aus dem Handgelenk schleuderte der Erlkönig den Stock durch das vermeintliche Portal. Der Werwolf war mit einem Satz auf den Beinen und stürmte ohne zu zögern hinter dem Stock her durch die grünen Flammen.

»Es scheint ihn nicht umgebracht zu haben«, murmelte Cagliostro nach einem Moment des Schweigens.

»Zumindest nicht sofort«, stimmte der Elbenfürst zu.

Die Flamme wurde kleiner. Wenn sie jetzt nicht handelten, dann war die Gelegenheit verpasst. Entschlossen packte der Erlkönig den Grafen am Arm. »Wir gehen zusammen!«

Cagliostro schluckte, leistete aber keinen Widerstand. »Bei Isis und Osiris! So sei es!«

Statt Hitze spürte der Erlkönig einen eisigen Luftzug, als sie durch die grünen Flammen schritten. Es dauerte kaum einen Herzschlag und sie standen neben einem anderen großen Feuer, um das sich rund dreißig junge Männer und Frauen versammelt hatten. Verblüfft sah er sich um. Die Männer trugen Schwerter und Dolche um die Hüften gegürtet. Etliche hielten Trinkhörner in den Händen. Bei den Gerüchten, die in ihrer Welt die Runde machten, hatte er erwartet, dass sich ein wenig mehr verändert hatte. Es sah fast aus wie früher ... Abgesehen davon, dass hier sowohl Männer als auch Frauen Röcke trugen.

Die Feiernden schienen sie nicht zu bemerken. Etwas stupste an sein Knie. Baldur hatte den Stock vor seine Füße gelegt und hechelte erwartungsvoll. Der Erlkönig tätschelte dem Werwolf geistesabwesend den Kopf und sah in die Runde. Niemand reagierte auf ihre Ankunft. Stattdessen richteten sie ihre Aufmerksamkeit auf einen nackten Tänzer mit einem Hirschgeweih. Obwohl ... Ein rothaariges Mädchen starrte ihn und Cagliostro mit offenem Mund an.

»Keine Sorge, meine Liebe.« Der Graf lächelte charmant. »Es ist eine Freude, zu sehen, welch entzückende Geschöpfe diese Zeit hervorbringt. Wisst Ihr, dass Ihr eine gewisse Ähnlichkeit mit der Marquise de Pompadour habt?« Cagliostro stieß einen schmachtenden Seufzer aus, bei dem sich dem Erlkönig fast der Magen umdrehte. Sie waren noch keine fünf Minuten hier und schon schien der geile Bock vergessen zu haben, was ihre Aufgabe war.

Das rothaarige Mädchen blinzelte, als wolle es sich vergewissern, dass dies alles nicht nur eine Halluzination war, dann öffnete es den Mund, als wolle es etwas sagen, schloss ihn aber gleich wieder, ohne dass ein Laut über seine Lippen gekommen wäre.

Ich habe schon intelligentere Fische getroffen, dachte der Erlkönig. Es war an der Zeit, hier zu verschwinden. Das Fest ringsherum ging weiter und es war vielleicht nur eine Frage von Augenblicken, bis noch jemand auf sie aufmerksam wurde.

Der Graf machte eine stutzerhafte Verbeugung und wedelte dabei mit seinem Dreispitz herum. »Gestatten, Madame, Alessandro Graf von Cagliostro, zu Ihren Diensten. Die mürrische Gestalt in dem grünen Umhang hinter mir ist niemand anderes als seine Majestät, der Erlkönig. Und zu seinen Füßen kauert mein Dien... ähm, ich meine Baldur, mein Hund.«

»Angenehm«, flüsterte die Rothaarige noch immer sichtlich verwirrt.

»Ihr habt doch nichts dagegen, uns ein Stück weit zu begleiten?« Ohne auf eine Antwort zu warten legte Cagliostro ihr seine Hand um die Hüften und zog sie vom Feuer fort.

Misstrauisch blickte der Erlkönig in die Runde. Niemand schien darauf zu achten, dass das Mädchen ging. Alle waren ganz im Bann des Mannes mit der Hirschmaske und tanzten um ihn herum. Eigentlich ein hübsches Fest, dachte der König beiläufig, während er den anderen folgte. Die alten Götter waren also doch nicht ganz vergessen. Das würde ihnen bei ihren Plänen helfen!

Sie gingen ein Stück den Hügel hinab und gelangten zu einer langen Reihe merkwürdiger Karren. Verwirrt sah sich der Albenfürst um. Nirgends waren Pferde oder Fuhrknechte zu sehen.

Das Mädchen und Cagliostro kicherten albern. Erstaunlich, wie schnell die beiden miteinander vertraut geworden waren! Sie gingen auf eine grüne Kutsche zu, als die Rothaarige zwei silberne Schlüssel aus ihrem Dekolletee angelte und den Verschlag aufsperrte. Die Sitze waren zwar nicht mit Leder bezogen, aber sehr weich.

Cagliostro komplimentierte ihn nach hinten und der Erlkönig ließ es mit sich geschehen. Er spürte eine ungewöhnliche Anspannung in der Natur. Selbst für eine Samhaimnacht gab es außerordentlich viele, ungebundene magische Energien. Etwas hatte sich drastisch verändert, seit er das letzte Mal in der Welt der Sterblichen gewesen war!

»Welches Jahr haben wir eigentlich?«

Die Rothaarige hörte auf zu kichern. »Ihr beide ... seid ihr wirklich Geister?« Ein Unterton beginnender Panik schwang in ihrer Stimme mit.

Cagliostro legte seine Hand auf ihren Oberschenkel. »Fühlt sich so ein Geist an?«

Sie kicherte.

»Hättest du die Güte, meine Frage zu beantworten?«, wiederholte der Elbenfürst ruhig.

»Na, es ist das Millennium, ihr zwei Spaßvögel. Das Jahr zweitausend. Ein neues Zeitalter!«, trällerte sie euphorisch und beugte sich dann zu Cagliostro, um dem Stutzer etwas ins Ohr zu flüstern.

Ein neues Zeitalter, beileibe! Zweihundertfünfzig Jahre waren vergangen, seit der Erlkönig aus der Welt der Sterblichen verbannt worden war. Er dachte an die bärtigen

Männer mit den Schwertern, die er am Lagerfeuer gesehen hatte. Zumindest einiges war in dieser Zeit besser geworden. Es schien, dass die Pfaffen ihren Einfluss verloren hatten und …

Die Kutsche brüllte auf wie ein verwundeter Löwe. Der Erlkönig wurde in die Sitze gepresst. Im Reflex griff er nach seinem Schwert. Vor der Kutsche schnitt plötzlich gleißendes Licht durch die Finsternis.

Cagliostro hatte versucht von seinem Sitz aufzuspringen, war mit dem Kopf heftig gegen die niedrige Decke gestoßen und benommen auf den Sessel zurückgesunken. Seine Perücke hing ihm schief in die Stirn, was die Rothaarige mit albernem Gelächter quittierte. Dann begann die Kutsche loszufahren, ohne dass ein Knecht gekommen war, um Pferde anzuspannen.

Die Finger des Erlkönigs krallten sich in den zähen Stoff der Rückbank. Offenbar hatte sich doch mehr geändert, als gut war, dachte er nicht zum letzten Mal in dieser Nacht.

Wallerich war todmüde. Die ganze Nacht hatte er vor den Computerschirmen im Hauptüberwachungsraum verbracht und nichts war passiert! Wie üblich hatte es auf der anderen Seite einige Versuche der *Dunklen* gegeben, die Tore in *Nebenan* zu stürmen, und wie in jedem Jahr waren sie von den Zwergenvölkern und ihren Verbündeten zurückgeschlagen worden. An keinem der irdischen Übergänge zur Anderswelt war es zu Anomalien gekommen.

Als der Heinzelmann bei Nöhrgel eintrat, gähnte er erst einmal demonstrativ. »Keine besonderen Vorkommnisse, Sir.« Er wusste, dass der Älteste diese militärisch knappe Art von Berichterstattung nicht mochte, sondern lieber in aller Ruhe bei einer Tasse Espresso plauderte, doch Wallerich war nach der langen Nacht nicht in der Stimmung für Höflichkeiten.

Erstaunlicherweise ignorierte Nöhrgel die Provokation. Ein schlechtes Zeichen! Der Älteste saß auf einem hochlehnigen Bürostuhl vor dem Wahrscheinlichkeitskalkulator und drehte nachdenklich an einer der langen Locken seines Bartes. »Ich habe meinen Hauptrechner heute Morgen mit allen Daten über die Angriffe auf die Tore von *Nebenan* gefüttert. Das Ergebnis ist beunruhigend. Verglichen mit den Statistiken der letzten siebenundzwanzig Jahre haben die *Dunklen* sich wesentlich weniger Mühe gegeben, eines der Tore zu erobern.«

Wallerich zuckte mit den Schultern. »Warum sollten nicht auch Vampire und Werwölfe mit der Zeit dazulernen? Es ist doch mehr als hundertfünfzig Jahre her, dass wir die letzten *Dunklen* nach *Nebenan* verbannt und die Tore für sie verschlossen haben. Seitdem kommt es in jedem Jahr zu Samhaim zu Angriffen auf die Portale. Und in jedem Jahr haben wir sie zurückgeschlagen. Es ist doch völlig logisch, dass da irgendwann der Enthusiasmus ein wenig nachlässt!«

Nöhrgel lehnte sich in seinem Bürosessel zurück und faltete die Hände über seinen kleinen, kugeligen Bauch. »So würde ein vernünftiger Heinzelmann denken und ich glaube, man könnte das auch von allen anderen Angehörigen der Zwergenvölker sagen. Aber die *Dunklen* sind anders als wir. Wie viele Geschichten kennst du, in denen zum Beispiel der Vampir am Ende gesiegt hat?«

»Ich bin kein Literaturwissenschaftler«, entgegnete Wallerich gereizt. Er wollte endlich ins Bett und verspürte nicht die geringste Lust dazu, mit dem Alten über seine Hirngespinste zu diskutieren.

»Selbst wenn du einer wärst, könntest du mir wohl kaum eine nennen«, sagte Nöhrgel ruhig. »Und genau das ist der Grund, warum die *Dunklen* sich niemals entmutigen lassen werden. Sie sind es gewöhnt, zu verlieren! Deshalb beunruhigen mich die Ereignisse der letzten Nacht. Sie müssen irgendeinen anderen Plan haben. Sie haben die Angriffe letzte Nacht nur durchgeführt, damit wir denken, alles laufe wie immer. Das passt auch zu der Information, dass sich unter den *Dunklen* eine Art Geheimbund formiert hat. Leider ist es bisher keinem unserer Spitzel in *Nebenan* gelungen, in diesen Bund einzudringen ... Ich habe jedenfalls für heute Abend eine Versammlung des Rates einberufen, um mit ihm unser weiteres Vorgehen abzustimmen.«

»Und das alles, weil die *Dunklen* letzte Nacht nach hundertfünfzig Niederlagen etwas schneller aufgegeben haben als sonst? Könnte es sein, dass dir der Wahrscheinlichkeitskalkulator diesen Floh ins Ohr gesetzt hat?«

»Darf ich dich daran erinnern, dass die Zwergenvölker ihre überlegene Stellung dem innovativen Umgang mit Technik verdanken? Und was deine Frage angeht: Ja, ich habe den Rechner befragt, schon fünfmal heute Morgen. Und seine Prognose fällt stündlich schlechter aus.«

Der Alte wird täglich sturer, dachte Wallerich traurig. Früher hätte er den Rechner nach so einem Flop wie am Vortag einfach auf den Müll geworfen. Für einen Augenblick fragte er sich, ob er auch so sein würde, wenn er seinen fünfhundertsten Geburtstag hinter sich hatte. Dann lächelte er. Sich mit Nöhrgel zu vergleichen war einfach nur einfältig.

»Was gibt's zu grinsen?«, fragte der Älteste ungehalten. »Amüsiert es dich, dass wir in Gefahr sind?«

»Warum vertraust du diesem dämlichen Rechner und nicht den Berichten, die wir von *Nebenan* bekommen haben?«

»Ich habe mehr als fünf Jahre an ihm gearbeitet. Hast du schon vergessen, dass er mir sechs Richtige im Lotto vorausgesagt hat und sogar die korrekten Zahlen nennen konnte? Warum also sollte ich ihm nicht trauen?«

»Ich denke da an Sharon Stone ...«

Nöhrgel wurde erst rot und dann kreidebleich. Seine knotigen Hände krallten sich in die Lederlehnen des Bürosessels. »Du undankbarer kleiner Wicht! Hast du schon vergessen, dass ich dich gestern vor Laller und dem Rat beschützt habe?«

»Ich wollte ja nur andeuten, dass die Sache mit den Lot-

tozahlen vielleicht nur ein Zufallstreffer war. Ich meine …
Es gibt immerhin auch Leute, die sechs Richtige haben
ohne einen Wahrscheinlichkeitskalkulator zu bemühen
und …«

»Genug! Kommen wir lieber zu dem Grund, warum ich
dich habe rufen lassen!« Nöhrgel lehnte sich im Sessel zurück und setzte eine Miene auf, die nichts Gutes verhieß.
Er lächelte, aber an diese gönnerhafte Grimasse hatte Wallerich die schlimmsten Erinnerungen. »Ich habe dir ein Angebot zu machen, das du nicht ablehnen kannst.«

Wallerich lief es eiskalt den Rücken hinunter. Der Alte
hatte ungefähr zwanzig Lieblingsfilme und auf Platz eins
und zwei standen seit Jahren *Der Pate* und *Mary Shelleys
Frankenstein*. Einmal abgesehen davon, dass Nöhrgel steif
und fest behauptete, Don Corleone würde von Harvey Kei-
tel gespielt werden, hatte er den Film für einen Fünfhun-
dertjährigen ganz gut begriffen, und wenn er mit der *Ich-
habe-dir-ein-Angebot-zu-machen*-Tour begann, folgte stets
eine mittlere Katastrophe.

»Gestern Nacht hat es in der Eifel nahe bei Bleialf eine
magische Anomalie gegeben. Eine Entladung von Kräften.
Vielleicht hat es nichts zu bedeuten. So etwas kann auch
spontan passieren, so wie sich die elektrische Spannung in
einem Gewitter entlädt. Aber ich würde mich wohler fühlen, wenn du der Sache nachgehen würdest.«

»Ein magische Anomalie? Wie misst man denn so was?«

»In Anbetracht deiner Zweifel an meinen technischen
Fähigkeiten erspare ich uns beiden lieber dir zu erläutern,
woher ich davon weiß«, entgegnete Nöhrgel ironisch. »Ich
habe bereits alles für deine Reise in die Schneeeifel arrangiert.«

»Dass ich ablehnen könnte, hast du hoffentlich auch
einkalkuliert!«

»Offen gestanden nein. Laut Kalkulator beträgt die

Wahrscheinlichkeit, dass du dich auf den Weg machst, fünfundneunzig Prozent. Jedenfalls wenn ich dir sage, dass der Rat gerne noch einmal mit mir über deinen Ringdiebstahl und eine angemessene Bestrafung sprechen möchte. Irgendwie sind sie der Meinung, ich hätte dich zu leicht davonkommen lassen und ... «

»Schon gut«, winkte Wallerich ab. »Ich habe verstanden. *Ein Angebot, das man nicht ablehnen kann.* Welche Möwe wartet auf mich?«

»Schnapper. Leider war keine andere mehr zu bekommen. Du weißt ja, dass nach der Samhaimnacht viele unserer Brüder gerne einen Ausflug machen.«

Wallerich glaubte sich verhört zu haben. »Du willst mich wirklich mit Schnapper fliegen lassen? Das kann nicht dein Ernst sein? Du erinnerst dich doch sicher noch an die Malko-Affäre.«

»Sehe ich senil aus? Natürlich erinnere ich mich! Ich habe damals mit Schnapper den Lügendetektortest durchgeführt. Es gibt keinen Grund zur Beunruhigung. Schnapper hat Malko damals zweifellos unbeschadet abgesetzt. Was danach geschehen ist, konnte nie ermittelt werden. Aber du kennst ja Malko. Vielleicht macht er nur eine ausgedehnte Zechtour.«

»Eine Zechtour, die fünf Jahre dauert?« Wallerich überlegte, ob er nicht vielleicht lieber eine Bestrafung durch den Rat in Kauf nehmen sollte. Doch nein, sie würden ihn wahrscheinlich nach *Nebenan* schicken und dann könnte er Neriella für Jahre nicht wiedersehen. Er war sich sicher, dass Nöhrgel das einkalkuliert hatte. »Also gut, ich werde fliegen. Soll ich auf etwas Besonderes achten?«

»Schau dich einfach nur um und berichte mir, was du gesehen hast. Die Anomalie gab es irgendwo westlich von Bleialf auf einem Bergrücken. Mehr weiß ich leider auch nicht.« Der Älteste drehte sich um und begann auf der Tastatur des Wahrscheinlichkeitskalkulators herumzuhämmern.

»Ich geh dann«, murmelte Wallerich geschlagen.

»Sag Birgel, dass er vor der Ratssitzung bei mir vorbeischauen soll. Ich brauche noch jemanden, der mir tragen hilft. Ich werde einen wahren Berg von Papieren mitnehmen müssen.«

Der Alte hatte sich nicht einmal mehr umgedreht. Niedergeschlagen verließ Wallerich die enge Kammer. Ein Flug mit Schnapper … Schlimmer hätte der Tag nicht beginnen können!

*

Cagliostro räkelte sich zufrieden und betrachtete eine Weile seine Zehenspitzen, die unter der schneeweißen Bettdecke hervorlugten. Seine Rückkehr in die Welt der Menschen war vielleicht nicht triumphal, auf jeden Fall aber sehr angenehm gewesen. Er schwang sich aus dem Bett und ging geradewegs zu dem großen Kleiderschrank, der fast eine ganze Wand einnahm. Zwei Türen waren verspiegelt. Anerkennend pfiff der Graf durch die Zähne und blickte zurück zu Mariana. Wahrscheinlich war sie die Mätresse eines Fürsten. Solche Spiegel hatten zu seiner Zeit ein Vermögen gekostet und es hatte auch nur wenige junge Frauen gegeben, die auf eigene Kosten eine so große Stadtwohnung unterhalten konnten wie diese Druidin. Nur für Personal schienen ihre Einkünfte nicht mehr zu reichen. Nun, an einem ordentlichen Domestiken sollte es ihr in nächster Zeit nicht fehlen. Baldur war immer dankbar, wenn er jemandem einen Gefallen tun konnte. Wenn man ihm nur gelegentlich einen schönen Knochen mit etwas altem Fleisch dran oder ein blutiges Stück Leber überließ, dann war er mit sich und der Welt vollauf zufrieden.

Cagliostro öffnete den Schrank und sah sich in aller Ruhe die Kleider an. Die Frauen dieser Zeit hatten einen ungewöhnlichen Farbgeschmack. Er dachte an seinen letzten Besuch in Paris. Nicht dass die Bälle am Hof des Königs eine farblose Angelegenheit gewesen wären ... Besonders gerne erinnerte er sich an die leider viel zu kurzlebige Mode, das Dekolletee der Abendkleider so zu schneiden, dass die rot geschminkten Brustwarzen der Hofdamen gut zu sehen gewesen waren. Er seufzte. Wäre nicht die Halsbandaffäre gewesen, er hätte Paris sicher niemals verlassen!

Der Graf nahm eines der Kleider aus dem Schrank und hielt es sich an den Leib, um sich ein besseres Bild machen zu können. Die Dekolletees heutzutage schienen fast so aufregend zu sein wie vor zweihundert Jahren. Wirkliche Fortschritte hatte man bei der Länge der Kleider gemacht. Heutzutage konnte man wenigstens beizeiten sehen, ob ein Weib Beine wie eine Fischmarktfrau oder wie eine grazile Elfe hatte. Er hasste dicke Beine! Cagliostro sah zu Mariana hinüber. Was das anging, war an ihr nichts auszusetzen. Er hatte es gut mit dem ersten Weibsbild getroffen, das ihm in dieser neuen, aufregenden Zeit über den Weg gelaufen war. Natürlich war sie seinem überlegenen Intellekt nicht gewachsen, aber wer war das schon? Und was das Übrige anging ... Er lächelte versonnen. Manche Dinge änderten sich wohl nie! Schade, dass sie sich gestern Nacht zuletzt so erschreckt hatte. Längst war ihre Ohnmacht tiefem Schlummer gewichen. Manchmal zuckte sie unruhig, so als quäle sie ein unangenehmer Traum.

Einen Moment lang überlegte der Graf, ob er sie wecken sollte, doch dann entschied er sich, dass ihre Träume wahrscheinlich angenehm im Vergleich zu ihrem Erwachen waren. Schon gestern Nacht, nach ihrem ersten Liebesgeplänkel, hatte sie ihn nur noch verschwommen gesehen und dann war er, während sie noch ein wenig plauderten, plötzlich gänzlich unsichtbar für sie geworden. Woran auch immer sie sich berauscht haben mochte, es hatte aufgehört zu wirken und damit hatte sie wie alle normalen Sterblichen die Fähigkeit verloren, Geschöpfe aus der Anderswelt zu sehen. Ihre Reaktion auf seine Unsichtbarkeit war leider ausgesprochen konventionell gewesen: Sie war in Ohnmacht gefallen.

Cagliostro wandte seine Aufmerksamkeit wieder dem Kleiderschrank zu. Bei der Auswahl, die es für Frauen gab, fragte er sich, wie prunkvoll wohl erst die Garderobe für Männer sein mochte. Er hielt in seiner Suche inne und zog einen prächtigen, seidenen Morgenmantel zwischen den Kleidern hervor. Das war doch was! Prüfend rieb er den Stoff zwischen Daumen und Zeigefinger, gab einen zufriedenen Grunzer von sich und zog den Morgenmantel an. Der wunderbar leichte Stoff fühlte sich wie eine kühle Morgenbrise auf der Haut an. In bester Stimmung verließ der Graf das Schlafzimmer und stolperte fast über Baldur, der sich vor der Tür zusammengerollt hatte. Der Werwolf hatte wieder seine menschliche Gestalt angenommen, was ihn im Augenblick aber nicht davon abhielt, Cagliostro die Füße zu lecken.

»Ist gut, sitz, mein Braver!« Baldur war vermutlich schon in seinem früheren Leben nicht der Hellste gewesen, doch die Wechsel zwischen zwei Gestalten brachten ihn völlig aus dem Gleichgewicht. Der Werwolf war ein überaus gut aussehender junger Mann. Er hatte die Figur eines griechischen Athleten und es gab kaum ein weibliches Wesen, das ihm nicht interessiert nachblickte, obwohl er ein bisschen stark behaart war. Dafür waren Baldurs geistige Gaben umso bescheidener ausgefallen und seine Interpretation von korrektem Werwolfverhalten wies ausgesprochen hündische Züge auf. Er war dem Grafen, kurz nachdem es ihn in die Anderswelt verschlagen hatte, zugelaufen. Cagliostro war sich bis auf den heutigen Tag nicht im Klaren darüber, ob die unterwürfige Zuneigung, die der Werwolf von ihrer ersten Begegnung an für ihn empfunden hatte, auf seine besondere Ausstrahlung als in die ägyptischen Mysterien eingeweihter Großkoptha zurückging oder lediglich auf den Geruch seiner Füße.

»Komm, mein Junge, wir werden sehen, wo wir hier was zu essen auftreiben.«

Baldur hechelte zustimmend und sie beide stiegen die enge Holztreppe hinab, die in ein großes, lichtdurchflutetes Zimmer führte. Staunend bemerkte Cagliostro eine Bücherwand, die man schon fast eine kleine Bibliothek nennen konnte. Sollte er Mariana doch falsch eingeschätzt haben?

Vor dem Regal stand der Erlkönig und blätterte mit sauertöpfischer Miene in einem schweren Lexikon. Er sah kurz auf und ein abfälliges Lächeln spielte um seine dünnen Lippen. »Du heulst lauter als dein Schoßhund, wenn dich eine Dame beglückt, alter Mann. Erinnerst du dich noch, warum wir hier sind, oder ist dir dein Hirn endgültig in die Lenden gerutscht?«

»Danke für die herzliche Anteilnahme und mein Beileid dafür, dass du offenbar schon vor Jahrhunderten ausgetrocknet bist.«

»Es besteht in der Tat kein Zweifel daran, dass du im Vergleich zu mir noch feucht hinter den Ohren bist«, erwiderte der Erlkönig kühl. »Anders kann ich mir auch nicht erklären, dass es dir noch nicht aufgefallen ist.«

»Wovon redest du?«

»Von der Magie.«

Cagliostro starrte den Alben finster an und machte zugleich eine beschwichtigende Bewegung in Baldurs Richtung, der angefangen hatte leise zu knurren. »Was ist mit der Magie?«

»Spürst du nicht die Spannung in der Luft? Es ist fast wie bei einem Gewitter.«

Der Graf versuchte sich zu sammeln, aber alles, was er spürte, war eine kaum zu zügelnde Lust, dem arroganten Alben den Hals umzudrehen und anschließend ein üppiges Frühstück einzunehmen. Cagliostro hätte natürlich niemals zugegeben, dass er etwas nicht bemerkte, was dieser Streber für offensichtlich hielt. Also nickte er bedächtig. »In der Tat, die Akkumulation magischer Energien erscheint beträchtlich. Glaubst du, dass die Druidin vielleicht wirklich über Zauberkraft verfügt?«

Der Erlkönig blickte so herablassend, wie es selbst Alben erst nach Jahrhunderten harten Trainings vermögen, und klopfte dabei sachte mit dem Fingerknöchel auf das Buch in seiner Hand. »Leider bin ich in diesem vierundzwanzigbändigen Konversationslexikon erst bei Band neun angelangt oder genauer gesagt beim Stichwort Gynandrie. Ich bin mir also über die Zusammenhänge dieser Welt noch nicht ganz im Klaren. Doch es scheint, als habe sich hier erheblich mehr verändert, als gut ist.«

»Ah ... Gynandrie. Natürlich ... Und du willst mir sagen, dass du in der letzten Nacht, während ich mich ... um ein gutes Verhältnis zu unserer Gastgeberin bemühte, neun Lexikonbände gelesen hast?«

»Gelesen wäre der falsche Ausdruck«, erwiderte der Erlkönig herablassend. »Ich verfüge über eine Eigenart, die unter dem Schlagwort fotografisches Gedächtnis näher erläutert ist. Einfach ausgedrückt: Ich sehe mir eine Buchseite einen Augenblick lang an und kann mir merken, was darauf steht. Obwohl meine Studien noch lange nicht abgeschlossen sind, scheint es doch so, dass, einmal abgesehen von ein paar unbegabten Okkultisten, die große

Mehrheit der Menschen den Glauben an magische Kräfte und Zauberei verloren hat. Paradoxerweise scheint Aberglaube nach wie vor ein weit verbreitetes Phänomen zu sein. Die Sterblichen verhalten sich im höchsten Grade unlogisch. Und da ist noch etwas ...«

Cagliostro hob auf provozierende Weise eine einzelne Augenbraue – eine Geste, die er bei Maximilien Robespierre, einem unbedeutenden Advokaten aus Arras, abgeschaut hatte, nachdem er gezwungen worden war Paris zu verlassen. »Was?«

Zufrieden registrierte der Graf, dass die überhebliche Selbstsicherheit des Erlkönigs einen Augenblick lang aus dem Gleichgewicht kam und eine Spur weniger Arroganz in seiner Stimme schwang. »Wenn du die Güte hättest, zum Fenster zu gehen und dir das Plakat auf der anderen Straßenseite anzuschauen ...«

Auf dem Plakat war ein dunkelhaariger Schönling zu sehen, der es offenbar für vorteilhaft hielt, der ganzen Welt zu zeigen, was für ein Pferdegebiss er hatte. Unter dem Bild stand in fetten Lettern: *Heute Nacht in der Kölnarena! Philipp Pirrip, der größte Illusionist des Universums, präsentiert seine neue Show VERSCHWINDIBUS.* Hinter dem vermeintlichen Zauberer sah man noch einige hübsche Assistentinnen, die offensichtlich einen größeren Teil ihrer Bekleidung bei den Proben ihres Meisters eingebüßt hatten. Wehmütig dachte Cagliostro an seine Auftritte in Paris. An hübschen Gehilfinnen hatte es ihm damals auch nie gemangelt.

»Was hältst du davon?«

Cagliostro zuckte unschlüssig mit den Schultern. »Offen gestanden, ich würde mir diesen Philipp Pirrip gerne mal ansehen. Er scheint im selben Geschäft tätig zu sein wie ich einst, obwohl das Plakat einen höchst unseriösen Eindruck macht.«

»Ich kann mir nicht vorstellen, dass er wirklich über Zauberkräfte verfügt. Ich meine, wer nur ein wenig sensitiv begabt ist, spürt doch, dass alles hier so voller zauberischer Energie steckt, als wüssten die Menschen schon seit Jahrhunderten nichts mehr mit den magischen Kräften der Natur anzufangen. Alle reden hier ständig von der Suche nach neuen Energiequellen ...« Der Erlkönig klopfte mit dem Fingerknöchel auf das Lexikon in seiner Hand. »Doch die größte aller Kraftquellen scheint heutzutage niemand mehr zu kennen.«

Der Graf drehte sich um und nickte beiläufig. »Du sagst es.« Gleichzeitig bemühte er sich erfolglos etwas von diesen Kräften zu spüren. Ob der Erlkönig ihn vielleicht auf die Probe stellte? Cagliostro hatte sich noch nie Gedanken über die Ballung magischer Kräfte gemacht. Seine Zaubervorführungen waren auch ohne solchen Schnickschnack große Erfolge gewesen! Jedenfalls meistens ... Überhaupt bestand das Schlüsselgeheimnis der Magie seiner Meinung nach darin, niemals lange genug an einem Ort zu bleiben, um mit der etwaigen Unwirksamkeit irgendwelcher Tinkturen und Zaubersprüche konfrontiert zu werden.

»Wie allgemein bekannt ist, haben die Zwergenvölker ebenfalls ein sehr angespanntes Verhältnis zur Magie, weshalb fast alle männlichen Vertreter dieser Rassen *Nebenan* verlassen haben. Auf der einen Seite sind einzelne besonders begabte Zwerge oder Heinzelmänner zwar durchaus befähigt zu zaubern, andererseits setzen sie diese Fähigkeiten so gut wie nie ein, außer vielleicht um einen Zauberring und solchen Schnickschnack wie sich selbst zuknotende Schnürsenkel zu erschaffen oder sich gegen ihre Frauen zur Wehr zu setzen. Das heißt, wenn dieser Pirrip ein Betrüger ist und es sonst keine weiteren ernst zu nehmenden Zauberer gibt, dann steht uns das magische

Potenzial einer ganzen Welt zur Verfügung! Hast du eine Vorstellung, was das bedeutet?«

»Dass wir nur mit den Fingern schnippen müssen, um uns ein Frühstück in dreiunddreißig Gängen in die Küche zu zaubern?«

Der Erlkönig antwortete mit einem Blick, der in Worte gefasst in seiner abfälligen Vieldeutigkeit wohl ein halbes Buch gefüllt hätte. »Wie schön, einen so praxisbezogenen Geist um sich zu wissen.«

Cagliostro sah wieder aus dem Fenster. Schade, dass man in seiner Zeit nicht solche Plakate machen konnte. Er versuchte sich vorzustellen, auf welch wundersame Weise man so lebensechte Kupferstiche herstellte, und fragte sich zuletzt, ob die Menschen nicht vielleicht doch einige Spielarten der Magie beherrschten.

»Ich denke, es wäre klug, einen Späher auszuschicken, der sich draußen ein bisschen umsieht«, unterbrach der Erlkönig Cagliostros Tagträume.

»Du möchtest dir die Füße vertreten?«

Der Erlkönig machte eine Handbewegung, als wolle er auf Baldur zeigen, ließ die Hand aber sofort wieder sinken, als der Werwolf zu knurren begann. »Ich hatte eigentlich an deinen haarigen Begleiter gedacht. Er ist der Unauffälligste von uns. Jedenfalls wenn es dir gelingt, ihm klar zu machen, dass er nicht auf der nächsten Wiese Kaninchen jagen sollte.«

»Und *warum* sollte Baldur sich nicht ein bisschen Spaß gönnen, wenn er schon unseren Laufburschen spielen muss? Er ist für die Menschen ohnehin unsichtbar.«

»Weil er für Kaninchen sichtbar ist und sie einen herumstreunenden Werwolf mit Sicherheit den nächsten Heinzelmännchen melden werden. Sollte er es hingegen schaffen, sich halbwegs wie ein Mensch aufzuführen, dann wird er weder irgendwelchem Kleinvieh auffallen noch einem Heinzelmann, der nur einen flüchtigen Blick auf ihn wirft. Sie würden ihn für einen ganz normalen Menschen halten.«

Cagliostro lauschte mit einem Ohr seinem beständig knurrenden Magen, stellte sich ein reichhaltiges Frühstück vor und beschäftigte nur einen kleinen Teil seines Großhirns damit, der gewundenen Argumentation des Erlkönigs zu folgen. Durch langjährige Erfahrungen mit zahllosen einschläfernden Logensitzungen und solcherlei Gesprächssituationen erprobt verfiel er automatisch in beiläufiges Kopfnicken.

»Du wirst meinen Plan also unterstützen?«

Baldur gab einen winselnden Laut von sich.

»Äh, Plan ...« Cagliostro hatte das unbestimmte Gefühl, dass sich jemand mehr als nur auf verbale Weise in seine Gedanken einmischte. Er dachte zwar *Nein*, über seine Lippen kam aber ein entschiedenes »*Natürlich*«!

»Sehr gut«, fuhr der Erlkönig mit einem beunruhigenden Lächeln fort. »An der Garderobe habe ich einen langen Mantel und Stiefel aus einem unerfreulichen Material, das man Gummi nennt, gefunden. Ich denke, das sollte als Tarnung für Baldur genügen.«

Eigentlich wollte Cagliostro antworten: *Baldur ist ein professioneller Spürhund, aber ich schicke ihn nicht gegen seinen Willen*. Stattdessen sagte er: »Baldur ist ein perfekter Spitzel, aber ich schicke ihn nicht gegen sabbernde Wilde.« Baldur blickte ihn ungläubig an.

Wütend machte der Graf einen Schritt in Richtung des Erlkönigs, fluchte dabei jedoch: »Los doch, verdammte Promenadenmischung!« statt *Lass das, verdammter Pisser!*

»Hast du gehört?« Der Erlkönig nickte in Richtung der Tür am anderen Ende des Zimmers. »Die Garderobe findest du dort drüben.«

Mit gesenktem Kopf schlich Baldur davon und wirkte so

geknickt wie ein Schoßhund, den man gerade beim Zerfetzen eines fast neuen Paares Hauspantoffeln erwischt hatte.

Cagliostro wollte noch etwas sagen, biss sich aber auf die Lippen. Was zum Henker hatte der Mistkerl in seinen Gedanken zu suchen?

»Ich sagte doch, dass es unter den vorherrschenden Bedingungen eine Kleinigkeit ist zu zaubern. Allerdings besitzt du eine erstaunliche Widerstandskraft. Leider kann ich dich nicht ganz sagen lassen, was ich will. Du hast immer noch die Kontrolle über deine Anfangsbuchstaben.«

Alben-Arschloch, dachte Cagliostro und sagte: »Außerordentlich aufschlussreich.« Erschrocken legte er sich die Hand auf den Mund.

Man hörte, wie die Haustür ins Schloss fiel. Betroffen beobachtete der Graf durchs Fenster, dass Baldur wie ein geprügelter Hund davonschlich.

»Du solltest dich nicht mit solchen Sentimentalitäten aufhalten, Cagliostro. Immerhin wartet in der Küche ein Frühstück in dreiunddreißig Gängen. Ich dachte mir, du solltest nicht leben wie ein Hund.«

Der Graf vermied es, sich dazu zu äußern, aber er machte dem Erlkönig sehr deutlich, was er über ihn dachte.

Wallerich hatte sich auf den Flug gut vorbereitet. Er trug eine Lederkombi mit kniehohen Schnürstiefeln, eine lederne Pilotenkappe mit Motorradbrille und dazu einen langen roten Schal. Wäre sein Bart nicht gewesen, hätte man sagen können, er sähe aus wie eine Miniaturausgabe des Roten Barons. Und so fühlte er sich auch. Während er zum Dach des Hauptgebäudes der Universität hinaufstieg, fragte er sich, was wohl schlimmer war: in den Krieg zu ziehen oder einen Flug mit Schnapper unternehmen zu müssen.

Wallerich fand die Möwe hinter einem Kamin hockend, und obwohl er sich kaum mit der Mimik von Vögeln auskannte, hatte er sofort das Gefühl, dass sie ihn böswillig anstarrte. Schnapper war ein ganzes Stück größer als Wallerich und hatte abgesehen von seinen Flügelspitzen, die ein dezentes Schimmelgrau zeigten, ein schmutzig weißes Gefieder. Seine gelben Augen erweckten den Eindruck, als habe er schon alle Bosheiten dieser Welt gesehen und sei an mindestens der Hälfte von ihnen federführend beteiligt gewesen.

»Schönes Wetter heute, nicht wahr?«

»Nein!« Die Stimme der Möwe war ein kehliges Krächzen, das bei empfindsameren Gemütern vermutlich zur spontanen Entleerung der Blase geführt hätte. Doch Wallerich betrachtete sich als der hartgesottenste Heinzelmann der Stadt und setzte sein opportunistischstes Lächeln auf. »Du hast natürlich Recht!« Er sah zum wolkenlosen Himmel hinauf. »Als Flugwetter ist das wirklich das Letzte.«

Wallerichs Blick wanderte zu einer durchlöcherten, mit zähem roten Saft verschmierten Konservendose, die neben der Möwe lag. »Gut gefrühstückt?«

»Nein. Eine Dose Fisch in Tomatensauce, die ich im Sturzflug aus einem Einkaufswagen geholt habe, kann man wohl kaum ein gutes Frühstück nennen.« Schnapper blinzelte. »Du willst mich wohl auf den Arm nehmen?«

»Nichts läge mir ferner ... Ich äh ... Vielleicht könnte ich dich ja auf ein Frühstück einladen.«

Die Möwe legte den Kopf schief und starrte. Falls ein Schnabel, der Konservenblech so mühelos wie ein Dosenöffner durchschneidet, zu einem boshaften Lächeln fähig war, lächelte Schnapper. »Mich zum Frühstück einladen? Hier?«

»Ich … hmm … dachte eigentlich mehr an den Fischmarkt.«

»Weißt du, tote Sachen zu essen ist nicht richtig befriedigend. Ich mag es, wenn mein Essen noch ein bisschen zappelt.«

»Zappelt«, wiederholte Wallerich tonlos und dachte an den verschwundenen Malko.

»Auf dem Weg in die Schneeeifel werden wir an ein paar Fischteichen vorbeikommen«, krächzte die Möwe und beugte sich. »Steig jetzt endlich auf meinen Rücken. Ich hab keine Lust, den ganzen verdammten Tag hier auf dem Dach zu hocken.«

Wallerich gehorchte, saß auf und krallte die Finger in Schnappers Halsgefieder. Die Möwe stieß ein mürrisches Krächzen aus. Sie watschelte zur nächsten Regenrinne, stürzte sich kopfüber vom Dach und segelte wild mit den Flügeln schlagend dem Pflaster des Albertus-Magnus-Platzes entgegen. Ein Radfahrer, der die Möwe geradewegs auf sich zukommen sah, zog es vor, sich mit einem Hechtsprung über den Lenker in Sicherheit zu bringen, bevor er Bekanntschaft mit Schnappers Schnabel machte.

»Scheißsonntagsfahrer!«, fluchte die Möwe und schoss nun in steilem Bogen zum Himmel hinauf.

Wallerich biss die Zähne zusammen und beglückwünschte sich dazu, heute Morgen noch nicht gefrühstückt zu haben.

*

Birgel war froh, dass Nöhrgel ihm die Sache mit dem Ring nicht nachtrug. Er konnte es einfach nicht ertragen, wenn man böse auf ihn war. Selbst die Tatsache, dass der Älteste ihn gerade als Packesel benutzte und ihn eine Aktentasche schleppen ließ, die mit Bleibarren gefüllt schien, tat seiner Freunde darüber, dass die Ringaffäre überstanden war, nicht den geringsten Abbruch. Ein wenig beunruhigend fand Birgel jedoch, dass der Alte darauf bestanden hatte, die schwere Aktentasche mit einer massiven Kette an seinem Handgelenk zu befestigen. Aber Birgel wusste aus Erfahrung, dass man am besten mit den Leuten auskam, wenn man ihnen unangenehme Fragen ersparte – und so hatte er geschwiegen.

Nöhrgel trug lediglich eine große Papprolle, in der wohl irgendwelche Pläne verwahrt wurden. Aber Birgel hatte für diese Art der Lastenteilung volles Verständnis. Schließlich trug der Alte auch die Verantwortung und das war eine Last, die Birgel um keinen Preis der Welt hätte übernehmen wollen.

Die Versammlung des Rates sollte in einem vergessenen Luftschutzbunker tief unter dem Philosophikum stattfinden. Weil es ein schöner Herbstabend war, hatte Nöhrgel darauf bestanden, quer über den Albertus-Magnus-Platz zu gehen, statt wie üblich einen der Verbindungstunnel zwischen Hauptgebäude und Philosophikum zu benutzen. Birgel hatte sich über die Entscheidung gewundert, denn der Platz war alles andere als ein städtebaulicher Geniestreich und nicht sonderlich hübsch anzuschauen. Am attraktivsten war noch das Sitzbild, das den alten Albertus Magnus zeigte, von dem Nöhrgel übrigens behauptete ihn noch persönlich gekannt zu haben. Von einer Videokamera überwacht hockte der Humanist in Denkerpose neben dem Vordereingang des Hauptgebäudes, einem schmucklosen Sandsteinbau aus dem frühen zwanzigsten Jahrhundert. Auf der anderen Seite des Platzes erhob sich in Terrassen ansteigend das Philosophikum, eine Zikkurat des Wissens, aus einer Zeit, in der man Flachdachbauten mit Hochhausflair noch hübsch fand. Die größte Bausünde jedoch war zweifellos das Hörsaalgebäude, ein schäbiger

Betonklotz, bei dem man aus unerfindlichen Gründen bei den meisten Hörsälen darauf verzichtet hatte, Fenster einzubauen. Das mochte sachlich und funktional sein, schön war es gewiss nicht. Passend zu dieser Tristesse gab es seit neuestem noch zwei Fressbuden mitten auf dem Albertus-Magnus-Platz, deren Angebote Birgel aber in Anbetracht der köstlichen Menüs, die in der Heinzelmännchen-Kantine geboten wurden, nicht wirklich verlockend fand. So blieb rätselhaft, aus welcher Laune heraus Nöhrgel auf dem Spaziergang bestanden haben mochte, doch wer war er schon, dachte Birgel bei sich, dass er sich anmaßte den Ältesten verstehen zu wollen.

Es waren nur noch wenige Studenten unterwegs und die beiden Heinzelmänner mussten kaum Acht geben, um nicht über den Haufen gerannt zu werden. Tagsüber war das wesentlich schlimmer. Es konnte schon ein Kreuz sein, wenn man unsichtbar und obendrein nur dreißig Zentimeter groß war, denn obwohl die Geschöpfe von *Nebenan* nicht wahrgenommen werden konnten, waren sie deshalb nicht weniger stofflich als die Studenten. Wenn die *Langen* wüssten, wie oft sie mit einem Angehörigen der Zwergenvölker Fußball spielten, ohne zu ahnen, worüber sie gerade gestolpert waren!

Sie hatten das Philosophikum fast erreicht, als Birgel plötzlich wie angewurzelt stehen blieb. Da stand doch irgendein junger, nach menschlichen Maßstäben gut aussehender Kerl vor einer der Fressbuden, hatte seinen Mantel aufgeschlagen und pinkelte ungeniert in eine Mülltonne. Und als ob das noch nicht schlimm genug war, schien der Kerl obendrein, mal abgesehen von einem Paar Gummistiefel, völlig nackt unter dem Mantel zu sein!

Einige Schritte weiter ging eine Studentin an dem Exhibitionisten vorbei, doch sie würdigte den Wüstling nicht eines Blickes. Ja, sie ging nicht einmal schneller, ganz so, als sei das, was dort geschah, das Selbstverständlichste der Welt.

»Chef«, raunte Birgel erschüttert. Der Alte war schon ein Stück weiter und so in Gedanken vertieft, dass er ebenfalls nichts bemerkt hatte. »Chef!« Der Heinzelmann zeigte mit ausgestrecktem Arm in Richtung des Wüstlings. »Sehen Sie mal dort drüben!«

In diesem Moment blickte der Kerl in ihre Richtung. Einen Herzschlag lang verharrte er, dann stieß er ein unmenschliches Geheul aus und eilte ihnen mit langen Schritten entgegen.

»Lauf, Birgel!«, schrie der Älteste, doch der Heinzelmann hätte keiner Aufforderung bedurft, um seine Beine in die Hand zu nehmen. So schnell er konnte, stürmte er der nächsten Tür ins Philosophikum, dem Eingang für Rollstuhlfahrer, entgegen, der nur noch ein paar Meter entfernt lag. Vielleicht hätte er ihn auch erreicht, wäre der schwere Aktenkoffer nicht an sein Handgelenk gekettet gewesen und ihm zwischen die Beine geraten. So schlug Birgel einige Purzelbäume, und noch bevor er halbwegs begriffen hatte, was geschah, war der Wüstling über ihm.

Alles ging rasend schnell. Seltsamerweise hatte Birgel das Gefühl, gar nicht richtig am Geschehen beteiligt zu sein, sondern wie ein unbeteiligter, aber sehr interessierter Zuschauer neben sich zu stehen. Der Kerl war über ihm, riss sein Maul weit auf und machte alle Anstalten, ihm in die Kehle zu beißen. Mit absurder Deutlichkeit registrierte der Heinzelmann den üblen Mundgeruch, der ihm entgegenschlug, und das ungewöhnliche Gebiss des Exhibitionisten. Es schien aus lauter Reißzähnen zu bestehen, so wie bei einem großen Hund. Zwischen den Zähnen klebte etwas, das an Kaninchenhaare erinnerte.

Birgel wollte den Koffer hochreißen, was aber nicht richtig gelang, weil der Angreifer halb darauf kauerte. Immerhin schaffte es der Heinzelmann, die Kofferkette zwischen die Reißzähne und seine Kehle zu bekommen. Knirschend fuhren die Fangzähne in die Titankette – und dann war das letzte Bollwerk, das Birgels Hals noch hätte retten können, dahin. Ausgerechnet in diesem Augenblick war die überraschende Fähigkeit, das Geschehen wie ein Außenstehender mit analytischer Distanz zu betrachten, dahin. Birgel kniff in Panik die Augen zusammen und die Tatsache, dass er in diesem Moment bedauernd daran dachte, niemals einen von Nöhrgels berühmten Zwiebelkuchen gekostet zu haben, wertete er als sicheren Hinweis, dass es jede Sekunde mit ihm vorbei sein musste. Schließlich wusste jeder, dass Opfer, die im letzten Moment gerettet wurden, in einem einzigen Herzschlag ihr Leben an sich vorbeiziehen sahen, um hinterher richtig was zu erzählen zu haben. Von einem Heinzelmann hingegen, der in Todesgefahr an Zwiebelkuchen dachte, hatte Birgel noch nie gehört. Was vermutlich nur bedeuten konnte, dass die meisten nicht mehr dazu gekommen waren, etwas zu erzählen.

Der Exhibitionist stieß ein schrilles Heulen aus und langsam schlich sich in Birgels Bewusstsein der unerfreuliche Gedanke, dass der Kerl sich ziemlich viel Zeit damit ließ, ihn umzubringen. Vielleicht wollte dieses Ungeheuer ihn ja noch etwas quälen?

Vorsichtig blinzelte der Heinzelmann zwischen seinen Händen hindurch, die er schützend vors Gesicht geschlagen hatte. Der Wüstling warf wild den Kopf hin und her und knurrte dabei wie ein toll gewordener Straßenköter. Die Titankette hatte sich zwischen seinen Reißzähnen verfangen und nun hing ihm eine Kette mit einem schweren Aktenkoffer daran aus dem Maul.

»Vade retro, Bestia! Ad ...« Nöhrgel war hinter dem Monstrum aufgetaucht, und obwohl der Älteste ihm kaum bis zum Knie reichte, schien der Kerl Angst vor ihm zu haben. Nöhrgel hatte die Papprolle mit den Karten drohend erhoben, als halte er ein Zauberschwert in den Händen. Der halb nackte Blonde wich zurück und fletschte die Zähne, was allerdings in Anbetracht des Koffers, der ihm aus dem Maul hing, nicht sonderlich bedrohlich aussah. Plötzlich wandte er sich um und lief mit großen Sprüngen davon.

Nöhrgel warf die Papprolle zu Boden und fluchte wie ein Kesselflicker. »Los, Birgel, wir dürfen ihn nicht entkommen lassen! *Folge ihm!*«

Doch Birgel, der sich in seinem ganzen Leben noch nie einem Befehl widersetzt hatte, entschied sich in diesem Augenblick dafür, lieber ohnmächtig zu werden.

4

»Also, ich finde seine Assistentinnen bemerkenswert hübsch.«

»Das sagst du schon zum dritten Mal«, erwiderte der Erlkönig und gähnte. Bisher war der größte Illusionist des Universums nur eine große Enttäuschung. Von wirklicher Magie konnte nicht die Rede sein!

»Ich sage dir, hübsche Assistentinnen sind das halbe Geschäft.« Der Graf seufzte schwärmerisch. »Wenn ich an meine Lorenza denke ...«

Der Erlkönig musterte seinen Gefährten misstrauisch. Entweder war Cagliostro ein noch größerer Dummkopf, als er bislang angenommen hatte, oder aber der Graf hatte einen Weg gefunden, seine wahren Gedanken zu verbergen. Seit dem Frühstück beschäftigten nur noch Banalitäten und sentimentale Erinnerungen den Verstand des Grafen. Jedenfalls den Teil des Hirns, den der Elbenfürst einsehen und manipulieren konnte.

»Wir sollten hier verschwinden. Diesem Stümper noch länger zuzuschauen ist Zeitverschwendung!«

»Also, ich finde ihn amüsant. Außerdem steht in diesem Heftchen hier, dass gleich seine größte Nummer kommt. Er lässt sich selbst verschwinden! Schau mal, jetzt verlässt er die Bühne und ...«

»Ruhe da vorne, verdammt!«, zischte ein Bass hinter ihnen.

Der Erlkönig drehte sich um. Er war sich sicher, dass es der Dicke zwei Reihen hinter ihm war, der geflucht hatte. Sie waren zwar unsichtbar, das hieß aber nicht, dass man sie nicht hören konnte. Und Unsichtbare konnte man auch beleidigen, dachte der Fürst wütend. Ihm reichte es! Dieser Abend war vergeudet. Er hätte bei den Lexika bleiben sollen!

»Tolles Theater, diese Kölnarena. Ich wünschte, ich hätte einmal auf so einer Bühne gestanden. Sieh dir nur an, wie viele Leute gekommen sind, um sich Philip Pirrip anzusehen. Das erinnert mich an den Tag, als ich Boulogne verlassen musste. Habe ich dir je davon erzählt? Tausende sind am Strand zusammengelaufen, um mich und Lorenza zu verabschieden. Das war einer der größten Tage meines Lebens und ... Also so was! Hast du das gesehen?«

»Was?« Der Erlkönig redete sich ein, es sei das Beste, die ganze Sache als eine Studie menschlichen Verhaltens zu betrachten und die Vorstellung bis zum Ende durchzustehen. Als überlegenem Geist sollte es ihm gelingen, sich in Geduld zu üben.

»Der Kerl hat die dunkelhaarige Assistentin ein dämliches Flittchen genannt, nur weil sie einen kleinen Fehler gemacht hat. In dieser Zeit hat man wohl keine Ahnung mehr, wie man sich als Ehrenmann verhält!«

»Ruhe da vorne!«, polterte die Bassstimme hinter ihnen erneut.

»Wie kommst du darauf, dass er die Dunkelhaarige angeschnauzt hat? Er lächelt doch.«

»Du hast keine Ahnung von Bühnenauftritten, nicht wahr, mein Fürst? Ich hab diesen Pirrip genau beobachtet. Er trägt ein Ding, das seine Stimme lauter macht. Das hat er kurz abgeschaltet, als er mit der Hand über seine Brust gestrichen hat, und dann hat er die süße Dunkelhaarige beleidigt.«

»Wie willst du das wissen? Auf die Entfernung kann man doch kein Wort hören.«

Cagliostro lächelte durchtrieben. »Ich kann von den Lippen lesen. Das ist die zweite Gabe, die einen großen Magier auszeichnet.«

»Ach«, erwiderte der Elbenfürst und dachte daran, wie der Graf gegen seinen Willen Baldur hinausgeschickt hatte. »Es ist gut, einen Kameraden zu haben, der einen so offenherzig in die okkulten Künste einführt.«

»Das finde ich auch.«

In Cagliostros Stimme lag ein Unterton, der dem Erlkönig zu denken gab, doch bevor er sich darüber klar werden konnte, wie der Graf seine Antwort vielleicht gemeint haben mochte, ergoss sich eine Tüte Popcorn über einen Nachbarn zwei Sitze weiter links.

»Das tut mir aber Leid, du Quasselstrippe«, höhnte die Bassstimme.

»Wirklich amüsant, die moderne Theaterkultur«, kommentierte Cagliostro die Popcornschlacht, die neben ihnen entbrannte, bis drei Ordner in die ausufernde Debatte eingriffen.

Dem Erlkönig war es peinlich. Er begriff die Welt um ihn herum nicht. Zu viel hatte sich geändert seit seiner Zeit, aber er hoffte, dass er sie, sobald er die letzte Seite des Konversationslexikons gelesen hatte, besser verstehen würde. Im Augenblick erschien ihm alles voller Widersprüche. Selbst die Darbietung auf der Bühne. Jetzt stand dort ein Fremder und gab vor, der große Philip Pirrip zu sein. Dabei konnte doch jeder, der nur halbwegs einen Blick für die Aura eines Menschen hatte, sehen, dass es sich um einen Schwindel handelte! Aber vielleicht gehörte es ja zum Ritual solcher Zaubershows, dass man über das Offensichtliche einfach hinwegsah?

Auf der Bühne verschwand der vermeintliche Magier in einer Wolke von Nebel.

»So ein Betrüger«, murmelte nun auch Cagliostro. »Den Trick habe ich vor zweihundert Jahren schon gesehen.« Der Graf deutete auf einen großen Kasten, der zwischen den Zuschauerrängen stand. »Er ist schon dort. Es muss einen Tunnel oder so etwas geben.«

Dramatischer Trommelwirbel hallte durch die Kölnarena, in der es ansonsten mucksmäuschenstill war.

Der Erlkönig lehnte sich in seinem Sitz zurück und dachte daran, dass die Show nach diesem *großen* Auftritt vermutlich bald vorbei sein würde. Er sollte versuchen sich zu entspannen und das Verhalten der Menschen zu studieren. Wenn er jemals wieder Einfluss auf sie haben wollte, dann musste er wissen, was sie bewegte, und vor allem, was sie beunruhigte.

»Eine Schande für die ganze Innung«, brummte der Graf.

Mit einem Knall öffnete sich der Kasten zwischen den Zuschauerrängen. Dichter Nebel quoll hervor. Der Trommelwirbel verstummte. Es herrschte atemlose Spannung. Scheinwerfer schnitten helle Bahnen in die Dunkelheit und alle Lichtstraßen kreuzten sich inmitten des Nebels, der langsam verflog. Und dann sah man es ... Oder genauer gesagt, man sah nichts. Trommelwirbel hallte aus den Lautsprechern und wurde abrupt unterbrochen, als auch die Tontechniker bemerkten, dass irgendetwas schief gelaufen war.

Wieder war es für einige Augenblicke still, dann erklang eine blecherne Stimme. »Meine Damen und Herren, wir bitten um Entschuldigung. Offenbar ist es bei der Durchführung des Zauberkunststücks zu einer Panne gekommen. Bitte bleiben Sie auf Ihren Sitzen und gedulden Sie sich noch einen Moment.«

Leises Rauschen tönte aus den Lautsprechern und dann die schrille Stimme einer Frau: »Nein, er ist wirklich fort! Wir haben schon überall nachgesehen.« Offenbar hatte jemand versehentlich das Mikro einer der Assistentinnen eingeschaltet.

Die zwei Sätze beendeten die angespannte Stille. Jemand begann hysterisch zu lachen und dann dauerte es kaum einen Herzschlag, bis sich die Kölnarena in einen tobenden Hexenkessel verwandelte.

Der Erlkönig sah zu Cagliostro. »Du?«

Cagliostro lächelte unschuldig und statt zu antworten erklang eine Stimme im Inneren des Elbenfürsten. »Im Grunde hast du mir gezeigt, wie es geht. Man fokussiert seine Gedanken, konzentriert sich allein auf eine Idee und nutzt die Macht, die im Überfluss vorhanden ist ...«

»Und wo ist der Kerl jetzt?«

Als eine Gruppe panischer Zuschauer gleich einer durchgehenden Rinderherde durch ihre Sitzreihe pflügte, begann der Graf zur hohen Decke zu schweben.

Der Erlkönig beeilte sich ihm zu folgen. »Wo steckt Pirrip?«

Cagliostro zuckte mit den Schultern. »Keine Ahnung! Ich habe ihn mir nur fortgewünscht. Daran, wo er landen könnte, habe ich keinen Gedanken verschwendet. Muss denn jemand, der irgendwo verschwindet, zwangsläufig an einer anderen Stelle wieder auftauchen?«

*

Wallerich hatte schon das dritte Mal geklopft, bevor aus Nöhrgels Kammer ein gereiztes *Herein!* erklang. Der Älteste hatte sich ein Mikroskop bringen lassen und stand auf einem Stapel von Büchern, um durch eines der beiden Okulare blicken zu können. Neben ihm lag auf einem Schreibpult eine alte Handschrift mit merkwürdigen Illustrationen. Nöhrgel blickte nur kurz über die Schulter, um sich zu vergewissern, wer die Kammer betreten hatte. Dann wandte er sich wieder dem Mikroskop zu. »Könntest du dich so stellen, dass du auf keines der Bücher tropfst?«

»Danke für die Anteilnahme.« Wallerich schnallte sich die Pilotenkappe ab, warf sie auf den Lieblingssessel des Alten, wickelte den roten Schal ab und wrang ihn aus.

»Regnet es?«, fragte Nöhrgel ohne noch einmal vom Mikroskop aufzublicken.

»Schnapper hielt es für eine klasse Idee, auf dem Rückflug einen kleinen Imbiss zu nehmen. Leider hat er sich nicht die Zeit genommen, mich absteigen zu lassen, bevor er sich kopfüber in einen Fischteich stürzte. Ich wäre beinahe ertrunken!«

»Freut mich, dass du einen abwechslungsreichen Nachmittag hattest.« Nöhrgel schaffte es bei der Bemerkung nicht einmal, ironisch zu klingen. »Wenn du mir jetzt freundlicherweise berichten könntest, was du entdeckt hast ...«

Ich habe entdeckt, dass man Schwimmen wieder verlernen kann, dachte der Heinzelmann gereizt, behielt es aber für sich. »In der Region um Bleialf gab es keine Hinweise auf eine Anomalie. Es wurde kein Vieh geraubt, es waren keine verwirrten Bauern aufzustöbern und es gab auch keine panisch flüchtenden Touristen. Erwähnenswert ist höchstens eine Gruppe von Ausgeflippten, die wohl so etwas wie ein Kostümfest veranstaltet hat.«

»Kostümfest?« Der Alte richtete sich auf und hüpfte von dem Bücherstapel herunter. Sein sonst so gepflegter Bart sah zerzaust aus, das Haar hing ihm in Strähnen in die Stirn und auf seinem weißen Hemd waren Espressoflecken. So mitgenommen hatte Wallerich den Ältesten schon lange nicht mehr gesehen. »Was war da los? Haben sich diese Verkleideten in irgendeiner Form auffällig verhalten?«

»Na ja, ein paar haben sich mit Schwertern geschlagen, andere hockten an Lagerfeuern, haben Fleischbrocken verbrannt und sich betrunken. Angezogen waren sie wie Barbaren. Ach ja, die Männer trugen Schottenröcke ... War schon eine merkwürdige Truppe.« Dass er seinen Rivalen Till gesehen und Schnapper dazu überredet hatte, dem Studenten auf den Kopf zu scheißen, verschwieg er.

»Sie haben sich als Barbaren verkleidet ...« Nöhrgel hatte eine Tasse Espresso hinter einem Bücherstapel gefunden und begann nachdenklich darin zu rühren. »Könnten sie letzte Nacht ein Ritual abgehalten haben? Glaubst du, sie wären dazu fähig, ein Tor zu öffnen?«

Wallerich war ehrlich verblüfft. »Es waren Menschen. Die haben keine Ahnung von Magie.«

»Dann sieh dir das einmal an.« Der Älteste winkte ihn zum Mikroskop. »Du siehst hier einen Längsschnitt durch einen *dentus caninus*, oder verständlicher, einen Eckzahn.«

Der jüngere Heinzelmann erklomm den Bücherstapel und warf einen flüchtigen Blick durch das Okular. »Ein Raubtierzahn?«

»Es ist weder ein Raubtierzahn noch ein Menschenzahn. Es ist ... ein Zwitter. Für einen menschlichen Eckzahn ist er ungewöhnlich lang. Es gibt solche Fälle, aber diese Zähne sind niemals nach hinten gekrümmt. Für einen Wolfszahn, und dem sieht er noch am ähnlichsten, ist er zu dick. Wenn du jetzt das zweite Präparat unter die Linse schieben könntest ...«

Als Nächstes sah Wallerich ein Präparat, das offenbar aus Muskelgewebe gewonnen war.

»Fällt dir was auf?«

»Äh ... Ich bin kein Biologe. Ich sehe nur einen Haufen Zellen.«

»Sieh dir die Membranen an! Siehst du, wie faltig sie sind? Ihre Oberfläche sollte glatt, wie unter Spannung sein. Diese Zellen können sich dehnen!«

»Ja, und?«

Nöhrgels Augenbrauen zogen sich zu einem breiten Strich zusammen. »Komm da runter. Du tropfst ja immer noch und weichst die Bücher auf! Diese Zelle hat sich zusammengezogen. So etwas ist in der Natur normalerweise nicht vorgesehen, es sei denn ...« Er machte eine Kunstpause und schien darauf zu warten, dass bei Wallerich der Groschen fiel. Als dieser jedoch keine Anstalten machte zu antworten, fuhr er gereizt fort: »Diese Zellen gehören zu einem Körper, der dazu geschaffen ist, sich in kurzer Zeit sehr stark zu verändern. Man könnte fast sagen, er quillt auf, aber es ist noch mehr ...« Eine weitere Pause gepaart mit erwartungsvollen Blicken folgte.

»Und was bedeutet das?«

»Ein Werwolf! Dieser Zahn stammt von einem Werwolf, der sich heute Abend alle Mühe gegeben hat, Birgel die Kehle herauszureißen!«

»Du meinst ...« Wallerich wartete auf eine Geste, die das Gesagte als einen makabren Scherz entlarvte, doch der Älteste blieb ernst. »Das kann doch nicht ... Wie geht es ihm?«

»Abgesehen davon, dass er unmittelbar nach dem Zwischenfall darauf bestanden hat, siebzehn Stücke Zwiebelkuchen zu essen, gut. Er hat nur ein paar Schrammen abbekommen.«

»Und der Zahn hier?«

»Den hat sich der Mistkerl ausgebissen.«

»Du meinst, ein Werwolf hat Birgel angegriffen, hat sich einen Zahn ausgebissen, aber Birgel geht es gut?«

»Abgesehen von dem Zwiebelkuchen ... Der Kerl hat Birgel nicht erwischt, sondern die Titankette des Aktenkoffers, den er trug. Daran hat er sich die Zähne ausgebissen.«

»Titankette? Aktenkoffer? Ich glaub, ich verstehe wirklich nicht ...«

»Ich fange am besten von vorne an.« Nöhrgel fasste kurz die Ereignisse des Abends zusammen.

Wallerich schüttelte ungläubig den Kopf. »Ein Werwolf, mitten in Köln. Warum war der Koffer eigentlich mit einer Kette an Birgels Handgelenk befestigt?«

Der Älteste strich sich über den Bart, wollte zum Reden ansetzen und sah dann doch nur zur Decke hinauf, so als habe er plötzlich etwas ungemein Interessantes zwischen den Spinnweben dort oben entdeckt.

»Was war mit dem Koffer?«

Nöhrgel hüstelte verlegen. »Also, im Grunde war der Koffer doch gut gesichert. Du weißt, dass wir seit mehr als hundert Jahren keinen Werwolf mehr in Köln hatten.«

»Vor allen Dingen keinen so dämlichen! Wäre er intelligenter gewesen, hätte er vermutlich Birgels Handgelenk durchgebissen und seine Zähne behalten. Was zum Henker war also in dem Koffer, was so wichtig war?«

»Ich bin mir nicht einmal sicher, ob es um den Koffer ging. Weißt du, die Kette hat sich wohl zwischen den Zähnen von diesem räudigen Mistkerl verfangen. Er hat sogar versucht den Koffer wieder loszuwerden. Ich begreife auch nicht ganz, warum ... Birgel muss irgendetwas getan haben, das den Werwolf gereizt hat.«

»Und der Koffer?«

»Tja, der Koffer ...« Der Alte zog eine gequälte Grimasse. »Ich glaube, das war der größte Fehler meines Lebens, vielleicht abgesehen von der vorübergehenden Ehe mit Mozzabella. Aber wie sollte ich damit rechnen, dass auf dem Albertus-Magnus-Platz ein streunender Werwolf sein Unwesen treibt? Im Grunde waren die Sicherheitsvorkehrungen völlig überzogen ... Die Kette und so ... Es hat doch schon seit Ewigkeiten keinen Zwischenfall mehr gegeben und ...«

Etwas an Nöhrgels Stimme klang falsch. Zum ersten Mal in seinem Leben hatte Wallerich das Gefühl, dem Ältesten nicht trauen zu können. »Was war in dem Koffer?«

Nöhrgel schien durch ihn hindurchzublicken. »Ein Werwolf auf dem Albertus-Magnus-Platz. Er muss letzte Nacht aus *Nebenan* geflohen sein. Diese Verkleideten in Bleialf ... Hast du irgendwelche Spuren?«

»Die Autonummern. Die meisten von ihnen sind hier aus Köln. Aber wie sollte der Werwolf in nur einer Nacht von der Schneeeifel hierher gelangen? Meine Erfahrungen mit Werwölfen sind eher theoretischer Natur, aber fliegen können sie doch wohl nicht.«

»Gib mir die Liste«, knurrte Nöhrgel, der sich ein wenig gefasst hatte. »Ein Strohhalm ist besser als nichts. Ich werde mich in einen Polizeirechner hacken und einen Personencheck durchführen. Und was den Werwolf angeht ... Vielleicht hat er sich als blinder Passagier in einen Wagen geschlichen, der schon gestern Nacht oder heute Morgen abgefahren ist. Übrigens, du solltest dich abtrocknen, Wallerich. Wir können uns nicht leisten, dass du dir eine Grippe holst. Ich habe morgen ein paar Aufgaben für dich.«

Der Heinzelmann hatte verstanden. Nöhrgels dezente Art, einem klar zu machen, dass man überflüssig wurde, war ebenso eindeutig wie unverwechselbar. Offensichtlich lief der Älteste wieder zu seiner gewohnten Form auf.

*

Der Termin kam Doktor Armin Salvatorius nicht gerade gelegen. Er hatte keine seiner Praxishelferinnen mehr erreichen können und eigentlich hatte er erwogen, sich noch ein bisschen nach hübschen Gestrandeten der Nacht umzusehen. Aber Patienten wie Marianas Eltern verdankte er seine Villa, seine Jacht und den Luxus, Autos zu wechseln wie andere Leute Anzüge. Zufrieden musterte er sich in dem großen Spiegel neben der Eingangstür. Dunkelhaarig, braun gebrannt und mit sinnlichen, grünen Augen sah er aus wie Omar Sharif zu seinen besten Zeiten. Gut, er war vielleicht ein bisschen kleiner, aber bei seiner Ausstrahlung fiel das nicht weiter ins Gewicht!

Der Doktor nahm einen seiner Mailänder Designerarztkittel aus dem Praxisspind, musterte kurz seine manikürten Fingernägel und stieß einen gedehnten Seufzer aus. Es war schon ein Kreuz, der angesagteste Zahnarzt der oberen Zehntausend zu sein. In seiner Patientendatei zu stehen war fast so gut wie ein Eintrag im Adelsregister.

Es klingelte und er musste einen Augenblick lang das Durcheinander von Knöpfen auf dem marmornen Empfangstisch studieren, bis er endlich den Türöffner fand. Er sollte den Schichtdienst seiner Assistentinnen besser organisieren. Dass er selbst die Tür öffnen musste, war schon lange nicht mehr vorgekommen. Was für ein Notfall das wohl sein mochte? Mariana hatte am Telefon so aufgeregt geklungen, dass er nicht ganz aus ihr schlau geworden war. Aber sie hatte darauf bestanden, unbedingt noch in dieser Nacht behandelt zu werden.

Selbstzufrieden ließ Doktor Salvatorius den Blick durch den marmorverkleideten Empfangsraum schweifen. Das hier war das Ergebnis von fünfzehn Jahren harter Arbeit. Es war weit mehr als nur eine Praxis. Dies war der hohe Tempel der Zahnmedizin!

Die Eingangstür schwang auf. Er hatte Mariana schon

länger nicht mehr gesehen. Sie war älter geworden und einmal abgesehen davon, dass sie ein wenig zerzaust wirkte, sah sie gar nicht mal schlecht aus. Aber sie ist eine Patientin, rief er sich ins Gedächtnis. Nicht dass er großen Wert auf den Eid des Hippokrates legte, aber er hatte schon bittere Erfahrungen bei Affären mit Patientinnen gemacht. Wenn man ihrer überdrüssig war, konnte man sie nicht einfach so abservieren. Es gab böses Blut, endlosen Klatsch ... Das konnte er sich nicht leisten.

»Nun, meine Liebe, wo drückt denn der Schuh?«

»Also, das ist so ... Ich weiß gar nicht, wo ich anfangen soll ...«

»Mein Freund hat einige üble Zahnfrakturen, aber die sind nicht das eigentliche Problem«, erklärte eine Männerstimme.

Doktor Salvatorius blickte irritiert zur Tür. Mariana war allein!

»Ich bin hier, direkt hinter Mariana. Aber suchen Sie mich nicht, Doktor. Sie sind noch nicht in der richtigen Verfassung, um mich sehen zu können. Ein hübsches Haus haben Sie übrigens.«

Der Zahnarzt stand auf und ging zur Tür. Was zum Teufel bedeutete das? Ob draußen noch jemand wartete? Er spürte, wie sich eine Hand auf seine Schulter legte!

»Immer mit der Ruhe«, erklang wieder die Männerstimme aus dem Nichts. »Ich verspreche Ihnen, Sie werden heute ein Erlebnis haben, das Ihr Bewusstsein erweitern und Sie die Welt mit anderen Augen sehen lassen wird.«

»Mariana? Was ...« Er sah sich wieder hektisch um. »Du hast ein Band dabei oder einen Lautsprecher. Die Stimme, das bist doch ...« Jemand kniff Salvatorius in den Arm.

»Sie steht fast drei Meter von Ihnen weg. Das kann sie wohl nicht gewesen sein. Ich werde Ihnen jetzt helfen. Wir haben alles Nötige mitgebracht.«

Wie aus dem Nichts erschien ein Glas auf dem Empfangstisch und füllte sich mit einer bernsteinfarbenen Flüssigkeit.

»Bester schottischer Whisky. Ich hoffe, das trifft Ihren Geschmack, Doktor.«

Salvatorius blickte Hilfe suchend zu Mariana. »Ich trinke nie!«

»Sehr gut«, lobte die Männerstimme, »das wird die Sache vereinfachen.«

»Mariana ... Ich weiß nicht, was du hier treibst, aber der Spaß ist zu Ende. Ich bin sicher, wer auch immer dir hier hilft, sitzt irgendwo und lacht sich halb tot, aber jetzt ist es genug, ich ...«

Das Mädchen sah ihn flehend an. »Trinken Sie, Doktor. Das ist *kein* Spaß. Die meinen es wirklich ernst.«

»Sie hat Recht, Doktor. Wollen Sie uns sehen? Dann trinken Sie.«

»Raus mit euch!« Salvatorius stürmte vor und griff nach Marianas Arm. »Los. Es ist mir ganz gleich, wie reich deine Eltern sind. Ich lass mich doch nicht von so einem verzogenen Gör verscheißern und ...«

Etwas packte den Zahnarzt bei den Schultern und zog ihn zurück. Neben seinem Knie knurrte es bedrohlich, als sei auch noch ein großer Hund in der Praxis.

»Wir mögen es nicht, wenn man so grob zu unserer Wohltäterin ist«, hauchte die Männerstimme so nah an seinem Gesicht, dass Salvatorius warmen Atem auf der Wange spürte. »Jetzt trinken Sie, denn wenn ich böse werde, werde ich wiederkommen. Stellen Sie sich einmal vor, wie es ist, wenn Sie plötzlich jemand schubst, während Sie mit Ihren Skalpellen arbeiten. Ich kenne Männer wie Sie, Doktor. Sie leben von Ihrem guten Ruf, und glauben Sie mir, ich weiß, wie man einen guten Ruf ruiniert.«

Salvatorius schielte zu dem Telefon, das auf dem Empfangstisch stand. Die Polizei! 110! Wenn er ...

»Lassen Sie die Gendarmen aus dem Spiel. Was wollen Sie ihnen sagen? Unsichtbare Stimmen bedrohen mich ... Was, glauben Sie, wird passieren, wenn sich herumspricht, dass Sie Stimmen hören, Doktor?«

Der Arzt stützte sich schwer auf den Tisch. Er hatte nicht einmal etwas gesagt. Der Kerl wusste, was er dachte! Das konnte es doch nicht geben!

»Oh doch, das gibt es«, höhnte die Stimme.

Salvatorius griff nach dem Glas. Der Whisky schmeckte bitter und breitete sich mit brennender Wärme in seinem Magen aus. Er trank das Glas in einem Zug leer. Kaum hatte er es auf den Tisch gestellt, füllte es sich erneut.

»Mit zwei Gläsern sind wir auf der sicheren Seite, Doktor. Dann müssen Sie nur noch einen Moment Geduld haben. Ich denke, der Whisky wird schnell seine Wirkung tun. Wissen Sie übrigens, dass wir gewissermaßen den gleichen Beruf haben? Ich habe mich auch verschiedentlich als Zahnausreißer betätigt. Allerdings hatte ich nicht solch schöne Räumlichkeiten zur Verfügung. Später allerdings ... Aber lassen wir das. Was langweile ich Sie mit meinem Leben.«

»Ich bin kein ... *Zahnausreißer*.« Salvatorius spürte seine Zunge schwerer werden. Er hatte Schwierigkeiten, die Wörter deutlich zu formulieren. »Sich von mir behandeln zu lassen, wenn ich betrunken bin ... Ich glaube nicht, dass Sie sich damit einen Gefallen tun.«

»Machen Sie sich darüber keine Gedanken, Doktor. Mein Freund ist hart im Nehmen. Sie sollten lieber ... Aber Baldur, so etwas tut man doch nicht!«

Salvatorius sah, wie sich neben dem Tisch eine gelblich schillernde Pfütze auf dem Boden bildete. Mariana kicherte hysterisch. »Ist das ...«

»Ich versichere Ihnen, es tut mir aufrichtig Leid«, beteuerte der Unsichtbare. »Das ist sonst nicht seine Art. Glauben Sie mir, er ist gut erzogen. Das ist mir jetzt wirklich peinlich ...«

Der Doktor sah verschwommen einen Mann mit einer gepuderten Perücke und einem Dreispitz neben sich stehen.

»Gestatten, der Graf von Cagliostro, und dies hier ist Baldur, mein Leibdiener.«

Salvatorius starrte auf den großen, struppigen Wolfshund hinter dem Grafen. Dem Tier hing ein Koffer an einer Kette aus dem Maul.

»Wie Sie sehen«, erklärte Cagliostro, »braucht mein Freund dringend Ihre Hilfe.«

Der Arzt sah zu dem Grafen, dann zu dem Hund und wieder zu dem Grafen. Salvatorius hatte das Gefühl, dass sein Verstand ihm entglitt. »Ich ... äh ... ich bin aber kein Tierarzt.«

»Natürlich nicht.« Der Graf lächelte breit. »Baldur, würdest du bitte ...«

»Darf ich gehen?«, fiel ihm Mariana ins Wort. »Gibt es hier ein Klo? Ich möchte mir das wirklich nicht noch einmal ansehen. Das ist ja der reinste Horrortrip!«

»Horrortrip ...«, wiederholte Salvatorius schwerfällig lallend, während sich der Schlüssel im Schloss der Patiententoilette drehte. Er sah zum Grafen und seinem Wolf – und begriff. Die Kreatur wand sich zuckend auf dem Rücken. Das dichte Haar des Wolfs verschwand. Die Glieder streckten sich. Knochen und Gelenke knackten. Zuletzt kauerte ein blonder Mann, der ein wenig verwirrt aussah, auf dem Boden. Auch ihm hing ein Koffer an einer Kette aus dem Mund.

Cagliostro hatte nachgeschenkt und reichte Salvatorius das bis zum Rand gefüllte Glas. »Unser Problem ist die

Kette. Es scheint sich um ein äußerst widerstandskräftiges Metall zu handeln. Vermutlich irgendeine besondere Zwergenlegierung. Aber das soll nicht Ihre Sorge sein, Doktor. Entfernen Sie bitte die Kette.«

»Was ist das ...?« Salvatorius konnte den Blick nicht von dem blonden, jungen Mann wenden, der sich nun schwankend erhob. »Das ist ... Ist er etwa ein ...?«

»Das sind doch nur Nebensächlichkeiten, lieber Doktor. Wo ist Ihr Behandlungszimmer?«

Salvatorius ließ das volle Glas stehen und geleitete die beiden in eines der angrenzenden Zimmer. Wie zufällig strich seine Hand über den Rücken des Nackten und zuckte sofort wieder zurück. Es gab ihn tatsächlich! In einem entlegenen Winkel seines Hirns, den nicht einmal Alkohol zu beeinträchtigen vermochte, begann es zu arbeiten. Er hatte Geld wie Heu und wahrscheinlich die modernste Praxis im Umkreis von hundert Kilometern. Nur eins war ihm bisher versagt geblieben: wissenschaftlicher Ruhm! Das lag natürlich daran, dass seine kleingeistigen Kollegen sich sperrten und es ihm verwehrten, über seine Entdeckungen zu publizieren. Aber das hier, das war so sensationell, das könnte keiner mehr unterdrücken. Wenn sich die Herausgeber der zahnärztlichen Fachblätter weigern sollten seinen Artikel über dieses Geschöpf abzudrucken, dann würde er ihn sogar ohne weiteres an die Tagespresse verkaufen können. Vor seinem Geiste sah er schon die Schlagzeilen der Boulevardpresse. **BEGNADETER KÖLNER ZAHNARZT FERTIGTE DIE ERSTE PROTHESE FÜR EINEN WERWOLF.**

»Haben Sie etwas dagegen, wenn ich eine Kamera hole und ein paar Fotos mache?«

»Ka... mera?« Baldur wirkte unsicher und blickte zu Cagliostro.

»Das ist doch so eine Bildermaschine, nicht wahr? Der

Erlkönig hat mir davon erzählt. Machen Sie ruhig Fotos, Doktor.«

Salvatorius sah im Geiste wieder die Schlagzeilen. Gespannt auf die Anatomie des Werwolfs beugte er sich vor. »Übel, ein Eckzahn ist an der Wurzel abgebrochen. Beide angrenzende Zähne sind beschädigt. Der Fremdkörper ist in mehrere Zahnzwischenräume gequetscht.« Er richtete sich wieder auf und sah zu dem Perückenträger, der offensichtlich die Entscheidungen traf. »Ich würde vorschlagen, wir versuchen es mit einer Brücke.«

»Brücke?« Cagliostro strich sich mit dem Zeigefinger nachdenklich über die Lippen.

»Issch will ... nisscht ...«, meldete sich Baldur panisch zu Wort. »Keine Brü...cksche ... ischt doch kein Flusch ...«

Der Graf trat von hinten an den Behandlungsstuhl und strich dem Werwolf beruhigend über den Kopf. »Der Doktor wird schon wissen, was er tut, mein Guter.«

»Das tut überhaupt nicht weh«, bestätigte Salvatorius und streifte sich Gummihandschuhe über. Aus einschlägigen Horrorfilmen wusste man schließlich, dass Werwölfe Lykanthropie übertrugen. Einen Moment lang überlegte er, ob er auch eine Bisssperre einsetzen sollte. Dann betrachtete er die verbogene Kette und ihm wurde klar, dass so etwas kaum helfen würde. Er musste dem Werwolf wohl vertrauen. In seinem Hinterkopf meldete sich bei diesem Gedanken eine leise, warnende Stimme. Doch Salvatorius dachte vor allem an die Schlagzeilen. Nein, keine Bisssperre, entschied er sich. Ein Arzt hatte doch keine Angst vor seinem Patienten! Er grinste. Auf einem Zahnarztstuhl waren alle gleich! Mit ruhiger Hand setzte er eine Trennscheibe auf die Turbine und beugte sich über Baldur. »Wenn Sie jetzt Ihr Mau... Ihren Mund ganz weit öffnen würden ...«

5

Als Till erwachte, war sein Zimmer in blassblaues Licht getaucht. Verschlafen blinzelte er und sah mit Erstaunen, dass der Computer lief. Dabei war er sich ganz sicher, das Gerät vor dem Schlafengehen ausgestellt zu haben. Er hatte über das Hausnetz eine Runde *Diablo* mit Bambam gespielt, aber jetzt scrollten die Seiten einer Textdatei über den Bildschirm.

»Ist da jemand?«

Als Antwort knarzte das Leder des hohen Sessels am Schreibtisch. Till schwang sich aus dem Bett. Es war sieben Uhr in der Früh, also eigentlich noch mitten in der Nacht, und wer immer glauben mochte, er sei in der Stimmung für dämliche Streiche, der hatte sich geirrt.

Er trat an den Drehsessel, griff nach der hohen Lehne und zog den Sitz zu sich herum. Der Ledersessel war leer. Prüfend legte Till die Hand auf das Leder. Ganz vorne an der Kante war die Sitzfläche noch warm! Er hatte sich also nichts eingebildet! Jemand war hier gewesen. Aber warum?

Die Datei mit der Adressliste der Ui Talchiu war geöffnet worden. Till blickte zum Rechner hinab. Ein Fingerdruck, und eine Diskette schnappte aus dem Laufwerk A.

Sie hatte ein Universitätssiegel?! Solche Disketten benutzte niemand im Haus.

Mit schnörkeliger Handschrift hatte jemand

Verdächtige 1.1

auf den Diskettenaufkleber geschrieben.

»Wer herumschnüffelt, dem wird in die Nase gezwickt!«, erklang eine leise Stimme von der Tür.

Till ließ den Sessel herumschnellen. Das Zimmer hinter ihm war leer. Die einzige Tür führte zum Flur. Sie stand einen Spaltbreit offen. »Was soll das? Wer ist da?«

Keine Antwort. Diese Sorte Streiche war eigentlich unter dem Niveau seiner Freunde. Aber wenn sie es so haben wollten! Er spürte genau, wie ihn jemand von der Tür aus beobachtete. »Wenn ihr glaubt, mit solchem Unsinn könnt ihr mich beeindrucken, dann habt ihr euch geschnitten. Ich geh jetzt wieder ins Bett.« Betont lässig schlenderte er in Richtung der zwei übereinander gestapelten Matratzen, machte dann einen Satz zurück und riss die schwere Eichentür ganz auf. Der Flur dahinter war leer, aber eine der hölzernen Treppenstufen knarrte.

Tills Jagdinstinkt war geweckt. Er rannte zur Treppe und sprang je zwei Stufen auf einmal hinunter, bis ihm Bambams Helm zwischen die Beine geriet und er kopfüber das letzte Stück der Treppe hinabstürzte. Till landete auf dem abgenutzten Perser am Treppenabsatz. Der Helm rollte neben ihm scheppernd über den Steinboden bis zur Küchentür.

»Lass mein Mädchen in Ruhe, *Langer*. Wenn ich dich noch einmal auf dem Friedhof erwische, kannst du dich auf was gefasst machen!«, zischte die leise Stimme irgendwo am Treppengeländer der Galerie, die zu Tills Zimmer führte. Eine Tür öffnete sich.

»Was ist denn hier los? Könnt ihr nicht mal nachts mit diesem Schwertkampfquatsch aufhören?« Gabriela erschien am Treppengeländer. Sie trug ein Nachthemd aus schwarzer Spitze, und obwohl sie zweifellos gerade erst aufgestanden war, saß ihr Haar so perfekt, als käme sie frisch aus einem Friseursalon.

»Hast du die Stimme gehört?«, fragte Till, während nun auch Rolf am oberen Geländer erschien.

»Stimme? Bist du sicher, dass du schon wach bist?«

»Es war jemand in meinem Zimmer«, beharrte Till. »Am Computer. Und er hat die Adressdatei der Ui Talchiu geklaut ...« Er sah zum Helm bei der Küchentür. »Und dir, Rolf, sollte man deine verdammte Blechmütze um die Ohren hauen«, fluchte er. »Bist du von allen guten Geistern verlassen, das Ding mitten auf der Treppe liegen zu lassen?«

»Das *Ding* saß wie immer auf dem Elchkopf beim Treppenabsatz!«

»Ihr glaubt mir nicht.« Es war mehr eine ernüchterte Feststellung als eine Frage. »Dann kommt doch mit in mein Zimmer und seht euch die verdammte Diskette an. Diese Handschrift darauf ...« Till eilte die Treppe hinauf und die beiden folgten ihm in sein Zimmer.

Der Text auf dem Computerbildschirm war verschwunden. Stattdessen sah man dunkle Dungeongänge. Das Diskettenlaufwerk war leer.

»Welche Diskette?«, fragte Gabriela auf ihre provozierend kühle Art.

»Sie war eben noch hier ...«

»Sag mal, was stimmt mit dir eigentlich nicht? Gestern erzählst du allen, eine Möwe wäre genau auf dich zugeflogen, um dir gezielt auf den Kopf zu scheißen, heute die Sache mit der Diskette. Verfolgungswahn nennt man so was. Ich kann ja verstehen, dass du nach dem Krach mit deinem dämlichen Prof etwas durcheinander bist, aber ...«

»Die Diskette war hier!«, beteuerte Till und bückte sich noch einmal nach dem Laufwerk. »Ich hab sie doch selber in Händen gehalten!«

»Dann hast du wohl Besuch von den Heinzelmännchen gehabt.« Rolf klopfte ihm mitfühlend auf die Schulter. »Wenn ich irgendwas für dich tun kann ...«

»Aber ich habe sie doch ...« Till zuckte innerlich zusammen. Heinzelmännchen? Er musste an den rätselhaften Zwischenfall in der Märchenvorlesung denken. Den kleinen Kerl mit seiner versponnenen Liebeserklärung. Offiziell hatte es geheißen, das sei eine Massenhalluzination gewesen. Aber Till wusste, was er gesehen hatte!

»Das kann jedem mal passieren«, erklärte Rolf mitfühlend. »Hast du dir bei dem Sturz vielleicht den Kopf gestoßen? Soll ich dir 'nen Joint drehen, damit du noch 'ne Runde schlafen kannst?«

Till fühlte sich sehr müde. Er wusste, dass die Diskette hier irgendwo sein musste. Aber er würde auf die anderen nicht weiter einreden. »Lasst mich einfach nur in Ruhe.«

*

Einen *pedantischen Trottel* hatte Cagliostro ihn genannt. Der Erlkönig verbog kunstvoll die Nadel, die er sich von Mariana hatte geben lassen, und ging dann zum Koffer hinüber. Der Graf würde schon sehen, was er davon hatte, sich wie ein Idiot aufzuführen. Dieser Zahnarztbesuch ... Der reine Wahnsinn! Und auch noch damit anzugeben, dass Baldur den Arzt zum Schluss *ein bisschen gezwackt* hatte. Wenn er so weitermachte, würde es nicht mehr lange dauern, bis die Heinzelmänner mit ihren Hilfstruppen vor der Tür standen.

Der Elbenfürst strich sanft über den Koffer. Er hatte allen magischen Öffnungsversuchen widerstanden. Ein gutes Stück Zwergenhandwerksarbeit! Auf den ersten Blick sah er aus wie ein ganz gewöhnlicher Aktenkoffer, nur dass er viel kleiner als die Koffer der Menschen war. Doch wer immer ihn geschaffen hatte, hatte auf Nummer sicher gehen wollen. Der Erlkönig hatte das Seitenleder eingeschnitten und darunter eine dünne, aber sehr widerstandsfähige Stahlplatte gefunden. Wer an den Inhalt des Koffers wollte, musste die Schlösser öffnen.

Der Elbenfürst machte es sich in dem Sessel neben dem Bücherregal bequem, legte den Koffer auf die Knie und stellte das Radio an. Je mehr Informationen er über die veränderte Welt bekam, desto unheimlicher wurde sie ihm. Die Luft war voller Schmutz, die Wälder krank und vor einigen Jahren hatte es sogar Gift geregnet. Es war höchste Zeit, dass er zurückgekehrt war! Er konnte nicht begreifen, dass die Zwergenvölker untätig dabei zusahen. Man musste den Menschen Grenzen stecken.

Nachdenklich stocherte er mit der Nadel im Kofferschloss herum. Er hätte nicht mit Cagliostro hierher kommen sollen. Der Aufenthalt *Nebenan* hatte den Grafen zwar verändert, aber seine menschliche Dummheit und Ignoranz waren geblieben. Er würde niemals den Weg für eine Invasion der *Dunklen* ebnen können. Dafür war Cagliostro viel zu sehr damit beschäftigt, Spaß zu haben.

Mit leisem Klicken öffnete sich eines der beiden Kofferschlösser. Der Erlkönig tupfte sich mit dem Ärmel über die Stirn. Er schwitzte ein wenig. Zu transpirieren war seiner Majestät nicht angemessen! Er sollte sich besser unter Kontrolle haben!

Der Elbenfürst lehnte sich einen Augenblick zurück und versuchte sich zu entspannen, doch bald schon begannen seine Finger auf dem Koffer zu trommeln. Cagliostro war nicht gut für sein seelisches Gleichgewicht. Er konnte den Ärger über diesen Stümper einfach nicht aus seinen Gedanken verbannen. Der Graf hatte großspurig erklärt, dass ihn der Papierkram der Zwerge nicht im Geringsten interessiere. Idiot! In so einem Koffer wurden nicht irgendwelche Buchhaltungsakten transportiert.

Mit einem weiteren leisen Klacken sprang das zweite Schloss auf. Der Erlkönig hob den Kofferdeckel und ein Stapel Papier quoll ihm entgegen. Flüchtig überflog er die ersten Seiten. Es waren Namenslisten, kombiniert mit Zahlen.

Gachmureth	312
Volker von Alzey	117
Rübezahl	223
Karodame	513 ...

Spitzel auf der Gehaltsliste der Zwergenvölker! Aber wie mochten sie wohl bezahlt werden? Wenn er diese Liste nur nach *Nebenan* bringen könnte! Der Elbenfürst blätterte noch einmal zurück und ging die Namen sorgfältig einen nach dem anderen durch.

Als er die letzte Seite auf den kleinen Stapel legte, atmete er erleichtert auf. Es war niemand aus dem geheimen Rat der *Dunklen* dabei. Aber etliche gehörten zum weiteren Umfeld der Rebellen gegen die Zwergentyrannei. So wie es aussah, war ihr Aufstand schon jetzt eine verlorene Sache.

Der Erlkönig lehnte sich im Sessel zurück und betrachtete in Gedanken versunken die Bücherwand. Gewiss wäre es heldenhaft, einen aussichtslosen Kampf zu führen ... Es gab einmal eine Zeit, da hatte er den Römern und ihren verführerischen Sprüchen geglaubt. *Dulce et decorum est pro patria mori.* Süß und edel ist es, für das Vaterland zu sterben. Unsinn! Er war einmal das gewesen, was man heute einen harten Burschen nannte. Hatte in vielen Kriegen der

Feenvölker gekämpft und sich auch etliche Schlachten der Menschen angesehen. Aber einen Tod, der süß und edel war, nein, so etwas gab es nicht. Wenn Männer mit aufgeschlitzten Bäuchen ihre Gedärme in den Händen hielten und wie Kinder nach ihren Müttern riefen oder wenn sie mit zerschmetterten Beinen hilflos am Boden lagen und ihre eigene Reiterei über sie hinwegpreschte, wo war dann das Vaterland? Schlimmer waren aber vielleicht sogar die dran, die *nur* einen Arm oder ein Bein verloren. Als Krüppel hatten sie dann ein Leben lang Zeit festzustellen, wie viel das Vaterland für jene übrig hatte, die ihre Knochen hingehalten hatten.

Er könnte versuchen die Papiere nach *Nebenan* zu schmuggeln. Dafür müsste er eines der von den Heinzelmännern bewachten Tore passieren. Wenn er erwischt wurde, würde er vermutlich für Jahrzehnte in irgendeinem Rattenloch von Kerker verschwinden, und wenn er freikam, würde ihm keiner dafür danken, was er riskiert hatte. Es war nur eine Frage der Zeit, bis die Spitzel der Zwergenvölker auch in den innersten Kreis der Rebellion vorstießen. Die Sache war verloren, bevor sie richtig begonnen hatte. Warum also sollte er weiter dafür streiten?

Lohnte es nicht, einzig für seine eigenen Ziele alles zu wagen? Es gab so viel in dieser Welt zu verbessern oder genauer gesagt wieder ins rechte Lot zu rücken. Das war seine Bestimmung hier! Sollte Cagliostro doch den naiven Helden spielen. Er war schließlich nur ein Mensch. Für den Grafen war diese Rolle angemessen.

Der Erlkönig legte die Namensliste zur Seite. Er würde noch die restlichen Papiere durchgehen, doch dann sollte er die ersten Schritte in seine Freiheit wagen. Er musste ein Buch über die sachgerechte Bedienung von Automobilen finden und eines über Computer. Diese beiden Dinge schienen in der veränderten Welt unverzichtbar geworden zu sein. Klug wäre es auch, sich nach einer anderen Unterkunft umzusehen. Bei den Eskapaden des Grafen und Baldurs war es nur eine Frage der Zeit, wann die Heinzelmännchen dieses Versteck aufspürten.

Ganz von seinen neuen Gedanken gefesselt ging er die anderen Papiere im Koffer nur flüchtig durch. Unter den Akten jedoch fand er in blaues Samttuch eingeschlagen etwas, das ihm bei seinem Griff nach der Freiheit ganz neue Perspektiven eröffnen sollte.

Nöhrgel überflog die Liste, die der Drucker ausgespuckt hatte, und nickte zufrieden. »Genauso habe ich mir das gedacht. Eine Liste mit Querulanten und Sonderlingen. Fast alle von ihnen haben schon einmal eine Anzeige wegen Erregung öffentlichen Ärgernisses bekommen, hier ist auch von Okkultismus, schwarzen Messen, Schwarzfahren und der Teilnahme an links orientierten Demonstrationen die Rede. Ein prächtiger Haufen, diese Ui Talchiu, wenn man sie nach den Vermerken des Bundeskriminalamtes beurteilt. Wundert mich, dass das BKA noch keine eigene Akte über die Truppe führt. Im Großen und Ganzen scheinen sie recht sympathisch zu sein. Ein paar Chaoten, die einem so richtig ans Herz wachsen könnten, und das, obwohl es Menschen sind! Ich würde sie sogar ...«

Ein Handy meldete sich mit den bekannten Anfangstönen von Beethovens Neunter. Nöhrgel brauchte ein wenig, bis er das winzige symphonische Telefon unter einem Papierstapel fand. Der Alte kam Wallerich vor wie ein gestresster Manager aus einem neueren Hollywoodschinken.

»Bis spätestens Mitternacht werden sie also hier sein? Sehr gut. Es ist schön, dass es noch jemanden gibt, auf den man sich verlassen kann. Ja, ich bin dir jetzt etwas schuldig, das sehe ich auch so ...« Nöhrgel nickte. »Natürlich werde ich nicht vergessen, dass sie sich vor Sonnenaufgang wieder auf den Rückweg machen müssen ... Jaaaa ... Und noch mal danke.« Der Älteste legte das Handy zur Seite und lächelte versonnen. »Das wäre erledigt!«

»Hast du gerade meinen Abend verplant?«, grollte Wallerich.

»Auch deinen Nachmittag. Weißt du, ich halte dich für den Fähigsten aus dieser ganzen Bande von ...«

»Das heißt, wenn ich etwas so richtig verpatzen würde, hätte ich meine Ruhe vor dir?«

»Mach darüber keine Witze! Setz dich lieber. Kann ich dir einen Espresso anbieten?«

Wallerich sah das zähflüssige Gebräu, das Nöhrgel in seine Tasse tropfen ließ, und zog es vor, seinen Magen zu schonen.

Der Alte kippte den Espresso in einem Zug und stieß einen genießerischen Seufzer aus. »Im Grunde bin ich den *Dunklen* dankbar, dass sie ein bisschen Ärger machen. Ich war es leid, die unausgegorenen Ideen unseres spießigen Rates als einzige Herausforderung in meinem Leben zu haben. Jetzt hingegen ist es fast wie in einem Krimi.«

Wallerich dachte, dass er sich Krimis zwar ganz gerne ansah, aber nicht das geringste Interesse daran hatte, welche zu erleben.

»Wir beide sind so etwas wie der Stab. Ich bin dein Chef, und wenn du Mist baust, werde ich dich anschreien und dir damit drohen, dich vom Dienst zu suspendieren. Natürlich wird das deinen Ehrgeiz anstacheln, den Fall zu lösen.«

»Es gibt die Möglichkeit, vom Dienst suspendiert zu

werden?«, fragte Wallerich hoffnungsvoll. Bislang war er sich noch gar nicht bewusst gewesen in einem Dienstverhältnis zu stehen.

Nöhrgel schien zu ahnen, was er dachte. »Ich meine natürlich, ich könnte dich vom Rat zu zwanzig Jahren *Nebenan* verurteilen lassen, wenn du Mist baust. Aber das will doch keiner von uns wirklich«, beschwichtigte er sofort wieder. »Kommen wir lieber zur Einsatzbesprechung. Du erhältst hiermit von mir das Kommando über sämtliche dienstfreien Torwächter. Den bürokratischen Kram mit dem Rat werde ich erledigen ... Bis Einbruch der Dämmerung kontrolliert ihr sämtliche Adressen der Ui Talchiu in Köln. Irgendwo werden sich Cagliostro und sein Werwolf verstecken. Sobald du sie aufgespürt hast, meldest du dich bei mir. Noch vor Mitternacht trifft eine geheime Spezialeinheit ein. Dann stürmt ihr das Versteck, schnappt euch den Grafen und seinen Werwolf, stellt den Koffer sicher und passt auf, dass die *Langen* so wenig wie möglich davon mitbekommen. Ist doch alles ganz einfach!«

»Spezialeinheit? Wovon redest du da?«

»Von einigen zuverlässigen Gefährten, die uns die Kobolde Nordnorwegens zur Unterstützung schicken. Du wirst schon sehen, sie sind wirklich beeindruckend.«

»Wenn ich dich richtig verstanden habe, soll ich diese Spezialeinheit anführen. Wäre es vielleicht nicht besser, wenn ich dann auch wüsste ...«

»Jetzt spiel dich mal nicht so auf!«, brüllte Nöhrgel und schien großen Spaß dabei zu haben, sich wie ein cholerischer Fernsehkommissar aufzuführen. »Leite ich dieses Dezernat ... äh, ich meine, bin ich der Älteste oder du? Bei allem, was ich für dich getan habe, könntest du dich ruhig ein bisschen dankbarer zeigen.«

»Natürlich, ich hatte ja schon ganz vergessen, dass ich dank deiner Hilfe mit Schnapper fliegen durfte und dabei beinahe ertrunken wäre. Eine Erfahrung, die mir tatsächlich in meinem Leben noch gefehlt hatte.«

»Wer kann denn schon wissen, dass du dich so dämlich anstellst? Mit Dankbarkeit meine ich, dass ich meine Verbindungen nach Japan genutzt habe, um das Überwachungsband im Hörsaal zu manipulieren.«

Wallerich, der trotz der Schikanen des Alten noch erstaunlich ruhig war, wollte ihm gerade eine passende Antwort geben, als sich das Wort *Überwachungsband* in einer seiner hinteren Hirnwindungen verhakte, was dazu führte, dass er zunächst nur den Mund weit öffnete und einige Sekunden so verharrte, bis das Wort endlich über seine Lippen kam. »*Überwachungsband?* Wovon redest du?«

Nöhrgel grinste überlegen und schenkte sich einen weiteren zähflüssigen Espresso ein. »Ich rede von dem Videoband, auf dem man dich sehr deutlich vor dem Pult von Grünwald sehen kann. Keine Sorge, der Rat weiß nicht, dass dieses Band existiert. Du hast wohl nicht darüber nachgedacht, dass wir, sobald wir einen der Ringe tragen, nicht nur sichtbar sind, sondern auch gefilmt oder fotografiert werden können. Aber keine Sorge. Meine japanischen Freunde haben dich rausgeschnitten. Das Band ist Bild für Bild auf einem Großrechner bearbeitet worden. Man hat deine Wenigkeit einfach durch ein paar Pixel ersetzt, die das Pult zeigen. Wer nun das Band ansieht, kann nicht begreifen, warum der Hörsaal in Panik gerät. Die Idee ist mir übrigens gekommen, als ich neulich einen Film mit Sean ...«

»Von was für Bändern redest du da, Nöhrgel? Ich meine, du willst doch nicht etwa behaupten, dass es in den Hörsälen versteckte Kameras gibt?«

Der Alte studierte den Kaffeesatz auf dem Grund der Espressotasse. »Manchmal bist du erstaunlich naiv. Natürlich will ich das damit sagen! Alle Hörsäle werden überwacht. Das gehört zu den verdeckten Maßnahmen der Kommission für effektive Wissensvermittlung.«

Für Wallerich waren das böhmische Dörfer. Er war zwar an der Uni aufgewachsen und lebte hier schon seit fast zweihundert Jahren, aber von einer solchen Kommission hatte er noch nie gehört. Ob Nöhrgel ihn bluffen wollte? »Wozu dient diese Kommission?«

»Sie überprüft die Lehrstandards der Professoren. Ihr gehören drei Professoren der Uni an, die die Leistungen ihrer Kollegen beurteilen und jeweils unabhängig voneinander ihre Ergebnisse an das Kultusministerium weitergeben. Die drei wissen natürlich nicht voneinander und benoten sich auch gegenseitig. Das Projekt ist in den geheimen Zusatzprotokollen zum neuen Hochschulrahmengesetz beschlossen worden. Honorarprofessoren und Professoren mit Zeitverträgen, die sich nicht bewähren, werden nicht weiterbeschäftigt. Du kannst einen drauf lassen, dass man sich nach dem Tumult bei Grünwald sein Band sehr genau ansehen wird. Aber da gibt es jetzt ja nichts mehr zu sehen ... Außer ein paar Studenten, die aus unerklärlichen Gründen ausrasten. Aber auch für das scheinbar Unerklärliche habe ich natürlich einen plausiblen Grund entwickelt ...« Er stellte die Espressotasse ab und strich über das Handy auf dem Schreibtisch. »Die moderne Technik ist schon ein Segen. Heute Morgen hat das Dekanat einen anonymen Anruf bekommen. Sie wurden darauf hingewiesen, dass in der Belüftungsanlage von Grünwalds Hörsaal Spuren zu finden sind, die den Zwischenfall erklären. Zwei Belüftungstechniker haben dort heute Mittag die Asche von drei Dutzend Joints gefunden. Dem Dekanat hat der *Beweis*, dass halluzinogener Rauch in den Vorlesungssaal geblasen wurde, als Erklärung für den Vorfall genügt. Man hat bereits Anzeige gegen unbekannt erstattet.«

Wallerich traute seinen Ohren nicht. Sein erster Gedanke war, dass der Älteste mehr Mafia-Filme gesehen haben musste, als für ein Heinzelmannhirn bekömmlich ist. Der zweite Gedanke war, ob Nöhrgel vielleicht unter einem Pseudonym die Drehbücher für diese Filme schrieb. Sein dritter Gedanke hingegen war so beunruhigend, dass er ihn nicht zu Ende dachte. Ob Nöhrgel womöglich Verbindungen hatte, die in die Hinterzimmer verschiedener Pizza-Restaurants reichten ...?

»Du siehst, für die *Langen* habe ich deinen Ausrutscher in der Vorlesung so gut wie ungeschehen gemacht. Es ist besser, wenn sie ihre Märchen auch weiterhin für *Märchen* halten. Der Rat wird nur mitbekommen, dass dein Auftritt keine weiteren Konsequenzen hat, und in ein paar Wochen ist buchstäblich *Gras* über die Sache gewachsen.« Nöhrgel kicherte, als habe er einen besonders guten Witz gemacht, wurde aber sofort wieder ernst, als er sah, dass Wallerich sich von seiner Heiterkeit nicht anstecken ließ. »Hätte ich nicht eingegriffen, würde man dich vielleicht schon bald in den Achtuhrnachrichten der *Langen* sehen. Siehst du ein, dass du mir noch einen Gefallen schuldest?«

Wallerich hatte begriffen, dass es sich wieder einmal um ein *Angebot* handelte, *das man nicht ablehnen konnte.* »Ich kümmere mich um die Suche nach Cagliostro und dem Werwolf. Die Adressen zu überprüfen und dort nach ein paar *Dunklen* zu suchen wird nicht schwer sein.«

»Schön. Du findest deine Mitarbeiter im großen Kontrollraum beim Tor. Sie sind schon im Groben über den Einsatz informiert. Auf dem Dach warten ein Dutzend Möwen, damit ihr besser von der Stelle kommt. Übrigens ist auch Schnapper dabei. Er hat den Wunsch geäußert, dass du mit ihm fliegst. Er scheint dich zu mögen.«

Wallerich zuckte innerlich zusammen. Von Schnapper *gemocht* zu werden war genauso erfreulich wie einen toten Fisch von den japanischen Triaden geschickt zu bekommen. Es hieß, dass die Möwe auch Malko *gemocht* hatte.

»Pass auf, dass kein Übereifriger Dummheiten macht. Cagliostro und der Werwolf werden erst geschnappt, wenn die Spezialeinheit eintrifft. Vermutlich werden die *Dunklen* Magie einsetzen, um sich eurem Zugriff zu entziehen. Wir brauchen die Spezialisten!«

»Wer zum Teufel soll das denn sein?«, maulte Wallerich verzweifelt. »Wie soll ich einen Plan machen, wenn ich nicht einmal weiß, wer mir in dieser Nacht helfen wird!«

»Lass die Pläne nur meine Sorge sein. Nur so viel noch: Unsere Verbündeten zeichnen sich durch eine besondere Form von Intelligenz aus, die sie fast immun gegen Magie macht. Und jetzt mach dich auf den Weg. Ich muss schließlich noch dafür sorgen, dass die Polizei in dieser Nacht so beschäftigt ist, dass sie von unserer kleinen Aktion nichts mitbekommt.«

Als Wallerich ging, befürchtete er das Schlimmste. *Besondere Form von Intelligenz* und *Nordnorwegen*, das konnte nur eines bedeuten. »Ich wünschte, es wäre morgen oder die *Dunklen* gingen«, brummte er vor sich hin und fühlte sich wie ein Feldherr, der eine aussichtslose Schlacht zu schlagen hatte.

*

Till hasste es, wenn man ihm Vorschriften machte. Außerdem musste er hierher kommen, wenn er einen Beweis dafür finden wollte, dass er nicht unter mittelschweren Halluzinationen litt.

Das Tor, das vom Park des Krankenhauses auf den kleinen Friedhof führte, quietschte elend. Till blickte zurück. Ein Krankenhaus, das direkt neben einem Friedhof lag …

Wie man sich wohl als Patient fühlte, wenn man hier spazieren ging?

Der alte Geusenfriedhof war verlassen. Wer trieb sich an einem diesigen Novembernachmittag auch auf Friedhöfen herum? Der Weg, der im Kreis um die kahlen Bäume und die zersplitterten alten Grabsteine führte, lag voller Blätter, deren warme, goldene Farben im Schlamm ertrunken waren. Till fröstelte es. *Lass mein Mädchen in Ruhe, Langer. Wenn ich dich noch einmal auf dem Friedhof erwische, kannst du dich auf was gefasst machen.* Stumm wiederholte er die Drohung und konnte noch immer nichts mit ihr anfangen. Was für ein Mädchen? Es gab nie viele Besucher an diesem Ort, der der Geschäftigkeit des Unigeländes ringsherum wie durch Zauber zu entgehen schien. Till konnte sich nicht erinnern, hier jemals einem Mädchen auch nur freundlich zugelächelt zu haben.

Beklommen betrachtete er die Grabplatten am Wegesrand, die fast völlig unter dem Laub verborgen lagen. Neben einem der Gräber lag eine Rose.

**AUGUSTE
FRIEDERIKE WILHELMINE
CAROLINE SPILLNER**
† 1798

entzifferte er die Inschrift auf dem Grabstein. Wer brachte nach mehr als zweihundert Jahren noch Rosen an ein Grab?

Eine Stimme aus dem Nichts, eine Rose neben einem uralten Grab ... Gab es da eine Verbindung? Till ging in die Hocke und griff nach der Blume. Der Rosenstängel war noch feucht. Lange konnte sie hier noch nicht liegen. Jemand hatte sorgfältig alle Dornen entfernt.

Unruhig blickte der Student zurück zum Tor, durch das

er gekommen war. Die Sonne war nur ein blasser Fleck, der tief neben der grauen Silhouette des Krankenhauses hing. Bald würde es dämmern. Und er war immer noch allein ... Hatte er sich die Stimme am Morgen vielleicht doch nur eingebildet? Oder gab es Gespenster?

Ein raschelndes Geräusch ließ ihn herumfahren. Ein Eichhörnchen hockte vor dem Baum hinter dem Grabstein und blickte ihn mit neugierigen, schwarzen Augen an.

Till zuckte mit den Schultern. »Tut mir Leid, wenn du Nüsse willst, bist du an den Falschen geraten.«

Das Eichhörnchen legte den Kopf schief, als habe es ihn genau verstanden. Erstaunlich, wie ausdrucksvoll das Gesicht eines Tieres sein konnte. Es schien auf etwas zu warten.

»Ich hoffe, du zählst keine Gespenster zu deinen Verehrern ... Stell dir vor, es gibt *jemanden* ... nein, ich sollte wohl besser *etwas* sagen, das verhindern will, dass ich hierher komme.« Till lächelte traurig. »Jetzt rede ich schon mit Eichhörnchen. Es ist weit gekommen mit mir ... Auf der anderen Seite scheinst du ein guter Zuhörer zu sein. Kennst du das Gefühl verloren zu sein? Vielleicht ist es so, wie wenn einem mitten im Winter die Nussvorräte ausgehen. Man weiß, dass viele hungrige, kalte Tage vor einem liegen. Man kann davor nicht weglaufen ... Vielleicht wird man die Zeit überstehen. Vielleicht ist es aber auch besser, nach einem Fuchs Ausschau zu halten ... Kennst du diesen süßen Schmerz, der jede Freude zu Asche werden lässt? Das Gefühl, fortlaufen zu müssen, doch egal wohin man sich auch wendet, sich selbst kann man niemals entkommen ...«

Das Eichhörnchen sah ihn noch immer aufmerksam an. »Du bist ein wirklich ausdauernder Zuhörer, kleiner Freund. Ich wünschte, es gäbe einen Menschen, mit dem ich so reden könnte wie mit dir. Weißt du, alle wollen immer gleich ihre Meinung sagen und hören einem gar nicht bis zum Ende zu ...«

»Du bist nicht so allein, wie du glaubst«, sagte eine leise, melodische Stimme.

Tills Hände begannen zu zittern. Er wusste, dass er auf dem Friedhof allein war. Dennoch blickte er sich um. Es war jetzt fast dunkel. Dunst stieg zwischen den schwarzen Bäumen auf, kroch über das tote Laub und sammelte sich in den Bodensenken. Hinter dem Friedhofszaun eilte ein Mädchen mit rotem Mantel in Richtung des Archäologischen Instituts. Sie hatte ihn gewiss nicht bemerkt und war auch viel zu weit fort, um ihm etwas zugeraunt zu haben. Sie verschwand hinter den hohen Büschen an der Nordmauer. Außer ihr war niemand zu sehen.

Als Till sich umdrehte, war selbst das Eichhörnchen verschwunden. Er begann wahnsinnig zu werden! Das war die einzige Erklärung. Er hörte Stimmen, die sonst niemand vernahm, sprach mit Tieren und trieb sich bei Einbruch der Dämmerung auf Friedhöfen herum. Das war nicht mehr normal!

»Ich wünschte, du könntest mich sehen, und zugleich habe ich auch Angst davor«, hauchte eine Stimme in sein Ohr. »So oft schon wollte ich dich ansprechen und habe es doch nie gewagt.«

Till presste sich die Hände auf die Ohren. Die Stimme hatte einen merkwürdigen Akzent und gehörte zweifellos zu einer Frau. Er hatte einmal davon gehört, dass es eine Hirnfehlfunktion gab, bei der man tatsächlich glaubte Stimmen auf sich einreden zu hören. Aber dass es schüchterne, freundliche Frauenstimmen waren, hätte er nicht gedacht.

»Bitte hab keine Angst, Liebster. Dich zu sehen ist für mich so kostbar wie Maimorgentau auf meinen Blättern. Jeden Tag sehne ich mich nach deinen Besuchen.«

»Besuchen?« Jetzt war es wirklich genug. »Was heißt hier Besuche? Sind wir denn nicht ständig vereint? Ich meine, du bist doch in meinem Kopf ... nicht wahr?«

»Nichts wünschte ich mehr. Gewiss bist du in meinem Herzen, aber wie kannst du an mich denken, wo ich doch so lange gezögert habe mich zu offenbaren. Hast du es gespürt, wenn ich um dich war? Hast du am Ende gar meine stummen Liebesschwüre gehört?«

Till hatte das Gefühl, dass ihm der Boden unter den Füßen weggezogen wurde. Wenn er die Stimme recht verstand, dann war er in sich selbst verliebt und seine weiblichen Anteile flirteten gerade mit ihm. Er schluckte. Von dieser Art Wahnsinn hatte er noch nie gehört! Sein zukünftiger Therapeut würde sicher eine Menge Spaß mit ihm haben. Aber warum hatte er nie etwas von seinem Wahnsinn gemerkt? Konnte man so plötzlich den Verstand verlieren? War es der Schock nach dem Gespräch mit Mukke? Er musste Gewissheit haben.

»Wie lange kennen wir uns eigentlich schon?«

»Es war im März vor drei Jahren, als ich zum ersten Mal auf dich aufmerksam geworden bin. An jedem sonnigen Tag hast du dort hinten auf der Bank gesessen und du bist immer allein gekommen. Das war es, was mir zuerst aufgefallen ist. Nur wenige Besucher kommen stets allein in diesen Hain. Und du sahst irgendwie traurig aus ... Einsam. Ich habe in dir eine verwandte Seele gespürt.«

»Eine verwandte Seele«, wiederholte Till verblüfft. Entweder hatten seine weiblichen Anteile einen ausgeprägten Sinn für Ironie oder ... Sein Blick wanderte über die alten Grabsteine, die als Schatten im Zwielicht ragten. »Kann ich dich nur hier treffen?«, fragte er unsicher.

»Nein«, entgegnete die Stimme entschieden. »Ich bin auch in den Vorlesungen bei dem netten Professor mit dem Bart an deiner Seite. Aber viel weiter als hundert Schritt kann ich nicht fort von hier.«

Tills Gedanken schlugen Purzelbäume. Die Stimme versuchte ihm klar zu machen, dass sie an einen Ort gebunden, also wohl so etwas wie ein Geist war. Aber Geister gab es nicht! Wenn er sich also mit Gespenstern unterhielt, musste er wohl doch verrückt sein. Aber wozu die Sache mit dem Friedhof? Sein abgespaltenes, weibliches Bewusstsein schien selbst vor den absurdesten Erklärungen nicht zurückzuschrecken, um ihm geistige Gesundheit vorzugaukeln. Doch so schnell ließ er sich nicht reinlegen! »Warum hast du mich heute Morgen bedroht und mit einer Männerstimme gesprochen? Da du mich gut kennst, hätte dir doch klar sein müssen, dass ich auf jeden Fall wieder auf den Friedhof käme, um *mein Mädchen* zu treffen.«

»Wallerich! Verdammter Mistkerl.«

»Wallerich, nein ... das wird jetzt etwas zu viel.« Eine weitere Persönlichkeit in sich zu beherbergen ... Till fragte sich, wer wohl noch alles durch seinen Verstand spukte. »Wer soll dieser Wallerich sein?«

»Ein eifersüchtiger Heinzelmann«, kam die Antwort, als sei dies das Selbstverständlichste der Welt. »Er ist ein widerlicher, eingebildeter und aufdringlicher Kerl mit Schiebermütze und Kniebundhosen, der mir schon eine ganze Weile nachstellt. Ich wünschte, er würde endlich einsehen, dass ich nur dich liebe!«

»Und du ... Bist du eine Heinzelfrau oder wie immer man das nennen mag?«

Ausgelassenes Gelächter erklang. »Eine Heinzelfrau ... Das ist gut! Ich bin eine Dryade. Du musst wissen, Wallerich ist nicht ganz normal. *Normalerweise* haben Heinzelmänner nichts mit Dryaden. Ich weiß auch nicht, welcher Dämon ihn reitet.«

Till stand auf. Das alles wurde ihm zu viel. Nicht nur

dass sich in seinem Hirn mehrere Märchenfiguren einge-
nistet hatten und offenbar miteinander rivalisierten. Jetzt
erklärten sie sich auch noch gegenseitig für verrückt! Er
würde gehen. Wenn er sich weit genug von diesem Friedhof entfernte, hatte wenigstens diese *Dryade* in seinem
Kopf keine Macht mehr über ihn. Falls es stimmte, was sie
gesagt hatte.

»Warum läufst du fort? Habe ich dich erschreckt?« Die
Stimme folgte ihm auf dem Weg zum Friedhofstor.

»Nein, ich unterhalte mich täglich mit Hexen, Riesen ...
und natürlich mit mir selbst! Mach dir keine Sorgen um
mich. Ich werde offenbar wahnsinnig, aber sonst ist alles
in bester Ordnung mit mir.«

»Du glaubst mir nicht.« Die Stimme klang so enttäuscht,
dass Till stehen blieb und sich noch einmal umblickte. Natürlich war niemand zu sehen.

»Oh doch, ich glaube schon, dass du auf irgendeine Weise existierst. Schließlich bist du unüberhörbar. Aber warum müsst ihr ausgerechnet Märchenfiguren sein? Ich bin
ein erwachsener Mann. Wenn ich schon Stimmen hören
muss, warum können es dann nicht Mata Hari oder Kleo-
patra sein ... Ich meine Heinzelmännchen und Dryaden,
das sind Kindergeschichten.« Etwas streifte seine Wange.
Die Berührung war eindeutig körperlicher als ein Luftzug.

»Ich weiß nicht, von welchen Frauen du sprichst. Ich
fühle nur dein wundes Herz. Du trägst eine Traurigkeit
mit dir, die dich einhüllt wie ein dunkler Schleier. Du hältst
mich nur für eine Stimme? Glaub mir, ich bin genauso
wirklich wie du!«

Wieder spürte Till eine sanfte Berührung an der Wange.
War sein Hirn so durcheinander, dass nun auch noch sein
Tastsinn verrückt spielte? Er dachte an die Erscheinung vor
dem Pult von Grünwald. Die meisten hatten es für eine
Halluzination gehalten. Es war ein kleiner Kerl gewesen,

auf den die Beschreibung der Dryade zutraf. Kniebundhosen und eine Schiebermütze. Und die Frau, zu der er gesprochen hatte ... Was hatte er gesagt? *Mit Freuden würde ich den Rest meiner Tage in einer modrigen Esche verbringen, dürfte ich zur Nacht mein Lager mit dir teilen.* Das passte zu einer Dryade!

»Du kannst nicht mehr sehen, woran du zu glauben verlernt hast, Geliebter. Deshalb vernimmst du nur noch meine Stimme und selbst diese erscheint dir wie Spuk oder Wahn.«

Till blickte zurück. Der Baum, vor dem die Rose gelegen hatte, war eine Esche!

»Ich hatte dich für einen Träumer gehalten«, sagte die Stimme traurig, »aber ich sehe, auch du brauchst einen Beweis, etwas, das man mit Händen greifen kann, um zu glauben. Komm mit mir zu meinem Baum.«

Er war so durcheinander, dass er willenlos der Aufforderung nachkam. Halb hoffte er, dass dies alles nur ein verrückter Traum war, aus dem er jeden Moment erwachen würde, und doch war dies alles viel zu real. Jedenfalls hatte er nie zuvor mit so wachen Sinnen geträumt.

Direkt vor seinen Füßen brach ein Eschenschössling durch das welke Laub und wuchs auf Armeslänge aus dem Boden. An den Spitzen der zarten Ästchen bildeten sich Knospen, aus denen schon im nächsten Augenblick kleine, grüne Blätter hervorbrachen.

»Brich den Schössling und nimm ihn an dich. Er ist mein Geschenk für dich«, sagte die traurige Frauenstimme. »Er ist der Beweis, dass es Wunder gibt, wenn man bereit ist, an sie zu glauben. Weil Bäume in deiner Vorstellungswelt mehr Platz haben, als du *mir* einräumen magst, kannst du den Schössling sehen, obwohl es ihn nicht geben dürfte. Wenn du es schaffst, eines Tages hinter die *Wirklichkeit*, die dir dein gefesselter Verstand vorgaukelt, zu blicken und du wieder mit den Augen eines Kindes zu sehen vermagst, dann wirst du begreifen. Ich habe in dir etwas vermutet, das du schon nicht mehr bist. Verzeih, wenn ich dich erschreckt habe und mich ungerufen in dein Leben drängte. Du bist deinem Professor Mukke schon ähnlicher, als du glaubst. Ich kannte ihn, als er so alt war, wie du jetzt bist. Auch er schien ein Träumer zu sein, aber er hat sich entschieden, den Glauben an Wunder in sich zu begraben, weil man dann in eurer Welt leichter vorankommt. Jetzt stehst du an diesem Scheideweg und eine Wahl kannst nur du allein treffen. Lebe wohl, mein Geliebter.«

Till rieb den dünnen Ast mit den frischen Trieben zwischen den Fingern. Er war ganz real und doch konnte es ihn nicht wirklich geben! Kein Schössling spross so schnell, dass man ihm beim Wachsen zusehen konnte! Und schon gar nicht zu dieser Jahreszeit! »Warum tust du das alles?«, fragte er leise, doch die Stimme antwortete ihm nicht mehr.

Er ging zu der Esche, klopfte an das Holz des Baumes und blickte hinauf in das verzweigte Geäst. Dort oben saß das Eichhörnchen und beobachtete ihn stumm.

»Kennst du die Dryade?«

Keine Antwort. Er fror. Die Stimme hatte ihn verwirrt, ja geängstigt und doch fühlte er sich jetzt, da sie verstummt war, so einsam wie nie zuvor in seinem Leben. Sie hatte ihn *Liebster* genannt, mit so zärtlichen Worten von ihm gesprochen wie nie eine andere in *seiner* Welt. War er wirklich einem Wunder begegnet und hatte sich nur nicht darauf eingelassen? Zumindest in einem hatte die Stimme Recht: Er war kein Träumer mehr!

6

Die Uhr in der unteren rechten Ecke des Computerbildschirms zeigte 21.17. Es war an der Zeit, aufzubrechen! Der Erlkönig schloss das Fahrschulprogramm und sah in Richtung der Treppe, die hinauf zum Schlafzimmer führte. Er hatte Cagliostro über die Geheimnisse des Koffers unterrichtet. Es war so etwas wie eine Probe gewesen. Ein letzter Versuch. Wie erwartet hatte sich der Graf jedoch in erster Linie für den Ring interessiert.

Der Elbenfürst schaltete den Computerbildschirm aus. Dass es noch einen zweiten Ring gab, hatte er dem geilen Bock verschwiegen. Cagliostro hatte sehr interessiert getan und erklärt, er würde sich die Unterlagen oben näher ansehen. Dann hatte man aus dem Zimmer hinter der Treppe italienische Arien gehört. Zum Glück dauerte das nicht lange. Er und Mariana hatten sich sehr schnell auf nonverbale Kommunikation verlegt.

Der Erlkönig griff nach den Autoschlüsseln auf der Anrichte. Sein Herz begann schneller zu schlagen. Er deutete eine spielerische Verbeugung in Richtung der Treppe an. »Arrivederci, Giuseppe Balsamo. Von Stund an trennen sich unsere Wege. Ich habe meine Mission gefunden!«

Marianas Auto parkte direkt vor der Haustür. Schon beim ersten Versuch fand er den richtigen Schlüssel, um den Verschlag dieser modernen Kutsche zu öffnen. Mit klopfendem Herzen ließ er sich hinter dem Lenkrad nieder, steckte den Schlüssel ins Zündschloss und gab Gas. Das Auto heulte auf, bockte wie ein störrisches Maultier, schoss ein Stück vor – und blieb mit einem Ruck stehen und verstummte. Pferde zu reiten war einfacher!

Beim dritten Versuch schaffte es der Erlkönig, hundert Meter zu fahren, bevor er den Wagen an der ersten Kreuzung erneut abwürgte. Für den Kilometer bis zur Inneren Kanalstraße brauchte er fast eine halbe Stunde. Langsam bekam er ein Gefühl für Kupplung und Gaspedal. Aber gleichzeitig noch auf Ampeln, Verkehrsschilder und andere Wagen zu achten war reichlich viel verlangt. Vielleicht hatte er die Menschen dieser wunderlichen Maschinenzeit doch unterschätzt. Sie mochten den Sinn für die Natur verloren haben, aber in der von ihnen geschaffenen Welt fanden sie sich offenbar bestens zurecht.

Im Rückspiegel erschienen kreisende, blaue Lichter. Sollte er anhalten? Der Erlkönig nahm den Fuß vom Gas. Ein grünweißer Wagen überholte ihn. Jemand winkte mit einer Kelle aus dem Fenster.

Der Elbenfürst fluchte stumm und hielt am Straßenrand. Ein dicker Kerl mit Lederjacke und weißer Mütze stieg aus dem Wagen vor ihm, rückte seinen Gürtel zurecht und schlenderte zu ihm hinüber. »Ihre Papiere bitte.«

Papiere? Er hatte davon in den theoretischen Unterlagen zur Führerscheinprüfung gelesen. Was sollte er tun? Den Polizisten einfach in eine Statue verwandeln und weiterfahren? Nein! Es war besser, nicht schon jetzt aufzufallen.

»Die Papiere!«, wiederholte der Beamte nun energischer und klopfte an das Wagenfenster. Es war ein hoch gewachsener, übergewichtiger Kerl. Sein rundes Gesicht wurde von einem buschigen, schwarzen Oberlippenbart geteilt, in dem einige Krümel klebten.

Der Elbenfürst kurbelte die Scheibe hinunter. »Tut mir Leid, ich habe meinen Führerschein wohl nicht dabei.«

»So. Dann steigen Sie mal aus und kommen ...« Der Beamte hatte sich vorgebeugt, um durch das Fenster zu blicken, und erstarrte. Eine Ewigkeit sah er in den Wagen. Sein Mund klappte auf und zu. Sein Atem roch nach Anisschnaps und Fischbrötchen.

»Maria! Maria, komm mal her!«

Die Beifahrertür des Streifenwagens schwang auf. Eine junge Polizistin stieg aus. Sie hatte ihr langes, blondes Haar zu einem Pferdeschwanz zusammengebunden. Die Uniform stand ihr gut, dachte der Erlkönig. Weibliche Stadtwachen, so etwas hatte es zu seiner Zeit nicht gegeben. Noch ein echter Fortschritt! Sie schien ihren Dienst sehr ernst zu nehmen. Ihre freundlichen blauen Augen standen in starkem Kontrast zu den schmalen, zusammengekniffenen Lippen. Marias Rechte lag auf der Waffe am Gürtel. »Ist was nicht in Ordnung?«

»Nein ... Ja ... Bitte komm doch mal. Ich glaube ... Also ... Wir haben hier einen ... *Geisterfahrer*.«

»Geisterfahrer? Wieso, der Kerl war doch auf der richtigen Spur. Er hatte sein Licht nicht an, aber das ...«

»Kommst du bitte!«, schrie der Polizist mit sich überschlagender Stimme.

Der Erlkönig blickte zu dem Ring, der auf den Armaturen lag. Er hatte ihn nicht angesteckt, weil er befürchtete, dass die Heinzelmännchen merken würden, wenn er ihn aktivierte. Noch brauchte er ihn nicht. Der Fürst betätigte den Lichtschalter. Dumm, das zu vergessen!

»Jesus Maria!« Der Streifenbeamte machte einen Satz auf die Straße.

»Was 'n los, Kowalski?«

»Kuck in den Wagen, verdammt! Da ... da ist *nichts*!«

»Dir ist wohl dein Raki zu Kopf gestiegen.« Die Polizistin beugte sich vor und blinzelte ins Wageninnere. »Wo steckt der Fahrer? Hast du ihn etwa entwischen lassen, Kowalski?« Sie sah zu den Büschen am Straßenrand.

»Und die Scheinwerfer? Die sind doch gerade erst ... Ich sag dir, da drin ist ein ... Geist.«

Die Polizistin blickte zum Wagen und dann zu Kowalski. »Vielleicht ein Wackelkontakt ... Mit dem Licht, meine ich ...«

»Und wer hat die Karre gefahren? Nee, nee, das Ding ist nicht geheuer. Wir sollten Verstärkung anfordern oder ... Das ist es. Das Erzbistum! Die sollen uns 'nen Experten für so was schicken und ...«

»Bist du noch ganz dicht? Ich habe keine Lust, auf Jahre zum Gespött der Wache zu werden! Für mich ist der Fall klar. Der Fahrer ist abgehauen und es gibt einen Wackelkontakt, deshalb sind die Scheinwerfer vorübergehend ausgefallen.«

»Ich beglückwünsche Sie zu Ihrem Scharfsinn, Frau Wachtmeisterin. Wenn Sie nichts dagegen haben, würde ich jetzt gerne weiterfahren.« Der Erlkönig griff nach dem Schalthebel und kämpfte mit dem Rückwärtsgang. Mit aufheulendem Motor schoss der Wagen zurück, polterte ein Stück über den Bürgersteig und rammte fast eine Laterne. Den Vorwärtsgang einzulegen war leichter. Als er an den Polizisten vorbeifuhr, schlug der Dicke gerade ein Kreuz. Maria zog ihre Waffe und schoss dann doch nicht.

Die kreisenden blauen Lichter verschwanden hinter dem Erlkönig in der Dunkelheit. Sein Kreuzzug hatte gut begonnen. Nichts und niemand würde ihn aufhalten. Er sah auf die Uhr neben dem Tacho. 22.00. In spätestens drei Stunden wäre er in Bilbis!

*

»Hier oben sind ein Typ mit Perücke und 'ne Rothaarige. Kein Wolf zu sehen«, krächzte Schnapper in das kleine Mikro, das unter seinem Schnabel baumelte.

»Verstanden! Bleib auf deinem Posten! Du bist unsere Augen, bis die Jungs oben sind.« Wallerich drehte sich um und begutachtete noch einmal seine *Spezialeinheit*. Um ihn herum hatte sich ein halbes Dutzend Trolle in einem platt getrampelten Rosenbeet versammelt. Keiner von ihnen war unter drei Meter groß und ihre kantigen Gesichter strahlten eine Selbstsicherheit aus, die im Wesentlichen auf der Überzeugung beruhte, dass nichts außer einem anderen Troll oder dem Sonnenaufgang ihnen ernsthaft gefährlich werden konnte.

Ihre Haut war dunkelgrau und ähnelte geöltem Schiefer. In ihren Augenhöhlen flackerte ein rotes Glühen, das an halb erstarrte Lava erinnerte, es sei denn, sie trugen wie Rölps, ihr Anführer, eine riesige, goldgefasste Sonnenbrille. Wallerich wusste nicht sehr viel über die Trolle Nordnorwegens und er hatte sich auch in der halben Stunde seit ihrem Eintreffen nicht bemüht, seinen Horizont in puncto Trollkunde zu erweitern. Im Gegenteil. Er wäre froh gewesen, wenn die sechs hünenhaften Schläger gleich wieder durch das Portal unter der Universität verschwunden wären! Nach allem, was er gehört hatte, lebten diese Ungeheuer zwischen den Gletschern und Geysiren unzugänglicher Hochtäler und bestanden aus *lebendig gewordenem Fels*. Jedenfalls solange sie nicht direktem Sonnenlicht ausgesetzt waren. Geschah dies doch einmal, verwandelten sie sich augenblicklich in *toten Fels*.

Nöhrgel hatte Trolle für den Einsatz gegen Cagliostro ausgewählt, weil sie berühmt dafür waren, den IQ eines Granitbrockens zu haben. Je dümmer jemand war, desto schwieriger war es, ihn aufzuhalten, wenn er einmal einen eindeutigen Befehl bekommen hatte. Das galt auch für Beherrschungszauber. Bis die Trolle merken würden, dass Cagliostro in ihren Hirnen herummanipulierte, waren sie längst wieder in ihrem Tal in Nordnorwegen. So gesehen waren sie die ideale Truppe für diesen Einsatz. Nur eines beunruhigte Wallerich. Normalerweise standen Trolle eher auf Seiten der *Dunklen*. Wahrscheinlich hatte Nöhrgel auch ihnen ein Angebot gemacht, das sie einfach nicht ablehnen konnten.

»Wir fertig, Chef«, erklärte Rölps, dessen Stimme selbst im Flüsterton noch an eine donnernde Geröllawine erinnerte.

»Ihr wartet bitte auf den Einsatzbefehl«, erwiderte Wallerich höflich, aber bestimmt. Es war besser, sich gegenüber Trollen nicht im Ton zu vergreifen. Sie konnten sehr empfindlich sein.

»Kammerjäger an Zentrale. Hallo, Zentrale?«

»Hier Zentrale«, hallte Nöhrgels Stimme aus dem Funkgerät. »Was gibt's?«

»Wir sind bereit. Wie sieht es mit den *Langen* aus?«

»In den letzten zwei Stunden sind 183 falsche Einsatzbefehle an die Polizeiwachen gegangen. Dort herrscht heilloses Chaos. Ihr braucht euch also keine Sorgen machen, dass die Bullen kommen.«

»Danke, Zentrale. Dann fangen wir jetzt an.«

Wallerich reichte das Funkgerät an Birgel weiter und ging zu dem riesigen Ghettoblaster, der vor den Überbleibseln des Rosenbeets stand.

»Bist du sicher, dass das notwendig ist«, fragte Birgel leise. »Ich meine ... «

Wallerich drehte den Lautstärkeregler bis in den roten Bereich. »Wir ziehen diese Sache hier mit Stil durch. Außerdem werden die Nachbarn bei der Musik denken, dass hier 'ne Fete läuft, und uns vorerst in Ruhe lassen. Bleib du am Funkgerät und halte Kontakt zu Schnapper. Rölps?«

»Chef?« Der Troll schlug militärisch die Hacken zusammen, was ein Geräusch verursachte, das an aufeinander prallende Kontinentalplatten erinnerte.

»Geht zur Haustür und wartet auf das Signal.«

Tiefe Fußabdrücke in den Blumenbeeten hinterlassend schlurften die Trolle auf das kleine Mietshaus zu. Am Abend hatte Nöhrgel Erkundigungen über die Bewohner eingezogen. Außer Mariana lebte dort nur eine schwerhörige Alte, es war also nicht mit Komplikationen zu rechnen, wenn sich die Trolle an ihre Befehle hielten. Und die waren denkbar einfach gehalten: Geht in das Haus, holt den Werwolf und den Mann mit Perücke und kommt zurück.

Wallerich winkte Birgel, ihm noch einmal das Funkgerät zu geben. »Kammerjäger an Voyeur. Gibt's was Neues da oben?«

»Wie man's nimmt«, krächzte Schnappers Stimme aus dem Äther. »Die beiden liegen in ihrem Nest und tun das, was man unter ungefiederten Primitiven *Vögeln* nennt, obwohl ich beim besten Willen keine Analogien zum Verhalten irgendwelcher Vögel feststellen kann.«

»Danke für deine ornithologischen Aufklärungsversuche. Over.« Wallerich blickte zum Haus. Die Trolle hatten sich rechts und links des Hintereingangs platziert.

Es war so weit! Der Heinzelmann drückte die Play-Taste des Ghettoblasters. *Knock, knock, knocking on heaven's door* ... hallte es durch den Garten. Rölps nahm das wörtlich. Schon beim ersten Klopfen riss es die Tür aus den Angeln. Sechs Trolle stürmten in den Hausflur.

»Hier Voyeur«, krächzte es aus dem Funkgerät. »Der Perückenheini ist aus dem Bett gesprungen und wedelt mit den Armen. Ein großer Hund kommt ins Zimmer.«

Wallerich nickte zufrieden. Die *Dunklen* saßen in der Falle. »Hier Kammerjäger. Siehst du schon die Trolle?«

»Ja, der erste kommt die Treppe hoch und … oh …«

»Was ist da oben los?«

»Die Zimmertür … Aus dem Rahmen wachsen Mauersteine. Der Eingang ist blockiert. Ah, ein Troll hat seine Faust durchgeschlagen und jetzt hat sich der Wolf in seiner Hand verbissen … Dammich, das muss wehtun. Der Perückenmann ist aufgestanden. Die Rothaarige läuft im Zimmer auf und ab und schreit. Jetzt geht der Kerl zu einem Sitznest und … Scheiße!«

Aus dem Funkgerät tönte schrilles Krächzen und das Klirren von Glas. »Hallo, Voyeur, was ist los da oben? Hier Kammerjäger! Voyeur, kannst du mich hören?« Wallerich stoppte das Band und winkte Birgel. »Wir müssen hoch. Irgendwas ist schief gelaufen.«

»Hoch … zu … zu … dem Werwolf?«, stotterte der korpulente Heinzelmann. »Sollte nicht besser jemand bei dem Funkgerät bleiben?«

»Ich habe verstanden«, knurrte Wallerich und machte sich auf den Weg, ohne zu ahnen, dass in diesem Augenblick ein Streifenwagen vor dem Haus bremste.

*

Kowalski starrte auf den schweren Stuhl, der auf der Kühlerhaube lag, und fluchte. »Heute Nacht geht der Teufel um, das sag ich dir. Aber den verdammten Bastard, der glaubt meinen Wagen zertrümmern zu können, den nehm ich mir persönlich zur Brust!« Er stieß die Tür auf, wuchtete seine einhundertundzehn Kilo auf die Straße, rückte seinen Gürtel zurecht und griff nach der *Walther* im Waffenholster. Zufrieden registrierte er, dass die dröhnende Rockmusik verstummte, kaum dass er den Wagen verlassen hatte. Ein Friedenszeichen! Die Randalierer schienen zu ahnen, was die Stunde geschlagen hatte. Aber es war zu spät. Er würde rücksichtslos durchgreifen! Die volle Härte des Gesetzes sollten sie zu spüren bekommen!

Mittlerweile war er zu der Überzeugung gekommen, dass ihn jemand mit dieser Geisterfahrergeschichte übel verschaukelt hatte. Seit mehr als zwei Stunden schon hasteten sie von einem Einsatz zum nächsten, doch alles waren Fehlalarme. Die ganze Hauptwache schien Kopf zu stehen. Alle Beamten waren unterwegs. Ja, jemand erlaubte sich hier einen besonders üblen Scherz. Aber nicht mit ihm! Nicht mit Hauptwachtmeister Karl Kowalski! Er würde jetzt seinem gerechten Zorn freien Lauf lassen. Andernfalls hätte er die ganze nächste Woche wieder Ärger mit seinen Magengeschwüren. Vielleicht würde ihm morgen alles Leid tun und er würde zu Pfarrer Bengenheim gehen, um zu beichten. Aber das war morgen.

Kowalski legte den Kopf in den Nacken und blickte zu dem Fenster hinauf, durch das der Stuhl geflogen war. Jemand schlug die Scherben aus dem Fensterrahmen. Eine Frau kreischte hysterisch. Jetzt wurde etwas Großes durchs Fenster geschoben. Kowalski wich instinktiv einen Schritt zurück und prallte gegen Maria.

»Sollten wir nicht lieber Verstärkung rufen?«, fragte seine Kollegin halblaut. »Das scheint eine ernste Sache zu sein.«

So vorsichtig kannte er sie gar nicht. Er wandte sich halb um und sah ihr ins Gesicht. Im Licht der Straßenlaterne wirkte sie recht blass. »Jemand hat einen Eichenstuhl auf *unseren* Streifenwagen geworfen! Das ist *unsere* Angelegenheit! Und im Übrigen kann es bei dem Chaos heute Nacht eine halbe Stunde oder länger dauern, bis irgendjemand kommt.«

Wieder schrie die Frau oben. In dem Zimmer, aus dem der Stuhl geflogen war, brannte Licht. Es schien, als wolle ein Irrer jetzt eine Tür aus dem Fenster schmeißen. Kowalski machte zwei weitere Schritte zurück. Aus dem Haus ertönte ein Lärmen, als würde jemand mit Vorschlaghämmern auf eine Betonwand eindreschen.

Maria leuchtete mit ihrer Stablampe zum Fenster hoch. Ein Kerl mit einer Perücke war dort oben zu sehen. Er hantierte nicht mit einer Tür, sondern mit einer Patchworkdecke, die so steif wie ein Brett war.

Kowalski zog seine Pistole. »Sie sind verhaftet! Wir kommen jetzt rauf und holen Sie. Machen Sie keine Dummheiten! Wir sind bewaffnet!«

Der Mann beugte sich ein Stück weit aus dem Fenster. »Kommen Sie nicht hinauf. Bringen Sie sich in Sicherheit! Ich kann sie nicht mehr lange aufhalten! Laufen Sie!« Der Rest der Decke glitt aus dem Fenster und blieb aus unerfindlichen Gründen waagerecht in der Luft hängen. Der Mann verschwand im Zimmer. Wieder Schreie. Ziegelsteine flogen aus dem Fenster.

Maria brachte sich hinter der geöffneten Wagentür in Sicherheit. Ein Backstein flog durch das Heckfenster des Streifenwagens. Beim Anblick der zertrümmerten Scheibe fühlte Kowalski fast körperlichen Schmerz. Das war endgültig zu viel!

»Wachtmeisterin Kuhn, wir gehen jetzt da rauf und verhaften diese Randalierer.«

Maria hob den Kopf über die Wagentür. Mit Daumen und Zeigefinger zog sie die Sonnenbrille hervor, die sie stets in ihrer linken Hemdtasche trug. Sie setzte immer diese Brille auf, wenn es amtlich wurde. Sie hatte runde Gläser und ließ sie ein bisschen wie Lara Croft aussehen. Kowalski blickte an sich hinab. Nein, es war jetzt nicht an der Zeit, sich über seine Figur Gedanken zu machen. Er würde nie mehr einem Helden aus einem Computerspiel ähneln.

Mit energischen Schritten stürmte er zur Haustür. Es

gab zwei Klingeln. Entschlossen drückte der Oberwacht-
meister beide.

»Chef!«

Kowalski fuhr entnervt herum. »Was?«

Maria deutete in Richtung der Straße. Dort flog die
Patchworkdecke auf Höhe der Straßenlaternen in Richtung Klettenberg davon. Auf der Decke saßen ein Mädchen, der Kerl mit der Perücke und ein Hund. Kowalski
kniff die Augen zusammen, erinnerte sich an dreizehn Jahre Schulbildung und war wieder innerlich gefestigt. Als er
die Augen öffnete, konnte er gerade noch sehen, wie das
unbekannte Flugobjekt um die nächste Straßenecke da-
vonschwebte.

»Das war ein fliegender Teppich«, stammelte Maria erschüttert. »Du hast ihn doch auch gesehen, nicht wahr?«

»Das war *kein* fliegender Teppich«, erwiderte Kowalski
mit gepresster Stimme. »Wir beide haben genau gesehen,
dass es eine *Patchworkdecke* war, und da es fliegende Patch-
workdecken noch nicht einmal in den Märchen von Tau-
sendundeiner Nacht gibt, kann es sich nur um eine Halluzination gehandelt haben. Sieh die Sache doch einmal logisch! Dieses Ding hatte ja wohl eindeutig keinen Motor
und auch keine Flügel. Was keinen Motor und keine Flügel hat, kann nicht aus eigener Kraft fliegen! Oder willst du
etwa Newton und zweihundert Jahre physikalische Wissenschaft infrage stellen. Was wir da gesehen zu haben
glauben, kann es nicht geben! Also gibt es dafür nur *eine*
logische Erklärung: Es war eine Halluzination!«

»So wie dein Geisterfahrer?«

»Das war etwas ...« Aus dem Haus erklang ein Krachen
wie von einstürzenden Wänden und Kowalski war froh,
von unsicheren metaphysischen Argumentationen wieder
auf den Boden der Tatsachen zurückgeholt worden zu
sein. »Dort oben brauchen Staatsbürger unseren Schutz

vor Rowdys! Es ist nicht unsere Aufgabe, über Physik zu diskutieren!« Er hob seine Dienstwaffe und feuerte dreimal auf das Schloss der Tür. »Uns hat niemand geöffnet«, erklärte er halb entschuldigend. »Ich betrachte das als Widerstand gegen die Staatsgewalt. Wir sind jetzt gezwungen hart durchzugreifen!«

Maria rückte ihre Brille zurecht. Anscheinend reichte schon ein wenig Pulvergeruch, um ihr die übliche Selbstsicherheit wiederzugeben. Sie hielt ihre Waffe mit beiden Händen, hatte die Arme angewinkelt und presste sich den Lauf der Pistole gegen die Wange. »Ich gehe vor! Sicherst du uns den Rücken?«

Kowalski nickte. Er war ein höflicher Mensch und die Devise *Ladies first* war einer der festen Anker seiner geschliffenen Umgangsformen.

Seine Kollegin trat die Tür auf, stürmte in den Hausflur und sicherte mit nervös vorgestreckter Waffe den Hausflur. Dann winkte sie Kowalski, ihr zu folgen. Der Lärm im oberen Teil des Hauses hatte sich verändert. Es war jetzt ein gleichmäßiges Stampfen, so als würde eine Elefantenherde über Parkett trotten.

Maria deutete auf die Treppe, die vom Hausflur aus nach oben führte. Kowalski nickte knapp. Den Rücken eng gegen die Wand gepresst, machte sich seine Kollegin auf den Weg hinauf.

Oben war es plötzlich still geworden. Maria wartete auf dem Treppenabsatz. Sie zielte mit ihrer Waffe in Richtung einer eingetretenen Tür. »Wie gehen wir weiter vor?«, flüsterte sie. In ihrer Stimme schwang eine jugendliche Begeisterung, die Kowalski schon lange hinter sich gelassen hatte.

»Wir geben ihnen eine Chance, sich zu ergeben.« Er räusperte sich leise und wünschte, es wäre jemand anderer hier, dem er den autoritären Teil überlassen könnte.

»Achtung, hier spricht die Polizei! Das Haus ist umstellt! Kommen Sie mit erhobenen Händen heraus und halten Sie sich von den Fenstern fern. Unsere Scharfschützen sind heute Nacht ein wenig nervös!«

Maria grinste breit. »Klasse! Die Scheißer da drin machen sich bestimmt in die Hosen.«

Kowalski war sich da nicht so sicher. Er wollte Maria gerade ein Zeichen geben, die Wohnung zu stürmen, als drinnen schwere Schritte ertönten. *Sehr* schwere Schritte. Der Wachtmeister spürte die Dielenbretter unter seinen Füßen vibrieren. Hätte er nur die Klappe gehalten! Was auch immer in der Wohnung war, jetzt kam es tatsächlich heraus.

Maria leuchtete mit ihrer Stablampe in den dunklen Flur. Nichts war zu sehen. Und noch immer kamen die schweren Schritte näher. Die Dielen knirschten, als wären sie kurz davor, zu zerbrechen. Die eingetretene Tür rutschte zur Seite, segelte ein Stück durch die Luft und schlug krachend gegen ein Bücherregal. Maria verlor die Nerven. Mit einem Satz stand sie breitbeinig mitten in der Tür und begann das Magazin ihrer Dienstwaffe leer zu schießen.

Kowalski konnte nicht sehen, worauf seine Kollegin feuerte. Unsicher hob er die Waffe. Etwas riss Maria von den Beinen, als würde sie hochgehoben. *Aber da war nichts!* Ihre Waffe flog in hohem Bogen die Treppe hinunter. Die Polizistin schlug um sich und ihre Fäuste schienen auch *etwas* zu treffen ... Kowalski wurde zu Boden geschleudert. Der Schlag vor die Brust hatte ihn völlig unerwartet getroffen. Seine Waffe entglitt ihm, er bekam keine Luft mehr und wurde von unsichtbaren Händen hochgerissen. Hechelnd rang er um Atem. Seine Brust schmerzte. Grelle Lichtpunkte tanzten ihm vor den Augen. Etwas glitt durch sein Haar. Ein Ruck ... Es war geschehen. Vor ihm schwebte sein Toupet im Flur. Ein tiefes Geräusch, fast wie ein Lachen, füllte das Treppenhaus.

Kowalski versuchte sich dem – was auch immer es sein mochte – zu entwinden, was ihn festhielt, doch alle Bemühungen waren vergeblich! Wenigstens bekam er wieder Luft. Das Atmen schmerzte. Er segelte gut anderthalb Meter über den Treppenstufen Richtung Erdgeschoss. Der Polizist hatte das Gefühl, dass etwas sehr Großes ihn unter den Arm geklemmt hatte, was natürlich absurd war, da nichts zu sehen war. Mit einiger Anstrengung schaffte er es, den Kopf so weit zu drehen, dass er Maria sehen konnte. Sie rang mit ihrem unsichtbaren Gegner, trommelte mit den Fäusten auf etwas ein und schien dieses *Nichts* sogar zu beißen!

»Chef!« Eine Stimme, die Assoziationen an aufeinander schlagende Felsblöcke weckte, hallte durch den leeren Flur. »Hier ist Mann mit falsches Haar und sein Weibchen. Hund ist leider aus Fenster gesprungen.«

Kowalski sah, wie sein Toupet durch die Luft wedelte, und versuchte vergeblich es zu schnappen.

»Seeehr gut, Rölps«, lobte eine viel leisere Stimme. »Das sind zwar nicht der Mann und die Frau, die ich haben wollte, aber ihr habt euren Auftrag erfüllt, wie ich es erwartet habe. Man sieht, auf Trolle ist Verlass!«

Der Hauptwachtmeister sah sich beklommen um. Noch zwei Geisterstimmen? Was war nur mit der Welt geschehen, seit er heute Abend seinen Dienst angetreten hatte? Er versuchte einen Blick auf Maria zu erhaschen, die immer noch nicht aufgegeben hatte, gegen ihren unsichtbaren Entführer anzukämpfen. *Trolle!* So etwas gab es doch nur im *Herrn der Ringe* und anderen Fantasyromanen. Das alles konnte nur ein besonders lebhafter Traum sein! Hoffentlich wurde er bald wach!

»Was tun mit Mann und Weibchen?«

»Setzt sie auf den Boden, aber vorsichtig. Sie sind nicht so robust wie Trolle.«

Kowalski landete etwas unsanft auf seinem Hintern, fischte sein Toupet von den Dielen und versuchte es einigermaßen auf seiner Halbglatze zu platzieren. Maria war, kaum dass man sie absetzte, wieder auf den Beinen und nahm eine Karate-Verteidigungsstellung ein.

»Es tut mir sehr Leid, dass Sie durch meine Mitarbeiter in Unannehmlichkeiten geraten sind«, fuhr die freundliche, leise Stimme fort. »Ich hoffe, Sie haben keinen Schaden genommen, und ich wäre Ihnen sehr verbunden, wenn Sie die Angelegenheit nicht auf den Dienstweg bringen würden. Im Übrigen wäre es entgegenkommend, wenn Sie noch einen Moment hier im Flur bleiben würden, während wir uns nun zurückziehen. Ich danke für Ihr Verständnis.« Schwere Schritte entfernten sich in Richtung der Hintertür am anderen Ende des Flurs.

Lange sahen die beiden den dunklen Flur entlang. Schließlich war Maria es, die als Erste etwas sagte. »Was sollen wir tun?«

»Was sie uns gesagt haben«, entgegnete Kowalski ohne auch nur einen Augenblick zu zögern. »Ich werde mich lieber mit unseren Vorgesetzten wegen eines Einsatzberichtes voller Unstimmigkeiten herumstreiten als darüber nachdenken, was ein Trupp unsichtbarer *Trolle* anstellen wird, wenn sie sauer auf uns sind.«

*

Dass er hier saß, war eigentlich nur das Ergebnis eines Experimentes, das ein überraschendes Ende genommen hatte, dachte Frank wie in jeder der unzähligen langweiligen Nachtschichten. Ursprünglich war es ihm bei seiner Bewerbung nur darum gegangen, festzustellen, wie sehr die

Sicherheitsbehörden des Staates mit den Machtzentralen der Energiegroßproduzenten vernetzt waren. Er wollte wissen, ob er während seiner Studienzeit bei den diversen Demonstrationen, an denen er teilgenommen hatte, fotografiert worden war und ob es geheime schwarze Listen gab, die den Energiebehörden zur Verfügung gestellt wurden. Seinem damaligen, verschwörungsorientierten Lebensbild folgend war er fest davon ausgegangen, dass er abgelehnt werden musste. Erst viel später hatte er sich eingestanden, dass auch seine Ausbildung im Grunde keine Einstellung erlaubt hätte. Aber mit solchen Kleinigkeiten hielt man sich nicht auf, wenn man mitten in einem ideologisch und moralisch wohl begründeten Kreuzzug war. Doch dann war etwas geschehen, was sein Weltbild nachhaltig erschüttert hatte. Der Erzfeind, das umwelt- und menschenverachtende Energiekonsortium, hatte ihn, Frank Schütte, eingestellt. Und sie hatten ihm ein Gehalt angeboten, zu dem man nicht einmal als moralisch gefestigter Kreuzzügler Nein sagen konnte.

Frank hatte angenommen, war den Verlockungen des Establishments erlegen, auch wenn er vor seinem Gewissen und seinen Freunden stets beteuerte, es sei am besten, einen übermächtigen Feind zu unterwandern und seine Strukturen von innen heraus zu zerstören.

Zerstört hatte er nichts in den letzten zehn Jahren. Im Gegenteil, er hatte sich ein Eigenheim gebaut und eine Hypothek am Hals, die ihn auch in den nächsten zwanzig Jahren noch an diesen Job fesseln würde. Aber es gab Schlimmeres. Zum Beispiel pleite zu sein und auch mit achtundzwanzig immer noch in einer WG zu wohnen wie Gabriela, die stets ihren Idealen treu geblieben war. Eine Ewigkeit schien vergangen, seit er sie das letzte Mal gesehen hatte. Es war auf einer Demo in Norddeutschland gewesen. Sie war ihm aufgefallen, weil sie zu elegant wirkte, um wie all die anderen ein Wochenende auf schlammigen Äckern zu verbringen. Es war nicht schwer gewesen, sie zu überreden in seiner Ente zu übernachten. Für mehr hatten weder seine romantische Ader noch seine Überredungskunst gereicht. Nach diesem Wochenende war er hoffnungslos verliebt gewesen und sie war noch gelegentlich bei ihm vorbeigekommen, um über Politik zu reden und bei ihm zu übernachten. Natürlich ohne dass irgendetwas gewesen wäre. Als er seinen Job hier in Bilbis angenommen hatte, sahen sie sich nicht mehr. Zwei Briefe und eine Postkarte hatte sie ihm geschrieben. Dann verstummte sie. Und dennoch beschäftigte sie seine Phantasie während der langen Nachtwachen mehr als seine Ehefrau, die Hypothek oder sein langweiliger Job.

Frank ließ den Bürostuhl vom großen Kontrollpult zurückgleiten und streckte sich. Es war 2.12 Uhr. Eine gute Zeit für den dritten Kaffee der Nachtschicht. Morgen würde er es vielleicht bereuen und wieder einmal Magenschmerzen haben, aber jetzt war der Gang zum Kaffeeautomaten eine willkommene Abwechslung von der langweiligen Routine. Er stand auf und ließ den Blick noch einmal über die endlosen Reihen kleiner Lampen auf dem Kontrollpult und den Wandtafeln gleiten. Alles war in Ordnung, so wie in allen Nächten, die er hier vergeudet hatte.

Er sah zu Otto Brunner hinüber, einem kleinwüchsigen Kerl mit Seitenscheitel. Er mochte ihn nicht sonderlich. Als Spießer, wie er im Buche stand, hatte er so viel Unterhaltungswert wie eine tote Laborratte. Wie üblich trug Otto eine ordentliche Krawatte und hatte seinen weißen Laborkittel so weit zugeknöpft, dass man gerade noch den Krawattenknoten sehen konnte. Die Hosen, die unter dem Kittel hervorragten, hatten eine messerscharfe Bügelfalte und die Schuhe blitzten, als kämen sie gerade erst aus dem Schuhkarton.

Frank sah an sich hinab. Zerknittertes Hemd, ein kleiner Kugelschreiberfleck am rechten Ärmel eines Kittels, der schon bessere Tage gesehen hatte. Dazu eine abgewetzte Jeans. Wenn die Welt gerecht wäre, dann wäre Otto hier der Chef. Er war ohne Zweifel auch der bessere Physiker. Aber die Welt war ein absonderlicher Ort und dem Schicksal gefiel es ohnehin, den Braven und Strebsamen regelmäßig einen Arschtritt zu verpassen. So kam es, dass er, Frank Schütte, der ehemalige Anti-AKW-Demonstrant, in dieser Nacht im Kontrollraum A des Blocks B des Atomkraftwerks Bilbis das Sagen hatte und nicht Otto Brunner.

»Ich bin mir 'nen Kaffee holen.«

Otto hob den Kopf und fixierte ihn kurz über das Cover von *Bild der Wissenschaft* hinweg. Seine leidenschaftslosen grauen Augen wirkten hinter der dicken Brille so groß wie Fünfmarkstücke. »Ist gut«, murmelte er einsilbig und vertiefte sich wieder in seinen Artikel über die Chaostheorie.

Frank warf einen letzten Blick auf die Kontrolltafeln und ging dann auf den schmalen Flur hinaus. Es waren genau achtzehn Schritte bis zum Kaffeeautomaten. Achtzehn Schritte zu seiner kleinen Freiheit. Ein Markstück verschwand im schmalen, von tief eingegrabenen Schrammen gesäumten Schlitz. Im Inneren des Automaten erklang ein Röcheln, als würde eine frankensteinsche Monstrosität zum Leben erwachen. Mit leisem Klacken senkte sich ein karamellfarbener Plastikbecher unter die Düse, die schon im nächsten Augenblick begann schäumend schwärzliche Flüssigkeit abzusondern. Frank wunderte sich jedes Mal aufs Neue, wie so falscher Kaffee so verdammt echt riechen konnte. Mit einem Fauchen, das wie der Todesseufzer eines Drachen klang, endete der Kaffeeerguss. Frank schnupperte noch einmal genießerisch und streckte dann die Rechte nach dem engen Automatenschacht, in dem sein Kaffee angedockt hatte, als eine Alarmsirene das Pausenidyll zerstörte. Schrilles Tuten jagte über den Flur. Gegenüber der Tür zum Kontrollraum war eine rote Signallampe zu flackerndem Leben erwacht.

Franks erster Gedanke war fortzulaufen, doch antrainierte Vernunft siegte über den Fluchtreflex. Wenn etwas wirklich Schlimmes passiert sein sollte, dann war er im Kontrollraum sicherer als draußen. Er ließ den Kaffeebecher fallen und stürmte dem Signallicht entgegen.

Otto hämmerte wie ein Besessener auf die Tastatur seines Computers. Die Warntafel leuchtete wie ein Weihnachtsbaum. Die Lichter meldeten Druckverlust auf allen Turbinen.

»Haben wir ein Leck?«

Statt einer Antwort erklang das Klicken der Tastatur.

»Hast du mich verstanden?«

»Kein Leck ... Trotzdem sinkt der Druck in den Turbinenkammern immer weiter. Es scheint, als seien alle Dampfdruckleitungen unterbrochen, aber ich bekomme keine Meldung für austretenden Wasserdampf. Wir sind jetzt vom Netz ...«

Frank blickte erneut zur Kontrolltafel. Er versuchte aus den leuchtenden Lampen auf die Art des Störfalls zu schließen. Vergebens. Die Meldungen schienen völlig widersinnig. Er hatte Dutzende von Simulationen zu Reaktorstörfällen in Seminaren durchgespielt, aber die Anzeigen auf den Tafeln passten in kein Schema.

»Was ist mit der Brennkammer? Wie steht der Wasserpegel?«

Wieder das Klicken der Tastatur. Frank hielt den Atem an. Wenn der Wasserstand um die Brennelemente fiel, würde Bilbis morgen früh so berühmt sein wie Tschernobyl. Aber das wäre dann nicht mehr seine Sorge. Er würde dann nie mehr irgendwelche Sorgen haben ...

»Der Wasserstand ist normal«, meldete Otto. »Es gibt

keine Anzeichen für austretende Radioaktivität. Es gibt ...«
Er stockte. »Ich messe überhaupt keine Strahlung mehr!«
Frank fluchte. »Haben wir eine Temperaturmeldung?«
»Positiv. Aber die Temperatur sinkt. Das passt nicht ...
Außer zu den Turbinenmeldungen.«
Das gelbe Telefon unter der Kontrolltafel schrillte. Erst
beim achten Klingeln nahm Frank ab.
»Was zum Teufel ist los bei euch? Hessler hier. Uns geht
das Stromnetz in die Knie. Ist was passiert?«
»Ja«, antwortete Frank gedehnt. »Irgendetwas ist pas-
siert.« Er suchte nach Worten. Aber wie sollte man einen
Störfall erklären, der sich an keines der durchexerzierten
Notfallszenarien hielt? »Wir hatten eine Notabschaltung.
Nichts Ernstes. Bis morgen früh hängen wir wieder am
Netz.« Frank legte auf. Der Kontrollraum war in flackern-
des, rotes Licht getaucht. Noch immer schrillten die
Alarmsirenen. Fast sofort klingelte das Telefon wieder.
»Ich muss wissen, was in der Brennkammer passiert.
Oben auf dem Kran, mit dem die Brennstäbe ausgewech-
selt werden, ist doch eine Kamera. Kannst du mir damit irgendwelche Bilder auf den Bildschirm holen?«
Otto zuckte hilflos mit den Schultern. »Weiß nicht, ob
die Kamera noch funktioniert. Die Strahlung ... Vor
einem Brennstabwechsel tauschen wir immer erst einmal
die Kamera über dem Greifarm aus und ...«
»Das interessiert mich nicht!«, fluchte Frank. »Ich will
ein Bild aus der Brennkammer!« Das Läuten des Telefons
machte ihn schier wahnsinnig. Er konnte jetzt keine Fragen beantworten! Frank riss den Hörer hoch und drückte
die Telefongabel nieder. Dann legte er den Hörer neben
das Gerät. Als Nächstes würde er die Sirenen abschalten.
Bei dem Lärm konnte er nicht klar denken.
»Herr Doktor Schütte ... ähm ... ich habe jetzt tatsächlich so etwas wie ein Bild ...«

»Was soll das heißen: *so etwas wie ein Bild?* Hast du ein Bild oder nicht?«

»Das sehen Sie sich lieber selbst an.«

Frank trat hinter Ottos Stuhl und blickte auf den Bildschirm. Das Becken der Brennkammer war deutlich zu erkennen. Alle Brennstäbe waren verschwunden. Mehr als ein Zentner angereichertes Uran! Frank schnürte es die Kehle zu. Da war etwas, was es nicht geben durfte! Das war gegen jede Vernunft! »Kannst du die Kamera schwenken?«

Das Bild auf dem Monitor ruckte und zeigte dann eine Totale. Einen Augenblick lang glaubte Frank, dass vielleicht ein Videoband von einem Sonntagsausflug in die Datenbank geraten war. Aber da waren immer noch die Betonwände im Hintergrund und der Rand des Kühlwasserbeckens.

»Und wir haben keine Radioaktivität mehr?«, fragte er unsicher und versuchte gleichzeitig sich an den Gedanken zu klammern, dass dies alles nur eine Halluzination sein konnte.

»Nichts«, antwortete Otto und deutete auf die rote Zahlenkolonne eines digitalen Messgeräts. »Da unten ist alles absolut clean.«

Frank glaubte einen Hauch von Ironie in Ottos Stimme zu hören. Wahrscheinlich war der kleine Spießer zum ersten Mal in seinem Leben froh darüber, nur der zweite Mann zu sein. Er würde morgen niemandem erklären müssen, was hier vorgefallen war! »Ich hol mir 'nen Schutzanzug und geh runter. Ich muss mir die Sache vor Ort ansehen.«

»Eine gute Idee, Chef.«

Frank warf noch einen Blick auf den Monitor. Das musste ein Scherz sein! So etwas konnte es nicht geben! In Brennkammern von Atomkraftwerken wuchsen keine Eichen ...!

7

Till saß übernächtigt an seinem Schreibtisch und betrachtete den Eschenzweig, der vor ihm in einer leeren Colaflasche stand, die als Blumenvase hatte herhalten müssen. Die zarten grünen Blätter des Schösslings waren verschrumpelt. Er starb. Vielleicht würde er bald ganz verschwinden und mit ihm auch die Wahnvorstellungen ... Die ganze Nacht hatte Till über die Ereignisse im Park nachgegrübelt, doch ihm war keine bessere Erklärung eingefallen als die, dass er langsam wahnsinnig wurde. War seine kühne Magisterarbeit das erste Anzeichen seines Irrsinns gewesen?

Tills Zimmertür knarrte leise. Dann hörte der Student das unverwechselbare Geräusch von Gabrielas Pfennigabsätzen auf den Holzdielen. »Alles in Ordnung?« Sie kam schon zum dritten Mal heute Morgen herein.

»Mir geht's gut«, brummte Till einsilbig.

»So? Du versuchst also nur dieses kümmerliche Ästchen zu hypnotisieren. Jetzt komm schon, raus damit! Ist es immer noch wegen Mukke?«

»Du siehst dieses Ästchen auch?«

»Willst du mich verarschen? Warum sollte ich dieses welke Gemüse wohl nicht sehen?«

Tills Herz schlug schneller. Er nahm die Colaflasche und

hielt sie Gabriela direkt unter die Nase. Die hübsche Tänzerin trug ein hautenges schwarzes Trikot, Ballettschuhe und zerschlissene Wollstrümpfe. Aus dem Nebenzimmer tönte laute Popmusik, mit der Gabriela ihr allmorgendliches Warm-up aufpeppte.

»Du kannst diesen Eschenast sehen!«, wiederholte Till begeistert. »Kannst du ihn auch berühren? Bitte versuch es und sag mir, was du fühlst.«

Sie sah ihn an wie einen armen Irren, den man am besten in eine Gummizelle sperren sollte. Vorsichtig streckte sie die Hand aus und strich über die Blätter. »Sie fühlen sich weich an.«

»Du kannst sie fühlen! Oh Gott, ich bin nicht verrückt. Es ist wirklich passiert.« Er sprang auf und küsste die schöne Tänzerin. »Es ist wunderbar! Sie war wirklich da!«

»Schön, dass ich dir helfen konnte«, sagte Gabriela verblüfft. »Äh ... du bist sicher, dass es dir gut geht?«

»So gut wie schon lange nicht mehr. Ich muss sofort auf den Friedhof. Ich bin verliebt!«

»Auf den Friedhof? Verliebt?«

Till gab Gabriela einen zweiten Kuss und eilte davon. Auf der Treppe rief er noch zurück: »Das musst du nicht verstehen. Es ist unglaublich. Ich habe mich sozusagen in einen Baum verliebt!« Er lachte.

»In einen Baum verliebt«, murmelte Gabriela nachdenklich. Es stand schlimmer um Till, als sie erwartet hatte. Sie musste den anderen Bescheid sagen.

*

»Also hör mal, wir sind doch gut davongekommen. Ich weiß gar nicht, was du hast. Gelegentlich ein bisschen Ärger zu haben, das ist die Würze des Lebens.« Cagliostro grinste entschuldigend.

»Was ich habe, kann ich dir sagen, du herzloser Egomane. Ich hasse es, mich um sieben Uhr morgens an einem scheißverregneten Novembertag, nur mit einem Negligé bekleidet, zwischen Büschen im Volksgarten zu verstecken. Und für mich ist es nicht die Würze des Lebens, wenn mitten in der Nacht irgendwelche unsichtbaren Ungeheuer in meine Wohnung einbrechen, sämtliche Möbel demolieren und Löcher in die Wände schlagen.«

Mariana sah hinreißend aus, wenn sie sich aufregte, dachte Cagliostro und griff sanft nach dem ausgestreckten Zeigefinger, mit dem sie nur Zentimeter vor seiner Nase in der Luft herumstocherte. »Jetzt beruhige dich doch. Ich verspreche dir ...«

»Ich will mich nicht beruhigen! Ich will etwas zum Anziehen und ein warmes Bad. Und ich will, dass nie mehr unsichtbare Monster in meiner Wohnung auftauchen, und ...«

»Ich fürchte, das kann ich dir nicht versprechen. Ärger zu haben ist der Preis der Macht.«

»Unterbrich mich nicht dauernd, du schwanzgesteuerter Chauvinist. Du hast mir versprochen mir Zaubern beizubringen! Was ist damit? Du sagst doch dauernd, du bist der Großkoptha! Der begabteste Zauberer der Welt. Verschaff mir ein Kleid! Auf der Stelle, oder ich ...«

Cagliostro presste ihr eine Hand auf den Mund und zog sie tiefer ins Gebüsch. Hundert Meter den Weg hinauf hatte er zwei Reiter gesehen, die genau in ihre Richtung kamen. Es waren Gendarmen. »Bei Fuß, Baldur!« Der Werwolf bleckte die Zähne. Einer der Reiter hatte in Richtung der Büsche gezeigt. »Der zeigt nicht auf dich. Der kann uns gar nicht sehen. Mach jetzt keinen Mist!«

Der Werwolf knurrte noch immer leise, zog sich aber tiefer in die Büsche zurück. Mariana biss dem Grafen in die Finger und wollte sich losreißen.

135

»Kannst du dir vorstellen, was die von einer jungen Frau halten, die sie fast nackt in den Büschen finden? Ich nehme die Hand ja weg, aber, in drei Teufels Namen, sei leise.«

Mariana rang nach Atem. »Sie werden mich für ein Opfer halten und Mitleid haben.«

»Oh, das ist es also, was du willst ... Ein bemitleidetes Opfer sein«, höhnte Cagliostro. »Ich habe dich für mehr gehalten. Für eine Frau, die ihren Weg macht, die weiß, was sie will!«

Die beiden Reiter passierten das Gebüsch. Eines der Pferde schnaubte. Cagliostro packte Baldur beim Nackenfell. »Ich verspreche dir eine schön blutige Rinderhälfte, wenn du hier bleibst. Pferdefleisch, das ist doch nichts für einen Gourmet wie dich.«

Der Werwolf knurrte leise.

»Und was dich angeht ...« Cagliostro dachte an die polnische Gräfin, die er bei seinem Aufenthalt in Berlin kennen gelernt hatte. »Für dich habe ich auch etwas, Mariana.« Er schnippte mit den Fingern. Das Negligé verschwand. Stattdessen war Mariana in einen langen Mantel aus sibirischem Zobel gehüllt, trug eine Kosakenmütze und braune Reitstiefel. Cagliostro lächelte zufrieden. »Du siehst fast aus wie die Gräfin Poniatowski. Einfach hinreißend!«

Mariana sah verwirrt an sich herab und strich vorsichtig über den weichen Pelz. »Ist der echt?«

»So echt wie ich!«

Die Druidin runzelte die Stirn. »Und der verschwindet auch nicht einfach?«

»Bestimmt nicht. Betrachte ihn als ein kleines Versöhnungsgeschenk für den Ärger der letzten Nacht. Und das ist erst der Anfang!« Er klopfte mit dem Knöchel auf den merkwürdigen Aktenkoffer, den er unter den Arm geklemmt hatte. »Hier drin ist alles, was man braucht, um die Welt aus den Angeln zu heben.«

»Du willst die Welt aus den Angeln heben?« Ihre Augen verengten sich zu schmalen Schlitzen. »Dazu gehört, die Welt auch zu kennen! Ein zukünftiger Weltenlenker sollte wissen, dass Neuengland längst ein unabhängiges Land ist, das man die Vereinigten Staaten von Amerika nennt. Deine Sorge wegen der Inquisition ist über zweihundert Jahre nach der letzten Hexenverbrennung völlig unangebracht. Und FC Fortuna ist auch keine Geheimloge, deren Mitglieder sich an rotweißen Schals erkennen, sondern lediglich ein Fußballclub.«

Cagliostro setzte ein entwaffnendes Lächeln auf. »Um über solche Kleinigkeiten belehrt zu werden, habe ich doch dich, meine sinnliche, kluge Druidin. Und was die Welt angeht, ich habe nicht vor, sie zu beherrschen. Den Tyrannen zu spielen wäre mir viel zu anstrengend. Ich will lediglich das Antlitz der Erde grundlegend verändern. Ich habe eine Vision!«

*

Es regnete in Strömen, als Till den alten Friedhof erreichte. Er trug keinen trockenen Faden mehr am Leib und sein Haar hing ihm in Strähnen ins Gesicht. Auf den letzten Metern verlangsamte er die Schritte. Sein Enthusiasmus verebbte. Was sollte er ihr sagen? Dass es ihm Leid tat? Er kannte nicht einmal ihren Namen.

In weiten Kreisen schlich er um den Baum. Till hatte gehofft, das kleine Eichhörnchen zu sehen. Er musste über sich selbst schmunzeln. Er hatte daran gedacht, es als Liebesboten zu benutzen. Ein Eichhörnchen! Aber warum auch nicht? Es gab Wunder in dieser Welt!

Verlegen blickte er zur Esche. Kahl ragte ihr grünschwarzes Geäst zum bleifarbenen Himmel empor. Ob die Dryade in der Baumkrone saß und ihn beobachtete?

»Es tut mir Leid ...« Seine Stimme ging im Rauschen des Regens unter. Till hockte sich auf einen der Grabsteine ohne den Blick von dem alten Baum abzuwenden. »Ich weiß, ich habe deine Liebe mit Füßen getreten, und ... ich erwarte nicht, dass du auch nur ein Wort mit mir sprechen wirst. Aber ich wollte dir sagen, dass ich dir dankbar bin. Du hattest Recht. Deine Worte haben mir die Augen geöffnet. Ich weiß nicht, wann es begonnen hat ... wann ich zum ersten Mal meine Träume verraten habe. Wann ich nicht mehr auf Wunder hoffen wollte und begann mich mit der Normalität zu arrangieren. Mit einer Welt, in der fast alles vorhersehbar ist, in der starre Regeln regieren. Auch wenn ich nicht erwarten kann, dir jemals wieder zu begegnen, hast du meine Welt für immer reicher gemacht ...« Till wusste nicht, was er noch sagen sollte. Ein dicker Kloß saß in seinem Hals. Hätte er sich doch gestern nur nicht aufgeführt wie ein Idiot! Er stand auf. »Danke, meine lebendig gewordene Märchenfee.«

»Dryade!«, erklang eine leise Stimme dicht neben seinem Ohr. »Dryaden und Feen haben so gut wie nichts miteinander gemeinsam.«

»Du bist zurück?«

Ein gehauchtes Lachen erklang. »Ich war nie fort. Es gehört zu den Eigenarten von Dryaden, dass sie nie sehr weit von ihrem Baum entfernt sind ...« Ihre Stimme wirkte plötzlich verlegen. »Bevorzugst du ... ähm ... eine bestimmte Haarfarbe bei Frauen?«

Till starrte verwundert in den Regen und versuchte sich vorzustellen, wo sein unsichtbares Gegenüber wohl stehen mochte. Dann sah er etwas. Der Regen! Wie ein silberner Schleier umspielte er eine Gestalt. Natürlich konnte er sie nicht genau erkennen. Er sah nur, wie Wasser an

138

etwas abperlte. Die Gestalt vor ihm war ein wenig kleiner als er und sie schien sehr schlank zu sein. Was hatte sie gefragt? Ob er eine bestimmte Haarfarbe bevorzugte? Seltsam! »Ich ... nein ...« Warum nur begann er immer zu stammeln wie ein Idiot, wenn er sich mit Frauen unterhalten wollte, die ihn interessierten!

»Wir sollten nicht im Regen stehen ... Ich ... Wäre es sehr verwegen, dich zu mir einzuladen? Es ist vielleicht ein bisschen eng, aber es ist wenigstens trocken.«

Till betrachtete die Esche. Er konnte sich beim besten Willen nicht vorstellen, wo sie beide dort einen Unterschlupf finden sollten. »Ich ... gerne! Ich meine ...«

Etwas Kühles, Nasses berührte seine Hand. »Mach die Augen zu. Ich führe dich. Und bitte versuch nicht zu blinzeln, du würdest den Bann brechen, und es gibt einen Moment, in dem das sehr gefährlich sein könnte. Willst du mir folgen?«

»Wohin immer du gehst!« Till schloss gehorsam die Augen, und als die Dryade an seiner Hand zog, setzte er sich mit vorsichtig tastenden Schritten in Bewegung. Zuerst spürte er noch Blätter unter seinen Sohlen, dann hatte er das Gefühl, die Dryade führe ihn durch dichtes Gestrüpp. Äste und Wurzeln zerrten an seinen Kleidern. Plötzlich schnellten sie zurück. Der Regen hörte schlagartig auf.

»Du darfst die Augen jetzt wieder öffnen.«

Blinzelnd sah sich Till um. Der Friedhof war verschwunden! An dem Ort, zu dem die Dryade ihn gebracht hatte, herrschte grünes Zwielicht. Der Boden war mit Moos, welken Blütenblättern und bunten Federn bedeckt. Man konnte nicht sehr weit sehen. Am Rande des Gesichtsfeldes ging das unstete grüne Zwielicht in dunkle feste Schatten über. Das Licht nahm seinen Ursprung in einem Stein oder Kristall, der über ihren Häuptern schwebte.

»Wo sind wir hier?«

»In meinem Baum«, erklärte die Dryade stolz.

»Entschuldige ... war 'ne dumme Frage, du bist schließlich eine Dryade. Wo sollten wir auch sonst sein, wenn wir zu dir nach Hause gehen.« Till sah sich beklommen um. Dieser Baum war von innen bedeutend größer, als er von außen ausgesehen hatte! Ein angenehm würziger und zugleich süßlicher Geruch hing in der Luft. Es duftete nach Frühling!

Tills Augen gewöhnten sich jetzt an das Zwielicht. Deutlicher konnte er nun seine Umgebung erkennen, doch die Dryade war noch immer unsichtbar. »Wie heißt du?« Seine Worte waren nur ein Flüstern. Zu fremd erschien ihm dieser Ort, der alles verneinte, was beinahe zwei Jahrzehnte der Schulbildung ihn gelehrt hatten. Hier endete die Welt, wie er sie kannte.

»Neriella.« Wieder stand sie hinter ihm! Er drehte sich um. Vergebens! »Deinen Namen kenne ich, Till. Lange schon bist du ein Gast in meinem Garten und in meinem Herzen.«

Der Blick des Studenten fiel auf etwas Vertrautes. Am Rand der Finsternis lag, säuberlich glatt gestrichen und zusammengefaltet, eine Aldi-Tüte.

Sie schien seine Verwunderung bemerkt zu haben. »Die Tasche hat ein junger Mann als Geschenk in meinem Garten zurückgelassen. Ist sie nicht schön? So bunt. Und Wasser gleitet von ihr ab. Sie beginnt auch nicht zu schimmeln wie Leder, das feucht geworden ist. Ein wunderbares Material. So glatt und kühl. Gibt es auch Kleider daraus?«

»Ich ... ähm ... ich glaube nicht. Es ist ...« Wie sollte er ihr klar machen, dass dieses *Geschenk* nur Abfall war? Er wollte sie nicht verletzen. Könnte er sie nur sehen!

»Manchmal lassen sie auch andere kleine Stücke aus diesem sonderbaren Stoff zurück. Ich habe sie alle gesammelt, gesäubert und eine ganze Kammer damit gefüllt!« Ihre Stimme überschlug sich vor Begeisterung. »Willst du sie sehen?«

»Dein Baum hat noch mehr Kammern?«, fragte Till ausweichend.

»Oh ja! Einen Vorratsraum, ein kleines Bad, mein Nest und dies hier ist mein Triklinum, wo ich Gäste empfange. Man kann sich überall gemütlich hinlegen. Ich habe nur besonders weiches Moos ausgewählt...« Neriella stockte. »Es wäre schön, wenn du mich sehen könntest. Zugleich fürchte ich mich davor. Du würdest doch nicht lachen, wenn ich dir fremd erscheine, nicht wahr? Ich bin nicht so wie die anderen Mädchen an der Universität. Ich bin... anders.«

Till kroch ein Schauer den Rücken hinauf. Was würde ihn erwarten? Alles, was er kannte, war ihre warme, freundliche Stimme. »Gibt es denn keine Möglichkeit, dich zu sehen?«

»Schon... Aber es liegt allein an dir. Komm mit.« Sie führte ihn durch eine beklemmend enge Kammer, in der es nach Erde und Sandelholz roch. Dahinter lag eine Nische, die mit Daunen und frischen Blüten geschmückt war. Ein Vorhang aus schillernden Eichelhäherfedern trennte die Nische von der Kammer. Nur ein kleiner Kristall glühte über dem Lager. Neriella beugte sich vor, suchte etwas zwischen den Federn und reichte Till schließlich einen kleinen, irdenen Krug. »Trink dies. Es wird den Schleier zerreißen.«

Misstrauisch schnupperte der Student an dem Krug. Dann fasste er sich ein Herz. Er war nicht so weit gegangen, um jetzt durch ein Zögern wieder alles infrage zu stellen. Der Trank schmeckte bitter wie Wermut und brannte in der Kehle. Er begann zu husten, nahm noch einen Schluck und noch einen. Was immer in dem Krug sein mochte, es wirkte schnell. Prickelnde Wärme überlief ihn bis in die Zehenspitzen. Er fühlte sich benommen und schwer. Till stellte den Krug ab und lehnte sich gegen die kühle Holzwand. Ihm war schwindelig. Das gedämpfte, grüne Licht brannte ihm unangenehm in den Augen. Die schwarzen Wände begannen zu schwanken. »Was ... was ist das?«, stammelte er benommen.

»Keine Sorge, es ist von Jupp, einem Freund. Er lebt ganz in der Nähe unter der Hintertreppe der Universitätsbibliothek. Er trinkt jeden Abend zwei Flaschen davon und hat jedes Mal andere Namen dafür: Rachenputzer, prima Fusel, Selbstgebrannter. Einmal hat er sogar behauptet, dass kleinen Mädchen davon Haare auf der Brust wachsen würden. Ich hab es nie probiert. Er hat mir versprochen, dass es dir helfen wird mich zu sehen. Ist es nicht in Ordnung?«

»Doch, doch.« Till hatte das Gefühl zu fallen, obwohl er mit dem Rücken gegen die Wand lehnte. Plötzlich schien die Kammer voller Nebel zu sein. Und dann sah er sie. Sie schien von innen heraus zu leuchten. Der Nebel zerschmolz. Ihre großen Augen unter den sanft geschwungenen Wimpern glichen Smaragden. Sie wich seinem Blick aus und sah verlegen zu Boden.

»Ich hoffe, ich gefalle dir wenigstens ein bisschen.« Ihre Stimme zitterte.

Till war sprachlos. Sie trug ein muschelweißes Gewand aus einem Stoff, zart wie Spinnweben. Nass klebte es an ihrem Körper und enthüllte mehr von Neriellas Reizen, als es verbarg. Die Dryade war schlank, fast schon dürr, ihr Leib mädchenhaft, die Brüste nur sanfte Hügel, unter denen sich die geschwungenen Linien ihrer Rippen durch die Haut abzeichneten. Noch immer hielt sie den Kopf gesenkt, sodass Till ihr Gesicht nicht richtig sehen konnte. Langes, dunkelgrünes Haar reichte ihr bis zu den Hüften.

Vorsichtig streckte der Student seine Hand nach ihr aus und verharrte dann doch. Er hatte Angst, dies alles sei nur ein verrückter Traum, und sobald er Neriella berühre, müsse er erwachen und der Bann sei für immer gebrochen. Ein Märchen zu leben, konnte das wahr sein? Schon begann ihre Gestalt wieder zu verwischen, so als wolle das unstete grüne Licht sie in sich aufnehmen.

»Bist du wirklich?«, flüsterte er mit schwerer Zunge. »Bitte, sei kein Traum.«

Sie sah auf. Ihr Gesicht war schmal, von hohen Wangenknochen beherrscht. Volle Lippen ließen sie sinnlich erscheinen, obgleich ihre smaragdfarbenen Augen mit geschlitzten Pupillen auf den ersten Blick unheimlich wirkten. Ein eigentümliches Leuchten ging im Zwielicht von diesen Augen aus, so wie von Katzenaugen, die überraschend im Dunkeln aufblitzten. Neriella hatte dunkelgrüne, schmale Augenbrauen und eine hohe Stirn. Ihre Haut war weiß mit einem leichten lindgrünen Schimmer.

Till kannte Gestalten wie die Dryade aus Fantasyromanen und war ähnlichen Geschöpfen auch im Rollenspiel schon oft begegnet, doch diese Phantasien Wirklichkeit werden zu sehen lähmte ihn. Auf der einen Seite hätte er fast alles dafür gegeben, einmal einem Geschöpf wie Neriella zu begegnen, auf der anderen Seite machte sie ihm Angst. Und der Pennerfusel, den sie ihm gegeben hatte, tat ein Übriges dazu, sodass ihm im Augenblick vor allem speiübel war.

»Ich habe noch nie einen Sterblichen hierher eingeladen.« Sie lächelte kokett. »Ich hoffe, mein Heim gefällt dir ... Es ist ganz anders als die Steinhäuser, die ihr euch baut, nicht wahr?« Sie schob den Vorhang aus Eichelhäherfedern zur Seite, setzte sich auf ihr Lager und kreuzte die Beine in einer Art, die Till einen wohligen Schauer über den Rücken gejagt hätte, hätte er sich nur ein wenig besser gefühlt. Trotz der lasziven Geste wirkte Neriella zugleich unschuldig wie ein junges Mädchen.

»Was ist das für ein Gefühl, wenn man seine Lippen aufeinander drückt? Im Sommer sehe ich das oft. Manchmal sind junge Pärchen hier im Park. Küssen heißt das, was sie tun, nicht wahr? Ist es angenehm? Ich glaube, manche verwenden sogar die Zunge dabei.«

»Hast du ... einen Eimer ... oder eine Schüssel?«, stöhnte Till hinter zusammengebissenen Zähnen. »Ich glaube ... ich muss ...«

»Eine Schüssel?«, fragte die Dryade verwundert.

»Bitte ...«, stammelte Till und verwünschte stumm seine Pechsträhne. Da traf er eine Frau, atemberaubender, als er sie sich je in seinen kühnsten Träumen ausgemalt hatte, und diese Traumfrau wollte offenbar auch noch Nachhilfestunden im Küssen bei ihm nehmen. Und zugleich wurde er mit Wermut abgefüllt und wusste, dass er sich jeden Augenblick auf die Füße kotzen würde. Nach so einem Auftritt käme sie gewiss nicht noch einmal auf die Idee, ihn nach der hohen Kunst des Küssens zu fragen.

Neriella stand auf und wollte gerade die Kammer verlassen, als Till den Kampf gegen den Wermut endgültig verlor.

*

Wallerich ließ die Rose fallen, die er gerade erst bei dem Blumenladen an der Zülpicher Straße *ausgeliehen* hatte. Es war aus! Was fand Neriella nur an diesem Typen? Was hatte der Kerl, was er ihr nicht genauso gut hätte bieten können?

Sie hatte den Studenten eingeladen in ihren Baum! Das war ein schwerer Verstoß gegen die Gesetze des Rates! Die wenigen Geschöpfe von *Nebenan*, denen es erlaubt war, hier zu leben, durften keinen Umgang mit Sterblichen pflegen und schon gar kein intimes Rendezvous mit ihnen haben. Einen Moment lang dachte der Heinzelmann daran, Neriella dem Rat zu melden. Aber wenn sie bestraft würde, würde sie für immer von hier verbannt. Vielleicht war dieser Student ja nur eine Affäre? Eine Laune, die schon in wenigen Tagen vorüber war ...

Wallerich blickte zu der Rose, die vor seinen Füßen im Schlamm lag. Eben noch hatte er sorgfältig alle Dornen vom Stängel entfernt. Es ziemte sich schließlich nicht, Geschenke zu machen, an denen man sich verletzen konnte. Und jetzt ... jetzt fühlte er sich, als habe man ihm den Bart abrasiert. Einen tieferen Schmerz hatte er nicht empfunden, seit er und seine Hockeymannschaft von ein paar hinterwäldlerischen Kobolden 17 zu 212 geschlagen worden waren.

Warum hatte Nöhrgel ihn nicht gewarnt? In seinem Wahrscheinlichkeitskalkulator musste er doch gesehen haben, was geschehen würde? Wütend ballte Wallerich die Fäuste. Wäre er in den letzten Tagen nicht dauernd unterwegs gewesen, es wäre niemals so weit gekommen! Der Alte hatte ihn geopfert! Er musste es gewusst haben. Oder hatte er es nur deshalb nicht gesagt, weil der Student nicht mehr als eine Episode für Neriella sein würde?

Der Regen wurde stärker. Wasser tropfte vom Rand von Wallerichs Mütze genau in seinen Kragen. Er hatte sein bestes Hawaiihemd angezogen, um ein wenig Farbe in diesen grauen Novembertag zu bringen. »Warum, Neriella? Warum?«, flüsterte er verzweifelt. Sie wusste doch, dass er immer alles für sie tun würde! Er war es gewesen, der die schriftliche Anweisung, ihre Äste zu stutzen, im Unigartenbauamt hatte verschwinden lassen. Immer hatte er sie und ihren Baum beschützt! Und jetzt holte sie seinen Nebenbuhler in ihr Nest! Aber der Mistkerl würde keine ruhige Minute mehr haben. Er sollte lernen, was es hieß, den Zorn eines Heinzelmanns auf sich zu ziehen. Und Neriella hatte sich auch eine Abreibung verdient. Nichts Ernstes ... Er hatte da schon eine Idee!

Wallerich sah zu der Rose am Boden. Sie hatte eine vollkommen gewachsene rote Blüte. So vollkommen wie Neriella war sie. Wallerich setzte den Fuß auf die Blüte und trat sie in den Schmutz. »Du hast unserer Liebe die Unschuld genommen«, flüsterte er verbittert.

Erschrocken zog der Heinzelmann den Fuß zurück. Die Blüte war zerdrückt und voller Schlamm. Was hatte er getan? Er kniete nieder und versuchte den Schmutz von den Blättern zu wischen. »Neriella, mein Mädchen ... Ich will doch nur unser Glück. Nur mit dir allein.« Tränen liefen ihm über die Wangen. Er brach die Rosenblüte vom Stängel und schob sie sich unter die Jacke. Dann starrte er wieder zu ihrem Baum. Er würde eine neue Rose stehlen. Sie sollte nicht auf seine Rosen verzichten müssen. Die Affäre mit dem Menschen war gewiss ein Irrtum. Sie war doch nur eine Dryade. Wie sollte sie schon wissen, was es hieß, sich mit den Menschen einzulassen. Der Kerl würde ihr wehtun. Liebesgeschichten zwischen den Geschöpfen von *Nebenan* und Sterblichen gingen niemals glücklich aus.

»Wallerich! Endlich! Ich hatte die Hoffnung schon aufgegeben, dich noch zu finden.« Birgel kam schnaufend den Weg hinuntergelaufen.

»Lass mich allein! Kann ich denn nicht einmal in Ruhe unglücklich sein?«

Der junge Heinzelmann hielt inne und sah ihn verblüfft an. »Du weißt es also schon?«

»Was?«

»Na, die Sache mit Nöhrgel?«

Wallerich stand auf und versuchte sich den Schlamm von der Hose zu wischen. »Was ist mit dem alten Griesgram?«

»Der Rat will heute Abend über ihn zu Gericht sitzen. Laller, der dritte Vorsitzende, hat angekündigt, dass Nöhrgel nicht ungeschoren davonkommen soll. Es heißt sogar, sie wollen ihn verbannen.«

»Was? Aber warum? Was wirft man ihm vor?«

»Der Fehlschlag gestern Nacht. Die Sache mit dem Koffer ... Laller lässt sogar verbreiten, Nöhrgel sei auf die Seite der *Dunklen* übergelaufen. Es sieht wirklich übel für ihn aus. Du kennst ja unseren Ältesten. Mit seiner Art hat er sich nicht viele Freunde gemacht. Allein im Rat fallen mir schon fünf Alte ein, die allen Grund hätten, ihm eins auszuwischen. Und was das Schlimmste ist: Laller will dich in den Zeugenstand rufen lassen, um gegen Nöhrgel auszusagen.«

Wallerich zuckte mit den Schultern. »Dann werde ich eben nicht zu finden sein. Ich bin zwar auch sauer auf Nöhrgel, aber um ihn über die Klinge springen zu lassen, müssen sie sich schon einen anderen suchen. Danke, dass du mich gewarnt hast.« Der Heinzelmann schob sich die Schiebermütze in den Nacken und sah zum grauen Himmel hinauf. »Ein Scheißwetter, um einen Spazierflug zu machen. Hoffentlich sitzen noch andere Möwen als Schnapper auf dem Unidach.«

Birgel räusperte sich.

»Ja?«

»Ich kann dich nicht gehen lassen.«

»Warum nicht?«

»Ich ... ähm ...« Birgel blickte zu Boden. »Der Rat hat mich geschickt, um dich zu suchen.«

»Dann sag ihnen eben, du hättest mich nicht gefunden.«

»Aber ... dann müsste ich ja lügen. Du weißt, dass ich

nicht gut im Lügen bin ... Ich kann das nicht. Man merkt es sofort, wenn ich ...«

Wallerich seufzte, dann klopfte er dem jungen Heinzelmann auf die Schulter. »Ich habe das Gefühl, du wirst es noch weit bringen, Birgel. Ich komme mit.«

*

Der Erlkönig lehnte sich auf dem alten Bürosessel zurück und blickte zufrieden auf den schmuddeligen Hinterhof jenseits des Fensters. Ein möbliertes Zimmer zu bekommen war leichter gewesen, als er erwartet hatte. Zunächst hatte der Vermieter zwar nach einem Personalausweis und einem Gehaltsnachweis gefragt, als der Albenkönig dann aber seinerseits vorschlug, die Kaution von tausend auf fünftausend Mark zu erhöhen, hatte sich sein neuer Vermieter umgehend damit zufrieden gegeben, dass die nötigen Papiere innerhalb der nächsten Wochen nachgereicht würden.

Der Elbenfürst ließ sanft den Sessel drehen und sah zu dem Stapel von Zeitungen, der sich auf dem Schreibtisch türmte. Das war der einzige Wermutstropfen, der diesen ansonsten recht erfolgreichen Tag trübte. Nirgends stand auch nur eine Zeile über das, was sich in der letzten Nacht in Bilbis ereignet hatte. Aber vielleicht war die Presse ja nicht so schnell, wie er gedacht hatte. Wenn in zwei Tagen immer noch nichts geschehen wäre, würde er ein oder zwei Fernsehsender mit anonymen Anrufen auf den Zwischenfall aufmerksam machen. Der Erlkönig lächelte. Die Möglichkeiten moderner Technik erlaubten es, Intrigen in einem Ausmaß zu spinnen, wie er es früher niemals zu hoffen gewagt hätte.

Der Elbenfürst packte die Geldbündel aus den Taschen seines neuen Sakkos und legte sie neben die Zeitungen auf

den Schreibtisch. Er mochte diese schmuddeligen Papierfetzen nicht, obwohl sie natürlich praktisch waren, wenn
es darum ging, größere Geldmengen zu transportieren.
Nachdem er am Morgen aus Bilbis zurückgekehrt war,
hatte er vor einer Bank in der Sülzburgstraße gehalten, seinen Ring vom Finger gestreift und war unsichtbar dem Leiter der Filiale geradewegs in den Tresorraum gefolgt. Wie
lange sie wohl brauchen würden, um zu merken, dass ihnen hunderttausend Mark fehlten?

Einen Teil des Geldes hatte er in einen maßgeschneiderten Anzug und gute Schuhe investiert. Es war ein Genuss
gewesen, sich in dem teuren Laden verwöhnen zu lassen.
Niemand hatte dort auch nur ein Wort über seinen Aufzug
verloren, obwohl Umhänge und Ledertuniken offenbar
schon eine Weile außer Mode waren.

Der Elbenfürst stand auf und musterte sich selbstzufrieden in dem Spiegel, der neben dem großen Bett hing.
Der graue Nadelstreifenanzug stand ihm gut! Die rotgol-
dene Brokatweste darunter mochte vielleicht ein wenig
extravagant sein, so wie sein Rüschenhemd, bei dem die
obersten drei Knöpfe nicht geschlossen waren. Aber
wenn er Wert darauf legte, unauffällig zu sein, brauchte
er schließlich nur den Ring vom Finger zu ziehen. Sein
Haupthaar passte allerdings nicht ganz zu seinem neuen
Äußeren. Die schwarzen Haare wirkten matt und in den
Spitzen war Spliss. Nicht weit von seinem neuen Zimmer
war ihm an der Ecke der Palanterstraße ein Barbierge-
schäft aufgefallen. Kurz entschlossen machte er sich auf
den Weg.

Die Straße war fast leer. Nur in einem Hausflur standen
zwei alte Frauen, blickten ihm nach und tuschelten miteinander. Er schritt über eine große Pfütze hinweg, auf der
schillerndes Benzin schwamm. Selbst jetzt, nach dem Regen, roch er noch den Dreck in der Luft. Dass die Men-

schen sich nicht daran störten! Waren sie denn schon so abgestumpft?

In einer Parkbucht vor dem Spielplatz, keine hundert Meter von seiner neuen Bleibe entfernt, stand Marianas alter Wagen. Es wäre besser, ihn bald loszuwerden. Der Erlkönig glaubte zwar nicht, dass Mariana ihn wegen des Diebstahls anzeigen würde, aber sicher war sicher. Er hatte große Pläne und er konnte es sich nicht leisten, in seinem Versteck aufgespürt zu werden! Bis Sonnenuntergang wollte er sich noch einen Computer und ein paar Benutzerhandbücher besorgen. Außerdem dachte er daran, einem Waffengeschäft in der Innenstadt einen Besuch abzustatten. Er hatte dort schon angerufen und zufrieden festgestellt, dass manche Waffen offensichtlich zeitlos waren. Was gut ist, bleibt! Und von dem Müll, den ihr angehäuft habt, werde ich euch schon noch befreien, dachte er bei sich, als er den Barbierladen erreichte. Über der Tür hing ein grelles Schild mit der Aufschrift

Gabi's Friseursalon.

Wenn man hier auf die gleiche Art mit Haaren wie mit Rechtschreibregeln umging, dann wäre es besser, sich nach einem anderen Barbier umzusehen, dachte der Erlkönig und spähte durch die Glastür. Der Laden war modern und sauber. An den weißen Wänden hingen große Spiegel, davor stand eine ganze Reihe schwarzer Ledersessel. Der Fußboden war mit hellem Holz ausgelegt. Eine blonde Frau in einem zu engen rosa Kleid fegte Haare und pfiff dabei eine schiefe Melodie.

Der Erlkönig entschied sich, es trotz des Namensschildes hier zu versuchen, statt bei dem Regenwetter ziellos durch die Stadt zu laufen. Als er eintrat, gab die Tür ein süßlich harmonisches Gebimmel von sich. Die Blonde blickte von ihrer Arbeit auf und stützte sich in geübter Pose auf den Besen. »Was wolln Se? Waschen und legen? Nehmen Se Platz.«

Der Elbenfürst war verunsichert. »Wo ist der Barbier?«

»Barbier? In was für 'ner Welt lebst du denn? Ich schmeiß hier den Laden.« Sie musterte ihn vom Scheitel bis zur Sohle und lächelte zynisch. »Aber wennste lieber willst, dass ein Mann Hand anlegt, dann musste wohl woandershin.«

Er setzte sich demonstrativ, schlug die Beine übereinander und legte die Arme auf die Sessellehnen. »Ich habe etwas von meinem Glanz verloren. Meine Haare meine ich ... Werden Sie das hinbekommen?«

»Von deinem Glanz verloren?« Ihre Hand griff in sein Haar. So, als prüfe sie einen kostbaren Stoff, ließ sie es durch die Finger gleiten. »Einmal aufpolieren soll ich dich? Keine Sache, das ist schließlich ...«

Der Erlkönig sah im Spiegel, wie sie mitten in der Bewegung erstarrt war.

»Ist es doch so schlimm mit meinem Haar?«, versuchte er zu scherzen, obwohl er genau wusste, wohin sie blickte.

»Deine Ohren ... Großer Gott, die sehen ja aus wie bei Mr Spock.«

»Ich kenne keinen Herrn Spock. Mit meinen Ohren ... Diese Spitzen, das ist eine seltene Mutation, sozusagen eine Erbkrankheit in unserer Familie. Es tut mir Leid, wenn Sie sich erschreckt haben. Ich hätte es Ihnen vorher sagen müssen.« Der Erlkönig wollte aufstehen, doch sie drückte ihn wieder in den Friseursessel zurück.

»Ich hab immer gewusst, dass es euch wirklich gibt. Das war doch mehr als nur Fernsehen. Ich mein, wer sollte sich so was schon alles ausdenken!«

»Ich weiß wirklich nicht, wovon Sie reden, meine Dame, es tut mir Leid, dass ...«

»Nein, versuch nicht, mich zu verarschen, Vulkanier. Ich mein, ich bin zwar bestimmt nicht so helle wie du, aber ich weiß, was ich sehe. Warum seid ihr aus der Zukunft gekommen? Is' was mit den Walen nicht in Ordnung? Ist's die Umweltverschmutzung? Da war doch erst letzte Woche was ... 'ne ganze Herde ist an den Strand geschwommen. Keiner weiß warum. Deshalb seid ihr hier. Nicht wahr?« Sie blickte durch das Fenster zum Spielplatz auf der anderen Straßenseite. »Wo ist das Raumschiff? Ihr habt natürlich die Tarnschilde hochgefahren ...«

Der Erlkönig überlegte fieberhaft, in was er hier hineingeraten war. Von Vulkaniern und Tarnschilden hatte nichts in dem Lexikon gestanden, das er gelesen hatte. Ob die Frau verrückt war?

»Ich versteh schon, wenn de mir nichts von deiner Mission erzählen darfst.« Die Blondine hatte sich so weit vorgebeugt, dass er ihren warmen Atem auf seiner Wange spüren konnte. »Ich werd natürlich nix verraten. Gott, davon hab ich immer geträumt ... Weißte, wie sehr ich Spock als kleines Mädchen bewundert hab? Seinen kühlen, überlegenen Charme! So was gibt's unter Menschen nich.«

Vielleicht konnte die Blondine ja nützlich sein, überlegte der Erlkönig und versuchte gleichzeitig möglichst wenig von ihrem aufdringlichen Parfüm einzuatmen. Sie kam mit vielen Menschen zusammen. Ob er ihr trauen konnte? »Sie haben mich durchschaut, gnädige Frau. Es ist wirklich so, ich bin gekommen, um die Menschen vor sich selbst zu bewahren.« Der Erlkönig beobachtete sie aufmerksam im Spiegel. Sie hing an seinen Lippen, als sei er ein Ablasspriester, der die ewige Glückseligkeit verkaufte. »Ich bin in der Tat in einer besonderen Mission unterwegs. Und ich bin nicht nur hierher gekommen, um mir die Haare schneiden zu lassen. Wir sind schon lange auf Sie auf-

merksam geworden. Ich brauche Ihre Hilfe, um ... äh ...
um den Rücken frei zu haben. Wir werden die ökologische
Katastrophe verhindern. Letzte Nacht ist ein Kernkraftwerk ausgefallen, und man verheimlicht es dem Volk!«

»Gott! Dat is ja besser als in meinen kühnsten Träumen!
Was soll ich tun? Und kann ich hinterher mitkommen? Ich
wollt immer schon mal auf der Enterprise sein ... Und du
musst unbedingt Joe kennen lernen. Er is' Aktivist bei den
Green Fighters ... Eigentlich dürfte ich dat nicht sagen. Es
is' 'ne streng geheime Untergrundgruppe, die gegen das
Establishment kämpft und gegen das Überfischen von de
örtlichen Baggerlöcher. Er redet auch dauernd von Atomkraftwerken und Ökologie. Werden wir auch gegen die
Klingonen kämpfen müssen?«

»Klingonen?« Der Elbenfürst bekam immer mehr den
Eindruck, dass das Konversationslexikon trotz seiner mehr
als zwanzig Bände entscheidende Lücken hatte. »Äh, vielleicht ... Man weiß ja nie, wo die Klingonen überall ihre
Finger im Spiel haben.«

Die Friseuse wirkte jetzt misstrauisch. Sie ließ ihre Hände durch sein Haar gleiten und berührte dabei wie zufällig
seine spitzen Ohren. Währenddessen beruhigte sie sich
anscheinend wieder. Er sollte dringend herausfinden, was
es mit den Klingonen auf sich hatte! Vermutlich waren sie
eine politische Vereinigung oder ein Geheimdienst.

»Du solltest lieber en Stirnband tragen, so wie Spock in
dem Kinofilm, in dem se die Wale retten. Deine Ohren
werden auffallen. Aber zuerst werd ich deine Haare waschen. Die haben's dringend nötig! Und die Mission ...«

»Sie müssen darüber schweigen! Es ist alles streng ge-
heim!«

Die Friseuse schwenkte ein Becken hinter den Sessel
und stellte Wasser an. »Wat wird denn meine Aufgabe
sein?«

»Sie … ähm … müssen den Kontakt zu den Green Fighters herstellen. Wie gesagt brauche ich für meine Operation Rückendeckung. Mehr darf ich Ihnen im Moment noch nicht verraten. Das ist auch im Interesse Ihrer Sicherheit.«

Sie seufzte. »Du meinst, ich werd in en richtiges Abenteuer reingezogen?«

»Davon sollten Sie besser ausgehen!«

»Ich rufe Wallerich vom Clan der Käsebohrer in den Zeugenstand.« Laller, der Chefankläger im Prozess gegen Nöhrgel, grinste triumphierend. Nach Nöhrgel war er der Zweitälteste unter den Kölner Heinzelmännern, und er wartete schon seit über hundert Jahren darauf, Nöhrgel als Ältesten abzulösen. Laller war ein Zyniker. Ein Heinzelmann ohne Gewissen. Er hatte seine Schnauzbartspitzen hochgezwirbelt und seinen mächtigen Bart in drei schwere Zöpfe geflochten, die ihm bis zu den Knien reichten.

Wallerich mochte Heinzelmänner mit gezwirbelten Schnauzbärten nicht. Wer sich jeden Abend ein hosenbandträgerdickes Gummi als Bartstütze ums Gesicht band und halb aufrecht sitzend schlief, um seine Schnauzbartenden zu schonen, der konnte nicht mehr alle Tassen im Schrank haben!

Als Chefankläger trug Laller eine konservative Heinzelmanntracht. Weite braune Hosen, die in kurzen Stiefeln steckten, eine rote Tunika, die halb unter den Bartzöpfen verschwand, und einen breiten, schwarzen Ledergürtel mit pompöser Goldschnalle. Natürlich durfte auch eine Zipfelmütze nicht fehlen, wobei er ein sehr altertümliches Modell mit recht lang gezogener Spitze und einem dicken Wollpuschel am Ende gewählt hatte. Luigi Bügler, der auf den hinteren Rängen im Versammlungssaal saß, drehte sich bei dem Anblick einer so einfallslosen Mode wahrscheinlich der Magen um.

Wallerich kletterte über die kleine Leiter auf das Podium, das als Zeugenstand diente. Hier oben konnte ihn jeder im Saal sehen. Eine Gerichtsversammlung der Heinzelmänner hatte nur wenig mit entsprechenden Veranstaltungen der Menschen gemein. Das Ganze erinnerte mehr an ein Volksfest, obwohl in den letzten Jahren auch starke Einflüsse amerikanischer Kinokultur ihren Niederschlag gefunden hatten. Etliche der jüngeren Heinzelmänner hatten sich um große Popcorntüten geschart und riesige Colabecher mitgebracht, aus denen ein halbes Dutzend Strohhalme ragte. Die jüngere Generation trug coole Sonnenbrillen und war ganz von den Modemarotten Luigi Büglers geprägt.

Die Älteren gingen die Sache traditioneller an. Wallerich hatte eben noch am Eingang des Gerichtssaals einen Streit miterlebt, bei dem es darum ging, dass sich eine Gruppe von Hinterwäldlern in den Kopf gesetzt hatte, während der Verhandlung Taube am Spieß zu braten. Selbst das Angebot, dem Rat die Brustfilets zu überlassen, hatte die Türsteher jedoch nicht bewegen können, diese Barbaren hier einzulassen. Dafür war mit Unterstützung von Laller ein Trupp Kobolde auf den vorderen Rängen zugelassen worden. Sie steckten die ganze Zeit ihre verrunzelten kleinen Köpfe zusammen, und nun, da Wallerich den Zeugenstand betreten hatte, blickten sie zu ihm auf und grinsten auf eine Art und Weise, die das Schlimmste befürchten ließ!

Viele der im Ratssaal versammelten Heinzelmänner waren auf Nöhrgel nicht gut zu sprechen. Der Älteste hatte in letzter Zeit oft gegen das zügellose Leben der Gemeinde gewettert und mehrfach darauf hingewiesen, dass man der Univerwaltung schon seit dreiundzwanzig Monaten keinen Streich mehr gespielt hatte, der es in seinen Auswirkungen wenigstens bis zu einer Schlagzeile in den Lokalblättern gebracht hätte. Der Alte vertrat vehement die Auffassung, dass man hin und wieder den Alltag der Menschen durcheinander bringen musste, damit sie keinen zu großen Unsinn anstellten. Die Mehrheit der Heinzelmänner hingegen war mittlerweile der Meinung, dass es ausreichte, die Tore nach *Nebenan* zu bewachen, und man ansonsten jedes Recht hatte, sich einen schönen Lenz zu machen.

Wallerich sah sich selbst eigentlich auch als einen Heinzelmann, der vollauf damit zufrieden gewesen wäre, einfach nur das Leben zu genießen. Doch leider hatte er die unglückliche Veranlagung, sich immer wieder bis über beide Ohren in Schwierigkeiten zu stürzen. Eine Anlage, die Nöhrgel sehr sympathisch war, weshalb der Älteste ihn bisher immer vor der Strafe des Rates geschützt hatte. So war er, Wallerich, ohne dies je beabsichtigt zu haben, in den Ruf gekommen, die rechte Hand des Ältesten zu sein. An diesem Tag bedeutete das allerdings, dass, wenn man Nöhrgel anklagte, es auch um seinen Kopf ging. Etwas juckte unter seinem Kinn. Wallerich kratzte sich unauffällig mit dem Daumen, doch der Juckreiz wurde dadurch nur schlimmer. Die Kobolde in der ersten Reihe grinsten ihn immer noch an.

»Fühlst du dich nicht wohl, Zeuge Wallerich?«, fragte Laller mit einer Stimme, die vor heuchlerischem Mitleid nur so triefte. »Gibt es für dein Unwohlsein vielleicht einen Grund, den wir kennen sollten?«

»Ich habe nichts zu verheimlichen.« Wallerich legte die Hände auf das schmale, hölzerne Geländer an der Vorderseite des Podiums. Er bot all seine Willenskraft auf, um sich nicht schon wieder zu kratzen, obwohl es auf seinem Rücken höllisch zu jucken begann. Der Blick des Heinzelmanns wanderte durch den Saal. In den Bankreihen, die wie in einem Amphitheater halbrund angeordnet waren und zur Wand hin anstiegen, drängten sich zahllose neugierige Zuschauer. Vertreter aus allen Clans waren gekommen, um sich das Spektakel anzusehen. Sogar Heinzelmänner aus dem Bergischen Land und der Eifel waren zugegen. Nöhrgel war eine lebende Legende, und wer es wagte, sich an ihm zu vergreifen, musste entweder unumstößliche Beweise für eine Schurkerei haben oder vollständig verrückt geworden sein. In jedem Fall würde die Versammlung sehr unterhaltsam werden.

Hinter dem Podium stand, ebenfalls erhöht, ein langer Tisch, um den sich unter dem Vorsitz von Mazzi vom Clan der Trommelbrecher die Mitglieder des Rates versammelt hatten. Nöhrgel thronte etwas abseits von ihnen auf einem hohen Lehnstuhl und blickte mit herausfordernder Gelassenheit auf das Publikum. Im Gegensatz zu den Ratsmitgliedern, die allesamt in die alte Tracht gekleidet waren und aussahen, als seien sie einem Märchenbuch entsprungen, trug Nöhrgel einen eleganten Frack und statt einer Zipfelmütze einen Lorbeerkranz. So provozierend wie er auftrat, schien sich der Älteste seiner Sache sehr sicher zu sein. Oder er hatte beschlossen mit wehenden Fahnen unterzugehen, meldete sich eine leise Stimme in Wallerichs Unterbewusstsein.

»Wallerich vom Clan der Käsebohrer«, begann Laller mit öliger Stimme. »Ist es richtig, dass du gestern Nacht einen Trupp Trolle befehligt hast, die ausgeschickt waren, um zwei Flüchtige von *Nebenan* einzufangen?«

»Das ist richtig, Herr Chefankläger.« Wallerichs Hände krampften sich um das Geländer. Der Juckreiz am Rücken wurde immer unerträglicher.

»Und diese Aktion war ein Fehlschlag.« Laller ging zu seinem Pult und kramte demonstrativ in einigen Papieren.

»Wenn ich richtig informiert bin, wurde dabei die Wohnung einer Sterblichen demoliert, und es wurde sogar ein Streifenwagen der örtlichen Gendarmen beschädigt. Die beiden Flüchtlinge aber konnten entkommen. Wie erklärst du das, Wallerich?«

»Hast du schon mal mit Trollen zusammengearbeitet?«, entgegnete Wallerich gereizt und gab dem Drang nach, sich am Rücken zu kratzen. »Wenn die wirklich das tun, was du von ihnen verlangst, dann ist das purer Zufall.«

»Du würdest also sagen, dass die Wahl von Trollen als Handlanger dazu angetan war, gleich von vornherein den Erfolg der Operation infrage zu stellen?« Mit triumphierendem Lächeln wandte sich Laller an Nöhrgel. »Und warum hat dann unser Ältester darauf bestanden, ausgerechnet Trolle einzusetzen? Sollte ein Heinzelmann mit seinen reichhaltigen Erfahrungen sich über die Risiken dabei nicht im Klaren gewesen sein? Oder war es vielmehr Absicht, dass diese Operation missglückte?«

Ein Raunen ging durch die Reihen des Publikums.

»Das stimmt so nicht«, wandte Wallerich ein und verrenkte sich, um sich am linken Schulterblatt zu kratzen. »Nöhrgel ist doch ...«

»Ein Zeuge hat nur zu reden, wenn er dazu aufgefordert wird«, schnauzte Laller. »Und im Übrigen solltest du damit aufhören, so merkwürdige Verrenkungen im Zeugenstand aufzuführen. Oder willst du mit diesem Clownsspiel die Würde des Gerichts untergraben?«

Wallerich umklammerte wieder das Geländer. »Nein, Herr Chefankläger.« Schweiß perlte von seiner Stirn. Der Juckreiz wurde immer schlimmer. Es war, als wanderten hunderte von Ameisen über seinen Rücken. »Die beiden Flüchtlinge konnten uns entkommen, weil einer von ihnen es schaffte, eine Bettdecke in einen fliegenden Teppich zu verwandeln. Mir war nicht bekannt, dass es sich bei einem der beiden um einen Zauberer handelte. Wäre dies nicht der Fall gewesen, wären sie unserem Zugriff auf keinen Fall entkommen. So betrachtet waren die Trolle also nicht das falsche Mittel, um ...«

»Tatsache bleibt, die Flüchtigen sind weiter auf freiem Fuß«, unterbrach ihn Laller und wandte sich dann mit großer Geste an das Publikum. »Interessanter als das Problem, warum ausgerechnet tollpatschige Trolle für dieses Unternehmen eingesetzt wurden, ist vielleicht sogar die Frage, woher Nöhrgel wusste, dass sich die Flüchtlinge in diesem Haus bei einer jungen Menschenfrau aufhielten. Vielleicht kann unser Zeuge darüber etwas sagen?«

Wallerich wünschte sich, Rölps sei hier und hätte gehört, wie Laller über ihn redete. »Wir sind durch sorgfältige Nachforschungen auf die Spur der Flüchtlinge gekommen.«

»Und spielte dabei eine Maschine eine Rolle, die unser Ältester Wahrscheinlichkeitskalkulator nennt?«

Wallerich sah unruhig zu Nöhrgel hinüber. Der Älteste nickte sanft. »Ja, diese Maschine wurde für die Nachforschungen eingesetzt.«

»Und würdest du dem hohen Rat vielleicht erklären, um was für eine Art Maschine es sich dabei handelt?«

Wallerich räusperte sich. Der Schweiß lief in Bächen nun auch seinen Rücken hinab und machte das Jucken immer unerträglicher. Lange würde er es nicht mehr aushalten!

»Soll ich dir ein Taschentuch geben?«, fragte Laller süßlich. »Meine lieben Freunde«, er wandte sich wieder zum Publikum, »ihr könnt es von den hinteren Rängen nicht sehen, aber dem Zeugen steht der blanke Schweiß auf dem Gesicht.« Der Chefankläger sah wieder zu Wallerich. »Ist dir die Frage so unangenehm? Oder komme ich einem Geheimnis auf die Spur ... einer Intrige, so unglaublich, dass

160

du vor Angst, entlarvt zu werden, kaum noch zu sprechen vermagst!«

»Ich weiß nicht, wovon du redest, und im Übrigen ...«

»Würdest du die Güte haben, meine Frage zu beantworten? Was ist ein Wahrscheinlichkeitskalkulator?«

Wallerich konnte sich nicht mehr länger beherrschen. Er begann sich mit beiden Händen am Rücken zu kratzen und wäre am liebsten im Boden versunken. »Das ist ein Computer ... ein ganz besonderer ...« Der Juckreiz ließ einen Augenblick lang nach und er seufzte erleichtert. »Er dient dazu, die Wahrscheinlichkeit zukünftiger Ereignisse zu berechnen.«

»Man könnte ihn also eine Art Wahrsagemaschine nennen?«, hakte Laller nach.

»Nein!« Wallerich begann sich am Hals zu kratzen. »Das ist höhere Mathematik und hat nichts mit Kristallkugeln und anderem Hokuspokus gemein!«

»Dein naturwissenschaftliches Gefasel tut hier nichts zur Sache! Ich will einfach nur eine klare Antwort! Ist diese Maschine in der Lage, zutreffende Aussagen über zukünftige Ereignisse zu machen oder nicht?«

Wallerich hätte sich am liebsten die Kleider vom Leib gerissen. Inzwischen war er sich sicher, dass die Kobolde in der ersten Reihe ihm Juckpulver auf die Jacke gestreut haben mussten, als er an ihnen vorbei zum Zeugenstand gegangen war. Sie hatten ihre runzeligen Hände hinter den Köpfen verschränkt und sahen zufrieden feixend zu ihm hinauf.

»Wallerich vom Clan der Käsebohrer! Hast du meine Frage verstanden?«, wiederholte Laller.

»Ja ...« Der verzweifelte Heinzelmann öffnete sein Hemd, um sich besser kratzen zu können. »Der Wahrscheinlichkeitskalkulator ist in der Lage, zukünftige Ereignisse vorauszuberechnen.«

Laller drehte sich triumphierend wieder zu den Zuschauern um. »Der Zeuge hat uns soeben den Grund genannt, warum ich Nöhrgel des Hochverrats anklage! Ich weiß nicht, ob sich jeder von euch der ganzen Tragweite von Wallerichs Aussage bewusst ist? Unser Ältester arbeitet täglich mit einer Maschine, die in der Lage ist, die Zukunft vorherzusehen. Zweifellos wusste er durch seinen Computer, dass es einigen der *Dunklen* gelungen war, hierher zu kommen. Warum aber wurden sie nicht sofort gestellt? Und warum war man nicht auf magischen Widerstand gefasst? Diese Daten müssen doch vorgelegen haben, wenn man über eine Maschine verfügt, die in die Zukunft sieht. Für mich gibt es für diese scheinbaren Widersprüche eine ebenso einfache wie erschreckende Erklärung: Nöhrgel hat die Seiten gewechselt!« Laller machte eine Pause und genoss das lautstarke Murmeln, das nun von den Rängen der Zuschauer ertönte.

»Warum sollte Nöhrgel das getan haben?«, rief jemand aus der Menge. »Wir wollen Beweise!«

Der Chefankläger breitete die Arme aus und bat mehrfach um Ruhe. Doch ganz wollte das Gemurmel nicht mehr verstummen. Wallerich nutzte die Gelegenheit, nicht mehr im Mittelpunkt des Interesses zu stehen, um sich ausgiebig an pikanter Stelle zu kratzen.

»Der Überfall auf dem Albertus-Magnus-Platz!«, dröhnte die Stimme des Chefanklägers. »Nach meinen Recherchen befanden sich im gestohlenen Koffer nicht allein jene Unterlagen, die notwendig waren, um für die Sitzung des Rates gewappnet zu sein. Er enthielt auch eine Liste all unserer Spitzel *Nebenan*, mit Vermerken zu den Freigangsstunden für Ausflüge in die Menschenwelt, die sie sich durch ihre Arbeit verdient haben. Des Weiteren enthielt der Koffer Informationen über das Elfenbein und seinen Aufbewahrungsort.« Laller machte erneut eine kurze Pause, um zu sehen, wie sehr die Unruhe unter den Zuschauern wuchs. »Eines spricht jedoch mehr als alles andere dafür, dass der Werwolf keinesfalls zufällig auf dem Albertus-Magnus-Platz war. In dem Koffer waren zwei Ringe! Und zwei Dunkle sind von *Nebenan* gekommen! Für mich sieht das mehr nach einer gut abgesprochenen Übergabe als nach einem tragischen Missgeschick aus. Vor allem, wenn man berücksichtigt, dass Nöhrgel über eine Maschine verfügt, die es ihm erlaubt, in die Zukunft zu sehen. Hast du etwas dazu zu sagen, Ältester?«

Im Ratssaal war es so ruhig geworden, dass man eine Bowlingkugel hätte fallen hören können. Das leise Knistern von Chipstüten unterstrich die gespannte Stille eher, als dass es störte. Sogar Wallerich hörte auf sich zu kratzen und blickte besorgt zum Ältesten hinüber.

Nöhrgel blieb gelassen und antwortete mit ruhiger, fester Stimme: »Ich war mir der Gefahr bewusst, dass sich ein Werwolf in der Stadt aufhielt.«

»Und warum musstest du dann ausgerechnet an diesem Tag mit dem kostbaren Koffer mitten über den Platz spazieren, statt einen der Tunnel zu benutzen?«

»Weil es ein wunderschöner Herbsttag war. Welchen besseren Grund könnte es für einen Spaziergang geben?«

Laller schnitt eine Grimasse. Im Saal hinter ihm war leises Kichern zu hören. »Und du willst uns allen Ernstes sagen, dass du mit einer Papprolle einen Werwolf in die Flucht geschlagen hast? Das glaubt doch nicht einmal ein Mensch!«

Nöhrgel hakte die Daumen in der Weste seines eleganten Anzugs ein und richtete sich langsam auf. »In der Tat, ich glaube auch nicht, dass es die Papprolle war, die den Werwolf Reißaus nehmen ließ. Ich gestehe, ich verfüge über eine dir unbekannte Geheimwaffe, Freund Laller. Es ist Autorität!«

Der Saal erbebte vor Gelächter. Laller machte ein Gesicht, als habe er sich in den Bart gepinkelt – eine Gefahr, die bei der vorherrschenden Bartmode unter Heinzelmännern tatsächlich bestand. Die Mitglieder des Rates versuchten minutenlang vergeblich den Saal wieder zur Ruhe zu rufen.

Wallerich bemerkte, wie es in den hinteren Reihen zu einem regelrechten Tumult kam. Offenbar hatten es die Hinterwäldler irgendwie geschafft, die Taube auf dem Bratspieß in den Ratssaal zu schmuggeln, und machten sich nur daran, ein Grillfeuer anzuzünden.

Endlich erhob sich Mazzi, der Vorsitzende des Rates, und versuchte mit einem energischen Rülpser die johlenden Heinzelmänner wieder zur Ruhe zu bringen. Er war ein beleibter Mittdreihunderter, der in der Adenauerära aus Rostock zugewandert war und mit seinem Talent, durch Rülpser Kristallgläser zerspringen zu lassen, weit über die Stadtgrenzen hinaus Anerkennung unter den Zwergenvölkern gefunden hatte. Als der Lärm im Saal ein wenig abebbte, wandte sich Mazzi zum Zeugenstand. »Wallerich, würdest du bitte deine Hand aus der Hose nehmen und aufhören im Zeugenstand solche Verrenkungen zu machen! Du untergräbst damit die Würde des Gerichts! Laller, gibt es noch Fragen, die du an den Zeugen richten möchtest?«

Der Chefankläger schüttelte mürrisch den Kopf. »Wallerich vom Clan der Käsebohrer, du bist aus dem Zeugenstand entlassen.«

Der Heinzelmann ging dicht an Laller vorbei und flüsterte: »Den Streich mit dem Juckpulver wirst du mir noch büßen, du ...«

Der Vorsitzende des Rates machte eine versöhnliche Geste in Nöhrgels Richtung. »Die Verhandlung ist hiermit geschlossen. Nur eine Frage noch. Warum zum Teufel hast du den ganzen Kram in den Koffer gepackt? Wir hätten die Papiere doch gar nicht gebraucht.«

»Natürlich nicht. Aber ich dachte, die *Dunklen* könnten etwas damit anfangen«, entgegnete Nöhrgel in einem Tonfall, als würde er über ein neues Zwiebelkuchenrezept plaudern.

Der Vorsitzende des Rates nahm die Zipfelmütze ab und wischte sich über die Stirn, von der plötzlich erbsengroße Schweißtropfen perlten. »Ich glaube, ich habe dich gerade nicht ganz richtig verstanden, Ältester.«

»Ich war mir der Gefahr bewusst, einen Werwolf zu treffen, und habe in dem Koffer die Akten zusammengestellt, von denen ich dachte, dass die *Dunklen* sie am besten gebrauchen könnten. Wir sind eine Gesellschaft, die seit fast hundert Jahren in selbstgefälliger Arroganz verweilt. Es war höchste Zeit, dass ein bisschen frischer Wind durch diese Stadt weht und die Jüngeren von uns sich mit einer echten Herausforderung konfrontiert sehen.«

Laller stand vor Nöhrgel und klappte den Mund auf und zu, unfähig einen artikulierten Laut hervorzubringen.

Es war der Ratsvorsitzende, der als Erster seine Fassung zurückgewann. »Nöhrgel vom Clan der Kesselflicker, du hast Zeugnis abgelegt und dich selbst des Hochverrats für schuldig bekannt. Dafür verurteile ich dich zur schwersten Strafe, die unser Volk kennt. Du wirst verstoßen und bist von nun an ein Sippenloser. Dir bleiben vierundzwanzig Stunden, um letzte persönliche Angelegenheiten zu regeln und das Gelände der Universität zu verlassen. Ich bin erschüttert vom Ausmaß deiner Unverfrorenheit, und allein die Tatsache, dass du dich früher um unser Volk sehr verdient gemacht hast, erspart dir die Schande der öffentlichen Rasur!«

*

Ungläubig strich Mariana über die stockfleckige Tapete mit Blümchenmuster. Es gab sie wirklich! Bisher hatte sie solche Geschmacklosigkeiten für seltsame Auswüchse in deutschen Heimatfilmen aus den Fünfzigern gehalten. Auch der Rest des Zimmers passte zur Tapete. »Das ist hier ja das reinste Rattenloch!«

»Also, ich habe schon in viel übleren Absteigen übernachtet. Hier gibt es wenigstens fließendes Wasser.«

Mariana bohrte mit dem Finger in einem der Stockflecken. Die Wand dahinter hatte die Konsistenz eines benutzten Kaugummis und war auch genauso feucht. »Fließendes Wasser die Wände hinunter meinst du wohl. Ich habe genug von der Sache. Ich geh jetzt einfach nach Hause. Ciao, Cagli.«

Der Graf drängte sich vor ihr in die Tür. »Das kannst du nicht machen. Was glaubst du, was passiert, wenn du den Trollen in die Hände fällst? Die drücken dich platt wie eine Wanze. Hast du schon vergessen, was das für Gestalten sind?«

»Vergessen? Wie sollte ich wohl binnen vierundzwanzig Stunden vergessen können, dass eine Horde Ungeheuer, die es nur im Kino geben dürfte, meine Wohnung in Kleinholz verwandelt hat. Gar nicht zu reden von deinem schlitzohrigen Freund, der mein Auto gestohlen hat. Ich werde vermutlich Jahre auf der Couch eines Psychiaters liegen, bis ich das wieder vergessen kann.«

»Lass deine Affären mit anderen Männern aus dem Spiel. Von so etwas zu reden geziemt sich für eine Dame nicht.«

»Du verdammter Idiot! Lerne doch endlich mal, was sich in dieser Welt geändert hat. Auf der Couch eines Psychiaters zu liegen, heißt nicht, mit ihm eine Affäre zu haben, ein Taxi hat nichts mit Steuern zu tun, und Fernseher ist kein neumodisches Wort für Fernglas.« Mariana

packte den Grafen beim Kragen, ließ aber sofort wieder
los, als Baldur leise zu knurren begann.

»Reg dich nicht auf, meine Prinzessin. Alle stürmischen
Liebesgeschichten zeichnen sich dadurch aus, dass man
eine Zeit lang mit den Widrigkeiten des Lebens ringen
muss.«

»Und warum habe ich das Gefühl, dass vor allen Dingen
ich die Geschädigte bin? Mein Auto ist weg, meine Wohnung ruiniert, und hast du gesehen, wie uns der Portier
nachgeschaut hat, als ich mit dir und Baldur zu dieser
Bruchbude von einem Zimmer hinaufgestiegen bin? Ich
hasse dich!« Mariana ließ sich auf dem Bett nieder und vergrub ihr Gesicht in den Händen. Worauf hatte sie sich nur
eingelassen! Und wie zum Teufel konnte sie diesen verdammten Grafen wieder loswerden?

»Tut mir Leid, dass heute so vieles anders ist. Zu meiner
Zeit hat man nicht in jedem Gasthaus nach den Papieren
gefragt, nur weil man dort übernachten wollte. Und man
hatte auch kein Problem damit, eine Goldkette statt Mün-
zen als Bezahlung anzunehmen. Die Hauptsache ist, dass
wir erst einmal ein Dach über dem Kopf haben. Ich meine, sieh dich doch mal um. Ich finde, so übel ist das Zimmer gar nicht. Eigentlich genau das, was man erwartet,
wenn man in einem Hotel Imperial absteigt.«

»Das mag vielleicht für deine Zeit gegolten haben«,
brummte Mariana. Am liebsten wäre sie jetzt allein gewesen, hätte in einem schönen, warmen Bad gelegen und alles hinter sich gelassen.

»Also ich finde, manche Dinge sehen auf den zweiten
Blick viel besser aus. Was meinst du, Baldur?«

»Ja, Herr. Ihr habt selbstverständlich Recht.«

Mariana fragte sich, ob Baldurs Hirn vielleicht unter seinen dauernden Verwandlungen gelitten hatte. Seine skla-
vische Ergebenheit ging ihr immer mehr auf die Nerven.

Ein rückgratloser Jasager zu sein war eine Sache. Aber gestern früh hatte sie gesehen, wie er in Werwolfsgestalt, die Schnauze in einem der Stiefel Cagliostros vergraben, auf der Türschwelle zu ihrem Zimmer schlief.

»Nun hab dich nicht so. Würdest du dir unsere gemeinsame Herberge einmal genauer anschauen, dann würdest auch du ihren besonderen Charme schätzen lernen.« Die Stimme des Grafen klang, als würde er auf ein störrisches Kind einreden. Mariana hasste es, in diesem Tonfall angesprochen zu werden! Trotzdem blinzelte sie durch ihre Finger. Der schäbige, graublaue Teppichboden mit seinem Muster aus Zigarettenbrandflecken war spiegelndem Parkett gewichen. Die Druidin blickte auf. Das ganze Zimmer schien größer geworden zu sein. Sie saß jetzt auf einem prächtigen Himmelbett mit schweren schwarzen Samtvorhängen. Zierliche, vergoldete Möbel standen an den Wänden, und Baldur trug nicht nur die blaurote Livree eines Dieners, sondern auch noch eine gepuderte Perücke. Von der Decke, die nun viel höher war, hing ein Kristallleuchter, in dem mindestens hundert Kerzen brannten, deren Licht sich in den verspiegelten Wänden brach.

»Ich finde, dass selbst Ludwig XIV. den Damen seines Herzens nicht mehr zu bieten hatte. Natürlich hat sich heute einiges geändert, aber du weißt ja, dass ich ein wenig konservativ bin.« Cagliostro grinste ironisch.

»Ich begreife dich nicht.« Mariana ließ sich in die Bettlaken sinken, die nach Rosenöl dufteten. »Du kannst all das hier erschaffen, und andere Dinge, die so einfach sind, gelingen dir nicht.«

Der Graf seufzte. »Diese Papiere, die jeder Bürger hier besitzt, oder auch eure Geldscheine sind nicht einfach! Diese verschlungenen Muster aus Linien, die Wasserzeichen und all die anderen geheimen Zeichen ... Ich könnte leicht etwas schaffen, das so ähnlich aussieht, aber in eurer modernen Zeit begnügt ihr euch ja nicht damit. Es muss alles immer ganz genau sein. Es gibt hier nur noch sehr wenig Raum für Künstler und Menschen wie mich. Aber das wird sich ändern.«

Mariana fühlte sich schläfrig. Nach all der Aufregung tat es gut, in einem weichen Bett zu liegen. Cagliostros Stimme hatte etwas Beruhigendes. Er redete weiter und weiter. Davon, dass er die Welt verändern würde, sie ein Tor erschaffen mussten und dass die Zukunft im Kölner Dom beginnen sollte. Doch die Druidin war zu müde, um ihm noch länger zuzuhören.

*

Als Till erwachte, hatte er das Gefühl, dass gerade eine ganze Baukolonne mit Presslufthämmern die Trasse für eine Schnellstraße durch sein Großhirn fräste. Er konnte sich nicht mehr erinnern, wie er in der letzten Nacht nach Hause gekommen war. Seine Zunge lag pelzig wie ein häufig benutzter Kloschwamm zwischen seinen Zähnen und verbreitete einen unangenehm säuerlichen Geschmack. Nur langsam stellte sich die Erinnerung an die letzte Nacht wieder ein, und mit der Erinnerung erwachte auch gleich der Zweifel. War er tatsächlich im Baum einer Dryade gewesen? Bevor er sich darüber letztlich klar werden konnte, flog die Tür zu seinem Zimmer auf.

»*Happy birthday to you! Happy birthday* ...« Seine Freunde sangen zwar ziemlich schief, dafür aber umso lautstärker. Ihr kleines Ständchen schien den Bautrupp in Tills Hirn ermutigt zu haben, sich noch ein wenig energischer vorzuarbeiten.

»Ein bisschen leiser bitte«, röchelte er, halb in die Kissen vergraben.

»Puh, hier muss frische Luft rein!«, entschied Gabriela

und riss mit einem Ruck die Vorhänge zur Seite. »Hier stinkt es ja wie in einem Russenpuff!«

»Wo du schon überall gewesen bist«, stichelte Rolf und stellte ein Tablett mit Tortenstückchen auf das Bett. »Auf Kerzen haben wir verzichtet. Wir wären mit einem Päckchen Kerzen für dich nicht mehr ausgekommen, außerdem wollten wir dich nicht schon beim Aufstehen frusten.«

»Danke«, murmelte Till ironisch und tastete nach der Sonnenbrille, die irgendwo hinter seinen Matratzen liegen musste.

»Mann, dein Anblick ist das beste Argument dafür, schon mit zwanzig in ein Kloster einzutreten.« Almat bedachte ihn mit einem stoppelbärtigen Lächeln und hielt ihm eine Tasse dampfenden Kaffee unter die Nase. »Hast wohl letzte Nacht mit Johnny Walker in deinen Geburtstag reingefeiert.«

Vorsichtig nippte Till an der Kaffeetasse. Neben seinem Bett stand eine fast leere Weinflasche. War seine Dryade am Ende nur ein Weingeist?

»Bist du immer noch in einen Friedhofsbaum verliebt?«, spöttelte Gabriela.

Obwohl Till noch reichlich benommen war, spürte er, wie sich plötzlich die Atmosphäre im Zimmer änderte. Almat deutete Gabriela mit einer versteckten Geste an, dass sie die Klappe halten sollte. Rolf musterte verlegen die Decke und der sonst so stille Mark drängelte sich nach vorne.

»Wir haben dir natürlich auch 'ne Kleinigkeit mitgebracht.« Er legte einen länglichen, schweren Gegenstand auf das Bett, der nach alter Alesiersitte nicht in Geschenk-, sondern in Zeitungspapier eingewickelt war.

Froh, nicht über das Thema Friedhofsbäume reden zu müssen, setzte Till den Kaffee ab und begann an der Ver-

packung zu zerren, bis an einem Ende eine stilisierte, stählerne Faust zum Vorschein kam.

»Nein!«

»Doch!« Almat grinste noch immer, doch seine Fröh-
lichkeit wirkte zu schrill. Eine Maske, die allzu leicht zu
durchschauen war. »Wir konnten es nicht mehr mit anhören, wie du bei jeder Gelegenheit allen die Ohren voll ge-
quatscht hast. Ich hoffe, jetzt, wo du das *sensationellste
Schwert aller Zeiten* besitzt, kann man mit dir vielleicht
auch wieder über was anderes reden.«

Till riss die Verpackung ganz ab. Die Waffe steckte in
einer ledernen Scheide, zu der auch ein geflochtener Gürtel gehörte. Die Parierstangen waren sanft zur Klinge hin
gebogen und endeten in schön ausgetriebenen, stilisierten
Lilien. Der Schwertknauf aber war wie eine Faust geschmiedet worden. Vorsichtig zog Till das Schwert aus der
Scheide. Die Klinge schimmerte matt und war frisch ein-
geölt. Eine doppelte Blutrinne machte die Waffe leichter
und verlieh ihr zusätzliche Eleganz. »Ihr könnt doch
nicht ...«, stammelte Till verlegen. »Das ist doch viel zu
teuer!«

»Das kommt schon wieder rein. Schließlich haben wir
dich gleich mit angemeldet.« Almat hielt ihm erneut den
Kaffee unter die Nase. »Komm, trink noch 'nen Schluck
und werde erst mal richtig wach.«

»Mit angemeldet?«

»Für die große Gladiatorenschwertkämpfershow. Hatte
ich vergessen dir davon zu erzählen? Wir gehen an fünf
Abenden in eine Disco bei Krefeld. Da haben sie 'nen Boxring aufgebaut und wir ziehen unsere übliche Schwert-
kampfnummer durch. Kein Aufwand und dicke Knete.
Natürlich werden wir unsere Nummer noch ein bisschen
aufpeppen. Ich habe schon fünf Liter Kunstblut besorgt.«

»Aufpeppen? Kunstblut? Wovon redest du?«

»Na ja, ich habe dem Veranstalter erklärt, dass wir schon ein bisschen härter sind als Boxer oder Wrestler. Der wollte was richtig Hammermäßiges ... Wird 'ne prima Gelegenheit heute Abend, dein neues Schwert einzuweihen.«

»Heute Abend!« Till sah verwirrt in die Runde. Nur Gabriela versuchte nicht seinem Blick auszuweichen. Langsam wurde er wütend. Er wusste nicht, was sie sich ausgedacht hatten, aber er brauchte niemanden, der über seinen Kopf hinweg Entscheidungen für ihn traf!

»Immer mit der Ruhe!«, meldete sich nun Rolf zu Wort. »Ich hab mir heute frei genommen. Wir werden das schon schaukeln. Jetzt stellen wir dich erst mal unter eine schöne, kalte Dusche und jagen deinen Kater durch den Abfluss. Dann fangen wir mit den Proben an und ... Sag mal, hast du 'ne Taschenlampe unter deinem Kissen versteckt?« Er tastete mit der Hand unter das Kissen und holte einen daumennagelgroßen, grünlich leuchtenden Stein hervor. »Was ist denn das?«

Till erinnerte sich wieder. Neriella hatte ihm den Splitter geschenkt. Wenn er ihn in der Hand hielt und an sie dachte, dann konnte er in Zukunft auch ohne ihre Hilfe die Esche betreten. »Das ist ein Zauberstein. Ein Splitter vom Herzen des Baumes. Man kann mit ihm eine andere Welt betreten ...«

»Und ich bin die Gräfin von Monte Cristo«, unterbrach ihn Gabriela. »Der Kaffee bringt nichts, Leute. Er phantasiert immer noch. Ich hab euch doch gesagt, dass es ihn ganz schön erwischt hat. Da hilft nur noch die Dusche! Was seid ihr nur für Freunde! Seit der Sache mit Mukke habt ihr euch einen Furz um ihn gekümmert. Er braucht unsere Hilfe!«

Rolf und Almat tauschten einen kurzen Blick, dann packten sie Till bei Armen und Beinen und zerrten ihn in Richtung Badezimmer.

9

»Wie konntest du das tun, Nöhrgel?«

Der Älteste ignorierte den jungen Heinzelmann, der wie ein aufgeschrecktes Huhn in seiner engen Kammer auf und ab lief und alle paar Schritte über Computerkabel stolperte. Nöhrgel prüfte noch einmal den Inhalt des kleinen Koffers, den er gepackt hatte. Die meisten Anzüge würde er zurücklassen müssen. Er seufzte. Dort, wo er nun hinging, würde er keine Anzüge mehr brauchen. Er trug jetzt eine speckige, schwarze Lederhose, eine dunkelgrüne Lodenjacke mit Hirschhornknöpfen und dazu einen roten Borsalino, den er seit mindestens vierzig Jahren nicht mehr aufgesetzt hatte. Die alten Sachen hervorgekramt zu haben, das half. In ihnen fühlte er sich jünger.

»Ich hätte bei der Sache mit dem Werwolf sterben können, nicht wahr?«

Birgel war unglaublich, dachte der Älteste. Während er von seinem möglichen Tod sprach, stand er in der Tür, fingerte nervös an seiner Zipfelmütze herum, die er mit Händen vor seinen Kugelbauch gepresst hielt, und starrte dabei verlegen auf seine Stiefelspitzen, als sei er es, der einen Fehler gemacht hatte.

»Ich hatte vor dem Unternehmen mit dem Aktenkoffer den Wahrscheinlichkeitskalkulator befragt, Junge. Das war der Grund, warum ich dich ausgewählt hatte. Von allen Heinzelmännern, die infrage kamen, warst du der einzige, für den der Rechner als größte Gefahr des Tages eine akute Zwiebelkuchenvergiftung vorhergesagt hat.«

»Nach Aussagen wie der über Sharon Stone traust du diesem verdammten Rechner noch!« Wallerich versetzte dem Computer einen Fußtritt, der den Bildschirm aufflackern ließ. »Du hast uns die ganze Zeit nur benutzt, ohne uns zu verraten, worum es eigentlich ging.«

»Stimmt!«, gab Nöhrgel unumwunden zu. »Wenn ich dich eingeweiht hätte, hättest du nicht mitgemacht. Und was Birgel angeht, er hätte zwar zu mir gehalten, wäre aber vor Gewissensbissen fast um den Verstand gekommen, weil der Hohe Rat niemals gebilligt hätte, was wir tun.«

»Ach! Und mit dem Prozess ist jetzt alles besser gelaufen? Warum hast du dich denen selbst ans Messer geliefert? Du hattest Laller in der Tasche! Was du gemacht hast, war völlig überflüssig!«, fluchte Wallerich.

Der Älteste klappte den Koffer zu. »Es musste sein. Ich lass euch beiden ein Geschenk zurück. Ein Abenteuer.«

»Ein Abenteuer?«, fragte Birgel leise. »Werde ich den Werwolf etwa wieder treffen?«

»Wenn ich dir das verrate oder euch beiden sage, was zu tun ist, würde ich euch ein Stück eurer Zukunft stehlen. Das ist es doch, was du mir vorhältst, Wallerich. Nun kannst du frei entscheiden!« Nöhrgel nahm den Lorbeerkranz, den er in der Ratsversammlung getragen hatte, und legte ihn oben auf den Bildschirm des Wahrscheinlichkeitskalkulators. »Der Rechner ist mit einem anderen Computer vernetzt, über den ich unter Goldfluegel@hznet.de zu erreichen sein werde.«

»Wohin wirst du gehen?« Birgel trat zur Seite, als der Älteste zur Tür kam.

»An einen Ort, wo nur das Auto eines Träumers parken

kann. Keine Sorge, ich bin noch in der Stadt und werde ein Auge auf euch haben. Dennoch ist es besser, wenn ich in meinem Exil vorerst allein bleibe. Ob ihr es glaubt oder nicht, wir haben die Kreise der *Dunklen* gestört. Nun ist es wichtig, dass ich nicht dort bin, wo sie mich erwarten.« Nöhrgel drückte die Klinke herab, trat durch die Tür und ging den dunklen Gang hinunter, der dahinter lag. In der Kammer, die er jetzt verließ, hatte er die letzten fünfzig Jahre verbracht. Es war wirklich an der Zeit, neue Wege zu beschreiten! Er drückte den Knopf für den verborgenen Aufzug, den er in ein stillgelegtes Abwasserrohr gebaut hatte. Hinter der Aufzugtür ächzten Seilzüge. Als Nöhrgel sich umdrehte, sah er die beiden jungen Heinzelmänner als zwei Schatten im erleuchteten Rechteck seiner Zimmertür. »Du solltest den neuen Freund von Neriella in Ruhe lassen, Wallerich. Es könnte der Tag kommen, an dem du auf seine Hilfe angewiesen bist.«

»Ich soll auf einen Menschen angewiesen sein?« Wallerich schnaubte verächtlich. »Bevor ich mir von einem *Langen* helfen lasse, lass ich mir lieber den Bart scheren und gehe in Sack und Asche! Und übrigens ... Wolltest du nicht aufhören dich in unsere Zukunft einzumischen, Alter?«

Nöhrgel zuckte mit den Schultern. »So schnell kommt man halt nicht aus seiner Haut, Junger.« Die Aufzugtür öffnete sich. Der Älteste schob den Koffer hinein und drehte sich dann noch einmal um. Mit würdevoller Geste nahm er den roten Hut ab und verbeugte sich. »Es war mir eine Ehre, dass ihr meine Freunde wart. Ihr habt mein Leben reicher gemacht.«

Birgel erwiderte den Gruß, nur Wallerich stemmte trotzig die Hände in die Hüften, genau, wie Nöhrgel es von ihm erwartet hatte.

*

Cagliostro massierte sich mit beiden Händen die Schläfen. Er war müde, hatte Kopfschmerzen und war nass bis auf die Knochen. Wären sie doch bloß nicht hierher gekommen! Mariana stand neben dem qualmenden Feuer und wiederholte schon zum achten Mal ihr Samhaim-Ritual, doch es öffnete sich kein Tor.

Dabei hatte der Tag so gut angefangen. Sie hatten bei der Zentralmensa von einem windigen Osmanen ein Auto gekauft. Der Muselman war der Einzige gewesen, der statt des üblichen schmutzigen Papiergeldes ohne Fragen zu stellen einen Beutel voller Goldmünzen genommen hatte. Und dann hatte Mariana eine Idee gehabt. Sie hatte vorgeschlagen in die Eifel zu fahren, um ihr Ritual zu wiederholen.

So kam es, dass sie seit Stunden am Rand einer schlammigen Wiese im Regen standen. Das Mädchen hatte Ausdauer, so viel musste man ihr lassen. Cagliostro zog ein Spitzentüchlein aus dem Ärmel und schnäuzte sich. Mariana zitterte vor Anstrengung und Kälte. Die Lippen zu einem schmalen Strich zusammengekniffen, versuchte sie sich zu konzentrieren. Dann hob sie die Hände in großer Geste zum Himmel.

Wenn er noch im gleichen Geschäft wie vor zweihundert Jahren gewesen wäre, hätte sie eine gute Assistentin abgegeben, dachte der Graf melancholisch und schnäuzte sich noch einmal. Er schien sich in der Tat einen Schnupfen geholt zu haben.

Baldur blickte auf und blinzelte mitleidig. Der Werwolf war der Einzige, der seinen Spaß an diesem Ausflug hatte. Cagliostro würde niemals begreifen, warum es Glücksgefühle vermittelte, sich in Kuhfladen zu wälzen und rohes Kaninchenfleisch samt Fell und Knochen zu fressen. Aber er war ja schließlich auch kein Werwolf.

»Du bist nicht bei der Sache«, lallte Mariana gereizt. Sie

hatte im Laufe des Nachmittags schon drei Tollkirschen zu sich genommen und sprach in einer seltsam gedehnten Art, die Laien unerklärlicherweise immer mit magischen Ritualen in Verbindung brachten. »So wird das nie was! Du musst dich konzentrieren!«

Der Graf schmunzelte amüsiert. Sie wollte ihm also das Zaubern beibringen! »Eben hast du mir noch erklärt, dass dein Assistent bei der Beschwörung auch nicht bei der Sache war. Vielleicht war er es ja, der das Tor geöffnet hat?«

»Dieser Trottel weiß nicht mal, wann es für einen richtigen Mann an der Zeit ist, seinen Hosenstall zu öffnen!«

Cagliostro nickte mitfühlend. »Dennoch ist es so, dass weder Potenz noch Intelligenz in irgendeinem Zusammenhang mit magischer Begabung stehen. Hat er vielleicht eine auffällige Geste gemacht oder etwas Besonderes gesagt?«

»Der Stiefel!« Marianas Augen leuchteten auf. »Das muss es gewesen sein!«

»Stiefel?«

Die Druidin schilderte dem Grafen die Umstände der Beschwörung. Cagliostro blickte sehnsüchtig zum Auto. Es war der einzige trockene Platz im Umkreis von mindestens einem Kilometer. »Du erwartest also, dass ich jetzt meine Stiefel ausziehe und mich barfuß in den Schlamm stelle?«

»*Ein* Stiefel würde genügen. Stell dich nicht so an, als seist du aus Zucker. *Du* bist doch ein ganzer Mann.« Mariana beugte sich vor und warf einen weiteren Grillanzünder in das kümmerliche Feuer.

Was sollte man zu dieser Argumentation noch sagen? Cagliostro dachte wehmütig an sein warmes Italien und setzte sich in den kalten Schlamm, um seinen engen Schaftstiefel vom Fuß zu bekommen. Baldur hatte von seinem Kaninchen abgelassen und nutzte die Gelegenheit, ihm die Seidenstrümpfe abzulecken.

»So, jetzt nimmst du den rechten Stiefel in die linke Hand, steckst deinen rechten Arm in den Stiefelschaft, machst ein dummes Gesicht und beginnst mit der Anrufung!« In ihrer gedehnten Art zu sprechen brauchte die Druidin mehr als eine Minute, um die Anweisungen herunterzuleiern.

Cagliostro unterdrückte mit Mühe sein Zähneklappern und versuchte jeden Gedanken an das Sauwetter aus seinem Geist zu bannen. »Ich rufe die lodernde Macht, die Hitze und Glut entfacht, und ...«

»Neeein! Du machst das zu gut. Du musst die Beschwörung stammeln.«

Cagliostro riss endgültig der Geduldsfaden. Wütend schmiss er den Stiefel in den Schlamm. »Ich bin der Großkoptha! Anrufungen zu intonieren ist meine besondere Begabung. Ich bin der Vorsitzende der Ägyptischen Loge. Weißt du überhaupt, was das bedeutet? Erzähl mir nicht, wie man ein Ritual vollzieht. Ich bin es meinem Ruf schuldig, dabei nicht herumzuschlampen!«

Die Druidin sah zum Werwolf. »Wirst du es verraten, wenn Cagli bei dieser Beschwörung herumstottert?«

Baldur wedelte mit dem Schweif und machte Männchen.

»Na schön«, knurrte der Graf unwillig und bückte sich nach dem Stiefel. »Eine Beschwörung ist kein Kinderspiel. Wenn wir Mist bauen und ein Dämon auftaucht, der sich sämtliche Knochen gebrochen hat, weil er durch ein schlüssellochgroßes Tor aus seiner Existenzebene gezerrt wurde, dann werde ich nicht damit hinter dem Berg halten, wer an diesem verkorksten Zauberspruch schuld ist.«

»Damit werde ich klarkommen«, antwortete Mariana gedehnt. »Was ist mit dir?«

Baldur hatte irgendwo einen Knüppel aufgetrieben, den er der Druidin vor die Füße legte. Dann machte er wieder Männchen und gab ein erwartungsvolles »Wuff« von sich.

»Ich denke, er ist meiner Meinung«, kommentierte die Druidin und begann erneut mit der Anrufung der alten Götter.

Cagliostro starrte in die schwächlich tänzelnden Flammen und lauschte dem Regen. Weißer Schaum bildete sich an den Schnittstellen der nassen Holzscheite. Ein Käfer flüchtete vor dem Feuer und verschwand im zertretenen Gras. Der Graf spürte, wie Kälte seine Waden hochstieg. Er zeigte nicht gerne seine Beine. Für sein Empfinden waren sie zu dünn geraten. Hoffentlich war diese Farce von Beschwörung bald zu Ende. Marianas Stimme hatte etwas Einschläferndes. Cagliostro dachte an ihr Hotelzimmer. Es war schön, wirklich zaubern zu können. Im Grunde hatte er dem Erlkönig viel zu verdanken. Wo der Kerl wohl gerade steckte?

»Cagli!« Marianas Stimme schreckte ihn aus seinen Tagträumen. »Dein Einsatz«, erklärte sie gedehnt.

»Ähm ...« Die Flammen änderten schlagartig die Farbe. Eine grüne Lichtsäule wuchs aus dem dichten Qualm.

»Das Tor!«, flüsterte Mariana ergriffen. »Wir haben es geschafft.«

Nur leider wissen wir nicht, was auf der anderen Seite liegt, dachte Cagliostro und hob den Koffer auf. »Du weißt, was du zu tun hast?«

Baldur klemmte den Schwanz zwischen die Hinterläufe und machte Anstalten, sich hinter Mariana zu verstecken.

»Es ist die Zeit für heldenhaftes und entschlossenes Handeln. Die Stunde der wahren Patrioten. Baldur, dies ist nur ein kleiner Schritt für dich, doch es wird ein großer Schritt für alle Geknechteten *Nebenan* werden.«

Der Werwolf winselte kläglich. Diesmal würde der Trick mit dem Stöckchen nicht mehr klappen, dachte der Graf ärgerlich. Er würde schweres Geschütz auffahren müssen. »Du weißt, wohin du gehen musst!« Cagliostro schleuderte den Koffer durch das leuchtende Tor ins Nichts und zog seinen linken Seidenstrumpf aus. Baldur sprang hinter Marianas Rock hervor, tänzelte aufgeregt um den Grafen und schnappte nach dem Strumpf. »So ist's brav!«

Cagliostro holte weit aus und warf den schmutzigen Seidenstrumpf durch das Tor. Mit freudigem Kläffen machte Baldur einen Satz und war im grünen Licht verschwunden.

Der Graf wischte sich das nasse Perückenhaar aus der Stirn und atmete erleichtert auf. »Es geht doch nichts über treue Domestiken.«

»Versteh ich nicht!« Die Wirkung der Tollkirschen schien noch lange nicht vorüber zu sein. Die Druidin machte einen unsicheren Schritt in Richtung der Flammen. »Schnell, bevor das Tor sich schließt«, stammelte sie gedehnt.

Cagliostro erhaschte gerade noch einen Zipfel ihres Mantels und riss sie mit aller Kraft zurück. »Bist du denn von allen guten Geistern verlassen? Wir haben doch keine Ahnung, wohin das Tor führt und wer auf der anderen Seite steht. Bist du schon einmal einem unausgeschlafenen Drachen auf den Schwanz getreten oder einem übellaunigen Dämon in die Arme gelaufen? Wir bleiben schön hier. Wenn Baldur den Koffer dort abliefert, wo ich es ihm befohlen habe, müsste er in drei oder vier Tagen zurück sein. Bis dahin müssen wir nur eine Kleinigkeit aus dem Dom abholen. Haben wir erst einmal das Elfenbein, dann können wir alle Tore öffnen, die die tyrannischen Zwerge besetzt halten.«

*

Mit einem markerschütternden Rülpser brachte Mazzi die aufgeregte Ratsversammlung zur Ruhe. »Laller, würdest du uns bitte den Sachverhalt schildern!« Der korpulente Heinzelmann blickte in die mürrischen Gesichter der übrigen Standesvertreter am langen Ratstisch. »Und euch würde ich darum bitten, unserem Ältesten zuzuhören. Anschließend wird jeder Gelegenheit haben, sich zu Wort zu melden.«

Laller spielte nervös an einem seiner Bartzöpfe und räusperte sich. »Am frühen Abend ist es zu einer weiteren Anomalie in der Eifel gekommen. Offensichtlich ist wieder ein Tor nach *Nebenan* geöffnet worden. Ich habe bereits unsere Brüder *Nebenan* benachrichtigt. Zur Stunde werden unsere sämtlichen Spitzel, die in Kontakt mit den *Dunklen* sind, zurückgezogen. Nach dem Verlust der Namensliste ist es zu gefährlich, sie weiterhin im Einsatz zu belassen. Dies wiederum bedeutet, dass wir gerade jetzt, in einer kritischen Phase, kaum weitere Informationen über das Vorgehen der *Dunklen* bekommen werden.«

»Und der Wahrscheinlichkeitskalkulator?«, warf Motzki, der wie üblich griesgrämig dreinblickende Vertreter des Clans der Taschenstopfer, ein. »Hat denn hier keiner auch nur für einen Groschen Verstand? Warum benutzen wir nicht diese Maschine, um die *Dunklen* auszuspionieren?«

»Weil der Computer nach irdischen Parametern programmiert ist!«, erwiderte Laller scharf. »Ich habe ihn heute Nachmittag getestet und nach der durchschnittlich zu erwartenden Größe eines zweihundertjährigen Höhlendrachen gefragt. Als wichtigste Quelle zur Beantwortung dieser Frage nannte er mir ein Kinderbuch, bei dem es um einen Lokomotivführer geht, der ein Findelkind großzieht. Nach dieser Antwort erübrigen sich weitere Fragen über *Nebenan*.«

»Könnte es vielleicht sein, dass du nicht in der Lage bist,

mit dieser Maschine richtig umzugehen?«, hakte Motzki nach.

»Da der Umgang mit einem Computer für einen halbwegs gebildeten Heinzelmann ungefähr so kompliziert wie Nasenbohren ist, habe ich keine Probleme damit. Deine Frage, lieber Motzki, impliziert doch wohl, ob wir Nöhrgel nicht lieber zurückholen sollten. Daraus wiederum lässt sich nur schließen, dass du ein Parteigänger des verbannten Hochverräters bist. Du weißt, was die Gesetze des Rates über den Umgang mit Sympathisanten von Aufwieglern vorschreiben? Da wäre zunächst einmal Paragraph 17, Absatz 3 der Querulantenverordnung von 1703, wo es wörtlich heißt: *Wer aber der Thätigkeit* . . . «

»Genug, Laller!«, schnauzte Matzi erbost. »Auf diese Weise kommen wir nicht weiter! Wir sollten uns auf das Wesentliche beschränken. Eine Gruppe junger Heinzelmänner ist in die Hocheifel geflogen, um sich unter dem regionalen Kleinwild umzuhören und eine Beschreibung der Personen zu bekommen, die das Tor geöffnet haben. Wir haben außerdem . . . «

»Entschuldige, wenn ich dich noch einmal unterbreche, Vorsitzender, aber ich habe mich mit dem Problem bereits beschäftigt und dazu die Akten Nöhrgels eingesehen.«

»Hast du auch eigene Ideen?«, brummte Motzki.

Laller ließ sich von dem Einwurf diesmal nicht aus dem Konzept bringen und fuhr in sachlichem Tonfall fort: »Wir haben einige Namen von Menschen, die mit dem plötzlichen Auftauchen der *Dunklen* in Verbindung gebracht werden können. Außerdem ist nicht von der Hand zu weisen, dass Wallerich und Birgel einen wesentlichen Teil der Schuld daran tragen, dass die beiden *Dunklen* nicht wieder eingefangen werden konnten.«

»Das wissen wir alle«, wandte Matzi ein. »Aber da unsere Spitzel nun einmal alle aufgeflogen sind, können wir

Nebenan nichts mehr tun. Die *Dunklen* wissen genau, welchen Zwergenvölkern sie trauen können und welchen nicht. Wir werden in absehbarer Zeit keine V-Männer mehr bei ihnen einschleusen können. Uns sind die Hände gebunden. Wir müssen warten, bis sie herüberkommen und sie von hier aus wieder zurückschlagen.«

»Und genau das ist nicht richtig!« Laller erhob sich und ordnete mit einem raschen Griff seine Bartzöpfe. »Die *Langen* haben in solchen unangenehmen Situationen einen Lösungsansatz, der ebenso einfach wie genial ist. Sie nennen es das Verursacherprinzip. Man sucht sich einen Sündenbock und überlässt es ihm, die Kastanien aus dem Feuer zu holen. Man findet einen Schuldigen, setzt ihn unter Druck und lässt ihn den Mist wegkehren, der angerichtet wurde.« Der neue Älteste sah zu Matzi und erwischte den Ratsvorsitzenden dabei, wie er gerade ganz in Gedanken versunken in seiner Nase bohrte. Ertappt richtete sich Matzi ruckartig auf, was beinahe zu einem schmerzhaften Unfall geführt hätte, griff nach dem kleinen Holzhammer, der vor ihm lag, und schlug damit dreimal auf den Tisch. »Meine lieben Brüder, lasst uns über Lallers Vorschlag abstimmen!« Er blickte in die Runde und hörte, wie sich Motzki räusperte. Doch noch bevor der Heinzelmann etwas sagen konnte, schlug er erneut mit dem Hammer auf den Tisch. »Damit ist der Vorschlag angenommen.«

Die meisten der Versammelten nickten zufrieden. Nur Motzki brummte vor sich hin. »Verursacherprinzip! Als ob von den *Langen* jemals etwas Gutes gekommen wäre.«

*

Mit einem tänzelnden Schritt schaffte es Till, der Klinge auszuweichen, die nach seiner Kehle gezielt hatte. Er spürte den Luftzug des Schwerts, als es kaum mehr als drei Fingerbreit an seinem Hals vorbei durch die Luft schnitt. Mit einer halben Drehung kam er in den Rücken des Schotten und rammte ihm seinen linken Ellenbogen ins Fleisch. Der Krieger stöhnte auf, torkelte ein kleines Stück vorwärts, ging aber nicht zu Boden. Stattdessen drehte er sich behände um und hob sein Schwert, um sich gegen einen erneuten Angriff abzuschirmen.

Einige Augenblicke umkreisten die beiden einander.

»Hack ihm die Rübe ab«, grölte jemand in der Finsternis jenseits des Rings.

Till versuchte gegen das helle Scheinwerferlicht anzublinzeln, um zu sehen, was dort vor sich ging. Schweiß tropfte ihm von den Brauen, fand einen Weg in seine Augen und blendete ihn nun vollends. Der Student machte einen raschen Schritt zurück und stieß mit dem Rücken gegen die Seile, die den Ring abgrenzten.

Wie ein silberner Halbmond schnitt die Klinge des Schotten durch die Luft. Till riss sein Schwert hoch. Kreischend schrammten die Waffen aneinander vorbei. Er hatte zu spät reagiert! Ein abgebremster Hieb traf ihn seitlich in die Rippen. Er spürte keinen Schmerz. Etwas lief warm bis zum Gürtel hinab, staute sich dort einen Moment und schwappte dann auf den Oberschenkel, um sich einen Weg bis zu den Stiefeln zu suchen. Till presste die Hand auf die Seite und zog sie hastig wieder zurück. Die ganze Handfläche war dunkelrot verschmiert.

»Mach ihn alle, Schotte!«, schrie eine Frauenstimme aus der Finsternis. »Schneid ihn in Scheiben!«

Der Student versuchte sein Schwert zu heben, als der berockte Krieger erneut angriff. Sein Gegner brauchte nur einen Schlag, um ihm die Waffe aus der Hand zu prellen. Mit einer Fußangel und einem gleichzeitigen Stoß vor die Brust brachte ihn der Schotte zu Fall.

Kreischende Stimmen forderten den Krieger auf, die Sache zu Ende zu bringen. Doch statt darauf einzugehen stellte sich der Schotte breitbeinig über Till und fächelte ihm grinsend mit seinem Rock ein wenig Luft zu.

»Gnade«, wimmerte der Student. »Gib mir den Stahl, aber nicht das!« Seine Stimme ging in schallendem Gelächter unter.

»Der Schotte Brian O'Cloud besiegte den Scheich Ahmed ibn Saif Ramassud«, verkündete der DJ der Show mit sich überschlagender Stimme. »Nun ist es an euch, zu bestimmen, ob der Scheich noch einmal in den Ring steigen soll, weil er sich tapfer geschlagen hat und ihr ihn wieder kämpfen sehen wollt, oder ob Brian seinen Kreuzzug nun beenden soll.« Der Discjockey zog in diesem Moment die ersten Takte von *Who wants to live forever* von Queen hoch. Rolf, der Schotte, grinste breit und hob sein Schwert über den Kopf. Die Menge grölte immer lauter und der Moderator übertönte das Geschrei noch. »Halten wir es wie die Römer. Wer will, dass Ahmed bleibt, hebt den Daumen.«

»There is no time for us ...«, hallte Freddie Mercurys Stimme aus Dutzenden von Lautsprechern, und die Scheinwerfer ließen ein Blitzlichtgewitter auf den Boxring niedergehen.

»Tja, ich fürchte, es sieht schlecht für dich aus, Scheich«, höhnte der DJ. »Ich sehe hier kaum jemanden, der für dich stimmt. Schotte, mach Schluss!«

Rolf hob sein Schwert und stieß es hinab. Till spürte einen leichten Druck auf der Brust und sah, wie ein großer dunkelroter Fleck auf seinem weißen Gewand erblühte. Widerliches Zeug, dieses Kunstblut, dachte er.

»Als Nächste erleben wir den von allen gefürchteten Magyaren aus den undurchdringlichen Wäldern Transsilvaniens, der die düstere Morrigan aus dem grünen Irland fordert. Aber nun zeigt unserem Schotten noch einmal, was ihr von einem echten Krieger haltet!«

Hunderte aufgepeitschter Jugendlicher schrien los und ließen Rolf hochleben. Triumphierend drehte er sich im Boxring und hob immer wieder sein Schwert über dem Kopf, während Martin und einer der Türsteher der Disco mit einer Trage kamen, um den Scheich von der Bühne zu schaffen.

Till hasste diesen Teil der Show! Einen Toten zu simulieren fand er ausgesprochen abgeschmackt, und über die Idee mit dem Kunstblut wollte er auch noch ein paar Takte mit Almat reden. Es schien eine Ewigkeit zu dauern, bis sie endlich in dem engen Gang zu den Künstlerkabinen ankamen und er wieder von den Toten auferstehen durfte. Im Gegensatz zur Disco, wo man an nichts gespart hatte, waren hier die Wände aus nacktem Beton und es roch so, als wären die beiden kleinen Toiletten neben der Umkleide schon seit Wochen nicht mehr gesäubert worden.

»Was ist denn los mit dir?«, fragte Martin ehrlich besorgt.

Till griff wütend nach einer Colaflasche, die neben der Tasche mit seinen Straßenkleidern stand, und betrachtete gleichzeitig die großen Blutflecken auf seinem Gewand. Er wünschte, Almat wäre mit in die Umkleide gekommen. Mit Martin konnte man sich nicht richtig streiten. Er war einfach zu nett!

»Ich habe meine Blutkapsel verschluckt«, brummte der Student missmutig.

Der Türsteher grinste breit und lehnte die Trage an einen leeren Spind.

»Was gibt's da zu lachen? Bin ich vielleicht komisch? Stimmt irgendetwas nicht mit mir?« Er setzte die Colaflasche mit einem Knall auf den Tisch. »Wenn du willst, können wir uns gerne zwei Schwerter nehmen und die Sache draußen auf dem Parkplatz ausdiskutieren!«

Der Türsteher sah aus, als sei er geradewegs dem Wer-

186

beschild eines Bräunungsstudios entstiegen. Seine Haut war von gleichmäßig künstlicher Farbe, und seine regelmäßigen, strahlend weißen Zähne verrieten auf den ersten Blick, dass er einen nicht unerheblichen Teil seines Gehalts zum Zahnarzt getragen hatte. Obwohl der Kerl einen Brustkorb wie der junge Schwarzenegger hatte und sich seine Jacke unter der linken Schulter verdächtig ausbeulte, wich er einen Schritt zurück. Wahrscheinlich hätte er Till schon mit einem Fingerschnippen eine Rippe brechen können, aber vor Schwertern und Leuten, die damit umgehen konnten, hatten selbst solche Gestalten einen Heidenrespekt. Wie gut, dass es asiatische Actionfilme gab, dachte der Student und baute sich breitbeinig mitten in der Künstlerkabine auf. Neben den Spinden lehnten sieben Schwerter.

»Na los, du hast die Wahl der Waffen!«

Der Türsteher blickte unsicher zu Martin und suchte in dessen Gesicht nach einem Indiz dafür, dass Till einen Scherz machte. Doch Martin zuckte nur mit den Schultern. »Er kann doch nichts dafür, dass du diese dämliche Kapsel verschluckt hast.«

»Genau«, bestätigte der Fleischberg. »Cool, Kumpel. Cool. Ich bring euch was zu trinken ... Natürlich auf Kosten des Hauses.«

Till bedachte den Muskelprotz mit einem letzten abfälligen Blick und drehte sich dann zu den Schminkspiegeln um. »Weißt du überhaupt, wie spät es ist, Martin? Ich werde meine Verabredung nicht mehr schaffen. Verdammt, sie wartet auf mich!«

Schwerfällige Schritte entfernten sich über den Flur.

»Eines Tages triffst du einen, der dein Angebot zum Duell annimmt.« Es lag eine Spannung in Martins Stimme, die überhaupt nicht zu dem sonst so ruhigen Alesier passte. »Was machst du dann? Ihn aufschlitzen? Was macht man mit einem Typen, der ein Schwert in der Hand hält, die Hosen gestrichen voll hat und glaubt, du wirst ihn jeden Moment umbringen? Ich finde deine Spielchen ziemlich überflüssig!«

»Ich möchte dich mal sehen, wenn du um ein Rendezvous betrogen wirst«, fluchte Till. »Almat hatte versprochen, wir wären spätestens um Mitternacht wieder zu Hause. Jetzt ist es halb zwei!«

»Brauchst du jetzt einen neuen Sündenbock? Wie hätte Almat wissen sollen, dass der Discobesitzer wartet, bis die Bude hier richtig voll wird? Und hör auf, mit den Fingern auf dem Tisch herumzutrommeln. Das Geräusch macht mich wahnsinnig!«

Till hielt in der Rechten noch immer die Colaflasche und fingerte mit der anderen Hand an seinem kunstblutdurchtränkten Kostüm herum. Auch er hatte das rhythmische Ticken gehört und gedacht, es sei Martin. Sein Blick schweifte durchs Zimmer und blieb schließlich an dem winzigen Fenster über den Spiegeln hängen. Hinter der Scheibe war etwas Helles zu sehen.

Martin schien es im selben Augenblick wie er bemerkt zu haben. Der Musiker ging zum Fenster hinüber. »Unglaublich. Eine Möwe! Sie hämmert mit dem Schnabel gegen das Glas.« Martin machte eine hastige Bewegung mit der Hand, um sie zu verscheuchen, doch der Vogel blieb sitzen.

Beunruhigt stand Till auf und kletterte auf den Schminktisch, um möglichst dicht an das hoch gelegene Fenster heranzukommen. »Diese Möwe … Das ist das Mistvieh, das mir in der Eifel auf den Kopf geschissen hat.«

Martin lachte. »Wie willst du eine Möwe wiedererkennen?« Auch er stieg jetzt auf den Tisch, um das Tier näher zu betrachten.

»Sie hat denselben bösartigen Blick wie die Möwe in der

Eifel«, erklärte Till. »Glaub mir, mit diesem Vogel ist etwas ... Das kann kein Zufall sein, dass er hier ist.«

»Ich glaube eher, mit dir ist etwas. Pass auf, ich werde dir jetzt zeigen, dass an dem Vogel nichts Besonderes ist!« Martin griff nach dem Fensterriegel und zog ihn zurück.

»Nicht! Wenn du wüsstest ...« Till wollte ihm in die Hand fallen, doch es war zu spät! Eine Windböe drückte das Fenster auf. Martin versuchte nach dem Vogel zu greifen und holte sich eine üble Schramme, als die Möwe nach seiner Hand hackte und dann über ihrer beider Köpfe hinweg ins Zimmer hüpfte, um mit weit ausgebreiteten Flügeln auf dem schäbigen Linoleumboden zu landen. Dabei stieß sie einen kreischenden Laut aus, der entfernt an triumphierendes Gelächter erinnerte.

»Ich sag doch, mit dieser Möwe stimmt was nicht«, beharrte Till und sprang vom Tisch. Der Vogel hüpfte ein Stück in Richtung Tür und blieb dann stehen, um die beiden mit schief gelegtem Kopf zu mustern.

Auch Martin war inzwischen vom Tisch geklettert und kramte in der Tasche, die er vor dem Spind abgestellt hatte, nach einem Pflaster für seine Hand. »Was machen wir mit dem Geier? Verdammt ... Ich weiß gar nicht, ob ich noch eine gültige Tetanusimpfung habe. Klasse ... Ich möchte nicht wissen, wo dieses Miststück von einem Vogel seinen Schnabel alles hineinsteckt. Ich muss zum Arzt.«

Die Möwe stieß ein protestierendes Kreischen aus und schlug mit den Flügeln, als hätte sie verstanden, was Martin sagte.

»Ich wäre Ihnen sehr verbunden, wenn Sie sich gegenüber meiner Möwe eines freundlicheren Tonfalls befleißigen könnten«, ertönte eine Stimme aus dem Nichts.

Till zuckte zusammen und sah sich um. Neben der Möwe nahm ein kleiner, ziemlich lächerlich aussehender Kerl

Gestalt an. Er trug eine rote Zipfelmütze, eine grüne Jacke aus grobem Stoff, blaue Hosen und ein Paar blank geputzte Stiefel. Die Gestalt war ein wenig größer als die Möwe und hatte einen geradezu bombastischen Bart, der in drei Zöpfe gegabelt war, die er hinter seinen breiten Gürtel geschoben hatte. Noch grotesker wirkte der Schnauzer ihres Besuchers. Er ragte in zwei nadelspitzen Strähnen in unnatürlichem Winkel nach oben und reichte fast bis zum Mützenrand hinauf.

Martin rieb sich mit Daumen und Zeigefinger über die Augen, blinzelte und sah seinem Gesichtsausdruck zufolge noch immer, woran er nicht glauben mochte. Till hingegen hatte nach seinen Erfahrungen mit Neriella nicht den geringsten Zweifel daran, dass die Gestalt neben der Möwe real war.

»Ich glaube, mir ist nicht ganz wohl«, murmelte Martin gepresst. »Ich muss Halluzinationen haben. Ich sehe einen Zwerg neben der Möwe ...« Er lachte, doch es klang eher hysterisch als heiter. »Das gibt's doch nicht. Ob die hier Ecstasy in ihre Drinks mischen?«

»Ich bin kein Zwerg, sondern Laller, der Älteste der Kölner Heinzelmänner«, erklärte die kleine Gestalt mit dem absurden Bart gereizt. »Das ist ein erheblicher Unterschied! Seien Sie gewiss, wenn Sie einen Zwerg beleidigt hätten, dann hätten Sie jetzt wahrscheinlich schon eine Spitzhacke in der Kniescheibe stecken. Wir Heinzelmänner sind gewöhnlich sehr geduldig im Umgang mit euch *Langen*, aber ich muss sagen, in Anbetracht eurer Vergehen bin auch ich mit meiner Geduld bald am Ende!«

»Vergehen?«, fragte Till. Ob der Kerl etwa gekommen war, weil er Neriella versetzt hatte?

Der Heinzelmann zog eine Schriftrolle hinter seinem Bart hervor. »Sehr richtig, Vergehen! Ich habe hier ein rechtskräftiges Urteil gegen die Anführer der Ui Talchiu.

Der Rat der Heinzelmänner zu Köln hat an diesem Abend beschlossen, dass Sie gemäß dem Grundsatz des Verursacherprinzips dazu verurteilt sind, den Schaden, den Sie in der Samhaimnacht angerichtet haben, wieder gutzumachen. In diesem Zusammenhang erwartet der Rat von Ihnen, dass Sie innerhalb der nächsten Tage nach *Nebenan* gehen werden. Näheres über diese Mission erfahren Sie zu gegebener Zeit. Laut der *Nichtigkeitsverordnung* von 1889 ist es Menschen nicht gestattet, gegen ein Urteil des Rates Widerspruch oder Berufung einzulegen. Mit dem Verkünden des Urteils ist es rechtskräftig geworden.«

»Kneif mich«, flüsterte Martin. »Ich glaube, ich bin dabei, den Verstand zu verlieren.«

Der Heinzelmann lachte gehässig. »Sie sind doch der Eigentümer der Villa Alesia. Bei menschlichen Gerichtshöfen mag es eine beliebte Ausflucht sein, auf geistige Unzurechnungsfähigkeit zu plädieren, aber da es nach den Maßstäben meines Volkes ohnehin keine geistig gesunden Menschen gibt, hat Ihre Befindlichkeit keinerlei Einfluss auf die Rechtskraft des Urteils.«

Till räusperte sich. »Dürfte man vielleicht erfahren, weshalb wir verurteilt werden?«

Der Kleine musterte ihn mit durchdringendem Blick.

»Ich weiß nicht, wie es bei euren Gerichten üblich ist, aber bei uns Menschen haben die Angeklagten durchaus das Recht zu erfahren, was sie verbrochen haben.«

Der Heinzelmann wurde rot. »Wollen Sie etwa behaupten, dass die Gesetze meines Volkes nicht gerecht seien?«

»Äh, nein. Natürlich nicht . . .« Till zögerte. »Es ist nur so, dass man einen Fehler besser bereuen kann, wenn man weiß, was man falsch gemacht hat.«

»Sie wollen also behaupten, dass Sie sich Ihrer Schuld nicht einmal bewusst sind!« Die Bartenden des Heinzelmanns zitterten wie die Zeiger eines Seismographen bei einem mittelstarken Erdbeben. »Sie haben mit Ihrem Ritual in der Samhaimnacht ein Tor nach *Nebenan* geöffnet und damit einem Werwolf und einem bösartigen Zauberer das Eindringen in Ihre Welt ermöglicht. Wir vermuten, dass diese beiden den Auftrag haben, noch weitere Tore zu öffnen. Können Sie sich vorstellen, was passieren wird, wenn sich in Köln auf dem Neumarkt ein launischer Drache breit macht oder ein räuberischer Riese den Hohenzollernring sperrt und von jedem Autofahrer Wegegeld fordert? Ich sage Ihnen, Ihre ganze Zivilisation würde binnen einer Woche in sich zusammenbrechen, wenn diese Nichtsnutze von *Nebenan* hierher zurückkehren und anfangen, sich wieder so zu benehmen wie früher.«

»Ich ... ähm, darf ich dich einmal berühren?«, fragte Martin.

Der Heinzelmann schnaubte verächtlich und ging dann mit energisch ausgreifenden Schritten auf Martin zu. »Sie halten mich wohl für eine Halluzination! Nur weil Sie nicht glauben können, was Sie sehen, bin ich noch lange nicht bereit, mich von Ihnen begrapschen zu lassen. Ihr *Langen* glaubt immer, ihr könnt euch uns gegenüber alles herausnehmen. Aber diese Zeiten sind vorbei!« Laller hüpfte Martin auf den Fuß und trat ihm dann mit aller Kraft vor das Schienbein. »Ich hoffe, diese kleine Demonstration reicht aus, Ihnen zu beweisen, dass ich wirklicher bin als eine Halluzination oder ein Hirngespinst.«

Der Heinzelmann sprang wieder von Martins Fuß herunter und baute sich vor dem Musiker auf, wobei er die Hände in die Hüften stemmte und herausfordernd zu ihm heraufblickte. »Noch Fragen?«

Martin sah eingeschüchtert zu Till hinüber. »Ich habe ihn gespürt ...« Er machte einen Schritt zurück. »Es gibt ihn wirklich!« Er war kreidebleich geworden. »Ich dachte immer, ihr Heinzelmänner seid freundliche kleine Kerle,

die den Menschen zur Hand gehen und über Nacht alle unangenehmen Arbeiten erledigen.«

»Sehe ich vielleicht völlig verblödet aus?«, fragte Laller
gereizt. »Warum sollte ich wohl Ihren Dreck wegfegen?
Zugegeben, es gab Zeiten, in denen wir Heinzelmänner
euch Menschen bewundert und aus lauter Dankbarkeit
hin und wieder einen Gefallen getan haben, aber das ist
lange vorbei! Ihr habt uns viel zu oft hinterhergeschnüf-
felt! Das ist das Kreuz mit euch. Ihr könnt niemals die Pri-
vatsphäre anderer Geschöpfe achten. Zum endgültigen
Bruch ist es allerdings gekommen, als ihr vor rund hundert
Jahren angefangen habt diese lächerlichen Statuen in eure
Gärten zu stellen. Wir lassen uns von euch doch nicht verarschen!«

»Lächerliche Statuen?«, fragten Martin und Till wie aus
einem Munde.

»Na, diese grellbunten Heinzelmänner mit den dämlichen Kulleraugen, die dümmlich grinsend Schubkarren
durch eure Vorgärten schieben, Lampen hochhalten oder
einfach nur in die Gegend glotzen! Was habt ihr *Langen*
nach dieser Provokation eigentlich erwartet? Dass wir
euch vor lauter Begeisterung auch noch die Klos putzen?«

Die beiden Discogladiatoren schwiegen verunsichert.

»Wir sind aus eurer Warte gesehen vielleicht klein«,
fuhr Laller etwas weniger erhitzt fort, »aber wir sind keineswegs niedlich oder harmlos. Wenn wir uns das nächste Mal wieder sehen, werde ich eindeutige Instruktionen
für euch haben, was ihr im Dienste der Heinzelmänner
tun werdet, und ich rate euch, versucht nicht, euch zu
drücken. Ihr könnt euch im Moment noch nicht einmal
im Entferntesten vorstellen, was es heißt, sich die Feind-
schaft eines Heinzelmanns zuzuziehen. So, und jetzt
macht das verdammte Fenster wieder auf. Ich habe nicht
vor, mit Schnapper quer durch diesen Tanztempel zu flie-

gen, um wieder nach draußen zu kommen.« Der Heinzelmann schnippte mit den Fingern, worauf sich der Vogel auf den Boden kauerte und mürrisch mit dem Schnabel knirschte.

»Was übrigens eure Schwertkampfvorstellung angeht ... Das sieht gar nicht mal übel aus.« Laller lachte boshaft. »Auch das ist ein Grund, warum wir euch für die Mission *Nebenan* ausgesucht haben. Und jetzt macht endlich das Fenster auf. Ich hasse es, mich zu wiederholen!«

Gehorsam sprang Martin auf den Schminktisch. Die Möwe erhob sich schwerfällig flatternd, schien einen Moment lang die Deckenlampe rammen zu wollen und schaffte gerade eben noch eine wackelige Landung auf dem Fensterbrett. Dann verschwand sie mit einem Hüpfer in der Finsternis jenseits des Sims.

Martin schloss das Fenster und atmete aus. »Das ... das war alles nur eine sehr lebhafte Halluzination, nicht wahr?«

Till schwieg eine Weile und dachte an Neriella. Nein, Einbildung war das sicher nicht gewesen! Dann fiel sein Blick auf einen weißen Fleck, dort wo die Möwe gesessen hatte.

»Die haben uns hier irgendwelche Trips in die Cocktails gemischt, oder?«, fragte Martin beschwörend. »Das war so 'ne Art Horrortrip!«

»Nein«, sagte Till sehr leise und deutete zu dem Fleck auf den Linoleumfliesen. »Ich fürchte, Trugbilder scheißen nicht auf den Fußboden.«

*

Cagliostro schnäuzte sich in ein spitzengesäumtes Tüchlein und ließ es gleich darauf wieder in seinem weiten Ärmel verschwinden. »Verfluchtes Mistwetter! Wie kann man nur freiwillig in einem solchen Land leben!« Ein Windstoß blähte die Schöße seines weiten Gehrocks, und der Graf musste nach seinem Dreispitz greifen, damit er ihm nicht vom Kopf geblasen wurde.

»Hier oben auf der Domplatte ist es immer windig«, erklärte Mariana überflüssigerweise.

»Was du nicht sagst«, erwiderte Cagliostro spitz. Eine gallige Bemerkung zu ihrem außerordentlichen Scharfsinn lag ihm auf der Zunge, aber er schluckte sie hinunter. Es wäre dumm, seine kleine Muse zu sehr zu verärgern. In dieser verflixten Welt, in der nichts mehr so war, wie es sein sollte, würde er ihre Hilfe brauchen. Verdrossen legte er den Kopf in den Nacken und musterte das riesige Bauwerk. Grünliches Licht strahlte aus allen Richtungen auf diese gewaltige Ansammlung von Spitzbögen, verschnörkelten Strebepfeilern und Fratzen schneidenden Wasserspeiern. An einen der beiden Türme klammerte sich ein Gerüst wie eine riesige, vielgliedrige Spinne. An manchen Stellen schimmerten die Steine des Doms hell, als seien sie erst vor kurzem gereinigt oder erneuert worden. Doch je weiter man nach oben blickte, desto düsterer wirkte das himmelstrebende Gotteshaus. Das merkwürdige grüne Licht, das mit langen Fingern von den Dächern der umliegenden Gebäude nach dem Dom griff, tat ein Übriges dazu, den Bau unheimlich erscheinen zu lassen. Nicht einmal warmes Kerzenlicht spiegelte sich in den hohen Fenstern. Aber vielleicht verlor sich ja das Licht der kleinen Flammen in der weitläufigen Finsternis im Inneren dieses gewaltigen Gotteshauses.

Den Dreispitz tief in die Stirn geschoben, marschierte Cagliostro geradewegs auf das Hauptportal zu. Außer ihm und Mariana ließ sich niemand in dieser stürmischen Nacht in der Nähe der Kathedrale blicken. Alle übrigen Bewohner des Universums waren eindeutig vernünftiger als sie beide! Auch seine Gefährtin hatte den ganzen Abend über ihren Unwillen zur Schau getragen und brummte missmutig Verwünschungen vor sich hin. Der Graf war es gewohnt, dass man an seinem Genie zweifelte und seine Taten infrage stellte. Es war das Schicksal der Großen, in solchen Stunden stets allein zu sein! Aber als Großkoptha der Ägyptischen Loge würde er sich durch nichts mehr aufhalten lassen. Nicht jetzt, wo der Schlüssel zu einer neuen Welt zum Greifen nahe war!

Eine Windböe riss ihm den Dreispitz vom Kopf, als er die Hand nach dem schweren Kupferring am Hauptportal ausstreckte. Mattes Glühen spielte um das Metall und noch bevor er den Türring berühren konnte, schoss ein flammender Strahl hervor, wand sich um seine Finger und verschwand. Mit einem halb erstickten Schmerzensschrei auf den Lippen taumelte Cagliostro zurück. Seine Hand stank nach verbranntem Horn. Blut tropfte ihm von den halb versengten Nägeln.

Ungläubig starrte er auf die Verletzungen. »Bei den wogenden Brüsten Liliths, was war das?« Argwöhnisch musterte er die Gesichter der steinernen Heiligen, die in Nischen hoch über dem Portal wachten. Wie zu erwarten verzog keiner eine Miene.

»Lass uns gehen«, zischte Mariana. »Deine Hand muss versorgt werden.«

»Nein! Wer bin ich, dass ich mich so kurz vor dem Ziel aufhalten ließe!« Cagliostro nahm seinen ganzen Mut zusammen und trat erneut vor das Portal. Diesmal streckte er die Linke nach dem Türgriff aus. Seine Hand zitterte. Ein Lichtblitz löste sich vom Kupferring.

Der Graf wurde zurückgeschleudert. Sein Gesicht war eine Grimasse von Schmerz und Enttäuschung. Seine rußgeschwärzte Linke krümmte sich wie eine vertrocknete Vogelklaue. Mühsam kämpfte er sich auf die Beine und

reckte die Hände drohend den steinernen Heiligen entgegen. »Ihr werdet mich nicht aufhalten!«

Auf dem Portal erschienen flammende Buchstaben:

WIR MÜSSEN DRAUSSEN BLEIBEN!

Darunter bildete sich ein unscharfes Bild, das karikierte Fabelwesen mit Bocksbeinen und Hörnern und einen
dümmlich dreinblickenden Hund zeigte.

»Könnte es sein, dass die Kirche sich gegen dich wehrt?«,
fragte Mariana vorsichtig. »Vielleicht können Geschöpfe
von *Nebenan* keinen heiligen Boden betreten.«

Cagliostro starrte lange das Domportal an. »Ich bin Sizilianer! Ich bin im Schatten von Kirchtürmen groß geworden. Habt ihr schon vergessen, dass ich erst 1783 drei goldene Louisdors für eine neue Glocke für Santa Maria Nas-
cente gespendet habe? Außerdem bin ich bis zu meinem
dreizehnten Lebensjahr in die heilige Messe gegangen. Ihr
habt kein Recht, mir den Zutritt zu verweigern. Ich meine ... Warum sollte ich plötzlich nicht mehr in Kirchen
dürfen? Ich war doch nur ein paar Jahre fort.«

»Mehr als zweihundert Jahre«, bemerkte Mariana. »Lass
uns gehen, Cagli«, flüsterte sie und sah ängstlich zu der
Tür, auf der die Flammenschrift langsam verglühte. »Es
kann nichts Gutes dabei herauskommen, wenn man sich
mit Kirchenportalen auf Diskussionen einlässt.«

»Wer bin ich denn, dass ich mich von einer Kirche aus-
sperren lasse! Es ist mein gutes Recht, in dieses Gotteshaus
zu gehen. Ich bin ein ordentlich getaufter Katholik!«

»Ein Katholik, der sich zum Großkoptha ausgerufen hat
und der von der Inquisition in die Kerker der Engelsburg
gesperrt wurde«, erinnerte ihn die Druidin.

»Nur weil ich diesem verstockten Papst Pius VI. und seinen schielenden Speichelleckern vom Inquisitionsgericht

nicht klar machen konnte, dass Moses, Enoch und Christus die größten Logenmeister der Freimaurer waren, heißt das noch lange nicht, dass ich mich von einem besessenen Domportal daran hindern lasse, in eine Kirche zu gehen.« Cagliostro krempelte mit dramatischer Geste die Ärmel seines Gehrocks hoch und drohte dem Tor mit hoch gereckter Faust. »Was bist du schon, du ... du Tor! Ein paar Balken aus windschiefen Bäumen. Ich werde dir zeigen, was es heißt, mit Giuseppe Balsamo Krieg anzufangen!« Eine Feuerkugel schoss von der Hand des Grafen dem Portal entgegen, prallte ab und wurde auf den Sizilianer zurückgeworfen.

Als die Flammen verflogen, hing sein Gehrock in verbrannten Fetzen, seine Perücke hatte Ähnlichkeit mit einem angesengten Wischmopp bekommen, und seine bebenden Nasenflügel erinnerten in Aussehen und Farbe an einen gut durchgebratenen Hähnchenflügel. Auf dem Kirchportal aber erschien eine flammende Faust, die einen Lidschlag lang den Mittelfinger vorstreckte und dann verblasste.

»Das also ist dein Niveau«, grollte der Graf und kam mit Mühe wieder auf die Beine. »Das soll dir mit gleicher Münze vergolten sein!«

Mariana brachte sich im Laufschritt in Sicherheit, während Cagliostro einen düsteren Sprechgesang anstimmte.

Knirschend schoben sich Steinplatten auseinander und vor dem Grafen wuchs eine Statue aus dem Boden. Sie zeigte einen kleinen, pausbackigen Jungen mit frechem Grinsen, der an ein berühmtes Brüsseler Standbild erinnert hätte, wären da nicht die Stummelhörnchen auf seiner Stirn gewesen und die krummen Bocksbeine, auf denen er stand. Cagliostro klatschte schallend in die Hände. Eine Sturmbö rannte gegen den düster aufragenden Dom an, und aus dem vorstehendsten Körperteil des Jungen schoss eine dünne Wasserfontäne, die in weitem Bogen auf das Hauptportal zielte.

»Wir sehen uns wieder!«, drohte der Graf, rutschte mit würdevoller Geste die versengte Perücke auf seiner Glatze zurecht und ging stolz erhobenen Hauptes in Richtung der Treppen, die zum Parkhaus unter dem Dom führten.

10

Als Doktor Salvatorius erwachte, stand die Sonne schon hoch am grauen Novemberhimmel. Die Mittagsstunde war verstrichen. Er fühlte sich so zerschlagen, als sei er stundenlang gelaufen. Nur mit Mühe konnte er sich an die Ereignisse der vergangenen Nacht erinnern.

Die Lider noch halb geschlossen, tastete seine Linke fahrig durch die zerwühlten Laken. Er hatte ein Bett, das wahrscheinlich größer war als die meisten deutschen Schlafzimmer. Aber seine Jagd letzte Nacht war nicht erfolgreich gewesen. Er war allein! Das war ihm lange nicht mehr passiert. Sonntage ohne Gesellschaft waren ein Gräuel. Selbst neben einer Frau aufzuwachen, die nicht mehr halb so gut aussah wie in der Nacht zuvor und die man im Laufe des Tages auf höfliche, aber entschiedene Art loswerden musste, war besser als sonntags allein zu sein.

Er streckte sich und ließ die Fingergelenke knacken. Täuschte er sich? Sein Handrücken ... Wuchsen dort mehr Haare? In den letzten Tagen hatte er sich abends, bevor er ausging, noch ein zweites Mal rasieren müssen. Etwas schien seinen Hormonhaushalt durcheinander gebracht zu haben. Er schnaubte. Nicht nur seinen Hormonhaushalt! Diese verdammte Nachtbehandlung! Er hatte versucht Mariana anzurufen und sie nach diesen merkwürdigen Gestalten zu befragen, die sie ihm in die Praxis geschleppt hatte. Keines der Bilder, das er von seinem Patienten mit der Kette im Maul geschossen hatte, war geglückt. Nicht einmal die Röntgenaufnahmen! Läge nicht die Kette aus Titan in seinem verschlossenen Schreibtisch, er würde alles nur für einen verrückten Traum halten.

Der Doktor schwang die Beine über die Bettkante. Der hölzerne Fußboden war kühl. Es fröstelte ihn. Im Nachbargarten jaulte ein Husky seinen Liebeskummer über die hübsche Colliehündin zum Himmel, die jeden Tag in der Mittagszeit am Grundstück vorbei spazieren geführt wurde. Salvatorius verhielt mitten im Schritt. Was waren denn das für Anwandlungen? Gestern Nacht keine abbekommen zu haben hatte ihn offenbar tiefer getroffen als an anderen Wochenenden.

Der Zahnarzt lachte. Jetzt machte er sich schon Gedanken über verliebte Hunde. So was Dämliches! Er sollte mit dem Brüten aufhören, die Kette aus seinem Schreibtisch in den Müll werfen und den ganzen Vorfall einfach vergessen. Das endlose Grübeln brachte doch nichts! In den letzten Tagen war er nur noch dann wirklich er selbst gewesen, wenn er mit äußerster Konzentration zusah, wie sich sein Bohrer tiefer und tiefer in einen Backenzahn grub.

Mit dem Beschluss, den Vorfall zu vergessen, besserte sich seine Laune deutlich. Er schlenderte in die Küche, brachte seine italienische Espressomaschine dazu, sich unter ekstatischem Zischeln in eine winzige Tasse zu ergießen, und griff wahllos in den Kühlschrank, um sich eine Kleinigkeit zum Frühstück zu genehmigen. Am Nachmittag gab es ein Singletreffen in einem eleganten Bonner Bistro. Das war die Gelegenheit, die Niederlage von gestern Nacht mit einem erfolgreichen Flirt wieder wettzumachen. Er dachte an hübsche Mädchen in engen Kleidern und den bitteren Geschmack von Parfüm auf seinen Lippen, den er spüren würde, wenn er sie auf einem Hinterhof zärtlich am Hals liebkoste. So sehr war er in seinen Gedanken gefangen, dass er gar nicht bemerkte, wie er nebenbei zu seinem Espresso ein Päckchen rohes Mett frühstückte.

*

Till konzentrierte sich ganz auf das verstaubte Spinnennetz über dem obersten Küchenregalbrett, auf dem sich alte Zeitungen und leere Kaffeedosen stapelten. Er war noch in der Nacht bei Neriella gewesen und sie hatte die Drohung Lallers sehr ernst genommen. Wie waren noch ihre Worte gewesen? *Er ist wie Eulengewölle, ein Konzentrat von unverdautem Konservativismus der Heinzelmännchengesellschaft.* Offensichtlich hatte Neriella mit großer Begeisterung den Reden während der APO-Zeit gelauscht und etliches davon in ihr Vokabular übernommen. Doch davon abgesehen hatte sie sicherlich Recht. Sie schien sich große Sorgen zu machen. Früh am Morgen waren sie über den kleinen, nebelverhangenen Friedhof geschlendert und hatten sich beraten. Was die Heinzelmänner tun würden, vermochte auch die Dryade nicht vorherzusagen, doch hatte sie dringend davon abgeraten, vor ihnen davonzulaufen.

Till blickte aus den Augenwinkeln zu Martin hinüber, der am anderen Ende des Frühstückstischs saß und mit größter Sorgfalt ein gekochtes Ei schälte. Sie hatten kaum drei Sätze miteinander gesprochen und das Thema Heinzelmännchen war mit keiner Silbe angeschnitten worden. Wie zu erwarten hatten die anderen ihnen gestern nicht geglaubt, als sie vom Besuch in ihrer Garderobe berichteten.

Als Martin aufblickte, beeilte sich Till in eine andere

Richtung zu sehen. Hinter seinem Freund türmte sich neben dem Spülbecken der unerledigte Abwasch von drei Tagen. Über die Teller mit eingetrockneter Tomatensauce und die Pfanne mit eingebrannten Spiegeleierresten erhob chromglänzend ein hypermoderner Wasserhahn seinen Kopf. Wie um die düstere Stimmung in der Küche zu unterstreichen, sammelte sich in seinem Edelstahlfilter Wasser, formte unsicher zitternd einen Tropfen, der stets gegen die Macht der Schwerkraft verlor und mit überlautem Platschen in das blecherne Spülbecken fiel. Es war der fünfte Wasserhahn, den sie über die Spüle montiert hatten, seit sie in die Villa Alesia eingezogen waren. Doch egal welches Modell sie wählten, es dauerte nie länger als eine Woche, bis der Hahn tropfte. Es war wie ein Fluch. Till fielen Lallers Worte ein. War es das, was sie erwarten würde, wenn sie sich ihm widersetzten? Lebenslänglich tropfende Wasserhähne?

Sein Blick wanderte hastig weiter. Gestern hätte er darüber noch gelacht. Aber nun ... Neben der Küchentür hing eine billige Reproduktion von Dalis brennender Giraffe. Im Vordergrund ein hagerer, verzerrter Frauenleib, zergliedert durch aufgezogene Schubladen, und schräg dahinter, nur als Schattenriss, eine Giraffe in Flammen vor weitem Horizont. Das Bild war vor Jahren von der Wand gefallen, die schützende Glasscheibe zersprungen. Ein Gitterwerk feiner Risse zog sich nun über Dalis Vision. Unbewusst zählte Till die Narben im Glas. Es waren dreizehn! Bestürzt wandte er den Blick ab und suchte nach einem Objekt oder einer Fläche, wo er in Frieden verweilen konnte, ohne von düsteren Omen heimgesucht zu werden.

Als sie eingezogen waren, hatten sie die Raufaser-Tapete der Küche in einem Anflug von Übermut in emanzipiertem Lila gestrichen. Doch verblassendes Lila war keine gute Farbe an einem grauen Novembersonntag.

Die Küchentür schwang auf, prallte leicht gegen das Regal, auf dessen oberstem Boden die gestapelten Kaffeedosen zitternd gegen die Macht newtonscher Gesetze ankämpften und diesmal noch obsiegten. Gabriela trat ein. Trat *auf* wäre vielleicht die bessere Formulierung, dachte Till für sich. Sie sah aus wie ein lebendig gewordenes Reklamefoto. Natürlich keine Waschmittelmutti und auch kein braun gebranntes Sonnenölgirl. Blass und mit ihrem dunklen Haar, das in makellos arrangierten Strähnen über ihre Schultern floss, als habe sie die letzten zwei Stunden vor dem Frisierspiegel verbracht, verstrahlte sie jene morbide Erotik, mit der man Luxussärge, exquisiten Champagner und Eigentumswohnungen in Transsilvanien hätte verkaufen können.

»Na, ihr Geisterseher.« Unbewusst in Pose verharrte sie neben Dalis in Schubladen zergliederter Frau und schenkte den beiden ein schmallippiges Lächeln. »Womit habt ihr denn heute aufzuwarten? Vielleicht mit Drohbriefen von unseren WG-Mäusen, die uns die Bude über dem Kopf zusammenfallen lassen, wenn wir nicht mehr Käsekanten in den Müll werfen?«

Martin griff demonstrativ nach einer alten Zeitung und hüllte sich hinter einem Wall zerknitterten Papiers in Schweigen. Einen Augenblick lang taxierte Gabriela noch Till, dann schritt sie zur Obstschale neben dem Kühlschrank, um ihr allmorgendliches Frühstücksritual zu vollziehen. Zu jeder Jahreszeit lag ein scheinbar nie kleiner werdender Berg von Blutorangen in der Obstschale, dazwischen steckte ein dolchartiges Messer, das außer der Tänzerin niemand benutzen durfte. Mit tausendfach eingeübter, anmutiger Geste nahm sie ein Brotbrett aus dunklem Holz aus dem Geschirrschrank, das in tiefen Furchen, gleich heidnischen Hieroglyphen, die Zeichen jahrelanger Abnutzung trug. Mit schnellen, präzisen Schnitten zerteilte Gabriela drei Blutorangen und beraubte sie mit vampirischem Geschick und mittels der schreiend bunten WG-Obstpresse jeglichen Saftes. Die dunkle Flüssigkeit goss sie in ein purpurnes Weinglas. Ihr morgendliches Ritual dauerte kaum länger als drei Minuten und stets vollzog Gabriela es in konzentrierter Stille, bis sie schließlich mit einem Seufzer den letzten Tropfen in ihrer Kehle willkommen hieß. Nach diesem speziellen Vitamincocktail wirkten die Lippen der Tänzerin stets noch ein wenig dunkler und sinnlicher.

War ihr Ritual vollzogen, setzte sich Gabriela an den Tisch und aß selten mehr als nur ein paar Häppchen, wobei sie roten Lebensmitteln wie Erdbeermarmelade oder Tomatenketchup stets größere Aufmerksamkeit widmete als so banalen Dingen wie Butter und Vollkornbrot.

»Kannst du dir vorstellen, in eine Märchenwelt entführt zu werden?«, fragte Till, während Gabriela sich einen Käsetoast mit Ketchup bestrich.

»Natürlich, das machen wir doch jeden Mittwoch beim Rollenspiel. Willst du uns wirklich zum güldenen Kontinent hinter dem Horizont führen? Almat hat da so was erzählt ...«

»Ich rede nicht von Rollenspielen. Martin und ich haben gestern einen Heinzelmann gesehen und der hat uns gedroht. Du, Rolf und Almat, ihr solltet uns ein bisschen ernster nehmen. Warum sollten wir so eine Geschichte wohl erfinden?«

Die Tänzerin zuckte mit den Schultern und leckte sich Ketchup von den Fingern. »Ist mir auch nicht ganz klar. Vielleicht plant ihr ja den Einstieg in ein nettes Live-Rollenspiel.«

»Verdammt noch mal, hier geht es um kein Spiel mehr.« Till schlug mit der Faust auf den Tisch, dass die Teller tanzten. »Es braut sich was zusammen ... Jetzt können wir vielleicht noch etwas unternehmen.«

»Dann zeig mir doch mal einen deiner Heinzelmänner oder besser noch die Dryade, mit der du dich auf dem Friedhof triffst.«

Was sollte er dazu sagen? Hilflos blickte Till zu Martin, der sich noch immer hinter der Zeitung versteckte und so tat, als würde er kein Wort mitbekommen. »Er wird zurückkehren, verlass dich darauf, Gabriela.«

Die Tänzerin lächelte spöttisch. »Du weißt, dass ich immer für Abwechslung zu haben bin.«

»Davon werden wir noch mehr bekommen, als uns lieb ist. Vielleicht solltest du vorsichtshalber keine längerfristigen Verabredungen mehr treffen.« Till knallte die Küchentür hinter sich zu und lief die Treppen hinauf zu seinem Zimmer. Er konnte es nicht begreifen. Sie alle kannten sich mehr als zehn Jahre und doch wurden sie einander mehr und mehr zu Fremden. Neriella schien ihm jetzt viel vertrauter als irgendeiner seiner alten Freunde. Und auch sie würde er bald verlieren! Der Student hatte nicht den geringsten Zweifel daran, dass Laller seine Drohung ernst meinte. Wie viel Zeit würde noch bleiben, bis ihn die Heinzelmännchen in ihre Märchenwelt holten? Ein paar Tage? Eine Woche?

Es war paradox. Seit mehr als einem Jahrzehnt wagten sie im Geiste die verrücktesten Abenteuer. Sie hatten die Fantasywelten von DSA, AD&D und MERS durchstreift, Orks, Drachen und böse Zauberer bekämpft, ganze Nächte vor Computern verspielt und jetzt, da ihre Spielträume Wirklichkeit werden sollten, empfand Till nichts als beklemmende Angst. Dort drüben würde es keine Undone-Taste geben und wahrscheinlich auch keine rettenden Zaubertränke für Schwerverletzte. Neriella hatte ihm nicht erzählen können, was sie bei den Heinzelmännchen erwarten würde. Ihre Welt war beschränkt auf die hundert Schritte, die sie sich von ihrem Baum entfernen konnte.

Sie konnte sich nicht einmal den Rhein vorstellen. So vieles hatte er mit ihr unternehmen wollen und jetzt stahl ihm ein Heinzelmann die Zukunft. Nach Lallers Worten hatte vor allem Mariana mit der Sache zu tun. Till überlegte, ob er bei der Druidin vorbeischauen sollte, um ihr den Marsch zu blasen. Er hatte sie nie sonderlich gemocht ... Ach, warum sollte er jetzt seine kostbare Zeit mit ihr verschwenden? Vielleicht konnte er Martin ja überreden, ihr auf den Zahn zu fühlen? Was mochte sie auf Samhaim nur angerichtet haben? Ein Tor in eine andere Welt zu öffnen, hätte er ihr niemals zugetraut.

Till verstaute die grauen Diakästen, die neben seinem Bett standen, in einer abgewetzten Ledertasche. Es würde ihn ein beträchtliches Schmiergeld und eine Menge gute Worte kosten, um den Schlüssel zu bekommen. Aber was war das schon für ein Preis, wenn man dafür Träume zu schenken vermochte! Till wählte noch einige CDs aus dem Regal, dann machte er sich auf den Weg in einen nebelgrauen Novembersonntag.

*

Wallerich saß neben dem Tischmikrofon auf dem unbesetzten zweiten Platz und beobachtete aufmerksam den Pressesprecher des Erzbistums. Der Heinzelmann trug keinen Ring, und so war es ihm möglich gewesen, unbemerkt ins Sendestudio des WDR zu gelangen. In den Frühnachrichten hatte er zum ersten Mal vom Vorfall vor dem Dom gehört. Danach war er zu Nöhrgels Wahrscheinlichkeitskalkulator geeilt, doch vom Ältesten war keine Nachricht eingetroffen. Bis zur Mittagsstunde überschlugen sich die Meldungen über den *ketzerischen Anschlag* auf den Dom. Es waren die spannendsten Nachrichten an einem ansonsten weltweit friedlichen Novembersonntag. Auf der Domplatte drängten sich bereits die ersten Fernsehteams, als Wallerich das Sendestudio am Wallraffplatz aufsuchte. Seiner Erfahrung nach war dies der beste Platz, um Nachrichten aus erster Hand zu bekommen, und wie sich zeigte, hatte er sich nicht geirrt, denn hier und nicht auf dem Domplatz gab der Sprecher des Erzbistums sein erstes offizielles Statement. Es war ein junger Mann mit strenger Frisur und asketischem Gesicht. Er trug einen teuren schwarzen Anzug, gegen den sich überdeutlich der weiße Stehkragen abhob. Der Heinzelmann hätte seinen Hintern darauf verwettet, dass der Kerl von einer Jesuitenschule stammte. Obwohl sich der Radiomoderator schon seit fünf Minuten mit unangenehmen Fragen selbst übertraf, blieb der Pressesprecher gelassen. Nicht ein einziges Schweißtröpfchen zeigte sich auf seiner Stirn. Für einen *Langen* wirklich außergewöhnlich!

Der Moderator war ein junger, unrasierter Kerl mit kahl geschorenem Kopf, der es sichtlich noch nicht aufgegeben hatte, dem Kirchenvertreter Ärger zu machen. »Ist es richtig, Pater Anselmus, dass im Bereich des Hauptportals Rußspuren gefunden wurden, die auf starke Hitzeentwicklung hinweisen? Was können Sie dazu sagen?«

Der Priester zuckte lächelnd mit den Schultern. »Nur, dass Sie offensichtlich schneller informiert wurden als das Erzbistum.«

»Sie sind also nicht der Meinung, dass ein Brandanschlag auf den Dom verübt werden sollte?«

»Ich bin nicht hier, um irgendwelche Meinungen kundzutun – das ist Ihr Job. Ich werde mich lediglich zu gesicherten Fakten äußern. Und da dieses Erzbistum schon seit geraumer Zeit kein Fürsterzbistum mehr ist, müssen wir wohl als gegeben hinnehmen, dass die Medien etliche Informationen noch vor den eigentlich Betroffenen erhalten.«

Wallerich grinste. Der Pfaffenkopf war nicht schlecht.

Für einen Augenblick machte der Moderator ein Gesicht, als habe er in eine Zitrone gebissen, dann hatte er sich wieder in der Gewalt. »Ich weiß nicht, wie weit Sie über die logistischen Begleitumstände des Anschlags auf die Würde des Doms informiert wurden, Pater Anselmus. Nach allem Anschein jedoch wurde dieses Unternehmen von langer Hand vorbereitet. Wie erklären Sie sich, dass eine Wasserleitung zu den Rohrleitungen der im Parkhaus unter dem Dom befindlichen Sprinkleranlage existierte?«

Das Lächeln war vom Gesicht des Priesters verschwunden. »Zunächst möchte ich klarstellen, dass es sich in den Augen des Kardinals nicht um einen Anschlag handelt, denn nach unseren bisherigen Informationen ist keinerlei Sachschaden am Dom entstanden. Für uns ist dies vielmehr eine Art intelligenter Lausbubenstreich. Ich gebe zu, dass unser guter Küster, Bernardus Schmitt, sich wirklich erschrocken hat, als er die Statue sah, und mit größter Sorge die zuständigen Behörden informierte. Unser Kardinal, mit dem ich gemeinsam das Domportal erreichte, hatte für diesen Streich nur ein herzhaftes Lachen übrig. An dieser Stelle sei erwähnt, dass er die Statue gerne dem Stadtmuseum überlassen möchte, denn wie es scheint, wird dieser Streich gewiss in die Annalen Kölns eingehen.«

»Und was ist mit der Wasserleitung?«, hakte der Moderator nach. »Eine solche Leitung zu verlegen erfordert doch erheblichen Aufwand. Wie konnte ein solcher Vorgang mitten auf der Domplatte unbemerkt bleiben?«

»Ich kann hier nicht den Ermittlungen vorweggreifen, aber wie es scheint, müssen diejenigen, die diesen Streich ersonnen haben, über sehr genaue Pläne verfügt haben. Das Erzbistum wird darauf verzichten, Anzeige zu erstatten. Wie Sie sicherlich wissen, hat unser Herr Kardinal Sinn für Humor, und sollten sich die Verantwortlichen für diesen kleinen Spaß zur Beichte melden wollen, so wäre es dem Kardinal eine Freude, ihnen höchstpersönlich die Absolution zu erteilen.«

»Wo Sie gerade vom Sinn des Kardinals für Humor und weltliche Dinge sprechen ...« Der Moderator grinste boshaft. »Hat das Erzbistum vielleicht erwogen, sein Verbot, bei geistlichen Konzerten im Dom zu applaudieren, wieder zurückzunehmen? Oder ist man noch immer der Auffassung, dass weltlicher Beifall sich nicht mit der Würde des heiligen Ortes verträgt?«

Wallerich sprang von seinem Sessel. Er hatte genug gehört. Seiner Meinung nach hatte der Anschlag nicht das Geringste mit irgendwelchen Witzbolden zu tun. Es war eine Warnung! Er musste Nöhrgel finden! Warum meldete sich der Älteste nur nicht?

*

»... Und du willst mir wirklich nichts verraten?«, fragte Neriella nun schon zum dritten Mal.

Till konnte die Dryade zwar nicht sehen, aber er stellte sich vor, wie sie aufgeregt um ihn herumtänzelte. »Es gehört zum Wesen von Überraschungen, dass sie ... na ja, dass sie eben überraschend sind. Gedulde dich noch einen Augenblick.« Er drehte den Schlüssel im Schloss der großen Flügeltür herum und betrat den Vorlesungssaal A1. Steile Sitzreihen, angeordnet wie in einem Amphitheater, strebten der hohen Decke entgegen. Die schwarzen Klappsitze waren hochgeschlagen und sahen aus, als seien sie zur Parade angetreten. Der Raum wirkte kühl. Sein grüner Linoleumboden war überzogen von hellen Schrammen. Die grauen Betonwände wurden nur teilweise durch Blenden verdeckt. Saal A1 war nüchtern nützlich. Außer den Nachbarn in der Vorlesung gab es hier nicht viel, was einen vom Referat der Dozenten ablenken konnte. Nicht einmal Fenster hatte der große Saal, der düster in spärlicher Notbeleuchtung vor ihnen lag. Hier hatte alles angefangen. Es war der Ort, an dem der verrückte Heinzelmann aufgetaucht war, um Neriella mitten in der Märchenvorlesung seine Liebeserklärung zu machen, und hier hatte die Dryade Stunde um Stunde ganz in Tills Nähe gesessen, ohne dass er sie bemerkt hätte.

Der Student tastete nach dem Lichtschalter neben der Tür und eine Reihe der Neonröhren flammte an der Decke auf.

»Brr, ich hasse dieses Licht«, brummelte Neriella. »Wenn du jetzt vielleicht auf die Überraschung ...«

»Geduld.« Er holte eine große, hellbraune Decke aus der Jutetasche, in der auch Cola, ein paar Joints, Süßigkeiten, Sonnenöl und einige Einmachgläser mit Extras verstaut waren. »Nimm dir die Decke und such dir einen Platz, wo man sich bequem hinlegen kann und die große Leinwand hinter dem Rednerpult gut im Blick hat.«

»Auf diesem blöden Boden kann man nirgendwo bequem liegen«, quengelte die Dryade. Die Decke wurde Till aus den Händen gezogen und schwebte wie von Geisterhand bewegt in Richtung der ersten Sitzreihe.

Der Student erklomm die Stufen, die steil zwischen den engen Sitzreihen hinauf zur Mediaplattform führten. Hier standen zwei große Diaprojektoren, ein altes, graues Filmvorführgerät mit einer verwitterten Plakette der Firma Bauer und eine erstaunlich moderne Stereoanlage. Er legte eine CD mit Meditationsmusik ein. Klassik kombiniert mit Meeresrauschen, Vogelrufen und sanftem Regengeplätscher. Eigentlich sehr kitschig, aber bei manchen Gelegenheiten doch unschlagbar gut. Till schob die erste Schiene mit Dias in den linken Projektor und dimmte das Licht im Vorlesungssaal herunter, bis nur noch das schwache Leuchten der Tastatur auf dem Steuerpult im Dunkel glühte. Er stellte das Diagerät auf langsamen, automatischen Vorlauf. Leise klickend verschwand das erste Bild. Ein blendender Lichtstrahl durchschnitt das Dunkel, und auf der Leinwand am anderen Ende des Saals erstrahlte ein Traumstrand mit türkisblauem Meer und Palmen, die am Ende der Bucht in einen Mangrovenwald übergingen. Aus den Lautsprechern wisperte leise Klaviermusik, gemischt mit Wellenrauschen und exotischem Vogelzwitschern.

Till tastete sich vorsichtig die Treppe hinab und hinüber zu der Decke, die wie ein Strandtuch ausgebreitet auf dem Boden lag.

»Was ist das?«, flüsterte Neriella. Ihre Stimme klang ein wenig ängstlich. »So viel Wasser ... und so seltsame Bäume.«

»Es ist ein Traum. Das Meer, die Karibik. Ein Strand in Yukatan.« Der Student tastete nach Neriella und griff ins Leere. Enttäuscht zog er die Jutetasche mit den Extras zu sich hinüber.

»Der Himmel ist dort so weit. Keine Häuser ... Leben die Menschen dort am Strand?«

Till musste lachen. »In gewisser Weise. Manche Leute hocken stundenlang in einem viel zu engen Flugzeug, um dort für ein paar Tage am Strand sitzen zu dürfen diejenigen aber, die dort wirklich leben, sind den ganzen Tag damit beschäftigt, ihren Gästen den Hintern nachzutragen. Die schönsten Strände hat man für die Einheimischen gesperrt. Sie sind der Besitz von großen Hotels und dürfen nur von zahlenden Gästen besucht werden.« Endlich hatte er den Tabakbeutel mit den Joints und den Streichhölzern gefunden. Am Leinwandhimmel über ihnen schwebte eine Palmengruppe, die auf einem blassen Kalksteinriff über das Meer aufragte. Till hatte sich einen Joint angesteckt und nahm einen tiefen Zug. »Hast du schon einmal geraucht?«, fragte er in die Dunkelheit.

»Nein.«

»Du solltest es versuchen. Es wird dich näher zum Meer bringen.«

»Ich kann doch auch aufstehen und zu dem Bild gehen.« Till lächelte. Er fühlte sich angenehm müde und zugleich leicht. »Auf andere Weise näher. Es wird fast so sein, als wären wir dort.« Er streckte die Hand mit dem glimmenden Joint ins Dunkel. Etwas streifte seine Finger. Die Glut leuchtete auf.

Neriella hustete. »Mist ... Gibt es einen Trick? Das ist ja, als würde man eine fette Fliege verschlucken.«

»Da hilft nur üben. Versuch es noch einmal!« Er konnte die Dryade jetzt als vagen Schemen sehen. Unsicher führte sie den Joint an die Lippen, nahm einen Zug und begann sofort wieder zu husten. Tränen rannen ihr in silbernen Linien über die Wangen.

»Ich fürchte, das ist nichts für mich«, keuchte sie. »Was ist das überhaupt?« Sie hatte ein paar Tabakkrümel von der Decke aufgepickt und zerrieb sie zwischen den Fingern. »Fühlt sich an wie trockene Blätter.«

»Es hilft mir, dich zu sehen.« Till strich ihr sanft durch das dunkelgrüne Haar. »Es ist besser für mich als Schnaps ... und ich finde es auch poetischer, wenn mir der Rauch von trockenen Blättern den Weg in deine Welt weist.«

»Ich kenne da auch ein paar Pilze, die man verwenden könnte ...«

»Keine Pilze!« Till hob abwehrend die Hände. Er erinnerte sich noch deutlich an einen Abend, an dem Mariana den Clan der Ui Talchiu dazu überredet hatte, an einem Experiment mit Pilzen teilzunehmen. Daran, was in den ersten Stunden danach geschah, konnte sich hinterher niemand mehr so richtig erinnern. Sie hatten für ihr Fest ein Clubhaus von Pfadfindern gemietet gehabt. Am nächsten Morgen waren sämtliche Wände mit Graffiti eingesprüht, Sebastian, der Küster, hatte sich eine Glatze geschoren und verkündete, er sei Attila, die Geißel der Christenheit, Gabriela tanzte nackt durch den Wald, Almat hielt sich noch drei Tage lang für einen Baum und bewegte sich nicht aus der Mitte des Clubhauses, und irgendjemand hatte beim benachbarten Bauern ein halbes Dutzend Hühner geklaut, ihre Füße mit Sekundenkleber eingeschmiert und sie unter die Tischplatten der Festtafel geklebt. »Nein«, wiederholte Till entschieden, »Pilze sind nichts für mich.«

Eine Weile saßen die beiden schweigend aneinander gelehnt und lauschten dem Rauschen der Meeresbrandung. Till sah Neriella jetzt in aller Deutlichkeit. Sie trug ein durchscheinendes, weißes Kleid von schlichtem Schnitt und Fußbändchen aus geflochtenem Gras. Ein überwältigender, sinnlicher Duft nach frischem Laub, Harz und Akazienhonig ging von ihr aus. Vielleicht hatte das Hasch seinen Geruchssinn überreizt, dachte Till einen Augenblick lang, dann fragte er sich, warum er immer für alles eine Erklärung haben musste. Statt weiter nachzugrübeln vergrub er sein Gesicht in ihrem Haar und gab sich ganz dem betörenden Duft hin.

Neriellas Hände strichen zärtlich über seinen Rücken, glitten tiefer und schoben sich unter sein Hemd. Ein wohliger Schauer überlief ihn. Plötzlich schreckte er zurück. Er durfte sich noch nicht gehen lassen! Er hatte sich etwas geschworen!

»Hab ich etwas Falsches getan?«, fragte die Dryade betroffen.

»Mir hat noch nie jemand so gut getan wie du«, versicherte Till, »aber für heute hatte ich mir vorgenommen dich in eine fremde Welt zu entführen. Lehn dich zurück, schließe die Augen und lausche dem Meer. Stell dir vor, wie warmes Wasser um deine Beine streichelt. Über dir ziehen weiße Möwen über den Himmel ...« Er griff nach der Jutetasche und holte ein großes Einmachglas hervor. Zufrieden stellte er fest, dass es noch warm war. Es war mit feinem, weißen Sand gefüllt, den er auf einer Baustelle gestohlen und dann in einem Topf auf dem WG-Herd erwärmt hatte. Mit spitzen Fingern öffnete er das Glas und tastete nach dem Sand. Er war angenehm warm, so wie an einem Sommertag an einem Karibikstrand.

Till ließ ein wenig von dem Sand über Neriellas Beine rieseln.

»Was ist das?«

Seine Hand strich zart über ihre Lippen. »Frag nicht. Stell dir vor, wie wir zusammen im Sand an einem fernen Meeresstrand liegen.« Er nahm ihre schlanke Hand und führte sie durch die Öffnung des Einmachglases, sodass ihre Finger sich in den Sand graben konnten.

Jetzt holte Till ein kleines Fläschchen mit Kokosöl, das er von Gabrielas Schminktisch stibitzt hatte. Er ließ ein wenig von dem Öl auf seine Hände tropfen, verrieb es und strich dann sanft über Neriellas Gesicht. »Dieser Duft stammt von sehr großen Nüssen, die auf den Bäumen am Meer wachsen«, erklärte er mit warmer Stimme.

Die Dryade schnupperte neugierig. Dann ergriff sie plötzlich seinen Arm und küsste ihn leidenschaftlich in die Handfläche.

Tills freie Hand tastete noch einmal nach der Jutetasche. Schnell fand er die faustgroße Frucht, die er gesucht hatte. Eine Mango. Er hob sie vor Neriellas Gesicht und drückte zu, sodass heller Saft auf die Wangen der Dryade tropfte und gelbes Fruchtfleisch zwischen seinen Fingern hervorquoll. Der schwere, süßliche Duft der Tropenfrucht hüllte sie ein. Neriella stieß einen verzückten Schrei aus und leckte dann über seine klebrige Hand. Ihre Zunge war rau, so wie bei Katzen, und ihre Berührung verursachte ein angenehmes Prickeln auf der Haut.

Die Hände der Dryade legten sich um Tills Nacken. Sie zog ihn zu sich hinab. Ihre Lippen schmeckten nach Mango, als sie ihn küsste und ihre Hände seinen Rücken hinabwanderten, um dann nach seiner Gürtelschließe zu suchen. Immer leidenschaftlicher wurde ihr Kuss, während sie ihn mit geschickten Händen entkleidete. Zuletzt löste sie sich kurz, um ihr dünnes Kleid abzustreifen.

Im Licht, das von der Leinwand reflektiert wurde, schimmerte ihr Leib in zartem Blau. Warmer, süß duftender Atem streichelte Tills Wangen ...

Längst war die CD verstummt. Sie lagen in stiller Umarmung. Ihr Atem ging wieder ruhig. Neriella strich sich das Haar aus dem Gesicht. In ihren halb geschlossenen Augen spiegelte sich die Weite der blau schimmernden Leinwand.

»Ich glaube, ich mag dein Meer«, flüsterte sie.

*

Birgel tastete sich durch den dunklen Gang hinter dem Aufzugsschacht im Abflussrohr. Eigentlich hatte der Rat allen Heinzelmännern verboten hierher zu kommen, wenn sie nicht die ausdrückliche Erlaubnis Lallers hatten. Der junge Heinzelmann wischte über seine schweißnasse Stirn. Er hasste es, Verbote zu ignorieren. Vorsichtig tastete er nach der Klinke zu Nöhrgels Arbeitszimmer. Sie gab nach. Lautlos schwang die Tür auf. Eigentlich hätte die Kammer verschlossen sein sollen! Wäre er nur nicht hierher gekommen! Birgel blickte zurück zu den matt glühenden Pfeiltasten neben der Aufzugtür. Nein! Jetzt war er schon so weit gekommen! Wenigstens einen Blick sollte er riskieren! Er schob die Tür einen Spaltbreit auf und versuchte an Leckereien wie Lakritzpudding, Taubeneieromeletts und Bucheckerpfannkuchen zu denken. Sich ein gutes Abendessen vorzustellen war seiner Meinung nach die beste Methode, gegen Angst anzukämpfen.

Die Kammer des verbannten Ältesten war in blaugraues Licht getaucht. Leise summten die Ventilatoren der Computer und irgendwo gab es ein blubberndes Geräusch, über dessen genaue Herkunft Birgel lieber nicht nachdenken wollte.

Vor dem Bildschirm des Wahrscheinlichkeitskalkulators zeichnete sich ein Schatten ab. Wallerich!

»Endlich habe ich dich gefunden!«

»Ich wusste, dass du kommen würdest«, brummte Wallerich missmutig.

Birgel beäugte misstrauisch den Rechner. Ob der Computer auch wusste, was es heute Abend in der großen Kantine am Tor zu essen geben würde?

»Nöhrgel hat diesen verdammten Computer so programmiert, dass er keine Informationen über ihn preisgibt«, fluchte Wallerich, während seine kurzen Finger auf die Tastatur hämmerten. »Es ist unmöglich, herauszufinden, wo der Älteste steckt!«

»Du warst auch nicht gerade leicht zu finden«, sagte Birgel leise, doch sein Freund ignorierte ihn. »Es gibt schlechte Nachrichten, Wallerich.«

Der Heinzelmann wandte sich vom Computer ab, schob seine rote Schiebermütze in den Nacken und grinste zynisch. »Das ist nichts Neues. Morgen passiert etwas, nicht wahr? Der Rechner hat ein paar Dinge angedeutet, ist sich aber nicht sicher, da zu viele instabile Wahrscheinlichkeitskurven den Fluss der Zeit durcheinander bringen. Die Bandbreite möglicher Ereignisse reicht von einem Kurzschluss, der das Tor nach *Nebenan* unter dem Hauptgebäude öffnet und so eine Beinahe-Invasion verursacht, bis zu der Möglichkeit, dass Laller von einem *Langen* eine Maulschelle verpasst bekommt, sodass sein vorlautes Mundwerk für Tage zugeschwollen sein wird und er sich durch einen Strohhalm ernähren muss. Du siehst, die Zukunft hält durchaus auch Gutes bereit.«

Birgel schüttelte unwillig den Kopf. Instabile Wahrscheinlichkeitskurven und das Gerede über mögliche Zukünfte, das war nichts für ihn. »Laller wird morgen etwas unternehmen. Er hat Rölps und seine Schlägertruppe herbestellt. Wir beide sollen uns auch ab Sonnenuntergang bereithalten, hat er mir gesagt.«

»Und was will er von uns?«

Der korpulente Heinzelmann machte eine hilflose Geste. »Das hat er nicht gesagt. Ich weiß aber, dass er Luigi Bügler zu sich beordert hat. Er sollte irgendwelche Kostüme machen, und dann hat er noch ein sehr langes Telefongespräch mit MacMuffin, dem Chef der Leprechauns von Dublin, geführt. Laller hat eine Schurkerei ausgebrütet, das schwör ich dir. Wenn ich nur an ihn denke, vergeht mir der Appetit, und das ist das Schlimmste von allen möglichen Omen.«

»Vielleicht hat Laller auch nur ein Paar maßgeschneiderte Stiefel bei MacMuffin bestellt«, scherzte Wallerich. »Dazu würde sogar passen, dass er sich vorher mit Luigi getroffen hat.«

»Und meine Appetitlosigkeit?«, wandte Birgel ein. »Nein, nein! Da nimmt etwas ganz Übles seinen Anfang. Du wirst schon ...«

»Sie haben Post bekommen«, flüsterte eine rauchige Frauenstimme hinter Wallerich. Ein Briefsymbol leuchtete auf dem Computerbildschirm auf, dann erschien ein Bild, das Sharon Stone in einer sehr gewagten Briefträgerinnenuniform zeigte.

»Unser Ältester hat schon seltsame Vorlieben«, knurrte Wallerich und öffnete die E-Mail, während Birgel sich auf Zehenspitzen stellte, um noch einen letzten Blick auf die Postbotin zu erhaschen. Was ihn anging, so hatte er durchaus Verständnis für Nöhrgels Vorlieben. Der dickliche Heinzelmann hütete sich jedoch, dies gegenüber Wallerich offen auszusprechen. Auf dem Bildschirm erschien nun eine Textseite.

Hallo, Wallerich.
Ich habe einen ganzen Stapel E-Mails von dir bekommen, konnte sie aber nicht alle lesen. Ich hoffe, dass du vor dem Rechner sitzt. Es gibt ein paar Neuigkeiten. Ich werde gleich versuchen auf andere Art mit dir Verbindung aufzunehmen.
Gruß,
Nöhrgel

Die beiden Heinzelmänner sahen sich verblüfft an.
»Was hat er vor«, fragte Birgel leise. Unsicher blickte er sich um. Es würde ihn gar nicht wundern, wenn der Älteste gleich hinter ihnen zur Tür hereinkäme. Ihm war Nöhrgel immer ein bisschen unheimlich gewesen. Es war ja nichts Besonderes, dass sich Heinzelmänner mit Technik beschäftigten, aber er trieb es wirklich weit. Zu dem blubbernden Geräusch im Hintergrund gesellte sich ein beunruhigendes Fauchen.
Das Telefon neben dem Computer klingelte, oder besser gesagt, es summte in schiefer Tonlage das Hauptthema aus irgendeiner bekannten Sinfonie der *Langen*, deren Namen Birgel nicht mehr einfiel. Bevor die Tonfolge wiederholt wurde, hatte Wallerich abgehoben und auf die Konferenztaste gedrückt.
»Hallo, mein Freund«, ertönte die Stimme des Ältesten

blechern aus dem Lautsprecher des Telefons. Im Hintergrund klangen leise Musik und Geräusche, als säße Nöhrgel in einem Nachtclub. »Oh, du hast sogar Besuch.«

Die Kamera auf dem Computermonitor bewegte sich wie ein träger Reptilienkopf und verharrte. »Willkommen, Birgel. Wie ich sehe, gewöhnt ihr beide euch daran, als ein Team zu arbeiten.«

»Wo steckst du?«, fragte Wallerich unverblümt.

»Kann ich euch leider nicht sagen. Versucht nicht, meine Leitung zurückzuverfolgen, sonst unterbricht sich der Kontakt automatisch. Ich habe auch ein paar Filter eingeschaltet, um die Hintergrundgeräusche zu verändern. Ansonsten, danke der Nachfrage, es geht mir gut.«

Birgel grinste. Offenbar war der Älteste in Hochform.

»Du weißt, was vor dem Dom passiert ist?«, fragte Wallerich.

»Ich war sogar Augenzeuge«, tönte es aus dem Lautsprecher. »Der erste Übergriff der *Dunklen*.« Nöhrgel lachte. »Ist nicht ganz so gelaufen, wie sie es sich vorgestellt haben. Ich denke, vorläufig ist das Elfenbein noch sicher im Dom.«

»Du bist also in der Nähe des Doms?«

Wieder lachte der Älteste. »Lassen wir doch diese Spielchen, Wallerich. Im Übrigen sehe ich euch ja auch, ohne in eurer Nähe zu sein.«

Birgel blickte unsicher über seine Schulter. Ihn würde es nicht wundern, wenn sich Nöhrgel in einem der Entlüftungsschächte im Herzen der Uni versteckte und niemals wirklich in Verbannung gegangen war.

»Übrigens, wenn ihr kurz nach meiner Espressomaschine sehen würdet? Ich habe über Funkbefehl zwei Tassen frischen Espresso für euch kochen lassen. Wir haben ein ernstes Gespräch zu führen. Birgel, wärst du bitte so gut?«

Der Heinzelmann gehorchte und sogar Wallerich hatte keine Einwände. Wahrscheinlich kam wieder eines von Don Nöhrgliones berühmten Angeboten auf sie zu.

»Ihr dürft euch nicht weigern, wenn Laller euch morgen befiehlt mit den *Langen* nach *Nebenan* zu gehen.«

»Davon weißt du auch schon!«, mischte sich Birgel in das Gespräch ein. »Das grenzt ja an Zauberei, Chef!«

»Nein, das ist zu viel der Ehre. Es ist ganz einfach so, dass russische Abhörtechnologie bedeutend besser ist als ihr Ruf. Laller hat als echter Snob ein Satellitentelefon, und wenn man sich ein bisschen mit den Orbitalpositionen verschiedener Satelliten auskennt, höhere Mathematik auch zu praktischem Nutzen zu verwenden weiß ...«

»Und die Kennnummer von Lallers Telefon hat«, unterbrach Wallerich gereizt den Monolog des Ältesten. »Was plant dieser durchtriebene Rechtsverdreher? Warum müssen wir nach *Nebenan*?«

»Oh, er hat einen für seine Verhältnisse wirklich kühnen Einfall gehabt. Aber du kannst dich beruhigen. Du und Birgel, ihr werdet im Grunde nur als Beobachter dabei sein. Richtig gefährlich wird es nur für die Ui Talchiu. In deren Haut möchte ich nicht stecken. Ich hoffe, sie kommen nicht auf die Idee, morgen Widerstand zu leisten. Laller hat Rölps und seine Schläger engagiert und er ist fest entschlossen sie auch einzusetzen.«

»Und was sollen wir dabei?«, beharrte Wallerich.

»Na ja, die Ui Talchiu werden sich sozusagen ins Herz der Finsternis begeben. Hast du jemals den *Herrn der Ringe* gelesen, Wallerich? Da sollen zwei Hobbits mitten in einem Festungstal der Bösen einen Ring in einen Vulkan werfen. Ich glaube, diese Aufgabe war vergleichsweise leicht. Unsere *Langen* werden den Verschwörern, die das Haupt der *Dunklen* bilden, direkt gegenübertreten. Möglicherweise werden die Ui Talchiu danach einigen Ärger haben. Sie brauchen dann ortskundige Führer, um sich zu verdrücken.«

»Ich war aber schon verdammt lange nicht mehr drüben«, wandte Birgel ein, dem das Gespräch immer weniger gefiel. »Ich kenne mich da fast gar nicht aus. Es gibt bestimmt bessere Führer als mich.«

»Sich schlecht auszukennen ist immer noch besser als sich gar nicht auszukennen«, entgegnete Nöhrgel ruhig. »Das wird eine prima Gelegenheit, berühmt zu werden. Wenn ich zurückkehre, werde ich dafür sorgen, dass ihr beide zu Torwächtern ersten Grades befördert werdet.«

»Du meinst, wir hätten dann das Recht, in der Ratskantine verköstigt zu werden?«, fragte Birgel begeistert. Dort essen zu dürfen war ein Privileg, das in der Regel nur Heinzelmännern zukam, die schon über dreihundert Jahre alt waren und obendrein dem Rat angehörten. Die Kantine war berühmt für die Köstlichkeiten, die man dort servierte, und auch dafür, dass man selbst zwischen den üblichen Essenszeiten stets einige warme Häppchen bekommen konnte. Für das Versprechen, dort künftig Tischrecht zu haben, hätte sich Birgel sogar mit dem cholerischen, alten Vouivre angelegt, dem übellaunigsten aus dem Volk der Alpendrachen.

»Im Übrigen habe ich schon arrangiert, dass *Nebenan* jemand auf euch wartet. Ich verfüge über ein paar Informanten, die auf keiner Liste des Rates stehen und bei den *Dunklen* kein Misstrauen erregen werden. Ihr müsst nur geradewegs in den Faselfarnwald reiten ...«

»Bei den alten Göttern, was haben wir verbrochen?«, fluchte Wallerich und hieb dabei so heftig auf den Computertisch, dass Nöhrgel am anderen Ende der Leitung wahrscheinlich einen vorübergehenden Bildausfall hatte. »Warum ausgerechnet im Faselfarnwald? Niemand, der seine Sinne beisammenhat, reitet dort freiwillig hin.«

»Und deshalb seid ihr da auch vollkommen sicher vor den *Dunklen*.«

»Wer ist denn so wahnsinnig freiwillig in den Faselfarnwald zu reiten und auf uns zu warten?«

»Du kennst ihn, Wallerich. Ihr habt euch vor dreißig Jahren schon mal getroffen, als die APO den Unialltag ein bisschen aufgemischt hat. Erinnerst du dich noch an den Tag, an dem jemand in riesigen, roten Lettern *Rosa-Luxemburg-Universität* über den Eingang zum Hauptgebäude geschrieben hatte? Damals hat dieser verrückte Professor Rubin seine eigene Universität mit Farbbeuteln bombardiert, um den Schriftzug verschwinden zu lassen, und du bist bei dieser Gelegenheit meinem Informanten begegnet. Im Übrigen würde ich dir dringend raten ihn nicht wahnsinnig zu nennen. Ich glaube mich zu erinnern, dass er das nicht sehr schätzt.«

Wallerich atmete aus. »Sag mir, dass es nicht dieser *Ritter* ist, Chef.«

»Ich muss jetzt leider Schluss machen. Es gibt noch ein paar dringende Dinge zu erledigen.« Es knackte in der Leitung, dann war nur noch Rauschen zu hören.

»Was für ein Ritter?«, fragte Birgel.

»Das ist kein Ritter, sondern ein Irrer! Als Nöhrgel ihn damals herübergeholt hat, gab es einen kleinen Unfall und er ist aus Versehen durch das Tor unter dem Ufa-Palast nach hier gekommen. Da hat er sich in aller Ruhe den Film *Easy Rider* angesehen. Das hat sein Bild vom normalen Leben hier drüben irreparabel beeinflusst. Ich hoffe nur, dass er sich nicht noch immer für 'nen Hippierocker hält!«

11

Der Erlkönig hatte begriffen, dass er die Welt der Menschen nur verstehen würde, wenn er sich ihre Filme ansah. Er hatte sich einen Fernseher und einen Videorecorder besorgt und das Wochenende mit einem guten Dutzend Filmen vor der Mattscheibe verbracht. Ihm war nun klar, was Klingonen waren, unsicher hingegen war er sich, ob er verärgert sein oder es ihn nur amüsieren sollte, dass die Friseuse ihn für einen Vulkanier hielt. Die analytische Distanz dieser farblosen Weltraumlangohren hatte in der Tat etwas, mit dem er sich verbunden fühlte. Auf der anderen Seite waren sie einfach keine Krieger! Was sollte einen leiten, wenn man niemals Emotionen verspürte?

Der Erlkönig führte seinen Kreuzzug, weil er sich persönlich betroffen fühlte. Er hatte seine Gefährten einfach im Stich gelassen, um zu tun, was getan werden musste! Zu solch einer heroischen Tat wäre Spock wohl niemals in der Lage gewesen. Oder doch? Er hatte nur zwei Filme mit dem Vulkanier gesehen.

Amüsanter waren Filme wie *Dirty Harry*, *Das dreckige Dutzend*, *Robin Hood – König der Diebe* und *Der Unsichtbare*. Sie hatten ihn nicht nur inspiriert, sondern ihm auch tiefe Einblicke in das Wesen der menschlichen Gesellschaft gegeben. Der Elbenfürst schmunzelte bei der Erinnerung an den armen Wissenschaftler, der unsichtbar geworden war. Wie gut, dass er nicht so unvollkommen wie die Menschen war. Bei ihm wurde auch das unsichtbar, was er in die Hand nahm oder am Leib trug. Und sollte es doch einmal Schwierigkeiten geben, konnte er immer noch zaubern. Seine magischen Fähigkeiten wollte er allerdings nur im Notfall benutzen. Es war einfach langweilig, sich mit den Menschen anzulegen, wenn man zu viele Asse im Ärmel hatte.

Früh am Montagmorgen hatte sich der Erlkönig nach Düsseldorf durchgeschlagen. Diesmal benutzte er statt des Autos öffentliche Verkehrsmittel. Dabei hatte er mehrfach die Orientierung verloren. Eine völlig neue Erfahrung für ihn: labyrinthische Bahnhöfe, unübersichtliche Haltestellen. Die Welt war fremd geworden. In früheren Zeiten wäre er einfach dem Fluss gefolgt, um von Köln nach Düsseldorf zu gelangen. Diesmal hatte er in der Landeshauptstadt Schwierigkeiten gehabt, den Rhein überhaupt wieder zu finden. Nein, nächstes Mal würde er wieder den Wagen nehmen! Und davon, als Unsichtbarer irgendwelche Schnellstraßen zu überqueren, war er auch kuriert!

Selbst im Regierungsviertel hatte er sich noch einmal verlaufen. Als er endlich den großen Glasbau erreicht hatte, in dem auch der Energieminister seine Büros haben musste, war es fast schon Mittag. Der Erlkönig schulterte seinen Langbogen und folgte einem Regierungsbeamten mit grauem Anzug, der durch die Drehtür vor ihm trat. Im selben Augenblick traf ihn etwas im Rücken. Eine junge Frau in einem dunkelblauen Kostüm hatte sich mit ihm zusammen in das gläserne Drehkreuz gedrängt und versuchte verdutzt zu begreifen, auf wen oder was sie aufgelaufen war. Es hatte auch Nachteile, unsichtbar zu sein! Die sich unerbittlich drehende Tür ließ sie noch ein weiteres Mal zusammenstoßen, bevor es dem Erlkönig gelang, aus dieser tückischen Falle hinauszutaumeln. Die Frau, die immer noch versuchte zu entdecken, gegen was sie gestoßen war, wurde für eine weitere Runde von der Drehtür mitgenommen. Amüsiert sah der Elbenfürst sich um. Die Empfangshalle des großen Gebäudes war nüchtern. Ein paar Pflanzen, die man zur Dekoration aufgestellt hatte, wirkten zwischen all dem Stein, Glas und Metall der Halle deplatziert. Der Erlkönig war zuerst in dem großen Gebäude mit dem mächtigen Adler auf dem Dach gewesen. Ein alter Sandsteinbau, nur einen Steinwurf vom Rhein entfernt. Es hatte fast eine halbe Stunde gedauert, bis er begriff, dass er dort falsch war und der Regierungspräsident und seine umfangreiche Verwaltung nichts mit dem Energieminister zu tun hatten. Daraufhin war er den Fluss hinaufmarschiert bis zu dem Bau, der sich wie ein riesiges Glastor unweit des Ufers erhob.

Er mochte Düsseldorf nicht, dachte der Elbenfürst, während er sich in der großen Empfangshalle umsah. Es war eine Frechheit, eine solche Masse von Stein noch Dorf zu nennen. Vielleicht lag sein Unbehagen gegenüber der Stadt auch in der Unmenge von Verwaltungsbauten begründet, die hier wie Pilze aus dem Boden schossen. Inzwischen hatte er eine der großen Tafeln gefunden, auf denen auf umständliche Weise beschrieben war, wen man wo finden konnte. Sein Blick blieb auf einem Namen in Großbuchstaben haften.

DR. ANTON MAGER 10.01
MINISTER FÜR ENERGIEWIRTSCHAFT IN NRW
(Anmeldung bei Frau Kleber 10.02)

Der Erlkönig ging zu den chromblitzenden Aufzügen auf der anderen Seite der Halle hinüber. Einige Anzugträger hatten sich dort um eine hübsche junge Frau in dunkelblauem Kostüm geschart. Es war die Frau aus der Drehtür! Man konnte regelrecht spüren, wie sie um eine kluge Bemerkung rangen, um ihre Aufmerksamkeit zu erhaschen.

Der Fürst stellte sich hinter eine Gestalt mit Aktenkoffer und musterte interessiert den sehr kurzen Rock der Frau. »Was für ein knackiger Arsch!«

Die Angesprochene fuhr herum und verpasste dem Aktenkofferträger noch aus der Drehung heraus eine schallende Ohrfeige. »Was fällt Ihnen ein ... ¿«

»Aber ich ...«, stammelte ihr Opfer.

»Ihren Namen und Ihre Dienststelle!«, schnarrte die Frau. Während sie die Personalien des immer noch völlig verdatterten Kofferträgers in ihrem Terminkalender notierte, beeilten sich die übrigen Wartenden in einen Aufzug einzusteigen und der peinlichen Situation zu entkommen.

Mit einem leisen Plong glitten erneut verchromte Aufzugtüren zurück. »Sie werden sich ja wohl nicht erdreisten mit mir in denselben Lift zu steigen, Sie armseliges, verklemmtes Würstchen.« Der Beamte wäre augenscheinlich am liebsten im Boden versunken. Mit einem Satz sprang der Erlkönig an ihm vorbei durch die sich bereits wieder schließenden Türen, um den Aufzug mit der Büroamazone noch zu erwischen.

Erfreulicherweise wollte auch sie in den zehnten Stock. Ihm gefiel die Frau, wenn auch auf eine andere Weise, als Cagliostro Gefallen an ihr gehabt hätte. Ihr Auftreten und ihre Art, mit Unterlegenen umzugehen, waren beeindruckend. Zugleich war es ihm eine Lehre, allzu überheblich über die farblosen Beamten in diesem riesigen Glaspalast zu denken. Sie wirkte gut durchtrainiert. Manche der modernen Menschen taten seltsame Dinge, um in Form zu bleiben, dachte der Erlkönig. Sie legten sich in eiserne Maschinen und leisteten stundenlang harte Arbeit, um anschließend noch dafür zu bezahlen, dass sie arbeiten durften. Er fragte sich, ob die Frau auch zu dieser Sorte von Verrückten gehörte.

Mit einem Ruck kam der Aufzug zum Stillstand. Die Türen glitten auf. Mit energischen Schritten eilte die Frau den Flur entlang und verschwand schließlich hinter einer grauen Tür. Unschlüssig blieb der Elbenfürst stehen und sah sich um. An den Wänden des Flurs hingen einige Bilder, doch er konnte nicht erkennen, was sie darstellen sollten. Auch hier gab es ein paar Pflanzen, die ein kümmerliches Dasein in großen, schwarzen Kübeln fristeten.

Neben den Zimmertüren hingen kleine Schilder mit aufgesteckten Buchstaben und Zahlen. Zögernd ging der Erlkönig weiter den Flur entlang. So wie es aussah, würde er den Minister hinter der Tür am Ende des Ganges finden. Der Elbenfürst nahm den Bogen von der Schulter und zog die Sehne auf. Diesen Tag würde das Land fressende Ungeheuer von einem Minister lange nicht vergessen.

Die Tür am Ende des Ganges flog auf und eine ganze Gruppe von Leuten trat auf den Flur. Der Erlkönig drückte sich gegen die Wand, um ihnen nicht im Weg zu stehen. Der Mann an der Spitze war ohne Zweifel Dr. Anton Mager, ein großer, hagerer Kerl mit einer Hakennase und aufmerksamen, grauen Augen. Eine tiefe, senkrechte Falte zerfurchte seine Stirn. Seine Wangen waren eingefallen. Er wirkte unnachgiebig und machtbewusst. Ein Gegner, gegen den zu kämpfen sich lohnte, dachte der Elbenfürst zufrieden.

Links neben dem Minister lief eine Blondine in einem rotem Kostüm und mit einer dick umrandeten Brille. Sie trug eine Schreibunterlage mit Papieren auf dem Arm und fingerte nervös an einem Stift herum. Auf der rechten Seite Magers ging ein untersetzter Mann, dem es sichtlich

Mühe bereitete, im Eilschritt über lange Flure zu hasten. Er hatte eine Halbglatze und war im Vergleich zu den anderen auffallend leger gekleidet. Er war der Einzige, der Jeans und Turnschuhe trug. Direkt hinter dem Minister marschierte ein stämmiger, junger Mann in einem unauffälligen, dunklen Anzug. Er schien keine wichtige Position zu bekleiden.

»Sie sollten sich das wirklich persönlich ansehen. Es hat seinen Grund, dass Ihr werter Kollege aus Hessen nicht am Telefon mit Ihnen darüber reden wollte und lieber einen Experten geschickt hat«, erklärte der Turnschuhträger.

»Und warum können *Sie* nicht einfach kurz zusammenfassen, was er zu sagen hat? Sie wissen doch, dass ich mich vor Terminen kaum retten kann, Müller.«

Der Dicke schüttelte den Kopf. »Sie würden mir nicht glauben, Chef. Es ist wirklich besser, wenn Sie sich den Augenblick nehmen und sich anhören, was der Mann Ihnen mitteilen wird. Er wartet im kleinen Konferenzraum.«

»Fräulein Kleber, hab ich noch eine Viertelstunde?«

Die Blondine runzelte verärgert die Stirn und begann in ihren Papieren zu blättern. »Wenn Sie sich erlauben, zum Essen mit dem Vorsitzenden der Elektrizitätswerke ein wenig zu spät zu erscheinen, und Ihr Chauffeur dann ein bisschen Gas gibt, können wir die übrigen Termine noch halten.«

Mager war neben den Aufzügen stehen geblieben. Einen Moment verharrte er unschlüssig, dann nickte er. »Na schön, Müller. Ich hoffe, Ihr Wunderknabe ist es wert. Fräulein Kleber, rufen Sie den Vorsitzenden an und richten Sie ihm aus, dass wir uns ein klein wenig verspäten werden.«

»Jawohl, Chef.« Die Blondine holte ein winziges Handy aus ihrer Handtasche und der Tross setzte sich wieder in Bewegung.

Neugierig, was als Nächstes geschehen würde, folgte der Erlkönig dem Minister und seinem Hofstaat. Den Bogen hielt er dabei noch immer in der Linken.

Auf dem Gang hinter ihm schloss sich eine Tür. Jemand eilte auf Mager und sein Gefolge zu und streifte den Erlkönig um ein Haar. Die Frau aus dem Aufzug!

»Ah, Nadine.« Es war das erste Mal, dass Mager lächelte. »Sie sind heute spät dran.«

»'tschuldigung, Chef. Der Verkehr.«

Mager ging nicht weiter auf sie ein, aber der große Kerl hinter ihm nickte Nadine freundlich zu und sie übernahm seinen Platz hinter dem Minister.

Der Elbenfürst fragte sich, welche Aufgabe die junge Frau wohl im Stab des Ministers haben mochte. Etwas, das aussah wie ein dünner, weißer Wurm, hing aus ihrem Ohr und verschwand unter dem Kragen ihres Jacketts.

Das Trüppchen um den Minister verschwand durch eine Doppeltür und der Erlkönig musste sich beeilen, mit ihnen Schritt zu halten, bevor die Tür geschlossen wurde. Der Raum war mit schweren Vorhängen abgedunkelt worden. Drei Reihen Neonröhren tauchten ihn in kaltes Kunstlicht. Es gab ein kleines Vortragspult und dahinter eine Leinwand. Gegenüber standen drei bequeme Ledersessel und mehrere Reihen von schlichten Stühlen aus dunklem Holz.

Ein Mann von vielleicht Mitte dreißig stand an einem Diaprojektor und sortierte einen Stapel kleiner Notizblätter. Er trug Jeans, flache Lederschuhe und ein leicht zerknittertes Hemd. Seine Krawatte hing schief und offenbar hatte er nie gelernt, wie man einen vernünftigen Windsorknoten machte. Unter seinen Augen hatten sich tiefe, dunkle Ränder eingegraben. Er wirkte, als habe er in letzter Zeit nur sehr wenig Schlaf gehabt.

»Herr Minister, darf ich Ihnen Doktor Frank Schütte

vom AKW Bilbis vorstellen? Er war sozusagen Augenzeuge des besonderen Ereignisses.« Müller deutete in Richtung des Diaprojektors.

Der Wissenschaftler machte eine linkische Verbeugung. Es war nicht zu übersehen, dass er sich nicht wohl in seiner Haut fühlte. Offenbar hatte er keine Übung im Umgang mit Ministern.

»Nun, ich hoffe, Ihr Vortrag ist es wert, dass ich Ihnen einen Teil meiner Mittagspause opfere. Ich bin es nicht gewohnt, dass man so geheimnisvoll tut«, erklärte Mager kühl.

»Ich werde Sie nicht mit langen Vorreden aufhalten«, entgegnete der Doktor und gab dem Mann im Anzug, der nahe der Tür stand, ein Zeichen. »Würden Sie bitte das Licht ausschalten. Ich werde Ihnen jetzt ein paar Bilder zeigen, die mehr als viele Worte sagen.«

Mager, Müller und Fräulein Kleber ließen sich auf den großen Sesseln nieder, während sich Nadine schräg hinter den Minister stellte und den Doktor im Auge behielt. Die Neonreihen verloschen und ein blendender Lichtstrahl tastete nach der Leinwand. Mit leisem Klicken verschwand ein Dia im Projektor. Ein Bild, das einen mächtigen Baumstamm vor einer Betonwand zeigte, erschien.

»Dies ist eine deutsche Eiche, die nach Schätzungen von Experten zwischen einhundert und einhundertundzwanzig Jahre alt ist«, erklang die müde Stimme Doktor Schüttes. Ein Bild mit weit ausladenden, belaubten Ästen folgte. »Der Baum ist völlig gesund. Diese Bilder sind vor zwei Tagen gemacht worden. Fällt Ihnen etwas auf, meine Damen und Herren?«

»Mir fällt auf, dass ich meine Zeit vergeude«, knurrte Mager.

Der Doktor räusperte sich leise. »Wir haben November. Dieser Baum steht in Bilbis. Normalerweise tragen Eichen um diese Jahreszeit höchstens noch ein paar welke Blätter.«

»Vielleicht steht das Bäumchen ja zu nahe an Ihrem Reaktor?« Mager lachte. »Ist die Biologiestunde damit beendet?«

Ein neues Bild erschien, das ebenfalls fast vollständig von dem Baum ausgefüllt wurde. Im Hintergrund sah man eine Stahltür, auf der das schwarzgelbe Radioaktiv-Symbol prangte. »Der Baum steht in der Tat sehr dicht beim Reaktor ...« Ein Hauch von Zynismus schwang in der Stimme des Doktors mit. »Genauer gesagt, er steht in der Brennkammer von Block B in Bilbis.« Das nächste Bild zeigte den Baum aus der Vogelperspektive. Deutlich konnte man nun das Kühlwasserbecken und die Betonwände sehen.

»Jetzt reicht mir der Unsinn!« Mager war aus seinem Sessel gesprungen. »Für Aprilscherze haben Sie sich die falsche Jahreszeit ausgesucht!« Das Neonlicht flammte auf und ließ das Bild auf der Leinwand verblassen.

Doktor Schütte zuckte linkisch mit den Schultern. »Ich weiß, wie sich das anhört. So wie Sie hat bisher noch jeder reagiert. Das ist der Grund, warum man mich persönlich geschickt hat. Ich habe auch ein Video von dem Baum dabei und einen Brief mit einem Untersuchungsbericht aus dem hessischen Energieministerium. Kollegen von mir bereisen alle angrenzenden Bundesländer, um die übrigen Minister ins Bild zu setzen. Das Bundeskriminalamt und der Bundesnachrichtendienst wurden ebenfalls eingeschaltet. Seien Sie versichert, dies hier ist *kein* Spaß.«

»Und das Plutonium?«, fragte Müller. »Was ist mit den Brennstäben aus dem Reaktor?«

Wieder zuckte der Doktor mit den Schultern. »Verschwunden. Einfach in Luft aufgelöst. Die Brennkammer ist nicht einmal mehr radioaktiv kontaminiert.« Seine Stimme wurde zu einem heiseren Raunen. »Ich meine, es gibt da nichts mehr. Jedes Fleckchen Erde hat ein bisschen natürliche Strahlung. Da gibt es gar nichts mehr ...«

Minister Mager wirkte wesentlich gefasster. »Im Klartext, dort sind etliche Kilo waffenfähiges Uran verschwunden, wenn ich Sie richtig verstehe, Doktor. Was sagt das BKA dazu?«

»Nicht etliche Kilo. Es sind mehr als drei Zentner ... Sie erinnern sich, welchen Wirbel es in den Medien gegeben hat, weil aus einem russischen Kernkraftwerk ein paar Kilo verschwunden waren. Im Vergleich zu uns stehen die wie die reinsten Waisenknaben da. Nur die wenigsten Menschen können sich vorstellen, was man mit drei Zentnern Uran anstellen kann. Man braucht nicht einmal eine Bombe, um damit einen ganzen Landstrich zu verstrahlen. Es würde reichen, das Zeug zu Pulver zu zermahlen und von einem Flugzeug aus zu verstreuen.«

»Kann man nicht über Satellit feststellen, wo das Uran geblieben ist?«, fragte Müller.

»Das hat der BND schon übernommen, aber außer den üblichen Strahlungslecks in den französischen AKWs in der Bretagne und bei unserem Problemreaktor Kümmel im Norddeutschen waren keine auffälligen Strahlungsemissionen auf den Luftbildern festzustellen. Die ganze Sache ist ein Rätsel.« Der Doktor schüttelte resignierend den Kopf. »Naturwissenschaftlich gesehen ist das, was in unserer Brennkammer geschah, schlechterdings unmöglich.« Seine Stimme wurde noch leiser. »Ich meine ... Brennstäbe verwandeln sich einfach nicht in Eichen! So etwas gehört sich nicht!«

»Nun fangen Sie nicht an zu flennen, Mann!« Mager massierte sein Kinn und hatte die Stirn in Falten gelegt. »Wenn ich Sie richtig verstanden habe, gibt es keinen Hinweis darauf, dass die Brennstäbe nach NRW gekommen sind.«

Schütte nickte.

»Damit wäre die Sache dann auch nicht mein Problem. Richten Sie Ihrem Chef mein aufrichtiges Beileid aus. Wenn ich Ihnen einen Rat geben darf: Lassen Sie die Eichen aus den beiden Brennkammern verschwinden, besorgen Sie neue Brennstäbe und nehmen Sie dann den Betrieb wieder auf. Und was die Medien angeht: Erfinden Sie einfach eine hübsche Geschichte! Ich meine, Ihr Vorfall hat immerhin den Vorteil, dass auch der eingefleischteste Atomkraftgegner in seinen kühnsten Alpträumen nicht darauf kommen wird, was passiert ist. Verkünden Sie was von einer Notabschaltung aus Sicherheitsgründen und laden Sie ein paar unabhängige Gutachter ein, um die Strahlung rund um das Kraftwerk zu messen. Die stürzen sich ja ohnehin wie die Geier auf jeden Zwischenfall. Wenn Ihre Geigerzähler überhaupt nichts anzeigen, werden die ganz schön aus dem Konzept sein.« Mager grinste breit. »Auf diese Art mit einer Krise umzugehen nennt man positives Produktmanagement.«

Gegen dieses Arschloch war der Sheriff von Nottingham ein unschuldiger Chorknabe, dachte der Erlkönig. Er war sich jetzt ganz sicher, mit Mager das richtige Zielobjekt ausgesucht zu haben. Während der Energieminister in seinem schadenfrohen Monolog fortfuhr, kritzelte der Elbenfürst einige Zeilen auf einen Notizzettel und wickelte diesen um einen Pfeil. Als er den Langbogen hob und die Sehne bis hinter das rechte Ohr zurückzog, stand Mager bereits in der Tür. Es war höchste Zeit!

Mit leisem Surren durchschnitt der Pfeil die Luft und bohrte sich keine fünf Zentimeter vor der Nase des Ministers ins polierte Holz der Tür. Nadine reagierte augenblicklich. Sie zerrte Mager zu Boden und warf sich über ihn.

Gleichzeitig blaffte sie den Kerl an der Tür an. »Das Licht, Mike!«

Die Neonröhren verloschen.

Der Erlkönig war einigermaßen überrascht. Frauen als Leibwächter! Das war mal eine interessante Neuerung. Sie schien sogar etwas von ihrem Job zu verstehen. Die Tür zum Konferenzraum wurde aufgestoßen.

Nadine zerrte den Minister auf den Flur hinaus, während Mike hektisch mit einer großkalibrigen Pistole herumfuchtelte. Die beiden waren so in Aufregung, dass sie mit Leuten sprachen, die gar nicht anwesend waren.

»Hier Nadine. Schickt sofort einen Trupp nach 10.05. Es hat einen Attentatsversuch auf den Minister gegeben. Keine Verletzten! Ordern Sie trotzdem einen Krankenwagen. Ich glaube, Fräulein Kleber hat einen Nervenzusammenbruch. Und lassen Sie das Gebäude absperren! Keiner darf mehr herein oder hinaus!«

In diesem Augenblick schlenderte der Erlkönig in aller Ruhe an Mike vorbei, der immer noch angestrengt in die Finsternis starrte und hinter den hinteren Stuhlreihen des Konferenzraums einen Attentäter mit Pfeil und Bogen suchte. An seinem Bein klammerte sich Fräulein Kleber fest, die leise vor sich hin wimmerte. Müller und Schütte lagen auf dem Bauch und krochen vorsichtig in Richtung Tür.

»Kommen Sie mit erhobenen Händen raus!«, schnauzte Mike. »Sie haben keine Chance! In fünf Minuten ist eine Sondereinheit der Polizei hier, dann holen wir Sie mit Tränengas hier raus. Geben Sie besser jetzt auf! Die Jungs von der SOKO verstehen keinen Spaß und haben den Finger verdammt locker am Abzug.«

Vor der Tür hatte sich Mager wieder aufgerappelt. »Ein Pfeil?«, seine Stimme klang ein wenig zittrig. »Da war doch ein Zettel dran. Ich will das Ding sofort haben! Und dann will ich wissen, wie ein offensichtlich wahnsinniger Attentäter mit einem Bogen unbemerkt bis hier hinauf in den Konferenzraum kommen konnte.«

»Sie müssen hier weg«, entgegnete Nadine ruhig. »Sie sind immer noch viel zu nahe bei diesem Irren. Es ist meine Pflicht, Sie als Zielobjekt so schnell und so weit wie möglich aus der Gefahrenzone zu entfernen.«

»Ich bin kein Zielobjekt, sondern Ihr gottverdammter Chef! Und ich bestehe darauf, diesen Zettel zu bekommen. Sofort!«

Eine Sekunde lang maßen die beiden einander mit Blicken, und der Elbenfürst war überrascht zu sehen, wie Nadine zuletzt nachgab. »Den Pfeil, Mike.«

Der Leibwächter brummte etwas Unverständliches, dann hörte man ein Knacken und der abgebrochene Pfeilschaft wurde durch die Tür geworfen. Mager hob ihn auf, löste den Zettel vom Schaft und las die flüchtig hingekritzelten Zeilen.

Ich habe die klaffenden Wunden in der Erde gesehen, dort wo Ihre Maschinen in den Ebenen westlich von Cöln den Leib der großen Mutter zerreißen, um die Erdfeuer neben den großen, rauchenden Türmen zu füttern. Ich gebe Ihnen 48 Stunden, um diesem Frevel Einhalt zu gebieten. Sollten die Feuer bis dahin nicht verloschen sein und die laufenden Bänder nicht stillstehen, dann gelobe ich hiermit feierlich, werde ich Ihre Seele zerfetzen. Sie werden keine Nacht ohne Alpträume verbringen und in jeder wachen Sekunde wünschen, dass Sie auf mich gehört hätten.

Erlkönig

»Kennen wir eine Terroristengruppe Erlkönig?«, fragte Mager. Äußerlich schien er völlig gelassen.

Nadine warf einen kurzen Blick auf den Brief. »Erlkönig? Nie gehört! Gibt es da nicht ein Gedicht ... Vielleicht ist dieser Erlkönig eher ein fanatischer Einzeltäter. Der Verfassungsschutz wird darüber Bescheid wissen. Bitte, Chef, kommen Sie jetzt fort von hier! Wer weiß, was der Irre da drinnen als Nächstes tun wird!«

Im Konferenzsaal flammte das Licht auf. Ein Schuss krachte.

Nadine drückte den Minister gegen die Wand und richtete ihre Waffe auf die Tür.

»Er ist weg!«, fluchte Mike. »Als hätte er sich in Luft aufgelöst. Das gibt es doch nicht!«

Doktor Schütte kam mit aschfahlem Gesicht aus dem Konferenzraum. »Das kenne ich«, stammelte er und sah sich gehetzt um. »Dinge lösen sich einfach so in Luft auf ... Fehlt nur noch eine Eiche!«

Der Erlkönig war den Flur bis zu den Aufzügen hinaufgegangen. Fast zehn Meter trennten ihn nun vom Konferenzraum. Er drückte den Abwärts-Knopf und sofort glitt eine der silbernen Türen zurück. Aus den Augenwinkeln sah er Nadine herumwirbeln.

»Hier zehnter Stock. Der Attentäter steckt in Aufzug B. Er kommt jetzt zu euch herunter. Sichert den Ausgang, er ist ...« Die Aufzugtür schloss sich.

Der Elbenfürst schüttelte verärgert den Kopf. Sie schienen ihn wirklich für dämlich zu halten. Er würde im achten Stock aussteigen und das Treppenhaus nehmen. Und falls tatsächlich alle Ausgänge abgeriegelt waren, würde er ein paar Stunden warten. Für ewig konnten sie das Ministerialgebäude nicht schließen. Und wie sollten sie schon einen Unsichtbaren aufhalten?

*

»Ich sag euch doch, ihre Wohnung ist versiegelt und niemand weiß, wo sie steckt. Ihre Eltern sind wieder einmal in Urlaub und wissen von nichts! Und ihre sämtlichen Freunde haben seit Samhaim nichts mehr von Mariana gehört. Es ist, als habe sie der Erdboden verschluckt.« Martin, den sonst nichts aus der Ruhe brachte, war, während er sprach, rastlos in der Küche auf und ab gewandert. Er hatte den ganzen Sonntag damit verbracht, Mariana nachzuspüren, und nachdem er am Montagmorgen auch noch ein verheerendes Horoskop im *Express* gelesen hatte, war er davon überzeugt, dass heute noch etwas passieren würde.

Es hatte bis zum Abend gedauert, bis er alle Alesier in der WG-Küche versammelt hatte. Außer Till schien noch immer keiner von ihnen seine Sorgen zu teilen.

»Es wäre doch nicht das erste Mal, dass unsere süße Druidin verduftet«, erklärte Almat, der am Herd stand und eines seiner berühmten keltischen Gerichte improvisierte. Es gab Brotfladen, Waldkräuterbutter und Hühnchen in Moselweinsauce. »Erinnert ihr euch noch an ihre Affäre mit dem äthiopischen Konsul? Damals war sie einen ganzen Monat verschwunden, ohne einer Menschenseele zu sagen, dass sie einen kleinen Ausflug nach Addis Abeba macht.«

»Das erklärt aber nicht, warum an ihrer Tür Polizeisiegel kleben! Dieser Heinzelmann hat gesagt, dass sie der Grund ist, warum man uns bestrafen wird. Ich bin sicher, es ist kein Zufall, dass Mariana ausgerechnet jetzt verschwunden ist!«, beharrte Martin.

»Vielleicht hat sie ja in letzter Zeit ein paar ihrer Pilze an die Falschen verschenkt und die Bullen haben ihr Kräuterlabor ausgehoben«, mischte sich Gabriela ein und grinste. »Ich mein, bei dem Stoff, den sie verschenkt hat, war es doch nur eine Frage der Zeit, bis sich das Drogendezernat für sie interessiert.«

»Davon hätten wir gehört«, sagte Martin. Er sah Hilfe suchend zu Till hinüber. »Sag du doch mal was! Hat der Heinzelmann Samstagnacht vielleicht so ausgesehen, als würde er spaßen?«

Till machte eine Geste, als wolle er den Kopf zwischen den Schultern versinken lassen. »Vielleicht lassen sie uns ja auch in Ruhe ...«

»In Ruhe!«, ereiferte sich Martin. Er griff nach der zerknüllten Zeitung und hielt Till die Seite mit den Horoskopen unter die Nase. »Siehst du, was dort unter Stier steht? Lies es laut vor!«

»Du glaubst doch nicht an diesen Unsinn«, fuhr Rolf dazwischen. »Das ist doch Kinderkram.«

»Lies!«, beharrte Martin.

»Schon gut. Stier: Jemand versucht sich in Ihr Leben zu drängen. Bedenken Sie Ihre Entscheidungen gut und seien Sie vorsichtig bei neuen Unternehmungen. Es ist kein guter Tag, um auf Freiersfüßen zu wandeln.«

»Und jetzt lies vor, was da zu Fischen steht. Das dürfte euch interessieren!« Martin sah herausfordernd zu Almat und Gabriela hinüber.

»Fische: Einschneidende Entscheidungen könnten Ihr Leben verändern. Vielleicht ist dies ein Tag, an dem Ihre Träume wahr werden. Doch seien Sie vorsichtig, es könnten auch Alpträume sein. Von finanziellen Experimenten ist in den nächsten Tagen dringend abzuraten.«

»Das ist doch kein Zufall mehr!«, sagte Martin aufgebracht. »Wir sollten uns in den nächsten Tagen in Acht nehmen. Am besten bleiben wir immer zusammen. Wir könnten auch ...« Es klingelte.

Einen Herzschlag lang herrschte beklemmende Stille. Sogar Almat hatte aufgehört in seiner Moselweinsauce zu rühren und blickte zur Küchentür. Dann klingelte es noch einmal.

Gabriela stand auf. »Ich denke, wer auf Möwen durch die Nacht reitet, hat es nicht nötig, ganz bieder an der Haustür zu schellen. Ich geh nachsehen.«

»Und wenn das eine Falle ist?«

Sie lächelte spöttisch. »Du magst dich vielleicht vor greisen Männlein fürchten, die einem nicht einmal bis zum Knie reichen. Ich bin schon mit ganz anderen Burschen fertig geworden.« Ohne sich auf weitere Einwände einzulassen ging sie zur Haustür.

»Sie hat Recht«, murmelte Rolf. »Nehmen wir einmal an, es gäbe deine Heinzelmännchen wirklich. Warum sollten wir Angst vor ihnen haben? Was könnten uns diese Winzlinge schon tun?«

»Es ist wohl eine Weile her, dass du zum letzten Mal Märchen gelesen hast«, bemerkte Till. Er stand auf und ging zur Küchentür, um die Eingangshalle im Blick zu haben. »Die Heinzelmänner, Wichtel, Hausgeister oder wie immer man sie auch nennen mag, gehen subtil vor. Wenn du sie ärgerst, bringen sie dir Pech. Das sind Fakten! Unsere Ahnen haben sehr genau gewusst, wovon ihre Märchen handeln! Man kann das in Grimms Deutscher Mythologie oder auch in Arrowsmiths Buch über Naturgeister nachlesen. Mir wäre es lieber, keinen Streit mit ihnen zu haben.«

»So ein abergläubischer Unsinn«, lästerte Almat und holte das Huhn aus dem Bräter. Zufrieden musterte er die goldgelbe Kruste und füllte dann die Moselweinsauce in eine Sauciere um.

Gabriela kam zurück und brachte statt Fabelwesen einen ziemlich übernächtigt aussehenden, dunkelhaarigen Mann um die dreißig mit. »Darf ich vorstellen: ein alter Freund. Frank Schütte, der Mann, der das Atomenergiekartell von innen heraus bekämpft. Er ist ein hohes Tier in Bilbis und eingefleischter Atomkraftgegner. Ich kenne nie-

240

mand anderen, der so viele Widersprüche in sich vereint wie Frank.«

Der Gast winkte verlegen ab. »Gabriela übertreibt wie üblich. Ich hoffe, ich störe nicht. Es war nur … Ich bin den ganzen Tag in Düsseldorf aufgehalten worden … Ich meine, ich dachte mir …«

»Oh, Sie sind gerne eingeladen, das heißt, wenn Sie riskieren möchten Hühnchen à la Almat zu probieren«, feixte Rolf. »Wie Sie sehen, kommen Sie gerade richtig zu einem experimentellen Abendessen. Und Sie haben Glück. Von Exzessen wie Hering in Erdbeersahnesauce werden wir heute Abend wohl verschont bleiben.«

Das Abendessen verlief in angespannter Heiterkeit. Zum Dessert ließ Rolf dann ein paar Joints herumgehen, was die Stimmung lockerte.

Dennoch traute Martin Doktor Schütte nicht über den Weg. Mit dem Kerl stimmte etwas nicht. Er redete kaum und sah immer wieder gehetzt zu den Fenstern und Türen. Er zog zwar zweimal an den Joints, doch hielt er sich auffällig zurück. Hin und wieder machte er Andeutungen, dass in seinem Job in letzter Zeit einiges nicht so gut lief. Konkreten Fragen wich er aber aus. Auch was ihn in Düsseldorf aufgehalten hatte, wollte er nicht sagen.

Nach dem Essen trugen sie gemeinsam den Tisch ab. Es war schon nach elf. Langsam begann Martin sich zu entspannen. Der Unglückstag war fast vorüber! Er wollte Almat dessen geliebte Sauciere zur Spüle rüberreichen, als plötzlich der Griff abbrach. Die Sauciere fiel zu Boden und zersplitterte in tausend Scherben.

»Im Griff befand sich ein kleiner Lufteinschluss, von dem ausgehend sich bereits ein Haarriss bildete. Dennoch war die Chance, dass diese Schüssel ausgerechnet jetzt kaputtgehen würde, schlechter als eins zu zehntausend«, erklang eine Stimme aus dem Nichts.

Schütte warf sich zu Boden, robbte unter den Küchentisch und wimmerte etwas, das sich wie *Nicht schon wieder Eichen* anhörte.

Almat starrte mit weit offenem Mund auf die Scherben, während Gabriela die Küchentür schloss und nach einem Brotmesser griff. Rolf sah sich nach der Stimme um. Nur Till blieb ganz still sitzen, so als überrasche ihn das Ganze nicht.

»Laller?«, fragte Martin mit belegter Stimme.

Wie zur Antwort stürzte der Geschirrschrank von der Wand und eine wahre Flut von Tellern und Tassen ergoss sich über das Spülbecken und den Fußboden. Martin machte erschrocken einen Satz in Richtung Küchentisch.

»Auch wenn eure Wände hier nicht im allerbesten Zustand sind, war die Chance, dass sich zwei der Dübel, an denen dieser Schrank aufgehängt war, gleichzeitig lösen, schlechter als eins zu fünfhunderttausend. Wie ihr seht, sind wir gut darin, Chancen zu manipulieren.« Eine leere Kaffeedose polterte aus dem Regal neben der Tür und ein Heinzelmann wurde sichtbar. Es war Laller. Er sprang vom obersten Regalbrett auf den Küchentisch und lehnte sich dort mit provozierender Gelassenheit an eine halb volle Teetasse. »Zu meinem Repertoire gehören auch Wasserrohrbruch, Stromschläge, und wer weiß, vielleicht liegt in eurem Garten ja auch noch eine Fliegerbombe aus dem letzten Krieg. Doch genug gescherzt! Es ist Zeit für den Aufbruch!«

»Glaubt ihr mir jetzt?«, fragte Martin nicht ohne Genugtuung. »Es gibt sie!«

Gabriela war mit einem Satz beim Tisch, und noch ehe Laller reagieren konnte, hatte sie ihn beim Bart gepackt. »Du halbe Portion willst mir drohen?« Sie deutete in Richtung Küchenmixer. »Wenn ich mit dir fertig bin, passt du ohne Probleme durch den Abfluss vom Spülbecken.«

Zwei weitere Dosen polterten aus dem Regal und noch zwei Heinzelmänner tauchten auf. Der eine war recht korpulent und hielt einen Hähnchenknochen in der Linken. Der andere trug eine rote Schiebermütze. Letzterer verbeugte sich mit großer Geste. »Nach eurem Drogenkonsum in der letzten halben Stunde gehe ich davon aus, dass mich alle sehen können.« Er blickte kurz in die Runde und fuhr dann, ohne auf eine Antwort zu warten, fort: »Es ist zwar nicht meine Art, hübschen Frauen reinzureden, aber ich möchte dir dringend von unüberlegten Schritten abraten. Nicht dass ich Laller schätzen würde, aber aus Gründen der Loyalität sähe ich mich gezwungen im Falle seines Ablebens zu drastischen Vergeltungsmaßnahmen zu greifen. Bevor ihr erwägt mich mit Laller gemeinsam in irgendein Küchengerät zu stecken, würde ich euch bitten aus dem Fenster zur Straße zu blicken.«

»Ich kann dir nur dringend raten mich wieder auf den Tisch zu setzen«, giftete Laller. »Draußen steht einer, der bringt dich mit bloßen Händen auf ein Format, dass du durch den Abfluss passt!«

»Wenn ich dich dabei mitnehmen kann, nehme ich das glatt in Kauf«, entgegnete Gabriela ruhig. »Schau mal einer durchs Fenster. Vielleicht bluffen die Kleinen auch nur.«

Martin war als Erster am Fenster, und was er sah, übertraf seine schlimmsten Erwartungen. Drei riesenhafte Kerle mit Sonnenbrillen, schwarzen Lederhosen und Motorradjacken lümmelten auf dem Bürgersteig herum. Einer von ihnen winkte zum Fenster hinüber, als er ihn bemerkte. Er hatte Hände so groß wie Spatenblätter.

»Setz Laller ab«, flüsterte Martin mit halb erstickter Stimme.

»Was siehst du denn?«, wollte Gabriela wissen. Sie hatte den Heinzelmann unter den Arm geklemmt und ihm eine Hand auf den Mund gepresst, damit er still war.

»Drei wirklich überzeugende Argumente«, antwortete Martin knapp.

Jetzt drängten sich auch die anderen zum Fenster. Nur Gabrielas Freund zog es vor, auch weiterhin unter dem Tisch zu bleiben.

Laller biss der Tänzerin in den Daumen und schaffte es, sich unter ihrem Arm hindurchzuwinden. Erbost kletterte er auf die Fensterbank und zupfte seinen Bart zurecht. »Ich würde vorschlagen, ihr packt eure Siebensachen und seid in fünf Minuten abmarschbereit. Übrigens, gehört die rostbraune Karre unter der Laterne zufällig einem von euch?«

»Mir«, meldete sich Almat einsilbig.

Der Heinzelmann winkte zu den Gestalten in den Lederjacken, worauf deren Anführer nur nickte. Dann ging der riesenhafte Kerl zu der Laterne hinüber und verbog sie mit einer Leichtigkeit, als sei sie nicht mehr als ein Grashalm. Die Lampe schlug durch das Wagendach, spießte das Auto auf und bohrte sich durchs Bodenblech bis in den Asphalt. Als er fertig war, war der Mast der Straßenlampe zu einem großen, auf dem Kopf stehenden U verbogen.

»Nein ...«, stammelte Almat.

Laller grinste böse. »Du wirst deinen Wagen in nächster Zeit ohnehin nicht mehr brauchen. Da, wo ihr nun hingeht, gibt es keine Autos. Und jetzt beeilt euch, oder muss ich die Trolle hereinrufen?«

»Trolle!« Gabriela war noch etwas blasser als sonst.

»Glaubt nicht, dass ihr sie mit ein paar intellektuellen Spielchen austricksen könnt und sie dumm herumstehen, bis sie beim ersten Sonnenstrahl versteinern. Sie haben ausdrücklich die Anweisung, sich nicht auf Rätselfragen einzulassen. Und jetzt geht endlich packen!« Er drehte sich zum Regal um. »Birgel, Wallerich! Ihr begleitet die *Langen* nach oben und passt mir auf, dass sie nicht versuchen sich zu verdrücken. Beim geringsten Zeichen von Widerstand ruft ihr, dann werde ich Rölps und seine Jungs hereinbeordern.«

*

»Hallo, Wagen zwölf, hier ist die Funkzentrale der Hauptwache am Weidmarkt. Wagen zwölf, könnt ihr mich hören?«

Kowalski legte sein Brötchen auf das Armaturenbrett und griff nach dem Funkgerät. »Hier Wagen zwölf«, nuschelte er und versuchte gleichzeitig die Brötchenreste mit einem Schluck Cola hinunterzuspülen. »Was gibt's?«

»Wir haben gerade eine Meldung über Randalierer in der Amalienstraße bekommen. Angeblich nehmen da ein paar Rocker ein parkendes Auto auseinander. Ihr müsstet doch ganz in der Nähe sein? Übernehmt ihr die Sache?«

Kowalski sah zu Maria, die am Steuer saß, und schaltete das Funkgerät ab. »Die Amalienstraße ist doch hier in der Nähe? Hast du Lust, ein paar Rocker aufzumischen?«

Statt zu antworten trat Maria voll in die Bremsen. Kowalski wurde in die Gurte geschleudert, die Brötchentüte fiel zum anderen Müll auf der Fußmatte.

»Spinnst du?«, fluchte der Wachtmeister und angelte zwischen leeren Coladosen nach seinem Abendessen.

»Wir sind in der Amalienstraße«, sagte Maria sehr leise. »Und da vorne gibt es genau die Sorte Probleme, von denen wir die Nase voll haben.«

Hauptwachtmeister Kowalski blickte auf und sah keine fünf Meter voraus einen Wagen, der von einer verbogenen Straßenlaterne aufgespießt worden war. Ein Stück weiter waren einige merkwürdig kostümierte Gestalten zu sehen. Sie schienen Schwerter umgeschnallt zu haben. »Scheiße!«

»Was sollen wir jetzt machen?« Panik lag in Marias Stimme.

»Hallo, Wagen zwölf? Bitte um Einsatzbestätigung«, hallte es blechern aus dem Funkgerät.

Kowalski tastete nach seinem Toupet. Es nach der letzten Begegnung mit unsichtbaren Riesen wieder in Form bringen zu lassen hatte ihn mehr als hundert Mark gekostet. »Soll sich doch ein anderer den Arsch aufreißen lassen«, stieß er gepresst hervor.

»Wagen zwölf? Wagen zwölf, bitte kommen!«

»Hallo, hier ...« Der Hauptwachtmeister zerknüllte die Brötchentüte vor dem Funkgerät.

»Wagen zwölf? Ich empfange Ihren Funkspruch nur sehr undeutlich. Bitte bestätigen Sie den Einsatzbefehl.«

»Haben ...«, Kowalski bearbeitete erneut das Papierknäuel, »... Sie nur sehr undeutlich. Wir fahren! Können sie bitte ... wiederholen!«

»Zum Teufel, Kowalski, man versteht euch ja kaum! Ich schicke einen anderen Wagen. Ihr solltet das Funkgerät in eurer Schrottmühle überprüfen lassen, wenn ihr von eurer Tour zurück seid.«

Maria wendete den Streifenwagen mitten auf der Straße. »Gute Arbeit, Chef.«

Der Hauptwachtmeister starrte missmutig auf das zerquetschte Brötchen in der Tüte. »Fahr zu McDonald's in der Sülzburgstraße. Ich glaube, ich brauche jetzt eine Stärkung.«

12

»Warum ausgerechnet hier?« Cagliostro betrachtete amüsiert den Neubau mit dem Leuchtschild *Das Bordell*. Gelbe Neonlampen brannten über den Fenstern und waren in seinen Augen der Tod jeglicher erotischer Phantasien. Auf der anderen Straßenseite lag das *Pascha*, ein Hochhaus, das in verschiedenen Blautönen gestrichen war und von pinkfarbenen Leuchtstoffröhren illuminiert wurde. Er schielte zu der zweiflügeligen Glastür. Ein älterer Mann mit einem Dackel kam vorbei. Eine merkwürdige Gegend war das hier!

»Los, komm schon rein!« Mariana stand im Eingang der kleinen Pommesbude. Sie hatte den Kragen hochgeschlagen, um sich gegen den eisigen Regen zu schützen.

Der Graf warf einen letzten Blick auf das *Pascha*. Zu seiner Zeit hatte er viele Etablissements dieser Art gesehen, aber keines, das so groß war wie dieses. Er fragte sich, ob die Bordelle von innen heutzutage wohl anders aussahen. Gerne hätte er einen Blick hinter die Glastüren geworfen, aber Mariana würde wahrscheinlich kein Verständnis für seine Neugier haben. Schließlich folgte er ihr in die Pommesbude.

Die Druidin stand am Tresen und besprach etwas mit einer älteren Frau in einem rosa Putzkittel. Die Inhaberin der Pommesbude hatte falsche rote Haare. Sie taxierte Cagliostro kurz mit einem abschätzenden Blick und reichte Mariana dann zwei Dosen über die Theke.

»Könnten wir Gläser haben, wenn es keine Umstände macht?«, fragte der Graf höflich.

Die falsche Rothaarige stülpte wortlos zwei Plastikbecher auf die Dosen.

Mariana gab ihm ein Zeichen, sich an einen der Stehtische zu stellen, dann flüsterte sie etwas der Bedienung zu. Die beiden Frauen grinsten. Cagliostro fühlte sich nicht wohl. Am liebsten wäre er sofort gegangen. Er sah zu der Uhr über den Toilettentüren. Es war Viertel nach acht.

Die Druidin kam zum Tisch hinüber und stellte die Dosen ab.

»Dein Wunderknabe kommt zu spät«, murrte Cagliostro.

»Er wird schon noch auftauchen.«

»Ich wüsste zu gerne, wie man auf die Idee kommen kann, sich an diesem Ort zu einer geschäftlichen Besprechung zu treffen. Sollen wir ihn hier vielleicht auf eine Portion frittierte Kartoffelstäbchen einladen und ihm ein köstliches Getränk aus einer Blechdose anbieten? Wer immer er auch sein mag, Stil hat er nicht!«

Ein Mann mit schulterlangem, blondem Haar kam herein. Er trug dunkle Kleider und hatte einen Schnauzbart wie ein ungarischer Husarenoffizier. Seine Kleidung war reichlich abgetragen.

Cagliostro blickte fragend zu Mariana.

»Nein!« Die Druidin schüttete sich dunkle, sprudelnde Flüssigkeit in ihren Becher. »Magst du spielen?« Sie deutete zu den leuchtenden Kästen, die neben den Klotüren hingen.

»Spielen?«, fragte der Graf irritiert.

Mariana seufzte gequält. »Das sind Spielautomaten.

Wenn man eine Münze hineinwirft und eine Reihe gleicher Symbole auf den sich drehenden Scheiben erscheinen, kann man ein Vielfaches vom Einsatz gewinnen.«

»Spielautomaten?« Cagliostro kostete das Wort auf der Zunge, als habe er von verdorbener Speise gegessen. »Ich habe einmal gegen einen Schachautomaten gespielt. Welchen Spaß macht ein Spiel, wenn man kein Gegenüber hat, das man beobachten kann.«

Die Druidin verdrehte die Augen, sagte aber nichts.

Eine Viertelstunde verstrich, ohne dass der geheimnisvolle Kerl erschien, von dem Mariana so begeistert erzählt hatte. Cagliostro überlegte, ob er nicht ein paar magische Veränderungen an diesem trostlosen, kleinen Lokal vornehmen sollte. Wahrscheinlich würde es gleich viel gemütlicher aussehen, wenn er den Herd in einen offenen Kamin verwandelte. Er versuchte sich vorzustellen, wie die Frau hinter der Glastheke reagieren würde. Alberne Person! Wann immer er in ihre Richtung sah, begann sie prustend zu kichern und drehte sich zu ihren Bratwürstchen um. Sie sollte doch froh sein wenigstens einmal ein anständig angezogenes Mannsbild in ihrem Etablissement zu Gast zu haben. Wenn er sich den Langhaarigen in seinen abgewetzten Klamotten so ansah, konnte der Graf beim besten Willen nicht nachvollziehen, was an einem Gehrock aus feinstem Tuch, einer Brokatweste, Kniebundhosen und einer frisch gepuderten Perücke so komisch sein sollte!

Es war fast neun, als ein kleiner, schlanker Mann in langem, schwarzem Ledermantel eintrat. Obwohl es dunkel war, trug er eine Sonnenbrille. Er nickte der Rothaarigen hinter dem Tresen zu, die ihn offenbar kannte, und kam dann zum Stehtisch hinüber. Ohne Cagliostro auch nur eines Blickes zu würdigen wandte sich der Fremde an Mariana. »Du hast nach mir fragen lassen.«

Die Druidin lächelte unsicher. »Eigentlich sollte ich nur vermitteln. Mein Freund hier sucht dich.«

Der Fremde bedachte Cagliostro mit einem flüchtigen Blick, zündete sich eine Zigarette an und wandte sich wieder an Mariana. »Ist dein Freund ein Schauspieler auf Drehpause oder ein durchgedrehter Junkie?«

»Der *Freund* ist der Geldgeber, und wenn Sie für mich arbeiten wollen, sollten Sie wenigstens ein bisschen so tun, als würden Sie sich für mich und unser Unternehmen interessieren.« Cagliostro kannte diese Sorte von arroganten Nichtsnutzen und fragte sich, ob er es wert war, noch weiter Zeit mit ihm zu verschwenden.

»He, Mann, ich bin so was wie ein Söldner. Leg Geld auf den Tisch, dann hast du meine Aufmerksamkeit. Ansonsten hat deine Süße hier mehr zu bieten.« Er schenkte Mariana ein anzügliches Lächeln.

Der Graf drehte sich so, dass er mit dem Rücken die Sicht zur Theke versperrte, und legte eine schwere Geldkatze neben die leeren Coladosen. »Das ist ein Kilo Silber in Mariatheresientalern. Wenn Sie damit zu einem Münzhändler gehen, sind Sie ein gemachter Mann.«

Der Fremde drückte die Zigarette aus, zog die Brille in Richtung Nasenspitze und sah den Grafen über die dunklen Gläser hinweg nun zum ersten Mal richtig an. »Morde begehe ich nicht, damit das klar ist.« Er öffnete den schweren Samtbeutel und nahm einige der großen Silbermünzen heraus. »Sind die echt?«

»Falls Sie wissen möchten, ob sie von einem Zeitgenossen Maria Theresias gemacht sind, kann ich das nur mit einem entschiedenen Ja beantworten.«

Der Fremde runzelte die Stirn, ließ dann aber doch den Beutel in seiner Manteltasche verschwinden. »Ich heiße Roger. Roger Jäger. Meine besondere Begabung besteht darin, Dinge verloren gehen zu lassen, die eigentlich als gut verwahrt gelten.« Er grinste. »Sie verstehen, was ich meine.«

»Ich bin weder Schauspieler noch bin ich blöd. Mariana hat mir von Ihren Fertigkeiten erzählt«, fügte der Graf in versöhnlicherem Ton hinzu. »Ich weiß nicht, was für einen Eindruck Sie von mir haben, aber über eines sollten Sie sich im Klaren sein. Wenn Sie versuchen mich aufs Kreuz zu legen, werden Sie es bereuen.«

Roger steckte sich eine neue Zigarette an. »Hört sich so an, als hätten Sie große Pläne. Ich hoffe, Sie glauben nicht, dass Sie mit einem Beutel Silber meine Honorarvorstellungen decken.«

»Nehmen Sie es als Vorschuss. Kommen wir lieber zur Sache! Sie kennen den Dom?«

»He, Mann, ich bin Kölner. Genauso gut könnten Sie einen Fisch fragen, ob er Wasser kennt.« Roger blies einige unregelmäßige Rauchringe in Richtung Tresen. »Die Schatzkammer gilt als absolut einbruchssicher. 1975 hat da ein Trio aus zwei Jugoslawen und einem Italiener abgeräumt. Seitdem hat man 'ne verdammte Menge für die Sicherheit des Domschatzes investiert. Um da hineinzukommen, müsste man sich in eine Fliege verwandeln!«

Cagliostro lächelte kühl. »Seien Sie gewiss, dass wir über außergewöhnliche Möglichkeiten verfügen. Ich kenne den Dom und seine Geheimnisse! Ich weiß von der netten Einbauwohnung des Küsters ganz in der Nähe der Schatzkammer und ich kann Ihnen sogar sagen, wo der Dom noch heute an der Balustrade oberhalb des Daches mit Hakenkreuzen geschmückt ist und wie die beheizbaren Abwasserleitungen der teuersten Toilette der Stadt laufen.«

Roger wirkte irritiert. »Was für'n Klo?«

»Es gibt eine Toilette im Dachstuhl«, erklärte Cagliostro gönnerhaft. »Sie gehört zu den Werkstätten, die die Dombauhütte dort oben unterhält. Damit die Rohre im Winter nicht platzen ...«, Cagliostro grinste breit, »... und die ganze Scheiße dann an den Mauern des Doms hinabläuft, hat man die Abwasserrohre mit einer Heizung versehen.«

»Sie sind gut informiert.« Roger schnippte spielerisch die Asche von der Zigarette. »Aber die Kenntnis über Abwasserrohre wird mir bei einem Bruch nicht weiterhelfen. Und falls Sie jetzt auf den Ventilatorschacht kommen, durch den die Stümper vor fünfundzwanzig Jahren eingestiegen sind, dann vergessen Sie's gleich wieder. Der ist viel zu gut gesichert!«

»Ein Sicherheitssystem, zu dem man sämtliche Blaupausen besitzt, ist vermutlich nur noch die Hälfte wert«, erklärte Cagliostro ruhig.

»Da haben Sie wohl Recht. Aber um an die Pläne zu kommen, müssten wir einen Einbruch in ...«

»Die Pläne liegen im Wagen meiner Begleiterin.«

Roger drückte die Zigarette aus. »Das ist ein verdammt dämlicher Scherz.«

»Sehe ich aus wie ein Mann, der scherzt?« Cagliostro fragte sich wieder, wie Mariana darauf gekommen war, dass der Kerl der Richtige sein könnte. »Ich sagte doch, ich verfüge über besondere Mittel. Alles, was mir noch fehlt, ist ein mutiger und begabter Mann, der die Ausführung übernimmt.«

»Nun reden Sie mal nicht um den heißen Brei herum. Was wollen Sie?«

»Das Dreikönigsreliquiar. Es gibt da etwas, was dort eigentlich nicht hineingehört, und genau das sollen Sie mir holen. Es ist eine Knochenflöte. In dem Reliquienschrein gibt es ein Brett, auf dem die Köpfe der Heiligen so nebeneinander gereiht sind, dass man sie durch ein kleines Fenster sehen kann. Hinter den Schädeln verborgen liegt die Knochenflöte.«

»Sie meinen, ich soll einen Sarg knacken?« Roger hatte sich erneut eine Zigarette angezündet.

»Das ist doch sicher kein Problem für dich.« Mariana blinzelte kokett. »Du bist doch der beste Dieb der Stadt! Hast du etwa Angst vor ein paar Toten?«

»Natürlich nicht!« Roger antwortete eine Spur zu hastig, um überzeugend zu wirken. »Und Sie haben wirklich die Pläne zu allen Sicherheitseinrichtungen?«

Cagliostro nickte.

»Wer schickt Sie? Ich meine, da kommt man doch nicht einfach so dran. Sind Sie von der Russenmafia?«

»Sehe ich etwa aus wie ein Russe?«, empörte sich der Graf. »Ich komme aus Palermo!«

»Die italienische Mafia also ... Ihr wollt die Heiligen zurück, nicht wahr? Auf dem Rechtsweg geht da nichts. Das ist alles längst verjährt. Es ist mehr als achthundert Jahre her, dass die Kölner die Heiligen aus Mailand geklaut haben. Versuchen Sie nicht mir was vorzumachen. Ich hab ein Buch gelesen, in dem es darum ging, wie drei Ritter die Heiligen nach Köln geschafft haben. Und jetzt wollt ihr Italiener sie zurück. Deshalb soll ich das Reliquiar aufbrechen ...«

»Es geht nur um die Knochenflöte! Ich habe nicht das Geringste mit irgendwelchen sizilianischen Viehdieben zu tun. Ich bin Privatmann! Und Sie werden nur diese Flöte aus dem Sarg holen.« Cagliostro war nun endgültig mit seiner Geduld am Ende. Warum sollte er mit dem Kerl diskutieren, wenn er die Macht hatte, seine Gedanken zu manipulieren? Er konzentrierte sich und sah, was Roger im Innersten bewegte. Deshalb also hatten sie sich in der Nähe des *Pascha* getroffen. Der Graf musste schmunzeln. Er beschloss die Pläne des Diebs für diese Nacht ein wenig durcheinander zu bringen. Roger würde keine Gelegenheit haben, sein Silber ins *Pascha* zu tragen! Cagliostro hat-

253

te keine Lust, diesem Kerl lang und breit zu erklären, in welches Verwaltungsgebäude des Erzbistums er eingebrochen war, um an die Pläne der Alarmanlagen zu kommen, oder warum es ihm unmöglich war, den Dom zu betreten und den Einbruch selber durchzuführen. Er mochte den Kerl nicht, und je schneller diese Angelegenheit zu einem Ende gebracht war, desto besser! Roger würde in den Dom einsteigen, die Knochenflöte bekommen und so viel herbeigezaubertes Silber erhalten, wie nötig war, um ihn zufrieden zu stellen.

Cagliostro fragte sich, ob Mariana wohl ernsthaft erwartete, dass er nett zu ihrem Bekannten war. Jede Sekunde, die er mit diesem Stutzer verbrachte, war doch die reine Zeitverschwendung! Ob Roger wohl einmal eine Affäre mit Mariana gehabt hatte? Über so etwas sollte er sich keine Gedanken machen! Diese Sache musste jetzt zu einem Ende gebracht werden. Zum Glück gab es eine Möglichkeit, dieses lästige Gespräch abzukürzen. Er würde sich erlauben, ein wenig am Ehrgefühl des Diebes zu manipulieren. Die Kunst, den Geist eines Menschen zu beherrschen, war vielleicht die nützlichste aller magischen Fähigkeiten, über die er nun verfügte.

Wie sich zeigte, war Roger für derartige Eingriffe äußerst empfänglich. »Ihnen ist die Sache also zu riskant?«, fragte der Graf wie beiläufig.

»*Zu riskant* gibt's für mich nicht!« Roger wirkte richtig glücklich, als er sagen durfte, was Cagliostro ihm eingegeben hatte.

»Und Sie würden sich auch *sofort* mit uns auf den Weg machen?«

»Klaro!« Er deutete auf ein kleines Auto, das vor der Imbissbude parkte. »Mein Werkzeug hab ich immer dabei! Liegt unter 'nem doppelten Boden im Kofferraum von meinem Mini.«

»Na, dann kann es ja losgehen.«

Im Hinausgehen drängte sich Mariana an Cagliostros Seite. »Wie hast du das geschafft?«, flüsterte sie.

Der Graf schenkte ihr sein gewinnendstes Lächeln. »*Du* weißt doch um meinen unwiderstehlichen Charme. Übrigens ... Woher kennst du den Kerl eigentlich?«

»Er ist ein großer Fan meiner Pilze und bezieht gelegentlich auch andere Kräuter, die ihm helfen seinen Mann zu stehen.«

Cagliostro lachte. »In anderen Zeiten hättest du eine erstklassige Hexe abgegeben, meine gefährliche Verführerin.«

*

Die Friseuse stoppte den Wagen und deutete auf ein großes, blau gestrichenes Tor. »Dort wohnt Joe.« Gabi schaltete die Scheinwerfer ab. »Er will dich unbedingt kennen lernen. Aber sei vorsichtig. Er ist sehr misstrauisch. Er glaubt nicht, dass du ein Vulkanier bist.«

Der Erlkönig spreizte die Finger, so wie es Spock bei Raumschiff Enterprise tat. »Ich werde ihn überzeugen.«

»Wenn du wenigstens deine Uniform tragen würdest. Joe mag Uniformen, das würde vielleicht helfen ...«

Der Elbenfürst ignorierte Gabis weitere Einwände und öffnete die Tür. Nach allem, was die kleine Friseuse erzählt hatte, war Joe ein interessanter Mensch. Ein wenig verbohrt und sonderbar vielleicht, aber vermutlich ein nützlicher Gefolgsmann.

Die Gegend, die Joe für sein Quartier gewählt hatte, gefiel dem Erlkönig. Es war ein altes Industriegebiet am Westrand von Köln. Überall überwucherten Brombeerbüsche bröckelnde Ziegelsteinmauern. Die Wurzeln der Bäume hatten den Asphalt der engen Straße aufplatzen lassen, die sich zwischen einzelnen Grundstücken wand. Bei Nacht schien hier alles wie ausgestorben. Die niedrigen Hallen mit den schäbigen Dächern aus altersgrauer Dachpappe oder rostigem Wellblech waren dunkel. Kein einziges Fahrzeug war ihnen auf der Straße entgegengekommen. Und doch waren es nur ein paar hundert Meter von hier aus zum Militärring, der mit gleich drei Autobahnzubringern verbunden war. Joes Unterkunft lag ideal für die Pläne, die der Erlkönig hatte. Die Einfahrt auf das Gelände war groß genug, um einen Lastwagen passieren zu lassen. Neben dem großen Tor gab es eine kleine Tür. Sie war nur angelehnt. Über einer Klingel war ein, vergilbtes Namensschild angebracht.

JOE PANDUR –
JOE-BEWEGT-ALLES-TRANSPORTDIENST

Der Elbenfürst stieß die Tür auf.

»Nicht!« Gabi packte ihn am Arm und zog ihn zurück. »Du musst klingeln. Joe holt uns dann ab. Wenn du einfach reingehst, packt dich Blau!«

»Blau?«

Noch bevor Gabi antworten konnte, erklang ein drohendes Knurren jenseits der Tür. Steifbeinig stakste ein schwarz-weißer Bullterrier aus der Finsternis auf sie zu. Die Lefzen zurückgezogen, zeigte er zwei Reihen makellos mörderischer Zähne. Plötzlich erstarrte er mitten in der Bewegung. Er sah zum Erlkönig auf, klemmte den Stummelschwanz zwischen die Hinterbeine und stieß ein erbärmliches Jaulen aus.

»Du wirst uns jetzt zu deinem Herren bringen«, sagte der Elbenfürst ruhig. Kein Tier vermochte sich seinem Willen zu widersetzen. Die meisten gehorchten ihm freiwillig. Nur selten musste er seine magischen Kräfte benutzen, um ein Geschöpf wie diesen hasserfüllten Hund zu beruhigen. Etwas stimmte mit Blau nicht. Der Erlkönig konnte die Gedanken von Tieren spüren. Und dieser Hund war sonderbar. Er schien Sehnsucht nach einem Farbtopf zu haben!

»Wie machst du das?«, fragte Gabi bewundernd. »Blau ist der reinste Killer. So friedlich ist er sonst nur, wenn Joe ihm etwas sagt.«

»Du weißt doch, ich bin Vulkanier«, entgegnete der Elbenfürst und trat auf den Hof hinter dem Tor. Ein großer Lastwagen, auf dessen Hänger ein Hai und ein Ziegenbock gemalt waren, stand auf dem Platz. Ein merkwürdiges Wappen, dachte der Erlkönig und sah sich aufmerksam um. Auf dem pockennarbigen Asphalt schillerten bunte Öllachen. Es gab zwei große Hallen. Aus einer flackerte unstetes Licht. Zwischen den Hallen stand ein vergammelter Wohnwagen mit einem Parabolschirm auf dem Dach. Irgendwo spielte leise Countrymusik.

Der Erlkönig umrundete den Lastwagen. Jetzt konnte er die Halle, aus der das Licht flackerte, besser sehen. Die ganze Vorderfront wurde von einem weiten, offenen Tor eingenommen. Ein kleiner, stiernackiger Mann stand über eine Werkbank gebeugt. Er hantierte mit einem Schweißgerät, das sternhelle Funken in die Dunkelheit stieben ließ. Neben ihm stapelten sich etliche zerdrückte Bierdosen.

»Joe?«, fragte der Erlkönig laut.

Der Mann am Schweißgerät zuckte zusammen. Er schob die dunkle Schutzmaske zurück und spähte blinzelnd durch das Tor.

»Ich bin es, Joe!«, rief Gabi. »Ich habe den Vulkanier mitgebracht, von dem ich dir erzählt habe.«

Joe stellte das Schweißgerät ab und sah missbilligend zu Blau, der eingeschüchtert neben dem Elbenfürsten kauerte.

»Was ist denn mit dir los, alter Knabe? Macht der Fremde dir Angst?«

Der Hund trottete zu Joe und schubberte seine breite Schnauze am ölverschmierten Blaumann seines Herrchens.

»Blau ist ein seltsamer Name für einen Hund«, sagte der Erlkönig. Er war im Eingang zur Lagerhalle stehen geblieben und musterte Joes Refugium. Alles wirkte schmuddelig und alt. Nur die Werkzeuge waren gepflegt.

»Mein Hund ist nicht halb so seltsam wie Typen, die sich als Vulkanier ausgeben.« Joe blinzelte. »Du hast tatsächlich spitze Ohren! Ich nehme an, Gabi hätte gemerkt, wenn sie falsch wären. Mit Ohren kennt sie sich aus. Hast schon in genug hineingeschnitten, nicht wahr?«

Die Friseuse zog einen Schmollmund.

»Komm, Blau, ich hab was Feines für dich.«

Der Hund spitzte die Ohren und folgte aufgeregt Joe, der zu einer Werkbank an der Rückwand der Halle ging. Der hintere Teil des großen Arbeitsraums war mit einer Plane in Tarnmustern abgetrennt.

Joe nahm einen Farbtopf, stemmte den Deckel mit einem Schraubenzieher auf und stellte den Topf dann auf den Boden. Der Hund stieß ein freudiges Kläffen aus und hockte sich schnuppernd neben die Dose. Sein Herrchen ging zu einem Kühlschrank und holte drei Dosen Kölsch heraus. Mit lässiger Geste warf er dem Erlkönig eine der Dosen zu. Gabi drückte er ihre Dose lieber in die Hand. »Mit trockener Kehle redet es sich schlecht über Geschäfte.«

»Warum glaubst du, dass wir über Geschäfte reden sollten?«, fragte der Elbenfürst.

»Weil ein Typ wie du nicht mitten in der Nacht hierher kommen würde, nur um mir und Blau ein bisschen Gesellschaft zu leisten. Gabi hat mir von dir erzählt. Du bist so etwas wie ein Kreuzritter. Hast eine Mission, nicht wahr? Kommst du wirklich von einem anderen Planeten?«

»Aus einer anderen Welt, würde ich eher sagen.«

Joe nickte. »Wenn man von hier aus nach Westen fährt, dann hat man das Gefühl, jede Welt ist besser.«

»Warum?«

»Zu viele Freaks! Es gibt Typen, die kommen nachts zum Dynamitfischen zu den Baggerlöchern!« Die Bierdose knirschte in Joes Faust. »Weißt du, ich bin Trucker. Ich halte viel von Freiheit, aber manche Dinge ... Die Leute haben heute keinen Sportsgeist mehr. Ich hab nichts dagegen, wenn einer hundert Fische mit der Angel aus dem See zieht, aber Dynamit, das ist einfach nicht fair! Und dann die Sache mit den Riesenlöchern. Scheißbraunkohle! Sie ist der Fluch dieser Gegend! Hast du mal eines der Löcher gesehen, die sie hinter Köln in die Erde gerissen haben? Dreihundert Meter tief und ein paar Kilometer lang. Und die ganzen Kraftwerke! Wie ein Belagerungsring liegen sie um Köln. Ich wette, es regnet hier so oft, weil sie ganze Wolken aus verdampftem Kühlwasser in den Himmel pusten. Dutzende Dörfer mussten verschwinden, weil man an die Braunkohle wollte. Weißt du, was sie mit Alten machen, die nicht gehen wollen? Die Polizei kommt, um sie aus den Häusern zu zerren, in denen sie ihr Leben gelebt haben!« Joe zerknüllte die leere Bierdose zwischen seinen Fäusten und warf sie zu den anderen. Dann sah er zu der Plane mit dem Tarnmuster. »Mich werden sie nicht so leicht bekommen! Ich bin vorbereitet und ich werde mich wehren!«

»Wie es scheint, haben wir von einigen Dingen ganz ähnliche Vorstellungen. Allerdings ... Reden ist immer leicht!«

Der Trucker zog die buschigen roten Augenbrauen zusammen. »Willst du etwa andeuten, ich sei ein Maulheld?«

»Das hat er nicht so gemeint!«, mischte sich Gabi ein. »Er ist doch nur ein Vulkanier! Er kennt sicher nicht die Feinheiten unserer Sprache.«

»Wie viel würdest du riskieren, wenn ich dir verspreche,

wir löschen die Feuer in den verdammten Kraftwerken und knipsen in Köln die Lichter aus.«

Joe lachte. »Netter Traum! Gib mir einen Beweis, dass du mehr als ein Irrer bist, der zu viele Sciencefictionfilme gesehen hat, dann bin ich dein Mann.«

Der Erlkönig zog den verzauberten Ring von seinem Finger und wurde unsichtbar. Joe klappte der Unterkiefer herunter.

»Er hat sich sicher auf die Enterprise beamen lassen«, erklärte Gabi mit leicht zittriger Stimme. »In den Filmen machen sie das dauernd.« Dann fuhr sie stolz fort: »Ich hab dir doch gesagt, er ist ein Vulkanier!«

»Hast du heute schon Nachrichten gehört, Joe?«, fragte der Elbenfürst.

Der Trucker blickte sich misstrauisch um. »Der Energieminister. Das Attentat ... Warst du das?«

»Attentat ist ein viel zu großes Wort«, spottete der Erlkönig. »Man könnte es ein Attentat nennen, wenn ich ernsthaft die Absicht gehabt hätte, Mager umzubringen. Und glaub mir, in dem Fall hätte ich nicht danebengeschossen. Ich würde diese kleine Demonstration eher als eine Warnung bezeichnen. Ich habe ihm ein Ultimatum gestellt, den Braunkohletagebau zu stoppen.«

»Du kannst jetzt mit deiner Show aufhören. Ich würd dich gerne sehen, wenn wir miteinander reden!«

Der Elbenfürst steckte den Ring auf den Finger zurück. Gabi stierte ihn an, als sei er ein Weltraummonster.

»Du glaubst nicht wirklich, dass Mager sich auf dein Ultimatum einlassen wird.« Joe spuckte aus und ging zum Kühlschrank hinüber, um sich ein neues Bier zu holen. »Mager ist ein verdammt harter Brocken. Um den zu beeindrucken, musst du dir schon was anderes einfallen lassen!«

»Ich weiß! Deshalb werde ich zuschlagen, bevor mein

Ultimatum abgelaufen ist. Ich hab mir etwas ausgedacht, womit man Mager richtig Angst machen kann. Aber dafür brauche ich eure Hilfe!«

»Sind wir dann Terroristen?«, fragte Gabi verunsichert.

»Freiheitskämpfer sind wir, meine Kleine!«, rief Joe begeistert. »In hundert Jahren wird man uns Helden nennen, weil wir das einzig Richtige getan haben.« Blau kläffte, als wolle er die Worte seines Herrchens bekräftigen.

»Du hast gesagt, du seiest vorbereitet, wenn sie dich holen kommen, Joe. Was hast du damit gemeint?«

Der Trucker deutete in Richtung der Plane. »Wenn hier jemals die Bullen auftauchen sollten, dann werden sie eine verdammt unangenehme Überraschung erleben. Ich bin nämlich sozusagen kugelfest. Ich glaube nicht, dass irgendein Streifenwagen in diesem Lande etwas an Bord hat, womit man hiergegen anstinken kann.« Er zog die Plane zur Seite. Dahinter stand ein sechsrädriges, in dunklem Oliv gestrichenes Fahrzeug, das ein bisschen an einen überdimensionierten, stählernen Sarg erinnerte. »Ein Panzerspähwagen! Die Kiste hat kugelsichere Scheiben und auch gegen die Reifen kann man mit normalen Faustfeuerwaffen so gut wie nichts ausrichten.«

Der Erlkönig stieß einen anerkennenden Pfiff aus. »Wie kommt man denn an so was?«

Joe strahlte wie ein kleiner Junge unter dem Weihnachtsbaum. »Du glaubst gar nicht, was bei Manövern alles verloren geht ... Ich hab ganz gute Verbindungen zu ein paar Unteroffizieren. Ich hab die Kiste einfach gegen tausend Freikarten für ein Heimspiel des FC getauscht.«

Der Erlkönig ging zu dem Panzerwagen hinüber. Die große Menge Stahl bereitete ihm Unbehagen. Im Gegensatz zu den meisten Elben war es ihm gelungen, seine Empfindlichkeit gegen Eisen und Stahl zu überwinden. Die beiden Metalle konnten ihn nicht mehr verbrennen, wenn er sie berührte. Doch fühlte er sich immer noch unwohl, wenn er ihnen zu nahe kam. Ob er den Wagen wohl benutzen konnte? Wenn er es schaffen würde, ihn unsichtbar zu machen, wäre ein Panzerwagen wohl eine so gut wie unbesiegbare Waffe. Leider war Eisen ein Metall, das zu unberechenbaren Nebeneffekten neigte, wenn man es mit Zaubern belegte.

Ein lang gezogenes Jaulen riss den Erlkönig aus seinen Gedanken. Blau heulte die Decke der Lagerhalle an. Er hatte die Augen verdreht, und soweit man Gefühle aus einem Hundegesicht ableiten konnte, wirkte er glücklich.

»Was hat dein Hund?«

Joe zuckte mit den Schultern. »Er ist high. Das dauert meistens nicht sehr lange, wenn er Farbe schnüffelt.«

»Du meinst, dein Hund ist süchtig?«, fragte der Elbenfürst ungläubig. Er hatte schon betrunkene Pferde gesehen, die unter Obstbäumen halb verfaultes Fallobst gefressen hatten, aber Hunde, die an Farbtöpfen schnüffelten, das war eine Marke für sich.

Der Trucker zog eine Grimasse. »Red nicht schlecht von meinem Hund!« Joe kniete sich neben Blau nieder und streichelte ihm den Nacken. »Mein Kleiner hatte 'ne schwere Kindheit. Ich hab ihn auf 'ner Müllkippe in 'nem Ölfass gefunden. Irgendein Schwein hat ihn da ausgesetzt. Blau war fast verdurstet. Trotzdem hat er versucht mir eine Hand abzubeißen, als ich ihn aus dem Fass geholt habe. Er war halt schon immer ein Hund mit Charakter!« Er gab dem Hund einen Knuff und Blau stieß ein zufriedenes Grunzen aus. »Ich hab ihn mitgenommen und hier in der Lagerhalle langsam wieder hochgepäppelt. Er hat in einem Körbchen mit Lumpen neben meiner Werkbank gelegen. Alle paar Stunden hab ich ihn mit kleinen Gulaschstückchen gefüttert. Leider hab ich erst nach zwei Wochen gemerkt, dass unter meiner Werkbank ein offener Farbtopf stand. Seitdem vermittelt der Geruch von Farbe meinem Kleinen das Gefühl, dass er geborgen ist. Wenn er an einem Farbtopf schnüffeln kann, wird er zahm wie ein Lämmchen. Und weil in dem Topf blaue Farbe war, habe ich mein kleines Beißerchen Blau genannt.«

Joe wirkte wie eine Mutter, die stolz erzählte, wie ihr Baby den ersten Zahn bekam. Der Erlkönig beschloss zu Blau freundlich zu sein. »Eine ungewöhnliche Geschichte. Aber Blau ist sicher auch ein ungewöhnlicher Hund.«

Der Trucker lächelte glücklich. Irgendwie sahen er und sein Hund sich in diesem Augenblick verdammt ähnlich. »Das kannst du wohl sagen! Blau ist der beste Wachhund, den ich je hatte. Du bist der Erste, der den Hof betreten durfte, ohne dabei von mir begleitet zu werden. Normalerweise ist Blau sehr misstrauisch gegenüber Fremden!«

»Betrachten wir das als ein gutes Omen, was unsere weitere Zusammenarbeit angeht. Doch kommen wir jetzt zur Sache! Kann ich mich auf dich verlassen?«

»He, glaubst du etwa, das Wort eines Truckers wär wie ein Furz im Wind? Wenn du gegen Mager was unternehmen willst, kannst du auf mich bauen!«

»Und du, Gabi?«

Die Friseuse legte die Rechte in pathetischer Geste auf ihre linke Brust. »Ich schwöre, mein Bestes zu geben.«

Der Erlkönig zwang sich zu einem Lächeln. Er hatte einige Zweifel, wie weit er mit seinem Team kommen würde. Auf der anderen Seite brauchte er für seine nächsten Aktionen Unterstützung. Wenn die beiden Mist bauten, konnte er sich ja immer noch von ihnen trennen.

»Wie du schon sagtest, sollten wir nicht davon ausgehen, dass der Energieminister sich an das Ultimatum halten wird, das ich ihm gestellt habe. Deshalb werde ich das auch nicht tun. Wir werden schon morgen erneut zuschlagen! Ich habe mir Folgendes gedacht ... «

Till hatte sich zwar keine konkreten Vorstellungen darüber gemacht, wohin die Heinzelmänner ihn und seine Freunde bringen würden, aber als sie direkt auf das Hauptgebäude der Universität zumarschierten, war er doch einigermaßen überrascht. Die Videokamera neben dem Albertus-Magnus-Sitzbild schwenkte brav zur Seite und filmte den leeren Vorplatz, als sie durch den Haupteingang marschierten. Laller winkte sie gleich dahinter eine Treppe hinunter und führte sie über einen Korridor zu einer Stahltür, hinter der eine weitere Treppe lag. Sie betraten ein wahres Labyrinth von weitläufigen Kellern. Immer weiter ging ihr schweigender Marsch, bis sie schließlich noch eine dritte enge Treppe hinabstiegen. Hier hingen merkwürdige, länglich ovale Lampen an den Wänden, die mit einem Gitterwerk aus Draht gesichert waren und gelbes Licht verbreiteten.

Am Ende der Treppe befand sich ein Gang, der von dicken, rostigen Stahlstreben gestützt wurde. Dicht an der Wand vorbei lief ein löchriges Förderband, das offensichtlich schon seit Jahrzehnten nicht mehr in Betrieb war. In einer Seitenkammer sah man Presslufthämmer und anderes schweres Werkzeug.

»Wo sind wir hier?«, fragte Till entgeistert.

»Wonach sieht das denn aus?«, brummte Laller. »Wir sind in einem Bergwerksstollen.«

»Unter der Universität?«

»Natürlich unter der Universität. Ihr glaubt doch wohl nicht, dass wir euch ohne Vorbereitung auf das, was euch erwartet, nach *Nebenan* abschieben würden.«

Till sagte dazu nichts. »Aber ein Bergwerk ...«

»Es gab früher an der Universität ein Institut, an dem Bergbauingenieure ausgebildet wurden. Damit die Sache nicht bloße Theorie blieb, hat man unter der Uni einen Versuchsstollen angelegt. Leider haben sie in die falsche Richtung gegraben und wären fast auf unser Hauptportal gestoßen. Unser ehemaliger Ältester, Nöhrgel, musste reichlich Intrigen spinnen, um diesen Unsinn zu beenden. Ich meine, wer hätte schon damit gerechnet, dass es euch *Langen* einfällt, hier mitten im rheinischen Tiefland einen Bergbautunnel anzulegen! Als schließlich das Institut geschlossen wurde, hat man auch den Stollen hier unten dichtgemacht. Heute verirrt sich fast nie jemand hierher. Wir benutzen den Stollen gerne als Ausgang, wenn wir jemanden herholen, der ein bisschen größer ist.« Laller blickte zu Rölps, der als Letzter in der Gruppe ging und die Ui Talchiu nicht aus den Augen ließ.

Sie folgten dem Bergwerksstollen vielleicht fünfzig Meter, bis sie zu einem Stapel großer Fässer gelangten. »Rölps, räum auf!«, kommandierte Laller.

Der Troll schob die Fässer und anderes Gerümpel zur Seite. Dann machte er sich an der Wand zu schaffen. Ein leises Summen erklang und ein Teil des scheinbar so massiven künstlichen Felsgesteins glitt zurück und gab den Blick auf einen mit blauem Licht ausgeleuchteten Gang frei.

»Darf ich bitten!« So wie Laller die Einladung aussprach, hörte sie sich wie ein Befehl an. Rölps versetzte Till einen sanften Stoß, der den Studenten in den Gang taumeln ließ. Schon nach wenigen Schritten weitete sich der enge Tunnel zu einer Höhle, deren Decke mindestens acht Meter hoch war. Überall wimmelten geschäftige Heinzelmänner herum. Eine Wand war ganz mit kleinen Bildschirmen bedeckt, unter denen ein Dutzend Heinzelmänner an Computertastaturen arbeitete. In einer anderen Ecke standen menschengroße Schaufensterpuppen, die mit merkwürdigen Kostümen behängt waren. Gegenüber dem Eingang, durch den sie gekommen waren, lag ein hohes, zweiflügeliges Holzportal, das mit breiten Eisenbändern beschlagen war. Sollte dies das Tor in eine andere Welt sein?, fragte sich Till. Er hatte etwas anderes erwartet. Vielleicht eine aufrecht stehende Wasserfläche, ähnlich wie bei *Stargate*, oder ein unheimliches, pulsierendes Licht, das es zu durchschreiten galt. Auch einen großen Spiegel mit merkwürdig verschnörkeltem Rahmen hätte er akzeptiert. Aber das hier ... Dieses Holztor sah einfach zu banal aus! Aber vielleicht war auch gerade das der Trick, das Wunderbare hinter dem Banalen zu verbergen?

Ein leichter Geruch nach Bratkartoffeln hing in der Luft. Die meisten Heinzelmänner gingen völlig unbeeindruckt von der Ankunft der Ui Talchiu weiterhin ihrer Arbeit nach. Aus Richtung der Schaufensterpuppen jedoch kam ein seltsamer kleiner Kerl auf sie zugelaufen. So wie Laller trug er einen Bart aus drei Zöpfen. Sein Haupthaar war streng nach hinten gekämmt und nach Art der Mozartzöpfe mit einem Seidenbändchen umwickelt. Als er sich vor Till aufbaute, erkannte der Student, dass der kleine Kerl sogar winzige Zöpfchen aus den Haaren seiner Augenbrauen geflochten hatte. Der Heinzelmann trug einen Schottenrock, Schnabelschuhe und einen zitronengelben Blazer.

»Endlich seid ihr da«, begrüßte er Laller und die anderen aufgeregt. »Die Zeit wird langsam knapp, wenn ich den

Langen meine Kreationen noch anpassen soll. Wir möchten doch nicht, dass sie *Nebenan* als die schlechtestgekleideten Helden auffallen. Das können wir uns ja wohl nicht leisten, wenn man bedenkt ... «

»Genug, Luigi!« Laller winkte Birgel und Wallerich heran. »Ihr werdet die *Langen* jetzt in ihre Mission einweisen. Ich hab mit Matzi noch ein paar Dinge zu klären!«

»Jawohl, Chef!« Der dicke Heinzelmann salutierte ergeben und erntete dafür von seinem Kollegen Wallerich einen bösen Blick.

Till sah sich noch immer verwundert in der riesigen Höhle um. Etliche kleine Tunnel zweigten von hier ab, die gerade groß genug waren, um Heinzelmänner passieren zu lassen. Ständig kamen kleine Gestalten aus Seitengängen, erledigten etwas an den Computern und trugen Aktenstapel von einem Gang zum anderen. Neben den meisten Tunneln gab es Schilder mit kleinen, lateinischen Ziffern. Über einem hing sogar eine Tafel mit Leuchtbuchstaben. Till bückte sich, um die Schrift lesen zu können.

Nachtmahl ab 24 h:
Lachsfilet, gegrillte Rosskastanien
und Bratkartoffel

»Tut mir Leid, aber zum Nachtmahl werdet ihr schon nicht mehr hier sein«, erklärte Birgel. Der Heinzelmann wirkte ein wenig verlegen. »Ich, ähm ... ich muss euch nun bitten eure neuen Kleider anzuziehen, damit Luigi die letzten Verbesserungen vornehmen kann.« Er sah zu Gabriela. »Ähm ... ich werde ... ähm, veranlassen, dass niemand in diese Richtung schaut.«

»Ich weiß nicht, was hier vorgeht, aber ich muss auf das Entschiedenste protestieren. Und überhaupt, warum haben denn diese Kostüme da vorne rosa Umhänge? Das zieh ich nicht an!«, maulte Rolf.

Rölps baute sich drohend vor dem Ui Talchiu auf. Seine steinerne Stirn verzog sich knirschend in tiefe Falten. »Du umziehen, sonst kaputt!« Der Troll ballte die Fäuste.

»Ich fürchte, Laller hat unseren geschätzten Freunden eindeutige Befehle gegeben«, sagte Birgel und blickte verlegen zum Fußboden. »Normalerweise sind wir freundlicher zu Gästen.«

»Aber rosa Umhänge ...« Almat schüttelte den Kopf. »Die Tuniken verstehe ich und die Bundschuhe mit den Fellbeinlingen, das ist ja alles ganz hübsch ...«

»Was weißt du denn schon von Mode!«, mischte sich nun Luigi ein. »Du wirst die Ehre haben, den Wagenlenker des berühmten irischen Helden Cuchulain darzustellen. Er und sein Freund Fergus Mac Roy haben immer rosa Umhänge getragen. Nur weil du gegen diese durchaus attraktive Farbe voreingenommen bist, werde ich doch keine Heldengeschichten fälschen.«

»Das ist doch völliger Unsinn. Rosa ist keine natürliche Farbe, man hätte sie in keltischer Zeit gar nicht herstellen können«, beharrte Almat. »Ich weiß zwar nicht, was genau ihr von uns wollt, aber mit rosa Umhängen machen wir uns doch zum Gespött!«

Luigi stemmte wütend die Hände in die Hüften und richtete sich zu vollen dreißig Zentimetern auf. »Bist du jemals einem irischen Helden begegnet? Du hast doch keine Ahnung, wovon du redest! Ich sag dir, ich hab vor ein paar Jahren bei einem Ausflug nach *Nebenan* Siegfried von Xanten getroffen, und ich kann dir versichern, er war überglücklich, als ich ihm einige rosa Seidenbänder überlassen habe, die er in die Mähne seines Schlachtrosses flechten konnte. Ihr *Langen* bildet euch immer ein alles besser zu wissen, dabei habt ihr in Wirklichkeit von nichts eine Ahnung! Cuchulain und seine Gefährten waren berühmt dafür, die Mode eines ganzen Zeitalters maßgeblich beeinflusst zu haben, auch wenn sie für meinen Geschmack manchmal etwas zu gewagte Farben kombinierten und sich zu sehr mit Schmuck behangen haben.«

»Vielleicht wäre es nun an der Zeit, unseren Gästen zu erklären, was Laller und der Rat überhaupt von ihnen erwarten«, schaltete sich Wallerich ein. »Wenn ihnen klar ist, dass ihr Überleben von rosa Umhängen und schlechtem Benehmen abhängen wird, werden sie sich gewiss fügen.«

»Tja, natürlich.« Birgel wischte sich mit einem weißen Taschentuch über die Stirn. »Also, ihr werdet nach *Nebenan* gebracht und sollt dort an einem geheimen Treffen der *Dunklen* teilnehmen, von dem wir Wind bekommen haben. Die übelsten Halunken, Schlägertypen und Ungeheuer aus mehreren Dutzend Kulturen werden sich in einigen Tagen treffen und wir müssen wissen, was sie ausbrüten. Ein so großes Treffen hat es noch nie zuvor gegeben. Bislang hat jeder von diesen Schurken mehr oder weniger sein eigenes Süppchen gekocht. Leider verfügen wir durch einen unglücklichen Zwischenfall über keine Spitzel mehr. Das ist der Punkt, wo wir euch ins Spiel bringen. Den irischen Leprechauns ist es gelungen, eine Gesandtschaft irischer Helden, die an diesem Treffen teilnehmen sollten, festzusetzen. Soweit ich weiß, waren dabei etliche Fass Guinness im Spiel. Ihr werdet euch als die Iren ausgeben und an deren Stelle an der Versammlung teilnehmen. Anschließend kommt ihr zurück und berichtet uns. Alles Weitere erledigen wir dann. Eure Schuld am Volk der Heinzelmänner ist damit abgetragen. Ihr werdet als Cuchulain, dessen Wagenlenker Loeg, seine Waffenmeisterin Scathach, sein bester Freund Fergus Mac Roy und als der Kriegerbarde Oisin auftreten.«

Till räusperte sich. Was die Heinzelmänner da vorschlugen, war in seinen Augen kein Plan, sondern eine komplizierte Art, Selbstmord zu begehen. »Warum sollte uns irgendjemand abnehmen, dass wir die größten Helden Irlands sind? Ich mein, seht uns doch nur an! Sieht vielleicht einer von uns wie eine muskelbepackte Kampfmaschine aus? Da könnt ihr auch gleich selbst hingehen und euch als Krieger ausgeben. Das macht keinen Unterschied!«

»In meinem Volk gibt es niemanden, der als Söldner durch Diskotheken zieht, um sich durch öffentliche Prügeleien sein Geld zu verdienen«, entgegnete Wallerich auf den Einwand. »Wir haben die ganze Angelegenheit gut durchdacht und sind zu dem Schluss gekommen, dass ihr durchaus genügt. Wenn es euch beruhigt, kann ich euch ein paar Fotos der Helden zeigen, die uns die Leprechauns gemailt haben. Sie sind am Ende des Festgelages aufgenommen, und ich muss sagen, dass keiner dieser vermeintlichen Helden darauf eine gute Figur macht.« Der Heinzelmann zog ein paar Computerausdrucke unter seiner Jacke hervor und reichte sie herum. Tatsächlich sahen die Iren keineswegs wie Kraftpakete à la Conan aus. Till erinnerten sie vielmehr an eine Truppe Hooligans. Zwei von ihnen trugen wirklich rosa Umhänge.

»Wenn ihr nun so freundlich sein würdet eure Verkleidung anzulegen?« Birgel deutete zu den Kostümen an den Schaufensterpuppen.

»Was ist denn für wen gedacht?«, fragte Martin zögerlich.

»Ah, da hat wenigstens einer begriffen, dass ich nur Maßarbeiten anfertige!« Luigi strahlte vor Begeisterung, ging zu Martin hinüber, packte ihn am Hosensaum und führte ihn zu der mittleren Kleiderpuppe. »Dieses Gewand ist für dich. Siehst du die besonders schöne Brosche, die ich für deinen Umhang ausgewählt habe? Du wirst Oisin sein, der Sohn des Finn. Beachte die Säume vom Rock! Das ist alles dreifach abgenäht! Und das Tuch! Vom Feinsten, sag ich dir! Ich hatte mir erlaubt, mir eure Kleiderschränke näher anzusehen. Über eure Größen war ich also informiert. Trotzdem könnte es sein, dass ein paar Kleinigkeiten noch verändert werden müssen. Außer Gabriela tragt ihr schließlich alle nur Konfektionsware, sodass ich nur eure groben Maße hatte.« Er winkte Almat. »Für dich sind der Rock und die Tunika mit der Lederweste dort drüben. Du wirst Loeg, Cuchulains Wagenlenker, sein. Als kleine Besonderheit gibt es bei dir Handschuhe mit hübschen Bronzebeschlägen.«

»Wagenlenker?«, fragte Almat verstört.

»Natürlich. *Nebenan* fährt man nicht im Auto. Hohe Herren nehmen die Kutsche oder, wenn sie Krieger wie Cuchulain sind, benutzen einen Streitwagen. Auf der anderen Seite des Tors steht der echte Streitwagen Cuchulains.« Luigi lächelte verschmitzt. »Leprechauns waren schon immer ganz passable Pferdediebe. Eine Tradition, die sie bis in die Neuzeit fortgeführt haben. Wusstest du, dass die Hälfte der Autoradios, die in Dublin verschwinden, von jungen Leprechauns geklaut werden?«

»Nein.« Almat schluckte. »Ich soll diesen Streitwagen fahren? Das ist doch nicht euer Ernst, oder?«

»Kannst du Auto fahren?«, fragte Wallerich ruhig.

Almat nickte.

»Dann wirst du auch mit einem Streitwagen klarkommen. Ich glaube, so groß ist der Unterschied nicht. Übrigens, es könnte helfen, wenn du dir die Namen der Pferde merkst. Der Graue heißt Macha und der Schwarze Sainglu. Ich glaub, die beiden hören besser, wenn du sie mit ihrem Namen anredest. Und was diese Geschichten angeht, dass irische Wagenlenker ihre Hengste mit dem Fleisch erschlagener Feinde gefüttert haben, das ist wahrscheinlich nur 'ne Kneipengeschichte. Besoffene Kutscher und Wagenlenker erzählen ein Garn, das glaubt man kaum.«

Almat wirkte nicht gerade erleichtert. Während er und Martin die irische Gewandung anlegten, ging Luigi zu Rolf. »Dir haben wir die Rolle des Cuchulain zugedacht. Laller hat erzählt, dass du mit zwei Schwertern zu kämpfen vermagst. Außerdem passen deine langen, blonden Haare ganz gut zu der Rolle. Ich habe auch einen falschen Schnurrbart für dich vorbereitet. Und ein prächtiger Dolch gehört noch zu dem Kostüm. Wir haben ihn extra für dich aus einem Museum stehlen lassen. Pass also gut auf das Ding auf. Wir würden es gerne zurückgeben, wenn ihr eure Mission erledigt habt. Übrigens, hast du das Wehrgehänge gesehen? Du glaubst nicht, was für eine Arbeit das war. Du kannst beide Schwerter und den Dolch daran tragen. Ach ja, ehe ich es vergesse, drüben in der Nische haben wir noch eine kleine Auswahl von Schilden und Speeren bereitgestellt. Sucht euch aus, was euch davon am ehesten zusagt.«

Luigi wandte sich an Till. »Du wirst Fergus Mac Roy darstellen, den treuen Freund ...«

»Ich kenn mich in irischer Mythologie nicht so gut aus, aber hat Cuchulain Fergus nicht umgebracht?«, fragte Rolf.

»Das heißt ja nicht, dass ihr das nachstellen müsst!«, mischte sich Wallerich ein.

»Und die rosa Umhänge«, fragte Till zögerlich.

»Ich sagte doch, dass die beiden die dicksten Freunde waren. Sie waren Krieger und oft für lange Zeit nur mit Männern zusammen. Muss ich dazu noch mehr sagen? Sagt bloß, ihr habt da Vorurteile!«

Till dachte, was Neriella wohl davon halten würde, wenn sie ihn in diesem Aufzug sehen könnte. Wahrscheinlich würde sie lachen. Er griff nach dem leuchtenden

Stein, den sie ihm überlassen hatte. Als er sie nach ihrer *Strandnacht* im Vorlesungssaal verlassen hatte, hatte sie etwas Seltsames gesagt. Sie war in großer Sorge um ihn und meinte, wann immer er seinen Weg verlieren sollte, solle er den Stein umklammern und an sie denken. Dann würde sie ihm helfen in seine Welt zurückzufinden.

Luigi hatte sich inzwischen an Gabriela gewandt. »Was dich angeht, du wirst Scathach verkörpern. Eine geheimnisvolle Gestalt, eine Art Amazone, Waffenmeisterin und Seherin mit magischen Kräften. Sie hat Cuchulain unterrichtet, den *gae bolga*, einen besonders üblen Speer mit Widerhaken, zu benutzen. Eine solche Waffe findest du drüben bei den anderen Speeren. Für deinen Umhang habe ich ein helles Grau gewählt und einen Besatz aus Wolfsfell. Dazu kommen bronzene Armschienen, ein leichtes Kettenhemd, eine kurze, weiße Tunika und hohe gefütterte Stiefel. Als Helm ...«

»Nein.«

Der Heinzelmann sah verblüfft zu Gabriela auf. »Was soll das heißen? Ich finde, das ist die hübscheste Ausrüstung von allen. Was gibt es daran auszusetzen?«

»Du sagst, du hast in meinem Kleiderschrank herumgeschnüffelt. Ist dir dabei nichts aufgefallen, du Möchtegernlagerfeld?«

Luigi wurde erst blass und dann puterrot. »Von *Langen*, die sich hinter viel zu großen Brillen und bunten Fächern verstecken, muss ich nichts klauen. Überhaupt solltest du lieber die Luft anhalten! Natürlich habe ich gesehen, dass du nur Schwarz trägst. Und weißt du, was ich davon halte? Das ist krank! Hast du in letzter Zeit mal in den Spiegel gesehen, du siehst ja aus wie eine Leiche mit Freigang vom Friedhof! Du ...«

»Rölps!«, erklang die unverwechselbare Stimme Lallers. »Würdest du der Dame bitte klar machen, dass sie die Klamotten anzieht, die Luigi vorbereitet hat. Es ist an der Zeit, aufzubrechen!« Der Älteste trat aus einem der kleinen Seitengänge hervor, zog eine goldene Taschenuhr aus seiner Weste, ließ den Deckel aufspringen und runzelte die Stirn. »Es ist wirklich höchste Zeit! Man erwartet euch *Nebenan* bereits. Wir wollen doch keinen Ärger.«

»Ich nix schlagen Weibchen«, protestierte Rölps und verschränkte demonstrativ die Arme vor der Brust.

»Du wirst diese Furie jetzt zur Räson bringen oder ich vergesse mich!«

»Nö, Chef! Ich nix dreckig machen meine Ehre wegen Geschrei. Was du nun wollen tun? Mich schlagen?« Der Troll lachte, ein Geräusch, das an den Abgang einer Gerölllawine erinnerte.

Gespannt, was geschehen würde, sah Till zu Laller hinüber. Der Heinzelmann war leichenblass geworden. Zweimal machte er den Mund auf, als wolle er etwas sagen, überlegte es sich jedes Mal aber anders. Schließlich fuhr er Birgel und Wallerich an, die sich grinsend im Hintergrund gehalten hatten. »Warum seid ihr noch nicht umgezogen? Glaubt ihr etwa, ich würde es euch erlassen, nach *Nebenan* zu gehen? Und das, wo ihr diese Operation so miserabel vorbereitet habt!«

»Aber . . . «

Bevor Birgel noch ein weiteres Wort herausbringen konnte, fuhr ihn Laller barsch an. »Du hast mich zutiefst enttäuscht! Von dir hätte ich mehr erwartet! Ich sollte darüber nachdenken, dich zum Torwächter vierten Grades zurückstufen zu lassen! Warum hast du Luigi nicht darauf aufmerksam gemacht, dass dieses zickige Weibsbild nur Schwarz trägt?« Er wandte sich an Gabriela. »Und falls du glaubst, du könntest dich auf so billige Art vor der Strafexpedition nach *Nebenan* drücken, dann hast du dich geirrt. Ich bin kein unterbelich. . . ähm, kein Troll, der Hemmungen hat, eine Frau zur Rechenschaft zu ziehen. Vor den Gesetzen meines Volkes sind alle gleich! Deshalb verurteile ich dich nun dazu, mit Birgel und einem Troll als Eskorte zurück zur Villa Alesia zu gehen, um dir deine Kleider selbst auszusuchen. Du wirst schon sehen, was du davon hast!«

»Aber der Zeitplan«, wandte Wallerich ein. »Du weißt doch, was geschehen wird, wenn wir zu spät nach *Nebenan* kommen.«

»Den Ärger habt ihr euch selbst zuzuschreiben! Du hättest bei der Planung berücksichtigen können, dass es zu Verzögerungen kommen könnte«, entgegnete der Älteste selbstgerecht.

»Aber du hast den Plan gemacht!«

»Dann wäre es deine Pflicht gewesen, mich auf diese Lücke in meinen Überlegungen aufmerksam zu machen.« Er runzelte die Stirn. »Wahrscheinlich war es von Anfang an deine Absicht, dafür zu sorgen, dass dieses Unternehmen scheitert. Vom ehemals engsten Vertrauten Nöhrgels hätte ich eigentlich nichts anderes erwarten sollen.« Er zog ein kleines, schwarzes Notizbüchlein hinter seinem Gürtel hervor und notierte etwas. »Wenn du zurück bist, wirst du dich vor dem Rat für diese Intrige verantworten müssen. Diese für unsere Sicherheit so wichtige Mission zu sabotieren, das ist Hochverrat! Glaube nicht, dass ich solches Verhalten ungeahndet lassen werde!«

»Das wäre mir im Traum nicht eingefallen«, sagte Wallerich ironisch und verneigte sich. »Wenn du gestattest, werde ich mich nun zurückziehen, um meinerseits die rechte Gewandung für die Reise nach *Nebenan* anzulegen.« Hoch erhobenen Hauptes verschwand der Heinzelmann in einem der Tunnel, die von der Höhle fortführten.

*

Als Gabriela mit ihren Begleitern zurückkehrte, trug sie ein Kleid, das zwar recht archaisch wirkte, nichtsdestotrotz aber auf das Vorteilhafteste ihre Figur betonte. Um ihre Schultern wallte der schwarze Umhang aus Rabenfedern.

»Die sieht ja aus wie die Morrigan!«, empörte sich Luigi. »Das kann nicht gut gehen!«

Laller zuckte mit den Schultern. »Wer hätte je die Morrigan gesehen und davon berichten können. Außerdem hat diese impertinente Person es nicht anders gewollt. Wenn sie glaubt, eine düstere Göttin spielen zu müssen, soll sie doch sehen, was sie davon hat!«

Gabriela bedachte die beiden mit einem kühlen Lächeln. »Regt euch nicht auf, ihr Hosenscheißer. Die Rolle der Morrigan habe ich schon mehr als einmal gespielt. Ich weiß, was ich tue!« Sie wandte sich an die anderen. »Seid ihr endlich bereit? Immer muss man auf euch Männer warten! Ich dachte, wir haben es eilig, nach *Nebenan* zu kommen?«

Till machte Gabrielas Outfit Sorgen. Auf der anderen Seite wusste er, dass es sinnlos war, eine Diskussion vom Zaun zu brechen, wenn sie sich eine Sache einmal in den Kopf gesetzt hatte. Seine Kameraden schienen ganz ähnlich zu denken. Nur allzu deutlich konnte man ihnen ansehen, dass ihnen bei Gabrielas Eskapaden nicht wohl war. Doch keiner wagte es, etwas zu sagen.

»Sie hat Recht. Lasst uns gehen!« Es war Wallerich, der die Initiative ergriff und allen voran auf das große Tor am anderen Ende der Höhle zumarschierte. Der Heinzelmann trug jetzt eine rote Zipfelmütze, eine Art gelbe Tunika, dicke Wollhosen, die von einem Gürtel mit einer protzigen Bronzeschließe gehalten wurden, und kniehohe Lederstiefel. Birgel war ganz ähnlich gekleidet, trug aber zusätzlich noch einen Rucksack, aus dem ein Stück einer großen Wurst herausragte.

276

Das Tor vor ihnen öffnete sich wie von Geisterhand. Ein dunkler Tunnel lag dahinter. Till blickte zurück. Alle Heinzelmännchen in der Höhle hatten mit ihren Arbeiten innegehalten und beobachteten sie nun.

Aus dem Tunnel wehte ein Duft wie Ziegendung heran. Wallerich und Birgel hatten zwei kleine Blendlaternen entzündet. Grimmig entschlossen gingen sie vor. Der Weg jenseits des Portals war leicht abschüssig. Till legte die Hand auf seinen Schwertknauf. Sein Mund war ausgetrocknet. Ein Prickeln kroch ihm den Rücken hinab.

Mit einem dumpfen Knall schloss sich das Portal hinter ihnen.

»Scheiße, kann mich mal bitte jemand aus diesem bescheuerten Traum wecken«, fluchte Rolf.

»Ich glaube, das ist nicht ganz die Art, wie Cuchulain sich ausdrücken würde«, murrte Wallerich. »Falls ihr vorhaben solltet auf diesem Weg wieder zurückzukommen, dann wäre es besser, schon mal zu üben, euch wie Helden zu benehmen.«

»Halt's Maul!«, zischte Almat. »Helden lassen sich von Typen, die ihnen nicht einmal bis zum Knie reichen, nicht vorschreiben, was sie zu tun haben!«

»Schon besser!«, entgegnete der Heinzelmann ironisch.

»Zu streiten bringt doch nichts! Können wir uns nicht wie vernünftige Menschen friedlich unterhalten?«, fragte Martin.

»*Vernünftige Menschen*«, ahmte Wallerich ihn nach. »Ich glaube nicht, dass ich es erstrebenswert finde, so zu werden wie ihr oder irgendwelche anderen Menschen! Was meinst du, Birgel?«

»Ich hab Angst ... Hast du gerade dieses Geräusch gehört?«

»Seid alle still!«, kommandierte Wallerich.

Ein schwerfälliges Schlurfen war zu hören. Mal schien

es weit fort zu sein und dann im nächsten Augenblick wieder ganz nah.

»Was ist das?«, flüsterte Gabriela.

»Keine Ahnung.« Wallerich verkürzte den Docht in seiner Laterne, sodass kaum mehr als ein Funken Glut blieb. »Es kommt vor, dass jemand auf dem Weg zwischen den Welten verschwindet. Zugegeben, es sind meistens berüchtigte Trunkenbolde, die verloren gehen, aber manchmal ...«

»Ist es denn noch weit?«, fragte Till.

»Kann man nicht sagen. Meistens genügt ein Schritt und man ist *Nebenan*. Aber bisweilen ist es auch ein Fußmarsch von einer ganzen Nacht.«

Der Geruch nach Ziegendung wurde immer stärker. Ab und an trat Till auf etwas Weiches, traute sich aber nicht zu fragen, was es wohl sein mochte. Die Finsternis nahm ihm jedes Zeitgefühl. Er hätte nicht sagen können, ob sie erst zehn Minuten oder schon eine Stunde unterwegs waren. Die schlurfenden Geräusche waren seit einer Weile nicht mehr zu hören.

Schweigend hing jeder seinen Gedanken nach und es mochte noch einmal eine halbe Stunde oder mehr vergangen sein, als weit vor ihnen ein winziger Lichtpunkt erschien. Birgel stieß einen Seufzer aus und holte sich eine der Würste aus seinem Rucksack, denn immer wenn er sich erleichtert fühlte, wurde er zugleich auch hungrig.

Nicht weit vor ihnen waren die Umrisse eines Tores zu erkennen, das ganz ähnlich wie jenes in der Höhle unter der Universität aussah. Dort, wo über dem Boden die beiden Torflügel zusammenstießen, gab es eine kleine Lücke, nicht größer als ein Mauseloch. Helles Licht fiel durch die Öffnung.

Als sie nur noch wenige Schritte vom Tor entfernt waren, schwang es lautlos auf. Eine Frau, so klein wie ein

278

Heinzelmann, stand in dem großen Portal. Sie trug ein schlichtes, grünes Kleid und hatte zwei dicke, silberweiße Zöpfe. Die Hände in die Hüften gestützt, schnitt sie eine säuerliche Grimasse.

»Seit über einer Stunde stehe ich hier und warte auf euch! Du weißt, dass ich so was auf den Tod nicht ausstehen kann, Wallerich. Ich begreife auch nicht, warum Laller ausgerechnet dich Nichtsnutz und deinen verfressenen Freund für diese Mission ausgesucht hat! Jetzt steht nicht länger in dem Tor herum und haltet Maulaffen feil! Kommt endlich rein, wir haben ein köstliches, aber mittlerweile kaltes Nachtmahl für euch vorbereitet.«

Wallerich hatte seine Mütze abgenommen und drehte sie verlegen zwischen den Fingern. »Du bist zu freundlich, Mozzabella. Ich verspreche dir, es wird nicht wieder vorkommen.«

Die kleine Frau schnaubte verächtlich. »Deine Versprechen kenne ich, Wallerich. Du bist keinen Deut besser als Nöhrgel, als er noch jung war. Mich wundert es nicht, dass er ausgerechnet dich zu seinem Liebling auserkoren hat. Du hättest ihn einmal vor dreihundert Jahren erleben sollen … Aber, vergessen wir das! Die *Langen*, die du mitbringst, sehen ja herzallerliebst aus. Diese rosa Umhänge waren wohl Luigis Idee.« Sie schüttelte den Kopf. »Ich hoffe, ihr habt denen wenigstens erklärt, was sie hier erwartet. Glaubt ihr, die *Dunklen* werden sich bei ihrem Anblick totlachen?«

»Glaub mir, wir haben alles gut durchdacht …«

Sie schnitt ihm mit einer abrupten Handbewegung das Wort ab. »Kommt jetzt mit, wir wollen das Essen nicht mehr länger warten lassen. Es sind auch Quartiere für euch bereitet. Und zum ersten Hahnenschrei verschwindet ihr wieder. Dass ihr Ärger anziehen werdet, das kann man geradezu riechen.«

»Wer ist das?«, flüsterte Till zu Birgel.

»Mozzabella ist die Älteste unter den Heinzelfrauen. Sie ist hier die Chefin. Es heißt, sie sei vor langer Zeit einmal mit Nöhrgel liiert gewesen ...«

»Heinzelfrauen?«, fragte Till ungläubig.

»He, *Langer*, du musst nicht glauben, weil ich weiße Haare habe, würde ich nicht mehr hören, was hinter meinem Rücken getuschelt wird.« Mozzabella drehte sich um und sah ihn spöttisch an. »Was glaubst du denn, woher das faule Heinzelmännerpack in deiner Welt kommt? Lernt man in euren Schulen denn gar nichts mehr? Und was dich angeht, Birgel, würde ich dir dringend raten, keinen alten Tratsch herumzuerzählen.«

Die Heinzelfrau führte sie in eine kleinere Höhle, in der sich etliche Ziegen drängten. Das Vieh beeilte sich der Ältesten Platz zu machen.

Gabriela hielt sich einen Zipfel ihres Umhangs vor die Nase. »Die Höhle mit einem Weltentor als Ziegenstall zu nutzen ist ja eine tolle Idee«, nuschelte sie spöttisch.

»Dich hat hier niemand nach deiner Meinung gefragt, Süße!«, erwiderte Mozzabella eisig. »Wenn ihr bei euch Platz zu verschenken habt, dann ist das eure Sache. Wir hier *Nebenan* sind in solchen Dingen praktisch eingestellt!«

Till griff der Tänzerin nach der Schulter und zog sie ein wenig zurück. »Lass es gut sein, Gabriela. Mit der Alten ist nicht gut Kirschen essen.«

»Wenigstens einer, der seinen Kopf nicht nur zum Zipfelmützentragen hat«, brummelte Mozzabella und trieb eine Ziege davon, die ihr im Weg stand.

Sie durchquerten noch eine weitere Höhle, die als Stall genutzt wurde, bis sie schließlich ein Portal, so groß wie ein Scheunentor, erreichten. Auch hier fiel Till wieder eine schmale Spalte am Fuß der Tür auf.

Die Älteste machte eine beiläufige Geste und wie von

Geisterhand schwang das Tor auf. Eisiger Wind blies in die Höhle. Die Ziegen hinter ihnen meckerten unwillig und drängten sich enger zusammen.

Das Tor lag in eine Hügelflanke eingebettet, die sanft zu einem breiten Fluss hin abfiel. Eine kleine Stadt aus windschiefen Fachwerkhäusern lag am Hügel. Die Gebäude schienen für Menschen gemacht, jedenfalls waren sie für Heinzelfrauen zu groß. Zum Fluss hin erhob sich eine mächtige graue Mauer, die in regelmäßigen Abständen mit Türmen bewehrt war. Jenseits des Flusses lag ein Wald, der sich bis zum Horizont hin erstreckte. Schwarze Wolkenbänke zogen von dort mit dem eisigen Wind auf die Stadt zu.

»Bella!« Hinter einem der Torflügel trat eine riesenhafte Gestalt mit blutigen Händen hervor.

Tills Hand fuhr zum Schwertgriff. Der Kerl war hässlich wie die Nacht und fast so groß wie die Trolle, die sie aus der Villa Alesia geholt hatten. Abgesehen von einem schmuddeligen Fell, das er eher lässig um die Hüften geschwungen trug, war er trotz der Kälte nackt. Fingerdicke Narbenwülste liefen über seine Arme und seine Brust. Obendrein stank der Kerl, als habe er in einem Schweinetrog übernachtet.

Aus den Augenwinkeln sah Till, wie auch die übrigen Alesier die Hände auf die Waffen gelegt hatten.

Der große Kerl blinzelte nervös und machte einen Schritt zurück.

»Na, das fängt ja prima an!« Mozzabella eilte an Till vorbei und stellte sich schützend vor den riesenhaften Kerl, was in Anbetracht der Tatsache, dass er ungefähr zehnmal so groß wie sie war, einigermaßen befremdlich wirkte. »Lasst die Finger von den Schwertern! Ihr seid hier Gäste! Wallerich, bring deiner Rasselbande gefälligst bei, wie man sich benimmt!«

»Aber, meine Dame ...« Till war einigermaßen verwirrt. »Dieser Kerl ... das ... das ist doch wohl offensichtlich ein Oger!«

Die Älteste zuckte mit den Achseln. »Gut beobachtet! Und ist das ein Grund, sich danebenzubenehmen?«

»Aber die Oger gehören doch wohl zu den *Dunklen*! Das sind doch Menschenfresser!«

Als wolle er Tills Befürchtungen umgehend bestätigen, leckte sich die riesenhafte Gestalt mit einer aufgedunsenen, blauschwarzen Zunge die Lippen.

Mozzabella lachte. »Klöppel? Der hat schon vor über hundert Jahren die Seiten gewechselt. Mag sein, dass er ab und an noch von Menschenhüftschinken träumt, aber da er längst keinen Zahn mehr im Maul hat, kann er nur noch Suppe löffeln. Das ist auch der Grund, warum er zu uns gekommen ist.« Die Älteste deutete zum Wald am anderen Ufer. »Dort drüben wäre er längst verhungert. Im Übrigen ist er so brav wie ein Lämmchen, wenn man ihn nicht reizt.« Sie tätschelte über seine schmutzverkrusteten Füße und tatsächlich stieß der Oger ein freundliches Knurren aus.

»Und das Blut?«, fragte Almat misstrauisch.

»Was hast du nur mit deinen Fingern gemacht, Klöppel?« Der Oger kniete neben Mozzabella nieder und hielt ihr die blutenden Hände hin.

»Pferde ... beißen ...«

»Verdammte Mistviecher«, fluchte die Älteste. »Du kommst jetzt mit zum Langhaus. Da werde ich mich um deine Wunden kümmern.« Sie drehte sich zu den Alesiern um und funkelte sie wütend an. »Nichts als Ärger hat man mit euch! Ich bin froh, wenn ihr morgen mit den elenden Schindmähren verschwindet, die uns die Leprechaun vorbeigebracht haben.«

»Die Pferde ... der Streitwagen«, stammelte Almat.

»Genau! Kommt mit und seht euch an, was ihr uns be-
schert habt. Die Leprechauns haben sich sofort wieder
verdrückt, nachdem sie diese Höllenklepper hier abgelie-
fert haben. Und sie haben gewusst, warum!«, entrüstete
sich Mozzabella.

Die resolute Heinzelfrau führte sie einen gewundenen
Weg zum Gipfel des Hügels hinauf. Vorbei an geduckten
Häuschen mit weit überhängenden Giebeln, in denen sich
heulend der Sturmwind verfing. Till spürte, wie hinter
halb geschlossenen Fensterläden neugierige und furchtsa-
me Augen jedem ihrer Schritte folgten. Ja, er fragte sich, ob
sie vielleicht für die Bewohner von *Nebenan* das waren,
was er und seine Freunde in Klöppel gesehen hatten: Ungeheuer!

Auf dem Gipfel des Hügels stand eine hohe Halle, getragen von baumdicken, hölzernen Säulen, deren Mittelstü-
cke mit Blechen aus gehämmerter Bronze geschmückt waren. Sie zeigten Bilder, die Till in aller Bizarrheit seltsam
vertraut waren. Da gab es winzige Blütenjungfern mit zer-
brechlichen Flügeln wie aus hauchzartem Glas, Waldschrate, Hexen und Zauberer. Der ganze Pantheon der
Märchengestalten und Sagenhelden war hier versammelt.
Und immer wieder war eine Frau mit schweren Zöpfen
abgebildet, die über allen thronte.

»Der Tempel der großen Mutter«, erklärte Mozzabella.
»Das ist kein Ort für so herzlose Wesen wie euch! Die
Ställe liegen dahinter.« Die Älteste führte sie an den hohen, mit welken Sommerblumen bekränzten Pforten vorbei zu einem Langhaus, unter dessen Giebelfirst grauer
Rauch hervorquoll. Grün von Moos war das tief hinabge-
zogene Reetdach, dessen gekreuzte Giebelbalken mit
kunstvoll geschnitzten Einhornköpfen geschmückt waren.

Auf der Rückseite des Hauses gab es ein niedriges Tor.

Dahinter hörte man das Stampfen von Hufen und unruhiges Schnauben.

»Sind sie aus den Boxen ausgebrochen?«, fragte Mozzabella.

Klöppel schüttelte den Kopf. »Nein, Herrin ... Wann ich gehen, sie waren angekettet.«

Die Älteste drehte sich zu den Alesiern um. »Du da. Ja, du mit den unrasierten Backen! Deiner Lederjoppe nach zu urteilen sollst du wohl Loeg abgeben, Cuchulains Wagenlenker. Es ist jetzt deine Aufgabe, sich um die Mistviecher zu kümmern. Von meinen Leuten geht da jedenfalls keiner mehr rein, um sich beißen zu lassen.«

Almat schluckte. »Ich hab nie was mit Pferden zu tun gehabt ...«

Mozzabella rümpfte die Nase. »Schöne Helden hat mir Laller da geschickt. Ich weiß wirklich nicht, was ihr hier wollt. Die *Dunklen* werden euch sofort durchschauen!«

»Genug jetzt, ihr Jammerlappen!« Gabriela trat vor und stieß das Tor auf. Wild entschlossen hielt sie den *gae bolga*, den Knochenspeer, vor, bereit allem zu trotzen, was da aus dem Stall kommen mochte. »Seid ihr Männer oder Memmen? Ich werde mich jedenfalls nicht mehr länger beleidigen lassen, nur weil ihr keine Traute habt.«

Rolf hielt sie zurück. »Wenn du gestattest, gehe ich vor. Immerhin bin ich Cuchulain, und damit trage ich dann wohl von nun an die Verantwortung für diesen Streitwagen und seine Zugpferdchen. Im Übrigen machst du mich zum Fußgänger, wenn du die Hengste abstichst.«

»Erinnert ihr euch noch, wie wir bei dem Liverollenspiel auf Burg Bilstein dem Balrog entgegengetreten sind?«, fragte Till, bemüht darum, so gelassen und heldenhaft zu klingen, als sei es auch diesmal nur ein Spiel. »Machen wir es genauso!«

Sie zogen die Schwerter und traten Seite an Seite durch

das Tor. Warme Stallluft schlug ihnen entgegen. Es roch nach Stroh und Pferdeäpfeln. Es war fast völlig dunkel. Vor ihnen erklang unruhiges Schnauben. Eine Kette klirrte. Dann ging alles blitzschnell. Etwas rammte Till in die Seite und ließ ihn gegen Gabriela taumeln. Ein Rossschweif peitschte dem Alesier ins Gesicht.

Rolf fluchte und hieb mit seinen beiden Schwertern ins Leere. Martin wurde in hohem Bogen in einen Heuhaufen geschleudert. Hufe stampften. Ein schwarzer und ein grauer Schemen tanzten durch das Zwielicht. Rolf duckte sich unter einem Huftritt und brachte sich mit einer Rolle in Sicherheit. Almat war jetzt der Letzte unter den Alesiern, der noch auf den Beinen war.

»Macha, Sainglu!«, murmelte er beschwörend. »Ruhig, meine Hübschen.«

Ein schwarzer Pferdekopf schob sich aus der Finsternis. Dunkle Augen blitzten und Geifer tropfte dem Hengst aus dem Maul. Almat wich zurück, bis er mit dem Rücken an einem hölzernen Stützpfeiler stand, von dem Pferdegeschirre und ein ausgebeulter Ledersack hingen.

»Ich kann spüren, was sie denken«, flüsterte Almat. »Sie ... sie sind verdammt sauer, weil die Leprechauns sie geklaut haben. Und ... sie haben Hunger.« Er schluckte.

»Nimm Sack!«, erklang Klöppels Stimme vom Scheunentor. »Ist sich Futter drin.«

Der schwarze Hengst blähte die Nüstern und blies Almat seinen Atem ins Gesicht. Vorsichtig tastete der Alesier nach der Öffnung des Sacks. Statt in Hafer griff er in etwas Weiches, Zusammengeklumptes. Es schienen etliche dieser Klumpen in der Tasche zu sein. Vorsichtig holte er einen heraus und hielt ihn Sainglu hin. Auf seiner Hand lag eine gut durchgebratene Frikadelle.

»Nicht mit Hand!«, schrie Klöppel.

Almat machte eine fahrige Bewegung. Der Fleischkloß

wirbelte durch die Luft. Wiehernd bäumte sich Sainglu auf und schnappte wie ein Wolfshund, dem man einen blutigen Fetzen zuwirft, die Frikadelle aus der Luft. Bei dem Geräusch, mit dem die Pferdekiefer das Fleisch zermahlten, drehte sich dem Alesier der Magen um. Wieder spürte er die Gedanken des Hengstes.

»Das Fleisch schmeckt nach Salz, Bruder. Eine salzige Hand ... voller Angstschweiß, wie bei Loeg.«

Aus der Finsternis kam Macha, der Graue, heran. Er schnupperte an Almats Lederweste.

Inzwischen waren die übrigen Alesier wieder auf den Beinen. Die Schwerter in den Händen, standen sie im Halbkreis um die beiden Hengste. Der Schwarze stubste Almat mit den Nüstern. Gabriela hob das Schwert.

»Nicht!«, schrie der Alesier auf. »Sie wollen nur ... spielen. Sie haben einen etwas seltsamen Sinn für Humor ...«

Wie zur Antwort wieherte Macha leise.

»Er meint, dass ich ihn morgen einspannen darf, wenn dieser ungewaschene Kerl den Stall nicht mehr betritt«, erklärte Almat. »Ich glaube, sie meinen Klöppel. Sieht aus, als hätten sie Vorurteile gegen Oger. Ich glaube, sie werden mich dulden, weil ich genauso rieche wie Loeg.«

»Nach Angstschweiß?«, fragte Rolf ungläubig.

Almat zuckte mit den Schultern. »Sie sind ein bisschen eigen.« Der Alesier war sehr blass. Er griff in den Ledersack und holte weitere Fleischklößchen hervor, die er den beiden Hengsten abwechselnd zuwarf.

»Und du kannst mit ihnen reden?«

»Sie sind in meinen Gedanken ... Ich weiß nicht, wie sie das machen. Sie wissen, was ich will. Ich glaube, wenn sie dazu Lust haben, werden sie tun, worum wir sie bitten.«

»Kutschpferde, die man bitten muss!«, ereiferte sich Gabriela.

286

Macha und Sainglu schnaubten drohend.

»Bitte ... nenn sie nicht Kutschpferde.« Almat war noch eine Spur blasser geworden. »Sie mögen das nicht. Sie sind Schlachtrösser aus einem der edelsten Gestüte Irlands. Sie ... sie sind adlig, meinen sie. Und im Übrigen möchten sie, dass in den nächsten Frikadellen weniger Zwiebeln sein sollen, weil es sich für adelige Schlachtrösser nicht ziemt, zu furzen.«

»Na, das wär ja noch schöner, wenn ich mir von ein paar hergelaufenen Schindmähren vorschreiben ließe, wie ich die Küche meines Hauses zu führen habe!« Mozzabella war in den Stall getreten. »Los, macht mir Platz!«, herrschte sie die beiden Hengste an. Und tatsächlich, Macha und Sainglu gehorchten und wichen in ihre Boxen zurück.

»Und ihr solltet euch von diesen verzogenen Biestern nicht so ins Bockshorn jagen lassen!«

»Aber sie können in meinen Gedanken lesen«, wandte Almat ein.

»Und was ist daran so Besonderes? Ich weiß auch, dass du dir gerade wünschst, du könntest mit deinem rostigen alten Ford in dieses Abenteuer fahren statt, wie es sich für irische Helden gehört, auf einem Streitwagen. Nun glotz mich nicht so an! Birgel! Wallerich! Ihr habt euren Grünschnäbeln noch eine Menge beizubringen. Am besten fangt ihr gleich damit an.«

»Äh, ja ... Chefin.« Birgel verbeugte sich mehrfach vor der Ältesten und kam nur sehr zögerlich in den Stall. Dabei achtete er darauf, den Schlachtrössern nicht zu nahe zu treten. »Was Mozzabella meint, ist, dass viele Tiere hier *Nebenan* die eine oder andere magische Begabung haben. Es gibt Wölfe, die sich zur Jagd unsichtbar machen, Schlangen, die ihre Opfer hypnotisieren ... und auch Pferde, die die Gedanken ihrer Reiter lesen können. Das ist vielleicht unangenehm, aber nichts Besonderes.«

»Und warum hören sie auf Mozzabella?«, fragte Rolf.

»Weil sie eine Zauberin ist ...«

»Und eine Respektsperson!«, ergänzte die Älteste.

»Natürlich, Chefin!«, bekräftigte Birgel. »Und eine Respektsperson.«

»Ich dachte immer, ihr Heinzelmänner könnt gar nicht zaubern.«

»Auf uns Heinzelmänner trifft diese Annahme durchaus zu«, antwortete nun Wallerich. »Wir ziehen es vor, Probleme auf rationale Weise zu lösen. Unseren Frauen liegt da mehr der intuitive, magische Weg.«

»Das hört sich ja an, als spräche Nöhrgel«, brummte die Älteste. »Bist ihm wohl ein folgsamer Schüler gewesen. Dieser phantasielose Technokrat! Na, was erwarte ich schon von Heinzelmännern! Kommt jetzt mit«, fuhr sie versöhnlicher fort. »Es gibt eine Tür, durch die man vom Stall ins Langhaus gelangt.« Sie drehte sich zu Klöppel um. »Komm schon, so lange ich dabei bin, werden dir diese irischen Schindmähren nichts tun.« Zögerlich folgte der Oger.

Der Stall war recht groß. Dort, wo Mozzabella entlangging, schien das Zwielicht aufzuklaren, sodass man in ihrer Nähe stets gut sehen konnte. In den anderen Boxen entlang der Wände bemerkte Till weitere Pferde, aber auch Perlhühner, Fasane, Pfauen, ein Becken mit ein paar Nilkrokodilen, eine Schlange mit Hahnenkopf und noch einige andere seltsame Geschöpfe, die er sich lieber nicht allzu genau ansah.

»Ihr glaubt gar nicht, wer sich zum Winter hin alles in unsere Obhut begibt«, kommentierte die Älteste ihren Zoo. »Wir versuchen stets, allen ein Quartier zu bieten, aber manchmal ... Ich kann beim besten Willen keinen verfrorenen Phönix in einem Stall mit Reetdach aufnehmen. Übrigens, dort vorne in der Nische steht der Streitwagen, der zu euren Schlachtrössern gehört.«

Der Wagen war ganz aus Holz und Bronze gefertigt. Seine Deichsel mündete in einen Drachenkopf, dessen Maul mit Eberzähnen gespickt war. Der Karren hatte nur zwei Räder und war vorne wie hinten offen gehalten. Nur die hochgewölbten Seitenwände waren mit einem polierten hölzernen Handlauf versehen. Mit diesem Ding durch schweres Gelände zu fahren wird sicher kein Spaß, dachte Till. Er erinnerte sich, in irischen Heldensagen davon gelesen zu haben, wie die Recken in der Schlacht in voller Fahrt auf der Deichsel balancierten. Almat und Rolf wären wahrscheinlich schon froh, wenn sie nicht hinten hinauspurzelten, sobald Macha und Sainglu lospreschten. Hinten, auf der kleinen Wagenplattform, die sich Krieger und Fahrer teilten, ragte eine Stange empor, von der zwei Fellstreifen hinabhingen.

»Keine Fellstreifen«, kommentierte Mozzabella ungefragt und erinnerte den Alesier daran, dass hier nicht nur Pferde Gedanken lesen konnten. »Das sind Fuchsschwänze! Diese Iren geben sich wirklich alle Mühe, wie Barbaren dazustehen. Den halb verfaulten Kopf, der oben auf der Stange steckte, habe ich schon abnehmen und beerdigen lassen.« Sie schüttelte sich. »Steckte voller Maden, das Ding. Wie kann man mit so etwas nur herumfahren!«

»Hältst du es für möglich, dass der echte Cuchulain es als üble Sachbeschädigung betrachten könnte, dass du den Kopf da oben heruntergenommen hast?«, fragte Wallerich gepresst.

»Also wenn du mich fragst, hat die *üble Sachbeschädigung* stattgefunden, als der Kopf von seinem angestammten Platz auf diese Stange kam.« Sie strich sich über das Kinn und nickte dann nachdenklich. »Aber du hast Recht. Cuchulain wird das vermutlich anders sehen. Es ist gewiss besser für euch, wenn ihr ihm nicht über den Weg lauft. Die Leprechauns waren ganz zuversichtlich, dass dieser

Wilde und seine Freunde noch ein paar Tage brauchen werden, um ihren Rausch auszuschlafen. Trotzdem würde ich an eurer Stelle lieber nicht allzu lange hier *Nebenan* bleiben.«

Die Alesier tauschten beklommene Blicke, und Till versuchte vergeblich zu vergessen, was er so alles über irische Sagenhelden gelesen hatte.

Sie waren am Ende des Stalls angelangt. Auf ein Fingerschnippen Mozzabellas schwang eine eisenbeschlagene Tür auf, hinter der sich ein langer Saal erstreckte, der rötlich im Glutlicht einer großen Feuergrube erstrahlte. Die Luft im Raum war so voller Rauch, dass den Alesiern die Augen brannten, als sie eintraten. Zu beiden Seiten der Feuergrube hatte man Holzplanken auf Böcke gelegt, um Tische zu improvisieren.

Im Rauch der Halle tummelten sich die obskursten Gestalten, und nur die wenigsten machten sich die Mühe, nicht mit unverhohlener Neugier zu den Neuankömmlingen hinüberzustarren.

»Kommt, meine Kinderchen, kommt!« Mozzabella breitete gebieterisch die Arme aus. »Wie ihr seht, sind unsere Gäste endlich eingetroffen. Tragt die Tafel auf und lasst uns hoffen, dass nicht alles verkocht oder angebrannt ist. Und ihr ...«, sie wandte sich zu den Alesiern, »ihr werdet selbstverständlich an meiner Seite sitzen, so wie es das Gastrecht gebietet.« Sie zwinkerte den Heinzelmännern zu. »Für einen Abend werde ich sogar euch zwei Früchtchen in meiner Nähe ertragen.«

Die Älteste führte sie zum Kopf der Tafel. Für Mozzabella hatte man einen kleinen Holzthron direkt auf die Tischplatte gestellt, sodass sie ihre Festgesellschaft ohne Mühe überblicken konnte. Die beiden Heinzelmänner saßen auf Schemeln, kaum größer als Schnapsgläschen, an ihrer Seite. Noch an zwei weiteren Stellen hatte man kleine Tafeln und Stühle auf den Tisch gestellt und eine Gesellschaft geschwätziger, kichernder Heinzelfrauen nahm dort Platz. Die Jüngeren unter ihnen blickten auffällig oft zu Wallerich und Birgel hinüber. Die meisten der Gäste aber waren annähernd menschengroß und ließen sich auf den Holzbänken entlang der Festtafel nieder. Viele sahen sogar aus wie Menschen – jedenfalls auf den ersten Blick. Till gegenüber saß eine blasse, weiße Frau mit dunklen Rändern unter den Augen. Sie wirkte leicht durchscheinend, trank mit einem Strohhalm aus einem Messingkelch und verhielt sich, abgesehen von gelegentlichen Seufzern, ganz still. Ein wenig weiter hockte eine Runde Hexen, die wohl jeder Theaterdirektor der Welt vom Fleck weg für eine Macbeth-Inszenierung engagiert hätte. Ihr schrilles Kichern ging durch Mark und Bein. Ihre runzeligen, vom Wetter gegerbten Gesichter und ihre glühenden, roten Augen waren dazu angetan, auch hartgesottenen Burschen das Schaudern beizubringen. Hätten sie auch noch ein Auge untereinander herumgereicht, hätte Till wohl keinen Bissen vom Festmahl herunterbekommen.

Angenehmer anzuschauen war da schon die barbusige Blondine, die in einer Art Badezuber an der Tafel saß, rohen Fisch verspeiste und Till gelegentlich aufmunternd zuzwinkerte.

Zum Auftakt des Festmahls liefen einige der Heinzelfrauen auf der Tischplatte herum und ließen etliche Bratenspieße und Töpfe von der Feuergrube herüberschweben. Wie von Geisterhand geführte Löffel füllten Suppe in Holzschalen, die aus dem Nichts vor den Gästen erschienen. Blütenjungfern mit Libellenflügeln schwebten über dem Tisch, bestreuten die Ehrengäste mit Blumenblättern und wisperten ihnen gelegentlich anzügliche Witze ins Ohr. Wesentlich zurückhaltender war da ein dunkelhaariger Mann, der ebenfalls zum Dienstpersonal gehörte. Er war unrasiert und hatte einen gehetzten Blick. Irgendwie kam Till sein Gesicht vertraut vor, aber wie ein Held aus einer Sage wirkte er nicht gerade. Als Mozzabella seine verstohlenen Blicke bemerkte, nickte sie dem Alesier zu. »Den haben wir vor einer Woche im Wald auf der anderen Flussseite gefunden. Er ist ein seltsamer Kerl. Stell dir vor, er behauptet, er sei der größte lebende Illusionist. Aber von uns hat ihn noch keiner wirklich zaubern sehen. Ich vermute, dass er eher in deine Welt gehört ... Aber wie mag er hierher gekommen sein?«

»Durch ein Tor?«

»Nein, davon wüsste ich. Ich werd schon noch hinter seine Geschichte kommen. Wo wir gerade dabei sind ... Stimmt es, dass du eine Affäre mit Neriella hast?«

Till gaffte die Älteste entgeistert an. »Hast du in meinen Gedanken gelesen?«

»Nein, nein! So etwas macht man nicht, wenn es um intime Dinge geht. Das wäre unhöflich. Ich hatte nur gehört ...«

»Können wir das Thema wechseln?«, unterbrach sie Wallerich. »Oder ist es höflich, auf den Gefühlen von Heinzelmännern herumzutrampeln?«

»Also stimmt es?« Die eben noch so schroffe Mozzabella bedachte den Heinzelmann mit einem mitleidigen Blick. Dann begann sie ausgelassen Anekdoten aus ihrer kleinen Stadt zu erzählen und erwies sich für den restlichen Abend als überaus gut gelaunte und taktvolle Gastgeberin.

Je mehr Till von dem schweren, mit Harzen und Kräutern gewürzten Wein trank, der von einem borkenhäutigen Waldschrat zum Essen gereicht wurde, desto heimischer fühlte er sich in dieser fremden Welt. Auch die übrigen Alesier hatten sich schnell eingelebt. Almat tauschte Sushirezepte mit der Undine im Badezuber, Martin ließ sich von einer glutäugigen Nymphe im Umgang mit Laute und Harfe unterweisen, Rolf diskutierte mit einer Walküre über gemeine Schwertkampftricks, und sogar Gabriela verhielt sich friedlich und plauschte mit einem bebrillten Raben darüber, wie sie die Federn auf ihrem schwarzen Umhang gegen den Herbstregen imprägniert hatte.

Als Till viele Stunden später von Klöppel zu einer Schlafnische an der Wand der Festhalle getragen wurde, war er sich ganz sicher, dass dieser Abend nicht der Beginn eines Alptraums, sondern eines wunderbaren Abenteuers sein würde.

14

»... Neben einer Monstranz aus dem dreizehnten Jahrhundert und einem Handreliquiar erbeuteten die Diebe sieben antike Bischofsringe. Nach ersten Schätzungen beläuft sich der Wert der Beute auf mehr als 2,5 Millionen Mark. Wie es den Dieben gelang, die Alarmanlage des Doms zu umgehen und in die Schatzkammer zu gelangen, ist bislang noch ungeklärt.«

Cagliostro schaltete das Radio ab und fluchte. Er hatte es gewusst! Roger war gestern Nacht in den Dom eingestiegen und spurlos verschwunden. Der Graf und Mariana hatten alle Hände voll zu tun gehabt, um mit dem magischen Gegenstück zu einer Hightech-Elektrobombe die Alarmanlagen von außerhalb des Doms her zu neutralisieren. Deshalb war es Cagliostro auch nicht möglich gewesen, noch länger den Geist des Diebes zu manipulieren. Und das hatte der verdammte Mistkerl ausgenutzt, um einen Fischzug auf eigene Rechnung zu machen. Das Dreikönigsreliquiar hatte Roger vermutlich nicht einmal angesehen. So wie es schien, war er zielsicher in die Schatzkammer eingedrungen und hatte sich dann verdrückt.

Der Graf nahm die Perücke ab und kratzte sich den rasierten Schädel. Er sollte Roger suchen, um ihn zur Rechenschaft zu ziehen, aber im Augenblick fühlte er sich einfach nur unendlich müde. Der betrogene Betrüger zu sein, das war eine neue Erfahrung für ihn. Er wünschte, er könnte noch einmal in seiner Zeit leben. Diese Welt hier mit ihren Kutschen, die ohne Pferde fuhren, und all ihren elektrischen Wunderdingen, das war nichts für ihn.

»Vielleicht sollten wir in die Eifel fahren und noch einmal versuchen ein Tor zu öffnen«, murmelte er halblaut.

»Was hast du vor?«, fragte Mariana und biss herzhaft in ihr Vollkornbrötchen. Wie sie so mit zerzaustem roten Haar und in ihrem Negligé am Frühstückstisch saß, sah sie hinreißend aus. Selbst dass sie jetzt auf beiden Backen kaute und einen Klecks Erdbeermarmelade am Kinn hatte, tat ihrer sinnlichen Ausstrahlung keinen Abbruch.

»Ich kehre nach *Nebenan* zurück. Es reicht mir! Ich habe die Nase voll.«

»Und dann?«

»Nichts und dann! Es ist vorbei! Meine Mission hier ist gescheitert.«

Mariana legte das angebissene Brötchen vor sich auf den Teller. »Das passt nicht zu dir«, sagte sie ruhig.

»So! Was weißt du schon von mir? Du kennst mich noch keine zwei Wochen, und wenn man es genau betrachtet, habe ich dir in dieser Zeit nichts als Ärger gemacht. Steckst du gerne in Problemen?«

»Glaubst du, ich wäre wirklich mit dir gegangen, wenn ich nicht an dich geglaubt hätte? Du bist der erste Mensch, den ich kennen gelernt habe, der für eine Idee lebt. Für mich bist du wie ein neuer Che Guevara ... Jemand, der mit aller Kraft gegen eine überlebte Gesellschaft ankämpft. Du willst die Magie zurück in diese Welt bringen. Was für ein wunderbarer Traum! Das ist der Grund, warum ich dir helfe ... Na ja, und erfreulicherweise bist du auch noch ein ganz passabler Liebhaber.«

Cagliostro spürte einen Kloß im Hals aufsteigen. Er hatte zwar nicht ganz verstanden, was es mit diesem Guevara auf sich hatte – und er würde wetten, dass es sich bei dem Kerl vermutlich um einen jungen, gut aussehenden Mann handelte –, aber Marianas Worte waren Balsam für seine Seele. »Du meinst, du würdest mich diesem aufgeblasenen Roger vorziehen?«

»Roger?« Sie schnaubte verächtlich. »Der Kerl verkörpert alle Übel dieser Zeit. Wie kommst du darauf, dass mir an ihm etwas liegen könnte?«

Cagliostro dachte daran, wie ungehemmt der Dieb mit Mariana geflirtet hatte und dass sie nichts unternommen hatte, um ihm deutlich zu machen, dass sie sein Auftreten unangenehm fand. Zu seiner Zeit hätte das jeder Mann als eine Einladung betrachtet. Der Graf seufzte. Aber heute war ja alles anders.

Die Druidin löffelte zusätzliche Marmelade auf ihr Brötchen und goss sich eine große Tasse Kräutertee ein. »Weißt du, Cagli, wie oft ich von einer Welt geträumt habe, in der Wunder wieder möglich sind«, sinnierte Mariana. »In der es Drachen und Prinzessinnen gibt und in der nicht alles so gerade und vorausberechenbar läuft, wie es jetzt der Fall ist. Wir werden deine Freunde von *Nebenan* holen und die Tyrannei der Heinzelmännchen und der anderen Zwergenvölker ein für alle Mal beenden! Es lebe die Revolution der Träumer und Nonkonformisten!«

Der Graf wurde das Gefühl nicht los, dass er für Mariana nur so lange interessant sein würde, wie er ihre Ziele verfolgte. Es waren nicht sein Weltschmerz und seine Niedergeschlagenheit, die sie berührten, sondern allein die Sorge, dass er gehen könnte und alles wieder so wäre wie zuvor. Oder ließ ihn seine Verbitterung die Welt nur noch in den düstersten Farben sehen? Er wusste es nicht mehr! Wieder dachte er daran, einfach zu gehen. »Was würde dieser Zeit eine Horde ausgelassener Fabelwesen bringen?«, fragte er müde. »Die meisten von euch könnten sie nicht einmal sehen. Ich meine, immerhin leben hier noch Heinzelmännchen, Kobolde und Zwerge und ihr merkt es nicht einmal.«

»Sie wollen ja auch nicht, dass man sie bemerkt. Ich denke, deine Freunde von *Nebenan*, diese *Dunklen*, die wären wohl aus einem anderen Holze geschnitzt, nicht wahr?«

»Weißt du, ich fürchte, man kann nur sehen, woran man zu glauben bereit ist. Und das ist es, woran es euch in eurer Zeit am meisten fehlt! Glaube! Wenn die *Dunklen* herüberkämen und einige seltsame Dinge passierten, dann würdet ihr auch dafür plausible Erklärungen finden. Wie viel Spaß macht es schon, ein riesiger Drache zu sein, wenn man nicht gesehen wird ... Und was würde mit meinen Freunden geschehen? Die meisten waren seit Jahrhunderten nicht mehr in der Welt der Menschen. Sie lebten hier in einer Zeit, als man noch Hufeisen über die Türen nagelte, damit das Glück den Weg ins Haus fand, und in der jeder Schutzzeichen kannte, um sich vor dem bösen Blick von Hexen zu bewahren. Sie wurden von hier fortgebracht, als sie noch mehr waren als nur Märchenfiguren. Wenn sie jetzt zurückkämen, vielleicht würde euer Unglaube sie töten? Was meinst du? Hört etwas auf zu sein, wenn niemand mehr daran glaubt? Für uns ist *Nebenan* seit Jahrhunderten die Zeit stehen geblieben. Vielleicht war das unsere Rettung?«

»Du bist ja ein richtiger Philosoph«, murmelte Mariana auf beiden Backen kauend. »Aber ich glaube, du machst dir zu viele Gedanken. Wir sollten unseren Plan einfach durchziehen, diese Knochenflöte holen und es den Heinzelmännchen und ihrem Schlägertrupp aus Trollen so richtig zeigen.«

Cagliostro strich nachdenklich über die Bartstoppeln an

seinem Kinn. Dann schüttelte er den Kopf. »Nein, ich glaube, ich mache mir nicht zu viele Gedanken. Im Gegenteil. Ich habe mir viel zu wenig Gedanken darüber gemacht, was geschieht, wenn ich versuche deine und meine Welt zu verändern. Ja, ich war so dumm mich nicht einmal zu fragen, ob es überhaupt in meiner Macht liegt, etwas zu verändern.« Er zog den Zauberring vom Finger.

»Ich finde, langsam übertreibst du. Das hört sich ja an wie eine ausgewachsene Herbstdepression.« Die Druidin nahm einen tiefen Schluck aus ihrer Teetasse und schielte dabei gedankenverloren und offenbar noch immer hungrig nach den dreiundzwanzig unterschiedlichen Marmeladentöpfen, mit denen Cagliostro das mehr als mittelmäßige Frühstück ihres billigen Hotels ein wenig aufpoliert hatte.

Wie sehr sie doch in der Welt gefangen war, gegen die sie so vehement zu Felde ziehen wollte, dachte der Graf traurig und stand auf. Wenn er sich den Heinzelmännchen stellen würde, bräuchte er Marianas Hilfe nicht, um nach *Nebenan* zu kommen. Und was würde es ihn schon kosten? Vielleicht ein paar Jahre in den Bleikammern, jenem berüchtigten Gefängnis für magisch Begabte. Schlimmer als hier würde es auch nicht sein.

»Wohin gehst du?«, fragte die Druidin und wählte einen Topf mit Stachelbeermarmelade aus.

Cagliostro blieb wie versteinert stehen. Den Ring, den er abgestreift hatte, hielt er fest umklammert in der rechten Faust. »Du kannst mich sehen?«

Mariana stellte den Marmeladentopf vor sich auf den Teller und schaute verwundert zu ihm hinüber. »Warum sollte ich nicht?«

Wortlos öffnete der Graf die Faust und streckte ihr den Ring entgegen.

»Ach, Cagli ...« Sie schüttelte den Kopf, stand auf und

ging zu ihm hinüber, um ihn in die Arme zu schließen. »Merkst du denn gar nichts? Ich glaube nicht nur wirklich an dich, ich liebe dich, mein melancholischer Narr. Ich liebe deine Dickköpfigkeit, mit der du alle Kleidernormen ignorierst und es schaffst, dich in deinem barocken Pomp aufzuführen, als sei es das Selbstverständlichste der Welt, Schnallenschuhe und Seidenstrümpfe zu tragen. Ich liebe den Glanz in deinen Augen,wenn du davon sprichst, wie wir die Welt verändern werden.«

»Aber ich bin ein alter Mann, verglichen mit Roger.«

»Ein Mann in den besten Jahren«, verbesserte sie ihn. »Und außerdem bist du der Mann, der mir einen Traum geschenkt hat. Die Vision einer Welt, die viel lebenswerter erscheint als diese. Das ist mehr, als mir jemals ein anderer gegeben hat.« Sie küsste ihn sanft auf die Stirn und zupfte seine Perücke ein wenig zurecht.

Cagliostro war unfähig etwas zu sagen. Er starrte die Druidin einfach nur an und hatte den vagen Verdacht, gerade keinen allzu intelligenten Eindruck zu machen. Es war das allererste Mal, dass eine Frau ihm eine Liebeserklärung gemacht hatte. So glücklich und unfähig, seine Gefühle in Worte zu fassen, hatte er sich das letzte Mal vor mehr als zweihundertdreißig Jahren gefühlt, als er jenem wunderschönen Dienstmädchen begegnet war, das die Seine werden sollte. Seine Lorenza ... Wie lange sie schon im kalten Grab lag!

An den glänzendsten Fürstenhöfen Europas waren sie gefeierte Gäste gewesen und hatten reiche Narren in die Kunst des Okkultismus und die geheimen Mysterien der von ihm erfundenen Ägyptischen Loge eingeweiht. Oft hatten sie von Wiedergeburt gesprochen ... War es möglich? Auch Lorenza war ganz versessen auf feine Konfitüre gewesen. Sollte es in dieser Welt am Ende doch mehr Wunderbares geben, als er zu hoffen gewagt hatte?

Mariana hatte sich wieder an den Frühstückstisch gesetzt. »Heute Mittag nehmen wir uns Roger zur Brust. Ich glaube, ich weiß, wo dieser Mistkerl untergetaucht ist.«

Ja, auch Lorenza war immer diejenige von ihnen beiden gewesen, die pragmatisch mit beiden Beinen im Leben stand. Und auch sie hätte einen Betrug wie in der letzten Nacht niemals verziehen. Wenn es in dieser Welt Kirchenportale geben konnte, die ihm den Zugang zu einem Gotteshaus verwehrten, warum sollten dann nicht auch Seelenwanderung und Wiedergeburt möglich sein? Vielleicht war auch das nur eine Frage des Glaubens?

*

Martin Mager war das, was man gemeinhin ein verzogenes Gör nennt. Nur war dieses Gör immerhin schon dreiundzwanzig Jahre alt und der Sohn des Energieministers. Der Erlkönig hatte bei seinen Recherchen im Internet etliche kleine Skandalgeschichten über den Jungen ausgegraben und war sich sicher, dass alles klappen würde. Auch Joe war seiner Meinung gewesen, als der Elbenfürst seinen beiden Mitverschwörern den Plan unterbreitet hatte. Nur Gabi gefiel ihre Rolle nicht ganz. Sie war der Köder!

Mit Stöckelschuhen, schwarzen Nylons und einem Kleid, das freizügigste Einblicke gewährte, hantierte sie an einem gestohlenen Golf herum. Sie hatte die Motorhaube aufgeklappt und musste sich keineswegs verstellen, um hilflos zu wirken. Joe und der Erlkönig beobachteten sie aus einem ebenfalls gestohlenen Bäckereilieferwagen. Es war elf Uhr morgens und sie befanden sich auf dem Parkplatz eines Fitnesscenters am Rand von Düsseldorf.

»Meine Süße weiß, wie man bei 'nem Typen den Choke zieht, was?« Joe lächelte versonnen und kraulte Blau den Kopf, der vor ihm auf der Fußmatte kauerte.

Der Elbenfürst verzichtete darauf, etwas zu sagen. Die beiden waren nützlich, aber sie hatten einfach keinen Stil. Selbst Cagliostro war da bessere Gesellschaft gewesen. Wenn er noch ein halbes Dutzend Elben von *Nebenan* hier hätte ... Eine Bewegung an der Einfahrt zum Parkplatz beendete sein Grübeln. Mit aufheulendem Motor preschte ein roter Sportwagen heran. So wie Gabi stand, war es unmöglich, dass der Fahrer sie übersehen würde.

Der Erlkönig stieß die Tür des Transporters auf, streifte den Ring vom Finger und sprang hinaus. Bremsen quietschten. Ein Ruck lief durch den Sportwagen. Einen Moment sah es so aus, als würde er aus der Spur brechen. Dann kam der Wagen zum Stehen. Die Fahrertür flog auf und ein stämmiger, dunkelhaariger Kerl stieg aus. Er trug einen knallbunten Trainingsanzug aus Ballonseide und ein Lächeln wie ein Fuchs, der im Begriff war, ein argloses Hühnchen zu einem *harmlosen* Spaziergang im Wald zu überreden. Breitbeinig schlenderte er zu Gabi hinüber. Jeder Zweifel war ausgeschlossen, es war Martin Mager.

Nur Augenblicke nach dem Sportwagen fuhr ein schwarzer Mercedes auf den Parkplatz. Hinter der leicht getönten Frontscheibe erkannte der Erlkönig Mike, den Bodyguard, der gestern noch den Energieminister begleitet hatte. Neben ihm saß ein zweiter Leibwächter auf dem Beifahrersitz.

Ihr Mercedes hielt unmittelbar hinter dem Sportwagen. Mit einem Satz war der Elbenfürst bei der Limousine, presste die Hände auf die Motorhaube und konzentrierte sich auf die Struktur des Fahrzeugs. Das Blech ließ seine Hände unangenehm kribbeln, so als versuchten tausende Ameisen unter seine Haut zu gelangen. Ein leichter Duft von ausgeglühtem Metall und verschmortem Gummi ging vom Wagen aus, als die Türriegel mit dem Fahrzeugchassis verschmolzen und sich die Panzerglasscheiben der Türen in ihre Gummifütterung einbrannten. Mike und der zweite Leibwächter waren in ihrem Wagen gefangen.

Martin Mager war indessen zu Hochform aufgelaufen. Er kniff Gabi in den Hintern und beugte sich unter die hochgeklappte Motorhaube.

Mike stieß einen Fluch aus, der von den schalldichten Scheiben der Limousine geschluckt wurde. Sein Begleiter griff unter sein Jackett, holte eine automatische Pistole hervor und zielte durch die Scheibe auf Gabi. Mike schrie noch ein weiteres Mal auf. Gläsernes Knirschen und metallisches Kreischen erklang. Über die Scheiben zogen sich feine, weiße Spinnwebmuster. Schaumstoff- und Lederfetzen von den zerschossenen Sitzen segelten durch das Wageninnere, während die abprallenden Querschläger vergeblich einen Weg aus dem Inneren des gepanzerten Wagens suchten.

Indessen hatte selbst Martin Mager begriffen, dass für ihn nicht alles zum Besten stand. Er machte einen Satz zurück. Gabi drehte sich um, zog sich eine Zorromaske mit aufgenähtem Spitzenschleier über die Nase, holte einen Lippenstift aus ihrer Handtasche und richtete ihn drohend auf den Bodybuilder. Einen Herzschlag lang starrten Martin und Gabi wie versteinert auf das elegante, blaugoldene Schminkutensil. Der Ministersohn lachte hysterisch, drehte sich um und wollte zwischen den parkenden Autos hindurch flüchten, als sich Joe und Blau vor ihm aufbauten.

Indessen war im Wagen der Bodyguards Ruhe eingekehrt. Mike hob vorsichtig den Kopf übers Lenkrad, um die Lage zu sondieren. Auch sein Kollege schien wie durch ein Wunder von keinem Querschläger getroffen worden zu sein. Versteinert blickte er auf die Waffe in seiner Hand. Wahrscheinlich würde es nicht mehr lange dauern, bis die beiden über Funk Verstärkung orderten.

302

Der Erlkönig zog eine Sprühdose unter seinem Umhang hervor und kniete sich nieder, um eine Nachricht auf der Beifahrertür zu hinterlassen.

Ich erwarte Anton Mager heute Abend um 20 Uhr zu Verhandlungen in der Düsseldorfer Altstadtkneipe »Nebenan«.
Der Erlkönig

»Das wird euch noch Leid tun! Damit kommt ihr niemals durch«, schrie Martin, während er von Joe zum Lieferwagen gezerrt wurde.

Der Elbenfürst setzte sich vom Wagen der Leibwächter ab und kam gerade noch rechtzeitig beim Lieferwagen an, um Joe daran zu hindern, Martin mit handgreiflichen Argumenten klar zu machen, dass er im Moment nichts mehr zu melden hatte.

»Krümmt mir ein Haar und ihr verschwindet für immer im Knast«, knurrte der Junge und reckte trotzig das Kinn vor. »Ihr habt keine Ahnung, worauf ihr euch eingelassen habt!«

»Bitte, lass mich ihn wenigstens ein kleines bisschen vermöbeln!«, bettelte Joe. »Typen wie den haben Blau und ich gefressen.«

Der Erlkönig streifte den Ring auf den Finger, um wieder sichtbar zu werden. Martins Augen weiteten sich vor Entsetzen. Nun strich der Elbenfürst seine Haare zurück, sodass seine spitzen Ohren gut zu erkennen waren. »Hör mir mal gut zu, mein Kleiner. Wie du sehen kannst, bin ich Vulkanier. Ich nehme an, das ist dir ein Begriff.«

Der Junge nickte.

»Ich gehöre zu der Sorte, die in euren Spielfilmen nicht vorkommt. Ich bin gemein! Es macht mir Spaß, solche kleinen Kröten wie dich zu zerquetschen. Damit dir das klar ist: Wir werden dich als Druckmittel gegen deinen Vater einsetzen. Ob du lebst oder tot bist, ist mir völlig egal, denn deinen Zweck wirst du so oder so erfüllen. Je weniger du uns auf die Nerven gehst, desto besser für dich.« Der Elbenfürst hob seine Sprühdose und sprühte Martin einen großen Farbklecks auf die Brust, dann drückte er dem Jungen die Dose in die zitternden Hände. »Unser Hund hier ist fast genauso gemein wie ich. Solange du nach Farbe riechst, wird er dich mögen. Wenn du aber irgendwelchen Mist baust oder nur aufhörst wie ein Farbeimer zu stinken, wird er dir die Füße abbeißen.« Der Erlkönig zuckte mit den Schultern. »Ich weiß nicht, warum er das macht, aber unser Beißerchen fängt immer mit den Füßen an, wenn er jemanden vernascht. Ich sagte ja schon, er hat einen fast so schlimmen Charakter wie ich. Und jetzt verschwindest du auf der Ladepritsche und verhältst dich still.«

Ohne Widerworte kletterte Martin in den Lieferwagen und kauerte sich auf eine Brötchenkiste. Blau bezog neben ihm Posten und stupste dem Jungen zufrieden hechelnd mit der Schnauze an die Brust.

»Das kann nicht gut für den Charakter von meinem Kleinen sein, mit so einem Arschloch eingesperrt zu sein«, brummte Joe, während sie beide zu Gabi in die Führerkabine stiegen.

»Ich hab sie wieder gefunden!« Die Friseuse hielt dem Erlkönig eine alte Mauser-Pistole unter die Nase. »Sie war in der Handtasche nach unten gerutscht ...« Gabi lächelte entschuldigend. »Mit Handtaschen ist es wirklich ein Graus!«

*

Pater Anselmus traute seinen Augen kaum, als der Domprobst mit dem Besucher ins Vorzimmer des Kardinals trat. Er hatte einen Hünen von einem Mann mitgebracht. Braun gebrannt, mit blondiertem Haar und einem Anzug aus teurem Stoff, der, obwohl maßgeschneidert, nicht wirklich zu dem massigen Körper passen wollte. Der Riese hatte freundliche, grüne Augen und blinzelte nervös. »Kann ich den Kardinal sprechen?« Er redete langsam und auf eine Art, die verriet, dass er das Hochdeutsche nur zu offiziellen Anlässen verwendete.

»Seine Eminenz ist zurzeit sehr beschäftigt. Wenn ich Ihnen vielleicht weiterhelfen könnte?«

»Nee. Ich muss ... Seine Eminenz sprechen. Am besten unter vier Augen. Et jeht um Geschäfte!«

Der Pater runzelte die Stirn. Er konnte sich beim besten Willen nicht vorstellen, welche Art gemeinsame Geschäfte der Kardinal und diese Gestalt tätigen sollten.

»Seine Eminenz kennt ihn«, mischte sich der Domprobst ein, der hinter dem Hünen kaum zu sehen war. »Er hat uns vor fünf Jahren schon einmal geholfen. Es geht um den Diebstahl diese Nacht.«

Noch immer im Zweifel, beugte sich Pater Anselmus über das kleine Mikro der Sprechanlage. »Eure Eminenz, hier ist Besuch. Ein Herr ...« Der Priester blickte fragend zum Hünen.

»Sagen se, Fischers Nas wär da.«

»Ein Herr Fischers Nas möchte Sie wegen des Diebstahls sprechen.«

»Fischers Nas? Bringen Sie ihn herein!«

Anselmus traute seinen Ohren kaum, aber er war nicht Pressesprecher und Sekretär des Kardinals geworden, weil er dessen Anweisungen diskutierte.

»Seine Eminenz wird Sie empfangen. Folgen Sie mir bitte!«

Der blonde Hüne grinste, als habe er keine Sekunde daran gezweifelt, dass er umgehend einen Termin beim Kardinal bekommen würde.

Der Pater ging zu der hohen Tür am hinteren Ende seines kleinen Durchgangsbüros und drückte die schwere Bronzeklinke hinab. Unmittelbar hinter der Tür befand sich noch eine zweite, mit feinem, braunem Leder gepolsterte Tür. Dahinter lag das Büro des Kardinals, ein heller Raum mit hohen Spitzbogenfenstern. Hinter einem riesigen, dunklen Schreibtisch stand der Kardinal am Fenster und blickte zu den Türmen des Doms. Die tief stehende Abendsonne ließ den Kirchenfürsten wie einen eindimensionalen Schattenriss erscheinen.

»Es freut mich, dass du gekommen bist. Ich hatte schon erwogen Kontakt zu dir aufzunehmen.«

»Us Kölle is' 'n Dorf.« Der Hüne räusperte sich und fuhr in trägem Hochdeutsch fort. »Wenn hier jemand 'nen großen Bruch macht, dauert es keinen Tag, bis ich davon gehört habe.«

Der Kardinal nickte. »Ich weiß.« Er trat vom Fenster zurück hinter den großen Schreibtisch und streckte dem Besucher in studiert würdevoller Geste seine rechte Hand entgegen.

Zu Anselmus' Überraschung verbeugte sich der Hüne und küsste ehrfürchtig den Kardinalsring. Seine Eminenz deutete auf den großen Ledersessel vor dem Schreibtisch. »Nimm doch Platz! Darf ich dir eine Zigarre anbieten?« Der Kardinal klappte das mit Muschelintarsien geschmückte Holzkistchen neben den Telefonen auf und drehte es zum Gast herüber.

Fischers Nas nahm sich gleich zwei der Zigarren, die auf ihrer roten Banderole einen von Goldstrahlen umgebenen Christuskopf zeigten. Sie waren ein Geschenk aus einem kleinen kubanischen Dorf, das auch nach mehr als vierzig

306

Jahren real existierendem Sozialismus heimlich der katholischen Kirche die Treue hielt.

Während Fischers Nas die Zigarrenenden abbiss und in die Handfläche spuckte, um sie dann mit leicht verlegenem Lächeln in einer Tasche seines Jacketts verschwinden zu lassen, schob ihm der Kardinal ein goldenes Feuerzeug hinüber, das auf einem kleinen blauen Samtkissen lag. Eine Spezialanfertigung einer Weltfirma mit einem eingravierten brennenden Dornbusch, die im heiligen Jahr als Werbegeschenk an die höchsten kirchlichen Würdenträger verschickt worden war.

Anselmus konnte nicht fassen, dass der Kardinal einen so zwielichtigen Gast mit so ausgesuchter Höflichkeit empfing. Fischers Nas ließ sich entspannt in den Sessel zurücksinken und nuckelte zufrieden an der Zigarre. »Wegen der Geschichte letzte Nacht ...«

Der Kardinal verschränkte die Hände ineinander und ließ die Fingerknöchel knacken. »Wir haben eine millionenteure Alarmanlage, Lichtschranken, Bodensensoren ... alles, was man für Geld kaufen kann. Und dieser Kerl spaziert in die Schatzkammer des Doms, als sei sie ein öffentliches Klo! Die komplette Alarmanlage ist von außen stillgelegt worden. Es war wie Zauberei! Kein Experte kann uns sagen, wie die Einbrecher das hingekriegt haben.«

Fischers Nas blies eine bläuliche Rauchwolke zur Decke. »In Köln kenn ich nur zwei, die dazu fähig wären. Jaroslaw Tepes oder Roger Jäger. Ich werde mich umhören, was die beiden letzte Nacht so getrieben haben. Sie wissen ja, ich hab da so meine Wege ...«

Pater Anselmus lief es eiskalt den Rücken hinunter. Er warf dem Kardinal einen besorgten Blick zu. »Eure Eminenz, ich möchte darauf aufmerksam machen, dass ...«

Der Kirchenfürst winkte ab. »Du musst entschuldigen, Nas. Mein Sekretär ist noch recht neu. Er ist immer noch nicht ganz mit der ... kölschen Art vertraut, an gewisse Probleme heranzugehen. Natürlich muss ich dich daran erinnern, dass die Kirche keine Ermittlungsmethoden unterstützt, die im Konflikt mit irgendwelchen Gesetzen stehen. Mit anderen Worten, ich möchte nicht wissen, auf welche Art du Verdächtige aufspürst und wie du sie zum Reden bringst. Im Zweifelsfall würde ich auch abstreiten, dass dieses Treffen jemals stattgefunden hat.«

Fischers Nas beugte sich vor und schnippte Asche in den schweren, bronzenen Aschenbecher auf dem Schreibtisch. »Eminenz kann sich auf mich verlassen.«

»Ich weiß.« Der Kardinal gönnte dem Besucher jenes gütige Altherrenlächeln, das er sich sonst für Taufen und Hochzeiten vorbehielt. »Wie kann ich mich für deine Bemühungen erkenntlich zeigen?«

»Ne, ne. Lassen Se dat Portemonnaie mal stecken, Eminenz ...«

»Und was ist mit deinem Seelenfrieden, mein Sohn?«

Der Hüne wirkte plötzlich unruhig. »Ich komme regelmäßig zur Beichte, aber ... Wenn Se für mich eine Totenmesse lesen könnten, wenn es dann so weit ist ... Ich mein, es macht sich doch sicher besser, wenn der Chef von dat Janze det ...«

»Aber du bist doch in den besten Mannesjahren ...«

»Das will nichts heißen ... Se wissen doch, Eminenz, dat in meinem Beruf alles ganz plötzlich ... Nicht, dat ich Angst hätte, aber man weiß ja nie.«

Der Kardinal nickte bedächtig. »Du hast mein Wort, dass ich alles in meiner Macht Stehende tun werde, um mich für dein Seelenheil einzusetzen. Du weißt ja, die katholische Kirche vergisst niemanden, dem sie einen Gefallen schuldet. Und du hast uns ja schon einmal sehr geholfen.« Er erhob sich. »Doch nun muss ich mich um dringende Geschäfte kümmern. Ich hoffe, dass wir uns schon bald wieder sehen.« Der Kirchenfürst streckte dem Hünen die Rechte entgegen.

Wieder küsste Fischers Nas den Ring. Anselmus bewunderte den Kardinal für dessen natürliches, angeborenes Machtbewusstsein und beglückwünschte sich insgeheim, in seinen Diensten zu stehen. Dieser Mann hatte das Zeug dazu, auch noch die letzten Stufen in der Hierarchie der Kirche zu nehmen. Und er, er wäre sein Privatsekretär!

Der Pater geleitete Fischers Nas zur Tür. Wieder in seinem Büro konnte er es sich nicht verkneifen, den Besucher etwas zu fragen. »Warum engagieren Sie sich so stark in dieser Sache? Man könnte ja fast meinen, *Sie* seien bestohlen worden.«

Der Hüne sah ihn an, als habe er etwas entsetzlich Dummes gefragt. Dann entgegnete er knapp: »Dr Dom bekläut mer nit!«

Fischers Nas war kaum zur Tür hinaus, als aus der Gegensprechanlage auf dem Schreibtisch die Stimme des Kardinals erklang. »Pater Anselmus, würden *Sie* bitte noch einmal hereinkommen!«

Mit gemischten Gefühlen betrat der Sekretär erneut das Zimmer des Kardinals. Sein Chef stand wieder am Fenster und sah zum Dom. »Ich hatte den Eindruck, dass meine Entscheidung, Hilfe anzunehmen, bei Ihnen Befremden hervorgerufen hat.«

Der Pater konnte spüren, wie sich sein Magen zusammenkrampfte. »Ich würde mir niemals erlauben, Ihre Entscheidungen infrage zu stellen, Eure Eminenz. Ich hatte nur das Gefühl, dass dieser Mann einem Milieu entstammt, das nicht dem üblichen Umgang Eurer Eminenz entspricht.«

»Auch wenn die Umgangsformen unseres Besuchers vielleicht zu wünschen übrig lassen, so gehört er doch zu den einflussreichsten Männern der Stadt. In der Kölner

Unterwelt geschieht nichts, wovon er nicht Kenntnis bekommt. Und was Ihre Anspielung auf das Milieu angeht... Seine geschäftlichen Aktivitäten erstrecken sich in erster Linie auf die Rotlichtszene. Doch wer bin ich, über ihn ein Urteil zu fällen oder ein ernst gemeintes Hilfsangebot zurückzuweisen. Er hat uns schon einmal vor fünf Jahren unterstützt. Damals war am helllichten Tag ein Kreuz aus der Schatzkammer des Doms gestohlen worden. Kein besonders kostbares Stück... Sie kennen es wahrscheinlich. Es ist das Kreuz, das dem Erzbischof bei seinen Besuchen im Dom vom Westportal bis zum Altar vorangetragen wird. Es dauerte nicht einmal eine Woche, bis das Kreuz zurück war. Damals hatte unser Freund ungefragt Initiative gezeigt und die Diebesbeute auf seine Weise sichergestellt. Wer der Täter war, hat die Polizei niemals erfahren. Doch was zählt das auch. Ich bin sicher, er ist für sein Vergehen zur Rechenschaft gezogen worden.« Der Kardinal drehte sich um und sah Pater Anselmus nun direkt an. Das graue Abendlicht zeichnete tiefe, dunkle Furchen in sein Gesicht. »Was zählt, ist, dass seit mehr als dreihundert Jahren niemand mehr den Dom bestohlen hat und ungestraft davongekommen ist. Sie sollten langsam lernen, dass wir hier in Köln ein eigenes Völkchen sind und unsere eigenen, für Außenstehende vielleicht... unkonventionell erscheinenden Wege beschreiten. Wer hier lebt, hätte wissen müssen, dass man den Dom nicht bestiehlt. Was nun geschehen wird, liegt allein in Gottes Hand.«

Doktor Salvatorius legte die gebogene Nadel zurück und betrachtete zufrieden die lange Naht an der linken Außenseite des Unterkiefers. »Sie werden sehen, Frau Beimer, in ein paar Tagen ist alles wieder beim Alten. Die Schwellung wird zurückgehen und Sie haben keine Schwierigkeiten mehr, Ihre Texte aufzusagen. So eine Wurzelspitzenresektion wirkt wahre Wunder! Danach fühlt man sich wie neugeboren, nicht wahr?«

Die schon etwas ältere Dame im Zahnarztsessel röchelte eine unverständliche Antwort.

»Rosanne, wechseln Sie bei Frau Beimer doch bitte die Kompressen«, wies Salvatorius seine Assistentin an und schenkte ihr sein berühmtes, perlweißes Lächeln. »Sie hatten da wirklich eine üble Zyste am Backenzahn. Wollen Sie mal sehen, was ich da herausgeholt habe?«

Die Dame erbleichte und schüttelte entschieden den Kopf.

»Tja, dann sehen Sie morgen wieder vorbei, und in einer Woche werden wir die Fäden ziehen. Vorne am Empfang bekommen Sie einen Termin … und noch ein Rezept über Dolomo. Es kann sein, dass der Kiefer in ein oder zwei Stunden, wenn die Betäubung aufhört zu wirken, etwas wehtun wird. Ich musste immerhin ein kleines Fenster in Ihren Kieferknochen fräsen, um an die Wurzelspitzen heranzukommen, und dann …«

»Bitte keine weiteren Details!«, nuschelte die Patientin mühsam mit ihrem tauben Kiefer.

Salvatorius begleitete sie noch bis zur Tür des Behandlungszimmers und drückte ihr die Hand. »Wenn Sie Beschwerden haben, melden Sie sich, ganz gleich zu welcher Tageszeit. Sie haben ja meine Nummer.«

Frau Beimer nickte knapp und hatte es augenscheinlich eilig, die Praxis zu verlassen. Rosanne brachte sie zur Empfangstheke, damit sie ihr Rezept nicht vergaß. Nach einer OP waren die meisten Patienten wie ängstliche, kleine Tiere. Völlig kopflos dachten sie nur noch daran, fortzukommen und dem Ort, an dem man ihnen wehgetan hatte, so schnell wie möglich zu entfliehen.

Undank ist der Zahnärzte Lohn, dachte Salvatorius und ging ins Behandlungszimmer. Gedankenverloren betrachtete er die blutverschmierten Instrumente auf der Ablage. In den letzten beiden Tagen hatte er außerordentlich viele chirurgische Eingriffe gehabt. Für gewöhnlich widmete er sich lieber der Prothetik, was wesentlich mehr Geld einbrachte, aber in letzter Zeit machte ihm die Chirurgie einfach mehr Spaß. Er genoss den Geruch von Blut, Angstschweiß und Speichel. Das vertrieb seine Kopfschmerzen! Die anderen Gerüche der Praxis machten ihm immer mehr zu schaffen. Wenn er morgens hereinkam, wurde ihm vom Duft der Desinfektionsmittel übel. Er sollte heute Abend mit der Putzfrau reden. Offensichtlich hatte sie sich angewöhnt schärfere Reinigungsmittel zu benutzen.

Er strich über die Sammlung von Skalpellen und Knochenhobeln, die er bei der OP benutzt hatte. Den kalten Stahl zu berühren ließ ihn wohlig erschauern. Der Duft von Chanel Nr. 5 beendete das kurze Glücksgefühl. Er brauchte sich gar nicht umzudrehen, um zu wissen, dass Rosanne in den Behandlungsraum zurückgekehrt war. Sie hatte schon immer teure Parfüms gemocht, aber seit gestern übertrieb sie!

»Herr Salvatorius ...« Die Assistentin kam um den Behandlungsstuhl herum und griff nach dem stählernen Tablett, auf dem die Instrumente lagen. Plötzlich blieb sie wie versteinert stehen. Die Augen weit aufgerissen starrte sie Salvatorius an. Das Tablett entglitt ihren Fingern. Zangen, Meißel und Skalpelle schlugen mit hellem Klang auf den Fußboden.

Salvatorius sah sie verständnislos an. Dann legte er das Skalpell, das er gerade sauber geleckt hatte, auf die Ablage des Zahnarztstuhls.

Im Halbschlaf klammerte sich Till an seinen Traum. Er war bei Neriella gewesen, in ihrem Baum, doch jetzt glitten die Traumbilder immer schneller davon. Noch fühlte er sich warm und geborgen. Der Duft von Heu und Wolle hing in der Luft. Und auch Rauch. Sein Gesicht war an etwas Warmes, Pelziges geschmiegt. Etwas Pelziges?

»Du kannst ruhig die Augen aufmachen«, erklang eine leise Bassstimme. »Ich weiß, dass du nicht mehr schläfst.«

Till blinzelte. Auf seiner Brust hockte eine kleine, graue Maus und beobachtete ihn aufmerksam. Sie hatte eine lederne Botentasche über der Schulter hängen. »Mach jetzt keine hektischen Bewegungen! Ich hab keine Lust, fliegen zu lernen!« Die Bassstimme aus dem Traum gehörte zur Maus! Till setzte sich ruckartig auf.

»Scheiße!« Der Nager segelte in weitem Bogen durch die Luft, überschlug sich zweimal und landete in dem Heu, mit dem der Boden der winzigen Kammer bedeckt war, in der sich Till befand. Verwirrt sah sich der Student um. Der Ort war ihm fremd. Er konnte sich nicht erinnern, wie er hierher gekommen war. Links von ihm hing eine schwere Wolldecke mit Mottenlöchern, durch die blasse Lichtspeere ins Zwielicht der engen Kammer stachen.

»Menschen!«, fluchte die Maus mit der Bassstimme.

»Das nächste Mal werde ich es mir zweimal überlegen, Mozzabella einen Gefallen zu tun.« Der Nager rappelte sich auf, fingerte am Lederriemen seiner Botentasche herum und fixierte Till mit dunklen Knopfaugen. »Mozzabella wünscht dich zu sehen. Wenn du die Güte hättest, mir zu folgen?« Die Maus nickte in Richtung des wollenen Vorhangs.

Till rieb sich die Augen. Mozzabella? Langsam kehrte die Erinnerung an den letzten Abend zurück. Die Festhalle ... Der Met! Und jetzt dieses Gefühl, statt einer Zunge ein schläfriges, kleines Pelztier im Mund liegen zu haben.

Etwas bewegte sich an Tills Seite. Neben ihm lag ein zerzauster, grauer Wolfshund im Heu. Offenbar hatte er den Vierbeiner als Kopfkissen benutzt. Einen Moment lang fragte sich der Student, wer wohl noch mit ihm in dieser Schlafnische übernachtet haben mochte.

»Muss Mozzabella persönlich vorbeischauen, damit du endlich aus dem Heu kommst?«, fragte der Mäusebass.

»Schon gut.« Till zog das zerschlissene Wolltuch zur Seite und kam ein wenig schwankend auf die Beine. Er war noch immer in dem Langhaus, in dem sie gestern Nacht gefeiert hatten. Entlang der niedrigen Seitenwände waren hier etliche hölzerne Nischen abgeteilt, vor die man Vorhänge ziehen konnte, um sich vor neugierigen Blicken zu schützen. Die meisten der Nischen waren nun verlassen.

In der Festhalle herrschte die ruhige Betriebsamkeit eines gut organisierten Haushalts. Dünne Rauchschwaden stiegen von glühenden Kohlebecken und Öllämpchen auf, vermischten sich mit dem Geruch von Mensch und Tier, dem Duft frisch gebackenen Brots, warmen Hirsebreis und von schalem Bier.

Fast schien es, als hinge Nebel in der langen Halle, hier und dort vertrieben durch das rötliche Glühen des Herdfeuers und der Feuerschalen oder durch die blassgelben

Flammen der Lampen. Die Konturen der Halle und ihrer Bewohner schienen schon auf wenige Schritt Distanz zu verschwimmen und eher geisterhafte Traumgespinste als greifbare Wirklichkeit zu sein.

Aus dem Dunst löste sich die riesenhafte Gestalt Klöppels. Er hatte beide Arme voller frisch geschlagener Holzscheite und steuerte auf die Feuerstelle in der Mitte der Halle zu. Zwei kleine Blütenjungfern segelten um seinen unförmigen Schädel und trieben ihre Späße mit ihm. Einige Heinzelfrauen standen an der Feuergrube in der Mitte der Halle, hielten ein Schwätzchen und ließen wie nebenbei Teller herumschweben und schwere Löffel durch die Töpfe auf dem Feuer rühren. Neben ihnen hockte Almat und machte sich an einer großen Eisenpfanne zu schaffen. Er schien damit beschäftigt zu sein, sicherheitshalber seinen Vorrat an Frikadellen noch ein wenig aufzustocken.

»Hör mal, du Traumtänzer, kommst du jetzt endlich mit oder willst du noch länger herumstehen und dir die Augen aus dem Kopf glotzen?«, erklang der Mäusebass zu Tills Füßen. »Mozzabella mag es nicht, wenn sie warten muss, und ich habe auch noch was anderes zu tun als mich den ganzen Morgen mit dir aufzuhalten.«

Till verkniff sich eine patzige Antwort. Wer war er, dass er sich mit einer Maus stritt! Er folgte dem Nager mit der Kuriertasche durch die weite Halle, vorbei an Tischen, an denen griesgrämige Kobolde sich mit Schusterarbeiten beschäftigten, und einem Zwerg, der schnarchend neben seinem Methorn schlief.

Schließlich hielten sie vor einer hölzernen Säule, die doppelt so dick war wie die übrigen Stützpfeiler des Festsaals. Eine mit einem zierlichen Geländer gesäumte Wendeltreppe, gerade in der richtigen Größe für Heinzelmännchen, schmiegte sich in steilen Kurven an das Holz. In Abständen von einem halben Meter wurde die Treppe von balkonartigen Ausbuchtungen unterbrochen. Bei diesen Terrassen fanden sich stets Türen und kleine Fenster, die mit ordentlich bestickten Gardinen verhangen waren.

Die Maus eilte mit weiten Schritten die Treppen bis zur dritten Terrasse hinauf. Dort klopfte sie artig an die Tür, die ins Innere der Säule führte.

Die Terrasse befand sich auf Tills Brusthöhe. Neugierig beugte er sich ein wenig vor, um zu sehen, was geschehen würde. Die Kuriermaus wirkte unruhig. Ihr langer, blassrosa Schwanz blieb ständig in Bewegung und ihre Schnauzbarthaare zitterten, so als versuche sie zu wittern, was hinter der Tür ihren Blicken verborgen blieb. Es dauerte eine ganze Weile, bis schließlich Mozzabella öffnete. Sie trug ein schlichtes, grünes Hauskleid und hatte ihr weißes Haar zu einem Dutt hochgesteckt. Die Maus verbeugte sich in formvollendeter Weise vor der Ältesten der Heinzelfrauen und verkündete mit wohltönender Stimme: »Hier bringe ich Euch Fergus Mac Roy, Allerverehrteste. Es war mir wie stets ein Vergnügen, Euch zu Diensten sein zu dürfen.«

Mozzabella streichelte der Maus über den Kopf. »Ihr seid ein Charmeur, Strogow. Ihr würdet sogar einer Frau, die in Sack und Asche geht, noch das Gefühl vermitteln können, eine echte Dame zu sein. Ich wünschte, unsere Heinzelmänner würden auch nur über einen Bruchteil Eures Feingefühls verfügen. Dann wäre vieles leichter!«

Strogows Schwanz wechselte farblich zu mattrot. »Ihr macht mich verlegen, Herrin. In Euren Diensten zu stehen adelt eine einfache Maus wie mich. So sollte also ich es sein, der sich geschmeichelt fühlt.«

Die Älteste lächelte. »Wie stets ist Euch mit Komplimenten nicht beizukommen, Strogow. So will ich Euch denn Eure Zuvorkommenheit auf andere Weise vergelten. Grangeline, meine Küchenchefin, erwartet Euch schon.

Sie hat einen kleinen Appetithappen aus gut gereiftem Gouda, gehackten Haselnüssen und getrockneten Äpfeln vorbereitet. Wenn Ihr dann vielleicht noch einmal in einer Stunde vorbeischauen könntet? Ich denke, bis dahin habe ich alles Wichtige mit Fergus Mac Roy besprochen.«

Die Maus verbeugte sich erneut. »Eure Wünsche sind mir Befehl, Herrin.«

Während Strogow bereits wieder die Treppen hinabeilte, wandte sich Mozzabella an Till. »Wie aufgeschlossen stehst du eigentlich der Anwendung von Magie gegenüber?«

»Also ...« Er fixierte verlegen die Maserung des Terrassenbodens und wünschte sich, er hätte letzte Nacht etwas weniger tief ins Methorn geschaut. Geistesblitze und Katerstimmung vertrugen sich nicht. »Also mangels praktischer Erfahrung, ähm, fürchte ich, fehlt es mir an einer Meinung zu diesem Thema.«

Mozzabella legte den Kopf schief und sah ihn durchdringend an. »Du siehst nicht gut aus. Hättest du etwas dagegen, wenn ich einen Zauber auf dich lege, der als Nebenwirkung die Kopfschmerzen vertreibt?«

Dagegen, den Kater loszuwerden, hätte er natürlich nichts einzuwenden, dachte Till, als er plötzlich, wie von unsichtbarer Hand gehoben, emporschwebte. Ein gleißender Blitz blendete ihn. Dann kam er mit einem unsanften Ruck wieder auf die Beine. Er stand jetzt unmittelbar vor Mozzabella und sie war plötzlich genauso groß wie er!

Eher verwundert als erschrocken sah sich der Student um. Er stand auf der Terrasse ... Es dauerte einen Augenblick, bis er begriff, was das bedeutete. Gehetzt drehte er sich um und sah zu den Tischen der Festhalle. Ja, es konnte keinen Zweifel geben! Er hatte sich geirrt! Nicht Mozzabella war gewachsen ... Er war es, der auf die Größe der Heinzelfrau geschrumpft war.

317

»Entschuldige, es ist eine Unsitte von mir, gelegentlich in den Gedanken anderer zu lesen. Du hattest ja nichts dagegen, von den Folgen einer durchzechten Nacht erlöst zu werden. Im Übrigen finde ich es viel angenehmer, mich mit jemandem zu unterhalten, ohne dabei Genickstarre zu bekommen.« Sie deutete zur Tür am Ende der Terrasse. »Komm mit, ich habe uns einen Frühstückstisch gedeckt. Wir haben über ein paar ernste Dinge zu reden, und das geht nach meiner Erfahrung am besten bei Kräutertee und Erdbeermarmelade.«

Till war zu verblüfft, um ihr zu widersprechen oder auch nur einen klaren Gedanken zu fassen. Er folgte Mozzabella ins Innere der hölzernen Säule, wo sich ein kleines, mit schön geschnitzten Möbeln ausgestattetes Esszimmer befand. Die Älteste bedeutete ihm, Platz zu nehmen, und schüttete ihm mit einer silbernen Kanne eine Tasse aromatisch duftenden Tee ein. Langsam begann Till zu begreifen, warum die Heinzelmänner solche Vorbehalte gegen den Einsatz von Magie hatten.

»Ich habe das Gefühl, dass ihr *Langen* euch nicht im Mindesten darüber im Klaren seid, was es bedeutet, sich hier aufzuhalten«, begann Mozzabella unvermittelt das Gespräch. »Hat euch Laller erklärt, auf welche Weise euch diese Welt verändern wird und welche Gefahren hier lauern?«

»Darüber, dass uns diese Welt *verändern* könnte, hat er nichts gesagt.« Till sah zweifelnd an sich hinab. »Das … ähm, das ist doch nicht für … Ich meine, das lässt sich doch wieder rückgängig machen. Oder?«

»Das ist nur ein bisschen Zauberei«, entgegnete die Älteste knapp. »Mich kostet es kaum mehr als ein Fingerschnippen, dich wieder auf deine ursprüngliche Größe zu bringen. Anderen mag das schwerer fallen … Aber darum geht es hier nicht. Schon jetzt sind Dinge mit euch geschehen, die sich nie wieder ändern lassen werden. Ist dir noch nichts aufgefallen?«

Till schluckte und sah noch einmal an sich hinab.

»Nein, du hast keine Entenfüße und auch keine Warzen im Gesicht.« Mozzabella lächelte kurz, wurde dann aber wieder ernst. »Was ich meine, ist tiefer gehend. Du kannst mich sehen! Und das, obwohl du völlig nüchtern bist. *Nebenan* zu sein heißt euch *Langen* euren Unglauben zu nehmen! Ich weiß auch nicht, woher es kommt. Es passiert ohne euer Zutun, dass diese Welt euch die Augen öffnet. Auch wenn ihr zurückkehrt, werdet ihr künftig Heinzelmänner, Kobolde oder Dryaden sehen, wann immer sie euren Weg kreuzen.«

Till dachte an Neriella. Sie sehen zu können, ohne sich betrinken oder bekiffen zu müssen, würde einiges einfacher machen.

»Was hat Laller euch eigentlich über unsere Welt erzählt? Er kann euch doch nicht einfach so durchs Tor geschickt haben.«

»Na ja, nicht viel. Ich würde sagen, wir sind so eine Art Strafexpedition. Wir sollen die Pläne der *Dunklen* aufdecken … Im Grunde habe ich allerdings das Gefühl, dass wir es sind, die bestraft werden sollen.«

Mozzabella goss sich nun auch einen Tee ein. Lange sah sie in die dunkle Flüssigkeit, so als könne sie auf dem Grund der Tasse die nahe Zukunft erspähen. »Ich werde das nicht unterstützen«, sagte sie schließlich, schaufelte sich zwei große Löffel voll Honig in die Tasse und ließ ihren Teelöffel wie von Zauberhand durch die Tasse kreisen, während sie aus einem Korb getrocknete Früchte auf ihren Teller stapelte. »Es gibt eine ganze Reihe von *Dunklen*, die keine Skrupel hätten, euch umzubringen, wenn sie dahinter kommen, wer ihr seid. Weißt du, es heißt nicht ohne Grund in den Märchen: *Und wenn sie nicht gestorben sind, dann leben sie noch heute.* Ich glaube, ihr Menschen habt diesen Satz niemals richtig begriffen. Aber wie solltet ihr auch.«

Die Älteste schnippte mit den Fingern und ihr Teelöffel schwebte aus der Tasse und landete neben ihrem Teller. »Die meisten Geschöpfe hier *Nebenan* können nach menschlichen Maßstäben gemessen sehr alt werden. Jedenfalls wenn ihnen nichts passiert... Und selbst das muss noch nicht das Ende bedeuten. Nehmen wir zum Beispiel die Loreley. Sie hat einen wirklich üblen Charakter. Es macht ihr Spaß, anderen Geschöpfen beim Ertrinken zuzuschauen. Soweit ich weiß, ist sie schon dreimal gestorben. Einmal hat sie versucht den alten Drachen vom Drachenfels zu ersäufen. War 'ne ziemlich dumme Idee. Er hat das sehr krumm genommen und sie gut durchgebraten. Weil sie aber eine herausragende Sagengestalt ist, manifestiert sie sich, selbst wenn man sie tötet, nach einer Weile aufs Neue. Sie kann sich dann nicht mehr daran erinnern, gestorben zu sein. Und ich wette, wenn sie noch einmal Gelegenheit bekäme, den Drachenfelsdrachen in die Falle zu locken, sie würde es wieder tun.«

Mozzabella nahm einen Schluck Tee und gab noch einen Löffel Honig in die Tasse. Till war sich sicher, dass mittlerweile mindestens die Hälfte des Tasseninhalts Honig sein musste.

»Anders sieht es mit den ganzen namenlosen Geschöpfen aus. Es gibt keine Heinzelfrau und auch keinen einzigen Heinzelmann, von denen in einem Märchen ein Name überliefert worden wäre. Wir treten immer in Gruppen auf. Die Überlieferung kennt keine einzelnen Individuen. Stirbt einer von uns, dann ist es im Gegensatz zu den berühmten Sagengestalten endgültig. Wir werden nicht wieder erstehen. Und so wird es auch sein, wenn euch etwas passiert. Diese Welt ist kein Abenteuerspielplatz für Menschen. Es ist besser, wenn ihr wieder dahin zurückgeht, wo ihr hingehört. Ich werde mit euch kommen und dafür sorgen, dass Laller euch in Zukunft in Ruhe lässt.«

»Und wenn wir doch gehen?«, fragte Till leise. »Wir sind Experten für Fantasyabenteuer.«

Mozzabella nahm einen getrockneten Apfelring, kaute gedankenverloren darauf herum und musterte Till. »Es ist immer dasselbe mit euch Menschen. Ihr haltet euch immer gleich für Helden. Liegt es daran, dass ihr euch nicht vorstellen könnt, dass euch etwas passiert?« Sie schüttelte den Kopf. »Du solltest deinen Freunden Gelegenheit geben, jeder für sich diese Entscheidung zu treffen. Ist dir eigentlich klar, dass Neriella ganz krank vor Sorge um dich ist? Im Gegensatz zu dir weiß sie, worauf du dich eingelassen hast.«

»Du kennst sie?« Till war überrascht. Er hatte das Gefühl gehabt, dass Mozzabella schon seit einer Ewigkeit nicht mehr in der Welt der Menschen gewesen war.

»Sie ist etwas sehr Besonderes. Und, offen gestanden, verstehe ich nicht, was sie an dir findet. Möchtest du ihr noch einmal schreiben?« Es war mehr ein Befehl als eine Frage. »Es ist vielleicht das Letzte, was sie von dir zu hören bekommt.«

Till begann sich langsam zu fragen, ob Mozzabella vielleicht mit den *Dunklen* unter einer Decke steckte, so vehement wie sie versuchte ihm dieses Abenteuer auszureden. Dann erinnerte er sich daran, dass sie ohne Mühe in seinen Gedanken lesen konnte. Er sollte auf der Hut sein und besser an Belanglosigkeiten denken! »Dieser Strogow ... Benutzt ihr wirklich Mäuse als Kuriere?«

»Natürlich! Mäuse sind charakterfest und zuverlässig.« Es schien, als habe Mozzabella seine Befürchtungen nicht mitbekommen. Zumindest ließ sie sich nichts anmerken. »Wir haben es auch mit Vögeln versucht, aber sie gehen zu häufig verloren. Kaninchen sind zu ängstlich und Ratten ...« Die Älteste schnitt eine Grimasse. »Ratten sind einfach nicht vertrauenswürdig. Bei denen weiß man nie, an wen alles sie eine Abschrift der Botschaft verschachern, die sie gerade bei sich tragen. Bei Mäusen ist das anders ... Du würdest dich wundern, wenn du wüsstest, wie viel Menschen und Mäuse gemeinsam haben. Jedenfalls, wenn man sie mit etwas Abstand betrachtet. Strogow lässt auch keine Gelegenheit aus, den Helden zu spielen. Ich glaube, eher würde er sein Augenlicht geben als einen Verrat zu begehen.« Sie schwieg einen Herzschlag lang. »Fühlst du dich wie ein Verräter, wenn du nicht tust, was Laller von euch verlangt? Ist das ehrenhaft, wenn man sinnlos sein Leben opfert? Du möchtest ein Ritter sein. Ein Held! Aber für wen? Für Neriella bist du es schon! Und deine Freunde? Sie kennen dich, auch ihnen brauchst du nichts vorzumachen. Da bleibst dann nur noch du. Was ist es, was du hinter deinem vorgeblichen Heldentum verstecken willst?«

»Genug!« Till sprang auf und trat vom Tisch zurück.

Mozzabella goss sich eine weitere Tasse Tee ein. Sie sah ihn fragend an. »Möchtest du auch einen Schluck?«

Der Student wandte sich ab. Er konnte ihren Blick nicht mehr ertragen. »Versuchst du wieder in meinen Gedanken zu lesen?«

Sie lachte. »Die meiste Zeit ist dafür keine Zauberei notwendig. In manchen Dingen sind sich alle Männer gleich, ganz egal ob Kobold, Leprechaun, Heinzelmann oder Mensch. Du liebst Neriella. Das spüre ich. Warum also nimmst du mein Angebot nicht an? Du könntest einfach zurückgehen und mit ihr in Frieden leben. Was hält dich hier?«

»Ich kann diese Entscheidung nicht treffen ohne mit meinen Freunden gesprochen zu haben.«

»Mach dir nichts vor! Wir beide wissen, dass das eine Ausrede ist. Glaubst du, du bist ein männlicherer Mann, wenn es dir gelingt, die *Dunklen* zu überlisten und ungeschoren zurückzukehren? Glaubst du, dieser Triumph ließe dich in Neriellas Augen begehrenswerter erscheinen? Oder könnte es sein, dass du am Ende nur ein willenloser Diener deiner eigenen Eitelkeit bist?«

»Ich verstehe jetzt, warum die Heinzelmänner von hier geflohen sind«, sagte Till zynisch. Halb hoffte er, dass sie ihn hinauswerfen würde, wenn er nur frech genug wurde. Auf der anderen Seite war ihm klar, dass, wenn es jemanden gab, der die Hilflosigkeit hinter seinen Worten sofort durchschauen würde, dies Mozzabella war.

»Glaubst du wirklich?«, entgegnete die Älteste ironisch. »Du bist mit Urteilen schnell bei der Hand. Aber geh nur zu deinen Freunden. Über eines solltest du dir jedoch im Klaren sein. Was du tust, entscheidest zuletzt nur du selbst. Jedenfalls wenn du so frei bist, wie du glaubst.«

Till reckte stolz sein Kinn vor. »War das alles, was du mir zu sagen hattest?« Seine Stimme klang leider nicht halb so selbstsicher, wie er es sich gewünscht hatte.

»Ich bin nicht der brennende Dornbusch. Die Antwort auf deine drängendsten Fragen kennst nur du selbst.«

»Ja, ja ...« Er wandte sich ärgerlich ab und ging zur Tür. Till hielt die Klinke schon in der Hand, zögerte dann aber doch, hinauszugehen. Halb wartete er darauf, dass Mozzabella noch etwas sagte. Doch die Älteste schwieg. Till dachte an Neriella. Über einen Brief würde sie sich wahrscheinlich sehr freuen ...

»Dann schreib ihr doch. Mein Angebot steht noch, und Strogow nimmt sich in der Regel reichlich Zeit, wenn er einmal mit dem Essen angefangen hat.«

»Könntest du bitte aufhören in meinen Gedanken herumzustochern!«, zischte Till gereizt.

Zum ersten Mal wirkte Mozzabella verlegen. Sie wich seinem Blick aus. »Tut mir Leid, es war ... Etwas an deiner Aura hatte sich plötzlich verändert. Man konnte deine Liebe spüren. Ich war ...« Sie zuckte entschuldigend mit den Achseln. »Ich war einfach neugierig. Das ist meine Schwäche. Und ich stehe auch dazu.«

Tills Wut war verraucht. Mit ihrem Geständnis hatte sie ihm den Wind aus den Segeln genommen. Außerdem war es ohnehin klüger, sich gut mit ihr zu stellen. Schließlich brauchte er sie noch, wenn er nicht in Zukunft in einem Barbiepuppenhaus wohnen wollte. Aber das sollte sie besser nicht wissen. Er sollte an etwas anderes denken. Zum Beispiel den Brief ...

»Papier und Feder findest du im Nebenzimmer auf dem Sekretär«, erklärte die Älteste.

Till seufzte.

»'tschuldigung«, murmelte Mozzabella. »Das ist wirklich eine dumme Angewohnheit von mir. Ich ... werde versuchen mich zu bessern.«

*

»Nein! Ein halbes Leben lang haben wir in unserer Phantasie die abgedrehtesten Abenteuer bestanden. Und jetzt, wo in unserem Leben wirklich mal etwas passiert, sollen wir einfach den Schwanz einziehen!« Gabriela zog ihr Schwert und rammte es vor sich in den Boden. »Ich werde mich von dieser zu klein geratenen Hexe nicht einfach so zurückschicken lassen! Seht ihr denn nicht, dass es kein Zufall ist, dass ausgerechnet wir hierher gekommen sind? Das ist unser Karma. Unser ganzes Leben ist auf diesen Augenblick ausgerichtet! Wie oft haben wir alle in Gedanken die Helden gespielt? Wir haben sogar Schwertkämpfen gelernt. Wir sind wie geschaffen dafür, in die Rollen von Sagenhelden zu schlüpfen. Wer könnte das besser als wir?«

Till sah sich besorgt um. Er hatte geahnt, dass die anderen nicht viel von Mozzabellas Vorschlag halten würden. Nicht nach gestern Nacht! Nicht nachdem sie einmal vom Zauber dieser Welt hatten kosten dürfen. Im Grunde war er derselben Meinung wie Gabriela, doch er hatte der Ältesten versprochen seine Freunde auf die Gefahren von *Nebenan* hinzuweisen. Deshalb war er mit ihnen, nachdem die Chefin der Heinzelfrauen ihn wieder auf seine ursprüngliche Größe gebracht hatte, aus dem Langhaus gegangen, um draußen an einem stillen Ort mit ihnen zu reden. Sie waren zum Platz vor dem Tempel der großen Mutter gegangen und hatten sorgsam darauf geachtet, dass ihnen niemand folgte.

»Im Rollenspiel sind die Kämpfe mit ein paar Würfelwürfen entschieden«, wandte Till ein. Er sah zu Almat und Martin. »Hier werden unsere Feinde richtige Schwerter in Händen halten, wenn sie auf uns losgehen. Ich hoffe, das ist euch klar. Hier gibt es auch keine Polsterwaffen wie im Live-Rollenspiel.«

»Auf den Mittelaltermärkten haben wir auch mit richtigen Schwertern gekämpft«, erwiderte Rolf und grinste zuversichtlich. »Ich finde, Gabriela hat Recht. Es sieht wirklich so aus, als hätten wir uns unser Leben lang unbewusst auf dieses Abenteuer vorbereitet. Und ich glaube, wir sind ganz gut gewappnet.«

Du hast leicht reden, dachte Till bei sich. Schließlich war Rolf der beste Schwertkämpfer unter den Ui Talchiu. Ihn würde es gewiss als Letzten erwischen. »Vorbereitet, sagst du? Die *Dunklen* werden uns umbringen, wenn sie herausfinden, wer wir wirklich sind. Wie bereitet man sich auf so was vor? Kannst du mir das verraten?«

»Natürlich kann es sein, dass uns etwas passiert. Aber

was ist, wenn wir jetzt zurückgehen?«, mischte sich Gabriela ein. »Vielleicht werde ich siebzig Jahre alt oder sogar noch älter. Und jeden verdammten Tag in meinem Leben werde ich mich fragen, wie es gewesen wäre, einmal ein Abenteuer zu leben, statt immer nur davon zu träumen. Und welche Sicherheit habe ich, dass ich überhaupt siebzig werde? Vielleicht habe ich schon längst das falsche Steak gegessen und werde in ein paar Jahren jämmerlich an Alzheimer verrecken. Vielleicht werde ich auch ganz banal von einem Auto überfahren ... Sicher ist, dass wir alle irgendwann einmal dran sind, denn das Leben ist eine Krankheit mit stets tödlichem Verlauf. Allerdings liegt es ein Stück weit bei uns, zu entscheiden, was für ein Leben wir geführt haben, bevor es uns erwischt. Das Schicksal hat uns eine Chance gegeben. Ich kann nicht für euch entscheiden, aber ich werde diese Chance nutzen! Wenn es mir um Sicherheit in meinem Leben gegangen wäre, wäre ich nicht Tänzerin, sondern Steuerberaterin geworden. Ich werde bleiben!«

»Ich auch!«, stimmte Rolf entschieden zu. »Selbst wenn Helden in dieser Welt dazu verdammt sind, rosa Umhänge zu tragen.« Er trat an Gabrielas Seite und rammte ebenfalls sein Schwert in den Boden.

Till sah zu Almat und Martin. Auch sie beide zogen die Schwerter und stießen sie in den Boden.

Till zögerte. Nicht, dass er *Nebenan* verlassen wollte. Doch was wäre, wenn einem von ihnen etwas geschah? Hatte er wirklich sein Bestes gegeben, sie auf die Gefahren hinzuweisen?

»Wie sieht es mit dir aus?«, fragte Gabriela herausfordernd. »Möchtest du zu deiner Liebsten zurück? Wir werden dich nicht aufhalten.« Sie sah kurz zu den anderen. Keiner widersprach ihr. »Aber erinnerst du dich noch an unseren alten Wahlspruch im Rollenspiel?«

Das ist nicht fair, dachte Till bitter. »Findest du das jetzt nicht ein wenig pathetisch?«

»Helden sind pathetisch!«, entgegnete sie entschieden.Gabriela zog ihr Schwert aus dem schlammigen Boden und streckte es dem Himmel entgegen. Auch die anderen drei hoben ihre Schwerter und kreuzten mit ihr die Klingen.

Till gab auf. Seine Hand fuhr zum Schwertgriff und er schloss den Kreis der gekreuzten Waffen.

»Einer für alle und alle für einen!«, wiederholten sie feierlich den Eid, den sie einander schon so oft in ihren Spielen geschworen hatten.

*

»Die spinnen, die *Langen*!«, murmelte Birgel und zog sich wieder in Deckung hinter die Tempelsäulen zurück, obwohl das in Anbetracht der besonderen Umstände nicht nötig gewesen wäre, denn er und Wallerich waren ohnehin nicht zu sehen. »Wenn die mit dieser Einstellung zu den *Dunklen* reiten, dann wird die Sache kein gutes Ende nehmen. Wir sollten überlegen, ob wir uns unterwegs nicht verdrücken. Im Übrigen glaube ich, dass sich das Problem mit deinem Nebenbuhler bei Neriella von ganz alleine lösen wird.«

Wallerich blickte den *Langen* nachdenklich hinterher, bis sie hinter dem Langhaus verschwunden waren. Allmählich begann er zu begreifen, was Neriella an diesem Studenten fand. Für einen Menschen war er ganz in Ordnung.

Mozzabella hatte Wallerich früh am Morgen zu sich eingeladen und mit ihm lange über die Mission bei den *Dunklen* gesprochen. Sie machte keinen Hehl daraus, dass sie die ganze Sache für einen Auswuchs krankhaften Männlichkeitswahns hielt. Danach hatte sie ihm einen

Tarnmantel überlassen, der ihn unsichtbar machte, sobald er dessen schweren Bronzeverschluss zuhakte. So hatte Wallerich unbemerkt dem Gespräch der Ältesten mit Till lauschen können, und als die *Langen* anschließend die Festhalle verließen, hatte er Birgel mit unter den Mantel genommen und war ihnen gefolgt. Nach diesem Morgen war Wallerich klarer, was Nöhrgel und Mozzabella einmal aneinander gefunden hatten und warum ihre Ehe dennoch unweigerlich scheitern musste. Die beiden waren sich zu ähnlich!

»Sollen wir diese Irren wirklich auf ihr Todeskommando zu den *Dunklen* begleiten?«, fragte Birgel. »Irgendwann müssen wir ohnehin zurückbleiben. Wir können nicht auf das *Thing*. Warum sollten wir also in der Wildnis herumsitzen und auf sie warten. Bleiben wir einfach hier, wo es warm und gemütlich ist und wo es regelmäßige Mahlzeiten gibt. Mit ein bisschen Glück sehen wir sie nie wieder und du hast Neriella wieder für dich allein!«

Wallerich knetete nachdenklich seinen Bart. Nüchtern betrachtet hatte Birgel absolut Recht. Aber wenn die Dryade jemals herausbekommen sollte, dass er Till hier im Stich gelassen hatte ... Nein, das konnte nicht der Weg sein! Letzte Nacht hatte er sich ohnehin schon einen anderen Plan zurechtgelegt. »Ich werde den Studenten zu einem Duell herausfordern, sobald wir wieder zu Hause sind. Hier werden wir nur mit heiler Haut herauskommen, wenn wir alle füreinander einstehen.«

»Was? Sind dir diese Musketiersprüche von den *Langen* irgendwie aufs Hirn geschlagen? Du willst diesen Till zum Duell fordern? Ich glaub, du brauchst 'ne Brille! Der Kerl ist mehr als fünfmal so groß wie du!«

»Na und? Hast du noch nie etwas von David und Goliath gehört?«, fragte Wallerich und bemühte sich, gelassen zu wirken. Birgel hatte zielsicher den wunden Punkt in seinem Plan aufgedeckt, aber es blieb ja noch etwas Zeit, darüber nachzudenken.

»David und Goliath!«, eiferte sich der Heinzelmann. »Das waren zwei *Lange*, die gegeneinander gekämpft haben. Ein Heinzelmann gegen einen Menschen ... Das kann man nicht damit vergleichen.«

»Du willst mich ja wohl auch nicht ernsthaft mit einem Menschen gleichsetzen. Schließlich gibt es noch andere Mittel als Steinschleudern, um zu gewinnen. Besonders wenn man unsere Möglichkeiten hat.«

»Du willst doch nicht etwa in einem Duell mogeln?«, fragte Birgel entrüstet. »Wenn du das vorhast, kannst du mich als Sekundanten vergessen! So etwas unterstütze ich nicht! Überleg dir die Sache doch noch mal. Gib Neriella ein bisschen Zeit, und sie wird begreifen, dass so ein Mensch nicht das Richtige für sie ist!«

»Nein! Außerdem, was heißt hier mogeln? Mogeln ist das falsche Wort. Ich werde lediglich dafür sorgen, dass unsere Chancen zu gewinnen ... ähm ... sagen wir mal, ausgeglichen sind. Ist das mogeln? Das ist nur eine Frage von Fairness! Jetzt lass uns zurück in die Festhalle gehen, bevor uns die *Langen* noch vermissen.«

16

Nach dem Frühstück brachten Mozzabella und Klöppel die Ui Talchiu bis hinunter zum Fluss. Die Älteste ließ sich nicht mehr anmerken, wie vehement sie sich noch vor knapp einer Stunde gegen die Reise zu den *Dunklen* ausgesprochen hatte. Sie saß auf der Schulter des Ogers und war so in Augenhöhe mit Martin, der eine graue Stute ritt. Die beiden plauderten über Musik und die Schwierigkeiten, bei dieser feuchten Witterung eine Laute zu stimmen. Doch das allzu bemühte Ringen um den Schein der Banalität ließ sie die unterschwellige Spannung nur noch deutlicher spüren.

Und dann waren da noch die beiden Heinzelmänner ... Sie hatten darauf bestanden, mit Till zu reiten. Ein Faun aus dem Gefolge Mozzabellas hatte zwei kleine Weidenkörbe geflochten, die man vor Tills Sattel gehängt hatte. Darin hockten nun Wallerich und Birgel, gut mit Decken und Kaninchenfellen gewärmt. Die zwei hatten sich nicht dazu geäußert, warum sie ausgerechnet mit ihm reiten wollten. Vor allem Wallerich ging Till schon jetzt, wo ihre Reise noch nicht einmal seit einer Viertelstunde begonnen hatte, auf die Nerven. Der Heinzelmann hockte in seinem Körbchen, hatte sich die Kapuze in den Nacken geschoben und starrte mit unbewegtem Gesicht zu Till empor.

Zweimal schon hatte Till nachgefragt, ob es etwas gäbe, doch der Heinzelmann antwortete mit Ausflüchten und starrte weiter. Der Kerl war unheimlich!

Birgel hingegen war auf andere Weise lästig. Kaum dass sich Tills Pferd in Bewegung gesetzt hatte, wurde der dickliche Heinzelmann blasser und blasser. Wie ein Seekranker fixierte er den Horizont und knirschte dabei mit den Zähnen. So wie es aussah, war es nur eine Frage der Zeit, bis er über dem Rand seines Korbs hängen würde, um sich von seinem überaus reichlichen Frühstück zu trennen. Was für Reisegefährten!

Von der kleinen Feenstadt bis hinab zum Ufer des Flusses waren es nur wenige hundert Meter. Dort wartete ein flacher Fährkahn auf sie. Hier *Nebenan* schien der Rhein wesentlich breiter zu sein. Der Fluss war von dunklem Bleigrau und der Südwind trieb weiße Gischtkämme stromabwärts. Zweifelnd musterte Till das Fährboot. Wind und Wellen hatten dem Holz eine blassgraue Farbe gegeben. Das Boot mochte sieben oder acht Schritt lang sein und war fast vier Schritt breit. Seine Bordwand war so niedrig, dass Till das Gefühl hatte, die Fähre würde sinken, wenn man sie tatsächlich voll belud.

Mozzabella musste eine Ewigkeit auf ihre Pferde einreden, bis die Tiere endlich an Bord des Fährkahns gingen. Vermutlich hatte sie sich zuletzt einfach eines Zaubers bedient, um sie zu beruhigen. Till überlegte, ob es nicht klüger sei, auf die Instinkte der Tiere zu vertrauen ... Nur Macha und Sainglu schienen sich nicht zu fürchten, sondern im Gegenteil die ganze Sache recht amüsant zu finden. Die beiden großen Hengste zerrten mit einigem Gepolter den Streitwagen an Bord und die dünnen Bretter des Lastkahns knackten bedenklich unter den eisenbeschlagenen Rädern.

Als der Nachen schließlich beladen war, ragte die Reling

gerade noch eine Handbreit über das Wasser. Mozzabella zahlte dem Fährmann für jeden Reisenden ein Silberstück. Er war eine unheimliche, stille Gestalt. Ein hoch gewachsener Mann mit langem weißen Bart in schmutzig braunen Gewändern. Sein Gesicht blieb fast ganz im Schatten eines breitkrempigen Huts verborgen. Auf eine lange Stange gestützt hatte er am Ufer gestanden und wortlos zugesehen, wie sie an Bord gingen. Selbst als er mit der Ältesten sein Geschäft abwickelte, schien er nichts zu sagen.

Mozzabella winkte ihnen zum Abschied. Der böige Wind zerzauste ihr weißes Haar und riss ihr fast den Umhang von den Schultern. Sie hielt sich an einer Haarsträhne des Ogers fest, um auf dessen Schultern nicht den Halt zu verlieren. »Lebt wohl, ihr heldenhaften Narren! Mögen die Götter über euren Wegen wachen!«

Lebt wohl? Till spürte, wie sich sein Magen zusammenzog. Die Älteste schien davon auszugehen, sie nicht noch einmal wieder zu sehen.

Der Fährmann kam an Bord und zog die beiden dicken Bretter ein, mit deren Hilfe sie den Streitwagen verladen hatten. Dann stieß er mit seiner langen Stange den Kahn vom Ufer ab. Das morsche Holz knarrte, als die Kräfte der Strömung sich gegen die Bordwand stemmten, und sie waren noch keine zehn Schritt vom Ufer entfernt, da stand schon fast knöcheltief Wasser im Boot.

Den Schiffer schien das nicht im Mindesten zu beeindrucken. Mit Händen wie Krallen stieß er seine Stange ins Flussbett und stemmte sich mit übermenschlicher Kraft gegen die Gewalt des Stroms. Für seine eingeschüchterten Fahrgäste hatte er nur abfällige Blicke und ein paar Imperative übrig. *Schöpft Wasser!* und *Macht schneller!*, das waren die einzigen Worte, die sie während der ganzen Überfahrt von ihm zu hören bekamen.

Im Bug des Nachens lagen zwischen Taurollen und altem Segeltuch ein paar schimmlige Ledereimer. Zu fünft kämpften sie gegen das ständig nachströmende Wasser an, während die beiden Heinzelmänner am Bug Stellung bezogen und nach treibenden Baumstümpfen Ausschau hielten, die der morschen Bordwand hätten gefährlich werden können.

Als sie nach fast einer Stunde das andere Ufer erreichten, waren sie allesamt nass bis auf die Knochen. Ein gutes Stück von der Strömung abgetrieben liefen sie nahe den geborstenen Pfeilern einer uralten Brücke auf den flachen Strand auf. Über der Böschung ragten die grauen Ruinen einer alten Festung. Raben kauerten in den Schießscharten und dunklen Fensterhöhlen der Türme. Schnell waren die Pferde vom Nachen geladen, obwohl der Fährmann ihnen auch diesmal nicht zur Hand ging.

»Wir sichern die Ruine«, schrie Almat gegen den Wind an und zog sein Schwert. Gemeinsam mit Martin und Rolf stürmte er die Böschung hinauf, während Till bei den Pferden zurückblieb.

Gabriela war die Letzte, die ihren großen, schwarzen Hengst von der Fähre führte. In den Schutz der Böschung gekauert beobachtete Till, wie der schweigsame Fährmann seine Gefährtin zurückhielt. Der Kerl beugte sich vor, schien etwas zu sagen und drückte ihr etwas in die Hand. Die Tänzerin wirkte erschrocken. Sie schleuderte das Geschenk des Fährmanns in den Kies am Ufer. Dieser bückte sich, hob es auf und drückte es Gabriela noch einmal in die Hand. Diesmal blieb sie wie versteinert stehen.

»Die Ruine ist clean!« Almat kam die Böschung hintergelaufen. »Wir haben zwei große, halbwegs geschützte Turmkammern gefunden. Da können wir Feuer machen und unsere Sachen trocknen.«

Gabriela nahm ihren Hengst beim Zügel und kam vom Ufer herüber.

»Was wollte der Fährmann von dir?«, fragte Till.

»Nichts!«

»Er hat dir doch etwas gegeben.«

Die Tänzerin hob den Arm und zeigte ein dünnes Silberkettchen, an dem zwei winzige, silberne Ballettschuhe hingen. »Mein Glücksbringer. Ich hatte ihn im Boot verloren. Das war alles. Ist das Verhör beendet? Ich friere!«

»Martin macht ein Feuer«, sagte Almat. »Wir haben oben jede Menge trockenes Treibholz gefunden. Offenbar wird die Ruine häufiger als Lagerplatz benutzt. Jedenfalls hat jemand einen Holzvorrat angelegt.«

»So, Martin macht Feuer.« Gabriela grinste schief. »Na, da bin ich ja mal gespannt. Versucht er die Nummer mit den zwei Holzstöcken?« Sie klopfte auf ihren Lederrucksack. »Ich denke, ich werde mich darum kümmern. Als Laller mich in die Villa Alesia zurückkehren ließ, habe ich neben passender Garderobe noch ein paar nützliche Kleinigkeiten eingepackt.«

Almat führte sie die Böschung hinauf und über die Trümmer eines eingestürzten Torbogens hinweg. Die Burg musste einst einer Garnison von einigen hundert Mann Unterkunft geboten haben. Auf dem Innenhof befanden sich Kasernen und Stallungen. Längst waren die Dächer eingestürzt. Überall lagen zersplitterte, hellrote Ziegel. Till erkannte auf einem von ihnen einen Siegelabdruck. LEGXXII CV. Die zweiundzwanzigste Legion! Was aus ihnen wohl geworden war? Römer hier *Nebenan* ... Damit hatte er nicht gerechnet.

Almat führte sie zu einem der runden Ecktürme. Drinnen hörte man Martin herzhaft fluchen.

»So wird das nichts mit dem Feuer!«, neckte ihn Birgel. »Das Einzige, was du auf diese Art zum Qualmen bringst, sind deine Handflächen. Ohne uns seid ihr hier drüben aufgeschmissen. Pass mal auf, ich zeig dir, wie das geht.«

Gabriela drängte sich durch den Eingang in den Turm. »Bevor wir bei euch um Hilfe betteln, fließt noch verdammt viel Wasser den Rhein hinab. Ich mach das Feuer an!« Sie kauerte sich neben den Holzstoß und öffnete ihren Rucksack.

Wallerich und Birgel tauschten einen kurzen Blick und grinsten verschwörerisch, während die Tänzerin in ihrem Rucksack kramte. »Das kann doch nicht sein ...«

»Stimmt etwas nicht?«, fragte Wallerich spöttisch.

»Das wart ihr!«, fauchte Gabriela und schüttete den Rucksack jetzt aus. »Ihr habt die Sachen ausgetauscht! Die Grillanzünder, die Taschenlampe ...«

»Ich weiß nicht, was du hast.« Wallerich blickte flüchtig zu den Sachen, die verstreut neben der Feuerstelle lagen. »Es ist doch noch alles da. Feuerstein und Stahl. Ein wasserdichtes Lederbeutelchen mit Zunder. Eine kleine Blendlaterne ...«

»Du elender kleiner Mistkerl!«

Wallerich duckte sich unter einem Holzscheit weg, den Gabriela nach ihm geworfen hatte, und brachte sich hinter Martin in Sicherheit. »Ich habe damit nichts zu tun!«

»Schaut mal her. Schminktiegel, einen Spatel, um sich Kohlestaub unter die Augen zu schmieren ... und was ist denn das?« Birgel zog etwas Längliches aus dem Rucksack. »Das sieht ja aus wie eine Wurstpelle ohne Wurst! Wozu braucht man denn so was?«

»Gib das her, du Dieb!«, fauchte Gabriela.

»Wir waren das nicht!«, entrüstete sich der Heinzelmann. »Das macht diese Welt. *Nebenan* duldet es nicht, dass man modernen Kram hierher bringt. Sobald du deine Sachen für einen Moment aus den Augen lässt, verwandeln sie sich in etwas, das ungefähr ihrer Funktion entspricht und hierher passt. Ein Motorrad wird ein Pferd, ein Laptop wird zu Pergament, Feder und Tuschefass und ein

Feuerzeug zu Feuerstein und Stahl. Wir haben damit nicht das Mindeste zu tun!«

»Ihr hättet uns das früher sagen können«, grollte Almat.

»Ich hab ja angeboten Feuer zu machen«, entgegnete Birgel entrüstet. »Ihr wolltet es nicht!«

»So kommen wir nicht weiter!« Martin streifte seinen nassen Umhang von den Schultern und breitete ihn über das Holz, das entlang der Wand gestapelt war. »Gibt es noch andere Dinge, die wir über *Nebenan* wissen sollten? Ich meine, wir sind von jetzt an auf uns allein gestellt ... Ihr beiden kennt euch hier aus. Wir werden es zusammen nicht sehr weit bringen, wenn wir uns nicht helfen. Ihr könnt Feuer machen? Dann tut es! Und wenn es noch etwas gibt, das wir wissen sollten, dann heraus damit!«

Birgel schulterte den Beutel mit dem Zunder, der aus Gabrielas Rucksack gefallen war, und schleppte ihn zu der vorbereiteten Feuerstelle.

»Ich glaube, dass ihr jetzt alle wirklich wichtigen Dinge wisst«, sagte Wallerich. »Euch ist natürlich klar, dass wir ein Tor brauchen, um in eure Welt zurückkehren zu können. Deshalb müssen wir auf dem Rückweg wieder zu Mozzabella.«

»Und was ist mit dem Fluss?«, fragte Almat. »Wie kommen wir da rüber? Gibt es nur diese eine Fähre?«

»Es gibt nur eine Fähre, ja ... Aber das ist kein Problem. Ganz egal, wann und wo wir zum Rhein kommen, der Fährmann wird dort sein und uns erwarten. Schließlich hat er einen Vertrag mit Mozzabella und den wird er erfüllen!«

»Du meinst, er weiß schon jetzt, wie unsere Mission enden wird?«, hakte Till nach.

»Nein, das habe ich nicht gesagt.« Wallerich schüttelte unwillig den Kopf. »Woher soll ich wissen, was er weiß? Der Kerl kriegt die Zähne doch nicht auseinander. Sicher ist aber, dass, ganz egal wo wir den Fluss überqueren, er da sein wird und auf uns wartet. Er hat noch nie einen Fährgast verpasst!«

Till sah verstohlen zu Gabriela. Sie hatte ihren Rucksack wieder eingeräumt und sich ein wenig zurückgezogen. Was mochte der Fährmann ihr gesagt haben?

»Wir sollten uns jetzt lieber überlegen, wie wir zum Faselfarnwald kommen«, fuhr Wallerich fort und zog eine zerknitterte Pergamentkarte unter seiner Tunika hervor. »Dies hier hat uns Mozzabella für die Reise überlassen. Die Karte ist nicht ganz auf dem neuesten Stand, aber zur groben Orientierung wird sie genügen. Es sind alle Siedlungen und bedeutenden Orte im Umkreis von zweihundert Meilen eingetragen.« Der Heinzelmann faltete die Karte auf und breitete sie vor sich auf dem Boden aus. Sie war nicht größer als ein Bierdeckel.

»Schön, dass *ihr* eine Karte habt!«, brummte Almat. »Damit wir sie lesen könnten, bräuchten wir wohl eine Lupe.«

»Nimm sie doch einfach mal in die Hand statt dich so aufzuspielen.«

»Und was dann?«

»Versuch's doch! Oder hast du Angst vor einer Landkarte?«

Almat griff mit spitzen Fingern nach dem Pergament und ließ sofort wieder los. »Sie ... die Karte! Sie hat sich bewegt! Das Ding ist verhext!«

»Natürlich ist die Karte verzaubert! Wir sind hier *Nebenan*, was habt ihr denn erwartet? Hier gibt es kein GPS-Navigationssystem. Wenn man eine vernünftige Karte haben will, dann muss man sie schon verzaubern. Nicht dass ich nicht auch einen Computer mit Autonavigation besser fände, aber so laufen die Dinge hier nun mal nicht.«

Till hob die Karte auf. Sie begann in seinen Händen zu

wachsen, bis sie die richtige Größe für Menschen hatte. Doch einmal abgesehen von seinem neuen Format hatte das Pergament mit modernen Straßenkarten nicht viel gemein. Siedlungen waren als Ansammlungen von Häusern und Türmen eingezeichnet und statt der vollen Städtenamen waren meist nur Kürzel in der Karte verzeichnet. Es gab auch noch etliche andere kleine Zeichnungen, die mit Codes versehen waren. Dort, wo der Drachenfels liegen musste, war zum Beispiel ein Berg mit einer Höhle. Rings um den Berg türmten sich ganze Hügel von Totenköpfen. Ein Stück weiter kauerte eine blonde Frau auf einem Felsen am Rhein. Sie war mit drei Totenköpfen markiert.

Das Pergament war ziemlich alt und abgegriffen, sodass etliche Zeichnungen und Schriftzüge nicht mehr deutlich zu erkennen waren. Schon auf den ersten Blick konnte man jedoch sehen, dass sich die Geographie von *Nebenan* kaum von der in der wirklichen Welt unterschied. Jedenfalls nicht in den wesentlichen Merkmalen. Natürlich war der Rhein in der Feenwelt nicht begradigt und eingedeicht und es gab hier viel mehr Wälder, aber zumindest befanden sich Berge und Flüsse ungefähr dort, wo sie auch in der Welt der Menschen lagen.

»Was bedeuten eigentlich die ganzen Totenköpfe auf der Karte?«, fragte Rolf und drängte sich dabei an Tills Seite, um besser sehen zu können.

»Sie zeigen an, wie gefährlich ein Ort oder dessen Bewohner für Heinzelmänner sind«, erklärte Wallerich. »Wie ihr sehen könnt, ist es für unsereinen nicht gerade klug, sich östlich des Rheins aufzuhalten. Es wäre Birgel und mir recht angenehm, wenn wir in der Nähe des Ufers bleiben könnten. Von hier ist es leichter, einen ... sagen wir taktischen Rückzug anzutreten, falls etwas schief geht. Im Übrigen ist das Gelände hier offener. Wir werden schneller vorankommen.«

»Wo ist denn dieser Faselfarnwald, zu dem ihr uns führen sollt?«, fragte Till.

Wallerich deutete auf eine Hügelkette, die nur ein paar Kilometer vom Fluss entfernt war. »Hier, in der Nähe der Löwenburg. Wenn ihr euch ein bisschen ranhaltet mit dem Trockenwerden und wir hier nicht noch ewig herumsitzen, dann können wir den Wald noch diese Nacht erreichen.«

»Für so 'nen kleinen Mann hast du 'ne ganz schön große Klappe«, murrte Almat. »Was hast du es denn so eilig? Ob wir heute oder morgen in dem Wald ankommen, ist doch wohl egal.«

»Habt ihr die Totenköpfe auf der Karte schon vergessen? Im Gegensatz zu euch weiß ich, was uns hier erwartet. Und je schneller wir verschwinden, desto besser ist das für uns alle!«

Till zog fröstelnd seinen Umhang enger um die Schultern und fluchte stumm. In den letzten Stunden hatte sich das Wetter drastisch verschlechtert. Von Süden her trieb ein eisiger Wind erste Schneeflocken vor sich her. Tills Gesicht und Hände waren taub vor Kälte. Er hatte das Gefühl, dass in dieser Welt alles intensiver war. Es war hier nicht nur ein bisschen kalt und windig, sondern es wehte gleich ein wahrhaft arktischer Sturmwind. Dass eine solche Witterung im November in diesen Breiten noch völlig unangemessen war, schien den Wind nicht im Mindesten zu stören. Mit störrischer Beständigkeit blies der Sturm der kleinen Reitergruppe ins Gesicht und Till hätte sein Pferd darauf gewettet, dass, sobald sie eine andere Richtung einschlagen würden, auch der Wind drehen würde, um sie erneut zu quälen.

Nachdem sie die Ruine verlassen hatten, waren die Ui Talchiu dem Rat Wallerichs gefolgt und das Ufer entlanggeritten. Keine hundert Schritt vom Fluss entfernt begann ein dichter Wald, der ihnen gleich einer schwarzen Mauer den Weg nach Osten verstellte. Nur hier und dort hatten sumpfige Wiesen schmale Breschen in das Gehölz geschlagen. Nirgends gab es Anzeichen von Besiedlung. Das Land war wild und ursprünglich. Über dem Rhein segelten einige Möwen im Sturmwind, ansonsten zeigte sich kein Lebewesen.

Die blassrote Sonnenscheibe war schon fast hinter dem Horizont verschwunden, und während von Osten her der Schatten der Nacht nach dem Wald griff, ballten sich vor ihnen die Sturmwolken zu einem schwarzen Gebirge, das den Horizont ausfüllte.

Till fühlte sich elend. Obwohl er erst höchstens drei oder vier Stunden im Sattel saß, waren seine Beine verkrampft und sein Hintern fühlte sich an, als habe ihm ein Sadist die Haut vom Fleisch geschält. In Fantasyromanen hatten die Helden nie solche Probleme! Warum zum Teufel musste das Schicksal sie nur mit derlei Banalitäten quälen!

Auch den anderen ging es nicht besser. Almat und Rolf waren jeweils mindestens ein halbes Dutzend Mal aus dem Streitwagen gefallen, bevor sie sich halbwegs daran gewöhnt hatten, auf der schwankenden Plattform zu stehen. Till hatte den Verdacht, dass sich die beiden Hengste Macha und Sainglu einen Spaß daraus machten, durch Wegfurchen und über im Gras versteckte Steine zu preschen, damit ihre neuen Besitzer im Streitwagen auch ordentlich durchgeschüttelt wurden.

Nur Gabriela schien das alles nichts auszumachen. Sie war die Einzige von ihnen, die wirklich reiten konnte. Selbst das Wetter schien sie nicht weiter zu stören. Seit sie die Ruine verlassen hatten, hielt sich die Tänzerin abseits der anderen. Meist ritt sie ein Stück voraus. Angeblich um den Weg auszukundschaften. Doch das war wohl nur eine Ausrede, um allein zu sein.

Mit ihrem wehenden Umhang aus Rabenfedern und in schwarze Gewänder gehüllt war Gabriela auf dem großen Rappen, den sie ritt, ein Furcht einflößender Anblick. Den *gae bolga*, ihren mit Widerhaken versehenen Speer, hatte sie quer vor sich über den Sattel gelegt. Hätte Till es nicht besser gewusst, er hätte sie für eine der Kreaturen dieser fremden Welt gehalten. Besser als alle anderen Ui Talchiu passte sie hierher!

Während Till sie beobachtete, zügelte sie plötzlich ihren Hengst und hob die Rechte, um auch den anderen ein Zeichen zum Halten zu geben. Till lenkte seine Stute an ihre Seite, während Almat vergeblich fluchend versuchte den Streitwagen zu bremsen.

Die Tänzerin deutete auf eine breite Lichtung, die sich vom Ufer fort in den Wald erstreckte. »Dort hinten brennt ein Licht am Waldrand. Ich glaube, da ist eine Hütte.«

Till kniff die Augen zusammen und blinzelte gegen das Schneetreiben, doch er konnte nichts erkennen.

»Zu der Hütte zu reiten ist keine gute Idee«, meldete sich Wallerich aus seinem Korb am Sattelknauf zu Wort. Er hatte die kleine Karte hervorgeholt und studierte sie im Licht einer winzigen Laterne, die Birgel hielt. »Da!« Er deutete mit dem Finger auf das Pergament. »Hier ist zwar nur noch ein Fettfleck ...« Er warf Birgel einen finsteren Blick zu. »Sieht so aus, als hätte jemand die Karte mit Wurstfingern gepackt! Wenigstens ist die Beschriftung noch zu erkennen. HH.a.H.u.G.! Das bedeutet Ärger. Wir sollten sehen, dass wir weiterkommen, bevor sie uns bemerkt!«

»HH.a.H.u.G.?«, fragte Till. »Was soll denn das schon wieder heißen? Und wer wohnt in der Hüte, der uns nicht bemerken soll?«

»Wozu habt ihr *Langen* eigentlich euren Riesenkopf, wenn ihr nicht einmal die einfachsten Kürzel begreift?«, murrte der Heinzelmann und faltete die Karte wieder zusammen. »HH.a.H.u.G. bedeutet natürlich Hexenhaus aus Hänsel und Gretel! Glaub mir, es wäre keine gute Idee, bei der alten Vettel zum Abendessen vorbeizuschauen. Sie hat sehr befremdliche Vorstellungen von Gastfreundschaft.«

»Du meinst, da hinten lebt die Kinderfresserin aus diesem Märchen der Brüder Grimm?« Gabriela beugte sich ein Stück im Sattel vor und schirmte mit der Linken ihre Augen ab, um besser sehen zu können.

»Die frisst nicht nur Kinder.« Birgel blies die Kerze in seiner Laterne aus. »Die mag im Grunde alles, was auf zwei Beinen durch die Welt läuft. Könnten wir jetzt bitte weiter? Es heißt, dass sie Heinzelmänner eine halbe Meile gegen den Wind riechen kann.«

»Das sind doch nur Märchen, um Kinder zu erschrecken!« Gabriela lachte. »Ich wette, da hinten steht eine ganz normale Hütte und kein Lebkuchenhaus.«

»Und Märchen sind hier Wirklichkeit. Wann geht das endlich in deinen Dickschädel, du störrisches Weibsbild!«, fluchte Wallerich. »Nichts als Ärger hat man mit dir! Es dauert höchstens noch eine Stunde, bis wir den Faselfarnwald erreicht haben. Du wirst jetzt keinen Mist bauen!«

»Und du zu klein geratener Patriarch wirst mir nicht vorschreiben, was ich zu tun habe!« Die Tänzerin gab ihrem Pferd die Sporen.

»Haltet diese Furie auf!«, zeterte Wallerich, während sich Birgel unter der Decke in seinem Körbchen verkroch.

Als die Ui Talchiu die Tänzerin einholten, hatte diese schon längst das Hexenhaus erreicht. Es war tatsächlich ganz aus Lebkuchen und Zuckerguss gefertigt. Durch die mattweißen Scheiben aus Zuckerplatten fiel gelbes Licht. Rings um die Hütte waren etliche Warnschilder aufgestellt mit Schriftzügen wie: Das Betreten des Grundstücks ist für Erwachsene verboten. Oder: Letzte Warnung an vorwitzige Blütenjungfern! Im Dachgebälk lauern katzengroße Spinnen! Am unheimlichsten jedoch fand Till ein Schild, das in Form und Schriftzug an eine längst vergangene Medienkampagne erinnerte: Ein Herz für Kinder!

Gabriela hatte bereits etwas von einer Lebkuchendachschindel abgebrochen und kaute auf beiden Backen. Sie warf Rolf ein Stück von dem Gebäck zu. »Das solltet ihr alle mal probieren! Schmeckt klasse!«

Da rief eine feine Stimme aus der Stube heraus: »Knusper, knusper, kneischen, wer knuspert an meinem Häuschen?«

Almat lachte. »Das ist ja wirklich wie im Märchen!«

»Nur dass wir keine Kinder mehr sind«, murmelte Rolf und legte die Hand auf den Schwertgriff. »Ich glaube, die Alte wird gleich eine gehörige Überraschung erleben.«

»Macht keinen Unsinn«, flüsterte Birgel unter der Decke im Korb. »Die Hexe ist ...« Noch bevor er den Satz vollenden konnte, rief Gabriela die Märchenantwort auf die Frage der Hexe: »Der Wind, der Wind, das himmlische Kind!« Gleichzeitig brach sie eine weitere Schindel vom Dach.

Die Tür zur Hütte schwang auf. Ein breiter Lichtstreifen schnitt durch die Finsternis. Im Eingang stand eine alte, auf einen Krückstock gestützte Frau, auf deren Schulter ein Rabe kauerte. Sie trug ein Kleid aus grobem, schwarzem Wollstoff und hatte ein besticktes Tuch um den Kopf geschlungen. »Wenn ihr glaubt, ihr könnt eine allein stehende Frau in den besten Jahren verscheißern und euch hier auf meine Kosten den Bauch voll schlagen, dann habt ihr euch geschnitten! Habt ihr eine Ahnung, was für eine Arbeit es ist, das Haus bei Wind und Wetter in Schuss zu halten und dafür zu sorgen, dass das Gebäck appetitlich bleibt! Das hier ist keine Futterkrippe für Vagabunden! Ihr werdet jetzt absteigen und mir drei Klafter Holz als Schadensersatz hacken, dann dürft ihr euch verpissen!«

»Huh, warum habe ich nur keine Angst, Muttchen?«, spottete Rolf.

»Vielleicht weil du ziemlich dumm bist?«, entgegnete die Hexe grimmig und stieß ein tiefes, kehliges Knurren aus. Sogleich erklang aus dem Wald um die Lichtung vielstimmiges Wolfsgeheul zur Antwort.

Tills Stute schnaubte unruhig.

»Normalerweise überlasse ich meinen Kleinen nur Knochen und andere Abfälle, aber diesmal können sie ruhig Ross und Reiter haben!« Die Alte stieß ein keckerndes Lachen aus.

Rolf stieg vom Streitwagen und zog seine beiden Schwerter. »Du wirst jetzt brav deine Schoßhündchen zurückpfeifen, oder ... «

Die Hexe schnippte mit den Fingern. Ein Besen sauste unter der Dachtraufe hervor, verpasste dem falschen Cuchulain einen Hieb, der ihn von den Beinen riss, und sauste auf Gabriela zu. Stahl blitzte auf. Ein trocknes Splittern erklang – und der Hexenbesen fiel zerbrochen in den Schnee. Die Tänzerin hatte so schnell mit der breiten, widerhakenbesetzten Speerspitze zugeschlagen, dass Till nicht einmal die Bewegung richtig gesehen hatte. Keinen Herzschlag später bohrte sich der Speer kaum einen Fingerbreit neben der Kehle der Hexe in die Tür aus Spritzgussgebäck.

»Ihr!«, keuchte die Alte und starrte mit entsetzensweiten Augen zu Gabriela. »Ich hatte Euch nicht bemerkt, Erhabene. Bitte verzeiht mein ungebührliches ... «

Die Tänzerin schnitt ihr mit einer knappen Geste das Wort ab. »Wir hätten gerne noch etwas Proviant, wenn es keine Umstände macht. Dann reiten wir weiter.«

»Selbstverständlich, edle Morrigan. Wenn ich Euch die
Printen vom Schornstein empfehlen dürfte. Ich hole auch
gern etwas von dem Marmorkuchen, mit dem meine
Waschstube ausgelegt ist. Der ist wirklich exzellent! Und
dann wäre da noch Nussgebäck ... Ihr seid doch sicher
zum Thing am Drachenfels unterwegs. Darf ich euch vielleicht ein Nachtquartier anbieten, Erhabene. Es wird sicherlich noch einen schrecklichen Sturm geben. Mein Hütte ist größer, als sie von außen aussieht.«

»Etwas Gebäck genügt uns«, entgegnete Gabriela einsilbig, während Rolf sich aufrappelte, der Alten einen finstren Blick zuwarf und sich den Schnee von den Kleidern
klopfte.

Die Hexe holte aus dem Haus eine Leiter, die aussah,
als sei sie aus Baumkuchenstücken zusammengesetzt,
und beeilte sich aufs Dach zu klettern. »Seid Ihr sicher,
dass Ihr nichts vom Schornstein probieren wollt, Erhabenste? Ohne mich selber loben zu wollen muss doch gesagt sein, dass mir die Printen ganz ausgezeichnet gelungen sind.«

»Sag schon Ja«, flüsterte Birgel unter seiner Decke. »Und
wenn sie noch mal vom Marmorkuchen anfängt ...« Till
versetzte der Decke einen Klaps, dort, wo er den Kopf des
Heinzelmanns vermutete. Das fehlte gerade noch, dass
der verfressene kleine Kerl mit seinen Sprüchen ihre Tarnung auffliegen ließ.

Die Hexe kam indessen wieder die Leiter hinunterge-
klettert und reichte Gabriela ein in eine Spitzendecke ein-
geschlagenes Päckchen mit Lebkuchendachziegeln. »Ich
hab im Ofen noch ein bisschen Weihnachtsgebäck, edle
Morrigan. Wenn Ihr vielleicht noch eine Stunde auf ein
Tässchen Kräutertee hereinkommen wollt?«

Bei dem Gedanken daran, was die Hexe sonst in diesem
Ofen zu backen pflegte, lief es Till eiskalt den Rücken he-

runter. »Wir müssen weiter, Herrin«, sagte er mit belegter Stimme.

Gabriela warf ihm das Päckchen mit den Lebkuchen zu. Dann saß sie ab und zog den *gae bolga* aus der Tür des Hexenhauses.

»Dass ich Euch einmal leibhaftig begegnen durfte!« Die Hexe strich mit ihren knochigen Fingern über den Rabenfederumhang der Tänzerin. »Wisst Ihr, Ihr habt unsere Sache so viel weiter gebracht! Eine düstere Frauengestalt von Euren Fähigkeiten! So zu sein wie Ihr, davon können wir Märchenhexen nur träumen. Wir schneiden immer nur schlecht ab in unseren Geschichten, werden verbrannt, zerrissen oder sonst was. Ich sag Euch, Erhabenste, das schlägt einem auf die Seele. Hier hat niemand richtig Respekt vor uns. Wir Hexen aus dem bergischen Land haben deshalb eine Selbsthilfegruppe für Hexen mit Minderwertigkeitskomplexen gegründet. Wir treffen uns immer mittwochs. Vielleicht könntet Ihr ja auf einem unserer Treffen ...«

»Sehe ich aus, als hätte ich Minderwertigkeitskomplexe?«, fragte die Tänzerin eisig.

»Aber nicht doch, Allerprächtigste!«, beeilte sich die Hexe in schmeichlerischstem Tonfall richtig zu stellen. »Ich dachte, Ihr könntet vielleicht ein Referat halten. Etwas in der Art: Die Rolle der dunklen Frauengestalten in matriarchalischen Gesellschaften – oder so.«

»Ich denk darüber nach.« Gabriela schwang sich in den Sattel und winkte den anderen. »Los, wir brechen auf.« Wie zur Bestätigung schnaubte ihr großer schwarzer Hengst, wendete tänzelnd und trabte in Richtung des Flussufers zurück. Die Wölfe wichen dabei respektvoll vor ihr zur Seite.

»Wenn morgen gutes Flugwetter ist, komm ich auch zum Thing!«, rief ihnen die Hexe hinterher. »Ich bring etwas Gebäck mit. Dann können wir ja noch mal in Ruhe über den Vortrag reden.«

Sie waren noch keine hundert Meter vom Hexenhaus entfernt, als Birgel unter seiner Decke hervorgekrochen kam und sich ein Stück Lebkuchen angelte. »Ihr hättet auch die Printen annehmen sollen«, brummte er und biss herzhaft in das weiche Gebäck. »Es ist unhöflich, ein Geschenk auszuschlagen. Besonders wenn es sich dabei um etwas zu essen handelt!«

»Na, Allerprächtigste!«, stichelte Rolf. »Macht es Spaß, so angeschleimt zu werden?«

»Macht es Spaß, von einem Besen verprügelt zu werden?«

Der falsche Cuchulain zog eine Grimasse. »Der Angriff kam zu überraschend. Aber deine Parade mit dem Speer . . . Alle Wetter! Das war eine reife Leistung! Ich hab den Schlag nicht einmal richtig gesehen, so schnell warst du. Hast du heimlich geübt?«

»Hab ich nicht!«, entgegnete die Tänzerin ruhig. »Der *gae bolga* hat den Schlag ohne mein Zutun geführt.« Sie strich über den Speer, der jetzt wieder vor ihr über dem Sattel lag. »Und was noch schlimmer ist: Er wollte die Hexe aufspießen. Ich konnte ihn gerade noch verreißen, sonst wäre er der Alten mitten durch die Kehle gefahren. Es ist, als wäre die Waffe von einem eigenen Geist beseelt. Einem Geist, der nach Blut lechzt!«

17

»Und du meinst, das bringt was?«, fragte Mike zweifelnd.

Nadine hatte eine Weile die kleinen, gelb und rötlich glühenden Gestalten unter sich auf der Straße beobachtet. Jetzt setzte sie die Wärmebildkamera vor sich auf das Dachsims und schlug fröstelnd den Kragen ihrer Lederjacke hoch. Die Nörgelei ihres Kollegen ging ihr allmählich auf die Nerven. »Ich weiß auch nicht, ob es hilft, aber auf jeden Fall sind wir so dem BKA und dem Verfassungsschutz eine Nase voraus. Die haben uns ja nicht einmal zugehört!« Nadine war einigermaßen frustriert. Vor dem Anschlag im Ministerium hatte noch nie jemand ihre Qualifikation als Leibwächterin infrage gestellt. Sie hatte schon die bedeutendsten Persönlichkeiten aus Politik und Wirtschaft beschützt. Aber nachdem heute Morgen der Sohn von Mager entführt worden war, hatte man sämtliche Leibwächter gegen Beamte vom BKA und vom Verfassungsschutz ausgetauscht. Das war der Tiefpunkt ihrer Karriere. Sie hatten beim Einsatzleiter darum betteln müssen, heute Abend überhaupt auch nur bis auf hundert Meter an Minister Mager heranzukommen. Schließlich hatte man ihnen einen Platz auf einem Häuserdach ein ganzes Stück von der Altstadtkneipe entfernt zugewiesen, in der das Treffen mit den Entführern stattfinden sollte.

»Erzähl mir noch mal, wie das heute Morgen bei der Entführung war. Du hast wirklich niemanden gesehen?«

Mike wiederholte einsilbig die Geschichte, die er heute schon mindestens zehnmal erzählt hatte.

»Und die Sache mit der Spraydose?«

Der Bodyguard fluchte. »Ich versteh das auch nicht. Ich hab mich gegen die Scheibe gequetscht, um was zu sehen. Ich konnte die Buchstaben einzeln auf dem Blech erscheinen sehen. Aber den Typen mit der Dose in der Hand, den hab ich nicht gesehen.«

Nadine nickte. »Das passt zu dem, was mir meine Schwester erzählt hat.«

»Die Bulette?«

»Die Wachtmeisterin!« Nadine hielt selber nicht sehr viel von ihrer kleinen Schwester, die im Streifendienst bei der Kölner Polizei arbeitete. Maria war das schwarze Schaf in der Familie. Sie war ziemlich chaotisch, hatte keine klaren Karrierevorstellungen, alle paar Wochen einen neuen Freund und lebte in einem Einzimmerappartement, das nach Nadines Meinung wie eine Müllkippe aussah. Nadine selber nannte Maria stets abfällig Bulette, aber es machte einen Unterschied, ob sie über ihre Schwester lästerte oder Mike!

Vor ein paar Tagen hatte Maria nachts angerufen und ihr völlig außer sich eine Geschichte von unsichtbaren Trollen erzählt, in die sie angeblich ein ganzes Magazin ihrer Dienstwaffe geschossen hatte, ohne dass es etwas nutzte. Damals hatte Nadine noch gedacht, ihr Schwesterchen hätte was von dem Dope irgendeines kleinen Dealers geraucht, den sie auf Streife ausgenommen hatte. Zuzutrauen war ihr das bei ihrem Lebenswandel! Aber nach dem Vorfall heute Morgen sah sie Marias Geschichte in einem anderen Licht. Es mussten ja keine Trolle gewesen sein ... Nadines Verstand sträubte sich einfach dagegen, Fabelwesen als eine real existierende Größe zu akzeptieren. Aber wer wusste schon, was es alles an Hightechwaffen gab. Vielleicht war es ja wirklich möglich, Leute mit einem Schutzfeld zu umgeben, das zugleich auch unsichtbar machte. Eine Art verbesserte kugelsichere Weste der Zukunft ...

Die Frage war jetzt, wie sie Mike ihre Überlegungen mitteilen konnte, ohne dass er sie für verrückt hielt. Er war emotional ein wenig unausgeglichen. Deshalb arbeitete sie so gerne mit ihm zusammen. Jeder betrachtete sie als die Zuverlässigere. Sie war immer der Chef, wenn sie beide ein Team bildeten. Mike hatte das mittlerweile akzeptiert. Auf dieser Basis funktionierten sie ganz gut.

»Du sagst, du hättest den Kerl nicht gesehen, aber die Buchstaben, wie sie auf der Autoseite erschienen sind?«, fragte Nadine vorsichtig.

»Das habe ich heute schon ein Dutzend Mal gesagt! Ich weiß, dass sich das bescheuert anhört!«

»Das finde ich nicht. Ich weiß, dass du nicht einfach herumlaberst. Was du sagst, das hast du auch gesehen. Daran gibt es nichts zu rütteln.«

Mike blickte sie an, als stünde eine Fremde vor ihm. »Du glaubst mir?«

»Natürlich! Du bist mein Partner. Wem sollte ich glauben, wenn nicht dir? Außerdem passt es zu dem Zwischenfall im Konferenzraum. Der Pfeil. Wir beide wissen, dass kein Verdächtiger im Raum war, als der Pfeil abgeschossen wurde. Du hast selber hinter den Sitzreihen nachgesehen. Und sofort danach wurde das ganze Gebäude abgeriegelt. Trotzdem ist der Mistkerl entkommen. Ich finde, das passt hervorragend zu deiner Aussage. Wirf mal einen Blick durch die Kamera.« Sie hielt ihm das Gerät hin, das ein wenig wie eine der großen, altmodischen Videokameras aussah. »Schau mal auf die Straße hinunter!«

Mike gehorchte, wie meistens, wenn sie ihm auf die richtige Art etwas sagte. Der stämmige Bodyguard pfiff leise durch die Zähne. »Eine Wärmebildkamera. Teuer! Wo hast du das Ding her?«

»Von 'nem Waffennarren, der jede Menge illegale Artillerie unter seinem Garagenboden in 'ner Reihenhaussiedlung versteckt hat. Er war mir 'nen Gefallen schuldig. Wir können die Kamera so lange ausleihen, wie wir sie brauchen. Wenn dieser Scheißer hier auftaucht und glaubt, er könnte wieder seine Unsichtbarkeitsnummer durchziehen, dann sind wir dem BKA und dem Verfassungsschutz um mindestens eine Nasenlänge voraus. Wir schnappen uns dieses Arschloch und sind wieder rehabilitiert!«

Mike zog seine 48er aus dem Schulterholster und überprüfte, ob eine Kugel im Lauf war. Seine Hände zitterten dabei.

»Was ist los?«

»Nichts!« Er steckte die Waffe zurück, zündete sich eine Zigarette an und nahm einen tiefen Zug. »Wenn ich dir jetzt was sage – ganz ehrlich –, wirst du mich dann auslachen?«

»He, sind wir Partner? Ich glaub dir deine Geschichte.«

Der Leibwächter nickte. »Ja, als Einzige.« Er nahm noch einen Zug und schnippte die Zigarette vom Dach. »Wir jagen einen verdammten Predator! Und Scheiße, ich sag dir, das ist zwei Nummern zu groß für uns. Wir sollten uns verpissen und BKA und Verfassungsschutz mit dem Alien alleine lassen. Hier gibt es diese Nacht noch ein Massaker und ich habe keine Lust auf eine Rolle als Opfer!«

»Einen Predator?«, wiederholte Nadine langsam.

»Du weißt schon, dieses Monster aus dem Film mit Schwarzenegger! Der Kerl macht ganz allein ein Platoon der Special Forces klein. Wir haben keine Chance!«

»Ich glaub nicht an Hollywoodfilme«, bemerkte Nadine lakonisch. »Außerdem, wenn ich mich richtig erinnere, dann war dieses Monster doch unterwegs, um Trophäen zu sammeln. Eine Entführung, das passt da nicht ins Konzept. Beruhigt dich das?«

»Hast du den zweiten Predator-Film gesehen?«

»Wieso?«

»Du verstehst diese Aliens nicht! Es geht nicht um die Trophäe. Sie ist nichts wert, wenn man sie nicht durch eine gute Jagd bekommen hat! Je gefährlicher die Beute, desto besser die Trophäe! Du hängst dir nicht den ausgestopften Kopf einer Hauskatze über den Kamin, wenn du einen Tiger haben kannst. Die Entführung ist der Köder! Heute Abend kommt dieser verdammte Predator und sieht sich hier nach seinem Tiger um!«

»Das ist nur ein Hollywoodfilm, Mike. Es gibt keine Weltraummonster!«

»Klar!« Er warf ihr einen vernichtenden Blick zu. »Gestern hättest du mir auch erklärt, dass es keine Unsichtbaren gibt! Und ich muss dir noch was sagen ... Sie haben Trennjäger gebraucht, um uns aus unserem Wagen herauszuholen. Die Gummiisolierung um die Scheiben war geschmolzen und die Stahlriegel der Türen mit dem Metall der Karosserie verlötet. Wie geht das? Darauf gibt es nur eine Antwort, Nadine: Alientechnologie!«

Nadine hielt seinem Blick stand. »Und, bleibst du?«

Der Bodyguard steckte sich eine neue Zigarette an und sah auf die Straße hinab. »Ist wohl unser verdammter Job, dazubleiben, wenn alle vernünftigen Menschen den Schwanz einziehen würden.«

*

Befremdet betrachtete der Erlkönig den Reiter neben dem Holzstoß. Der Mann trug einen polierten Bronzekürass und einen Helm mit einem langen, weißen Rossschweif.

Von seinen Schultern wallte ein prächtiger, roter Umhang. Ringsherum drängten sich Kinder mit bunten Laternen, die offensichtlich darauf warteten, dass das Holz angezündet wurde.

Es hatten sich doch mehr heidnische Feste in diesen modernen Zeiten erhalten, als er erwartet hätte, dachte der Elbenfürst verwundert und suchte sich einen Weg durch das Gedränge. Er war spät dran.

Zwei Querstraßen weiter erreichte er das *Nebenan*. Die Kneipe war brechend voll, ganz wie er es erwartet hatte. Die meisten Gäste waren jung, Studenten der nahe gelegenen Kunstakademie. Den Übrigen sah man trotz aller Bemühungen an, dass sie nicht recht hierher passten. Minister Mager hatte reichlich Polizeischutz mitgebracht. Schon vor der Tür waren dem Elbenfürsten einige betont unauffällige Typen aufgefallen. Sicher waren die Dächer ringsherum mit Scharfschützen besetzt. Der Erlkönig streichelte über den Ring, den er am Finger trug. Diese Menschen! Sie waren so leicht vorauszuberechnen. Dann drängte er sich durch die gut besuchte Kneipe. Mager saß direkt neben der Tür, die zur Toilette führte. Vermutlich hatten seine Leibwächter einen Fluchtweg über die Klos vorbereitet.

Der Erlkönig schnippte nach einer Bedienung, bestellte ein Kölsch und erntete einen bösen Blick dafür. Dann ließ er sich neben dem Minister nieder.

Mager beäugte ihn misstrauisch. »Kommen Sie wegen der Nachricht auf dem Mercedes?«

»Ich komme eigentlich eher, weil ich möchte, dass Sie die Anordnung geben, noch in dieser Nacht alle Kohlekraftwerke in der Kölner Bucht abschalten zu lassen. Als Nächstes sollten wir über die Löcher reden, die ihre Bagger in die Erde reißen. Das muss aufhören!«

»Hören Sie«, Mager hob beschwörend die Hände. »Das

sind doch nur politische Themen. Sie müssen sich nicht selbst ins Unrecht setzen, indem Sie sich kriminalisieren. Wir können über alles reden!«

»Geredet wird schon lange genug. Ich kenne die Debatte, weiß, dass sie seit Jahren nicht von der Stelle kommt, der Braunkohletagebau dessen ungeachtet aber täglich neue Fakten schafft. Eine ganze Landschaft und ihre Geschichte verschwindet unter den Reißzähnen Ihrer Bagger. Das wird aufhören! Noch in dieser Nacht!«

»Lassen Sie meinen Jungen gehen!« Magers Ton wurde nun fordernder. »Er hat mit der ganzen Sache nichts zu tun! Einen unpolitischeren Menschen als ihn kann man sich nicht vorstellen! Und was die Bagger und die Kraftwerke angeht ... Ich weiß nicht, was Sie sich vorstellen, aber das kann man nicht alles so einfach über Nacht abstellen. Selbst wenn ich es wollte! Im Übrigen sage ich Ihnen sicherlich nichts Neues, wenn ich Sie darauf aufmerksam mache, dass das Lokal von der Polizei umstellt ist. Sie werden nicht mehr von hier fortkommen! Überlegen Sie sich also gut, was Sie tun ... «

»Sind Sie sich über die Konsequenzen Ihres Handelns im Klaren?«, fragte der Erlkönig ruhig. »Was ich Ihnen jetzt anbiete, ist Zusammenarbeit. Auch mir ist bewusst, dass es besser ist, wenn die Kraftwerke nach einem gewissen Plan abgestellt werden und die Ordnung nicht zusammenbricht. Sie haben vom Vorfall in Bilbis gehört! Sie wissen also, dass ich auch anders kann. Ich bin auf Sie nicht angewiesen, um ein Kraftwerk, ganz gleich welcher Art, lahm zu legen. Ihnen ist hoffentlich klar, dass ich über Möglichkeiten verfüge, die die Mittel eines konventionellen Terroristen bei weitem übersteigen.«

Mager hatte seine Selbstsicherheit zurückgewonnen. Er setzte ein Pokerface auf. »Selbst wenn Sie James Bond persönlich wären, hier aus der Kneipe kommen Sie nicht mehr heraus. Sie müssten schon zaubern können! Die Polizei eines halben Bundeslandes ist in Alarmbereitschaft versetzt, um Ihnen und Ihren Kumpanen das Handwerk zu legen. Geben Sie auf! Sie stehen auf verlorenem Posten!«

Das Handy in der Jackentasche des Erlkönigs klingelte. Er hatte als Signalmelodie Mozarts Requiem einprogrammiert. Zufrieden registrierte er, dass sich Joe und Gabi genau an den Zeitplan hielten. »Das Gespräch ist für Sie! Ich glaube, der Begriff *verheizen* wird von heute Abend an eine völlig neue Dimension für Sie bekommen, Herr Minister.« Er reichte Mager das Handy. »Ich hoffe, Sie sind bereit die Konsequenzen Ihrer Uneinsichtigkeit zu tragen. Wenn Sie morgen früh das Licht einschalten, wird Ihr Sohn seinen Teil dazu beitragen, dass es brennt, und das, obwohl er alles andere als eine Leuchte ist!«

Der Energieminister riss das Handy ans Ohr. »Martin? Geht es dir gut?«

»Hallo, Vater. Ich bin ganz okay. Die haben mir nichts getan. Ich bin mit Klebeband gefesselt und hab 'ne Augenbinde. Ich glaub, das sind keine richtigen Profigangster. Die waren irgendwie seltsam. Die hatten sogar 'nen Hund dabei.«

»Weißt du, wo du bist? Und was ist das für ein Geräusch da im Hintergrund?«

»Das ist das Fließband«, krächzte es aus dem Handy.

»Was für ein Fließband?«

»Ein Braunkohleförderband«, mischte sich der Erlkönig ein. »Meine Freunde haben deinen Sohn auf eines der Bänder gelegt, mit denen die Braunkohle aus dem Tagebaugebiet direkt in die Brennöfen der Kraftwerke geliefert wird. Es gibt eine ganze Menge davon. Ich bin gespannt, ob es doch eine Möglichkeit gibt, die Bänder zu stoppen oder die Öfen zu löschen.« Der Elbenfürst blickte auf die Uhr über der Theke. »Wir haben Viertel nach acht. In etwas weniger als fünfzehn Minuten wird deinem Jungen ziemlich warm um die Füße werden. Wir haben ihm das Handy unters Kinn geklebt und die Akkus neu aufgeladen. Wir sind schließlich keine Unholde. Du wirst bis zuletzt mit ihm reden können ... Falls du die Wahrheit gesagt hast und sich die Förderbänder tatsächlich nicht anhalten lassen.«

Mager sprang auf. »Packt den Kerl! Und bringt mich sofort zum Einsatzstab. Ich brauche sofort Leitungen zu sämtlichen Braunkohlekraftwerken! Und schickt jeden Hubschrauber, den wir kriegen können, ins Braunkohlerevier!«

Der Erlkönig zog den Ring von seinem Finger und duckte sich unter den Tisch. In der Kneipe brach die Hölle los. Durch die Vordertür stürmte ein schwer bewaffnetes Sonderkommando mit Stahlhelmen und kugelsicheren Westen. Ganz wie der Elbenfürst erwartet hatte, wurde der Minister sofort von Leibwächtern umringt und in Richtung der Toiletten in Sicherheit gezerrt.

Jeder, der sich nicht mit einer Polizeimarke ausweisen konnte, wurde zu Boden geworfen oder an eine Wand gedrückt. Die Trottel hatten nicht einmal Spürhunde mitgebracht, dachte der Erlkönig amüsiert. Deren Nasen hätte er mit dem Ring nicht täuschen können.

Befehle wurden gerufen. Jemand fragte nach dem Mann im Umhang. Langsam schien den Dilettanten klar zu werden, dass ihnen ihre Beute durch die Finger gegangen war. Es war an der Zeit für einen effektvollen Abgang! Der Elbenfürst schloss die Augen und konzentrierte sich auf die metallenen Strukturen in seiner näheren Umgebung. Da waren die Waffen in Händen der Polizisten, Armbanduhren, Handschellen, die schweren, eisernen Tischbeine, Leitungen in den Wänden und die Zapfanlage auf der Theke.

Auch wenn die Menschen ihm im Grunde egal waren, wollte er nicht, dass es unnötig zu Toten kam. Ein Gedanke des Erlkönigs ließ die Griffe der Waffen aufglühen. Fluchen! Metallisches Klacken. Ringsherum fielen Pistolen und Sturmgewehre zu Boden. Ein weiterer Gedanke und alle Handys, Helmmikros und Kopfhörer waren nur noch nutzloser Hightechschrott. Dann ließ der Elbenfürst sämtliche Lampen funkenstiebend zerbersten. Der allgemeine Kurzschluss geriet ihm ein wenig außer Kontrolle. Bläuliche Blitze krochen über die Wände, dort, wo unter dem Putz die Stromleitungen liegen mussten. Jemand stieß einen gellenden Schrei aus.

Unter der Decke des Schankraums schossen die Blitze von einer ausgeglühten Lampenfassung zur nächsten.

»Alles raus hier!«, kommandierte eine befehlsgewohnte Stimme. Scheiben splitterten. Die Tür zur Kneipe wurde weit aufgerissen. Im Stakkato der Lichtblitze wirkten die Bewegungen der Flüchtenden seltsam abgehackt und unnatürlich.

In einem letzten Kraftakt magischer Willensanstrengung brachte der Erlkönig das Bier in den Fässern unter der Decke zum Kochen und öffnete sämtliche Ventile der Zapfanlage. Bitter nach Hopfen stinkender Wasserdampf fauchte in die Kneipe und machte das Chaos vollkommen.

Man hätte nicht einmal unsichtbar sein müssen, um in diesem Durcheinander unbehelligt die Wirtschaft verlassen zu können. Einen Augenblick lang spielte der Elbenfürst mit dem Gedanken, seinen Ring wieder auf den Finger zu streifen. Doch Übermut kommt vor dem Fall! Er kroch unter dem Tisch hervor und mischte sich unter die Menge, die aus der engen Tür hinausquoll. Die Flüchtenden stießen ihn grob in die Rippen, traten auf seine Füße und merkten in ihrer Panik nicht einmal, wie sie jemanden anrempelten, den sie nicht sehen konnten.

Vor der Kneipe waren grellrote Unfallwagen aufgefahren. Kreisendes Blaulicht ließ die Gesichter der Polizisten und Studenten, die aus dem *Nebenan* kamen, noch blasser erscheinen. Der halbe Straßenzug lag im Dunkel. Sogar die Laternen waren auf gut zwanzig Meter rechts und links der Wirtschaft verloschen.

Der Elbenfürst zuckte gelassen mit den Schultern. Elektrizität war eine Kraft, die ihm noch sehr fremd war. Er würde in Zukunft ein wenig mit ihr herumexperimentieren. Augenscheinlich ließen sich einige sehr interessante Effekte hervorrufen, wenn man richtig mit ihr umzugehen verstand.

Grelle Scheinwerfer flammten auf einem Häuserdach auf der gegenüberliegenden Straßenseite auf. Die Straße wurde auf beiden Seiten mit rotweißen Plastikbändern abgesperrt. Beamte in grünen Uniformen versuchten das Knäuel der Flüchtlinge zu entwirren. Irgendwo bellten Hunde.

Beunruhigt sah sich der Erlkönig um. Es war an der Zeit, zu verschwinden! Vorsichtig darauf bedacht, niemanden zu berühren, schlängelte er sich an einer Gruppe von Beamten mit durchsichtigen Schilden vorbei, die eine lockere Sperrkette bildeten. Ein paar Schritt weiter erreichte er das Plastikband, hinter dem sich immer mehr Neugierige versammelten. Etliche Kinder mit Laternen waren da und bestaunten mit großen Augen das Polizeiaufgebot.

Der Elbenfürst duckte sich an einem letzten Beamten vorbei und verschwand dann in der Menge.

*

»Das muss er sein! Gerade hat sich einer unter der Absperrung durchgeduckt!« Deutlich war die in Gelb- und Rottönen glühende Gestalt im Sucher zu erkennen. Nadine gab die Wärmebildkamera an Mike weiter. »Er ist der Einzige, der sich von der Absperrung fortbewegt. Alle anderen sind Gaffer!« Die Leibwächterin musterte die Straße. Ja! Er musste es sein! Mit bloßem Auge war niemand zu sehen, der sich in die Richtung bewegte wie die Gestalt, die sie gerade noch mit dem Sucher der Kamera erfasst hatte.

»Hast du ihn, Mike?«

»Ich glaube ja. Er lässt sich Zeit, schlendert ganz gemütlich die Straße hinauf, als wäre nichts. Wir sollten den anderen Bescheid sagen.«

»Damit sie den Ruhm einheimsen? Nein! Ich geh runter und schnapp ihn mir! Wenn wir uns rehabilitieren wollen, müssen wir die Sache alleine durchziehen! Nimm dein Handy und ruf mich an. Du dirigierst mich hier oben vom Dach aus.«

»Aber ...«

Nadine ignorierte Mikes Einwände. Wenn sie den Attentäter nicht verlieren wollten, mussten sie schnell handeln. Sie riss die Stahltür auf, die zum Treppenhaus führte, und hetzte zum Ausgang hinunter. Ihr Handy klingelte.

»Mike?«

Einen Augenblick tönte nur Rauschen aus dem Äther. »Nadine? Kommissar Ehrlicher hier. Kommen Sie doch bitte mit Ihrem Kollegen mal runter zur Einsatzleitung. Wir hätten da noch ein paar Fragen wegen der Aussage von Mike. Einiges stellt sich jetzt in einem anderen Licht ...«

»Scheiße!«, fluchte die Leibwächterin und drückte das Gespräch weg. Fast sofort klingelte das Handy erneut.

»Nadine?« Diesmal war es Mikes Stimme. »Siehst du die drei Kinder mit den Laternen gut hundertzwanzig Meter vor dir? Eines der Kinder hat eine Sonnenlaterne.«

»Ja.«

»Unser Predator ist auf einer Höhe mit ihnen. Er biegt

359

jetzt nach links ab. Ich werd ihn für eine Weile aus dem Blickfeld verlieren. Die Straße führt geradewegs auf den Marktplatz. Ich hoffe, ich werde ihn da wieder finden. Halt dich ran!«

Nadine rannte bis zur Straßenecke und verlangsamte dann ihre Schritte. Der Unsichtbare sollte nicht zu zeitig auf sie aufmerksam werden. Die Gasse vor ihr war von kleinen Läden gesäumt. Kinder mit Fackeln und einige Eltern gingen in Richtung des Marktplatzes. Manche Passanten waren stehen geblieben und betrachteten die Auslagen in den Schaufenstern. »Siehst du ihn schon wieder?«, raunte die Leibwächterin in ihr Handy.

»Nein. Auf dem Marktplatz sind verdammt viele Leute. Wenn er geradewegs in die Menschenmassen läuft, können wir unsere kleine Verfolgungsjagd vergessen. Wir hätten den anderen Bescheid ... Warte mal. Ja! Am Eingang zum Markt ist ein Schmuckladen. Da ist er! Eine einzelne Gestalt! Wenn ich die Kamera vom Auge nehme, kann ich dort niemanden sehen. Der Idiot schaut sich wohl nach 'ner Perlenkette für seine Liebste um!«

Nadine begann zu laufen. Sie konnte den Schmuckladen jetzt sehen. Vom Marktplatz erklang ein vielstimmiges Martinslied. Hunderte Kinder hatten sich dort versammelt. Flüchtig sah die Leibwächterin einen Reiter in Rüstung, der neben einem großen Holzstoß posierte.

»Er steht vor dem rechten Schaufenster«, erklärte Mike. »Jetzt dreht er sich um. Ich glaube, er hat dich gesehen! Er läuft geradewegs auf den Platz zu!«

Nadine sah, wie ein Kind grob zur Seite gestoßen wurde. Wenn der Kerl den Fehler machte, sich mit Gewalt einen Weg durch die Menschenmenge zu bahnen, würde sie ihm auch ohne Mikes Anweisungen folgen können!

»Verdammter Mist!«, tönte es aus dem Handy.

Der Holzstoß war in Flammen aufgegangen.

»Ich seh gar nichts mehr!«, fluchte Mike. »Der ganze Platz wird von der Hitze des Feuers überstrahlt. Ich hab ihn verloren.«

Nadine stand jetzt mitten unter den Kindern. Verzweifelt drehte sie sich um und suchte die Menge nach auffälligen Bewegungen ab. Doch nichts war zu sehen. Sie hatten den Unsichtbaren wieder verloren!

*

»Verdächtige Subjekte auf dem Wallraffplatz«, hauchte die Synchronstimme von Sharon Stone aus dem Autolautsprecher Nöhrgel, der auf der Hutablage eingeschlafen war, geradewegs ins Ohr.

Benommen rappelte sich der Älteste auf und stieß sich den Kopf am Rückfenster. Noch ganz verschlafen bewunderte er den goldenen Lichtbogen, der sich jenseits des Rheins über der Kölnarena spannte. Das Panorama hier oben war einfach hinreißend!

»Habe ein hinreichend scharfes Bild von einem der Subjekte, um einen Personenvergleich durchzuführen«, wisperte die erotische Stimme nun aus dem Autolautsprecher.

Nöhrgel stutzte. Das konnte nicht sein! Der Wahrscheinlichkeitskalkulator hatte erst für morgen Nacht bedeutende Ereignisse vorausgesagt! Nun vollends wach, raffte Nöhrgel sein Nachthemd und rutschte über die Lehne auf die Rückbank hinab. Wahrscheinlich war es nur ein blinder Alarm. Ein paar Betrunkene oder so …

Dort, wo einmal das Armaturenbrett des Autos gewesen war, leuchteten nun sechzehn kleine Bildschirme, die aus allen erdenklichen Blickwinkeln den Dom zeigten, während über drei weitere kleine Flachbildmonitore, die auf der Armlehne der Beifahrertür festgeschraubt waren, in rasender Folge Gesichter dahinglitten.

Nöhrgel strich sich fröstelnd über die Glatze. Anscheinend verbrauchten die Computer, mit denen er den Wagen aufgerüstet hatte, zu viel Energie und die Standheizung hatte sich abgeschaltet. Zwischen zusammengeknüllten Pommestüten und leeren Colabechern fand der Älteste tastend auf dem Boden des Wagens seine Zipfelmütze und zog sie sich über die Ohren, während er gleichzeitig die vier Reihen der Überwachungsmonitore musterte. Auf dem Wallraffplatz parkte ein Mini. Eine langhaarige Frau lehnte sich an den Wagen und redete auf die Gestalt auf dem Beifahrersitz ein. Das Licht einer Laterne spiegelte sich auf der Windschutzscheibe, sodass Fahrer und Beifahrer nur als Schatten zu erkennen waren.

»Richtmikro unter Kamera dreizehn aktivieren«, befahl Nöhrgel knapp.

Leises Surren tönte aus den Lautsprechern, dann war eine Frauenstimme zu hören: »... ist doch Unsinn! Komm, steig wieder aus!«

»Nein, es geht darum, ein Exempel zu statuieren! Wir haben einen ganzen Tag damit vergeudet, diesen Bastard wieder aufzuspüren. Jetzt wird er dafür büßen, dass er uns betrogen hat! Außerdem ist die Sache ein Experiment!«

»Was für ein verdammtes Experiment? Wovon redest du da?«, fluchte die Frau.

»Du wirst sehen. Roger! Fahr auf den Domplatz!«

»Ja, mein Herr«, antwortete eine gleichgültige Stimme. Der Minicooper setzte sich in Bewegung.

»Kamera dreizehn, schwenk um dreißig Grad und folge dem Wagen. Zoom rauffahren!«, befahl Nöhrgel neugierig.

Das Fahrzeug begann zu beschleunigen und brauste geradewegs auf den in grünlich weißes Licht getauchten Dom zu.

»Personenvergleich beendet«, flüsterte Sharon Stones Stimme.

362

Nöhrgel blickte zu den Bildschirmen auf der Armlehne. Auf dem mittleren Monitor war ein Foto Cagliostros zu sehen, die beiden anderen zeigten zwei alte Kupferstiche mit Porträts des Grafen.

»So also siehst du heute aus«, murmelte der Älteste gedankenverloren. »Für einen Menschen hast du dich in den letzten zweihundert Jahren verdammt gut gehalten. Man könnte sogar ...«

Ein ohrenbetäubender Knall ließ Nöhrgels Versteck hoch über dem alten Zeughaus erbeben. Die überlasteten Lautsprecher schalteten sich ab und überließen den Ältesten dem schrillen Fiepen in seinen Ohren, das sich nicht auf Knopfdruck ausblenden ließ.

Auf drei der sechzehn Überwachungsmonitore war deutlich der Mini zu sehen. Der Wagen war geradewegs gegen das Hauptportal des Doms gefahren. Seine Kühlerhaube hatte sich auf ein Drittel ihrer ursprünglichen Länge zusammengefaltet. Für einen flüchtigen Augenblick konnte Nöhrgel eine flammende Faust mit vorgestrecktem Mittelfinger auf dem bronzenen Tor aufleuchten sehen. Das Domportal hatte den Zusammenstoß mit dem Kleinwagen offensichtlich völlig unbeschadet überstanden.

Der Heinzelmann rieb sich die schmerzenden Ohren. »Richtmikrofon unter Kamera acht aktivieren«, befahl er knapp und wurde prompt mit zweistimmigem Stöhnen belohnt. Leises Zischen kündete von Airbags, die langsam wieder in sich zusammensanken.

Die Frau vom Wallraffplatz kam angerannt und riss die Beifahrertür auf. »War es das wert?«, schrie sie aufgebracht.

Unter Mühen kletterte Cagliostro aus dem Wagen. »Ich hatte gehofft, wir würden vielleicht auf diese Weise in den verdammten Dom kommen. Aber dafür hätte dieser Mistkerl wohl eine größere von diesen pferdelosen Kutschen fahren müssen.«

»Autos! Diese Dinger heißen Autos!« Die Frau griff dem taumelnden Grafen unter die Arme, um ihn zu stützen. Irgendwo zwischen den Wasserspeiern der Kathedrale verborgen begann eine Sirene zu schrillen.

»Was machen wir mit Roger?«, fragte die Frau.

»Ihn den Pfaffen überlassen!«, entgegnete Cagliostro. »Wenn sich in den letzten zweihundert Jahren nicht einiges geändert hat, steht ihm noch eine verdammt unangenehme Nacht bevor. Glaub mir, ich weiß, wovon ich spreche!« Der Graf deutete mit einer ruckartigen Bewegung auf den Wagen und murmelte etwas Unverständliches, woraufhin wie von Geisterhand der Kofferraum aufklappte.

»Lass diese Spielereien! Wir müssen von hier weg!« Die Frau zog den hinkenden Grafen in Richtung der Seitentreppe, die vom Domplateau hinab zu einem kleinen Feuerzeugladen führte.

Nöhrgel hatte genug gesehen. Er kletterte auf die Armlehne der Fahrertür seines Verstecks und begann aus Leibeskräften an der Fensterkurbel zu drehen. Als die Scheibe endlich in der Wagentür versunken war, beugte er sich hinaus. »Schnapper!«

Die große Möwe auf dem Sims des Flachdachs zog den Kopf unter dem linken Flügel hervor und blinzelte missmutig. »Was?«, krächzte sie in einem Tonfall, der bei zarter besaiteten Heinzelmännern vermutlich zu spontanen Herzrhythmusstörungen geführt hätte.

»Folge den beiden *Langen*, die gerade von der Domplatte flüchten. Ein Kilo bester Alaskalachs, wenn du mir morgen sagen kannst, wo sich die zwei verstecken.«

Die Möwe wirkte schlagartig hellwach. »Gemacht!« Ohne weitere Fragen zu stellen ließ sich Schnapper vom

Sims fallen, stürzte in halsbrecherischem Tempo dem Asphalt der Straße entgegen und breitete erst im letzten Moment seine mächtigen grauweißen Schwingen aus, um mit einem heiseren Schrei in der Nacht zu verschwinden.

Nöhrgel kurbelte das Wagenfenster hoch, rieb fröstelnd seine Hände aneinander und ließ sich wieder vor den Überwachungsmonitoren nieder. Es dauerte nur wenige Augenblicke, bis sich das Wachpersonal des Doms beim Autowrack vor dem Kirchenportal eingefunden hatte. Keine fünf Minuten später waren auch der Kardinal und sein Sekretär zugegen.

Einer der Wachmänner führte den Kirchenfürsten zum Kofferraum des Minis. »Sehen Sie nur, Eminenz! Er hat alle verschwundenen Objekte aus der Schatzkammer dabei! Ich begreife nicht, warum er noch einmal hierher zurückgekommen ist.«

»Gottes Wege sind unergründlich, mein Sohn!« Lächelnd blickte der Kardinal zum Nachthimmel. »Und es steht uns nicht zu, den Ratschluss des Herrn zu hinterfragen.«

»Natürlich«, murmelte der Wachmann eingeschüchtert.

»Der Fahrer hat keine äußerlichen Verletzungen erlitten«, erklärte der Sekretär und kletterte aus dem Autowrack. »Er scheint nicht getrunken zu haben. Merkwürdige Sache ...« Der Pater sah sich suchend um. »Seltsam, dass noch keine Polizei und kein Notarztwagen hier sind.«

»Die Polizei wurde noch nicht benachrichtigt«, erklärte der Kirchenfürst so gelassen, als segne er gerade einen reuigen Sünder. Nöhrgel musste grinsen. Er mochte den Kardinal. Das war endlich mal ein *Langer,* der sich auf den rechten Führungsstil verstand. Der Heinzelmann hätte ohne zu zögern seinen Bart darauf verwettet, dass der Kardinal ebenfalls ein großer Fan von Coppolas Paten-Verfilmung war.

»Dies ist eine Kirchenangelegenheit! Zumindest zunächst noch.«

»Aber der Mann braucht vielleicht ärztliche Hilfe«, protestierte der Sekretär.

»Die wollen wir ihm nicht lange vorenthalten.« Der Kardinal wandte sich an einen der Domwächter. »Meyer, holen Sie doch bitte einmal eine von den Flaschen, mit denen ein gewisser Geistlicher – den wir alle gut kennen – gelegentlich seinen Messwein aufpeppt. Und Sie, Pater Anselmus, sehen jetzt einmal gut zu! Sie werden Zeuge sein, wie eine neue Legende entsteht.«

»Eine Legende?« Der Sekretär kniete inzwischen wieder in der offenen Wagentür und fühlte den Puls des Fahrers. »Ich fürchte, ich verstehe nicht, Eminenz.« Kaum verhohlene Empörung schwang in seiner Stimme.

»Legenden sind das Salz in der Suppe der Religion, mein Lieber. Ohne Legenden wäre unser ganzer Verein schon vor Jahrhunderten erledigt gewesen! Wir sind den Gläubigen ein bisschen Show schuldig. Was meinen Sie, warum es den ganzen Heiligenkult gibt? Unsere Schäfchen wollen das Wirken Gottes auf Erden erleben. Wunder! Verstehen Sie! Aber lassen wir das!« Er wandte sich wieder zu den Wächtern. »Der Domschatz wird aus dem Kofferraum entfernt. Ich wünsche, dass man ihn morgen Nacht in einem kleinen Säckchen hier vor dem Hauptportal deponiert und er dann im Morgengrauen offiziell gefunden wird.«

»Ja, aber ... Was machen wir mit dem Fahrer des Wagens? Er hat den ganzen Kofferraum voller Hightechausrüstung. Ich sehe förmlich vor mir, wie er sich wie eine Spinne am Faden in die Schatzkammer hinabgelassen hat.«

Der Kardinal verdrehte die Augen zum Himmel. »Das erledigt Meyer. Wir geben dem Kerl ein paar Schluck

Schnaps, solange er noch nicht ganz beieinander ist. Den Rest davon verschütten wir im Wagen. Dann rufen wir die Ordnungshüter. Für sie wird er nicht mehr sein als ein Besoffener, der im Vollrausch das Domportal gerammt hat.«

»Sie wollen den Dieb einfach so ungeschoren davonkommen lassen, Eure Eminenz? Ich meine, immerhin ist er der echte Domräuber und Gott hat ihn uns in die Hände gegeben. Ist das nicht auch eine wunderbare Geschichte?«

»Ich sprach von der Fassung für die Polizei, mein lieber Anselmus. Haben Sie Ihr Handy dabei?«

»Selbstverständlich, Eure Eminenz!« Der Sekretär griff unter seine Soutane.

»Dann wählen Sie jetzt bitte die 0333.«

Nöhrgel machte sich eine kurze Notiz auf einer Pommestüte. Von einer solchen Vorwahl hatte der Heinzelmann noch nie gehört.

Anselmus gehorchte und reichte seinem Dienstherren das Handy. »Und nun?«

»Sagt Ihnen das Kürzel IOE etwas?«

»Das Istituto per le Opere Esteriori?« Die Stimme des Sekretärs war zu einem Flüstern geworden.

»Genau. Die Nummer gehört zu einer Sonderabteilung des Amtes für Auswärtige Angelegenheiten des Vatikans, eine Zweigstelle des Staatssekretariats. Wir beide wissen natürlich auch, dass das Istituto zwei Jahrhunderte lang der vollstreckende Arm der Inquisition war. Heute koordiniert es die Aktivitäten des päpstlichen Geheimdienstes.« Der Kardinal ergänzte die Telefonnummer und Nöhrgel versuchte verzweifelt, die Kamera zu schwenken, um zu sehen, welche Zahlen der Kirchenfürst eingab. Diese Telefonnummer war Gold wert!

»Gleich werden wir mit einer Unterabteilung des IOE verbunden werden. Computerspezialisten. Wussten Sie, dass der Vatikan eine der ersten international operierenden Institutionen war, die sich das Internet zunutze gemacht hat? Ah ...« Der Kardinal wandte sich ab.

Nöhrgel fluchte. Zu gerne hätte er mitgehört, was der Kirchenfürst mit dem IOE zu besprechen hatte.

Das Gespräch dauerte weniger als eine Minute. »Diese jungen Jesuiten!« Der Kardinal schüttelte den Kopf. »Sie haben einen etwas blasphemischen Sinn für Humor. Die 0333. Natürlich eine Anspielung auf die heilige Dreifaltigkeit. Und dann noch drei mal die drei als numerische Überhöhung. Ganz schön frech!« Der Kardinal wandte sich zum Auto und eine steile Falte zeigte sich auf seiner Stirn. »Natürlich vergibt die katholische Kirche niemandem, der einen Anschlag auf ihre Würde durchgeführt hat. Wir werden sämtliche Konten dieses Roger Jäger aufspüren und elektronisch löschen lassen. Des Weiteren werden wir seine persönlichen Daten ein wenig durcheinander bringen. Unsere Brüder in Rom können da sehr kreativ sein. Wenn sie mit ihm fertig sind, wird er sich wünschen, er hätte die Finger vom Dom gelassen!«

*

»Bitte, bitte, bitte! Pflanz mich aus! Ich verrate dir, wo ein Topf voller Gold vergraben ist. Du musst mich nur mit zum Elbental nehmen!«

Till versuchte die Stimme aus seinen Gedanken zu vertreiben. Er konzentrierte sich auf den Schnee in der Mähne seiner Stute. Wallerich hatte sie vor mehr als einer Stunde vom Fluss in hügeliges Waldland geführt. Ein Weg war in dem spärlichen Licht von Birgels kleiner Laterne bald nicht mehr zu erkennen gewesen. Wie schwarze Säulen ragten mächtige Baumstämme in die Finsternis. Erst hoch über ihren Köpfen begann sich Geäst zu verzweigen. Es gab hier kaum Unterholz. Nur ein wenig welken Farn, der halb unter dem frisch gefallenen Schnee verborgen war.

»Bist du sicher, dass wir noch richtig sind?«, fragte Till.

»Natürlich!«, entgegnete Wallerich barsch und studierte weiter die fleckige Karte, die vor ihm im Korb lag.

»Vergiss den Goldtopf«, meldete sich wieder eine Stimme in Tills Kopf. »Grab mich aus. Ich zeig dir einen Wasserfall mit einer Nymphe, die du nicht mehr vergessen wirst.«

Der junge Student schüttelte sich, doch immer mehr fremde Gedanken drangen auf ihn ein und überboten einander mit ihren Verlockungen.

»Ich hatte euch vor dem Faselfarnwald gewarnt«, murrte Wallerich, als habe auch er in Tills Gedanken gelesen. »Wir können von Glück sagen, dass der Frost den meisten Farn hat welken lassen. Im Sommer ist es hier noch viel schlimmer. Das Gequatsche macht einen wahnsinnig! Die Elben haben den Faselfarn angepflanzt, um das Tal, zu dem wir wollen, vor ungebetenen Besuchern zu schützen.«

»Aber wie können sich denn Pflanzen in meine Gedanken einmischen?«, fragte Till nach.

Der Heinzelmann schnaubte. »Ihr Menschen haltet euch wohl immer noch für die Krone der Schöpfung! Natürlich haben auch Pflanzen ihre Wünsche und Gefühle! Nur weil sie ein wenig zurückhaltend sind, sind sie durchaus nicht nur totes Holz. Das solltest eigentlich gerade du wissen!« Wallerich hatte den letzten Satz auf eigentümliche Weise betont.

»Wie meinst du das?«, hakte Till nach und versuchte sich trotz der ununterbrochenen Einflüsterungen des Farns auf das Gespräch zu konzentrieren.

»Ich dachte an Neriella ...«

»Du weißt auch davon!?«

Der Heinzelmann zog grimmig die Brauen zusammen. »Natürlich ... Hast du eigentlich jemals über die pflanzliche Seite von Neriella nachgedacht, du Banause?«

»Jawohl, denkt mehr an die Pflanzen«, tönte der telepathische Farn vielstimmig in Tills Hirn, während ein einzelnes Stimmchen verzweifelt aufschrie: »Sag deinem Gaul, er soll seinen rechten Vorderhuf von mir herunternehmen. Blödes Mistvieh!«

»Grab mich aus und ich werde dir Neriellas Geheimnis verraten«, versprach eine andere Stimme, die im Gemurmel fast unterging. Till blinzelte verzweifelt gegen das Schneetreiben an und fragte sich, welches Farnbüschel das wohl gewesen sein mochte.

»Hast du dich nie gefragt, warum Neriella ausgerechnet grünes Haar hat?«, fuhr Wallerich indessen fort. »Und der blasse Grünton ihrer Haut ... Hast du dir deine Geliebte eigentlich jemals richtig angesehen?«

»Ich glaube nicht, dass ich darüber mit dir diskutieren möchte!«

»Ach!« Der Heinzelmann richtete sich im Reisekörbchen am Sattelhorn empört zu seinen vollen fünfunddreißig Zentimetern auf. »Und ich glaube nicht, dass du die Zuneigung eines Geschöpfes verdient hast, für das du dich in Wirklichkeit einen feuchten Dreck interessierst! Was glaubst du, warum sie nur hundert Schritt von ihrem Baum fortkann ... kaum weiter, als ein welkes Blatt im Herbstwind fliegt? Sie ist ein Teil der Esche ...« Der Heinzelmann seufzte. »Aber wie soll ich dir etwas begreiflich machen, für das es in deiner Sprache nicht einmal Worte gibt! Sie ist ... die wunderbarste Blume, die jemals auf dem Geusenfriedhof erblüht ist.«

»Quatsch!« Till hatte sich in den letzten Tagen zwar an den Gedanken gewöhnt, dass manche Märchenfiguren wirklicher waren, als einem lieb sein mochte, aber die Vorstellung, in einen Teil eines Baumes verliebt zu sein … das war nun doch zu viel!

»Du meinst, es gibt keine Pflanzen, die wie Menschen aussehen«, meinte Wallerich. »Hast du dir jemals eine Alraunewurzel angesehen? Und überhaupt, warum muss etwas aussehen wie ihr *Langen*, damit ihr akzeptieren könnt, dass es sensibel ist, lebt und Gefühle hat! Man sollte Neriella vor dir beschützen! Ich hätte nicht übel Lust, dich …«

»Chef … ähm …« Birgel zupfte aufgeregt an Wallerichs Kaninchenfellweste. »Nicht dass du damit nicht Recht hättest, aber ich glaube, wir sind angekommen.«

Sie hatten einen schmalen Einschnitt zwischen zwei Felswänden passiert und vor ihnen öffnete sich ein enger Talkessel, der offenbar durch den Betrieb eines längst wieder aufgegebenen Steinbruchs entstanden war. Hier schien der Winter keine Macht zu haben. Die wenigen Bäume im Tal erblühten in frischem Frühlingsgrün. Rosenranken und Efeu wanden sich den rotgoldenen Fels der Steilwände hinauf. Ein Bach mit kristallklarem Wasser brach aus dem Berg und wand sich durch die Enge, in der die Ui Talchiu verharrten, um das verwunschene Tal zu bestaunen.

Inmitten des ehemaligen Steinbruchs erhob sich ein grob behauener, grauer Monolith, in dessen Oberfläche gewundene Muster eingeschnitten waren. Ein unstetes flackerndes, grünes Leuchten umgab den Stein und tauchte auch das Tal in weiches, schattenloses Licht. Unter einem Felsüberhang, fast ganz unter Efeuranken verborgen, lag eine Einsiedlerklause, neben der ein großes Schlachtross stand. Durch die offene Tür der Hütte tönte Lautenklang und jemand sang mit mehr Enthusiasmus als Englischkenntnissen *Yesterday*.

Es war Martin, der als Erster seine Stimme wiederfand. »Ein Beatlesfan in einem Märchenwald! Das hätte John Lennon gefallen!«

»Können wir vielleicht im Tal weiterreden?«, jammerte Birgel. »Da haben wir endlich Ruhe vor diesem verrückten Grünzeug. Das Gefasel von Gänseleberpastete, Schokopudding und zarten Lammkeulen macht mich noch wahnsinnig!«

Till lenkte seine Stute in das Tal hinab. Es war hier angenehm warm. Von einem Augenblick zum anderen schienen sie vom Winter in den Frühling gewechselt zu sein.

Im Geäst der Eiche neben der Einsiedlerklause schlug eine Nachtigall ihr melancholisches Lied an. Der Lautenklang in der Hütte brach ab. »Halt's Maul, Isolde! Ich weiß auch, dass sie da sind«, polterte der Sänger.

Die Ui Talchiu waren auf Höhe des Monolithen angekommen, als Rolf plötzlich Almat in die Zügel griff. »Hast du das gesehen?« Der blonde Krieger sprang aus dem Streitwagen und kniete sich neben die Unkrautstauden, die rings um den grauen Felsblock wucherten. »Hier baut jemand Cannabis an!«

»Wer ist der Kerl, den wir hier treffen sollen?« Obwohl sie noch gut zwanzig Schritt von der Hütte entfernt waren, hatte Till seine Stimme zu einem Flüstern gesenkt.

»Der größte Halunke, den man in weitem Umkreis finden kann! Ein Schläger und Leutebetrüger ... und ein Dichter, wie man hören kann«, ergänzte Wallerich nach kurzer Pause in einem Tonfall, als gäbe es für ihn keinen nennenswerten Unterschied zwischen Poeten und Gaunern. »Er wird euch bei den *Dunklen* hereinbringen, und wenn ihr ein bisschen Glück habt, auch wieder hinaus. Der Mistkerl kennt dieses Pack ganz gut.«

Till verkniff sich zu fragen, warum Wallerich plötzlich zwischen »uns« und »euch« unterschied. »Wir reisen doch in Verkleidung. Warum brauchen wir dann jemanden, der uns einführt? Wir werden doch erwartet ... oder?«

Der Heinzelmann verschränkte die Hände und ließ seine Fingerknöchel knacken. Dann räusperte er sich, um noch einen weiteren Augenblick bis zur Antwort hinauszuschinden. »Die … ähm *Heldengestalten,* die ihr darstellt, würde man in heutigen Polizeiakten als gemeingefährliche Psychopathen, Raubmörder und dergleichen führen. Unser Ritter hier war zu seiner Zeit auch sehr – wie soll ich sagen – umstritten. Nöhrgel dachte sich, dass ihr überzeugender wirken werdet, wenn ihr mit ihm zusammen auftaucht. Wie heißt es auch? Gleich und Gleich gesellt sich gern.«

In der Einsiedlerklause erklang ein einzelner, schriller Lautenakkord. Dann hörte man einen schweren Stuhl über hölzerne Dielen scharren. Die Tür zur Hütte schwang auf. Ein mittelgroßer, stämmiger Mann erschien im Eingang. Über dem rechten Auge trug er eine bunte Stoffbinde. Sein braunes Haar war schulterlang und ein wenig zerzaust. Hängende Wangen und eine tiefe Falte zwischen den Augenbrauen gaben seinem Gesicht einen mürrischen Zug. Er trug ein weites Obergewand aus verschlissenem, braunem Stoff, abgewetzte Lederhosen mit langen Fransen an den Nähten und Stiefel, die mit goldenen Sporen geschmückt waren. In der Rechten hielt er eine Pfeife aus rotem Wurzelholz.

»Wollt ihr nun endlich herüberkommen oder seid ihr nur zum Gaffen hier?«, fragte er mit tiefer, ein wenig dissonanter Bassstimme und winkte einladend mit der Pfeife.

Gabriela war die Erste, die ihr Pferd vorantrieb. Misstrauisch hielt sie den *gae bolga* auf die Gestalt in der Tür gerichtet, bereit, sofort auf das geringste Anzeichen für einen Hinterhalt zu reagieren.

Till hingegen war wie versteinert. Er kannte diesen Mann! Auch wenn er im Moment nicht zu sagen wusste, wo er ihn schon einmal gesehen hatte. Dieses Gesicht, die mürrischen Züge, das verlorene Auge ... Dies alles war ihm so vertraut wie sein eigenes Spiegelbild!

»Heh, peace!« Der Fremde hob die Hände über den Kopf. »Wir gehören doch alle zum selben Haufen.« Er lächelte. »Wie heißt das auch gleich bei euch? Make love, not war!«

»Das war vor meiner Zeit!«, entgegnete Gabriela und schwang sich aus dem Sattel ohne den Fremden dabei aus den Augen zu lassen. »Und wenn du Liebe brauchst, dann solltest du die Pfeife aus der Hand legen und dir ein stilles Örtchen suchen, alter Mann.«

Der Einäugige seufzte und griff sich mit übertriebener Geste an die Stirn. »Diese negativen Schwingungen! Man merkt, dass ihr schon länger mit Wallerich zusammen seid. Selten habe ich ein Geschöpf getroffen, das so viele negative Energien in sich gebündelt hat!« Er lächelte väterlich. »Aber du bist noch nicht verloren, mein Kind. Ich kenne da einen sehr entspannenden Weg, deine Aura wiederherzustellen ...«

»Noch so ein Spruch und die nagelt Oswald mit dem Speer an die Hauswand«, raunte Wallerich sichtlich begeistert.

»Oswald?«, fragte Till ungläubig. Und dann begriff er, woher er das Gesicht des Fremden kannte. Monatelang hatte er eine Porträtminiatur vor sich auf dem Schreibtisch stehen gehabt. Ein spätmittelalterliches Bildnis, mit dem der Künstler dem Ritter sichtlich geschmeichelt hatte. Doch die Ähnlichkeit ließ sich nicht leugnen.

Till trieb seine Stute zur Hütte hinüber. Dem Ritter, über den er seine Magisterarbeit geschrieben hatte, gegenüberzustehen! *Oswald von Wolkenstein – Poet, Träumer und Rebell*, so war der Titel seines Werkes gewesen. Und jetzt war Gabriela dabei, mit seinem Forschungsobjekt einen handfesten Streit anzufangen! Till sprang aus dem Sattel und warf sich zwischen die beiden. »Ihr seid Oswald von Wolkenstein?«, keuchte er atemlos.

Der Ritter wirkte einen Moment irritiert. »Kennen wir uns?«

»Ich weiß alles über Sie! Über Ihre Fehden, die Gedichte, die Reisen! Ich habe eine wissenschaftliche Arbeit über Sie geschrieben.«

Der Ritter wandte sich von der Tänzerin ab. »Eine wissenschaftliche Arbeit? Über mich und meine Gedichte? Ich habe immer gewusst, dass sie bedeutend sind!« Er lächelte geschmeichelt. »Lass uns doch hineingehen und ein wenig plaudern. Ich könnte dir auch ein paar von meinen neueren Liedern vortragen. Ich muss sagen, eure neue Musik gefällt mir sehr gut. Diese Lieder von ... wie heißen sie auch gleich ... Käfer oder so ähnlich ... Ach ja, und die Beach Boys. Wirklich klasse Musik! Auf meinen Reisen habe ich ein bisschen von der Vulgärsprache der Angelsachsen mitbekommen. Nicht dieses verstümmelte Französisch, das ihre normannischen Herren sprechen. Die Sprache des Volkes! Sie ist sehr hübsch und eignet sich gut für Liedertexte. Daran hat sich auch in euren Zeiten nichts geändert. Leider vermag ich auf meinem bescheidenen Instrument nicht ganz den rechten Ton für diese neue Musik zu treffen. Als ich das letzte Mal drüben war, hatte ich mir eine E-Gitarre besorgt ... Aber wenn man nach *Nebenan* zurückkehrt, ist das ja alles futsch!«

»E-Gitarre«, mischte sich Martin ein. »Könnte ich *Yesterday* noch mal auf Laute gespielt hören? Ich interessiere mich auch für mittelalterliche Musik. Kennen Sie vielleicht zufällig das Pippi-Langstrumpf-Lied? Das sollten Sie mal auf Harfe mit Sackpfeifenbegleitung hören. Ist voll abgefahren! Ich hab übrigens auch ein Instrument dabei.« Er zog die in eine lederne Schutzhülle eingeschlagene Laute unter seinem Umhang hervor.

Oswald strahlte. »Du bist ein fahrender Sänger! Klasse. Lass uns 'ne Session machen. Ich hab drinnen noch ein paar Pfeifchen und genügend Met, um ein Pferd drin zu ersäufen. Ihr könnt euch nicht vorstellen, wie oft ich von einem solchen Augenblick geträumt habe! Eine Session mit ein paar Typen, die den Beat im Blut haben. Mit den verknöcherten Säcken, die man hier so trifft, kann man einfach keine vernünftige Musik machen. Spürt ihr auch die *good vibrations*? Heh, das wird 'ne tolle Nacht werden.« Er bedachte Gabriela mit einem kurzen Seitenblick. »Kennt ihr beiden eigentlich das Lied *Like a sex machine*?«

Martin hatte von dieser recht unverhohlenen Spitze offensichtlich nichts mitbekommen und trat mit Oswald in die Klause, während Till versuchte die Tänzerin wieder zu beruhigen. Doch Gabriela war überzeugt, dass es sich bei Oswald im günstigsten Fall um einen ungewaschenen Späthippie handelte, der bei irgendeinem LSD-Trip sein Hirn ins Nirwana geschickt hatte. Eine Theorie, der auch Wallerich entschieden zustimmte.

Als letzten Beleg für ihre These führte Gabriela das Schlachtross an, das vor der Klause stand. »Hast du das Brandzeichen gesehen? Riskier mal 'nen Blick! Niemand, der noch ganz dicht ist, markiert sein Pferd K-OM 23!«

18

Der Tiergeruch war überwältigend! Fröstelnd erwachte Doktor Salvatorius und versuchte sich an seinen Traum zu klammern. Er sollte die Heizung höher stellen! Es war unangenehm kalt und es fühlte sich so an, als ob... Von einer Sekunde zur anderen war Salvatorius hellwach. Etwas Warmes, Pelziges, Atmendes lag in seinem Rücken! Zwei große, blaue Augen starrten ihm ins Gesicht. Ein weißer Pudel kauerte vor ihm und blickte ihn unverwandt an.

Hinter Salvatorius regte sich etwas. Der Arzt sah gehetzt über die Schulter. Zwei Huskys lagen dort. Sie hatten sich wohl an ihn geschmiegt, um ihn im Schlaf zu wärmen. Beide glichen eher Wölfen als Hunden.

Der Zahnarzt schloss die Lider, konzentrierte sich auf seinen Atem und versuchte sich zu sammeln. Das konnte nur ein Albtraum sein! Er würde jetzt aufwachen und in seinem Bett liegen und alles war gut!

Als er die Augen wieder öffnete, hockte noch immer ein weißer Pudel vor ihm! Er wiederholte die Prozedur noch ein paar Mal, zwackte sich mehrfach in den Arm, doch der Hund wollte einfach nicht verschwinden. Salvatorius sah an sich hinab. Er war nackt! Das musste ein Traum sein! So etwas geschah nicht in Wirklichkeit! Er konnte sich auch nicht erinnern, wie er hierher gekommen war ... In einen Hundezwinger!

In seinem Rücken rührten sich die Wolfshunde. Ob sie schon gefrühstückt hatten? »Ruhig, meine Hübschen«, flüsterte er beschwörend. »Ganz ruhig.«

Der Pudel mit den blauen Augen kam näher und schob ihm den Kopf unter die rechte Hand. Das Fell des Tieres war angenehm warm. Für einen Augenblick konnte sich der Arzt an etwas erinnern. Er lief durch einen Wald. Dunkle Bäume überall. Vor ihm bewegte sich etwas. Es floh vor ihm! Aber die Bäume ... Etwas stimmte mit seinem Blickwinkel nicht. Er war zu dicht über dem Boden ... So als würde er im Laub sitzen statt zu stehen.

Salvatorius verdrängte den Erinnerungsfetzen. Was ging in den letzten Tagen nur mit ihm vor? Begann er wahnsinnig zu werden? Was hatte ihn so sehr verändert, dass er morgens in einem Hundezwinger erwachte und sich nicht mehr erinnern konnte, wie er hierher gelangt war?

Er sah sich erneut um, suchte nach Indizien, die ihm verraten würden, wo genau er steckte. Es mochte vielleicht eine Stunde vor Morgengrauen sein. Der Mond war längst untergegangen und breite Wolkenbänder verbargen die Sterne. Ein Stück entfernt flackerte über einer grün gestrichenen Tür eine defekte Neonröhre und zerriss in langsamen Intervallen die Dunkelheit. Die Tür lag am Ende eines schmalen Ganges, der auf beiden Seiten von Zwingern aus zähem Maschendrahtgeflecht gesäumt wurde. Dutzende Hunde waren hier gefangen, doch nicht einer gab einen Laut von sich. Sie alle starrten in gespannter Erwartung zu ihm hinüber.

Jetzt bekam Salvatorius auch Witterung von Tieren, die er nicht sehen konnte. Vögel, Katzen, Hamster, Reptilien. Es mussten hunderte sein. Alle auf engstem Raum zusammengepfercht. Und keines der Tiere gab einen Laut von sich. Er war in einem Tierheim. Aber wer zum Teufel sperrte einen nackten Zahnarzt zusammen mit zwei Huskys und einem weißen Pudel in einen Käfig? Und dass man ihn ausgerechnet zu den Hunden gesperrt hatte! Er hatte Hunde noch nie gemocht!

Langsam richtete sich Salvatorius auf und redete dabei beruhigend auf die Huskys und den Pudel ein. Ob er um Hilfe rufen sollte? Nein! Wer immer ihn auch in diesen Zwinger gesperrt hatte, würde wohl kaum angelaufen kommen, um ihn wieder herauszulassen, nur weil er sich beschwerte.

Die Zwingertür war mit zwei eisernen Riegeln gesichert. Mit etwas Mühe gelang es ihm, eine Hand durch den Maschendraht zu zwängen und den oberen Riegel zu öffnen. Noch immer starrten ihn die Hunde an. Ängstlich auf jede Bewegung der Huskys achtend kniete sich der Zahnarzt nieder und öffnete den zweiten Riegel. Ihm war lausig kalt. Seine Hände zitterten. Endlich schwang die Tür des Zwingers auf. Salvatorius trat auf den schmalen Gang zwischen den Käfigen. Neben dem Ausgang hing ein schmuddeliger, blauweißer Putzkittel an einem Nagel. Widerwillig streifte sich der Arzt das Kleidungsstück über. Es roch penetrant nach Tierexkrementen, doch nackt konnte er sich nicht hinaus auf die Straße wagen. Im Geiste sah er schon die Zeitungsschlagzeilen vor sich, die es geben würde, wenn man ihn erwischte: **EXHIBITIONISTISCHER PROMINENTENZAHNARZT AUFGEGRIFFEN**. Oder: **DAS SEXMONSTER VON KÖLN.**

Nein, er durfte auf keinen Fall erwischt werden! Wenn das geschah, könnte er anschließend seine Praxis dichtmachen. Vorsichtig drückte er die Klinke der grünen Tür hinunter. Sie war abgeschlossen! Am anderen Ende des Ganges standen Kisten und Mülltonnen vor einer hohen Mauer, von der in breiten Streifen der Putz abbröckelte. Das war der einzige Ausweg!

Der weiße Pudel und die beiden Huskys waren ihm inzwischen aus dem Zwinger gefolgt. Ruhig beobachteten sie, wie er Kisten und Mülltonnen übereinander stapelte, um über die Mauer zu entkommen. Auch aus den anderen Käfigen drang kein Laut.

Als Salvatorius sich auf den Mauerkamm vorgearbeitet hatte, sprang unter ihm der Pudel auf die Mülltonnen. Offenbar waren seine drei Zwingergefährten entschlossen ihm zu folgen. Fast, als hätten sie ihn zum Leittier erkoren. Lächerlich! Ihn, der Hunde noch nie hatte leiden können.

Salvatorius sprang von der Mauer. Vor ihm lag ein Waldstück. Am Boden kauernd sah er sich um. Jenseits der Mauer erklang jetzt leises Winseln. Eine dünne Hundestimme heulte auf. Beklommen sah er zurück. Er konnte sie doch nicht einfach so zurücklassen. Mit Tierheimen kannte er sich nicht wirklich aus. Er erinnerte sich aber einmal gehört zu haben, dass Tiere, die innerhalb einer gewissen Frist keine neuen Besitzer fanden, eingeschläfert werden mussten, damit es in den Zwingern Platz für die Neuankömmlinge gab. Die Hunde hinter der Mauer hatten ihm vertraut. Und nun lief er einfach so fort.

»Schwachsinn!« Wie kam er dazu, sich für hundert herrenlose Kläffer verantwortlich zu fühlen? Wie sollte er unbemerkt nach Hause kommen, wenn ein ganzes Rudel Promenadenmischungen hinter ihm herlief? Schon jetzt, barfuß, nur in einen Putzfrauenkittel gekleidet und unrasiert, konnte er nicht einfach die nächste Straßenbahn nehmen und darauf hoffen, nicht aufzufallen.

Federnd landete der Pudel neben ihm im nassen Laub. Er ließ sich auf den Hinterbeinen nieder und sah ihn wieder an. Nie zuvor war dem Arzt bewusst gewesen, dass die Augen eines Tiers so ausdrucksvoll sein konnten. Von jenseits der Mauer erklang wieder leises Winseln.

Auch die beiden Huskys sprangen nun von der Mauer

und gesellten sich zu ihm. Salvatorius sah zum Himmel hinauf. Bald würde es hell werden. Wenn er jetzt ging, hatte er vielleicht noch eine Chance, ungeschoren bis zu seiner Villa zu kommen. Mit jeder Minute, die verstrich, wurden die Bahnen in der Stadt voller. Mehr Menschen waren auf den Straßen. Man würde auf ihn aufmerksam werden. Er konnte es sich nicht leisten, noch länger zu zögern!

Eine kalte Schnauze stieß gegen sein Bein. Er sah in himmelblaue Augen, und ohne dass er zu sagen gewusst hätte, warum, war ihm plötzlich klar: Der Pudel war eine Hündin. Sie erwartete etwas von ihm …

Wieder erklang das Winseln jenseits der Mauer. Er konnte nicht gehen! Er war das Alphatier. Der Leitwolf! Sein Rudel brauchte ihn. Zahnärzte gab es viele. Zugegeben, nur die wenigsten von ihnen leckten ihre Instrumente persönlich sauber … aber hier wurde er wirklich gebraucht. Seine Entscheidung stand fest!

$$*$$

»… In einer spektakulären Aktion gelang es einem Sondereinsatzkommando der Kölner Polizei noch in der vergangenen Nacht, Martin Mager, den entführten Sohn des nordrhein-westfälischen Energieministers, zu befreien. Er war gestern Vormittag von Mitgliedern einer bislang unbekannten Terrorgruppe mit dem Namen Erlkönig entführt worden. Nach bisher unbestätigten Berichten gelang es Martin Mager, wenige Minuten bevor er gefesselt auf einem Förderband liegend in die Brennkammer eines Kohlekraftwerks gelangte, sich zu retten. Über weitere Ziele der Gruppe Erlkönig ist noch nichts bekannt. Basierend auf den Personenbeschreibungen, die der Ministersohn abgeben konnte, wurde eine bundesweite Fahndung eingeleitet.«

Der Erlkönig sah zu seinen Helfern hinüber, die gebannt

der blechernen Stimme aus dem Transistorradio in Joes Werkhalle lauschten. Sogar Blau wirkte nervös! Lustlos kaute er auf einem ölverschmierten alten Arbeitshandschuh.

»Wir sind erledigt«, jammerte Gabi. »Wahrscheinlich stehen die Bullen schon vor meinem Salon und warten darauf, dass ich dort auftauche. In Zukunft werde ich höchstens noch die Schnauzer von Gefängniswärtern blondieren ...«

Joe legte ihr tröstend seine mächtigen Pranken auf die Schultern. »Ich hol dich hier raus, Kleines. Solange in Blau und mir noch ein Funke Leben ist, wirst du nicht im Bau landen.« Der Trucker sah erwartungsvoll zum Elbenfürsten.

Was für jämmerliche Gefolgsleute, dachte der Erlkönig verächtlich. Wegen solch kleiner Rückschläge gleich das Handtuch zu werfen! Er wünschte, seine Elbenfreunde wären hier. »Ihr beide seid euch hoffentlich darüber im Klaren, dass das gestern nur der Anfang war. Wir führen einen Krieg! Eine verlorene Schlacht bedeutet da fast nichts. Wir werden auch weiterhin gegen den hemmungslosen Raubbau an der Natur kämpfen, gegen die Missachtung von Minderheiten und gegen die Diktatur von tyrannischen Heinzelm... ähm ... gegen die Diktatur der Energiekartelle. Das gestern war nur eine kleine Demonstration unserer Möglichkeiten. Oder glaubt ihr wirklich, ich hätte Martin umbringen wollen?«

Gabis Blick sagte mehr als viele Worte. »Ich hatte geglaubt, wir würden die Wale retten ...«

Der Erlkönig seufzte. Womit hatte er das verdient!

»... rammte gestern Nacht der Fahrer eines Minicoopers in volltrunkenem Zustand das Hauptportal des Kölner Doms. Das Resultat dieses ungleichen Kräftemessens: Der Mini erlitt Totalschaden, wohingegen das Domportal keinen nennenswerten Schaden aufweist. Der Fahrer kam mit dem Schrecken davon.«

Der Elbenfürst drehte das Radio ab. Dieser Cagliostro! Das war eindeutig seine Handschrift! Eine passable Grundidee, aber dann gravierende Mängel bei der entschlossenen Umsetzung des Plans.

»Sollten wir uns nicht lieber für eine Weile dünnemachen?«, fragte Joe vorsichtig. »Ich meine, die Bullen haben ja vielleicht wirklich eine Spur. Wenn du uns mit auf dein Raumschiff nehmen könntest? Ich habe ohnehin nicht begriffen, warum wir Martin nicht rauf auf die Enterprise – oder wie immer deine Kiste auch heißen mag – gebeamt haben. Ich meine, ihr müsst doch ganz andere Möglichkeiten haben als so eine Entführung. Und sicher auch viel bessere Gehilfen ... Was können Blau, Gabi und ich schon tun? Wir sind doch nur ...«

Der Erlkönig unterbrach ihn mit einer energischen Geste. »Ruhig, ich denke nach!«

Blau verkroch sich bei den Worten hinter Joe, was sein Herrchen mit einer säuerlichen Miene quittierte.

Seine Gehilfen waren eine einzige Lachnummer, dachte der Albenfürst verbittert. Trotzdem sprach man im Radio von einer Terrorgruppe. Diese Einstufung erfüllte ihn mit einem gewissen Stolz. Was würde er erst alles erreichen, wenn er ein paar fähigere Gefährten von *Nebenan* herüberholte. Für einen Moment gab er sich der Vision eines Landes voller Wälder hin, wo Disteln und Klatschmohn durch den Asphalt der Autobahnen brachen, Elstern in den zersplitterten Fenstern von Kraftwerken und Fabriken hausten und die Menschen gegenüber der Natur wieder Ehrfurcht empfanden. Nicht, dass er die Technologie gänzlich abschaffen wollte – etliche der Neuerungen waren durchaus interessant –, aber es musste alles auf ein gesundes Maß zurückgeschnitten werden.

Der Erlkönig nickte gedankenverloren vor sich hin. Um das zu erreichen, musste er vorübergehend seine Pläne ändern. Danach würde er dafür umso energischer zuschlagen! Als er mit einem Ruck aufstand, jaulte Blau erschrocken auf. Ob der Hund telepathisch begabt war?

»Erschrick meinen Kleinen nicht so!«, maulte Joe. »Seit gestern ist er völlig durch den Wind. Die Entführung hat ihn zu sehr mitgenommen. Er kann sich nicht mal mehr entspannen, wenn er an einem Farbtopf schnüffelt.«

»Wir werden heute Nacht erneut zuschlagen. Dein Hund gewöhnt sich besser an ein bisschen Action!« Der Erlkönig erklärte seinen Mitstreitern den neuen Plan, und je länger er erzählte, desto unruhiger wurden sie.

*

»Pater Anselmus, kommen Sie doch bitte einmal zu uns herein«, erklang die Stimme des Kardinals aus der Gegensprechanlage auf dem Schreibtisch des kleinen Durchgangsbüros.

Der junge Sekretär stand auf und strich sorgfältig die Sitzfalten aus seinem schwarzen Priestertalar. Mit einem kurzen Blick ins spiegelnde Fenster überzeugte er sich vom korrekten Sitz seines Stehkragens. Nur wer ihn sehr gut kannte, hätte bemerkt, dass Anselmus zögerlicher als sonst zur Tür des Kirchenfürsten ging. Sich selbst jedoch konnte der junge Priester nichts vormachen.

Der Kardinal hatte Besuch. Einen hoch gewachsenen Kleriker mit harten, eckigen Gesichtszügen. Einen Mann, wie man ihn auf den ersten Blick als Priester in einem entlegenen Bergdorf erwartet hätte. Doch dieser Eindruck trog. Anselmus wusste, dass der Besucher aus dem Herzen des Vatikans kam und jeden Tag mit den höchsten Kirchenfürsten verkehrte. Seine genaue Funktion jedoch war ihm unbekannt. Vielleicht ein hoher Verwaltungsposten? Der Fremde hatte etwas Unnahbares ... Sein Haar war grau und von etlichen silberweißen Strähnen durchzogen. Die Augen strahlten trotz seines offensichtlichen Alters in ungebrochen kaltem Blau. Sie waren halb zusammengekniffen, so als habe der Fremde sein Leben lang gegen ein zu helles Licht angeblinzelt.

Sein Gesicht war zerfurcht von einem Netzwerk von Falten und doch ließ ihn auch dieses Zeichen des Alters eher härter aussehen und war sicher kein Indiz für Hinfälligkeit. Der Priester hielt sich gerade ohne dabei steif zu wirken. Er war nur mittelgroß und hatte recht schmale Schultern. Sein Anzug war zweifellos maßgeschneidert, ebenso seine makellos glänzenden Schuhe.

»Darf ich vorstellen: Vater Anselmus.« Der Kardinal deutete nun flüchtig in Richtung seines Gastes. »Dies ist Vater Carol Wschodnilas vom Istituto per le Opere Esteriori. Er ist heute Morgen auf Wunsch des Heiligen Vaters aus Rom aufgebrochen, um uns ...« Der Kirchenfürst machte eine provozierend lange Pause. »... um uns zur Seite zu stehen.«

»Von der Inquisition?« Anselmus musste sich sehr beherrschen, um den alten Priester nicht unverhohlen anzustarren. Nie zuvor hatte er einen leibhaftigen Inquisitor gesehen. Etwas verstört erinnerte er sich gerade noch rechtzeitig daran, die Form zu wahren. »Laudeatur Jesus Christus, Pater.«

»Wir müssen Sie enttäuschen, Pater Anselmus.« Der Besucher hatte eine wohltönende, dunkle Stimme. Der Anflug eines Lächelns spielte um seine Lippen. »Das Heilige Offizium, auch *Inquisition* genannt, wurde 1965 aufgelöst. Wir heißen jetzt ganz unspektakulär Amt für Auswärtige Angelegenheiten und sind dem Staatssekretariat angegliedert.« Pater Carol musterte Anselmus eindringlich.

Der junge Priester wich dem Blick aus.

»In Rom ist man beunruhigt über die Zwischenfälle der letzten Zeit.« Der Inquisitor wandte sich nun wieder dem Kardinal zu. »Man hat uns gebeten hier vor Ort ein paar Erkundigungen einzuziehen. Dazu brauchen wir ein wenig Unterstützung.«

Carols Angewohnheit, von sich in der ersten Person Plural zu sprechen, verwirrte Anselmus. Es erinnerte ihn an die Gepflogenheiten von Kirchenfürsten in jenen Zeiten, als man einen Scheiterhaufen noch als eine durchaus akzeptable Lösung im Glaubensdisput betrachtete.

»Mein Sekretär wird Ihnen nach Kräften behilflich sein, Pater«, bekräftigte der Kardinal.

»Sehr freundlich, Eminenz, dass Sie uns einen jungen Mann zur Seite stellen, der noch kein Jahr in Ihrem Erzbistum Dienst tut.« Carol schaffte es, das zu sagen, ohne dass sein Tonfall ironisch oder gar bedrohlich klang. Offensichtlich hatte er reichlich Erfahrung im Umgang mit hohen kirchlichen Würdenträgern.

»Pater Anselmus ist sehr tüchtig«, erwiderte der Kardinal mit Nachdruck.

Der Sekretär gewann langsam den Eindruck, dass er zum Bauernopfer in einem Spiel gemacht werden sollte, das nicht erst heute begonnen hatte.

»Haben Sie Verbindungen zur örtlichen Polizei?«, fragte der Inquisitor ohne ihn dabei anzusehen.

»Nun, offiziell ...«

»Wir dachten nicht daran, uns tagelang mit Floskeln und Papierkrieg aufzuhalten. Wir suchen polnischstämmige Polizisten in möglichst hohen Positionen. Zur Not würden es allerdings auch Privatdetektive oder jemand aus einem Wachdienst tun. Hauptsache, es steht außer Zweifel, dass ihre Loyalität zuallererst der katholischen Kirche gehört!«

»Polen?«, wiederholte Anselmus irritiert.

»Natürlich Polen!«, beharrte der Inquisitor. »In heiklen Missionen vertraut seine Heiligkeit nur noch Polen! Und er ist damit in den letzten Jahren gut gefahren!«

Der junge Priester fragte sich einen Moment, ob Carol das wohl wörtlich meinte. Er tauschte einen kurzen Blick mit dem Kardinal, der die Hände vor der Brust gefaltet hatte und die Augen zur Decke verdrehte.

»Verstehe!« Anselmus bemühte sich überzeugend zu klingen.

»Gut. Wir werden jetzt die Stadt visitieren. Gegen achtzehn Uhr müssen wir noch ein Päckchen vom Flughafen abholen. Zwischen sieben und acht werden wir zurück sein. Bis dahin erwarten wir Ergebnisse. Noch Fragen?«

Anselmus schüttelte den Kopf. Polnische Polizisten! Was dachte sich der Kerl? Köln war doch nicht Warschau. Es gab allerdings einen alten Pfarrer in Kalk ...

»Dann sehen wir uns heute Abend in Ihrem Büro.« Carol nickte flüchtig in Richtung des Kardinals. »Eure Eminenz.« Vor der Tür blieb er noch einmal einen Augenblick stehen und sah zu dem jungen Priester zurück. »Ich hoffe, Sie sind sich bewusst, woran Sie teilhaben werden. Und ich hoffe auch, dass Sie fest genug im Glauben sind, um mit den Dingen fertig zu werden, die Sie vielleicht in naher Zukunft sehen werden. Wir sind das Schwert des Glaubens im Kampf gegen die Finsternis. Wir sind das letzte Bollwerk in einer Welt, die ihre Ideale verloren hat.« Mit diesen Worten trat der alte Priester durch die Tür und machte sich auf, um das sündige Köln zu *visitieren*.

»Ein harter Brocken, unser Pater Carol Wschodnilas«, spöttelte der Kardinal.

»Kennen Sie ihn denn, Eminenz?«, fragte Anselmus und überlegte, dass ein Posten in einer abgelegenen Dorfkirche auch einiges für sich hätte.

»Ja und nein.« Er faltete erneut selbstgefällig die Hände

vor der Brust. »Ich habe Pater Carol Wschodnilas noch nie zuvor gesehen und doch weiß ich vermutlich mehr über ihn als er selbst. Ich habe nicht nur Feinde in der Kurie. Ich bin heute Morgen über seinen bevorstehenden Besuch informiert worden und man war so frei mir sogar seine Personalakte zu schicken, inklusive einiger psychiatrischer Gutachten. Ich schätze, dass Carol in einer geschlossenen Anstalt einsitzen würde, wenn er nicht *Inquisitor* wäre. Er ist der Überzeugung, einen Vampir getötet und mehrere erfolgreiche Exorzismen durchgeführt zu haben. Interessant ist in diesem Zusammenhang, dass er seinen Kampf gegen die Finsternis erst nach dem Papstattentat aufgenommen hat. Bis dahin war er für die persönliche Sicherheit seiner Heiligkeit verantwortlich. Ich schätze, Wschodnilas ist nie darüber hinweggekommen, damals versagt zu haben.«

»Und wie soll ich nun mit unserem Besucher verfahren? Soll ich seine Mission behindern?«

»Oh nein, um Gottes willen. Ich dachte eher ... Fördern Sie ihn, mein guter Anselmus. Besorgen Sie ihm alles, was er verlangt.« Der Kardinal lächelte verschlagen. »Am besten wäre es vielleicht, wenn Sie ihm noch einen Geisterseher zur Seite stellen. Vielleicht einen Polizisten mit Visionen ... Sehen Sie, was sich auftreiben lässt. Zwei von dieser Sorte werden es gewiss schaffen, sich in kürzester Zeit zu diskreditieren – und wir haben wieder Ruhe vor den Einmischungen der Kurie.«

»Ich werde mein Bestes tun, Eminenz.«

*

Je näher sie diesem Berg kamen, desto unwohler fühlte sich Till. Irgendwie sah der Drachenfels hier wesentlich beeindruckender aus, als er ihn aus seiner Welt in Erinnerung hatte. Die Spitze des Bergs bestand aus mit Schneewechten verhangenem graubraunen Fels, der von einer Turmruine und zerfallenden Mauern gekrönt wurde. Dichter Wald reichte fast bis zum Gipfel hinauf. Ein schaurig heulender Südwind blies ihnen direkt in die Gesichter und zerrte mit eisigen Fingern an ihren Umhängen.

Je weiter sie auf diesen Unheil verheißenden Berg zuritten, desto kälter schien es zu werden. Das war natürlich Unsinn, versuchte sich Till einzureden, aber dann dachte er daran, dass er sich nicht mehr in seiner Welt befand und in den letzten achtundvierzig Stunden eine Menge gesehen hatte, das jeder vernünftige Mensch als Unsinn abtun würde.

»Dort lang!« Oswald, der an der Spitze der kleinen Truppe ritt, deutete auf einen schmalen Weg, der in den Wald hineinführte.

Als sie näher kamen, erkannten sie zwei dicke Pfähle, auf denen schwarze Pferdeköpfe aufgespießt waren.

Oswald tätschelte über die Nüstern des vorderen Kadavers und blickte in den zerstampften, blutigen Schnee um den Pfahl herum. »Die hängen hier noch keine halbe Stunde«, erklärte er gelassen. »Sie sind noch nicht gefroren.«

Macha und Sainglu schnaubten unwillig, während Martin anfing leise ein paar Takte aus *Who wants to live forever* zu pfeifen.

»Was hat das zu bedeuten?« Till musste fast schreien, um den heulenden Wind zu übertönen.

»Ist so etwas wie eine Speisekarte«, erklärte Oswald gelassen. »Ich denke, der Gastgeber zeigt damit an, was zu Mittag gereicht wird. Natürlich könnten hier auch Reste von Gästen hängen, die den alten Drachen in irgendeiner Form verärgert haben. Aber ich wüsste nicht, wie Pferde das schaffen könnten ... Nein, es ist gewiss ein Hinweis auf das Mittagsmenü. Habt ihr schon mal Pferdefleisch gegessen? Schmeckt gar nicht schlecht.«

Sainglu versuchte dem Ritter ins Bein zu beißen, doch Oswald wich aus, gab seinem Hengst die Sporen und preschte den verschneiten Weg zum Berg hinauf.

Till wünschte sich, die beiden Heinzelmänner wären noch bei ihnen. Seit sie Wallerich und Birgel zurückgelassen hatten, hatte sich in der Gruppe ein Galgenhumor breit gemacht, den er alles andere als komisch fand.

Fast eine Stunde war es jetzt her, dass sie sich an der entwurzelten Weide nahe dem Rheinufer getrennt hatten. Die beiden Heinzelmänner wollten es nicht riskieren, sich dem Drachenfels weiter zu nähern. Ein Trupp Studenten, die sich als irische Sagenhelden verkleidet hatten, mochte als Gäste beim Treffen der *Dunklen* noch durchgehen, Heinzelmänner nicht!

Wallerich und Birgel würden bei der Weide warten. Zwischen den Wurzeln an der windabgewandten Seite hatten sie eine kleine Erdhöhle gefunden, die wohl ein Dachs gegraben hatte. Mit dem Rest von Mozzabellas Proviant versorgt, hatten sie sich dort eingerichtet und versprochen auf die Ui Talchiu zu warten. Jedenfalls solange das Warten einen Sinn machte.

Oswald war zuversichtlich, dass sie in zwei Tagen wieder zurück sein würden.

Till blickte zu dem verschneiten Gipfel. Ein dichtes Geflecht schneebedeckter, dunkler Äste spannte sich über den Waldweg und versperrte fast vollständig die Sicht. Nur hin und wieder konnte man die Ruinen sehen. Der Student kämpfte gegen seine Angst. Doch je näher sie der Drachenhöhle kamen, desto unruhiger wurde er. Die übelsten Geschöpfe, die sich hundert Generationen von Sagendichtern hatten ausdenken können, warteten dort oben auf sie. Wie hatte er nur jemals zustimmen können an diesen Ort zu kommen!

Der Waldweg führte in endlosen Windungen den Berg

hinauf. Manchmal lag der Schnee so tief, dass alle absteigen mussten, um den lästigen Streitwagen aus einer Schneewehe zu befreien. Trotz allen Genörgels weigerten sich Rolf und Almat allerdings das Gefährt einfach zurückzulassen.

Es musste mehr als eine Stunde vergangen sein, als sie eine kleine Lichtung erreichten. Ein Felsüberhang war dort mit einer Palisade abgeschirmt. Neben einem wackeligen Holzturm gab es ein großes, hölzernes Tor, das im Sturmwind hin- und herschwang.

»Wir sind da!«, verkündete Oswald. »Das Herz der Finsternis!«

»Verdammt trostlos hier«, brummte Gabriela. »Sieht so aus, als hätten die *Dunklen* keinen Stil. Wie kann man nur so ein Loch zu seinem Hauptquartier machen!«

Der Ritter grinste. »Wart's ab, manchmal trügt der erste Eindruck.«

Sie hielten auf das Tor zu und hatten den Durchgang schon fast erreicht, als sich eine schwankende Gestalt aus dem Schnee erhob. Tills Stute bäumte sich erschrocken auf und der Ui Talchiu wurde aus dem Sattel geworfen. Seine Gefährten zogen die Schwerter. Vor ihnen stand ein Kerl mit zerzaustem Bart und leeren Augenhöhlen. Eine große Axt hatte seinen Helm gespalten und steckte in seinem Schädel. Seine bläulich verfärbten Finger hielten einen Speer mit rostiger Spitze umklammert, den er drohend den Reitern entgegenstreckte.

»Immer mit der Ruhe, Erik«, rief Oswald. »Ich bin's!«

»Das Wolkensteiner Schandmaul?« Der Wächter drehte sich halb in Richtung des Ritters. Schnaubend sog er Luft durch seine eingefallenen Nasenlöcher, so als wolle er wie ein Jagdhund Witterung aufnehmen.

»Ich hab ein paar Freunde mitgebracht, Erik. Ich bin sicher, sie sind hier gern gesehene Gäste. In Irland haben sie jedenfalls einen verdammt schlechten Ruf. Du siehst übrigens auch ganz schön übel aus. Mir scheint, du machst Fortschritte.«

»Findest du wirklich?« Der Wächter schenkte Oswald ein zahnloses Lächeln. »Dabei sind bei diesem verdammten Mistwetter fast alle meine Maden eingegangen. Wenn nicht bald mal wieder die Sonne herauskommt, wird es noch ewig dauern, bis ich ganz verrottet bin und endlich zum Geist werde.«

»Glaub mir, wenn wir erst wieder die Tore kontrollieren und in die Welt der Menschen können, wird alles besser, mein Alter. In den Städten drüben gibt es riesige Tunnel, in denen lange Wagen fahren. Die haben sogar Öfen in diesen Wagen. Man kann sich da einfach hineinsetzen und stundenlang mit ihnen herumfahren.«

Der Wächter lehnte seinen Speer an die Palisade und nestelte gedankenverloren an einem Hautfetzen, der von seiner Backe hing. »Das hört sich himmlisch an. In einem Wagen sitzen, sich die Gegend anschauen und in aller Ruhe verrotten ...«

»Dürfen wir durch?«

Der Wächter nickte, wobei die Axt in seinem Schädel wippte, als wolle sie jeden Moment aus der grässlichen Wunde fallen. »Wenn es so weit ist, dass wir wieder rüber zu den Menschen gehen, holst du mich ab, um mir diese wunderlichen Wagen zu zeigen?«

»Versprochen«, sagte Oswald und winkte den anderen auf den Hof hinter der Palisade zu reiten.

Der Innenhof war verwaist. Hier und da zeichneten sich flache Hügel unter der Schneedecke ab und Till fragte sich, ob es wohl noch mehr Wachen wie Erik gab.

An der Südseite der Palisade lehnte ein langer, baufälliger Stall. Dort brachten sie die Pferde unter und gingen dann zu einer weiten Höhlenöffnung, die halb unter dem

Felsüberhang und hinter funkelnden Eiszapfen verborgen lag. Offensichtlich kannte sich Oswald hier bestens aus.

Till hatte unbewusst die Rechte auf den Schwertgriff sinken lassen. Konnten sie dem Ritter trauen? Wallerich hatte den Wolkensteiner nicht gemocht. Was wusste der Heinzelmann über ihn? Auf der anderen Seite, wen mochte Wallerich schon!

Der Fels über dem Höhleneingang war schwarz vor Ruß. Die matte Wintersonne stand schon tief am Horizont. Rötliches Licht spiegelte sich auf den Eiszapfen. Als sie in die Höhle eintraten, stand ihnen der Atem in weißen Wolken vor den Mündern. Hier drinnen schien es noch kälter zu sein als draußen.

Vor ihnen lag ein natürlicher Gang, den man an einer Seite künstlich verbreitert hatte. Er war groß genug, dass ein Kutschwagen hindurchgepasst hätte. Ein ganzes Stück voraus brannte eine einzelne Fackel. In der Ferne hörte man Stimmengemurmel.

Als sie dem flackernden Lichtfleck entgegengingen, pfiff der Wind durch die Eiszapfen am Höhleneingang und eine unbeschreiblich schöne, zugleich aber auch bedrückende Tonfolge erklang.

»Das nennt man Äolsharfe«, flüsterte Martin. »Hat alles eine ganz natürliche Erklärung.«

Till war der festen Überzeugung, dass aus *natürlichen Erklärungen* in dieser Welt fast zwangsläufig lebensgefährliche Irrtümer resultierten. Aber das war nicht der Ort, um Diskussionen anzufangen. Mit der Linken tastete er unter seinem Wams nach dem Stein, den ihm Neriella mitgegeben hatte. Er fühlte sich angenehm warm an. Könnte er jetzt nur bei ihr sein!

Nach vielleicht hundert Schritten machte der Tunnel eine scharfe Biegung nach links und erweiterte sich schließlich zu einer großen Höhle, deren Decke sich weit über ihren Köpfen in der Dunkelheit verlor. Hunderte Fabelwesen und mythische Gestalten hatten sich hier versammelt. Auf einem gemauerten Podest stand ein Kerl in abgerissenen Gewändern, den Kopf unter den Arm geklemmt, und versuchte mit tief tönender Stimme gegen das allgemeine Gemurmel anzureden.

»Das ist Störtebeker«, raunte Oswald in Tills Ohr. »Der Knabe ist mit allen Wassern gewaschen. Ganz nach meinem Geschmack!«

Der Pirat hielt plötzlich in seiner Rede inne und hob mit der Rechten seinen Kopf hoch über den blutigen Halsstumpf. »He, Oswald, alter Jungfernschänder! Schön dich zu sehen. Ich hatte mich schon gefragt, wo du bleibst. Wen hast du denn da mitgebracht?« All die anderen Geschöpfe drehten sich um, um zu sehen, wen der Pirat meinte.

Till versuchte überheblich zu lächeln, während ihm das Herz in die Hose rutschte. Dicht beim Eingang standen zwei Riesen, die sich angeregt mit einem Minotauren unterhalten hatten. Mehrere Geister schwebten zur Höhlendecke, um besser sehen zu können. Etwas abseits bemerkte der Student eine Gruppe von Alben, die mit finstren Mienen zu ihnen hinüberstarrten. Ein Silen, der mit einem Trupp abgerissener Räuber gezecht hatte, hob den Ui Talchiu grüßend sein Trinkhorn entgegen. Am unheimlichsten jedoch war jener große Drache, der in einer Nische an der gegenüberliegenden Höhlenwand lag. Mit seinen flaschengrünen Schuppen war er im Zwielicht der flackernden Fackeln kaum zu erkennen. Seine Augen jedoch traten deutlich aus der Dunkelheit hervor. Wie halb verloschene Kohlen glommen sie in tiefem Rot.

»Ich habe die Ehre, euch einige der berühmtesten Raufbolde Irlands vorzustellen«, verkündete Oswald und deutete mit großer Geste auf die Ui Talchiu. »Gleich neben

394

mir stehen Cuchulain und sein Wagenlenker Loeg. Der mit dem verzagten Gesicht ist der Blut saufende Fergus Mac Roy. Die entzückende Dame im schwarzen Umhang ist Scathach, die den berüchtigten *gae bolga* führt, und zu guter Letzt hätten wir da noch Oisin, einen Barden und Krieger, der, wenn er zu viel getrunken hat, nur noch melancholische Liebeslieder von sich gibt. Also haltet ihn vom Methorn fern oder er wird uns allen die Stimmung verderben.«

»Willkommen in meiner Festhalle«, sprach der Drache mit überraschend leiser Stimme. »Es freut mich, zu sehen, wie weit die Kunde gedrungen ist, dass wir uns hier versammeln, um endgültig das Joch der Zwergentyrannei abzuwerfen. Malko! Bring unseren Gästen den Willkommenstrunk!«

Zwischen den Sitzbänken, die die weite Höhle füllten, tauchte eine kleine Gestalt auf, die schnaufend ein goldgebändertes Methorn trug, das fast so groß war wie sie selbst. Till mochte seinen Augen kaum trauen. Der kleine Kerl ähnelte eindeutig Wallerich und Birgel. Ein Heinzelmann hier mitten unter den Verschwörern!

»Seine Herrlichkeit Flammerich III. heißt euch willkommen, edle Herren und werte Dame.« Schnaufend stemmte der Heinzelmann das Methorn über seinen Kopf, damit Cuchulain alias Rolf bequemer danach greifen konnte.

Der blonde Ui Talchiu hob das Horn grüßend in Richtung des Drachen. »Auf unseren edlen Gastgeber und den Untergang der Zwergenvölker!«

Flammerich zog die Lefzen zurück, was wohl ein Lächeln darstellen sollte, aber in Anbetracht der dolchlangen, gelblichen Zähne, die er so freilegte, eher beunruhigend wirkte. »Wohl gesprochen, Cuchulain von Irland! Wir schließen uns eurem Trinkspruch an. Auf mich und den Untergang der Zwergenvölker!«

Alle übrigen Gäste hoben nun auch ihre Trinkgefäße und stimmten ein Gegröle an, das vermutlich noch bis zur Heinzelmännchensiedlung am Rhein zu hören war.

Nachdem er einen tüchtigen Schluck genommen hatte, reichte Rolf das Trinkhorn an Till weiter. Als dieser das prächtige Trinkgefäß an die Lippen setzen wollte, stutzte er. Etwas Längliches, Haariges schwamm in der goldgelben Flüssigkeit. Mit spitzen Fingern zog er es heraus und starrte erschrocken in Rolf Gesicht. Es war eine Hälfte des falschen Barts, den der Krieger trug. Till versuchte Rolf unauffällig ein Zeichen zu geben, doch sein Freund schaute wie gebannt in die weite Halle und musterte die illustre Gesellschaft, die sich hier versammelt hatte.

»Rolf«, flüsterte er verzweifelt.

Statt seines Kameraden bemerkte ihn der Heinzelmann. Der kleine Kerl sah auf und seine Augen verengten sich zu Schlitzen. Dann schrie er los. »Eure Herrlichkeit!«

Der Drache hob den Kopf.

»Eure Herrlichkeit, ich glaube, unsere Gäste sind nicht das, was sie vorgeben zu sein!« Der kleine Kerl stieß ein gehässiges Lachen aus.

In der großen Halle war es schlagartig totenstill geworden.Wieder starrten alle zu den Ui Talchiu, die noch immer im Eingang zur Höhle standen.

»Wie meinst du das, Malko?«, fragte der Drache und in seinen Nüstern glühten blutrote Lichter auf.

»Der Schnauzbart des großen Helden ist so falsch, dass man sich fragt, wie echt der Rest wohl sein mag«, verkündete der Heinzelmann.

»Scheiße«, murmelte Oswald, packte Till am Arm und machte einen Schritt zurück. »Ich hoffe, ihr könnt gut laufen.«

»Ich bin ertappt«, rief Rolf mit bebender Stimme. Dann nahm er Till das Methorn aus der Hand und griff auch

396

nach dem nassen Bartzipfel. Einige der Gäste in der Höhle erhoben sich und tasteten nach den Dolchen und Schwertern an ihren Gürteln.

»Meine größte Schande ist ruchbar geworden. Ja, ich gestehe, mein prächtiger Schnauzbart ist falsch, denn meine Oberlippe bleibt so glatt wie der Arsch eines Neugeborenen, seit eine Hexe mich mit einem Fluch belegte. So hat sie mir die Hälfte meiner Männlichkeit genommen, und weil ich mich so sehr schämte bartlos unter den Kriegern der Clans zu stehen, wählte ich diese List, die mir nun den Ruf eines Leutebetrügers einbringt.«

»Albernes Gerede«, schrie Malko. »Der Mann ist nicht das, wofür er sich ausgibt, das ist doch wohl offensichtlich.«

»Was sagst du dazu, Oswald?«, fragte der Drache.

»Ich ... ähm, bin genauso überrascht wie Ihr, Eure Herrlichkeit. Doch muss ich sagen, dass ich Cuchulain als Ehrenmann kenne. Wenn er einen falschen Bart trug, dann nicht, um Eure Herrlichkeit zu hintergehen, sondern um seine Blöße zu bedecken.«

»Das stinkt doch zum Himmel«, eiferte sich der Heinzelmann. »Ich plädiere dafür, diese Betrüger auf kleiner Flamme zu rösten, bis sie uns verraten, wer sie wirklich sind!«

»Das könnt Ihr nicht tun, Eure Herrlichkeit«, protestierte Oswald lahm. »Das wäre ein grober Verstoß gegen das Gastrecht und es wäre auch ...«

»Schweig!«, geiferte Malko. »Mit eurem Betrug wart ihr es, die zuerst das Gastrecht verletzt haben. Damit sind all eure Rechte verwirkt. Ich bin sicher, hinter dem falschen Bart steckt mehr als ein Fluch. Man müsste schon ein ausgemachter Depp sein, wenn man diese hanebüchene Geschichte glaubt!«

»Du nennst mich also einen Deppen, du Wurm!«, rasselte eine Altstimme am hintersten Ende der Höhle. »Sei froh, dass du hier in dieser Halle unter dem Schutz deines Herren stehst!«

»Hättest du die Liebenswürdigkeit, uns zu erklären, warum du dich auf Cuchulains Seite schlägst, Rübezahl?«, fragte der Drache.

»Ich kenne diese Sorte Hexenfluch und ...« Der Riese zögerte. »Dem Ersten, der lacht, schlage ich den Schädel ein.« Mit finsterem Blick musterte er die *Dunklen*, die ihm am nächsten standen. »Mich hat es allerdings noch schlimmer getroffen!« Er griff nach seinem Bart und seinem langen zotteligen Haupthaar. Mit einem Ruck waren die Perücke und der falsche Bart fort und es zeigte sich, dass der Riese vollkommen kahl war und eine rosig schimmernde Haut hatte.

Till biss sich auf die Lippen. Die hünenhafte Gestalt mit ihrem zerrissenen Kittel, über dem rostige Ketten hingen, und das rosige Gesicht ... das passte wie die Faust aufs Auge. Ohne Perücke sah Rübezahl ziemlich armselig aus. Ob das reichen würde die anderen zu überzeugen?

»Nun seht ihr, warum ich Cuchulain glaube!«, sagte Rübezahl, hängte sich wieder seinen falschen Bart um und zog dann die Perücke auf.

»Gibt es jemanden, der das Wort des Bürgen Rübezahl in Zweifel zieht?«, fragte der Drache.

Malko brummelte etwas vor sich hin und betrachtete Rolf missmutig, wagte es aber nicht, etwas zu sagen. Als sich auch sonst niemand meldete, nickte der Drache. »Gut, so heiße ich euch denn noch einmal willkommen und bitte euch an meiner Tafel Platz zu nehmen.« Er bleckte die Zähne. »Vielleicht mögt ihr euch neben der Schneekönigin niederlassen? Wie ihr seht, ist es ein wenig beengt in meiner festlichen Halle. Nur dort ist noch Platz.«

»Es ist uns eine Freude, eure Gastfreundschaft anzunehmen«, erwiderte Rolf erleichtert und schritt auf die weiß gewandete Frauengestalt zu, die in einem Winkel der weiten Höhle ganz allein an einem Tisch saß.

»Dieser überdimensionierte Lurch traut uns immer noch nicht«, flüsterte Oswald Till ins Ohr. »Wir sollten sehen, dass wir so schnell wie möglich wieder verschwinden.«

»Warum?«, fragte der Student verwirrt. Die Schneekönigin war von atemberaubender Schönheit, auch wenn sie die Gäste an ihrem Tisch nur mit einem unterkühlten Lächeln und einem knappen Nicken begrüßte.

»Das wirst du schnell merken!« Oswald stand der Atem in weißen Wolken vor dem Mund, während er sprach. Es war unangenehm kühl hier in der Nische und Till zog seinen Umhang enger um die Schultern. Eine Kohlenpfanne, die ganz in der Nähe stand, war verloschen.

Aus dem Nichts manifestierte sich eine geisterhafte Gestalt und stellte einige Trinkhörner vor ihnen auf den Tisch.

»Ein hübsches Kleid«, lobte Gabriela, bemüht, die frostige Atmosphäre am Tisch aufzulockern.

Die Schneekönigin maß sie mit ihren eisgrauen Augen und lächelte kühl. »In den Augen einer zerzausten Räbin muss wohl jeder, der ein makelloses Gewand trägt, schön erscheinen.«

Gabriela atmete tief ein. Ihre Linke krampfte sich um den *gae bolga*.

»Ignoriere sie einfach«, sagte Oswald so laut, dass es auch die Schneekönigin hören konnte. »Mit ihr versteht sich niemand!«

Till griff nach einem der Trinkhörner auf dem Tisch. Der Wein darin war vollständig gefroren. Was für ein Empfang, dachte er und stellte das Horn zurück. Dann sah er zum Drachen hinüber, der die Ui Talchiu noch immer beobachtete. Als er Tills Blick bemerkte, hob er erneut die Lefzen zu einem Furcht erregenden Lächeln.

19

Nöhrgel lehnte sich im Autosessel zurück und beobachtete über den Bildschirm von Kamera sieben Schnapper. Die Möwe kauerte auf einem Mauersims und stierte ihrerseits zur Reibekuchenbude auf dem Bahnhofsvorplatz hinab. Es war bereits recht spät. Nur wenige Fahrgäste kamen noch durch das hell erleuchtete Portal des Hauptbahnhofs. Der Besitzer des Imbisses begann bereits die Kochplatten zu säubern und die letzten Kölschstangen zu spülen.

Der Heinzelmann fluchte. Wenn nicht bald etwas geschah, wäre er um sein Abendessen gebracht! Mit einem Blick auf einen Monitor, auf dem die letzten Analysen des Wahrscheinlichkeitskalkulators blinkten, beruhigte er sich wieder.

+++ Die Wahrscheinlichkeit eines Überfalls durch Geschöpfe von Nebenan auf den Kölner Dom beträgt in dieser Nacht 95,7789534 Prozent. +++

Nöhrgel drehte schmunzelnd sein linkes Schnauzbartende zwischen Daumen und Zeigefinger. Wenigstens auf Cagliostro konnte man sich verlassen. Ihn bei seinen vergeblichen Angriffen auf den Dom zu beobachten war ein Vergnügen, das über die Mühsal jeder Nachtwache hinwegtröstete. Wenn nur endlich Schnapper seinen Auftrag erledigen würde!

Ungeduldig sah Nöhrgel erneut zu den Monitoren der Überwachungskameras. Die Möwe beugte sich vor. Sie schien etwas gesehen zu haben! Dann ließ sie sich von ihrem Mauersims fallen, um mit angelegten Flügeln im Sturzflug auf die Reibekuchenbude loszugehen oder besser gesagt auf den letzten Kunden, der sich dort eingefunden hatte. Es war eine junge Frau mit langen roten Haaren. Nöhrgel hämmerte auf der Tastatur seines Rechners herum und das Bild einer Rothaarigen erschien. Sie war die Gefährtin Cagliostros! Grinsend rieb sich der alte Heinzelmann die Hände. Alles lief, wie er es erwartet hatte.

Schnapper breitete indessen die Flügel aus, um den Sturzflug abzubremsen. Die Rothaarige blickte erschrocken hoch, als sie den schrillen Schrei der Möwe unmittelbar hinter sich hörte. Die Krallen des Vogels gruben sich tief in ihren fetttriefenden Reibekuchen, dann stieg er mit seiner Beute in steiler Kurve dem Himmel entgegen.

Nöhrgel kurbelte das Seitenfenster herunter, damit Schnapper ihm sein Nachtmahl vorbeibringen konnte.

»Ungewöhnliche Aktivitäten an der Treppe, die neben der Parkhauseinfahrt auf das Domplateau führt«, verkündete der Rechner mit der Stimme Sharon Stones.

»Ja, ja«, brummte der Heinzelmann und beugte sich aus dem Wagenfenster, um zu sehen, wo Schnapper blieb. »Ich weiß schon, unser Perückenfurzer Cagliostro bereitet seine nächste Niederlage vor.«

Schnapper landete im Fensterrahmen der Autotür. Der Reibekuchen zwischen seinen Krallen sah ungewöhnlich klein aus.

»Sag mal, kann es sein, dass du irgendwo eine Zwischenlandung gemacht hast, um dir schon mal den Bauch voll zu schlagen?«, fragte Nöhrgel skeptisch und teilte den Rest der Beute in zwei ungefähr gleich große Stücke.

»Nö! Bei den ungelegten Eiern meiner Brut, wie kannst du nur so was von mir denken!«, entrüstete sich die Möwe.

»Unidentifiziertes Fahrzeug nähert sich dem Domportal!«, verkündete die rauchige Computerstimme.

»Nicht das schon wieder!« Nöhrgel schob sich den letzten Bissen Reibekuchen in den Mund und wischte sich die fettigen Finger an seiner Hose ab. »Ich hätte dich wirklich für einfallsreicher gehalten, Cagli.« Der Heinzelmann tastete nach der Fernbedienung für die Stereoanlage und schaltete den Ton ab. Als er zu den Monitoren aufblickte, sah er gerade noch etwas Großes, Olivgrünes zwischen den zersplitterten Toren des Hauptportals verschwinden.

∗

Der schwere Panzerwagen rammte ein Becken mit Weihwasser und kam unmittelbar vor der hintersten Reihe mit Sitzbänken zum Stehen. Der Erlkönig beugte sich vor, um besser sehen zu können. Für ein Bauwerk von Menschenhand war der Dom wahrlich eindrucksvoll. Aus den Augenwinkeln sah er, wie sich über den Kerzen, die vor einem Marienbild brannten, ein Ball aus Feuer manifestierte. Dann schoss die Kugel unmittelbar auf ihn zu und zerstob zu meterlangen Flammenzungen, als sie auf die Panzerglasscheibe traf.

Blau verkroch sich jaulend unter der Sitzbank und Gabi rückte noch näher an Joe Pandur heran. »Chef, was war das?«

»Nichts, worüber du dir Sorgen machen müsstest. Der Dom mag mich und meinesgleichen nicht. Aber was kann so ein bisschen Hokuspokus schon gegen zentimeterdicken Panzerstahl ausrichten! Fahr weiter zum Hauptaltar!«

»Wir werden exkommuniziert werden ... Für immer im Fegefeuer brennen ...«, wimmerte Gabi leise.

Dafür, dass sie beide unter einem Beherrschungszauber standen und keinen freien Willen mehr hatten, waren seine zwei sterblichen Gehilfen noch erstaunlich widerborstig, dachte der Albenfürst verärgert.

Joe machte einen weiten Bogen um die Sitzbänke, während unter der hohen Decke des Hauptschiffes grelle Blitze zuckten und auf das Panzerfahrzeug hinabschlugen. Seit seinem Schnellstudium des umfangreichen Lexikons bei Mariana kannte sich der Elbenfürst mit moderner Physik aus, und weil er wusste, was ein faradayscher Käfig war, nahm er den Widerstand des Doms sehr gelassen. Solange er das Panzerfahrzeug nicht verließ, konnte ihm nichts passieren.

Vorbei an Chorpfeilerfiguren und dem prächtigen alten Chorgestühl bahnte sich das geländegängige Militärfahrzeug seinen Weg die Stufen hinauf und kam schließlich vor dem prächtigen Gitterwerk zum Stehen, hinter dem der große, goldene Schrein stand, in dem die Gebeine der Heiligen Drei Könige verwahrt wurden.

Nur drei Schritt trennten ihn noch von der Erfüllung seines Traums. Der Erlkönig fühlte sein Herz schneller schlagen. Bald wäre die Tyrannei der Zwergenvölker auf immer gebrochen!

»Den Wurfanker, Joe! Du weißt, was du zu tun hast!«

Der stämmige Trucker nickte und öffnete die Tür der Fahrerkabine.

»Aber die Blitze!«, jammerte Gabi.

»Ihm kann nichts passieren.« Der Albenfürst war sich zwar nicht im Entferntesten so sicher, wie er tat, doch wenn seine Überlegungen stimmten, dann konnte dieses

Feuerwerk normalen Sterblichen nichts anhaben. Es war allein zu seiner Vernichtung bestimmt. Aber er war ja in Sicherheit.

Joe rumorte auf der Ladefläche des Panzerwagens herum. Dann war ein scharfes metallisches Klirren zu hören. Das Zeichen! Der Erlkönig wechselte auf den Fahrersitz. Mit schweißnassen Händen umklammerte er das Lenkrad. Im Seitenspiegel sah er Joe winken.

Ein Tritt auf das Gaspedal und der schwere Schützenpanzerwagen machte einen Satz nach vorne. Dann gab es einen Ruck und ein kreischendes Geräusch. Einen Moment lang schien eine unsichtbare Hand den Wagen umklammert zu haben.

Der Erlkönig trat das Gaspedal bis zum Anschlag durch und blickte nervös in den Seitenspiegel. Aus dem Verschlag des Panzerwagens reichte ein straff gespanntes Stahlseil bis zum Gitter vor dem Dreikönigsschrein. Metallstaub rieselte von dem zum Zerreißen gespannten Seil und schimmerte golden im Kerzenlicht. Ein Blitz schlug in das Gitter und blaue Funken stoben von dem feinen Schmiedewerk. Die beiden Gitterstangen, zwischen denen der Wurfanker verkantet war, begannen sich langsam zu verbiegen. Endlich gab es einen zweiten Ruck. Der Panzerwagen machte einen Satz nach vorne und verfehlte dabei nur knapp den Hochaltar. Das Gitter war losgerissen und rutschte scheppernd über den Boden.

Sofort löste Joe das Stahlseil und schlang es um den großen goldenen Sarkophag.

Aus allen Himmelsrichtungen schlugen nun Blitze in den Panzerwagen ein. Fast geblendet ließ sich der Erlkönig auf seinen unbequemen Sitz zurücksinken. Es roch nach Ozon. Jedes Härchen an seinem Körper hatte sich aufgerichtet.

Gabi schien in Trance gefallen zu sein. Mit weit aufgerissenen Augen starrte sie in das blendende Lichtspektakel, das um sie herum tobte.

Aus dem Laderaum des Panzerwagens ertönte das schrille Summen der elektrischen Seilwinde. Im Seitenspiegel sah der Erlkönig den Dreikönigsschrein auf die offenen Luken zur Ladefläche zurutschen. Der Albenfürst blickte zur grün schimmernden Uhr im Armaturenbrett. Sie waren noch keine fünf Minuten im Dom. Es lief alles nach Plan! Joe legte zwei Rampenschienen aus Leichtmetall vor den Verschlag. Der kostbare Sarkophag glitt mit schleifendem Geräusch hinein. Sie hatten extra einige der Inneneinbauten entfernt, damit das Reliquiar auch in den Schützenpanzer passte. Die genauen Abmessungen des Heiligensargs waren zum Glück einem Reiseführer zu entnehmen gewesen.

Der Erlkönig entspannte sich und ließ seine Fingerknöchel knacken. Jetzt würde sie nichts mehr aufhalten.

Ein neuer Blitzsturm ging über dem Fahrzeug nieder. Die Augen der Heiligenfiguren ringsherum begannen zu glühen, als wollten sie jeden Moment zum Leben erwachen.

Blau presste sich winselnd neben das Gaspedal, während Gabi eine Sonnenbrille aufgesetzt hatte und immer wieder murmelte: »Ich will das alles nicht sehen. Heilige Jungfrau! Ich will das ...«

Die Tür an der Fahrerseite ging auf und Joe schwang sich auf seinen Sitz. Ihm standen sämtliche Haare zu Berge, und als er das Lenkrad berührte, hörte man es leise knistern. Seine Augen waren starr auf das hohe Portal am Ende des Mittelgangs gerichtet. »Befehl ausgeführt«, meldete er mit monotoner Stimme. »Was nun, Chef?«

»Bring uns hier raus!«

Der Motor des Schützenpanzers röhrte auf und das schwere Fahrzeug rollte knirschend die Treppen zum

Hochaltar hinab. Eine Gestalt in Boxershorts mit Papstporträts tauchte aus einer kleinen Seitentür auf und blieb beim Anblick des verwüsteten Interieurs wie versteinert stehen.

»Der Küster«, murmelte Gabi und duckte sich hinter das Armaturenbrett. »Hoffentlich hat er uns nicht gesehen.«

Unmittelbar im Hauptportal ging ein Blitz nieder und stanzte für einen Augenblick den Schattenriss eines Mannes in wehendem Mantel aus der Dunkelheit.

Der Panzerwagen hatte fast das niedergewalzte Eingangstor erreicht, als eine Frau mit wehenden roten Haaren den Weg versperrte. Sie stützte einen taumelnden Mann, aus dessen gepuderter Perücke dünne Rauchschwaden stiegen. Cagliostro und Mariana! Offenbar hatte der falsche Graf gerade einen Blitzschlag abbekommen. Im Licht der Scheinwerfer sah man etliche Brandflecken auf seinem weiten Gehrock, der sämtliche Knöpfe eingebüßt hatte.

Der Graf streckte einen Arm vor, stellte sich dem Schützenpanzer in den Weg und schrie etwas, doch seine Worte waren hinter dem dicken Panzerglas der Führerkabine nicht zu verstehen.

»Soll ich ihn platt machen, Chef?«, fragte Joe mit monotoner Stimme.

Der Erlkönig nickte. »Wenn er uns nicht aus dem Weg geht, hat dieser Verrückte sein Schicksal selbst gewählt.«

Ohne eine Miene zu verziehen hielt Joe auf den Grafen zu.

Cagliostro fuchtelte jetzt wild mit den Armen. Er schrie etwas und machte erst im letzten Moment einen Hechtsprung zur Seite. Im selben Augenblick schossen rings um den Dom herum dicke Stahlträger aus dem Boden und bildeten eine Barriere, die nicht einmal der Schützenpanzer überwinden konnte.

Der Erlkönig fluchte. Um einen Gegenzauber zu wirken, musste er aus der Führerkabine heraus. Verdammter Italiener! Hätte er diesem Idioten nur nicht gezeigt, wie man Magie wirkte. Wütend stieß der Albenfürst die Beifahrertür auf.

»Du hast meine Idee gestohlen!« Cagliostros Stimme überschlug sich vor Zorn. Der Zauberer trat hinter einer der Stahlstreben hervor.

»Du warst doch nicht einmal in der Lage durch das Tor zu kommen, du triefäugiger Einfaltspinsel. Wenn ich nicht eingegriffen hätte, läge das Elfenbein noch immer im Dom.«

»Ich dachte, du interessierst dich nicht mehr für unsere Mission und wolltest stattdessen lieber die Welt verbessern, du egomanisches Langohr!«

»Du solltest das Denken besser den Pferden überlassen, denn die haben einen ...« In der Ferne erklangen Martinshörner.

»Könntet ihr beiden Machos euren Streit vielleicht auf später vertagen oder legt ihr es darauf an, hier vor dem verwüsteten Dom verhaftet zu werden?«, mischte sich Mariana ein.

»Sollen die Gendarmen nur kommen! Ich werde sie in einen Haufen schieläugiger Frösche verwandeln«, eiferte sich Cagliostro.

Mit einer Handbewegung und einem geflüsterten Wort der Macht ließ der Albenfürst die Stahlpfeiler wieder im Boden versinken.

Der Graf schnippte mit den Fingern und ringsherum stiegen Flammenwände empor. »Entweder gehen wir zusammen oder gar nicht! Ich werde nicht zusehen, wie du die Frucht meiner Arbeit stiehlst. Außerdem wirst du unsere Hilfe brauchen. Mariana kann uns ein Tor nach *Nebenan* öffnen.«

Der Erlkönig maß das Mädchen mit missmutigen Blicken. So weit käme es noch, dass er auf so eine angewiesen wäre! Aber vorerst war es klüger, gute Miene zum bösen Spiel zu machen. »Steigt in den Panzerwagen und wir verschwinden!«

Cagliostro lächelte zufrieden und streckte ihm versöhnlich die Hand entgegen. »Ich wusste immer, dass wir beide zusammen unschlagbar sind.« Mit weit ausholender Geste ließ er die Flammen ringsherum verlöschen.

Inzwischen hatten sich auf der Domplatte bereits etliche Schaulustige eingefunden, die jedoch respektvollen Abstand zum Panzerwagen hielten. Auch einige Touristen mit Kameras waren darunter.

Der Erlkönig half Mariana in die geräumige Führerkabine ihres Fluchtwagens. Kaum hatte er die Tür hinter sich geschlossen, gab Joe auch schon Gas. Er lenkte das Geländefahrzeug die breite Treppe hinab, die neben dem Andenkenladen auf Straßenniveau führte. Dort fuhr er entgegen der Fahrtrichtung in einen Tunnel und bog schon nach wenigen Metern scharf ab.

Vor ihnen stand Joes Truck. Die Laderampe war heruntergelassen und die Türen zum Frachtraum weit geöffnet.

Während vom Domplatz her das Heulen der Polizeisirenen erklang, stiegen die Reliquiendiebe in den Lastwagen um. Joe fuhr den Panzerwagen auf die Ladefläche seines Trucks und schloss die Türen.

Wenige Minuten später passierten sie ungeschoren die erste Polizeisperre. Ein junger Beamter winkte sie hektisch durch, während im Hintergrund Mannschaftswagen dutzende von Bereitschaftspolizisten ausspien.

Als sie vom Ring auf die Luxemburger Straße abbogen und stadtauswärts fuhren, lehnte sich der Erlkönig erleichtert zurück. Es war vollbracht! Jetzt konnte der Feldzug gegen die Zwergenvölker beginnen!

*

Nöhrgel starrte immer noch fassungslos auf Monitor vier, der das Bild des zerstörten Domportals zeigte.

»Warum hast du mich nicht gewarnt?«, fragte er erschüttert.

»Ich habe dich gewarnt!«, hauchte die Stimme Sharon Stones aus den Lautsprechern in den Seitentüren. Auf einem der Monitore leuchtete ein Schriftzug auf.

+++ Die Wahrscheinlichkeit eines Überfalls durch Geschöpfe von Nebenan auf den Kölner Dom beträgt in dieser Nacht 95,7789534 Prozent. +++

»Ich finde, das war eine überaus deutliche Warnung!«

»Und der Erlkönig! Du hast nie etwas von ihm erwähnt!«

»Das liegt an meiner Programmierung«, entgegnete die Frauenstimme in einem Tonfall, als wolle sie einen einsamen Gast in einer Nachtbar aufreißen. »Den Erlkönig kannte ich bis heute nur als Figur in einem romantischen Gedicht.«

»Heinzelmänner gelten doch gemeinhin auch nur als Märchenfiguren! Und was ist mit Cagliostro? Von ihm heißt es, dass er seit mehr als zweihundert Jahren tot ist! Trotzdem hast du mich vor ihm gewarnt!«

»In der Geschichte der Menschheit gibt es dutzende von Beispielen, in denen vermeintlich Totgeglaubte wieder zurückkehren«, entgegnete der Computer gelassen. »Dafür, dass die Schurken eines romantischen Gedichtes plötzlich in Fleisch und Blut erstehen, gibt es hingegen bisher keine Präzedenzfälle. Und was euch Heinzelmänner angeht, hast du persönlich mich mit den nötigen Daten versorgt, was eure wirkliche Existenz betrifft. Du musst doch wissen, dass jeder Rechner nur so klug ist wie die Datenbanken, auf die er zurückgreifen kann.«

Die Diskussion mit dem Wahrscheinlichkeitskalkulator

begann Nöhrgel mehr und mehr an seine Streitereien während der kurzen Ehe mit Mozzabella zu erinnern. Im Augenblick war es vermutlich klüger, sich auf den gesunden Realitätssinn einer Möwe zu verlassen. Er hatte Schnapper das Schnabelmikro umgeschnallt und ihn in den Dom geschickt, damit er dort das Ausmaß der Katastrophe erkundete.

»Großhirn an Auge! Was gibt es zu sehen?«

Aus dem Lautsprecher ertönten hallende Schritte und Gesprächsfetzen. Dann endlich war die heisere Stimme der Möwe zu hören. »Hier Auge! Die Menschen laufen sehr aufgeregt in ihrem Nest herum. Die große goldene Kiste, die du mir beschrieben hast, kann ich nirgends entdecken. Dort, wo sie stehen sollte, sind besonders viele Menschen.«

Nöhrgel fluchte. »Danke, Auge, du kannst dich aus dem Nest zurückziehen.«

»Nö, bleibe noch was«, krächzte die Möwe. »Macht Spaß, sich das Durcheinander anzusehen.«

»Wie du meinst. Over!« Nöhrgel unterbrach die Funkverbindung. So wie die Dinge standen, blieb ihm nun nichts anderes mehr übrig als den Teufel mit dem Beelzebub auszutreiben. Zum Glück hatte er die nötigen Verbindungen. Entschlossen, das Unvermeidliche zu tun, griff er nach seinem Handy.

*

Baldur fühlte sich unwohl. Seit Tagen war er nun schon hier in der großen Halle. Als er den Aktenkoffer gebracht hatte, hatten ihn alle gelobt, hatten ihm auf die Schulter geklopft und große Worte gemacht. Es fiel ihnen allen so leicht, zu reden! Er selbst wurde meistens nervös, wenn man von ihm erwartete, dass er etwas sagte. Er sprach recht langsam und meistens ließ man ihn nicht ausreden. Man stahl ihm seine Worte, bevor sie ihm über die Lippen kamen, beendete seine Sätze, für die er den Grundstein gelegt hatte.

Er hatte Cagliostros Papiere gebracht und damit war es gut. Jetzt brauchten sie ihn hier nicht mehr und er brauchte sie auch nicht, diese Quatschköpfe! Noch schlimmer als diese endlosen Reden waren die Gerüche! So viele Düfte lagen in der Luft. Der Geruch von fast verloschenem Feuer, den der Drache absonderte, dazu der kalte Rauch der Kohlenpfannen, das saure Bier, der gewürzte Wein, der klare Geruch einer Frostnacht, den die Schneekönigin verströmte, Schweiß, abgestandene Fürze ... Dieses Durcheinander der Düfte machte ihn schwindelig. Gegen das Reden konnte er seine Ohren verschließen, aber die Gerüche belagerten ihn, drängten in seine Nase und tiefer in ihn hinein, ohne dass er sich gegen sie wehren konnte.

Und dann diese Neuen, die gestern gekommen waren. Diese Iren. Sie rochen falsch. Etwas stimmte nicht mit ihnen und es war nicht nur der Bart des Anführers. Aber er würde sich nicht einmischen! Das hieße Argumentieren ... Nein, Reden war nicht seine Sache. Sollten sich die anderen darum kümmern!

Niemand drehte sich nach ihm um, als Baldur die große Höhle verließ. Schon im Tunnel, der nach draußen führte, begann er sich besser zu fühlen. Er kauerte sich nieder und binnen weniger Augenblicke hatte er seine Wolfsgestalt angenommen. Jetzt fluteten die Gerüche, denen er gerade entkommen war, doch noch einmal auf ihn ein. Baldur schnaubte und eilte auf allen vieren dem Tunnelende entgegen, das sich als ein unscharfes Lichtoval aus der Finsternis schälte.

Endlich der Höhle entkommen atmete er in langen Zügen den Winter. Der würzige Duft von Feuerholz lag in der klaren, kalten Luft. Auch roch es nach Pferden und Stroh und nach dem verrottenden Fleisch von Erik und seinen Kameraden, die wohl verborgen Wache hielten.

Mit weiten Sprüngen eilte Baldur durch das offene Tor und verschwand im Wald. Vielleicht würde er ein Kaninchen erwischen oder ein unvorsichtiges Eichhörnchen. Beim Gedanken an warmes Blut lief ihm das Wasser im Munde zusammen. Endlich wieder frei!

Schnuppernd tollte er durch den Schnee. Die meisten Kleintiere schienen den Berg verlassen zu haben. Bei so viel üblen Gerüchen, wie sie in der Drachenhöhle versammelt waren, konnte er es ihnen nicht verdenken.

Immer weiter führte den Werwolf seine Pirsch den Berg hinab. Bald stieg der schwere Geruch kalten Wassers in seine Nüstern. Der Rhein konnte nicht mehr weit sein. Vielleicht vermochte er ja hier Beute aufzulauern. Im Wald war er nicht auf eine einzige frische Fährte gestoßen.

Auf einer verschneiten Wiese nahm er die Witterung eines Dachses auf. Baldur stieß ein enttäuschtes Knurren aus. Ausgerechnet ein Dachs! Das Fleisch von diesen gestreiften Mistviechern war nicht gerade schmackhaft und außerdem verteidigten sie es mit Klauen und Zähnen. Der Werwolf ließ sich auf den Hinterbeinen nieder und machte seinem Unmut Luft, indem er die ziehenden Wolken anheulte.

Irgendwo weit aus dem Norden erklang Antwort. Noch andere Wölfe waren auf der Jagd! Vielleicht sollte er sie suchen? Sie wüssten gewiss, wo Beute zu finden war. In einem Rudel Jagd auf einen Hirsch zu machen, das wäre etwas ... Durch den hohen Schnee laufen, bis das Herz laut wie eine Trommel schlug und einem das Blut in den Ohren rauschte. Blut ... Er stutzte. Der Westwind trug eine seltsam vertraute Witterung heran. Einen Geruch, den es hier nicht geben sollte!

Baldur kauerte sich flach in den Schnee. Es roch nach Heinzelmann! Waren sie ihm etwa von diesem verdammten Platz, wo er sich in die Kette verbissen hatte, bis hierher gefolgt? Wollten sie Jagd auf ihn machen? Dieser verdammte Erlkönig hatte behauptet, dass diese kleinen Schwächlinge äußerst nachtragend waren.

Vorsichtig sah sich Baldur um. Als Wolf sah er die entfernten Dinge nur unscharf. Doch sein Geruchssinn machte das mehr als wett. Er spähte zu einer Reihe von Weiden, die nahe dem Ufer standen. Der Wind wehte die Witterung von dort herüber. Ob die Heinzelmänner wohl Armbrüste mitgebracht hatten? Das mussten sie wohl! Wie sonst wollten diese arroganten Schwächlinge mit ihm fertig werden? Aber dass sie ihn gefunden hatten!

Unter einer der Weiden kauerte etwas. Ja, es waren Heinzelmänner. Der Geruch war unverkennbar. Eine Mischung aus Bartwichse, Mottenkugeln und Motoröl. Dazu ein Hauch abgestandenem Schweiß und verschiedenen Essensgerüchen, dominiert von Bratfett. Der Duft von jemandem, der gerne am Herd stand. Baldurs Muskeln waren jetzt zum Zerreißen gespannt. Er würde nicht warten. Wenn ich nur schnell genug bin, dachte er. Vielleicht bin ich bei ihnen, bevor sie den Abzug ihrer Armbrust auslösen können.

Der Werwolf sprang auf. Seine großen Pfoten wirbelten den Schnee auf. Er lief, wie er noch nie zuvor in seinem Leben gelaufen war. Der Wind blies nun stärker. Nicht eine Spur von Angstschweiß war zu riechen. Verfluchte Heinzelmänner! Sie ließen ihn einfach herankommen.

Der Schatten unter dem Baum kauerte auf dem Boden und grub nach etwas.

»Wallerich?« Der Kerl drehte sich immer noch nicht um. »Ich glaube, ich habe das Nussversteck von einem Eichhörnchen gefunden, wir ...«

Mit einem Satz war Baldur über dem Heinzelmann. Der kleine Wicht stieß einen Schreckensschrei aus und versuchte sich in den Schnee einzugraben. Dieser Geruch … Baldur drehte den Heinzelmann herum. Es war derselbe Kerl, der den Koffer mit der Kette getragen hatte. Ein dumpfes Grollen stieg aus Baldurs Kehle. Geifer tropfte ihm von den Lefzen. Das war ein Geschenk der alten Götter.

Der Heinzelmann blinzelte. Schnee verklebte sein Gesicht. Als er die Augen aufschlug, weiteten sie sich vor Entsetzen. »Du!« Die Augen rollten nach oben, sodass nur noch das Weiße zu sehen war. Der kleine Kopf sank zurück in den Schnee.

Einen Moment lang fürchtete Baldur, der Heinzelmann sei vor Schreck gestorben. Vorsichtig setzte er seine linke Vorderpfote auf die Brust seines reglosen Opfers. Deutlich konnte er das Herz schlagen fühlen.

Der Werwolf fühlte sich betrogen. Es machte keinen Spaß, etwas Bewusstloses zu essen. Sollte er hier sitzen bleiben und warten, bis der Kleine wieder zu sich kam? Oder sich zuerst den anderen Heinzelmann vorknöpfen? Baldur blickte auf die tiefe Spur im Schnee, die an der Baumreihe entlangführte. Vielleicht war der andere weniger schreckhaft?

Baldur stutzte. Heinzelmänner, so weit fort von der Stadt, in der ihre Frauen regierten … Das war ungewöhnlich! Was mochten sie hier suchen?

Dem Werwolf schmerzte der Kopf. Nachdenken bekam ihm meistens nicht gut. Wäre jetzt nur Cagliostro hier! Der wüsste sicher, was zu tun war. Sollte er die *Dunklen* holen? Sein Magen knurrte. Sie würden sicher nur reden und reden. Baldur blickte auf die tiefe Spur im Schnee. Vielleicht würde der andere ja nicht sofort in Ohnmacht fallen. Geifer sammelte sich in seinem Maul. Er streckte sich, entspannte seine Muskeln, dann folgte er in leichtem Trott der Spur im Schnee.

*

Pater Anselmus massierte sich mit den Händen die Schläfen. Er hatte nur zwei Stunden Schlaf bekommen in der letzten Nacht. Den ganzen Morgen hatte er sich dann mit Journalisten herumschlagen müssen, die ihm Löcher in den Bauch fragten. Dabei hatte auch er keine Antworten. Das Verbrechen, das man letzte Nacht im Dom begangen hatte, war beispiellos! Es war auch völlig unklar, wie die Verbrecher in einem Panzerwagen hatten entkommen können. Und dann die seltsamen Dinge, die auf den Bändern der Überwachungskameras zu sehen waren. Die Blitze und die Flammen vor dem Dom. Natürlich hatte die Öffentlichkeit davon bisher nichts erfahren und so würde es auch bleiben!

»Hochwürden, geht es Ihnen nicht gut?«

Anselmus blickte auf. Der dicke Polizist, der die Frage an ihn gerichtet hatte, drehte nervös seine Mütze zwischen den Händen. Seine Partnerin kaute auf einem Kaugummi.

Anselmus setzte sich in seinem Lederstuhl auf. »Entschuldigen Sie, die letzte Nacht ...« Er breitete verlegen die Hände aus. »Sie wissen ja, was geschehen ist.«

Der Polizist nickte ernst.

»Ihr Gemeindepfarrer, Pastor Schröder, hat mir von Ihnen erzählt, Herr Hauptwachtmeister Kowalski. Er sagt, dass Sie ein guter Christ sind.«

Der korpulente Gesetzeshüter lächelte verlegen. »Wenn Hochwürden meinen.«

»Und Sie sind Pole, nicht wahr?«

Kowalski wirkte verblüfft. »Wie kommen Sie darauf?

Selbstverständlich habe ich einen gültigen deutschen Pass!«

»Und Ihr Name?«

»Mein Urgroßvater ... Er ist als Bergmann ins Ruhrgebiet gekommen. Ich kann nicht einmal Polnisch!«

Anselmus seufzte. Genau das hatte er befürchtet. »Und Ihre Kollegin, Fräulein Kuhn? Sie ist doch eine geborene Schimanski, wenn ich mich nicht irre.«

»Also, ich kann auch kein Polnisch, falls Sie darauf hinauswollen, Hochwürden«, nuschelte sie ohne den Kaugummi aus dem Mund zu nehmen.

»Darauf kommt es auch nicht an!«, erwiderte Anselmus gereizt. Diese beiden waren die Einzigen, die er hatte finden können, die auch nur ansatzweise den Anforderungen des Inquisitors entsprachen. Er würde sie nicht mehr gehen lassen! »Wichtig ist nur, dass sie regelmäßige Kirchgänger sind, und das hat mir Pastor Schröder versichert. Wir brauchen Ihre Hilfe!«

»Wir?«, fragte Kowalski.

»Die Kirche! Seine Heiligkeit hat einen Sonderbeauftragten geschickt und dieser wiederum besteht darauf, mit Ihnen zusammenzuarbeiten.« Hoffentlich würde Gott ihm diese kleine Notlüge verzeihen, dachte Anselmus. »Ich muss Sie verpflichten, über alles, was Sie von nun an sehen und hören werden, striktes Stillschweigen zu bewahren. Sind Sie beide gewillt, sich auf eine Mission im Namen des Herrn einzulassen?«

Kowalski hob die Rechte und gelobte feierlich, dass seine Lippen versiegelt sein würden. Maria zögerte einen Augenblick, doch auf Drängen ihres Kollegen leistete auch sie den Eid. Sie nahm dazu sogar den Kaugummi aus dem Mund.

Anselmus fühlte sich wie ein spätmittelalterlicher Ablasshändler. Aber wie hieß es so schön: Der Zweck heiligt die Mittel. Nachdem diese Formalität erledigt war, führte er die beiden über das hintere Treppenhaus zu den Kellergewölben unter dem Amtssitz des Erzbischofs. Ihr Weg führte sie vorbei an endlosen Regalen, in denen sich die Akten von Jahrhunderten aneinander reihten, und durch ein Gewölbe, in dem ausgediente Amtstrachten gelagert wurden. Schließlich erreichten sie eine gut verborgene Tür, hinter der melancholische Akkordeonmusik erklang.

Der Sekretär klopfte. Als keine Antwort kam, öffnete er. Sie betraten eine große Garage, in der ein schwarzer Geländewagen mit verchromten Stoßstangen und Auspuffrohren stand. Mit Befremden registrierte Anselmus, dass man eine silberne Christophorus-Statue als Kühlerfigur montiert hatte. Der Inquisitor saß mit dem Rücken zur Tür auf einem Feldbett und war ganz in sein Akkordeonspiel versunken. An der Wand ihm gegenüber hingen etliche Fotos, die einen Panzerwagen zeigten, der durch das Domportal brach, und dazu die Köpfe von drei recht merkwürdigen Gestalten. Es waren zwei Männer und eine Frau.

»Pater Wschodnilas!«, rief der Sekretär mit lauter Stimme.

»Wir haben Sie gesehen, Pater Anselmus. Ist Ihnen der Spiegel nicht aufgefallen, der zwischen den Fotos hängt? In Zeiten, da die letzte Konfrontation zwischen der Dunkelheit und dem Licht immer näher rückt, achten wir stets darauf, was sich hinter unserem Rücken tut.« Der Inquisitor spielte einen dramatischen Schlussakkord und verstaute sein Akkordeon dann in einem großen, schwarzen Instrumentenkoffer, der mit Aufklebern aus aller Herren Länder geschmückt war.

»Wie meint Hochwürden das mit der *letzten Konfrontation*?«, flüsterte Kowalski.

»Metaphorisch«, versicherte Anselmus schnell. »Rein metaphorisch.«

»Hauptwachtmeister Kowalski«, fuhr der Inquisitor fort. »Nachdem uns Pater Anselmus gestern Abend über Ihr Kommen benachrichtigt hat, haben wir uns erlaubt einige Erkundigungen über Sie einzuziehen. Sie kommen aus der Gemeinde Köln Kalk, nicht wahr?«

Der dicke Polizist war verblüfft. »Stimmt.«

»Wissen Sie, warum wir so sehr über Ihre Mitarbeit erfreut sind?« Wschodnilas trat an einen Gettoblaster und drückte die Play-Taste des Kassettendecks. »*Nein, Hochwürden*«, erklang eine sonore Stimme. »*So etwas hat er noch nie zuvor erzählt. Aber er hat tatsächlich bei allen Heiligen geschworen, er und seine Kollegin seien von unsichtbaren Trollen angegriffen worden. Dabei war er ganz sicher nüchtern. Ich habe ihm aufgetragen zehn Ave-Maria zu beten.*« Der Inquisitor drückte auf Stopp.

»Das …«, eiferte sich Kowalski. »Das ist infam! Hochwürden Schröder verstößt damit gegen das Beichtgeheimnis! Ich werde mich …«

»Beruhigen Sie sich, Hauptwachtmeister.« Der Inquisitor lächelte dünn. »Das Istituto per le Opere Esteriori kann jeden Geistlichen von seinem Beichtgeheimnis entbinden. Ihr Pastor hatte gar keine andere Wahl als uns wahrheitsgemäß zu antworten.«

»Das was?«, fragte Kowalski an den Sekretär gewandt.

»Das ist das Amt für Auswärtige Angelegenheiten im Vatikan«, erklärte der Geistliche. »Darf ich vorstellen, Pater Carol Wschodnilas, ein Vertrauter seiner Heiligkeit!«

Der Pole winkte ab. »Halten wir uns nicht mit langen Vorreden auf. Durch die Aussagen eines absolut vertrauenswürdigen Verbündeten, der uns im Kampf gegen die Kreaturen der Finsternis zur Seite stehen wird, wissen wir, dass sich in der letzten Woche tatsächlich einige Trolle in der Stadt aufgehalten haben.«

Pater Anselmus traute seinen Ohren nicht. Wschodnilas

war noch verrückter, als der Kardinal behauptet hatte! Argwöhnisch beobachtete er Kowalski und Maria. Die beiden nahmen die Spinnereien des Inquisitors ganz gelassen hin. Wenn von dieser Sache bloß nichts an die Öffentlichkeit gelangte! Sie würden sich zum Gespött der ganzen Republik machen.

»Unser Gefährte ist niemand Geringerer als der Älteste unter den Kölner Heinzelmännern.« Wschodnilas deutete auf das leere Feldbett. »Dürfen wir vorstellen: Nöhrgel. Ihm verdanken wir auch die Fotos der Täter. Es handelt sich um den Grafen Cagliostro, seine Gefährtin, die eine normale Sterbliche zu sein scheint, sowie den Erlkönig.«

Anselmus verschluckte sich und bekam einen Hustenanfall.

»Fühlen Sie sich nicht wohl?«, fragte der Inquisitor ironisch. »Warten Sie ab, bis wir dem Bösen erst Aug in Auge gegenüberstehen!«

Der Sekretär sah zum Hauptwachtmeister und seiner Kollegin. Die beiden blieben völlig ungerührt. Entweder waren sie die coolsten Bullen, die man sich nur vorstellen konnte, oder aber sie waren genauso verrückt wie Pater Wschodnilas.

»Wir sollten hier nicht herumstehen und Volksreden halten«, meldete sich eine unbekannte Stimme zu Wort. »Ich fürchte, dass der Erlkönig und Cagliostro jeden Moment wieder zuschlagen können.«

Anselmus sah sich bestürzt um. Es war niemand zu sehen, zu dem diese Stimme gehörte! War Wschodnilas vielleicht ein Bauchredner?

»Wie wollen Sie gegen die Kirchenschänder vorgehen?«, fragte Maria und tätschelte dabei ihre Dienstwaffe. »Wir haben leider die Erfahrung machen müssen, dass man mit den herkömmlichen Mitteln nicht weit kommt.«

»Keine Sorge!«, bekräftigte der alte Priester. »Wir sind

auf alles vorbereitet.« Er ging zu dem schwarzen Geländewagen und öffnete die Hecktür. »Wenn ihr euch überzeugen möchtet.«

Anselmus ging mit den anderen zum Wagen und starrte ungläubig auf das Waffenarsenal. Da lagen ein Flammenwerfer und mehrere Panzerfäuste, schwere Maschinengewehre, etliche großkalibrige Pistolen, aber auch ein Schwert, eine Auswahl silberner Dolche, Holzpflöcke, Knoblauch, Kruzifixe, Bibeln und einige der überdimensionierten Wasserpistolen, die vor ein paar Jahren in Mode waren.

Maria pfiff leise durch die Zähne. »Das ist ja irre! Wenn das meine Schwester sehen könnte. Vielleicht sollten wir sie auch holen. Sie hatte Ärger mit einem Unsichtbaren, der den Sohn des Energieministers entführt hat. Sie schießt fast so gut wie ich ...«

»Wir werden ein anderes Mal gerne auf dieses Angebot zurückgreifen. Doch nun sollten wir uns beeilen. Wie Nöhrgel bereits sagte: Die Zeit drängt!«

Der Sekretär sah sich nach dem ominösen Heinzelmann um. Jetzt waren sie alle verrückt geworden! Er musste sie aufhalten. Eine Bande bis an die Zähne bewaffneter Irrer! Nicht auszudenken, was die alles anrichten mochten!

»Wofür ist denn das hier gut?« Kowalski hatte eine der Wasserpistolen in die Hand genommen.

»Die sind mit Weihwasser gefüllt, das seine Heiligkeit gesegnet hat. Sehr wirksam gegen manche Kreaturen der Finsternis!«

»Und die Bibeln?«, empörte sich Anselmus. »Was hat die Heilige Schrift in diesem Waffenarsenal verloren?«

Wschodnilas grinste, sodass sich ein Kranz feiner Fältchen um seine Augen bildete. »Die sind von seiner Heiligkeit signiert. Eine davon habe ich damals einem Vampir in den Rachen gestoßen, bevor ich ihm einen Pflock durchs Herz trieb.«

Anselmus wollte fragen, ob Wschodnilas sich den ausgestopften Kopf des Vampirs über seinen Kamin gehängt hatte, aber Kowalski kam ihm zuvor.

»Der Papst persönlich hat sie signiert? Kann ich eine davon haben?«

»Wenn wir unsere Mission erfolgreich abgeschlossen haben!«

Etwas zupfte am Hosenbein des Sekretärs. »Halten Sie die Truppe nicht länger auf. Wir müssen los, wenn wir das Schlimmste verhindern wollen!«

Anselmus sah sich verzweifelt um. Es war noch immer niemand zu sehen, zu dem diese Stimme gehörte. Jetzt hatte der Wahnsinn auch ihn schon angesteckt!

*

Mit quietschenden Reifen hielt der schwarze Geländewagen auf dem Albertus-Magnus-Platz. Es war ein verregneter Nachmittag und nur wenige Studenten waren unterwegs. Kaum einer gönnte dem Fahrzeug mehr als einen flüchtigen Blick, bevor sie, sich unter den Regenschauern duckend, die von einem böigen Wind über den Platz getrieben wurden, ihrer Wege gingen.

Nöhrgel war als Erster aus dem Wagen geklettert und er war auch der Erste, der die verlorene kleine Gestalt am Portal des Hauptgebäudes entdeckte. Mit wehendem Bart lief der Älteste zu dem Heinzelmann hinüber. »Luigi!«

Der Modezar unter den Heinzelmännern schien Nöhrgel überhaupt nicht wahrzunehmen. Mit weit aufgerissenen Augen starrte er zum Himmel und taumelte dabei unsicher von einem Bein aufs andere.

»Luigi! Was ist hier los?« Der Älteste packte den Schnei-

421

der beim Kragen seines burgunderroten Gehrocks und schüttelte ihn. »Hörst du mich, Luigi?«

Langsam klärte sich der Blick des Heinzelmanns. »Nöhrgel?«, kam es schwerfällig über seine Lippen. »Das *Elfenbein* ...«

Der Älteste stieß einen Fluch aus, der ihm einen äußerst missbilligenden Blick des Inquisitors einbrachte. »Sie sind schon hier gewesen! Folgt mir!« Nöhrgel packte Luigi und führte seine menschlichen Gefährten die Treppen hinab bis zum tief unter dem Hauptgebäude verborgenen Bergwerksschacht. Dort fand er den geheimen Zugang zur Zentrale, dem Hightech-Zentrum der Kölner Heinzelmännchen, weit offen stehend. Durch die Öffnung drangen scheppernde Geräusche und ein bedrohliches Knirschen, so als würde Granit über Beton kratzen.

Der Inquisitor zog eine großkalibrige Pistole unter seinem maßgeschneiderten Jackett hervor und gab Kowalski und Maria ein Zeichen. Auch die beiden Polizisten zogen ihre Waffen. Sie drückten sich rechts und links des Durchgangs an die Wand des Bergwerksschachts.

»Ich sagte doch, sie sind schon fort«, erklärte Nöhrgel ärgerlich und trat in den Durchgang. Die Höhle am Ende des kurzen Tunnels war in das kalte, unstete Licht defekter Neonröhren getaucht.

Der abgesetzte Älteste wappnete sich mit Gleichmut. Er ahnte, was ihn in der Kommandozentrale erwarten würde, und dennoch traf ihn der Anblick der Verwüstungen zutiefst. Die Computermonitore waren zerschlagen, der Boden der Höhle mit verbogenen Platinen bedeckt. Die Arbeit von Jahren war nur noch ein Haufen Schrott. In der Mitte des hohen Raumes saßen Matzi und drei weitere Ratsmitglieder auf Ledersesseln mit zerschnittenen Polstern. Sie hielten blanke Rasiermesser in den Händen und lächelten, doch ihre Augen waren starr und ohne jedes Leben. Um sie herum lagen die abgeschnittenen Reste ihrer ehrwürdigen Bärte. Ihre Wangen waren blank rasiert und wund.

»Aufhören!«, schrie Nöhrgel außer sich vor Zorn. »Hört endlich auf, ihr verdammten Idioten!« Er schüttelte Luigi, den er immer noch am Kragen gepackt hielt, so als sei das, was hier geschehen war, die Schuld des Modedesigners.

Seine Flüche schienen den unheimlichen Bann gebrochen zu haben, der über den Heinzelmännern lag. Einige blickten auf zu ihm und wirkten, als seien sie aus einem langen Schlaf voller Albträume erwacht. Plötzlich war es totenstill. Nur das unheimliche Geräusch von Fels, der über Felsen scharrte, war noch zu hören.

»Was ist hier geschehen?« Nöhrgel hatte sich an Matzi gewandt, der verzweifelt auf das Rasiermesser in seinen Händen sah und sich mit der Linken über seine glatten Wangen strich.

»Der Erlkönig. Er ist mit einem Mann, der Flöte gespielt hat, und einem rothaarigen Mädchen gekommen. Sie hatten das *Elfenbein*.« Er deutete auf die kahle Wand hinter sich. »Der Albenfürst hat einen Fluch durch das Tor geschleudert, um die jenseitige Pforte in der Colonia zu verschließen. Und dann hat er uns gebeten das Tor abzubauen und wir ... wir haben das für eine gute Idee gehalten. Verdammte Knochenflöte! Laller ist ihm dabei am eifrigsten zur Hand gegangen. Sie haben alles hinaufgetragen zu einem Lieferwagen, der direkt vor dem Haupteingang gewartet hat. Der Erlkönig und die beiden anderen trugen orangefarbene Kleider, so wie Bauarbeiter. Niemand hat sie behindert ... Und wir haben ihnen noch ihren Wagen beladen. Sie haben das Tor und alles Zubehör mitgenommen. Und Laller. Und zwanzig andere.«

»Sie werden das Tor an einer anderen Stelle wieder aufbauen!«, mischte sich der Inquisitor ein. »Haben sie irgendetwas gesagt, woraus man schließen könnte, wohin sie gehen werden?«

»Nein, sie waren sehr ...« Aus der Wand hinter Matzi brach ein großer Gesteinsbrocken und fiel krachend zu Boden.

Der Inquisitor riss die Waffe hoch.

»Was geht da vor sich?«, fragte Nöhrgel barsch, während er sah, wie sich ein Gitterwerk feiner Risse über die Wand zog, in der einmal das Tor nach *Nebenan* gewesen war.

»Die Trolle!« Matzi drehte sich auf seinem Sessel um und hatte offensichtlich den Ärger über seinen abrasierten Bart vergessen. »Als wir vom Überfall auf den Dom gehört haben, hat Laller Rölps und seine Gefährten gerufen. Sie sollten hierher kommen, um im Ernstfall das Tor zu verteidigen. Sie hatten uns wahrscheinlich schon fast erreicht, als die Verbindung abriss, weil das Tor demontiert wurde.«

Nöhrgel erschauerte bei der Vorstellung, was geschehen musste, wenn ein Tor zerstört wurde, während man sich in dem magischen Tunnel befand, der sich durch Zeit und Raum erstreckte. Es gab wohl kaum eine Kreatur, die das überleben konnte. Ohne den Schutz, den Magie und Heinzelmänner-Hightech gewährten, war man den Geschöpfen, die in der ewigen Dunkelheit lauerten, auf Gedeih und Verderb ausgeliefert. Es gab etwas jenseits der Geschöpfe der Märchen- und Sagenwelt. Bösartige Kreaturen, die erst zu Beginn des zwanzigsten Jahrhunderts aufgetaucht waren, um die Wurmgänge zwischen den Toren zu bedrohen und nach Schlupflöchern in die Welt der Menschen zu suchen. Manch ein Weiser unter den Heinzelmännern war übrigens der festen Überzeugung, ein amerikanischer Autor habe diese Ausgeburten der Finsternis heraufbeschworen. War man dieser Gefahr ent-

424

ronnen und bewegte sich durch den gewachsenen Fels auf dem letzten Stück des Tunnels, so würde man bei einem Kollaps der Torverbindung lebendig im Gestein eingeschlossen.

»Alles verlässt den Kommandoraum!«, befahl Nöhrgel mit lauter Stimme, als ein weiterer Stein aus der Wand fiel. Allein die alten Götter mochten wissen, was dort versuchte seinen Weg zu ihnen zu finden. Das plötzliche Abschalten all der komplexen Gerätschaften, die von dieser Seite her das Tor offen gehalten hatten, konnte zu katastrophalen Verschiebungen im Gefüge von Zeit und Raum geführt haben. Die Kreaturen, die sich die Menschen für ihre Alien-Filme ersonnen hatten, waren die reinsten Kasperle-Puppen im Vergleich zu dem, was jenseits der Tore lauerte.

Das Kratzen hinter der Mauer zerrte an ihren Nerven. Matzi war mit den anderen Ratsmitgliedern aufgebrochen, um die Nebenräume nach Nachzüglern abzusuchen.

»Pater Anselmus!«, erklang die befehlsgewohnte Stimme des Inquisitors. »Holen Sie den Weihwasserwerfer aus dem Wagen! Wir wollen den Geschöpfen der Hölle einen gesegneten Empfang bereiten, wenn sie versuchen ihren Fuß auf den Boden des heiligen Köln zu setzen.«

Der junge Priester war erleichtert einen Grund zu haben, sich zurückzuziehen. Der dicke Polizist kauerte bleich hinter einem zerfetzten Ledersessel und richtete seine Dienstwaffe auf die Wand, in der sich immer mehr Risse abzeichneten. Seine Kollegin hatte eine Sonnenbrille aufgesetzt und ihr Haar zu einem dicken Zopf geflochten, damit es ihr nicht ins Gesicht rutschen konnte. Statt mit ihrer Dienstwaffe war sie mit zwei halbautomatischen Pistolen ausgestattet, die offensichtlich aus dem Arsenal des Inquisitors stammten, denn in ihre Läufe waren so fromme Worte wie »Mein ist die Rache« und »Auge um Auge, Zahn um Zahn« eingraviert.

Eine riesige schwarze Faust brach durch die Wand.

»Wartet, bis ihr das Weiße in ihren Augen seht!«, kommandierte der Inquisitor, schlug ein Kreuzzeichen und begann leise ein Hosianna zu summen.

Jetzt brach die Wand endgültig zusammen und eine hünenhafte Gestalt mit Lederjacke und einer überdimensionierten Sonnenbrille schob sich in die Kommandozentrale. Sie schnaubte Staub und feine Gesteinssplitter aus den großen Nasenlöchern. »Rölps sehr sauer!«, grollte seine Stimme markerschütternd wie Lawinendonner.

»Nicht schießen!«, schrie Nöhrgel und sprang aus seiner Deckung. »Den alten Göttern sei Dank! Rölps, du lebst!«

Der Troll blickte missmutig zu dem Ältesten herab, während seine Gefährten hinter ihm den Durchbruch durch die Wand vergrößerten.

»Natürlich leben!«, grollte der Troll. »Wir aus Stein sind! Stein kann uns nix kaputtmachen. Aber wir gar nicht erfreut!« Er wischte sich Staub vom Ärmel. »Meine Jacke ruiniert ist!« Er blickte zu dem Inquisitor und seinen beiden Gefährten und seine Augen glommen hinter den geschwärzten Brillengläsern auf. Der Troll verzog die steinernen Lippen zu einem Lächeln. »Die beiden Löcher schießen in meine Jacke, wenn Nöhrgel uns hatten gerufen. Wir sie prügeln ein bisschen und schlechte Laune kaputt!«

»Nein, Rölps!« Nöhrgel legte all seine Autorität in seine Stimme. »Das sind unsere Freunde. Lass uns lieber die suchen, die das Tor abgebaut haben. Sobald wir sie gefunden haben, werde ich dich und deine Freunde mit ihnen allein lassen, damit ihr in aller Ruhe mit ihnen über eure schadhaften Lederjacken reden könnt.«

Der Troll runzelte die Stirn. »Lieber jetzt prügeln«, grollte er düster.

»Nehmt die Magazine mit dem gelben Klebestreifen«,

kommandierte Pater Wschodnilas ruhig. »Das ist panzerbrechende Munition, und wenn diesem Steinhaufen noch ein lästerliches Wort über die Lippen kommt, zeigen wir ihm, was Gottes gerechter Zorn ist!«

Schritte hallten in dem Gang, der zum Bergwerksstollen führte. »Sie haben das Versteck gefunden!«, rief Pater Anselmus atemlos. »Ich habe es gerade im Autoradio gehört. Die Polizei hat den Panzerwagen aufgespürt, mit dem sie den Heiligenschrein aus dem Dom geholt haben.«

»Ihr entschuldigt uns?« Der Inquisitor nickte in Nöhrgels Richtung und bedachte die Trolle mit einem missbilligenden Blick.

»Wir sie jetzt hauen?«, fragte Rölps und wollte den Geistlichen nachsetzen, doch Nöhrgel vertrat ihm den Weg.

»Wir brauchen dich für eine wichtigere Schlacht! Lass sie ziehen!« Nachdenklich blickte der Älteste in den Tunnel. Er würde seinen Bart opfern, wenn er dafür nur wüsste, wo der Erlkönig steckte und was dieser Mistkerl als Nächstes zu tun beabsichtigte.

20

Wallerich war es übel und dafür gab es eine Vielzahl von guten Gründen. Zunächst einmal war es nicht gerade komfortabel, von einem Werwolf mit dem Kopf nach unten hängend spazieren getragen zu werden. Und dass diese Kreatur die ganze Zeit über leise vor sich hin murmelnd darüber sinnierte, ob er sie *abliefern* oder doch lieber *fressen* sollte, machte die Lage nicht gerade besser. Außerdem fühlte sich Wallerich von Birgel ziemlich allein gelassen, obwohl sein Kamerad nur eine Handbreit neben ihm hing und regelmäßig ihre Köpfe zusammenschlugen, wenn der in seine Menschengestalt verwandelte Werwolf mit einem Satz über einen umgestürzten Baum oder ein anderes Hindernis sprang. Birgel war bewusstlos, schien aber abgesehen von dem seelischen Schaden, den er offenbar genommen hatte, unverletzt zu sein. Schon zweimal war sein Kamerad zu sich gekommen und kaum dass er begriffen hatte, in welcher Lage er sich befand, erneut in Ohnmacht gefallen.

Die Schritte des Werwolfs wurden langsamer. Wallerich verdrehte den Kopf, um besser sehen zu können, was vor sich ging. Sie hatten eine Palisade erreicht, und während sie das weite Tor der Befestigungsanlage passierten, grüßte der Werwolf einen halb skelettierten Wachsoldaten, der anscheinend Sinn für Humor hatte. Jedenfalls fiel Wallerich keine andere plausible Erklärung dafür ein, warum man eine Streitaxt in seinem Kopf steckend aufbewahren sollte.

Nur wenige Augenblicke später erreichten sie eine weite Höhle, in der sich der Auswurf der Gesellschaft von *Nebenan* versammelt hatte. Plötzlich drehte sich die Welt und Wallerich wurde auf die Füße gestellt. Vor ihm kauerte der riesige, alte Drache vom Drachenfels und musterte ihn aus bösartig blinzelnden, roten Augen.

»Zwei Heinzelmänner, welch seltener Besuch«, flüsterte das Reptil. »Malko! Kennst du die beiden?«

Hinter dem Schwanz des Drachen kam eine kleine Gestalt hervorgehuscht. Wallerich traute seinen Augen kaum. Es war tatsächlich Malko, der verschwundene Heinzelmann, von dem alle Welt glaubte, Schnapper habe ihn als Zwischenmahlzeit verputzt.

»Oh ja, Eure Erhabenheit«, erklärte Malko demütig. »Ich kenne sie. Der eine ist ein unbedeutender Fresssack, aber dieser dort«, er deutete auf Wallerich, »dieser ist ein wahrhaft guter Fang. Das ist ein Vertrauter des Ältesten Nöhrgel. Ein ausgekochtes Schlitzohr. Vermutlich hat der Rat ihn als Spion geschickt.«

»Was du nicht sagst«, zischelte der Drache ironisch. Dann wandte er sich an den Werwolf. »Wo hast du die beiden gefunden?«

»Der eine hat unter einem Baum in der Erde gegraben. Den Zweiten habe ich überwältigt, als er hinter einem Busch stand und Muster in den Schnee pinkelte. Keine zwei Meilen von hier, nahe dem Rheinufer.«

Der Drache runzelte die Stirn, wobei seine Panzerschuppen leise übereinander knirschten. »Für einen Spähtrupp ein bisschen weit weg von uns?«

Wallerich hatte aus den Augenwinkeln die Ui Talchiu gesehen. Jetzt wird dieser Mistkerl von einem Studenten

Neriella bald für sich alleine haben, schoss es ihm durch den Kopf. Es sei denn ... Nein, er durfte sie nicht verraten. Das hieße zugleich sein ganzes Volk verraten. Vielleicht gab es ja noch eine kleine Chance, dass die Ui Talchiu den Weg zurück schafften und Nöhrgel über die Pläne des Rates der *Dunklen* unterrichteten. Wallerich nahm all seinen Mut zusammen. Jetzt würde er wohl den Helden spielen müssen.

»Eure Glühnasigkeit, wenn Ihr es wirklich wissen wollt, wir waren hier, um einige Nussverstecke von Eichhörnchen auszunehmen. Ihr glaubt doch nicht etwa, dass ein Heinzelmann, der noch seine Sinne beisammenhat, auch nur eine Sekunde seines Daseins damit verschwenden würde, euch hinterherzuschnüffeln? Es ist doch allgemein bekannt, dass ihr *Dunklen* viel zu dusselig seid, um jemals wieder in die Welt der Menschen zurückzukehren. Übrigens, ich habe gehört, dass die Lorelei es fast geschafft hätte, Euch zu ertränken, Eure Schnupfnasigkeit? Da ich ein Freund gefährdeter Reptilienarten bin, würde ich Euch vielleicht Schwimmunterricht geben, wenn Ihr mich nett darum bittet.«

Aus den Nasenlöchern des Drachen stoben Funken hervor. Zum ersten Mal schwoll seine Stimme zu einem dunklen Grollen an. »Vielleicht sollte ich dich zum Dessert verspeisen, du kleines Großmaul?«

»Nicht, Eure Großartigkeit«, mischte sich Malko ein. »Wallerich ist ein durchtriebener Halunke. Er will von Euch gefressen werden, Eure Erhabenheit, weil er dann nicht mehr ausplaudern kann, was ihn und diese Witzfigur hierher verschlagen hat. Vielleicht planen die Heinzelmänner einen Anschlag auf Euer Leben?« Malko blickte auf die zwielichtige Gesellschaft in der weiten Höhle. »Es sollte mich nicht wundern, wenn hier ein gedungener Meuchler zu Gast ist.«

Der alte Drache bedachte den Heinzelmann mit einem

schaurigen Lächeln. »Einen Drachen meucheln? Ich glaube, mit dir geht deine Phantasie durch, Malko. Ich überlass dir die beiden für vierundzwanzig Stunden, um sie zu verhören. Morgen Abend werden sie dann an unserem Festbankett teilnehmen.« Er machte eine kurze Pause und bedachte Wallerich mit einem glutäugigen Blick. »Als mein Hauptgang, versteht sich!«

Dem Heinzelmann rutschte das Herz in die Hose. Zu gerne hätte er noch einmal stolz den Kopf gehoben und sich von dem alten Drachen mit einer erlesenen Beleidigung verabschiedet, aber die Aussicht, sein Leben als ein Abendessen zu beenden, lähmte sein Hirn.

*

»Sie werden reden«, flüsterte Almat. »Wir müssen hier verschwinden, solange noch Zeit dazu ist.«

»Du bist es, der uns um Kopf und Kragen bringen wird«, raunte Oswald zurück und lächelte dabei gleichzeitig in Richtung der Schneekönigin, die sie nicht aus den Augen ließ.

»Ich könnte dieser blöden Ziege die Augen auskratzen. Nennt mich eine zerzauste Räbin! Was wohl passiert, wenn man sie zwingt ein paar Liter Frostschutzmittel zu trinken?«

»Was sagtest du, Kleine?« Die Schneekönigin am anderen Ende des Tischs erhob sich halb von ihrem mit Raureif überzogenen Sitz.

»Ich sagte . . .«, setzte Gabriela an.

». . . dass wir gerne wüssten, was mit diesen beiden kleinen Giftzwergen geschehen wird«, mischte sich Till ein.

»Heinzelmänner«, entgegnete sie frostig. »Die beiden sind Heinzelmänner! Warum interessiert ihr euch für sie? Liegt euch ihr Schicksal am Herzen?«

»Nach der Bekanntschaft mit Malko wohl kaum«, sagte Oswald. »Wir dachten nur, vielleicht könnten wir bei ihrem Verhör behilflich sein. Unser Musiker hat sehr sensible Hände. Und er kann damit durchaus nicht nur die Saiten seines Instruments bedienen, falls Sie verstehen, was ich meine, Eure Hoheit.«

Die eisgrauen Augen taxierten den Raubritter abschätzend. »Soll ich unseren Gastgeber darüber unterrichten, dass Oisin ein Folterkünstler ist? Tut er es mit seiner Musik oder versteht er es auch noch auf andere Weise, jene zu quälen, die so leichtfertig sind sich in seine Gesellschaft zu begeben?«

»Ich wollte nicht mit seinen Fähigkeiten angeben ...«, entgegnete der Ritter ausweichend.

»Einer öffentlichen Folterung zuzusehen wäre gewiss unterhaltsamer als dieses endlose Gerede darüber, was wir drüben tun werden, wenn wir ein Tor erobert haben. Ich denke, ich werde unseren Gastgeber fragen.«

Till, der zunächst entsetzt zugehört hatte, starrte nun auf die Wand hinter der Schneekönigin. Das Felsgestein hatte begonnen matt zu leuchten. Von der Farbe und der rauen Oberflächenstruktur her sah es aus, als halte man eine schwache Glühbirne hinter dickes Pergamentpapier. Doch mit jedem Herzschlag wurde das Leuchten stärker.

»Beim falschen Bart von Rübezahl«, murmelte Oswald und wich ein wenig zurück.

»Was?«, herrschte ihn die Schneekönigin an, die noch immer glaubte, dass man sie anstarren würde. Hellblaue Zornesflecken zeichneten sich schwach unter ihren gletscherweißen Wangen ab. Mit einer hektischen Bewegung wischte sie ein eingebildetes Staubkorn von ihrem Gewand.

Auch vom Nachbartisch starrte man jetzt zu der Wand hinter der Schneekönigin. In dem matten Licht zeichneten sich zwei Schatten ab, die immer größer wurden. Plötzlich steckte ein Mann mit Perücke seinen Kopf aus der Wand. Im nächsten Augenblick trat er ganz heraus. Ihm folgte eine junge, rothaarige Frau.

Till wandte hastig das Gesicht ab. Mariana! Was zum Teufel tat sie hier?

»Cagliostro!«, erklang die unverkennbare Stimme des Drachen. »Bei den alten Göttern, auf was für einem Weg bist du in meine Halle gelangt?«

Der Perückenträger zog seinen reichlich mitgenommenen Dreispitz und verbeugte sich formvollendet. »Eure Exzellenz, ich bin entzückt Euch mitteilen zu können, dass unsere Mission hinter den feindlichen Linien ein Erfolg war. In einem wahren Husarenstreich haben wir das *Elfenbein* erbeutet. Und wir haben uns erlaubt ein völlig neues Portal zu erschaffen, von dem die Heinzelmänner noch nicht wissen, wo es liegt. Mithilfe meiner äußerst begabten Assistentin werden wir auch von dieser Seite den Durchgang öffnen, dort, wo wir aus dem Fels getreten sind. Dann sind wir im Besitz eines eigenen Tores und die Invasion in die Welt der Menschen mag beginnen! Tragt die Kunde nach nah und fern! Das Joch der Zwergenvölker ist abgeschüttelt!«

In der Halle brach unbeschreiblicher Jubel los, während die Ui Talchiu sich vorsichtig in Richtung des Höhlenausgangs zurückzogen. Zwei Baummänner hatten den Perückenträger und Mariana auf ihre knorrigen Schultern genommen und trugen sie zu der Felsnische, in der der Drache ruhte. Baldur, der wieder Werwolfsgestalt angenommen hatte, tanzte freudig kläffend um die beiden Baummenschen herum und hob in seiner Begeisterung sogar das Hinterbein, um einem Waldschrat auf die fein verästelten Wurzelfüße zu pinkeln.

»Wohin so schnell?«, erklang die eisige Stimme der

Schneekönigin hinter Till und bei ihrem kalten Atemhauch stellten sich ihm sämtliche Nackenhaare auf.

»Wir müssen die Pferde versorgen, damit sie nicht die untoten Wächter auf dem Hof anknabbern«, erklärte Oswald. »Die Pferde meiner Freunde haben einen etwas ausgefallenen Geschmack, Eure Hoheit.«

Till nickte eifrig mit dem Kopf.

Inzwischen hatte Mariana das Lager des Drachen erreicht. Mit triumphierendem Lächeln ließ sie den Blick über den Saal schweifen und grüßte die versammelten Fabelwesen mit einem lässigen Winken. Plötzlich hielt sie inne, zupfte den Perückenträger am Ärmel und zeigte in Richtung des Ausgangs.

»Pferde, die Fleisch fressen?«, fragte die Schneekönigin. »Was seid ihr nur für Barbaren!« Zum ersten Mal schwang etwas wie ein Hauch von Bewunderung in ihrer Stimme.

»Wenn Ihr uns bitte entschuldigen würdet, Majestät. Die Pferde werden wirklich unberechenbar, wenn sie zu lange nichts zu fressen bekommen haben.« Till packte Oswald und zog ihn in Richtung des Ausgangs, als die leise, aber durchdringende Stimme des Drachen erklang: »Wie mir scheint, ist eine gute Bekannte von euch erschienen, nur dass sie geradewegs aus der Welt der Menschen kommt, zu der uns seit Jahrhunderten der Zugang verwehrt ist. Wie erklärt ihr das?«

»In Irland haben wir eine besondere Abmachung mit den Zwergenvölkern ...«, setzte Rolf zu einer lahmen Ausrede an, doch bevor er seinen Satz vollenden konnte, tuschelte Mariana etwas in die spitzen Ohren des Drachen und dieser stieß einen rußigen Schnauber aus.

»Ergreift die Betrüger!«, ertönte die Stimme des Reptils.

Einen Herzschlag lang herrschte Stille im Saal. Offenbar unfähig zu begreifen, wie schnell aus Freunden Feinde geworden waren, blickten die *Dunklen* zu den Ui Talchiu hinüber. Dann brach Gabriela den Bann und versetzte der Schneekönigin einen tüchtigen Kinnhaken. Die weiße Gestalt taumelte gegen die Höhlenwand, verdrehte die eisgrauen Augen und ging zu Boden.

Die Tänzerin rieb sich die aufgeschürften Knöchel und murmelte: »Das war für die zerzauste Räbin, du eingebildete Schlampe!«

Die Alben zogen ihre Schwerter und Rübezahl, der vor Wut purpurrot angelaufen war, griff nach seiner riesigen Keule.

Rolf, Martin und Almat blockierten den Eingang zu dem breiten Tunnel, der ins Freie führte. »Lauft zu den Pferden und seht zu, dass ihr wegkommt!«, schrie Almat, um die Schlachtrufe und das Waffengeklirr der *Dunklen* zu übertönen.

»Das geht auch anders!«, entgegnete Gabriela kaltblütig. Sie trat vor die improvisierte Schlachtlinie der Ui Talchiu und hob den *gae bolga* hoch über ihren Kopf. Ein unheimliches Leuchten umgab den Speer. »Wir sind vielleicht nicht das, was wir zu sein schienen«, rief sie mit lauter Stimme, »doch der *gae bolga* ist echt!« Sie setzte die Speerspitze auf den Boden und ritzte eine Linie in den Fels, die sich quer über den Gang zog. Dabei murmelte sie einige unverständliche Worte.

Der wilde Ansturm der *Dunklen* war ins Stocken geraten. Sogar Rübezahl wirkte zögerlich. Eine düstere Aura umgab die schlanke Gestalt in ihrem Rabenfederumhang und sie erinnerte Till mehr denn je an die Geschichten, die man über die Morrigan erzählte.

Ein schlecht gezielter Pfeil prallte neben Gabriela gegen die Tunnelwand und fiel zu Boden. Sie riss den Speer hoch und ihre Augen schienen wie dunkle Abgründe. »Der Erste, der diese Linie überschreitet, um uns zu folgen, wird sterben!«, verkündete sie mit düsterer Stimme. Dann wandte sie sich zu ihren Gefährten um. »Lauft!«

Ohne auf Widerstand zu treffen erreichten sie den Hof. Dort verlangsamten sie ihre Schritte, um nicht den Verdacht der Wächter zu erwecken.

»Wer holt Wallerich und Birgel?«, fragte Till, als sie den Stall erreichten. Er bekam keine Antwort. Rolf und Almat gingen sofort daran, Sainglu und Macha anzuschirren, während die anderen ihre Pferde sattelten.

»Was ist mit den beiden Heinzelmännern?«, wiederholte Till seine Frage.

Oswald antwortete anstelle der anderen. »Wir haben keine Zeit! Weiß der Himmel, wo sie die beiden hingebracht haben! Jeden Augenblick können die *Dunklen* herausfinden, dass der Fluch nur ein Bluff ist. Es tut mir auch Leid um sie. Warum haben sich diese Trottel auch erwischen lassen!«

Die übrigen Ui Talchiu vermieden es, Tills Blicken zu begegnen. »So viel sind unsere Ideale also wert. Erinnert ihr euch noch an unseren Schwur vor dem Tempel? Einer für alle und alle für einen?«

»Sie gehören nicht zu uns!«, murrte Almat halblaut. »Schließlich haben sie sich auch davor gedrückt, in das Versteck der *Dunklen* zu spazieren so wie wir. Warum sollten wir jetzt für sie unseren Kopf riskieren?«

»Man hat sie so wie uns gegen ihren Willen hierher geschickt. Und was die Sache mit dem Drachenfels angeht ... Als was hätten sie sich denn verkleiden sollen, um hier unauffällig hereinzukommen? Ganz gleich, was ihr tut, ich werde sie jetzt suchen!« Enttäuscht ging er aus dem Stall hinaus. Wie oft waren sie im Rollenspiel schon in ähnlichen Situationen gewesen! Und jetzt, wo es darauf ankam, seine Ideale zu verteidigen und einmal wirklich ein Held zu sein, jetzt kniffen sie. Hilflos blickte er sich auf dem weiten Hof um. Es gab zwei Gebäude, die vielleicht als Kerker dienen mochten. Aber was sollte er tun, wenn die Heinzelmänner irgendwo jenseits der Festhalle im Berg gefangen gehalten wurden? Er konnte sich unmöglich allein durch die Heerscharen der *Dunklen* kämpfen! Hatten die anderen Recht, wenn sie einfach nur abhauen wollten? Irgendwie konnte Till sich nicht vorstellen, dass er hier *Nebenan* sterben würde. Vielleicht ein tödlicher Irrtum?

»He, Erik«, erklang Oswalds dunkle Stimme. »Wo stecken die beiden Halben?«

Der Untote tauchte aus dem Schatten des windschiefen Wachturms auf. »Was willst du von ihnen?«

»Wir sollen sie zur Colonia bringen!« Er lachte rau. »Seine Herrlichkeit wünscht, dass wir die Köpfe zuerst abgeben.«

Jetzt lachte auch Erik. Es war ein unangenehmer, trockener Laut, als ob Kreide über eine Tafel kratzte. »Du findest die Mistkerle in einer kleineren Höhle. Der Eingang liegt dort hinten, hinter dem welken Gebüsch.«

»Danke!«

»Du hast die Sache mit den beheizten Kutschen doch nicht vergessen?«, fragte Erik misstrauisch.

»Abgesehen davon, dass ich mich gelegentlich als Raubritter durchschlagen musste, war ich stets ein Ehrenmann. Du willst doch wohl nicht mein Wort in Zweifel ziehen?«

Der Untote schüttelte hastig den Kopf, sodass die Axt in seinem Schädel bedenklich zu wackeln begann.

Die übrigen Ui Talchiu waren indessen aus dem Stall gekommen. »Wir werden doch nicht zusehen, wie du dich ganz alleine zum Helden aufplusterst«, murrte Gabriela.

»Stimmt«, ergänzte Rolf. »Wahrscheinlich müssten wir uns dann noch jahrelang anhören, was für ein toller Hecht du bist. Los, bringen wir die Sache hinter uns!«

Seite an Seite stapften sie durch den hohen Schnee. Als sie den Busch erreichten, konnten sie eine gedämpfte Stimme jammern hören. »Bitte aufhören! Bitte, Malko! Ich sage alles, aber das halte ich nicht mehr länger aus. Bitte!«

»Oswald, Martin, ihr bleibt hier und sichert unseren Rückzug«, kommandierte Gabriela und keiner widersprach ihr. In ihren Spielen hatten sie schon hunderte Male Kommandoaktionen in Feindesland durchgeführt und alles, was nun geschah, erschien seltsam vertraut.

Hinter dem Busch fanden sie den Eingang zu einem Tunnel. Es gab hier keine Wachen. Voraus im Dunkel hörte man das Wimmern Birgels. Geduckt und immer dicht an die Tunnelwand gedrückt eilten sie in die Finsternis. Nach vielleicht zwanzig Schritten erweiterte sich der Gang zu einer kleinen Höhle, die durch eine Blendlaterne erleuchtet wurde. Dort war Birgel an die Wand gekettet. Gerade außerhalb seiner Reichweite stand ein Tisch, auf dem ein verführerisch duftendes Hähnchen angerichtet war. Der Heinzelmann, dem ein eiserner Ring um den Hals gelegt war, hatte die Kette, mit der man ihn an die Wand geschmiedet hatte, bis zum Äußersten gespannt und angelte mit ausgestreckten Armen vergeblich nach dem Brathuhn.

Noch während Birgel sie überrascht anstarrte, trat Almat an seine Seite und presste dem Heinzelmann fest die Hand auf den Mund. Dabei flüsterte er: »Kein Wort. Wir holen dich und Wallerich hier heraus. Aber schrei jetzt nicht herum. Gibt es irgendwelche Wachen im Gang vor uns?«

Birgel schüttelte sacht den Kopf.

Till griff nach der Laterne und winkte Rolf und Gabriela ihm weiter zu folgen. Ein Stück voraus war eine gehässige Stimme zu hören. »Dich bring ich noch zum Reden!

Das Messer ist noch immer scharf! Dann werde ich dich halt weiter bearbeiten ...«

Der Student beschleunigte seine Schritte. Kurz hinter der Höhle, in der man Birgel gefangen hielt, machte der Tunnel eine scharfe Biegung und erweiterte sich dann zu einer großen Höhle. Fast in der Mitte der unterirdischen Kammer saß Wallerich. Er war auf einem hochlehnigen Holzstuhl festgebunden und Malko spielte mit einem blitzenden Messer an seiner Kehle. Als der verräterische Heinzelmann die Schritte der Ui Talchiu hörte, drehte er sich erschrocken um. »Was ...« Weiter kam er nicht mehr, denn Gabriela hatte ihren schweren Rucksack unter ihrem Umhang gelöst und ihn nach dem Heinzelmann geworfen, der halb von dem ledernen Geschoss begraben wurde. Klirrend schlitterte das Messer über den Höhlenboden.

Till schnitt Wallerichs Fesseln durch. Rund um den Heinzelmann lagen rote Haarsträhnen auf dem Boden. Er hatte ausrasierte Wangen. Nur unter seinem Kinn war noch ein mächtiger Bartkegel übrig geblieben.

»Sagt nichts«, brummte Wallerich ungehalten. »Ihr habt euch verdammt viel Zeit gelassen.« Er strich sich über das Gesicht und schnitt dabei eine Grimasse, als habe er gerade in einen Pferdeapfel gebissen. »Nennt ihr das etwa eine Rettungsaktion?«

*

Der Wind pfiff ihr unter die weiten, flickenbesetzten Röcke, als die Hexe zur Landung auf dem Hof vor der Drachenhöhle ansetzte. Im Grunde war es viel zu kalt zum Fliegen! Sie hatte ihr Gesicht hinter einem dicken Schal verborgen, sodass wenig mehr als ihre Augen zu sehen war.

Hüpfend wie ein tollpatschiger Rabe landete sie im platt

getrampelten Schnee vor dem Höhleneingang und wurde von ihrem Schwung noch ein paar Schritte mitgerissen. Scheißlandebahn, dachte sie ärgerlich, als sie um ein Haar der Länge nach hingefallen wäre.

Ein klapperndes Geräusch ließ sie herumfahren. Am Tor zum Hof stand Erik und klatschte mit seinen halb skelettierten Händen Applaus. »Tolle Landung, Knuper!«

Sie ignorierte ihn. Mit Toten unterhielt sich eine Hexe, die etwas auf sich hielt, nur in einer Séance!

»Heute Abend schon was vor, Süße?«

Die Hexe ließ ihre steif gefrorenen Finger knacken und drehte sich entgegen ihren Vorsätzen nun doch um. »Das ist wahrhaft eine *dufte* Idee, seinen Abend mit einem ungewaschenen Untoten zu verbringen.« Sie musterte Erik von Kopf bis Fuß. »Wenn ich allerdings deinen allgemeinen Zustand betrachte, fürchte ich, dass jenes Teil, das wohl im Mittelpunkt der Abendunterhaltung stehen sollte, schon vor einer ganzen Weile abgefallen ist.«

Das, was von Eriks Gesicht noch übrig war, wechselte die Farbe von Leichenblass zu Schimmelgrau. »Ich ...«, stammelte er, fand aber keine weiteren Worte.

Zufrieden drehte sich Knuper um und trat durch den eiszapfenverhangenen Höhleneingang. Seit dem Treffen mit der Morrigan fühlte sie sich so beschwingt, wie sie es seit ihrer Auseinandersetzung mit dem üblen Macho Rübezahl nicht mehr gewesen war, und ihre übliche Nachmittagsmelancholie war überschäumendem Tatendrang gewichen. Sonst hätte sie sich auch niemals in dieser aasigen Kälte auf ihren Hexenbesen geschwungen, um das *Thing* der *Dunklen* zu besuchen.

Aus der Höhle vor ihr klang aufgeregtes Gemurmel. Es hörte sich ganz so an, als gäbe es dort einen handfesten Streit. Sicher hatte der alte Drache wieder einen seiner cholerischen Anfälle. Einen Augenblick zögerte sie und überlegte, ob sie nicht lieber wieder umkehren sollte. Doch dann entschied sie sich zu bleiben. Schließlich hatte sie mit dem Streit ja nichts zu tun und dem Alten zuzusehen, wie er herumtobte, konnte vielleicht ganz amüsant sein. Außerdem war es besser, sich erst einmal vor einer Pfanne mit glühenden Kohlen die Knochen zu wärmen, bevor sie sich bei diesem Scheißwetter wieder auf den Besen schwang.

Als Knuper die letzte Biegung des Tunnels hinter sich gebracht hatte, stand sie fast genau vor dem großen Drachen, der mit vor Wut zitternden Flügeln auf eine Gruppe Alben einredete. »... Ihr seid viele. Also los, schickt einen vor, verdammt noch mal.«

Einer der Alben, ein hagerer Kerl, dem eines seiner spitzen Ohren zur Hälfte abgeschnitten war, zeigte mit seinen dürren Fingern auf die Hexe. »Nehmen wir doch sie!«

Der Drache drehte sich halb um, runzelte die Stirn und schenkte Knuper dann ein spitzzahniges Lächeln. »Meine Liebe, was für eine Freude, dich zu sehen! Würdest du mir vielleicht einen kleinen Gefallen tun?«

Die Hexe war es nicht gewohnt, so warmherzig vom alten Drachen empfangen zu werden, und blickte zunächst einmal verdutzt über ihre Schulter, um zu sehen, ob er nicht vielleicht jemand anderes meinte. Doch außer ihr gab es niemanden in dem Tunnel.

»Komm doch näher!«, die Stimme des Drachen hatte einen seltsam gurrenden Ton.

Zögerlich trat Knuper vor. Alle im Saal starrten sie wie gebannt an. Nervös blickte sie an sich hinab, um sicherzugehen, dass sie nicht etwa an pikanter Stelle ein Loch im Rock hatte. Leider waren Besen Transportmittel, bei denen man derlei Pannen nicht ganz ausschließen konnte.

»Und jetzt geh doch bitte einen Schritt zurück«, kommandierte der Drache.

Knuper gehorchte, während ihr geschuppter Gastgeber den Kopf schief legte und sie angespannt beobachtete.

»Noch einmal einen Schritt vor«, murmelte der Drache. »Und zurück!«

Die Hexe bekam allmählich das Gefühl, dass man sie hier verarschen wollte.

»Dieses rabenfedrige Flittchen hat uns hereingelegt!«, fauchte der Drache und eine zornesrote Stichflamme schlug ihm dabei aus seinem Rachen.

Knuper brachte sich mit einem Satz in Sicherheit und schon im nächsten Moment stürmte der alte Drache an ihr vorbei durch den Tunnel. Ihm folgten fast alle Gäste, die in der großen Höhle versammelt gewesen waren.

Von ferne hörte die Hexe Flügelrauschen und heiseres Geschrei. »Ich werde sie mir zuerst vornehmen. Mich haben sie mit dieser Farce am meisten gedemütigt!«

Die Hexe sah sich verblüfft um. Vor ihr auf dem Boden des Tunnels war eine feine, weiße Linie, so als sei dort vor kurzem etwas sehr Hartes über den Felsboden geschrammt. Bei dem unfreiwilligen Krummbeinballett, das sie für den Drachen aufgeführt hatte, musste sie mehrmals diese Linie überschritten haben.

In der Höhle war noch ein aufgedonnerter, ältlicher Kerl mit Puderperücke und einem bunten Gehrock zurückgeblieben. Ein rothaariges Mädchen stand bei ihm.

»Könnt ihr mir vielleicht erklären, was das zu bedeuten hat?«

Der Perückenträger zog eine fein ziselierte Silberdose aus seinem Ärmel und streute sich ein wenig schwarzes Pulver auf den Handrücken. »Ich glaube nicht, dass Ihr wirklich wissen wollt, was man gerade mit Euch getan hat, meine Dame.« Schnaufend zog er das Pulver in die Nase und begann in einer der Taschen seines weiten Gehrocks nach einem Schnupftuch zu kramen.

»Ich glaube auch nicht, dass ich unwissend sterben möchte«, entgegnete Knuper säuerlich.

Der Fremde kniff die Augen zusammen und schnitt eine Grimasse. Endlich fand er sein Schnupftuch und blies sich sogleich mit einem lautstarken Schnäuzer die Nase frei. Tränen rannen ihm aus den Augenwinkeln. Er streckte der Hexe die kleine Silberdose entgegen. »Wollen Sie auch mal, meine Dame? Das bläst das Hirn frei. Sie werden sich danach besser fühlen!«

»Ich will endlich wissen, was hier los ist!«

»Jetzt ist es genug, Cagli«, mischte sich die Rothaarige ein. »Sehen Sie den Strich dort auf dem Höhlenboden? Mit ihm hat es folgende Bewandtnis ...«

21

Kies knirschte unter den Hufen ihrer Pferde. Sie hatten das Ufer des Rheins erreicht. Dichter Nebel lag über dem Strom.

Gabriela blickte zurück zum Drachenfels. Sie hielt die Silbermünze in ihrer Linken, die der Fährmann abgelehnt hatte. Dies war ihr Tag! Sie spürte es. Kalt wie Eis lag die Münze in ihrer Hand. Sie hatte immer davon geträumt, eine der großen Rollen in einem Musical zu tanzen ... Es hatte nicht sollen sein. Aber ohne ein großes Solo gehabt zu haben würde sie nicht abtreten.

»Fährmann!« Till war aus dem Sattel gesprungen, stand am Ufer und rief in den Nebel hinein.

Gabriela hatte keinen Zweifel, dass der schweigsame Schiffer sein Wort halten würde. In jeder Hinsicht! Sie sollte besser nicht mehr hier sein, wenn er kam. Die anderen würden es nicht akzeptieren, wenn er sie nicht an Bord ließe, und es blieb keine Zeit mehr, um zu streiten. Es war schon ein Wunder, dass sie so weit gekommen waren.

»Ich werde jetzt gehen.« Die Tänzerin sprach leise und so beiläufig, als säßen sie alle in der Küche der Villa Alesia und würden sich über irgendwelche Banalitäten unterhalten.

Rolf blickte auf. Er schien als Einziger gehört zu haben, was sie gesagt hatte. »Was?«

»Ich werde nicht mehr in unsere Welt zurückkehren«, sagte sie bestimmt. »Mein Platz ist hier.«

»Als Drachenfutter oder was? Das ist jetzt wirklich nicht der Ort, um sich zu streiten. Wir fahren mit dem verdammten Kahn über den Fluss und dann sehen wir weiter.« Inzwischen waren auch die anderen auf sie aufmerksam geworden.

»Was gibt's?«, fragte Till ohne seinen Blick vom nebelverhangenen Fluss abzuwenden.

»Was wohl?«, schimpfte Rolf. »Unsere Primaballerina hat sich wieder einmal den passendsten Augenblick ausgesucht, um eine ihrer Extratouren zu reiten. Stell dir vor, sie will nicht mit über den Fluss.«

»Sie wird den Fluss nicht überqueren!«, verbesserte Gabriela Rolf und dachte, dass sie es möglicherweise vermissen würde, sich mit ihm zu streiten.

»Der Fährmann!« Oswald deutete auf einen Schatten, der durch den Nebel glitt.

Die Tänzerin zog den Zügel ihres Rappen herum. »Dies hier ist meine Welt, mehr als es die Welt, die uns auf der anderen Seite des Tores erwartet, je gewesen ist. Versucht nicht mich aufzuhalten.« Sie drehte den *gae bolga* zwischen den Fingern, sodass seine Klingen zischend eine Acht in die kalte Luft schnitten. »Ich gehöre hierher.«

»Ist sie verrückt geworden?«, fragte Wallerich in einem Tonfall, der eher interessiert als erschüttert klang. Der Heinzelmann saß in Decken gehüllt in einem Körbchen, das vor Tills Sattel hing, und betrachtete sie mit einem Gesichtsausdruck, als habe er gerade ein unbekanntes Insekt entdeckt, von dem er noch nicht wusste, ob es stechen würde oder andere unerfreuliche Eigenschaften aufwies.

»Vielleicht schaffe ich es, die *Dunklen* ein wenig abzulenken! Ich wünsche euch Glück! Vielleicht sehen wir uns ...« Sie gab ihrem Rappen die Sporen und preschte in Richtung des Drachenfelsens.

Ohne zu zögern riss Rolf Martin die Zügel seiner Stute aus der Hand, sprang in den Sattel und folgte der Tänzerin.

Gabriela beugte sich tief über den Hals ihres Hengstes und trieb ihn erbarmungslos vorwärts. Doch der blonde Ui Talchiu holte schnell auf. Zurückblickend sah sie, wie der Fährmann das Ufer erreichte und ihre Kameraden wild gestikulierend auf den großen Mann mit dem Schlapphut einredeten.

Plötzlich stieß ihr Hengst ein schrilles Wiehern aus, strauchelte und stürzte dann in den Schnee. Sie wurde aus dem Sattel geschleudert, rollte sich zur Seite und kam leicht benommen wieder auf die Beine. Grelle Lichtpunkte tanzten ihr vor den Augen. Undeutlich sah sie ein Kaninchenloch im aufgewühlten Schnee.

Rolf parierte neben ihr die Stute und streckte ihr die Hand entgegen. »Komm. Hast du vergessen? Einer für alle und alle für einen! Wenn wir schon Umwege machen, um ein paar Heinzelmänner abzuholen, dann werden wir erst recht nicht ohne dich gehen.«

»Es geht nicht. Ich ...« Ihr saß ein Kloß im Hals. Ausgerechnet Rolf. Von ihm hätte sie am wenigsten erwartet, dass er ihr folgte. Sie zog die Silbermünze aus dem Lederbeutel an ihrem Gürtel und zeigte sie ihm. »Für mich gibt es kein Zurück mehr. Der Fährmann wird mich nicht ans andere Ufer bringen. Er wollte meine Münze nicht.«

»Ein Irrtum!«

»Nein«, sie schüttelte den Kopf. »Es war mir von vornherein bestimmt, nicht zurückzukehren.« Sie reckte ihr Kinn vor und bemühte sich endlich diesen verdammten Kloß im Hals loszuwerden. »Kehr zu den anderen zurück. Die Zeit drängt!«

»Heißt das, du wirst …«

»Ich werde einfach nicht mit euch zurückkehren! Geht das nicht in deinen Dickschädel? Bitte lass uns nicht im Streit auseinander gehen und mach meinen Abgang nicht zu einer billigen Seifenoper. Wenn ich dir etwas bedeute, dann wirst du jetzt zurückreiten und verhindern, dass mir einer der anderen folgt.« Sie drückte ihm die Hand. Plötzlich fielen ihr noch tausend Dinge ein, die sie ihm hätte sagen können. Stattdessen stieg sie in den Sattel. Ihr Rappe hatte den Sturz offenbar unbeschadet überstanden.

Langsam ritt sie an und hielt wieder auf den Drachenfels zu. Auf einem flachen Hügel drehte sie sich ein letztes Mal um und sah zurück. Rolf hatte sich nicht von der Stelle gerührt. Noch immer blickte er ihr nach.

»Lebe wohl«, flüsterte sie in den Wind, der die Rabenfedern auf ihrem Umhang rascheln ließ. »Lebe wohl!«

Sie würde nicht mehr zurückblicken! Über den Berg vor ihr zogen zerrissene, graue Wolken, gleich riesigen Standarten, die einem unsichtbaren Heer voran in die Schlacht getragen wurden. Erste, vereinzelte Schneeflocken trieben wie Späher den dunklen Wolken voraus. Und dann sah Gabriela ihn. Zunächst war es nur ein flüchtiger Schatten. Ein Stück manifestierter Dunkelheit, das sich schneller bewegte als die Wolken, hinter denen es sich verbarg. Der Drache! Mit weit ausgebreiteten Flügeln im Sturmwind am Himmel segelnd wirkte er noch größer und Ehrfurcht gebietender als in der Höhle.

»Heho, du hässlicher Riesenlurch!« Die Tänzerin schwenkte ihren Speer über dem Kopf und schrie dabei aus Leibeskräften, um den Drachen auf sich aufmerksam zu machen. »Hat dir schon mal jemand gesagt, dass du wie ein besoffener Albatros fliegst? Beim Kampf bist du wahrscheinlich so geschickt wie eine einbeinige Ameise!«

Der Drache schwenkte ab, flog einen weiten Bogen und

setzte dann zum Sturzflug an. Seine Flugmanöver waren so schwerfällig, dass Gabriela reichlich Zeit hatte, in aller Ruhe abzusteigen und ihrem Rappen über die Nüstern zu tätscheln. »Lauf weg, mein Schöner. Das hier ist kein Platz für dich.«

Der Hengst schnaubte, so als wolle er ihr antworten, und machte keine Anstalten davonzulaufen.

Mit weit ausgebreiteten Flügeln landete der Drache keine zehn Schritt von Gabriela entfernt. »Du wirst langsam sterben«, drohte er mit leiser Stimme. »Damit du reichlich Zeit hast, es zu bedauern, dich mit mir angelegt zu haben.« Sein Schwanz peitschte unruhig und zerwühlte den Schnee. Plötzlich schoss eine Stichflamme aus seinem Maul.

Gabrielas Rappe wieherte und preschte in wilder Panik davon. Die Tänzerin schaffte es gerade noch, sich mit einer Rolle in Sicherheit zu bringen. Kaum war sie wieder auf den Beinen, peitschte der mächtige Drachenschwanz in ihre Richtung. Sie machte einen Satz und entging dem Angriff.

Das Ungeheuer lachte. »Tanz für mich, du eingebildete Närrin!« Er fächerte seine mächtigen Flügel auf und wirbelte den feinen pudrigen Schnee in die Luft, der wie Nadelspitzen in Gabrielas Gesicht stach. Sie riss die Arme hoch, um ihre Augen zu schützen. Blinzelnd erkannte sie gerade noch, wie der meterlange Schwanz wieder vorschnellte. Fluchend warf sie sich zur Seite und rollte sich über ihre linke Schulter ab. Sie musste angreifen! Wenn sie den Drachen weiter seine Spielchen mit ihr treiben ließ, dann war sie so gut wie tot. Es musste doch möglich sein, dieses Ungeheuer aus dem Konzept zu bringen. Sie schnellte vor, machte einen Salto und versuchte dem Drachen den *gae bolga* in den Unterleib zu rammen.

Mit einer eleganten Drehung brachte die Echse sich in

448

Sicherheit und verpasste ihr gleichzeitig mit der Flügelspitze einen Schlag auf den Rücken.

»Olé!«, rief der Drache amüsiert, während Gabriela mit dem Gesicht voran in den Schnee stürzte.

Die Tänzerin drehte sich um, riss ihren Speer hoch und verhinderte so im letzten Augenblick, dass ihr der Drache seinen krallenbewehrten Vorderfuß auf den Rücken setzte. Diesmal zuckte das Reptil zurück. Trotz aller Großsprecherei schien der Drache Angst vor dem *gae bolga* zu haben. Mit einem Satz war sie auf den Beinen und stürmte entschlossen vor.

Der Drache stieß einen erschrockenen Schnauber aus und Ruß schoss aus seinen Nasenlöchern. Wie ein aufgeschrecktes Huhn flatterte er mit den Flügeln und machte einen grotesken Hüpfer, um der Speerspitze zu entgehen. Gabriela setzte noch einmal nach, doch dann beendete ein lodernder Flammenstrahl ihren Angriff. Zischend verwandelte sich der Schnee vor ihr in kochenden Wasserdampf. Ein peitschender Schwanzhieb traf ihren Arm und glühender Schmerz schoss ihr bis in die Schulter hinauf. Ein zweiter Schwanzhieb entriss ihr den *gae bolga*. Der Speer segelte etliche Meter durch die Luft und fiel in eine Schneewehe am Ufer eines kleinen Baches, der nur ein Stück entfernt in den Rhein mündete.

»Ende der Vorstellung«, grollte der Drache mit leiser Stimme. Er schlug mit den Flügeln und entfesselte einen kleinen Schneesturm, der Gabriela weiter von ihm forttaumeln ließ, bis sie in das eisige Wasser des Bachs stürzte.

»Was glaubst du, wie bist du bekömmlicher? Gekocht oder gebraten?« Das Reptil entblößte grinsend seine dolchlangen Zähne. Dann stieß er einen weiteren Flammenstrahl aus, der das Wasser vor Gabriela in siedenden Dunst verwandelte.

Strauchelnd rettete sich die Tänzerin ein Stück das

Bachbett hinauf. Der Speer war noch immer außerhalb ihrer Reichweite. Wieder blähten sich die Nüstern des Untiers, so als wolle es erneut einen Flammenstrahl ausschnauben und die Sache endgültig zum Ende bringen.

Gabriela warf sich längs in das kniehohe Wasser. Die Eiseskälte raubte ihr fast die Besinnung. Einen Moment lang glaubte sie zu fühlen, wie ihr Herzschlag aussetzte. Wenn sie nur an den Speer herankäme! Damit, dass sie hier sterben würde, hatte sie sich schon an jenem grauen Nachmittag abgefunden, als der unheimliche Fährmann ihre Münze abgelehnt hatte. Doch dass es ein völlig sinnloser Tod sein würde, das mochte sie nicht hinnehmen. Wenn sie jetzt starb, dann hätte sie den Drachen nicht einmal fünf Minuten lang aufgehalten. Das war zu wenig. Er würde ihre Kameraden mitten auf dem Fluss erwischen, wo es keine Möglichkeiten zur Flucht gab. Sie musste noch durchhalten, koste es, was es wolle!

Ein Flammenstrahl schoss über das Wasser hinweg und ersetzte die Todeskälte für einen Augenblick durch wahre Höllenglut. Schreiend stieß Gabriela den Kopf durch das Wasser. Sie würde sich nicht kochen lassen! Mochte dieser überdimensionierte Lurch doch an ihr ersticken!

»Na, geht dir die Puste aus?«, spöttelte der Drache. »Suchst du vielleicht das hier?« Er hob den *gae bolga* hoch. »Das scheint heute nicht dein Tag zu sein.« Das Ungeheuer schleuderte die Waffe davon, die steil in den Himmel flog und dann im Nebel über dem großen Fluss verschwand. »Das war es dann wohl.« Geifer tropfte ihm vom Maul.

Gabriela versuchte sich aufzurichten. Ihr Widerstandswille war gebrochen. Das Einzige, was sie noch wollte, war im Stehen zu sterben, doch selbst das schien ihr verwehrt zu bleiben. Der Rucksack auf ihren Schultern hatte sich voll Wasser gesogen und war bleischwer geworden.

»Ich denke, jetzt ist der Augenblick für ergreifende letzte Worte! Fällt dir etwas Geistreiches ein?«

Die Tänzerin ließ den Rucksack von den Schultern gleiten. Sie erinnerte sich dunkel an ein Experiment in einer Physikstunde. Woran man so dachte, wenn man den Tod vor Augen hatte ... Mit Fingern steif vor Kälte nestelte sie an den Verschlussriemen des Rucksacks herum.

»Nun?«, gurrte der Drache mit fast schon freundlicher Stimme.

Endlich öffnete sich der Rucksack. »Verdammt, mein Schminkspiegel ist in tausend Stücke!« Die Tänzerin drehte den Rucksack herum und ließ seinen Inhalt ins eisige Wasser purzeln. »Das bedeutet sieben Jahre Unglück!«

Der Drache lachte. »Weibchen, ich verspreche dir, deine Leiden abzukürzen, du wirst nicht einmal mehr sieben Minuten Unglück haben.«

Er riss sein Maul weit auf, um sie mit einem letzten, vernichtenden Flammenstrahl zu töten. Gabriela tauchte ihren Rucksack in den Fluss. Tief im Rachen des Drachen konnte sie die glühende Lohe flackern sehen. Mit einem Ruck riss sie den Rucksack wieder hoch und schleuderte ihn dem Ungeheuer entgegen. Im Reflex schnappte der Drache danach und schluckte ihn herunter. Verblüfft verdrehte er die Augen. Dann schoss kochender Wasserdampf aus seinen Nüstern und sein Leib begann sich zu blähen.

Gabriela trat stolpernd ein paar Schritte zurück. Immer weiter schwoll der Leib des Ungeheuers an. Der Drache stieß einen zischenden Laut aus. Dann gab es einen Knall. Heißer Dampf schlug der Tänzerin entgegen. Ein Schlag traf ihr Bein und sie stürzte. Einige Herzschläge lang war sie benommen. Der Dampf hatte sie geblendet. Sie fühlte sich sehr müde.

Lichtpunkte tanzten Gabriela vor den Augen, trotzdem

konnte sie erkennen, dass der Drache verschwunden war. Sie lächelte matt. Wer hätte gedacht, dass die langweiligen Physikstunden längst vergangener Schultage ihr einmal das Leben retten würden. Einen Drachen zu töten, indem man eine »Kesselexplosion« herbeiführte, war zwar nicht sonderlich ritterlich, doch dafür umso effektiver. Sie hatte gesiegt und der Fährmann hatte sich geirrt. Sobald sie einen Weg über den Rhein gefunden hätte, würde sie zu ihren Freunden zurückkehren und sich als Drachentöterin feiern lassen.

Mit dem wohligen Gefühl des Erfolgs überkam sie eine angenehme Schläfrigkeit. Selbst die Kälte erschien ihr nun nicht mehr so schneidend wie zuvor. Sie musste nur aus dem Wasser heraus. Vielleicht konnte sie ein kleines Feuer machen und ... Ihr rechtes Bein knickte kraftlos zur Seite, als sie versuchte sich aufzurichten. Aus ihrem Oberschenkel ragte ein armlanger Knochensplitter. Blut spritzte pulsierend aus der Wunde. Noch im Tod hatte der Drache auch sie besiegt.

In Panik schnallte sie den Gürtel ab, den sie um die Taille trug, und versuchte die Blutung zum Stillstand zu bringen. Doch ihre Kräfte reichten nicht aus, um die improvisierte Aderpresse stramm genug zu ziehen.

Mit jedem Herzschlag ließen ihre Kräfte nach und die Versuchung wurde größer, sich einfach zurückzulehnen. Allein in dem eisigen Bachbett aufrecht zu sitzen kostete sie schon ungeheure Willenskraft.

Sie lachte. Einen Drachen mit einem Sack voller Wasser zu töten, um dann durch eine Drachenrippe getötet zu werden, das war eine Farce! Immerhin hatte sie ihren Freunden Vorsprung verschafft. Es war nicht vergebens gewesen ...

Immer schneller tanzten die grellen Lichtpunkte vor ihren Augen. Und dann kam ein schwarzer Punkt dazu, der schnell größer wurde. Er schien ihr entgegenzufliegen. Das war das Ende. Erschöpft ließ sie sich zurücksinken. Das eisige Wasser spürte sie nicht einmal mehr.

∗

»Nichts als Ärger hat man mit euch«, schimpfte Mozzabella und scheuchte eine Ziege zur Seite. »Abgesehen von den traditionellen Angriffen zu Samhaim sind wir mit den *Dunklen* gut ausgekommen. Und jetzt ...« Sie warf Wallerich und Birgel einen finstren Blick zu. »Kaum lümmeln zwei Heinzelmänner am anderen Flussufer herum, haben wir einen ausgewachsenen Krieg am Hals!«

»Wir haben aber ...«, setzte Wallerich an, doch die Älteste schnitt ihm mit einer barschen Geste das Wort ab.

»Ich will gar nicht wissen, was ihr drüben angestellt habt! Vor ein paar Stunden hat es eine gewaltige Erschütterung des magischen Gleichgewichts in unserer Welt gegeben. So etwas ist noch nie geschehen, solange ich lebe! Und nun passiert es ausgerechnet zu einem Zeitpunkt, als ihr beiden Tunichtgute, die ihr für Magie nichts übrig habt, euch drüben herumgetrieben habt. Versucht nicht zu behaupten, dass das ein Zufall ist! Ihr verschwindet jetzt und ich und meine Freundinnen werden dafür sorgen, dass hier alles wieder in Ordnung kommt.«

»Du solltest mich wirklich anhören«, versuchte es Wallerich erneut. Seit sie vor einer halben Stunde von Alben gejagt die Tore der Colonia erreicht hatten, hatte Mozzabella sie nicht einen Augenblick zu Wort kommen lassen, sondern war mit ihnen auf direktem Wege zu den Ziegenställen geeilt, hinter denen das Tor in die andere Welt lag.

»Eine Kameradin von uns ist zurückgeblieben«, sagte Rolf leise. »Könntest du vielleicht in Erfahrung bringen ...«

»Schöne Helden seid ihr! Eine Frau zurückzulassen! Ich werde sie schon auftreiben. Aber es sollte mich nicht wundern, wenn sie mit euch nichts mehr zu tun haben will! Männer! Es ist doch immer das Gleiche mit euch, egal wie groß ihr seid!« Inzwischen hatten sie die hinterste der Höhlen erreicht und vor ihnen lag das schmucklose Portal, durch das sie nach Hause gelangen würden. Mozzabella schnippte lässig mit den Fingern und die mächtigen Torflügel schwangen auf. Doch statt einem Gang, der in die Finsternis führte, lag hinter dem Tor eine glatte Felswand.

Wallerich eilte an der Ältesten vorbei und tastete ungläubig über den Stein. Das konnte nicht sein! Manchmal gab es Störungen, wenn man von einer Welt in die andere wechseln wollte, doch dass ein Tor einfach so verschwand, davon hatte er noch nie gehört.

Mozzabella zeichnete mit ausgestreckten Händen ein unsichtbares Muster in die Luft und starrte minutenlang auf den Fels. Abgesehen vom gelegentlichen Meckern der Ziegen, die diese Katastrophe augenscheinlich kalt ließ, herrschte beklemmende Stille in der Höhle. Schließlich rieb sich die Älteste nachdenklich die Nase. »Ein Fluch. Aber es muss noch mehr geschehen sein.« Wieder bedachte sie Wallerich mit einem finsteren Blick. »Der technische Firlefanz, mit dem ihr an den Toren herumexperimentiert habt ... Da muss irgendetwas kaputt sein. Ein Fluch allein könnte niemals ein so altes Tor verschwinden lassen.«

»Ausgeschlossen!«, entgegnete Wallerich energisch. »Alle Vorrichtungen sind dreifach gesichert. Nicht einmal ein Erdbeben könnte das Tor gefährden. Wir haben an alles gedacht!«

»Das sieht man!«, zischte die Älteste. »Ich hätte nicht übel Lust, euch beide Taugenichtse an die *Dunklen* auszuliefern.«

»Gibt es denn keinen anderen Weg nach drüben?«, fragte Till. »Ich meine, das kann doch nicht das einzige Tor sein.«

Mozzabella schüttelte den Kopf. »Ihr müsstet mehrere Tage reisen. In Anbetracht der Tatsache, dass ihr ganze Heerscharen von Verfolgern auf den Fersen habt, halte ich das für keine gute Idee. Ihr sitzt hier fest. Es sei denn ...« Sie sah ihn nachdenklich an. »Bist du dir Neriellas Liebe wirklich sicher?«

*

Feines Wurzelgeflecht streifte Tills Gesicht und verfing sich in seinen Haaren. Dieser verdammte Fluchttunnel mochte für Heinzelmänner bequem zu passieren sein, aber für Menschen war er eine Tortur. Seit mehr als einer Stunde krochen sie nun schon durch den gewundenen Gang, der laut Mozzabellas Worten in einem kleinen Wald weit vor den Toren Colonias enden sollte.

Sie hatten die Pferde und alle schwere Ausrüstung in der kleinen Stadt zurückgelassen. Sollte der Plan der Ältesten fehlschlagen, waren sie geliefert. Ohne Vorräte und warme Decken würden sie es niemals bis hinauf in die Schneeeifel schaffen, wo sich das nächste Tor befand.

»Frauen!«, brummte Wallerich, der ein kleines Stück vorausging und eine Blendlaterne hochhielt. »Sie hätte das melden müssen ... Und dann dieser Tunnel. Ohne Verschalung und Stützbalken. Würde mich nicht wundern, wenn uns der ganze Mist hier jeden Moment auf den Kopf fällt.«

»Könntest du freundlicherweise den Mund halten?« Almats Stimme klang zittrig. Der Ui Talchiu kroch unmittelbar hinter Till. Er litt unter Klaustrophobie und es war nur einem Zauber Mozzabellas zu verdanken, dass er überhaupt in diesen Tunnel gekrochen war.

455

Wallerich pfiff leise durch die Zähne. »Was haben wir denn hier?«

Der Gang hatte sich ein wenig erweitert. Hinter einem Wurzelgeflecht konnte Till eine runde hölzerne Tür entdecken. Rechts und links daneben standen zwei eisenbeschlagene Kisten. Der Heinzelmann beugte sich bereits über eine von ihnen und hatte den schweren Deckel hochgeklappt. Neugierig kroch Till näher.

»Frauen!«, schnarrte der Heinzelmann erneut. »Kein Heinzel*mann* würde auf so eine Idee kommen!«

Jetzt sah auch der Student, was ihren Führer so in Rage gebracht hatte. In der Kiste befand sich ein reichhaltiges Sortiment von Kleider- und Schuhbürsten.

»Macht endlich die verdammte Tür auf und lasst mich hier raus«, fluchte Almat und versuchte sich an Till vorbeizudrängeln. »Nie wieder setze ich einen Fuß in einen Heinzelmännchenfluchttunnel.«

Wallerich stieß die Tür auf und Augenblicke später war Till im Freien. Der Ausgang des Tunnels wurde durch ein Brombeerdickicht verborgen. Es war dunkel geworden und dichter Nebel verhüllte den Blick zum Sternenhimmel.

»Weiß jemand, wo wir sind?«, fragte Oswald. Er hatte sich eine der winzigen Kleiderbürsten mitgenommen und säuberte gerade seine bestickte Leinenhose.

»Ich kann kaum meine Nasenspitze sehen«, beschwerte sich Birgel und schnupperte demonstrativ. »Wir sind an einem Ort, wo es im Umkreis von mindestens hundert Metern niemanden gibt, der gerade ein Abendessen zubereitet, wie es sich für diese Uhrzeit gehören würde.«

Wallerich baute sich vor Till auf, schob seine Mütze in den Nacken und sah herausfordernd zu dem Studenten hinauf. »Na, dann zeig uns mal, wo dieser sagenhafte Baum steht. Ich bin gespannt, wie du ihn finden willst.

Wahrscheinlich wirst du uns geradewegs in die Arme der *Dunklen* führen.«

Till zog das dünne Lederband über den Kopf, an dem der seltsame Stein hing, den Neriella ihm zum Abschied gegeben hatte. Sie hatte gesagt, wann immer er *Nebenan* den Weg verlieren würde, könne der Stein ihm helfen, und auch Mozzabella hatte behauptet, dass der Stein sie retten könnte, wenn er und die Dryade einander in aufrichtiger Liebe zugetan seien. Till hielt den Splitter vom Herzen des Baumes in seiner Hand und drehte ihn unschlüssig. Er fühlte sich warm an und ein angenehmes, mattgrünes Leuchten ging von ihm aus. Hätte Neriella ihm nur gesagt, wie er zu verwenden ist!

»Nun? Was passiert jetzt?«, fragte Wallerich herausfordernd.

Der Student zuckte mit den Schultern. »Ich weiß es nicht.« War seine Liebe vielleicht nicht groß genug, um das Wunder zu wirken, zu dem der Stein angeblich fähig war? Mozzabella hatte behauptet, der Splitter könne sie geradewegs zu einem verborgenen Tor führen. Sie hatte jedoch nicht gesagt, wo es lag, und überhaupt hatte sie aus dem Stein und dem Tor ein großes Geheimnis gemacht.

»Gib mir das Ding mal!« Wallerich streckte Till die Hand entgegen.

Zögernd reichte der Student ihm den Stein. Doch kaum dass Wallerich die Lederschnur in die Hand nahm, verblasste das magische Glühen und Neriellas Morgengabe sah plötzlich aus wie ein ganz gewöhnlicher dunkler Bernstein.

»Jetzt hast du ihn kaputtgemacht, du Banause!« Oswald riss dem Heinzelmann das Artefakt aus der Hand und gab es Till zurück. »Du kleiner Pedant weißt doch gar nicht, was wahre Liebe ist! Untersteh dich den Stein noch einmal anzufassen!«

Wallerich biss die Zähne zusammen, sodass sich Muskelstränge auf seinen kahl rasierten Wangen abzeichneten. Seine Augen jedoch schimmerten feucht. Er wandte sich ab und stapfte ein paar Schritte in die Dunkelheit davon.

Als Till den Talisman in die Hand nahm, glühte der Stein erneut auf. Ohne dass der Student sich bewegt hätte, begann das Lederband hin und her zu pendeln.

»Er will uns eine Richtung weisen«, raunte Martin.

Das schien offensichtlich, doch war sich Till keineswegs darüber im Klaren, welche Richtung. Das Pendel schwang in gerader Linie vom Ausgang des Stollens weg. Also mussten sie entweder in den Nebel hinaus oder aber in den engen Fluchttunnel zurück, weil sie dort vielleicht etwas Entscheidendes übersehen hatten. Aber konnte es richtig sein, wie die Ratten durch die Erde zu kriechen?

Nicht weit entfernt erklang ein unheimliches Heulen. Rolf zog seine Schwerter und sah sich gehetzt um.

Dies war eine Welt der Sagengestalten, entschied Till, und ein überzeugendes Finale konnte niemals in einem Tunnel stattfinden, in dem die Helden auf allen vieren kriechen mussten. Ihre Rettung oder aber das letzte Gefecht mit den *Dunklen* würde hier draußen im Nebel stattfinden. Auch er zog seine Waffe. »Folgt mir!«, rief er mit fester Stimme und niemand stellte seine Entscheidung infrage.

Bald waren ihre Stiefel und Hosen vom hohen Schnee durchnässt. Eiseskälte kroch ihre Waden empor. Wallerichs Blendlaterne war verloschen und allein der leuchtende Stein wies ihnen den Weg in einer Welt, die nur noch aus Dunkelheit und Nebel zu bestehen schien.

Manchmal hörten sie Geräusche weit hinter sich. Ein Heulen oder auch einen Ruf. Ihre Verfolger schienen ihre Spur gefunden zu haben, doch wurden auch sie durch den Schnee behindert.

Es mochten Stunden vergangen sein, seit sie den Fluchttunnel verlassen hatten, als sie einen großen Wald erreichten. Die Bäume hier waren seltsam gebeugt. In ihren Ästen hingen Tuchfetzen und Amulette aus Knochen und Federn.

Noch immer wies das Pendel geradeaus, doch begann
der Stein nun noch intensiver zu leuchten. Je tiefer sie in
den Wald eindrangen, desto wärmer wurde es. Bald wich
der Schnee eisigem Schlamm, dann ließen sie die Spuren
des Winters gänzlich hinter sich. Auch der Nebel lichtete
sich. Ein leichter Wind wehte ihnen entgegen und ließ die
Knochenamulette in den Ästen leise klackernd aneinander
schlagen.

»Das muss ein heiliger Hain sein«, raunte Oswald, »so
wie der Steinbruch, in dem meine Hütte steht. Gewiss hat
das kleine Volk hier seine zauberkräftigen Steine errichtet.«

»Wir sind das kleine Volk«, brummte Wallerich missmutig, »auch wenn mir diese Bezeichnung überhaupt nicht
gefällt. Und ich kann dir versichern, dass wir mit solchem
Hokuspokus nichts zu tun haben.«

»Dann gibt es hier ein Wesen von großer Macht«, beharrte Oswald. »Oder vielleicht einen Sagendichter, der
seine Phantasien vom *locus amoenus* Wirklichkeit werden
ließ.«

»So wie du in deinem Tal?«, fragte Wallerich.

»Der Feenstein und all die blühenden Bäume waren
schon dort, als ich kam.«

»Vielleicht waren sie auch da, weil du kommen würdest«, entgegnete der Heinzelmann. »Doch zugegeben, zu
deinem Naturell würde eher ein verkommenes Wirtshaus
passen als dieser alte Steinbruch.«

»Was weißt du schon von mir?«, entgegnete der Ritter.

»Schon viel zu viel«, nörgelte Wallerich. »Mir wäre es
auch lieber, wir hätten uns nie getroffen.«

Schweigend gingen sie weiter, während sich der Wald um sie herum mehr und mehr veränderte. Bald prunkten die Bäume mit leuchtendem Frühlingsgrün und schneeweißen Blüten. Es duftete nach wilden Rosen und Löwenzahn.

Schließlich erreichten sie eine Lichtung, in deren Mitte ein himmelhoher Baum stand. Seine weit ausladenden Äste trugen zugleich Früchte und zarte rosafarbene Blüten. Manche Zweige waren auch dürr, wie abgestorben. Es schien, als seien alle vier Jahreszeiten zugleich in diesem absonderlichen Baum vereint. Während sie noch staunend auf der Lichtung standen, trat plötzlich eine schlanke Frauengestalt aus dem Stamm. »Till, endlich bist du in Sicherheit!« Die Dryade breitete die Arme aus und lief dem Studenten entgegen, um ihn stürmisch an sich zu drücken. Ein Hauch von Frühling und Apfelblütenduft schien sie zu umgeben. Ihre Küsse ließen Till alle Sorgen vergessen, bis ein lautes Räuspern ihn in die Wirklichkeit zurückholte.

»Holde Dame, es fällt mir schwer, die sich erfüllende Minne zu stören, doch ich fürchte, dass unsere Verfolger uns nur allzu bald einholen und dass sie weniger Skrupel haben werden, als ich sie habe. Darf ich mich im Übrigen vorstellen, Oswald von Wolkenstein.«

Neriella löste unwillig ihre Umarmung und musterte die bunte Schar, die Till begleitete. »Ich kann euch beruhigen. Niemand vermag diese Lichtung ohne meine Erlaubnis zu betreten, es sei denn, er besitzt einen Splitter vom Herzen meines Baumes. Doch außer meinem Geliebten habe ich noch niemals jemandem ein solches Geschenk gemacht. Nun folgt mir, ich werde euch nach Hause bringen und . . . « Sie sah Oswald an und blickte dann zu Wallerich. »Was ist mit ihm? Darf er unsere Welt verlassen?«

Der Heinzelmann vermied es, zu Neriella aufzublicken,

als er antwortete. »Er kann im Moment nicht hier bleiben. Die *Dunklen* sind nicht so gut auf ihn zu sprechen.«

»Dann soll er mitkommen. Ihr müsst einfach nur in den Baum hineintreten. Leider bin ich nicht dazu gekommen, aufzuräumen. Ihr kamt etwas überraschend. Schert euch also nicht um das Laub vom Vorjahr und ... ach ja, vielleicht fällt es euch leichter, den Baum zu betreten, wenn ihr die Augen schließt, während ihr den Schritt in den Stamm hineinmacht. Falls ihr zu sehr daran zweifelt, dass es möglich ist, einen Baum zu betreten, könnte es sonst zu unschönen Unfällen kommen. Es mit geschlossenen Augen zu versuchen erleichtert die Sache.«

Abgesehen von Almat, der es erst beim dritten Versuch in den Stamm hinein schaffte, gelang es den Gefährten ohne Schwierigkeiten, der Dryade zu folgen. Als Letzter betrat Till den Baum. Deutlich hatte er zuvor am Rand der Lichtung huschende Schatten gesehen. Fünf oder sechs Alben hatten sie eingeholt. Doch keiner von ihnen hatte es gewagt, die Lichtung zu betreten.

Als Till in den Baum trat, schien es ihm, als zerrten dünne Äste an seinen Kleidern. Sobald er die Augen öffnete, war er allein mit Neriella. Über ihnen flackerte grünlich das Herz des Baumes. Der Stein war auf kaum mehr als Walnussgröße zusammengeschrumpft.

»Was ist geschehen?«

»Nichts, was deine Liebe nicht wieder heilen könnte. Euch von *Nebenan* hierher zu bringen hat mich sehr viel Kraft gekostet und ich könnte es so schnell nicht noch einmal tun. Ihr wart viele. Mit der Zeit wird der Stein jedoch wieder wachsen. Er ist lebendig, so wie der Baum, der ihn umgibt.«

Till konnte immer noch nicht begreifen, wie es der Dryade möglich gewesen war, nach *Nebenan* zu kommen.

Neriella zog ihn zu sich heran und küsste ihn zärtlich.

Dann flüsterte sie: »Stell mir nicht zu viele Fragen. Eine Frau sollte das eine oder andere Geheimnis bewahren dürfen. Kennst du nicht die Geschichte der Melusine? Doch lassen wir das! Deine Freunde waren so freundlich schon vorzugehen.« Sie lächelte verführerisch. »Ich fürchte, du wirst dich verspäten.«

22

»... Wie aus gewöhnlich gut informierten Kreisen verlautete, verfolgt das BKA zurzeit eine heiße Spur im Fall des Kölner Dom-Raubs. So konnte der Panzerwagen sichergestellt werden, mit dem der Einbruch verübt wurde, und nach zwei mutmaßlich Beteiligten wurde eine bundesweite Großfahndung eröffnet. Es handelt sich dabei um eine Friseuse, die der Kölner Esoterik-Szene zugerechnet wird, sowie um einen Fernfahrer, der bereits wegen diverser Delikte vorbestraft ist. Nach Angaben des Erzbistums ...«

»Der Esoterik-Szene zugerechnet«, jammerte Gabi. »So ein Unsinn. Mit diesen Hobbyhexen habe ich nie was zu tun gehabt. Wenn sich dieser Quatsch herumspricht, läuft mir die halbe Kundschaft weg und ich kann den Laden dichtmachen.«

Joe Pandur wechselte den Radiosender, doch Nachrichten liefen jetzt überall. Er brachte den schweren Truck auf die rechte Spur zurück. Schon bei den Nachmittagsnachrichten hatte er es ihr sagen wollen, aber nicht die richtigen Worte gefunden. Seitdem waren sieben Stunden vergangen. Siebenmal hatten sie die Fahndungsmeldungen im Radio gehört und ihm war immer noch nicht eingefallen, wie er Gabi schonend beibringen konnte, dass sich in ihrem Leben jetzt einiges ändern würde. Wenn er nur so munter daherreden könnte wie diese Radiolackaffen!

»Können wir mal anhalten, Joe? Ich glaub, mir ist die ganze Sache auf die Blase geschlagen. Was nur meine Oma denken wird? Weißt du, sie ist stockkatholisch. Ich begreife nicht, wie uns der verdammte Vulkanier so weit bringen konnte, dass wir ihm geholfen haben den Dom zu schänden. Sicher mit einem versteckten Apparat, der irgendwelche Wellen aussendet. Wenn ich so was hätte ... Dann würde sich Frau Erbs nicht mehr mitten in der Dauerwellensitzung überlegen, dass sie sich doch lieber die Haare färben lassen möchte. Ich hab nicht mal die Kasse im Laden leer gemacht ... Hoffentlich passiert da nichts.«

»Gabi?« Joe tätschelte mit der Rechten Blaus Kopf, der neben der Friseuse auf dem Beifahrersitz döste. »Ich fürchte, wir werden so schnell nicht zurück nach Köln kommen. Kannst du dir vorstellen etwas anderes zu machen als Leuten die Haare zu schneiden?«

»Wieso? Wir sind jetzt zwei oder drei Wochen in Italien, und wenn Gras über die Sache gewachsen ist, kommen wir zurück. Ich habe da eine Idee. Wenn wir über die Grenze sind, könnten wir das Reliquiar doch als Päckchen zurückschicken. Wir haben's ja schließlich nicht klauen wollen ... Und wenn es wieder zurück ist, dann sind wir doch keine Diebe mehr.«

Joe kratzte sich über seine Bartstoppeln und schüttelte bedächtig den Kopf. »Nee, nee, Mädchen, so leicht ist das nicht. Ich meine, du hast doch selber ein paar Bullenköppe unter deinen Kunden. Wenn du bei denen mal verschissen hast, dann ist es vorbei. Die Geschichte mit dem Vulkanier werden die uns niemals glauben.«

Blau knurrte leise im Schlaf.

Gabi begann hektisch an einer Haarsträhne der roten Perücke zu kauen, mit der sie sich getarnt hatte. Rot stand ihr verdammt gut, dachte Joe, während er sie aus den Augenwinkeln beobachtete, um abzuschätzen, wie viel Schaden seine Worte angerichtet hatten.

»Das wird meiner Großmutter gar nicht gefallen«, murmelte sie leise und starrte auf den Streifen grauen Asphalt, den die Scheinwerfer aus der Dunkelheit schnitten. »Wir werden es also nicht schaffen, zu ihrem Weihnachtsessen zu kommen.«

Joe nickte. »Vermutlich nicht.«

»Dann müssen wir an der nächsten Abfahrt runter von der Autobahn. Wir müssen eine Kirche suchen.«

»Was?«

»Ich will beichten«, beharrte Gabi. »Wir müssen unser Gewissen erleichtern. Den Bullen können wir vielleicht davonfahren, dem Fegefeuer nicht.«

»Wenn wir jetzt bei einer Kirche halten, um irgendeinem Pastor zu erzählen, wer wir sind und was wir gemacht haben, dann können wir uns auch gleich auf dem nächsten Polizeirevier melden.«

»Aber es gibt doch das Beichtgeheimnis«, wandte Gabi ein.

»Ich glaub nicht, dass das für Kirchenschänder gilt.« Joe hasste sich dafür, ihr die Illusionen zu nehmen, aber er konnte seinem Mädchen doch nicht vormachen, dass mit ein paar Wochen Italienurlaub die Sache aus der Welt war.

Schweigend fuhren sie weiter nach Süden. Er hatte zehn Tonnen Tomatenmark als Frachtgut geladen. Hinter den Paletten war das Reliquiar versteckt. Der Trucker war überzeugt davon, dass sich alles schon wieder richten würde. Er hatte ein paar Knochensplitter aus der Kiste genommen und in die leere Patronenhülse gesteckt, die als Talisman an seinem Schlüsselbund hing. Die drei Heiligen wussten gewiss, dass sie beide ihre ollen Knochen vor einem außerirdischen Heiden gerettet hatten. Joe war nicht gerade zart besaitet, aber wenn er daran dachte, wie dieser Vulkanier und seine beiden Komplizen die Knochenkiste durchgewühlt hatten, dann lief es ihm doch eiskalt den Rücken hinunter. So was konnte man doch nicht machen!

»Und wovon sollen wir in Italien leben?«, fragte Gabi nach einer Weile.

»Ich würde fahren ... und wir haben ja auch ein bisschen Kapital.«

»Also mit meinem Ersparten kommen wir nicht weit.«

»Ich dachte da mehr an das ganze Gold und all die Klunker auf dem Reliquiar. Ich kenne da bei Mailand jemanden, der würde uns einen guten Preis ...«

»Auf keinen Fall! Wenn du vorhast, den Sarg der Heiligen Drei Könige zu zerstören, steige ich auf der Stelle aus.« Gabi tastete nach dem Türgriff.

Der Trucker kannte sie gut genug, um zu wissen, dass sie auch bei Tempo hundert aussteigen würde, wenn sie richtig sauer war. Entschlossen stieg er in die Bremsen und bekam ein Hupkonzert von den PKWs hinter sich zu hören.

»Ich fürchte, wir werden nicht von Luft und Liebe alleine leben können.«

»Das brauchen wir auch nicht. Die Drei Könige werden uns beschützen. Weißt du, ich habe da eine Idee. Vor ein paar hundert Jahren hat ein Kölner Erzbischof die Knochen der Heiligen aus Mailand geklaut und dabei die halbe Stadt abgebrannt. Was hältst du davon, wenn wir dem Erzbischof der Stadt das Reliquiar übergeben. Dann hat die Kirche unser Problem. Wir haben kein Diebesgut mehr am Hals ... und hast du mal *Der Pate*, Teil drei, gesehen? Also, wenn das nur ein bisschen stimmt, dann verstehen sich die italienische Kirche und die Mafia sehr gut. Die werden uns schon beschützen und auch dafür sorgen, dass wir nicht Hunger leiden. Wie findest du meinen Plan?«

Joe pfiff anerkennend durch die Zähne. »Ich finde, als Friseuse vergeudest du deine eigentlichen Talente. Wir sind dabei, nicht wahr, Blau?«

»Wuff!«

*

Anselmus hatte in den letzten Tagen mehr Baldriantropfen in sich hineingekippt als in seinem ganzen vorherigen Leben zusammen und trotzdem kam er nicht mehr zur Ruhe, seit er mit diesem verdammten Inquisitor zusammen war. Nach der Pleite mit dem Panzerwagen, in dem sich kein Hinweis auf den weiteren Verbleib des Dreikönigsreliquiars gefunden hatte, hatte Pater Wschodnilas zusätzliche Verstärkung durch eine weitere schießwütige Amazone und einen hünenhaften Leibwächter bekommen. Danach waren sie zu dem merkwürdigen Raum tief unter der Universität zurückgekehrt. Hier hatten sie vier ernste junge Männer erwartet. Offenbar Studenten. Allem Anschein nach hielten sich noch etliche andere Wesen in dem großen Raum auf, denn ständig waren Stimmen zu hören, selbst wenn alle sichtbaren Personen schwiegen.

Anselmus nestelte am Hals der Baldrianflasche. Der Plastikeinsatz, der als Tropfenspender diente, nervte ihn. Ein paar Tropfen Baldrian halfen hier nicht mehr weiter. Er brauchte eine stärkere Dosis.

Etwas zupfte an seinem Hosenbein. »Kann ich Ihnen helfen, Hochwürden?«

»Nein. Danke.« Die Stimme des Priesters klang gehetzt, dabei hatte er sich immer so viel darauf eingebildet, in allen Lebenslagen die Ruhe zu bewahren. Und jetzt hörte er Stimmen! Entweder wurde er wahnsinnig oder er war auf dem Weg, ein Heiliger oder ein Prophet zu werden. Die hörten schließlich auch immer Stimmen.

Mit einem satten Plopp löste sich der Plastiktropfenspender und Anselmus trank die Baldrianflasche auf ex. Ein angenehm bitterer Geschmack betäubte seinen Mund. Ein wenig nervös sah er sich um. Kleine Flaschen, die man aus dem Jackett zog und in einem Zug leerte, das konnten Beobachter leicht falsch verstehen. Doch niemand schenkte ihm Aufmerksamkeit.

Alle starrten wie gebannt auf das Funkgerät, das in der Mitte des Raums auf einem kleinen Tisch stand. Krächzende Geräusche und das Knistern atmosphärischer Störungen klangen aus dem Lautsprecher. Pater Wschodnilas hatte behauptet, die Heinzelmänner hätten eine Möwe mit Schnabelmikrofon losgeschickt, um Königswinter und den Drachenfels auszuspähen. Verrückt, völlig verrückt! Er würde das in seinem Bericht an den Erzbischof erwähnen. Wenn dieses Dokument nach Rom gelangte, würde sich Wschodnilas nach einem neuen Job umsehen können.

Langsam begann Anselmus sich zu entspannen. Die Baldriantropfen versetzten ihn in einen wohltuenden Entrückungszustand. Das Gekrächze aus dem Lautsprecher und das aufgeregte Tuscheln im Raum waren ihm jetzt egal. In einer Ecke des Raums waren zerschnittene Lederpolster aufgeschichtet worden. Ob er sich dort für einen Moment hinlegen sollte? Ihn beachtete hier ohnehin niemand. Dieser Haufen von Verrückten würde auch gut ohne ihn auskommen!

Mit schwerfälligen Schritten schleppte er sich zu den Polstern, aus denen gelber Schaumstoff quoll. Es war im Grunde ein Müllhaufen, den er sich dort als Lager auserkoren hatte. Er begann langsam zu verlottern. Heute Morgen hatte ihm Pater Wschodnilas nicht die Zeit gelassen, sich zu rasieren und die Zähne zu putzen. Wo würde das alles nur enden? Bei einer Strafversetzung zu einer Ge-

468

meinde in einem entlegenen Eifeltal, wo die Schäfchen seiner Herde ein Durchschnittsalter von sechzig hatten?

»Pass doch auf, wo du hinlatschst, Langer!«, schimpfte eine Stimme in Kniehöhe.

»'tschuldigung«, murmelte Anselmus matt und ließ sich mit einem Seufzer der Erleichterung auf den Polstern nieder.

In der Höhle wurde es lauter. Irgendetwas schien die Lauscher in helle Aufregung versetzt zu haben. Doch was ging ihn das an? Zu gegebener Zeit würde Pater Wschodnilas ihn schon informieren. Vielleicht waren ja gerade ein paar UFOs auf dem Campus gelandet? Anselmus lachte leise in sich hinein. Ob der Inquisitor wohl Drehbücher für *Akte X* schrieb? Bei seiner blühenden Phantasie wäre das der angemessene Job für ihn!

Gerade wollte sich der Priester erschöpft zurücklehnen, als er eine flüchtige Bewegung aus den Augenwinkeln wahrnahm. Als er den Kopf drehte, war da nichts mehr. Doch ganz am Rande seines Gesichtsfelds regte sich erneut etwas. Anselmus kniff die Augen zusammen und zählte langsam bis zehn. Als er die Augen öffnete, war für einen Moment alles wieder in Ordnung. Dann gab es eine merkwürdige Wahrnehmungsverzerrung. Es war so, als ob man in der Badewanne seine Beine beobachtet, die an der Grenze zwischen Wasser und Luft nicht mehr recht zusammenzupassen scheinen. Diese optische Täuschung dauerte kaum einen Herzschlag, dann weitete sich das Huschen aus den Augenwinkeln über sein ganzes Gesichtsfeld aus. Überall in der Höhle wimmelten plötzlich kleine Gestalten umher. Geschöpfe mit langen Bärten und seltsamen Mützen, die ein Sammelsurium aus den verschiedenen Hutmoden der letzten zweihundert Jahre zu sein schienen. Dicht neben ihm aber kauerte eine hünenhafte Erscheinung, deren Haut an unbehauenen Granit erinnerte.

Anselmus schlug ein Kreuz über seiner Brust und begann lautstark ein *Vaterunser* zu beten. Doch statt die merkwürdigen Geschöpfe zu vertreiben hatte das Gebet genau die gegenteilige Wirkung. Jetzt sahen sich diese albtraumhaften Kreaturen nach ihm um und er stand im Mittelpunkt des Interesses.

»Wie wir sehen, seid Ihr erleuchtet worden, Pater.« Wschodnilas lächelte breit. »Hat Euch der kleine Brustwärmer geholfen, den wir vorhin bei Euch bemerkten? Bei uns waren es Weihrauchinhalationen, die uns ermöglichten zu sehen, was es alles zwischen Himmel und Erde gibt, wovon uns unsere Schulweisheit nicht einmal träumen lässt.«

»Das ... das gibt es nicht wirklich. Ich ... ich habe eine Baldrianvergiftung und phantasiere«, stammelte Anselmus in dem hilflosen Versuch, seine alte Weltordnung zu retten.

»Kann es sein, dass Ihr nicht alles geglaubt habt, was in der Bibel steht? Es gibt sie wirklich, die himmlischen Heerscharen, genauso wie es den Widersacher und seine dunklen Legionen gibt. Das Böse, Anselmus, das sind nicht nur irgendwelche nigerianischen Menschenhändler, seelenlose Börsenmakler und machtverliebte Generäle. Jetzt, in dieser Stunde, formiert es sich, um zum Angriff auf die christliche Welt zu blasen. Armageddon ist vielleicht nicht mehr fern. Und wisst Ihr, wer in diesem Augenblick sein Leben aufs Spiel setzt, um unserer Sache zu dienen? Eine heldenhafte Möwe! Gerade eben ist die Funkverbindung zu ihr abgebrochen. Vielleicht hat sie ihr Leben im Dienste Gottes gegeben. Alle hier in diesem Raum sind entschlossen es ihr gleichzutun, wenn wir dafür die Mächte der Finsternis noch einmal zurückschlagen können.« Die beiden Flintenweiber und ihre Gefährten, die der Inquisitor um sich versammelt hatte, nickten ernst.

»Wie sieht es mit Euch aus, Pater? Seid auch Ihr bereit,

Eure Seele als Pfand für den Sieg des Lichtes über die Dunkelheit zu setzen?«

»Ich … ich …«, stammelte Anselmus hilflos und starrte immer noch mit entsetzensweiten Augen die zwergenhaften Wesen an, die die Höhle bevölkerten. Das konnte nur ein Baldrianhorrortrip sein! Nie wieder würde er diese Tropfen anrühren.

»Mann Gottes!« Pater Wschodnilas packte ihn am Kragen und zog ihn mit erschreckender Leichtigkeit hoch. »Warum seid Ihr eigentlich Priester geworden, wenn Ihr in dieser entscheidenden Stunde zögert? Habt Ihr etwa ein Problem mit Frauen?«

»Hier Auge«, krächzte es in diesem Moment aus dem Lautsprecher. »Großhirn, bitte melden.«

Vor dem Funkgerät saß ein alter Kerl mit Glatze, der in einen eleganten Smoking gekleidet war. »Hier Großhirn, gut dich wieder zu hören, Auge. Was ist passiert?«

»Schlechte Sicht, Großhirn. Und das Ding unter meinem Schnabel hat sich plötzlich in ein Ding verwandelt, wie es Stiere auf dem Kopf tragen, nur kleiner. Ich war noch nicht auf Sichtweite an das Nest heran, als es passierte. Hier ist alles eingeschneit. Ich glaube, mit den komischen Käfigen auf Rädern, in die sich die Langen so gerne setzen, ist hier kein Durchkommen. Over.«

»Danke, Auge, bitte komm umgehend zurück, damit wir deine Beobachtungen genauer besprechen können. Over.«

»*Ein Ding, wie es Stiere auf dem Kopf tragen?*«, fragte einer der Studenten, ein Kerl mit schulterlangen, blonden Haaren.

»Ein Signalhorn«, erwiderte der kleine Kerl im Smoking. »Sein Schnabelmikro hat sich kurzfristig verändert. Ihr kennt diesen Effekt doch von *Nebenan*. Das bedeutet, dass die Lage noch weitaus schlimmer ist, als wir angenommen haben. Sie bringen die Magie in die Welt zurück und die

Region rund um das Tor beginnt sich zu verändern. Bald herrscht hier wieder finsterstes Mittelalter!«

»Das werden wir verhindern!« Pater Wschodnilas klang so, als sei es sein tägliches Geschäft, sich mit solchem Wahnsinn zu beschäftigen. »Wir werden Verstärkung ordern und diesen Vorposten der Dunkelheit ausmerzen, bevor er zu einem unkontrolliert wuchernden Krebsgeschwür wird.«

Die Steingestalt neben Anselmus gab ihm einen Klaps auf den Rücken, der ihm fast die Schulterblätter gebrochen hätte, und murmelte mit tiefer, kiesiger Stimme: »Viel Prügeln, viel gut! Schwarzer Mann gefällt mir!«

Während die übrigen Kleinwüchsigen aufgeregt miteinander tuschelten, beobachtete Anselmus, wie der alte Kerl selbstgefällig die Hände hinter dem Kopf verschränkte. »Lieber Pater, was wollt Ihr denn tun? Die örtliche Polizeidienststelle benachrichtigen?«

»Keine schlechte Idee«, murmelte der dickliche Hauptwachtmeister aus dem Gefolge des Inquisitors.

Der alte Heinzelmann überging ihn. »Vielleicht habt Ihr auch daran gedacht, eine dieser Spezialeinheiten vom BKA oder sogar vom Militär zu benachrichtigen? Aber was glaubt Ihr, was passieren wird, wenn die Jungs in die magisch veränderte Zone einrücken? Panik wird um sich greifen! Aus Panzern werden Kriegselefanten, Gewehre werden zu Bogen oder Armbrüsten, Schlagstöcke zu Streitkolben und so weiter. Diese so genannten Spezialeinheiten werden so durcheinander sein, dass die *Dunklen* ohne Mühe ein Massaker unter ihnen anrichten. Das kann ich nicht verantworten. Es ist die Sache von uns Heinzelmännern und den anderen Zwergenvölkern, uns der Invasion entgegenzustellen. Auch wenn wir wahrscheinlich viel zu wenige sind.«

Wschodnilas lachte abfällig. »Der Vatikan braucht keine

Schützenhilfe. Wir sind auf Krisen aller Art vorbereitet! Was glaubt Ihr, warum die Schweizergarde nach Jahrhunderten immer noch in polierten Kürassen, mit Morion und Hellebarde herumläuft? Um ein hübsches Bild für die Touristen zu bieten? Binnen zwölf Stunden habe ich hier fünfzig Mann, die ebenso gut mit Sturmgewehren wie mit Piken und Rapieren umgehen können.«

Einen Augenblick lang wirkte der alte Heinzelmann überrascht. Dann nickte er. »Wir nehmen selbstverständlich jede Hilfe gerne an. Doch ich fürchte, dass wir auch mit fünfzig Mann nicht ...«

»Wir können noch mehr aufbieten«, fiel ihm einer der Studenten ins Wort. »In der Mittelaltermarktszene kennen wir etliche Freunde, die als Schaukämpfer auftreten. Die Saison ist vorbei. Morgen ist ein Samstag und kaum einer muss arbeiten. Ich schätze, wir können auch fünfzig oder mehr zusammenbekommen. Sogar Reiter.« Er sah zu den anderen jungen Männern. »Was denkt ihr? Ich wette Vita Armati, die Raben und etliche von den Wikingerclans sind dabei.«

»Das wird kein Spaziergang, sondern eine regelrechte Schlacht werden!«, warnte der alte Heinzelmann.

»Wir werden es unseren Freunden sagen. Die Raben könnten sogar ein Katapult mitbringen.«

Jetzt lächelte auch der Älteste. »Ich glaube, der Erlkönig und seine Verschwörer werden eine gehörige Überraschung erleben.«

»Morgen Krieg!«, grunzte der Steinmann neben Anselmus und öffnete seinen Mund, der an eine klaffende Felsspalte erinnerte, zu einem breiten Lächeln. »Rölps viel Spaß haben mit Weichhäuten!«

Der junge Priester klammerte sich noch immer an die Illusion, dass dies alles vielleicht nur die Ausgeburten eines Baldrianrauschs waren. Die kräftige Hand des Inquisitors streckte sich ihm entgegen. All der Wahnsinn dieser Stunden schien den alten Priester nicht im Mindesten berührt zu haben. War Wschodnilas vielleicht am Ende der einzig Vernünftige und sie, die anderen, die vor dem wahren Gesicht der Welt die Augen verschlossen, die Wahnsinnigen? Waren sie Sünder, weil sie nur das als wirklich akzeptierten, was sie sich vorstellen konnten? Verhöhnten sie damit nicht Gottes Schöpfung?

Anselmus griff nach der schwieligen Hand. Das kantige Gesicht des Inquisitors strahlte eine beruhigende Zuversicht aus.

»Verändern Sie wirklich die Welt, dort, wo das Tor ist?«

Wschodnilas lächelte milde, doch seine dünnen Lippen ließen seinen Mund dabei fast wie eine Narbe aussehen. »Maior fama, uti mos est de ignotis.«

»Was Schwarzer sagen?«, raunte der steinerne Hüne und seine Stimme erinnerte an Felsblöcke, die tief im Bette eines reißenden Stromes aneinander reiben.

»Tacitus«, sagte Anselmus, froh sich endlich wieder an etwas Vertrautes klammern zu können. »*Wie bei Unbekanntem üblich, übertreibt das Gerücht.*«

*

Unruhig beobachtete Doktor Salvatorius durch einen Spalt zwischen den Vorhängen das Nachbarhaus. Es war nur eine Frage der Zeit, bis der alte Jaroschewski etwas merkte. Wenn dieser Verrückte sich nicht gerade mit Umbauten an seiner Villa und dem Schikanieren von Handwerkern beschäftigte, steckte er mit Vorliebe seine Nase in Dinge hinein, die ihn nichts angingen. Der Zahnarzt setzte den Feldstecher vor sich auf die Fensterbank. Er hatte nichts Verdächtiges gesehen und doch wurde er das Gefühl nicht los, von gegenüber beobachtet zu werden. Wie lange konnte er wohl verborgen halten, dass er in seiner geräumigen Garage zweiundsiebzig flüchtigen Hunden Asyl gewährt hatte?

Bella, die weiße Pudeldame mit den hinreißenden Augen, sorgte dafür, dass die Gäste in seiner Garage ruhig blieben. Und um keinen Verdacht zu erregen, bestellte Salvatorius die dreißig Dosen Hundefutter, die seine neuen Freunde täglich vertilgten, bei einem halben Dutzend verschiedener Internet-Lieferdienste. Doch was war, wenn Jaroschewski seine Nase in die überquellenden Mülltonnen steckte? Oder wenn er der Garage einfach nur zu nahe kam. Die Gegenwart so vieler Hunde ließ sich langsam nicht mehr überriechen.

Es musste etwas geschehen! Am besten noch in dieser Nacht. Salvatorius hatte eine Jagdhütte im Siebengebirge. Dort wären seine Freunde auf jeden Fall sicherer. In Köln durfte man sie unter keinen Umständen mehr schnappen. Mehr als ein Viertel von ihnen waren Anwärter auf die Giftspritze. Sie hatten zu lange in den Käfigen des Tierheims gesessen. Die Neuen, die kommen würden, wären ihr Todesurteil. Auch Bella gehörte zu denen, die auf die Spritze warteten. Es gab einfach zu viele ausgesetzte Hunde!

Wieder nahm der Zahnarzt den Feldstecher auf, um das Haus auf der anderen Seite der Hecke zu beobachten. Jaroschewski hatte bestimmt von dem Einbruch im Tierheim und der Massenflucht gelesen. Es wäre ihm sicher ein Vergnügen, das *Verbrechen* aufzuklären und seinen Nachbarn anzuschwärzen.

Salvatorius ertappte sich dabei, dass er ein tiefes, kehliges Knurren ausstieß. Er musste sich beherrschen, damit das Tier in ihm nicht wieder oberhand gewann. Noch nicht jetzt! Ein oder zwei Stunden noch! Der Himmel war voller Wolken, die den Mond und die Sterne verbargen. Eine ideale Nacht für die Flucht.

Der eisige Südwind bauschte die Vorhänge hinter dem

Fenster auf. Es mochte Einbildung sein, doch dem Zahnarzt kam es so vor, als trüge der Wind einen Duft von Verheißung mit sich. Den Geruch einer freieren Welt!

∗

Die Männer in ihren bunten Landsknechtskostümen wirkten wie Überbleibsel aus einer längst vergangenen Zeit. Sie lungerten um den großen Bus herum, der sie hierher, auf den Parkplatz der Zahnradbahn, gebracht hatte. Manche ölten ihre Waffen. Andere standen einfach nur herum, rauchten und unterhielten sich dabei leise. Hin und wieder blickten sie spöttisch grinsend zur gegenüberliegenden Seite des Parkplatzes, wo sich die anderen versammelt hatten. Es war nicht zu übersehen, dass sie für diese Zivilisten nicht viel übrig hatten. Sie waren hier die Elite. Die legendäre Schweizergarde, die seit Jahrhunderten den Vatikan beschützte.

Till begaffte sie aus einiger Entfernung. Ob die Schweizer wussten, was sie erwartete? Wenn er an die Armee dachte, die Flammerich um sich versammelt hatte, überkamen ihn Zweifel. Wie viele Schweizer brauchte man, um einen Rübezahl zu bezwingen?

Fröstelnd zog der Student seinen Umhang enger um die Schultern. Selbst auf dem Parkplatz, der durch die parallel laufenden hohen Brücken geschützt war, lag der Schnee mehr als knöcheltief. Weiter oben am Berg wurde es noch schlimmer, behaupteten die Späher.

Till schlenderte zu dem großen Tisch, um den sich ihr Generalstab versammelt hatte. Im Windschutz eines alten, grell bemalten VW-Bullys, beugten sich die Kommandeure dieser absurden Streitmacht im Licht von einigen Sturmlaternen über einen Klapptisch, auf dem verschiedene Wanderkarten ausgebreitet waren, die den Drachenfels und seine Umgebung zeigten. Auf dem Dach des VW landeten laufend Möwen, um krächzend Bericht zu erstatten. Es war halb neun Uhr morgens. Die Sonne war noch nicht lange aufgegangen und ihre blassen Strahlen vermochten kaum die dunklen Sturmwolken zu durchdringen, die träge über den Himmel zogen.

Till war stolz auf das lärmende Biwak auf dieser Seite des Parkplatzes. Fast alle, die sie letzte Nacht angerufen hatten, waren gekommen. Die meisten Menschen hätten sie wohl einfach einen Haufen Verrückte genannt. Kaum jemand passte hier in die alten, bürgerlichen Konventionen oder zu den Idealen der gewinnorientierten, jungen Yuppie- und Fun-Kultur. Es waren die besten Schwertkämpfer und Bogenschützen in einer Zeit, in der diese Fertigkeiten längst überflüssig geworden waren. Stuntmen, die gleich modernen Gladiatoren auf Mittelaltermärkten ihre Knochen riskierten, aber auch einfache Studenten, Autoschlosser und Forstmeisterinnen, die in ein Hobby geflohen waren, das sie für manche Wochenenden eine Gegenwart vergessen ließ, in der sie sich fehl am Platz fühlten. Sogar Jürgen und Tom waren da. Sie beide waren seit mehr als zehn Jahren unbestechliche Beobachter und Berichterstatter der deutschen Fantasy-Szene. Es war Till gewesen, der sie benachrichtigt hatte. Sie sollten die Chronisten der Geschehnisse dieses Tages werden. Wie die meisten hier unten auf dem Parkplatz verfügten sie über die Gabe zu sehen, was der Mehrheit der Menschen verborgen blieb.

Till dachte an die vergangene Nacht. Stundenlang hatten sie von der Villa Alesia aus telefoniert, um jede greifbare Verstärkung zu bekommen. Obwohl sie jeden Schwertarm brauchen konnten, hatten sie ihre Freunde eindringlich gewarnt, dass dies hier kein Spiel und auch keine Show werden würde. Dennoch hatte Till den Verdacht, dass die meisten aus der illustren Schar hier auf dem Parkplatz diese Warnung nicht ernst nahmen. In kleinen Gruppen drängten sie sich um Lagerfeuer oder Kohlenpfannen. Staufische Ritter aus der Gegend um Berlin, ein großer Schottenclan, der sich mit quietschendem Dudelsackspiel auf das Bevorstehende einstimmte und dabei eine Feldflasche kreisen ließ, in der bestimmt kein Tee war.

Einige Ritter vom Clan der Raben überprüften noch einmal das zerlegbare Katapult, das sie mitgebracht hatten. Ein Trupp Wikinger mit langstieligen Äxten spöttelte über die Schweizer auf der anderen Seite des Parkplatzes.

Mit röhrendem Motor kam eine schwere Harley Davidson die Einfahrt hinauf. Trotz der Eiseskälte trug der Fahrer einen offenen Helm und eine Pilotenbrille. Um den Hals hatte er einen Schal gewickelt, der in allen Regenbogenfarben schimmerte. Er trug eine Lederjacke mit langen Fransen, abgewetzte Jeans und schwere Stiefel. Dort, wo sonst Satteltaschen saßen, hing ein Ritterschild vom Motorrad und quer über der Lenkstange lag ein Schwert in roter Lederscheide.

Der Biker bremste kurz vor Till und schwang sich lächelnd vom Sattel. Es war Oswald. »Was für ein Morgen! Jahrelang habe ich davon geträumt, wieder mit einer richtigen Maschine über eure schönen, glatten Wege zu fahren.« Er grinste breit. »Es gibt fast nichts im Leben eines Mannes, was noch mehr Spaß macht.« Der Ritter nahm seinen Helm ab und blickte zum verschneiten Drachenfels hoch. »Wie steht die Schlacht?«

»Sie hat noch nicht begonnen. Die Möwen der Heinzelmänner berichten, dass sich die *Dunklen* in der Nibelungenhalle und in der Drachenhöhle dahinter verschanzt haben.«

Oswald strich über die Bartstoppeln an seinem Kinn. »In

der Nibelungenhalle.« Er lachte leise. »Bereiten wir ihnen doch ein klassisches Ende und fackeln die Halle über ihren Köpfen ab, so wie es Etzel gemacht hat!«

»Das geht nicht«, beharrte Till. »Wir wissen nicht, ob sie Geiseln genommen haben.«

Der Ritter zuckte nur mit den Schultern. »So ist das im Krieg. Ein paar Unschuldige erwischt es immer. Darüber sollte man sich kein Gewissen machen!« Er schlenderte zu dem Tapeziertisch mit den ausgebreiteten Karten.

Der Student war sich unschlüssig, ob Oswald das ernst gemeint hatte. In der Biografie des Ritters gab es ein paar dunkle Punkte, die er bislang für übles Gerede gehalten hatte. Nachdenklich folgte er Oswald und hörte sich die Debatte über die bevorstehende Schlacht an. Ein großer, hagerer Kerl, der wohl schon Mitte dreißig sein mochte, zog mit einem Filzstift einen dicken Strich über die Karte. Thomas, ein in der Szene anerkannter Experte für antike und mittelalterliche Kriegsführung. Er trug ein leicht rostiges Kettenhemd und hatte seinen Helm auf den Tisch gestellt, um ein Ende der Karte zu beschweren.

»Hier haben die *Dunklen* eine Holzpalisade errichtet. Vermutlich aus herausgerissenen Dielenbrettern. Sie blockiert den Zugang zur Nibelungenhalle. Den Standort des Tors haben wir immer noch nicht sicher lokalisieren können. Ich glaube, es ist entweder im Reptilienzoo oder in der so genannten Drachenhöhle. Wenn wir dort hinwollen, müssen wir erst die Palisade stürmen.«

»Die hacken wir mit unseren Hellebarden klein«, erklärte ein Mann mit starkem Schweizer Akzent. Offensichtlich der Kommandant des vatikanischen Kontingents. »Eine Hälfte meiner Männer kann uns dabei Feuerschutz geben. Wie Sie sicherlich alle wissen, sind meine Eidgenossen berühmt für ihren Umgang mit der Armbrust und wir schießen nicht nur auf Fallobst.«

Im VW-Bus hinter dem Kartentisch rumpelte es. »Noch nix angreifen!«, grölte Rölps. »Warten bis Sonnenuntergang!«

»Das geht nicht!« Nöhrgel hatte ein Mikro aufgenommen, das offenbar mit einem Lautsprecher im Inneren des Wagens verbunden war. »Sie werden von Stunde zu Stunde mehr. Wir können nicht länger warten. Ihr seid unsere Reservetruppen, Rölps. Jeder gute Feldherr hält seine besten Männer in Reserve, für den Fall, dass etwas schief geht!«

»Wir gerne zweitbeste Männer, wenn ihr warten mit Prügeln!«

»Die Raben haben das Katapult bald in Stellung!«, meldete eine Gestalt in Plattenharnisch.

Nöhrgel nickte den übrigen Feldkommandanten zu. »Fangen wir an!«

»Wir protestieren!«, lärmten Rölps und seine Kameraden in dem VW, doch keiner schenkte ihnen Beachtung.

Till sah sich noch einmal um. Seit gestern Abend hatte er den Inquisitor und seine Leibwache nicht mehr gesehen. Sollte sich der Alte tatsächlich die Schlacht entgehen lassen?

*

»Wir sollten auf jeden Fall eine schiefe Schlachtordnung einnehmen!«, murmelte Cagliostro und blies sich auf die rot gefrorenen Finger. »Das war der Lieblingstrick von Friedrich dem Großen. Er war der beste Feldherr meiner Zeit. So können wir auf gar keinen Fall verlieren!«

Der Erlkönig hörte dem Grafen geduldig zu und schüttelte dann den Kopf. »Dein Friedrich hat fast genauso viele Schlachten verloren, wie er gewonnen hat, und wenn ich mich richtig erinnere, ist sein Königreich nur deshalb nicht untergegangen, weil genau im richtigen Moment die Zarin von Russland starb und er seine erbittertste Widersacherin neben Maria Theresia loswurde. Ich für meinen Teil orientiere mich lieber an der Guerillataktik von Ho Chi Min...«

»Gesundheit!«

Der Albenfürst blickte verzweifelt zum Himmel. »Hast du während deiner Zeit bei Mariana mal einen Blick in das große Lexikon geworfen oder wart ihr beide zu sehr beschäftigt?«

»Natürlich habe ich in die Bücher geschaut.« Der Graf grinste selbstzufrieden. »Und weißt du was? Die meisten Leute, die sich zu meiner Zeit für sehr wichtig gehalten haben, kennt heute kein Mensch mehr!«

»Das ist natürlich das Wichtigste, was man über dieses neue Zeitalter wissen muss«, entgegnete der Erlkönig ironisch. »In Anbetracht deiner besonderen Fähigkeiten würde ich vorschlagen, du übernimmst das Kommando über das Zentrum. Die Truppen an der Palisade gehören dir!«

Cagliostro sah ihn mit strahlenden Augen an. »Ich darf einer der Feldherren sein?«

»Oh, nicht nur irgendeiner. Du wirst im Mittelpunkt der Schlacht stehen.« Der Erlkönig musste sich sehr beherrschen, um nicht verräterisch zu grinsen.

»Majestät?« Ein Albenspäher in schneeweißer Lederkleidung war wie aus dem Nichts aufgetaucht. »Der Junge mit dem Stein ist hier.«

»Sehr gut! Ihr wisst, was zu tun ist!«

*

Till war einem Stoßtrupp zugeteilt worden, der feststellen sollte, ob die *Dunklen* Späher ausgesandt hatten. Gemeinsam mit Wallerich und Rolf begann er den Aufstieg zum

Drachenfels, oder besser gesagt, sie stürmten zunächst die Talstation der Zahnradbahn. Es war totenstill unter den hohen Deckenbögen des Bahnsteigs. Kein Fahrgast drängte sich vor den Bahnwagen, kein Schaffner zeigte sich auf dem Bahnsteig. Auch die beiden Fahrkartenschalter waren verwaist.

Till dachte, dass es eine Art von Stille gab, die genauso bedrohlich war wie das Rattern eines Schnellzugs, dem man gefesselt auf den Schienen liegend lauscht.

Sie blickten hinaus auf das Gleisbett, das tief eingeschnitten zwischen den Trachytfelsen hinauf zum Berggipfel führte. Ein ganzes Stück weiter oben sah man einen Zug, der auf offener Strecke stehen geblieben war.

Till leckte sich nervös über die Lippen. Was ging hier vor? Wo waren die Bewohner der kleinen Stadt? Warum erschien niemand, um das Restaurant »Fliegender Holländer« zu öffnen? Selbst über den Anblick eines Streifenwagens, der anrückte, um festzustellen, was das für Volk war, das sich unter den hohen Straßenbrücken versammelte, wäre er froh gewesen.

Ein leiser Pfiff ließ Till herumfahren. Wallerich deutete auf die Spiegeltür neben den Fahrkartenschaltern. Der Heinzelmann drückte sich neben der Tür an die Wand und gab dem Studenten ein Zeichen, auf der anderen Seite in Position zu gehen.

Nun winkte Wallerich Rolf. Einen Moment lang sah es so aus, als wolle der blonde Krieger einfach die Tür eintreten, doch dann drehte er schlicht am Türgriff und trat ein.

Till und Wallerich stürmten ihm nach, die Schwerter zum Schlag erhoben. Trotz der bedrohlichen Stille musste der Student plötzlich schmunzeln, denn die Waffe des Heinzelmanns hatte ungefähr die Abmessungen eines Steakmessers.

Niemand stellte sich den Dreien entgegen. Schon wollten sie kehrtmachen, als Wallerich auf einen Fuß deutete, der hinter einem Rolltisch hervorragte. Vorsichtig pirschten sie näher und fanden eine Frau um die vierzig. Sie lag reglos auf den Boden gestreckt, unter sich eine Matratze aus zerfledderten Fahrplanheftchen und Touristenbroschüren. Zwei dicke Aktenordner dienten ihr als Nackenstütze. Ihre Brust hob und senkte sich in langsamem Rhythmus.

Till griff nach ihrer Hand und strich leicht darüber. »Hallo?«

Die Frau reagierte nicht.

Etwas lauter wiederholte er seinen Ruf. »Hallo? So hören Sie doch!«

Die Schlafende reagierte immer noch nicht. Jetzt kletterte ihr Wallerich auf die Brust, hielt sich an ihrem Hemdkragen fest und hob vorsichtig eines ihrer Augenlider. Dann stieß er einen leisen Fluch aus. »Zauberschlaf! Sie haben die böse Fee aus Dornröschen für ihre Sache eingespannt! Deshalb haben wir in der ganzen Stadt noch niemanden gesehen.«

»Die böse Fee?«, echoten Till und Rolf wie aus einem Munde.

»Ihr werdet doch wohl das Märchen kennen!« Wallerich kletterte von der Brust der Schlafenden herab. »In einer Variante des Fluchs braucht man nicht einmal eine Spindel, damit die allgemeine Müdigkeit um sich greift. In gewisser Weise ist das ganz gut, dann gibt es wenigstens keine überflüssigen Zeugen für das, was heute passieren wird.«

»Und warum hat uns der Fluch nicht erwischt?«, fragte Till.

Der Heinzelmann verdrehte die Augen, so als sei die Frage unglaublich dämlich. »Natürlich weil wir nicht hier waren, als der Fluch ausgesprochen wurde. Mit der bösen Fee ist es anders als mit der Schneekönigin. Bei ihrer eisigen

Majestät reicht die bloße Anwesenheit, um den Atem des Winters über das Land streichen zu lassen. Doch die Fee muss aktiv einen Fluch aussprechen, der dann alle in einem bestimmten Umkreis betrifft. Wir können von Glück sagen, dass sie auf die dämliche Dornenhecke verzichtet hat. Vermutlich tat sie das, damit die *Dunklen* besser vorrücken können, sobald sie ihre Basis gesichert haben.«

»Aber kann die böse Fee nicht mit ein paar Worten unsere ganze Armee schlafen legen?«, hakte nun Rolf nach.

»Nein ...« Wallerich zögerte. »Jedenfalls nicht, wenn sie nicht in letzter Zeit erheblich an Macht gewonnen hat. Nach einem so starken Zauber fühlt man sich so, als habe man zwei oder drei Flaschen Eierlikör getrunken. Die braucht mindestens einen Tag, um sich davon zu erholen.«

»Und die Schläfer?« Till deutete auf die Frau am Boden. »Kann denen nichts passieren?«

»Habt ihr eigentlich nie Grimms Märchen gelesen? Zugegeben, diese zwei verklemmten Urgermanisten haben die deftigsten Stellen aus den Märchen wegzensiert, aber die entscheidenden Informationen sind meistens noch übrig. Erinnert euch doch an Dornröschen! Die Schläfer sind vor allem Unbill geschützt. Sie altern nicht einmal, bis sie wieder aus dem Zauberschlaf erwachen!«

Till betrachtete die Schalterbeamtin und zog die Lippen kraus. »Müssen wir hier irgendjemanden küssen, damit sie wieder aufwachen?«

Wallerich stieß einen verzweifelten Seufzer aus. »Nein. Das hier ist nicht Schneewittchen, sondern Dornröschen, und da es keine verfluchte Prinzessin gibt, wird es vermutlich reichen, die *Dunklen* wieder nach *Nebenan* zu vertreiben, um den Zauberbann zu brechen. Das war jetzt aber genug Nachhilfe in Sachen Märchen. Lasst uns lieber nachschauen, was die anderen so machen. Ich kann mir nicht vorstellen, dass der Erlkönig und Flammerich keine Späher ausgeschickt haben.«

Sie folgten dem Heinzelmann hinaus auf den verschneiten Bahnsteig und kletterten dann die steile Trasse der Zahnradbahn hinauf. Dem Zug, der schon halb eingeschneit auf offener Strecke stand, gönnten sie nur einen flüchtigen Blick. Der Lokführer schlief tief über sein Fahrpult gebeugt hinter einer gewölbten Scheibe, an der Eisrosen emporrankten.

Hinter der ersten Wegbiegung fegte Polarwind den Berg hinab und hatte den Schnee vom Schotterbett geblasen. Ein kleines Stück voraus flimmerte die Luft, so wie man es im Sommer manchmal über heißem Asphalt beobachten kann.

»Die Grenze!«, schrie Wallerich gegen den Sturmwind an.

Zunächst begriff Till nicht, was der Heinzelmann meinte. Doch dann erkannte er, was sich im Schotterbett veränderte. Vor seinen Augen lösten sich die stählernen Schienen auf. Es geschah nur langsam und doch war mit bloßem Auge zu beobachten, wie sich der Schienenstrang Millimeter um Millimeter auflöste. Gegen den Sturm blinzelnd erkannte der Student, wie der Weg weiter oben enger wurde und sich in einen ausgetretenen Eselspfad verwandelte.

Seitlich von ihnen erklang der heisere Ruf eines Horns. Augenblicke später ertönte eine Antwort von weiter unten am Berg. »Sie beginnen mit dem Angriff«, erklärte Till überflüssigerweise, denn sowohl Rolf als auch Wallerich waren beim Kriegsrat zugegen gewesen.

Der Heinzelmann deutete auf eine in den Fels gehauene Treppe, die von den in Auflösung begriffenen Schienen fort zu einem Privatgrundstück führte. »Die Nibelungenhalle liegt dort oben.«

Leise knirschend bewegte sich der Boden unter Tills Fü-ßen. Der Student und Rolf machten einen Satz in Richtung der Treppe.

»Der ganze Berg beginnt sich zu verändern!«, fluchte Wallerich. »Verdammte Magie! So ein Wunderwerk wie die Zahnradbahn zu vernichten gehört sich nicht!«

Oben an der Treppe stießen sie auf die beiden neutra-len Berichterstatter. »Das hättest du mir sagen müssen!«, schrie Tom, kaum dass Till die letzte Stufe hinter sich ge-lassen hatte. »Da hört der Spaß wirklich auf!«

»Wer sind die?«, fragte Wallerich und musterte die zweite Gestalt, einen schlanken, fast hageren Mann, der schlotternd seinen schwarzen Umhang vor der Brust zu-sammenhielt.

»Die Chronisten der Schlacht... Glaub mir, so jeman-den braucht man.«

Die schwarze Gestalt nickte Wallerich zu. »Wenn das hier vorbei ist, solltest du dich mal bei mir melden. Ich kenne ein paar Künstler, die neue Magic-Karten entwer-fen. Die wären sicher begeistert, wenn ihnen jemand wie du Modell stehen würde.«

»Ich soll was?«, eiferte sich der Heinzelmann. »Und überhaupt, warum kann der Kerl mich sehen?«

Der Schwarzgewandete lächelte. »Wer mehr als zehn Jahre ein Fantasy-Magazin am Leben erhält, der muss wohl daran glauben, dass es mehr als schnöden Mammon in dieser Welt gibt.«

»Geld ist aber auch nicht zu verachten«, fluchte sein blonder Gefährte. »Wer ist dafür verantwortlich, dass sich meine Digitalkamera in einen nicht Windows-kompatib-len Malkasten verwandelt hat?!«

Till zuckte entschuldigend mit den Schultern, als aus Richtung der Nibelungenhalle wieder das Kriegshorn er-klang. »Dort finden wir alle Antworten!«

486

23

Seit einem Schulausflug vor mehr als fünfzehn Jahren war Till nicht mehr hier gewesen. Vage erinnerte er sich an den muffigen Schimmelgeruch in der Halle und an unscharfe Bilder aus Licht und Dunkel, auf denen sich Sagengestalten tummelten. Doch das hier hatte nicht mehr viel mit Schulausflugerinnerungen zu tun. Die Halle erschien viel größer! Durch das riesige eisenbeschlagene Tor hätte wahrscheinlich ein Zeppelin gepasst. Die hohen Pilaster, die die Seitenwände stützten, waren mit Reliefs geschmückt, die Zwerge bei ihrer Arbeit an der Esse zeigten. Unheilschwanger hing Wagnermusik in der Luft, die ein Orchester aus Fabelgestalten auf der hohen Kuppel der Halle zum Besten gab.

Der gewaltige Eingang zur Nibelungenhalle wurde von einer eher kümmerlich aussehenden Holzpalisade versperrt, die man offenbar in aller Eile aus Fußbodendielen gezimmert hatte. Davor lag ein Weg, auf dem bläuliches Eis schimmerte und über den man in Knöchelhöhe etliche Stolperdrähte gespannt hatte.

Auf dem Wehrgang der Palisade zeigten sich Gestalten in schweren Rüstungen. Ihre Schulterstücke waren mit Dornen besetzt und die Helme der Krieger ähnelten grotesken Eber- und Hundeköpfen.

»Sieht aus, als hätten die *Dunklen* Excalibur gesehen«, kommentierte Almat lakonisch. »Oder wisst ihr, aus welcher Sage diese Ritter stammen sollen?«

Rolf schüttelte den Kopf und deutete zum Dach der Halle. »Die kleinen Kerle da oben mit den hässlichen Gesichtern und den roten Mützen sind Redcaps aus England, die kenne ich aus einem Fantasyroman. Üble Wichte! Angeblich färben sie ihre Mützen in Menschenblut.«

»Na, dann kann mir ja nichts passieren!« Wallerich lachte. »Ich finde, wir sollten endlich angreifen statt hier noch länger herumzustehen und uns in die Hosen zu machen. Seht ihr, jetzt landet diese verdammte Walküre schon wieder auf dem Dach, um nachzuladen!«

Till beobachtete, wie die Redcaps zur Walküre eilten, deren Pegasus unruhig mit den Flügeln schlug und Schnee aufwirbelte. Die rotbemützten englischen Kobolde reichten der etwas korpulenten Dame handballgroße Eisklumpen, welche die Walküre in zwei großen Netzen verstaute, die von ihrem Sattel herabhingen.

»Ich glaube, ich werde nie mehr unbeschwert von Eisbomben reden können«, jammerte Birgel, als die Walküre ihren kleinen Trägern ein Zeichen gab, sich zurückzuziehen.

Mit einem hastigen Handgriff überzeugte sich die vollbusige Reiterin davon, dass ihr wuchtiger Hörnerhelm auch richtig saß, dann gab sie ihrem Pegasus die Sporen und das Fabeltier erhob sich erneut in die Lüfte.

»Alles in Deckung«, schrie Nöhrgel, der sich mit den anderen Stabsoffizieren unter ihren Kartentisch flüchtete. »Die Schweine werde ich vor dem obersten Feengerichtshof verklagen!«

Vom Dach der Nibelungenhalle erklang etwas schief Wagners Walkürenritt, während die üppige Blondine auf ihrem geflügelten Schlachtross zum Sturzflug ansetzte.

Till flüchtete sich in den Eingang eines Fachwerkhauses, das der Nibelungenhalle gegenüberstand, und stolperte dabei um ein Haar über Wallerich, der dort ebenfalls in Deckung gegangen war. Krachend schlug keine drei Meter entfernt eine der Eisbomben in der Einfahrt ein.

»Das wird noch ein Nachspiel haben!«, knurrte der Heinzelmann wütend und pflückte ein paar Eissplitter aus seinem Bart.

»Wie meinst du das?«

»Sie verstößt gegen das IAA, das Internationale Avaloner Abkommen!«, fluchte Wallerich. »Darin wurde ausdrücklich verboten Fabelwesen auf widernatürliche Art in kriegerische Auseinandersetzungen zu verwickeln. So was ist bisher noch nie vorgekommen! Ich wette, dass der Erlkönig dahinter steckt. Dem Mistkerl ist nichts heilig!«

Hinter der Palisade ertönte ein dumpfer Schlag und ein stattlicher Felsbrocken segelte über die Belagerer hinweg, um krachend in das Dach des Fachwerkhauses einzuschlagen.

»Rübezahl setzt jetzt seine Keule wie einen Baseballschläger ein!«, schrie jemand aus den vorderen Reihen.

»Angriff!«, rief Nöhrgel unter dem Kartentisch hervor, während neben dem halb fertig gebauten Katapult des Clans der Raben eine Eisbombe aufschlug. »Angriff!«

Von überall stürmten Schweizer, Stuntmen und Wochenendritter aus ihrer Deckung. Ein wahrer Hagel von Armbrustbolzen schlug den Verteidigern entgegen, während die Sturmtrupps die improvisierten Pavesen anhoben, tragbare Schutzwände, die aus zwei übereinander genagelten Türen bestanden, auf deren Rückseite ein breiter Haltegriff angebracht war.

»Wer hat sich denn den Scheiß ausgedacht!«, fluchte Rolf und stemmte eine Pavese hoch, während Till neben ihm in Deckung ging.

»Ich weiß gar nicht, was du hast!«, rief Martin herüber, der keine Schwierigkeiten damit zu haben schien, seine Schutzwand hochzuheben.

Wallerich gesellte sich zu ihnen. Er trug einen Zimmermannshammer, der für ihn so schwer war, dass er ihn mit beiden Händen halten musste. Till zog einen Rabenschnabel aus seinem Gürtel. »Vorwärts, Jungs, hauen wir ihre Palisade kurz und klein.«

Langsam setzte sich die Front der durch die Pavesen geschützten Krieger in Bewegung. Auf dem vereisten Weg war jeder Schritt ein Wagnis. Links von sich konnte Till einen Ritter in Panzerschuhen beobachten, der hoffnungslos den Halt verlor. Mit beiden Armen rudernd rang er um sein Gleichgewicht, stieß dabei noch seinen Gefährten an, der die Schutzwand trug, sodass beide schließlich hinschlugen. Von der Palisade und dem Dach der Nibelungenhalle ertönte höhnisches Gelächter, und als Till seinen Kopf aus der Deckung schob, konnte er sehen, wie sich die Redcaps am Rand des Kuppeldachs aufgestellt hatten, ihre geflickten Hosen heruntergezogen und ihnen die nackten Ärsche entgegenstreckten. Eine Salve der Schweizer Armbrustschützen zwang die Kobolde jedoch sich rasch wieder hinter die steinerne Brüstung in Sicherheit zu bringen.

Dann erreichten die Angreifer die Stolperdrähte und wieder gingen etliche der Schutzwände zu Boden. Heinzelmänner, die sich den Sturmtruppen angeschlossen hatten, verließen die sichere Deckung und hieben mit Hämmern auf die Holzpflöcke ein, zwischen denen man die Drähte gespannt hatte.

Vom Dach der Nibelungenhalle wurden sie jetzt mit faustgroßen Eisbällen bombardiert. Doch die Geschosse zerplatzten wirkungslos an den dicken Holzwänden. Selbst Pfeile, die vereinzelt abgeschossen wurden, vermochten die Pavesen nicht zu durchschlagen.

Etwas Dunkles flog über sie hinweg und traf platschend auf die Palisade. Angewidert betrachtete Till den schleimigen braunen Fleck auf der Holzwand. Das Geschoss war zerspritzt und hatte auch einen der gegnerischen Ritter besudelt. Von der Katapultmannschaft hinter ihnen erklang Jubelgeschrei.

»Was um Gottes willen ist das?«

»Schokoladenpudding, auf kleiner Flamme mit Weißleim angerührt«, schnaufte Rolf. »Dann gibt es noch ein paar geheime Zutaten.«

»Das sieht ja aus wie Scheiße«, mokierte sich Wallerich. »Welches kranke Hirn hat sich das denn ausgedacht? Wollen wir unsere Feinde damit beleidigen?«

»Bei dieser Kälte gefriert es binnen weniger Augenblicke. Es verklebt die Sehschlitze der Rüstungen und setzt sich zwischen allen Metallteilen fest. Wer davon getroffen wird, ist so gut wie gelähmt. Also, ich halte das für eine klasse Idee. Aber jetzt macht euch bereit! Wir müssten jeden Augenblick vor der Palisade stehen.« Rolf setzte für einen Moment die schwere Pavese ab und wischte sich über die schweißnasse Stirn. »Seht euch das nur an!« Er deutete zu einigen voll gepanzerten Rittern vom Clan der Raben. Nebliger Dunst stieg aus allen Öffnungen ihrer Rüstungen. Deutlich konnte man das Keuchen der Ritter hören.

»Das Unterzeug unter den Brustpanzern und Beinschienen. Wahrscheinlich werden sie trotz der Kälte in Schweiß gebadet sein. Alles nur Physik!«, erklärte Wallerich im unterkühlten Tonfall des überlegenen Denkers.

Krachend schlug knapp einen Meter neben ihnen ein mächtiger Felsbrocken aufs Eis.

»Sieht so aus, als hätte sich Rübezahl neue Ziele ausgesucht!« Tills Stimme zitterte. »Los, Rolf. Wir wollen doch nicht, dass es uns auf den letzten paar Schritten erwischt.«

Auch wenn seine Stimme jetzt wieder selbstsicher klang, hatte er weiche Knie. Er blickte zu den Schrecken erregenden Rittern auf der Palisade. Till hatte schon hunderte von Schwertkämpfen bestritten, doch das war immer nur eine sportliche Übung gewesen. Die *Dunklen* kämpften um ihr Recht, in dieser Welt existieren zu dürfen. Sie würden kein Pardon gewähren!

»Was ist denn das?« Rolf geriet taumelnd aus dem Gleichgewicht. Dann stürzte er vornüber und schlug schwer auf die hölzerne Pavese.

Till sah, wie ein Speer mit einer Hakenspitze von den Verteidigern zurückgezogen wurde, um sofort gegen eine andere Schutzwand eingesetzt zu werden. Der Trick war einfach. Man verhakte die Waffe an der Kante einer Pavese. Dann zog man die Waffe ruckartig zurück, sodass der völlig überraschte Angreifer kaum eine Chance hatte, auf den Beinen zu bleiben.

Vom Rand der Nibelungenhalle flogen wieder Eisklumpen auf sie herab. Eines der Geschosse traf Till am Helm. Er taumelte zurück.

Von der Palisade aus hieben die Verteidiger mit langstieligen Äxten auf die Angreifer herab. Eine Leiter wurde an die Barrikade gelehnt, doch kaum dass der erste Ritter sie bestiegen hatte, zerrte man sie zur Seite. Zwischen den Verteidigern auf dem Wehrgang tauchte eine weiße Gestalt auf. Die Schneekönigin! Sie zeigte auf zwei Schweizer und einen Heinzelmann hinab, die gerade ihre Pavese verloren hatten. Ein großer Kessel voller Wasser wurde von der Palisade geschüttet. Die Schneekönigin deutete mit ausgestreckter Hand auf die nassen Opfer und gab einen Laut von sich, der einem schier das Mark in den Knochen gefrieren ließ. Binnen eines Lidschlags erstarrten die beiden Eidgenossen und der Heinzelmann zu Eisstatuen.

Unter den Angreifern breitete sich Panik aus. Etliche ließen die schweren Holzwände fallen und stürmten schlit-
ternd und stürzend über das Eis zurück.

»Keine Gnade!«, erklang die eisige Stimme der Schneekönigin über den Schlachtenlärm.

Ein kleiner Trupp von Heinzelmännern und Schweizern
hieb verzweifelt mit Hämmern und Hellebarden auf den
Schutzwall ein. Schon barsten die ersten dünnen Bretter,
als sich erneut ein Wasserschwall vom Wehrgang auf die
Angreifer ergoss. Auch Wallerich war diesmal getroffen
worden. Ein wenig verdutzt blickte der Heinzelmann
hoch und sah, wie die Schneekönigin die Arme erhob, um
erneut einen Eiszauber zu wirken.

Till stürmte vor und riss den Heinzelmann zurück.
Schreiend warf Rolf einen Eisklumpen nach der Schneekönigin. Doch diese wich mit tänzerischer Leichtigkeit aus.
Eine flüchtige Handbewegung, ein Wort der Macht und
vier neue Eisgestalten standen erstarrt vor der Palisade.
Dann sah sie zu Till hinüber und lächelte kühl. »So sieht
man sich wieder, Betrüger!« Sie hob die Arme – und wurde von einem der Geschosse vom Katapult getroffen. Eine
klebrige braune Masse verwandelte ihr Gesicht in einen
unförmigen Klumpen. Schokoladenpudding besudelte ihr
makellos weißes Kleid und ihre schneefarbenen Haare.
Die Wucht des Treffers riss sie von der Palisade.

Im selben Moment ertönte ein ohrenbetäubendes Krachen. Die Luft war erfüllt von umherschwirrenden Holz-
splittern. Ein mächtiger Felsbrocken rollte an ein paar ver-
blüfften Rittern des Clans der Raben vorbei und hinterließ
eine breite Bresche in der Palisade. Offensichtlich hatte
sich Rübezahl mit der Flugbahn seines letzten Geschosses
ein wenig verkalkuliert.

Till nahm seinen Schild vom Rücken und schnallte ihn
an den linken Arm. Mit einem mulmigen Gefühl zog er

sein Schwert. Schon waren etliche Ritter und Schweizergardisten durch die Bresche gestürmt. Jenseits der Palisade erklangen das Klirren von Schwertern und wilde Rufe.

Rolf hatte seine beiden Kurzschwerter gezogen. »Für Gabriela!«, schrie er voller Wut und rannte los. Till und Wallerich folgten ihm.

Hinter dem Schutzwall befanden sich viel weniger Verteidiger, als Till erwartet hatte. Die meisten waren bereits in Zweikämpfe verwickelt. Das Orchester auf dem Dach der Nibelungenhalle war verstummt. Dafür standen die Fabelwesen dicht gedrängt an der Brüstung und warfen Eisklumpen herab.

Links der Halle befand sich der Eingang zur Drachenhöhle. Dort stand auch breitbeinig Rübezahl. Die Keule zum Schlag erhoben, wartete er darauf, dass jemand es wagte, ihn zum Zweikampf zu fordern.

»Der ist für mich!«, schrie Wallerich, und noch ehe Till oder Rolf den Heinzelmann aufhalten konnten, stürmte er auf den Riesen zu.

Rübezahl hielt seine Keule jetzt wie einen Golfschläger und holte aus, um Wallerich mit einem Hieb bis hinunter zum Rhein zu befördern.

Rings um den Heinzelmann schlugen Geschosse ein, die vom Dach der Nibelungenhalle hinabgeworfen wurden. Doch Wallerich rannte unverdrossen weiter. Als er den Riesen fast erreicht hatte, schrie er: »Schnapper! Pack ihn!«

Aus den dunklen Wolken segelte im Sturzflug die mürrische Möwe heran, schlug ihre Krallen in die Perücke Rübezahls und zerrte wild mit den Flügeln schlagend an seinem Haarersatz, bis er dem Riesen vor die Augen rutschte. Dieser ließ seine Keule fallen und fuchtelte verzweifelt mit den Händen herum, um die Möwe zu packen zu bekommen.

In diesem Augenblick erreichte Wallerich den Hünen.

Der Heinzelmann hob seinen Hammer, der im Vergleich zu seinem riesigen Gegner wie ein Spielzeug aussah, und ließ ihn mit aller Kraft auf eine der Zehen des Riesen hinabsausen.

Rübezahl stieß einen schrillen Schmerzensschrei aus und riss den Fuß hoch, um sich über die Zehen zu reiben. Darauf schien Wallerich nur gewartet zu haben. Er versetzte Rübezahl nun einen Hammerschlag auf den Fußknöchel, der den Riesen endgültig zu Fall brachte. Mit verrutschtem Haarersatz stürzte er in die Nibelungenhalle, drückte dabei eine Seitenwand ein und zerstörte das Kuppeldach. Eine wahre Flut von Redcaps ergoss sich auf seinen kahlen Schädel und verschwand in den dunklen Tiefen des klaffenden Gemäuers.

Rolf applaudierte. »Nicht gerade ritterlich, aber sehr beeindruckend. Wie hast du das gemacht?«

Wallerich zwinkerte vergnügt mit den Augen. »Hühneraugen, das ist das ganze Geheimnis. Fast alle Riesen haben empfindliche Füße. Jetzt aber los, wenn der Kerl wieder auf die Beine kommt, möchte ich nicht in seiner Nähe sein.« Der Heinzelmann schulterte seinen Zimmermannshammer und verschwand in der Höhlenöffnung, die Rübezahl bewacht hatte.

Rolf löste sein Horn vom Gürtel und gab ein Signal. Die Kämpfer in ihrer Nähe eilten herbei und gemeinsam stürmten sie den engen Tunnel, der zum Tor der *Dunklen* führen musste.

Der Gang, den sie betraten, war von genau der Art, wie man ihn für gewöhnlich in mittelmäßigen Fantasyromanen antrifft. Ein Durchgang, der mit reichlich verstaubten Spinnweben gefüllt war, dessen Stützbalken bedenklich knarrten und den niemand, der seine Sinne noch beisammenhatte, freiwillig betreten hätte. In erstaunlichen Windungen führte der Tunnel in weitem Bogen um die Nibelungenhalle herum. Und obwohl er so schmal war, dass ein einziger Krieger ausgereicht hätte, um ihn gegen eine ganze Armee zu verteidigen, stießen sie auf keinerlei Widerstand.

Je tiefer sie in den Tunnel vordrangen, desto unwohler fühlte sich Till. Hier ging es nicht mit rechten Dingen zu. Zugegebenermaßen, die Definition von »rechten Dingen« musste in Anwesenheit von Walküren, Riesen und zaubernden Schneeköniginnen vielleicht noch einmal neu durchdacht werden, aber dass man keine Anstalten machte, sie hier im Tunnel aufzuhalten, konnte eigentlich nur heißen, dass man sie hier haben wollte.

»Wallerich?« Tills Stimme wurde in Echos von den Wänden des Gangs zurückgeworfen. Irgendwo lösten sich Steine und fielen polternd von der Decke.

»Leise!«, zischte der Heinzelmann. »Wer immer hierfür verantwortlich ist, hat sich einen Dreck um TÜV und Bergbauverordnungen geschert. Ein Skandal ist das!«

»Könnte es sein, dass wir gerade in eine Falle tappen?«

Wallerich blieb stehen. »Wie kommst du darauf?«

»Es geht zu leicht!«

»Du meinst also, mein Kampf mit dem Riesen sei eine Kleinigkeit gewesen?«

»Nein, so meine ich das nicht ...«, wandte Till ein. »Es ist ...«

»Das war alles andere als leicht! Du warst Zeuge, wie überlegener Intellekt über von einem walnussgroßen Hirn gesteuerte Muskelmassen triumphierte!«

Till betrachtete den Heinzelmann und überlegte flüchtig, dass wenn der Schädel Wallerichs von innen nicht größer war als von außen, sein Hirn eigentlich auch kaum mehr als Walnussgröße haben konnte. Der Student hütete sich jedoch diesen Gedanken auszusprechen. »Du meinst also, es ist alles in Ordnung?«

»Es ist der Lauf der Dinge, dass die *Dunklen* verlieren, wenn sie gegen uns Krieg führen. Sie haben es schließlich auch nie geschafft, in einer Samhaimnacht eines unserer Tore zu erobern, und das, obwohl sie größtenteils von Heinzelfrauen verteidigt wurden!« Wallerich hob den Arm und blieb abrupt stehen. Er hatte den Ausgang des Tunnels erreicht.

Vor ihnen lag ein kleines, künstlich geschaffenes Tal, mit einem flachen See und moosbewachsenen Steilklippen. Ein mächtiger, aus Beton gegossener Drache kauerte gegenüber dem Höhlenausgang. Hinter ihm gab es eine Öffnung im Felsen. Dort befand sich das Tor der *Dunklen*. Fünf Ritter waren zu seiner Bewachung abkommandiert. Es schien, als hätten die Wächter sie noch nicht bemerkt. Till kauerte sich nieder.

»Ich gehe noch weitere Verstärkung holen«, flüsterte Wallerich. »Wir haben so gut wie gewonnen!«

Rolf und Till tauschten einen kurzen Blick. Sie teilten den Optimismus ihres Verbündeten nicht. Das alles war zu leicht gegangen. Misstrauisch musterte Till die Felsen. Abgesehen von einer schmalen, aus dem gewachsenen Stein gehauenen Treppe gab es keinen Weg nach oben. Die Hänge waren so steil, dass nicht einmal Schnee daran haften blieb. Der kleine Talkessel maß weniger als zwanzig Meter im Durchmesser. In Tills Erinnerung war er kleiner gewesen. Die Präsenz der *Dunklen* schien sich also nicht nur auf die technischen Errungenschaften des 21. Jahrhunderts auszuwirken. Auch das Land begann sich zu verändern.

Unruhig musterte er den Rand der Klippen. Dort standen vereinzelt Bäume und Büsche. Kein Feind war zu sehen. Vielleicht hatte Wallerich ja doch Recht und es war das Schicksal der *Dunklen*, immer wieder besiegt zu werden.

Im Tunnel erklangen Schritte. Wallerich kehrte zurück.

»Der Widerstand ist so gut wie zerschlagen. Es gibt nur noch vereinzelte Kämpfe. Wir haben eine Hand voll Ritter von den Raben und ein Dutzend Schweizer, um das Tor zu besetzen. Ich finde, wir sollten nicht länger zögern.« Der Heinzelmann hob seinen Zimmermannshammer. Hinter ihm im Tunnel ertönten das Klirren von Metall und gedämpftes Stimmengemurmel.

»Attacke!« Die Stimme des Heinzelmanns wurde von den kahlen Felsen zurückgeworfen.

Erschrocken zogen die Wächter am Tor ihre Waffen, doch gegen die erdrückende Übermacht, die aus dem Tunnel hervorstürmte, hatten sie keine Chance. Nach wenigen Augenblicken war der Kampf beendet.

*

Die Lage war so gut wie aussichtslos. Cagliostro hatte sich mit den wenigen ihm noch verbliebenen Streitern bis auf die hintere Empore der Nibelungenhalle zurückgezogen. Rübezahl hatte irgendwo mehrere Fass Bier aufgetrieben und sich nach der Niederlage gegen den Heinzelmann sinnlos besoffen. Die Walküre behauptete, sie habe einen dringenden Termin in Asgard und war spurlos verschwunden. Die wenigen Ritter waren schon beim Kampf um die Palisade in Gefangenschaft geraten und der Erlkönig ließ sich einfach nicht blicken.

Cagliostro fragte sich, ob sich so wohl General Cornwallis gefühlt hatte, als er bei Yorktown endgültig von dieser Armee rebellierender Siedler besiegt worden war. Er warf einen flüchtigen Blick zu Mariana. Sie hatte sich in den hintersten Winkel der Halle zurückgezogen und versuchte verzweifelt ein Tor nach *Nebenan* zu öffnen. Neben ihr hüpfte ein Redcap auf einem Bein und hielt dabei fluchend einen Stiefel hoch, der fast so groß wie er selbst war.

Die übrigen rotbemützten Kobolde hatten sich um die Stufen der Empore versammelt und beratschlagten laut in einem Kauderwelsch, das wohl nicht einmal ein walisischer Bauer verstanden hätte. Mit ihren roten Mützen ähnelten sie bedenklich jenen Jakobinern, die den französischen Adel auf die Guillotine geführt hatten.

Cagliostro zog seinen Degen und blickte zur Bresche, in der sich die Schweizer und die anderen Raufbolde zum letzten Sturmangriff formierten. Die Hand des Grafen zitterte. Er würde handeln, wie es sich für einen Mann von Stand geziemte!

»Ich rufe die lodernde Macht, die Hitze und Glut entfacht ...«, ertönte die Stimme Marianas im Hintergrund. Was für ein tapferes Mädchen, dachte Cagliostro. Lächelnd erinnerte er sich an ihre gemeinsamen Nächte. Hätten sie nur mehr Zeit zusammen gehabt!

Der Graf wandte sich zu den Redcaps an der Treppe. »Vorwärts, Jungs, zeigt den Menschen, was in euch steckt! Wir sind von edlerem Geblüte als die Feiglinge, die vor dem Kampf geflohen sind. Die Garde stirbt, aber sie ergibt sich nicht!«

»Du spinnst wohl, Alter!«, keifte einer der gelbäugigen Kobolde und hob drohend sein rostiges Messer. »Wir bringen denen da drüben die Köpfe von dir und deinem Flittchen. Dann werden sie netter zu uns sein!«

»Giuseppe Balsamo!«, rief der Hauptmann der Schweizer durch die verwüstete Halle. »Im Namen des Vatikans erkläre ich dich und deine ketzerische Gefolgschaft für verhaftet. Legt die Waffen nieder!«

»Holt seinen Kopf!«, schrie der Anführer der Redcaps und die Kobolde stürmten die Treppe empor.

»Fliegt!«, fauchte der Graf, malte mit der Degenspitze

499

ein verschlungenes Zeichen in die Luft und die verräterischen Redcaps wurden wie von Geisterhand emporgehoben und schwebten den Angreifern entgegen.

Der Kobold, der Mariana assistierte, hatte sich den Stiefel über den Kopf gezogen und schien ohnmächtig geworden zu sein. Noch immer versuchte die Druidin verbissen ein Tor zu öffnen, doch außer einem blassgrünen Flackern an der Wand hinter ihr tat sich nichts.

Mit energischer Geste ließ der Graf ein Bild, das Siegfrieds Tod zeigte, von der Wand gleiten und zu sich hinübersegeln. Er hatte alles getan. Jetzt blieb nur noch zu flüchten, und da kein fliegender Teppich zur Hand war, würden sie es mit einem fliegenden Ölgemälde versuchen.

»Komm, Mariana. Retten wir uns!«

Eine Degenspitze wurde auf die Brust des Grafen gesetzt. Der Hauptmann der Schweizer, ein Mann mit dem ausgemergelten Gesicht eines Asketen, hatte Cagliostro erreicht. »Keine weiteren Zaubereien mehr!«

Der Graf zerbrach seinen Degen über dem Knie. »Schneidet mir nur das Herz heraus, aber verschont das Mädchen. Sie gehört in eure Welt und hat nichts mit all dem hier zu schaffen. Sie ist lediglich das Opfer von Täuschung und übler Magie.«

»Das wird die Inqui… das Istituto per le Opere Esteriori untersuchen.« Der Hauptmann lächelte kühl. »Wenn unsere Verbündeten nichts dagegen haben, wird man Euch Eure alte Zelle in der Engelsburg wieder herrichten lassen, Graf.«

Zwei Schweizer packten Cagliostro und führten ihn ab.

*

Einmal abgesehen davon, dass der Erlkönig entkommen war, war Nöhrgel überaus zufrieden. Die Schlacht um die

Nibelungenhalle war ein glänzender Sieg geworden. Gemeinsam mit den anderen Befehlshabern der gemischten Streitmacht besichtigte er das Tor der *Dunklen*. Es war fachmännisch aufgebaut worden und in tadellosem Zustand. Eben echte Heinzelmännchenarbeit! Laller und die anderen Entführten hatte man gefesselt in einer Felsspalte nahe dem Tor gefunden.

Gerade wurden die ersten gefangenen *Dunklen* durch den Tunnel in den engen Talkessel geführt. Allen voran ging die Schneekönigin. Ihr prächtiges Kleid war mit hässlichen braunen Flecken übersät. Ihr folgte dieser verdammte Perückenträger und dessen rothaarige Gefährtin. Nöhrgel war sich unschlüssig, was man mit dem Mädchen machen sollte. Schließlich konnte man sie nicht mit den übrigen *Dunklen* nach *Nebenan* abschieben. Sie war ein Mensch und gehörte in diese Welt. Auf der anderen Seite war sie eine willige Verbündete der *Dunklen* gewesen und nach allem, was er gehört hatte, war sie mit dafür verantwortlich, dass die Aufrührer es geschafft hatten, dieses Tor zu öffnen.

Unschlüssig drehte der alte Heinzelmann ein Schnauzbartende zwischen Daumen und Zeigefinger. Nein, mit dieser Mariana musste etwas geschehen! Vielleicht sollte er Mozzabella um Hilfe bitten. Sie beherrschte einen Zauber, mit dessen Hilfe sie dem Mädchen die Erinnerung an die Ereignisse der letzten zwei Wochen nehmen konnte. Ob man den Zauber wohl auch auf die anderen menschlichen Teilnehmer dieser Schlacht legen konnte? Es war nicht gut, wenn die Langen zu viel über die Angelegenheiten des kleinen Volkes wussten! Was Mozzabella wohl als Gegenleistung verlangen würde? Das öffentliche Zugeständnis, dass man mit Technik allein doch nicht in allen Lebenslagen zurechtkam? Oder noch schlimmer, ein paar Jahre lang regelmäßige sonntägliche Besuche zum Kaffeetrinken, bei denen er selbst gebackenen Kuchen mitbringen musste?

Ein dumpfes Geräusch schreckte Nöhrgel aus seinen trüben Gedanken auf. Polternd stürzte ein Felsbrocken die Klippen hinunter. Eine windschiefe Kiefer begann sich bedenklich zu neigen. Der Erdrutsch hatte ihr Wurzelwerk freigelegt. Befehle wurden gerufen. Schweizergardisten und Heinzelmännchentechniker liefen durcheinander. Nöhrgel zog sich ein Stück in Richtung des Tors zurück. Nur Augenblicke später stürzte der Baum mit lautem Getöse in den engen Talkessel und der Zugang zum Tunnel verschwand hinter Geröll und einem Dickicht geborstener Äste.

»Ergebt euch!«, ertönte eine befehlsgewohnte Stimme. Am Rand der Klippen erschien eine hoch gewachsene Gestalt in weißem Umhang. Der Erlkönig!

»Schießt ihn ab!«, rief Nöhrgel erbost und winkte einigen der Schweizer Armbrustschützen. Doch noch bevor die Krieger des Vatikans ihre Waffen spannen konnten, erhoben sich rings um den Talkessel Alben, die mit Langbögen bewaffnet waren. Sie hatten sich unter Schneeverwehungen und Büschen verborgen und selbst jetzt waren sie mit ihren weißen Umhängen und den Kleidern aus hellem Leder vor dem schneeweißen Hintergrund kaum mehr als vage Schemen.

»Du wirst doch wohl nicht verantworten wollen, dass wir ein Massaker unter den Menschen anrichten, Ältester?«

»Wir könnten damit drohen, die Gefangenen zu töten«, flüsterte der Hauptmann der Schweizergarde.

Nöhrgel schüttelte den Kopf. »Das würde den Kerl nicht im Mindesten beeindrucken. Ich fürchte, wir haben keine Wahl.« Der Heinzelmann zog das Kurzschwert, das er am Gürtel trug, und ließ es vor sich in den Schnee fallen. »Wir strecken die Waffen! Wir werden unsere Gefangenen zurücklassen. Dafür verlangen wir freien Abzug!«

Der Erlkönig zog die Knochenflöte unter seinem Umhang hervor. »Ich glaube nicht, dass du in der Position bist, irgendwelche Bedingungen zu stellen, Ältester. Wenn ich es wollte, würdest du mit Freuden jeden meiner Befehle erfüllen.«

Inzwischen waren auch die meisten Menschen im Talkessel Nöhrgels Beispiel gefolgt und hatten ihre Waffen niedergelegt.

Triumphierend stieg der Erlkönig die schmale Felstreppe hinab. Seine befreiten Gefolgsleute ließen ihn mit Hurrarufen hochleben und selbst die sonst so kühle Schneekönigin stimmte in das Jubelgeschrei ein.

*

Niedergeschlagen starrte Till auf seine Fußspitzen. Er hatte es geahnt, aber auf ihn hatte ja niemand hören wollen. Was die *Dunklen* jetzt wohl mit ihnen machen würden? Immerhin gab es einen kleinen Hoffnungsschimmer. Auf der anderen Seite des Tunnels musste es noch mehr als fünfzig von ihren Verbündeten geben. Wenn sie einen Weg ins Tal fanden ... Till blickte zu den Bogenschützen auf den Klippen empor. Nein, auch Verstärkung würde nicht helfen. Sie würden die Waffen niederlegen, um ihre Kameraden, die hier unten in der Falle saßen, nicht in Gefahr zu bringen. Diese Schlacht war verloren!

»Was hast du denn da Schönes?« Der Albenfürst, der die Front der Gefangenen abschritt, blieb unmittelbar vor dem Studenten stehen. »So etwas gehört nicht in deine Hände!« Er wollte nach dem Stein greifen, den Till an einem Lederriemen um den Hals trug. Das Geschenk Neriellas. Sein kostbarstes Kleinod!

Till zuckte zurück. »Ihr habt kein Anrecht auf diesen Stein!«

»Kein Anrecht?« Der Erlkönig brach in schallendes Gelächter aus. »Vae victis! Sagt dir das etwas, Mensch? Wehe den Besiegten! Ein treffender Ausspruch, den deinesgleichen einst geprägt hat. Ich kann mir nehmen, was ich will, denn ich habe die Macht dazu!«

Till ballte die Fäuste. »Nein!«, sagte er entschieden. »Ihr habt meinen Stolz gebrochen. Ich habe Euch mein Schwert zu Füßen gelegt ... Doch diesen Stein, den werde ich mit meinem Leben verteidigen.«

»Große Worte«, höhnte der Albenfürst. »Heb dein Schwert auf!«

Der Student bückte sich nach der Waffe. Doch kaum dass seine Hand den Griff berührte, traf ihn ein Tritt des Erlkönigs. Er stürzte rücklings in den Schnee. Verzweifelt versuchte er die Waffe hochzureißen, um sich zu verteidigen, doch ein energischer Schwerthieb fegte seine Klinge zur Seite.

»Nicht sehr beeindruckend«, spottete der Erlkönig und trat ein Stück zurück, sodass Till Gelegenheit hatte, wieder aufzustehen. Inzwischen hatte sein Gegner noch einen Parierdolch gezogen.

»Weißt du, was der entscheidende Unterschied zwischen dir und mir ist, Mensch? Für mich war der Umgang mit Waffen nie ein Spiel!« Der Albenfürst machte einen Ausfallschritt.

Till wich zurück und zielte mit einem beidhändig geführten Hieb auf die Schulter des *Dunklen*.

Doch der Erlkönig parierte den Schlag mit seinem Schwert und blockierte Tills Klinge. Gleichzeitig riss er den Dolch hoch. Leise klirrend schrammte die stählerne Klinge über Tills Kettenhemd. Der Lederriemen war durchtrennt und der Stein vom Herzen des Baumes fiel zu Boden.

Till musste gegen den Impuls ankämpfen, sich einfach nach Neriellas Kleinod zu bücken. Er durfte den Stein nicht verlieren! Mit einem Ruck löste er sein verkantetes Schwert, stieß einen wilden Schrei aus und hieb wie ein Berserker auf den Albenfürsten ein.

Überrascht über die Wildheit des Angriffs wich der Erlkönig zurück. Schon erklangen Rufe, die Till anfeuerten, als der *Dunkle* sich plötzlich unter dem Schwert des Studenten hinwegduckte, seinen Dolch in einer spielerischen Bewegung hochriss und ihn mit dem Knauf gegen Tills Stirn hieb.

Auf den Treffer folgte eine Explosion der Finsternis. Till konnte nichts mehr sehen. Er spürte, wie er in den aufgewühlten Schnee fiel, hörte, wie Rolf den Albenfürsten verfluchte. Er wollte noch etwas sagen, doch es war, als sei seine Zunge an seinen Kiefer genietet. Dann verlor er das Bewusstsein.

✳

Pater Wschodnilas kniete im tiefen Schnee nieder und blickte verzweifelt zum weiten Himmel empor. Waren all seine Gebete und seine Anstrengungen vergebens gewesen? Gemeinsam mit seinen Gefährten hatte er einen weiten Umweg die Bergflanke hinauf gemacht und nun das. Die Schlacht war entschieden. Er glaubte nicht, dass sie zu sechst noch etwas am Sieg der *Dunklen* ändern konnten.

War es seine Schuld gewesen? War es Vermessenheit, die ihn zu dem weiten Umweg verleitet hatte, um im entscheidenden Augenblick eine besondere Rolle in der Schlacht zu spielen? Waren es gar Einflüsterungen des Teufels? Es hieß, wer zu lange die Dunkelheit bekämpfte, der würde eines Tages den Versuchungen erliegen. War heute dieser Tag für ihn gekommen?

Als sie auf dem Schlachtfeld eintrafen, hatten die Bogenschützen der Alben den Talkessel umstellt. Wschodnilas hatte sie eine Weile beobachtet. Es waren zu viele. Hätte er nur ein paar Mitstreiter mehr gehabt! Aber zu sechst anzugreifen, das war aussichtslos. Sie würden sicher einige Bogenschützen erledigen ... Aber die übrigen würden sie über den Talkessel hinweg einfach niederschießen.

»Herr, gib mir ein Zeichen!«, flehte der Inquisitor verzweifelt den von Sturmwolken verhangenen Himmel an.

In der Ferne ertönte Hundegebell.

Wschodnilas stutzte. War das eine Antwort? Mit einem Seufzer stand er auf. Die Kälte machte ihm zu schaffen. Seine Knie waren ganz taub.

Jetzt war nichts mehr zu hören. Hatte der Herr ihm wirklich ein Zeichen senden wollen oder hatte nur ein einsamer Hund in seinem Zwinger gebellt? Schon wieder diese Zweifel! Wütend ballte der Priester seine Fäuste zusammen. Das war ein Zeichen!

Er deutete in die Richtung, aus der das Bellen erklungen war. »Folgt mir, wir holen Verstärkung!« Vor seinem geistigen Auge sah er, wie eine riesige Hundemeute den *Dunklen* in den Rücken fiel und die völlig überraschten Alben in Panik ihre Waffen fallen ließen. So, wie der Herr einst Rattenheere als Plage ins alte Ägypten geschickt hatte, so würde er nun Hunde schicken, um die *Dunklen* wieder zu vertreiben.

Warum, zum Teufel, Hunde?, meldete sich eine zweifelnde Stimme im hintersten Winkel seines Hirns. Warum nicht Engel?

»Die Wege des Herren sind unergründlich!«, murmelte Wschodnilas. Wenn Gott uns Hunde schickt, dann wird er schon wissen, warum.

*

Je kälter es wurde, desto stärker wurde auch der verheißungsvolle Duft der Freiheit. Salvatorius kauerte neben einer Eiche im Schnee und kratzte sich gerade hingebungsvoll mit dem rechten Hinterlauf hinter seinem Ohr. Einer seiner vierbeinigen Gäste schien Untermieter eingeschleppt zu haben, dachte der Zahnarzt flüchtig, als zwischen den Bäumen plötzlich seltsame Gestalten auftauchten. Zwei Priester in irgendwie merkwürdigen Gewändern, die von zwei Kriegerinnen und zwei Kriegern begleitet wurden, die so aussahen, als seien sie geradewegs einem Robin-Hood-Film entsprungen. Merkwürdigerweise trug jeder von ihnen drei große lederne Wasserschläuche.

Salvatorius hörte auf, sich zu kratzen, und begann leise zu knurren. Die größeren Hunde scharten sich um ihn, während Bella die Dackel und Pudel in ein nahe gelegenes Gebüsch führte.

Der Jüngere der beiden Priester bekreuzigte sich beim Anblick des Werwolfs. Salvatorius hatte den Eindruck, ihn kurz etwas über *verfluchte Baldriantropfen* flüstern zu hören, doch ganz sicher war er sich nicht. Der ältere Priester hingegen ging in die Hocke und zwinkerte freundlich. »Na, meine Schönen? Euch schickt der Herrgott.«

Verärgert registrierte Salvatorius, wie ein verspielter junger Husky ein paar Schritt in Richtung des Alten machte, so als wolle er sich den Nacken kraulen lassen.

»Was wollt ihr?«, knurrte der ehemalige Zahnarzt.

Eine der beiden Kriegerinnen, sie sah fast aus wie Lara Croft, zog den Verschluss von einem ihrer Wasserschläuche und richtete das Mundstück auf Salvatorius, so als handle es sich dabei um eine Waffe. Besser gesagt, sie versuchte es auf ihn zu richten, denn aus irgendeinem unerfindlichen Grund zielte sie um einen halben Meter daneben. Verrückte, dachte der Werwolf.

»Gibt es hier wieder einen von diesen verdammten Predators?«, fragte der hünenhafte Krieger im Gefolge der Priester und sah sich nervös um.

»Verdammt, Mike, ich habe dir doch erklärt, wie das ist!«, fluchte die Frau an seiner Seite.

Salvatorius verstand nicht, wovon die beiden sprachen, doch vorsichtshalber knurrte er noch ein wenig bedrohlicher.

»Ihr gehört nicht zu den *Dunklen*, nicht wahr?«, fragte der alte Priester.

»*Dunkle?*«

»Das sind doch die Hunde, die aus dem städtischen Tierheim befreit worden sind.« Der Alte lächelte knapp und deutete auf die Meute, die Salvatorius folgte. »Ich kann euch einen Ort zeigen, an dem es keine Hundefänger gibt. Ich müsste euch allerdings vorher um einen kleinen Gefallen bitten. Ein paar Verbündete sind in Bedrängnis geraten ...«

Der Priester erzählte eine Geschichte, die so verrückt war wie das, was in den letzten Tagen mit ihm, Doktor Salvatorius, dem berühmtesten Zahnarzt der Stadt, geschehen war. Überzeugend war aber vor allem die Ausstrahlung des Alten. Er schien ein harter Kerl zu sein und zugleich auch sehr einsam. Einer von jenen, die einem Hund mehr Zuneigung schenkten als den meisten Menschen.

Nach einer Weile verspürte sogar Salvatorius den Drang, zu dem Alten hinüberzugehen, um sich die Schnauze an seinem Hosenbein zu schubbern und sich den Nacken kraulen zu lassen. Bevor es zu so plumpen Vertraulichkeiten kommen konnte, stimmte er dem Vorschlag des Priesters zu.

Begeistert forderte der Gottesmann nun seine Gefolgsleute auf, alle einen tiefen Schluck aus ihren Lederschläuchen zu nehmen, und murmelte dabei etwas von *päpstlich gesegnetem Zielwasser.*

Verrückt, dachte Salvatorius erneut.

*

Die *Dunklen* hatten Menschen und Heinzelmänner voneinander getrennt. Sie bildeten einen großen und einen kleinen Block an den gegenüberliegenden Seiten des engen Talkessels. Zwei Rechtecke aus missmutig stampfenden Füßen, Augenpaaren, die auf den aufgewühlten Schnee geheftet waren, so als läge dort das Geheimnis ihrer Niederlage, und Hände, die rot gefroren aneinander gerieben wurden, ohne dass es half.

Wallerich blickte zu dem großen Haufen von Waffen, der zu Füßen des Betondrachen lag. Einer nach dem anderen waren sie dort vorbeimarschiert und hatten Spieße, Schwerter, Hämmer und Hellebarden zu einem riesigen Halmaspiel aus Rundhölzern und Stahl aufgeschichtet. Der Heinzelmann versuchte seinen Zimmermannshammer ausfindig zu machen, mit dem er den Sieg über Rübezahl errungen hatte. Was für ein glorreicher Augenblick!

Ein plötzlicher Schrei ließ hundert Blicke zum Rand der Klippen auffahren. Klappernd fiel ein Bogen die Felsen hinab. Einer der Alben wehrte sich verzweifelt gegen einen riesigen Hund, stieß erneut einen gellenden Schrei aus und verging plötzlich zu einem blassrosa Wölkchen aus Wasserdampf, das vom eisigen Wind, der von der Burgruine herabfegte, zerpflückt wurde.

Dann brach die Hölle los. Wohl zwanzig oder noch mehr große Hunde tauchten am Rand der Klippen auf und fielen über die völlig überraschten Alben her. Und mitten unter den Hunden war der Inquisitor. Er trug eine schwarze Robe, sang lauthals einen christlichen Psalm und hielt einen Wasserschlauch in der Hand, mit dessen Öffnung er auf einen der Bogenschützen zielte. Eine dünne Fontäne, die nach ganz gewöhnlichem Wasser aussah, spritzte hervor und traf den Albenkrieger. Die Wirkung war erstaunlich. Erst blickte der Albe überrascht, dann tastete er mit der Hand über sein weißes Wams und brach in spöttisches Gelächter aus. Im nächsten Moment löste auch er sich in ein rosa Wölkchen auf.

Jetzt erschienen auch die übrigen Kampfgefährten des Inquisitors. Sie richteten ihre Wasserschläuche gegen die Alben, die sich in dem engen Talkessel befanden.

»Holt euch die Waffen zurück!«, rief Wallerich, trat seinem Bewacher vors Schienbein und rannte in Richtung des Stapels beim Betondrachen.

Der Erlkönig verwandelte sein Schwert in einen Regenschirm und winkte der Schneekönigin. »Halt sie auf! Lass das Wasser gefrieren!«

Die blasse Monarchin begann mit den Händen zu wedeln und rief Worte der Macht.

So schnell kühlte die Luft aus, dass sich in Wallerichs Bart knisternd Raureif bildete. Jeder Atemzug stach wie mit Messern in die Lungen.

»Erzittert, Ausgeburten der Hölle!«, schrie der Inquisitor in heiliger Ekstase von den Klippen herab.

Ein Trupp Bogenschützen zielte auf ihn. Doch alle Pfeile gingen fehl. Stattdessen wurde ein Husky getroffen, der an der Seite des Kirchenmanns stand.

Inzwischen hatten Wallerich und zwei Ritter vom Clan der Raben den Waffenhaufen erreicht. Der Heinzelmann packte nach einer Hellebarde, um sie zur Seite zu ziehen und nach seinem Hammer zu suchen. Das eisige Metall klebte an seinen Fingern fest. Kalter Schmerz fraß sich in seine Hand. »Vorsicht«, rief er und versuchte das Blatt der Hellebarde von seinen Fingern zu lösen. Doch die beiden

Ritter grinsten nur und zeigten ihm ihre eisenbeschlagenen Lederhandschuhe. »Wir sind auf alles vorbereitet!« Sie zogen zwei Langschwerter aus dem Waffenstapel und stürmten dann auf den kleinen Trupp von Alben zu, der sich um den Erlkönig gesammelt hatte.

Wütend versuchte Wallerich die schwere Hellebarde anzuheben, um zur Not wenigstens die hölzerne Stange der Waffe zu seiner Verteidigung einsetzen zu können, doch es war aussichtslos. Diese Waffe hatte einfach nicht die richtigen Abmessungen für einen Heinzelmann.

Immer mehr Menschen nahmen den Kampf wieder auf und eilten zu dem Waffenstapel. Birgel, der versuchte den stampfenden Füßen der *Langen* zu entgehen, stolperte an Wallerich vorbei und blieb verdutzt stehen, um seinen Freund anzustarren. Der korpulente Heinzelmann kratzte sich unter seiner leicht schief sitzenden Mütze und nickte dann begeistert. »Du hast völlig Recht, Wallerich. Wir sollten es wie die sieben Schwaben machen!« Er packte nach dem Ende der hölzernen Stange. »Die Alben werden Fersengeld geben, wenn sie sieben zu allem entschlossene Heinzelmänner mit einer Hellebarde auf sich zukommen sehen!«

»Nein!«, rief Wallerich, der noch immer hilflos an der Spitze der Waffe festklebte, doch Birgel begann schon begeistert andere Heinzelmänner herbeizuwinken.

»Stirb, Kirchenmann!«, keifte indessen die Schneekönigin in einem ganz und gar nicht majestätischen Tonfall. Sie streckte beide Hände in Richtung des Inquisitors, der sich schon halb die schmale Felstreppe zum Tal hinabgekämpft hatte.

Pater Wschodnilas blieb breitbeinig stehen und riss den Wasserschlauch hoch, den er lässig in Hüfthöhe getragen hatte. Der Wind zerrte an seiner schwarzen Kutte. Er trug einen breitkrempigen Hut, der sein Gesicht beschattete.

Die Luft zwischen dem Inquisitor und der Schneekönigin veränderte sich. Ausgehend von den Fingerspitzen der Monarchin bekam sie eine geleeartige Konsistenz. Dieser Strahl eisigster Kälte streifte die Schnauze des Betondrachens, die sich sofort mit Raureif überzog. Dann gab es ein knackendes Geräusch. Der Zement zerbarst unter der entsetzlichen Kälte und kleine Splitter der Drachenschnauze fielen Wallerich und den anderen Heinzelmännern vor die Füße.

Ein großer Kerl und eine in einen sehr eleganten Waffenrock gekleidete Frau versuchten den Inquisitor die Treppe hinauf in Sicherheit zu zerren, doch mit einer unwirschen Geste trieb er sie wieder zurück. Dann richtete Pater Wschodnilas seinen Lederschlauch auf die Schneekönigin und drückte das Leder zusammen. Ein dünner Wasserstrahl schoss hervor, kreuzte die gefrorene Luft und spritzte der Schneekönigin direkt ins Gesicht.

Die eisige Monarchin riss den Mund auf und wollte wohl noch etwas sagen, doch bevor ihr auch nur ein Wort über die Lippen kommen konnte, verwandelte sie sich in ein Wölkchen, das die Farbe von Schnee bei einem feurigen Sonnenuntergang hatte.

»Zurück!«, rief der Erlkönig und winkte den wenigen Gefolgsleuten, die ihm noch geblieben waren. Ein Rudel Hunde versuchte ihnen den Weg abzuschneiden.

Inzwischen hatte Birgel noch fünf weitere Heinzelmänner aufgetrieben, die seine Idee mit der Sieben-Heinzelmänner-Hellebarde hervorragend fanden. Gemeinsam hoben sie die schwere Waffe auf und stürmten in Richtung des Tors.

Wallerich fluchte und schimpfte, doch Birgel erklärte den anderen, das sei der Schlachtenrausch, und so fingen sie ebenfalls an zu fluchen, was das Zeug hielt.

Wäre Wallerich nicht rückwärts und mit festgefrorener

Hand dem Tor entgegengetaumelt, hätte er vielleicht die Vernichtung eines jahrhundertealten Artefakts verhindern können. Ein weißer Pudel lief im Chaos der fast gewonnenen Schlacht an ihm vorbei. Zu spät bemerkte er den gelblichen Knochen in dessen Schnauze. Ein Knochen, in den in regelmäßigen Abständen kleine Löcher gebohrt waren.

Der Heinzelmann rief der Hundedame hinterher, doch sie ignorierte ihn und verschwand durch den engen Tunnel, der zur Nibelungenhalle führte.

*

Als Till erwachte, war es bereits dunkel. In der Ruine der Nibelungenhalle hatte man ein provisorisches Lazarett eingerichtet. Die Halle erschien dem Studenten jetzt wesentlich kleiner als vorhin während der Schlacht.

Till wollte aufstehen, doch kaum dass er sich aufgesetzt hatte, wurde ihm schon schwindelig. Vorsichtig tastete er nach seiner Stirn. Ein schmerzhafter Stich ließ seine Hand zurückzucken. Er hatte eine pflaumengroße Beule, dort, wo ihn der Dolch des Erlkönigs getroffen hatte.

»Na, endlich wieder unter den Lebenden angekommen?« Rolf erschien aus dem Dunkel des Eingangs und kniete sich neben Tills Lager nieder. »Du hast ganz schön was abgekriegt. Kannst von Glück sagen, dass die Wunde nicht aufgeplatzt ist.«

Till hasste diese Art bemutternder Sprüche. Er biss die Zähne zusammen und setzte sich erneut auf, wild entschlossen so zu tun, als ginge es ihm wesentlich besser, als es in Wirklichkeit der Fall war. »Wie haben wir gewonnen?«

Rolf deutete in Richtung einer flachen Empore, wo der alte Priester einen verletzten Hund versorgte. »Den Sieg haben wir wohl ihm zu verdanken. Er ist plötzlich mit einer Meute Hunde und mit jeder Menge gesegnetem Wodka aufgetaucht.«

»Gesegneter Wodka?« Allein beim Gedanken an Alkohol wurde Till schon übel.

Rolf schmunzelte. »Eigentlich ist die Sache etwas komplizierter. Ursprünglich hatte er sich und seine Leute mit Hochdruckwasserpistolen ausgerüstet, die mit vom Papst persönlich gesegnetem Frostschutzmittel und Weihwasser geladen waren. Durch den seltsamen Einfluss der *Dunklen* hat sich das Ganze dann in hochprozentigen Wodka in ledernen Wasserschläuchen verwandelt. Ein wahres Teufelszeug, sage ich dir! Es hat die *Dunklen* in rosa Wölkchen verwandelt und die Reste des Wodkas haben wir bei unserer Siegesfeier vernichtet.«

»Der Erlkönig ist also tot und das Elfenbein befindet sich wieder in Obhut der Heinzelmänner.« Till seufzte erleichtert.

»Ganz so ist es nicht«, druckste der blonde Krieger verlegen. »Aber auf jeden Fall ist der Spuk vorbei. Das Tor ist zurückerobert und die Heinzelmänner sind schon dabei, es wieder abzubauen. Die Knochenflöte ist leider Hundefutter geworden. Jedenfalls behauptet das Wallerich. Nur der Erlkönig ... Der hat es geschafft, durch das Tor zu entkommen.« Rolf zuckte mit den Schultern. »Aber was bedeutet das schon! Schließlich gibt es für ihn keinen Weg zurück in unsere Welt. Der Sieg ist vollkommen. Und das Beste ist, abgesehen von ein paar Verstauchungen, drei angebrochenen Rippen und einer Frostbeule gibt es auf unserer Seite keine nennenswerten Verluste. Es ist wie ein Wunder!« Der Krieger sah zum Inquisitor hinüber. »Na ja, einen der Hunde hat es erwischt. Ein Pfeil. Aber das ist auch nur eine leichte Fleischwunde.« Rolf beugte sich jetzt weiter vor und senkte seine Stimme zu einem Flüstern: »Dieser Inquisitor ist ein sehr seltsamer Mensch. Ich glaube fast, er ist für den Einbruch ins Tierheim verantwortlich, von dem neulich in der Zeitung stand. Du hättest sehen sollen, wie er sich aufgeregt hat, als diese Promenadenmischung da hinten verletzt worden ist.«

»Der Erlkönig ist entwischt?« Tills hämmernde Kopfschmerzen machten konzentriertes Zuhören zur Qual, doch diese Worte waren mit eisiger Klarheit bis in den letzten Winkel seines Hirns gedrungen. »Und der Inquisitor hat eine Geheimwaffe gegen die *Dunklen*? Wie lange war ich bewusstlos?«

»Mach dir keine Sorgen. Die Gruppe Vita Armati hat einen eigenen Arzt dabei. Der hat dich untersucht und meint, es sei alles in Ordnung. Lediglich eine Gehirnerschütterung. Du solltest ...«

»Wie lange war ich bewusstlos?«, wiederholte Till seine Frage gereizt.

»Ich glaube vier Stunden.«

Der Student fluchte. Dann stemmte er sich hoch und stakste auf wackeligen Beinen hinüber zum Inquisitor.

24

Auf dem alten Friedhof gegenüber dem Archäologischen Institut lag kein Schnee. Der Winter hatte sich mit den *Dunklen* zurückgezogen. Seit fast drei Stunden kauerten sie hier schon hinter Grabsteinen verborgen und beobachteten einen Baum. Beständiger Nieselregen hatte sie bis auf die Haut durchnässt.

Till blickte zu den verschiedenen Verstecken. Pater Wschodnilas trug einen langen, schwarzen Trenchcoat. Das nasse, graue Haar hing ihm in Strähnen in die Stirn. In der Dunkelheit schien er fast mit dem Baum verschmolzen zu sein, an dem er lehnte. Er hatte einen großen, schwarzen Rucksack geschultert, der mit dem in Silber aufgestickten Muschelemblem mittelalterlicher Pilger geschmückt war und den Aufnäher mit den Stadtwappen von Jerusalem, Rom, Santiago de Compostela und Köln zierten. Flüchtig betrachtet mochte es wie das Gepäck eines frommen Reisenden erscheinen, wäre da nicht der Schlauch gewesen, der unten aus dem Rucksack herausragte und in einer bedrohlich aussehenden Metalldüse endete.

Neben Wschodnilas stand Pater Anselmus, der sich hin und wieder einen Schluck aus einem Fläschchen genehmigte, das er in seinem Mantelfutter verborgen trug. Selbst in der Dunkelheit konnte man den Priester zittern sehen.

Die übrigen vier Gefährten des Inquisitors waren nicht so leicht auszumachen. Schon auf der Fahrt von Königswinter nach Köln hatten sie sich umgezogen. Sie trugen nachtschwarze Tarnanzüge und schwarze Skimasken. Außerdem hatten sie unförmige Nachtsichtgeräte umgeschnallt, die sie aussehen ließen, als seien sie einem billigen Sciencefiction-Film entsprungen.

Als Waffen trugen sie geweihte Kreuze und vor allem Hochdruckwasserpistolen mit auf den Rücken befestigten Versorgungskanistern, die sie während der Fahrt aus einem Tank im Inneren des großen schwarzen Geländewagens nachgefüllt hatten. Es schien, als verfüge Pater Wschodnilas über einen schier unerschöpflichen Vorrat an Weihwasser. Mit mattschwarzem Lack abgesprüht und zusätzlich mit Laserpointern aufgerüstet, sah das ehemalige Kinderspielzeug nun so aus, als sollte man besser einen Waffenschein dafür haben.

Zum Friedhof hatten die Söldlinge des Inquisitors noch dicke Isomatten und Tarnnetze mitgenommen, die sie sorgfältig mit welkem Laub spickten. Obwohl Till beobachtet hatte, wo die vier in Stellung gegangen waren, hätte er inzwischen nicht mehr mit Sicherheit sagen können, welche der zahlreichen Laubhaufen auf dem kleinen Friedhof ein überraschendes Innenleben hatten, wäre da nicht die gute Kinderstube der Wasserpistolenscharfschützen gewesen. Regelmäßig erzitterte der große Laubberg neben der geborstenen Grabplatte links von Till unter einem heftigen Nieser. Hauptwachtmeister Kowalski war es nicht mehr gewohnt, sich längere Zeit außerhalb eines Streifenwagens mit Standheizung aufzuhalten, und hatte sich auf dem Drachenfels einen gehörigen Schnupfen geholt. Jedes Mal, wenn sein Niesen wie ein Trompetenstoß über den nächtlichen Friedhof hallte, erklang aus drei nahe gelegenen Laubhaufen ein höfliches »Gesundheit«.

»Wir hätten das auf Heinzelmännerart zu Ende bringen sollen«, brummelte Wallerich, der neben Till auf einem mit Totenköpfen und Knochen geschmückten Grabstein kauerte. Er war als Vertreter der Zwergenvölker mitgekommen, als ihre kleine Expedition in aller Eile Königswinter verließ. »Wenn der Erlkönig noch seine Sinne beisammenhat, lässt der sich hier sowieso nicht mehr blicken. Und sollte er doch auftauchen, hätten wir ihn besser Rölps und seinen Männern überlassen als diesen Witzfiguren hier.«

»Ich glaube, diese Witzfiguren haben die Schlacht am Drachenfels entschieden«, entgegnete Till knapp.

»Ein blindes Huhn findet auch mal ein Korn«, murrte Wallerich und nestelte an dem Verband an seiner rechten Hand herum. »Wir warten jetzt schon drei Stunden. Ich glaube nicht, dass der Albenfürst noch auftaucht. Er wird sich denken können, dass wir hier sind.«

»Und wo ist dann Neriella, wenn alles in Ordnung ist?«, fragte Till aufgebracht. Er war schon mehrmals zu dem großen Baum der Dryade hinübergegangen und hatte ihren Namen gerufen, doch nichts rührte sich. Nicht einmal Marie Antoinette, die Eichhörnchendame, die für gewöhnlich den Baum bewachte, hatte sich blicken lassen.

»Dryaden sind flatterhafte Wesen. Sie macht wahrscheinlich einen kleinen Ausflug.«

»Du weißt, dass sie nicht weiter als hundert Schritt von ihrem Baum fortkann. Sie hätte uns längst bemerken müssen!«

»Ja, ich weiß.« Wallerichs Stimme hatte plötzlich alle abweisende Schroffheit verloren. »Und ich mache mir verdammt noch mal genau so große Sorgen wie du. Deshalb wäre es mir auch lieber, Rölps und ein paar kompetente Schläger hier zu haben statt dieser verfluchten Weihwasserspritzer! Weißt du, dass wir drei Heinzelmänner nach *Nebenan* zur magischen Behandlung durch Mozzabella schicken mussten, weil sie ein paar Tropfen Weihwasser abbekommen hatten und sich teilweise in rosa Wölkchen auflösten? Nicht auszudenken, was passiert, wenn die hier loslegen und Neriella ...«

Ein grünlicher Blitz zuckte um den Stamm von Neriellas Baum. Dann konnte man zwei Gestalten erkennen, die aus der Esche herausgetreten waren. Der Erlkönig hielt Neriella wie einen lebenden Schutzschild vor sich. Er hob die rechte Hand. Seine Faust umklammerte etwas Kleines, Pelziges. Marie Antoinette.

»Ich weiß, dass ihr hier seid!«, rief der Anführer der *Dunklen*.

Till zog sein Schwert. Neriella in den Händen dieses Schurken zu sehen war ihm unerträglich. Etwas zupfte an seinem Bein.

»Schaltet ihr *Langen* in Herzensangelegenheiten immer gleich das Hirn ab?«, flüsterte Wallerich. »Hast du schon vergessen, wie dein letzter Zweikampf mit ihm ausgegangen ist? Wir sollten lieber ...« Der Inquisitor trat aus seinem Versteck hervor. »Siehst du«, murmelte der Heinzelmann. »Wir bleiben hier und beobachten. Eingreifen können wir immer noch.«

Till blickte verzweifelt zu Neriella hinüber. Sah sie in seine Richtung? Ihr Kopf war ihm zugewandt, obwohl er seine Deckung noch nicht verlassen hatte. Vielleicht sollte er auf den Heinzelmann hören.

»Lass das Eichhörnchen los und ich gewähre dir freien Abzug nach *Nebenan*.« Der Inquisitor hatte ein großes, silbernes Sturmfeuerzeug aus seiner Hosentasche gezogen und ließ klickend dessen Verschluss auf- und zuschnappen.

»Warum sollte ich auf dein Angebot eingehen, alter Mann? Wer gibt dir und den Zwergenvölkern das Recht zu bestimmen, wer in dieser Welt leben darf?«

»Gott!«, entgegnete Pater Wschodnilas überzeugt. »Im

Übrigen gefällt mir deine Art, Kirchen zu betreten, nicht, Ausgeburt der Hölle!« Ein zitterndes Flämmchen zuckte aus dem Sturmfeuerzeug und sprang auf die Spitze der metallenen Düse über, die durch einen Schlauch mit dem Rucksack des Inquisitors verbunden war. Vier Laubhaufen erwachten zum Leben. Die roten Strahlen der Laserpointer schnitten durch die Finsternis und vier leuchtend rote Punkte tanzten über das Gesicht des Erlkönigs. »Das Spiel ist aus!«, blaffte der Inquisitor.

»Was ist euer Kinderspielzeug schon im Vergleich zu Magie!« Der Albenfürst stieß Neriella zur Seite. Aus dem Nichts manifestierte sich ein riesiger Regenschirm, der ihn gegen die Weihwasserschüsse schützte, und ein plötzlicher Windstoß ließ den Flammenwerfer des Inquisitors verlöschen. »Hat man deinesgleichen nicht verboten mit dem Feuer zu spielen?«, höhnte der Fürst.

Dumpfes Donnergrollen zog über den Himmel und Hauptwachtmeister Kowalski nieste.

Till kroch aus seinem Versteck zu Neriella hinüber. Die Dryade war unverletzt. »Du musst hier fort, Liebster. Er ist völlig außer sich!«

»Ich gehe nicht ohne dich!«

Sie sah ihn verzweifelt an. »Ich kann nicht ... «

Der Inquisitor hatte den schweren Rucksack abgeschnallt und ein großes, silbernes Kruzifix unter seinem Mantel hervorgezogen. »Vade retro, Satanas!«, schrie er und stürmte auf den Erlkönig zu, während seine Gefährten weiterhin versuchten an dem Regenschirm vorbeizuschießen.

»Das hier ist kein Vampirfilm aus den Fünfzigern«, höhnte der Albenfürst und das Kruzifix verwandelte sich in eine Gurke. Dann schnippte er mit den Fingern und unmittelbar hinter den laubbedeckten Schützen schlug ein Blitz in einen Grabstein ein.

Pater Anselmus warf sich laut betend zu Boden, während Wschodnilas eine Bibel unter dem Mantel hervorholte. »Das Wort Gottes, Geschöpf der Hölle! Fürchte dich!«

»Zweitausend Jahre fragwürdiger Übersetzungstradition, geprägt durch Unwissenheit und kirchliche Willkür. Wirklich erschreckend!« Der Erlkönig schnippte erneut mit den Fingern. Die einzelnen Seiten rissen aus der Bibel und tanzten in einer Miniaturwindhose um den alten Kirchenmann.

»Ich werde das Angesicht dieser Welt verändern und diesmal seid ihr nicht genug, um mich aufzuhalten!«

Till sprang auf und riss sein Schwert hoch. Nur ein paar Schritt trennten ihn von dem Albenfürsten.

»Du schon wieder? Es macht keinen Spaß, zweimal denselben im Duell zu besiegen.«

Wurzeln griffen nach Tills Füßen und schlangen sich seine Beine hoch, sodass er der Länge nach ins Laub schlug.

Der Erlkönig verbeugte sich. »Mit Verlaub, ich werde nun gehen und mich weiterhin dem Studium dieser seltsamen Welt widmen.«

Till stemmte sich halb hoch und schleuderte dem Alben sein Schwert entgegen.

Der Erlkönig fing die Waffe im Flug und streckte sie triumphierend empor. »Allzu leicht, junger Ritter. Dies ist ...« Gleißendes Licht zuckte vom Himmel.

Till hatte das Gefühl, ihm würden die Augen verbrennen. Schluchzend vergrub er das Gesicht im nassen Laub. Ein ohrenbetäubender Donnerschlag ließ die Grabsteine erzittern. Eine Sturmböe brauste über den Friedhof hinweg und hinterließ beißenden Ozongeruch.

Als Till den Kopf aus dem Laub hob, konnte er nur undeutliche Schemen erkennen. Eine schwankende Gestalt näherte sich. Pater Wschodnilas? Plötzlich verharrte sie und zog etwas unter ihrem Mantel hervor.

In diesem Augenblick war es, als würde ein Schleier vor Tills Augen fortgezogen, und abgesehen von einigen Dutzend grellen Lichtpunkten, die durch sein Gesichtsfeld tanzten, sah er wieder klar. Ein Baum, der durch den Blitzschlag in Brand geraten war, erhellte die Szenerie.

Zu Füßen des Inquisitors lag der Erlkönig. Seine Haare standen ihm wie Stacheln vom Kopf ab. Dünne Rauchfäden stiegen aus seinen Kleidern auf. Er versuchte Tills Schwert zu heben.

Der Geistliche hielt eine kleine, neongrüne Wasserpistole in der Rechten. »Face diem mei!«, murmelte er in kalter Verachtung und drückte ab. Ein dünner Wasserstrahl spritzte dem Albenfürsten ins Gesicht – und ihr großer Widersacher löste sich binnen eines Herzschlags in ein blassrosa Wölkchen auf.

Pater Wschodnilas bekreuzigte sich, schob die Wasserpistole in seinen Gürtel und kniete nieder, um zu beten.

»Till!«, rief Wallerich mit sich überschlagender Stimme. »Schnell, komm her!«

Die Wurzeln, die den Studenten gefesselt hatten, hatten sich beim Verschwinden des Erlkönigs wieder ins Erdreich zurückgezogen. Etwas linkisch kam Till auf die Beine. Im flackernden Licht der Flammen war Wallerich deutlich zu sehen. Er stand über Neriella gebeugt und fächelte ihr mit seiner roten Schiebermütze Luft zu.

Eher verwundert als besorgt ging Till zu beiden hinüber.

»Sie ist ohnmächtig!«, schrie der Heinzelmann verzweifelt. »Und sieh nur, ihre Haut!«

Der blasse Teint der Dryade wurde dunkler und dunkler. Tiefe Furchen durchzogen ihre Haut. Ihr Gesicht wirkte plötzlich hölzern.

Ihre Hand schnellte vor und umklammerte Tills Rechte. »Auf ... Wiedersehen ... mein romantischer ... Bilderzauberer. Danke für ... das ... Meer ...«

522

»Ganz ruhig«, stammelte Till. »Wir ... wir werden dir helfen. Bleib nur ganz ruhig liegen. Wir holen einen Arzt. Die Uniklinik ist keine dreihundert Meter entfernt. Bitte ...«

»Sie verwelkt«, flüsterte Wallerich schockiert.

Neriellas Hand fühlte sich jetzt an wie morsches, moosbewachsenes Holz.

»Das kann doch nicht ...«

Der Heinzelmann deutete in Richtung der Flammen. Tränen rannen ihm über die kahl rasierten Wangen. »Ihr Baum ... Der Blitz ist in ihren Baum eingeschlagen. Stirbt der Baum, muss auch Neriella vergehen.«

»Ich werde den Baum retten!« Till stand auf und riss sich den Umhang von den Schultern. Die große Esche stand lichterloh in Flammen.

Wütend schlug er mit dem Umhang auf das Feuer ein. Es war nicht gerecht. Was hatte Neriella mit all dem zu tun gehabt? Er würde nicht hinnehmen, dass sie sterben musste.

Funken fraßen sich in seine Kleider. Die Hitze wurde immer stärker. Seine Augen tränten vom Rauch. Bald hatte sein Umhang Feuer gefangen, aber immer noch hieb er auf die Flammen ein. Er würde Neriella nicht aufgeben!

Schließlich zog ihn eine starke Hand zurück. »Pater Anselmus holt den Feuerlöscher aus dem Wagen«, sagte der Inquisitor. Seine Stimme klang matt. »Ich fürchte, wir sind machtlos. Gottes Wege sind unergründlich, mein Sohn. Du musst nun sehr stark sein!«

»Till!« Wallerich war gekommen. »Sie ist ...« Seine Stimme stockte. »Es ist ... Sie ist eins mit der Erde geworden.« Er schluchzte leise. »Wir können nichts mehr für sie tun ...«

»Nein!«, schrie Till und begann erneut mit seinem zerfetzten Umhang auf die Flammen einzuschlagen. Die Hitze war so groß geworden, dass sie ihm Wimpern und Augenbrauen versengte.

Schließlich zerrten ihn der Inquisitor und seine Söldlinge fort. In der Ferne erklangen Martinshörner.

»Wir müssen hier weg!«, sagte der alte Priester energisch. »Es bleibt nichts mehr zu tun.«

*

Till stand neben dem, was von Neriellas Baum noch geblieben war. Am Vortag hatten Angestellte des Gartenbauamts die ausgebrannte Esche mit Motorsägen zerteilt. Überall lag Sägemehl auf den verfaulenden Blättern des kleinen Friedhofs. Für Till sah es wie Blutlachen aus. Er biss sich auf die Lippen und versuchte sich seinen Tränen zu verweigern.

Jemand räusperte sich leise. Wie aus dem Nichts war Wallerich neben ihm aufgetaucht. Er hielt einen kleinen roten Blumentopf in den Händen. Ein winziger Schössling mit zwei hauchzarten grünen Blättern ragte aus der dunklen Blumenerde. »Das habe ich gestern zwischen den Wurzeln gefunden. Ich dachte, du möchtest vielleicht ...«

Till nahm den Blumentopf entgegen und strich vorsichtig über die Blätter. »Glaubst du, dass sie ...?«

Wallerich zuckte unschlüssig mit den Schultern. »Ich weiß es nicht. Sie hat mal gesagt, sie sei sehr alt. Ihr Baum war nicht einmal hundert Jahre alt. Ich weiß nicht sehr viel über Dryaden ... Alle Völker von *Nebenan* behalten ein paar Geheimnisse für sich. Aber vielleicht, wenn der Schössling zum Baum wird ... Ich weiß, für ein Menschenleben heißt das ziemlich lange zu warten, aber ...«

»Danke, Wallerich.« Till zögerte. »Was ist mit dir? Ich meine, du ...«

Der Heinzelmann sah ihn fest an. Seine Schnauzbartenden zuckten und ein feuchter Glanz lag in seinen Augen. »Sie hat dich geliebt. Ich glaube, sie hätte zu dir gewollt.« Seine Stimme war rau. »Wenn ich dich aber dabei erwische, dass du sie schlecht pflegst und sich Borkenkäfer bei ihr einnisten ...« Wallerich versuchte zu lachen.

Lange standen die beiden einfach nur da und hingen ihren Gedanken nach. Plötzlich fluchte Wallerich leise. Er zog seine goldene Taschenuhr hervor, ließ den Deckel aufspringen und fluchte erneut.

»Was ist?«

»Du hast noch sieben Minuten Zeit, um den linken Aufzug im Hauptgebäude zu erwischen.«

Till starrte den Heinzelmann verwundert an. »Was soll ich da?«

»Nöhrgel hat es berechnet. Der Wahrscheinlichkeitskalkulator! Er hat ihn wieder in Gang gebracht. In sechseinhalb Minuten ist die letzte Chance, *ihn* allein zu erwischen. Komm schon!«

»Ihn?«

»Du wirst schon sehen! Die anderen warten!«

*

Till war ein wenig außer Atem, als er das Hauptgebäude der Universität betrat. Es war noch sehr früh. Nur wenige Studenten hockten im weiten Foyer.

Zielstrebig ging Till zu den Aufzügen.

»Du bist spät dran«, zischelte Wallerich, der für die normalen Menschen unsichtbar neben Till stand.

Über der linken Aufzugtür leuchtete der Pfeil, der nach oben wies, auf. Mit dumpfem Summen setzte sich im Keller die stählerne Fahrkabine in Bewegung.

»Nun drück schon den Knopf«, raunte der Heinzelmann. »Für mich ist er zu hoch!«

Till gehorchte verwundert. »Was soll das?«

»Du wirst schon sehen«, erwiderte sein Freund geheimnistuerisch.

Das Summen der Aufzugkabine erstarb in leisem Ruckeln. Die Schiebetür glitt zurück. Im Aufzug stand Professor Mukke und er war nicht allein, auch wenn er das nicht ahnen konnte. Wallerich versetzte Till einen Stoß, sodass er in den Fahrstuhl stolperte.

Mukke blickte auf. Seine Lippen verzogen sich zu einem spöttischen Lächeln. »Na, beim Tagträumen über die eigenen Füße gestolpert?«

Leise schloss sich die Schiebetür und der Aufzug setzte sich wieder in Bewegung. Till fluchte stumm. Wenn er gewusst hätte, wer hier auf ihn wartete, dann hätte er keinen Fuß in die Uni gesetzt. Was hatte sich Wallerich dabei nur gedacht? Und dann noch die anderen ...

Der Professor nickte in Richtung des Blumentopfs. »Sie gehören also auch zu denen, die heute noch ein Apfelbäumchen pflanzen, selbst wenn morgen die Welt untergeht. Haben Sie den Aufzug abgepasst, um mir das zu zeigen? Das wird Ihnen morgen bei unserem Prüfungsgespräch auch nicht helfen. Verlassen Sie sich darauf, Ihre Welt wird untergehen!«

Der Aufzug kam mit einem Ruck zum Halten. Mukke machte einen Schritt in Richtung der Tür, doch die Stahlwand schob sich nicht zurück.

Der Professor blickte zu Till und runzelte die Stirn. »Hören Sie mal, wenn Sie glauben, Sie könnten mich ...«

»Nein, jetzt hören *Sie* mal!« Birgel hatte sich einen der Zauberringe über den Finger gezogen und war damit für den Professor sichtbar geworden. »Ich bin der Sendbote des Herrn von Wolkenstein und ich soll Ihnen ausrichten, dass mein Herr sehr ärgerlich über die Dinge ist, die sie über ihn verbreiten!«

Mukke war bis in die hinterste Ecke des Fahrstuhls zurückgewichen, was bedeutete, dass ihn kaum mehr als ein Meter von Birgel trennte.

»Till, haben Sie etwas damit zu tun?«, röchelte Mukke mit erstickter Stimme.

Neben seinem Kameraden wurde nun auch Wallerich für den Professor sichtbar. Er hielt einen großen, schwarzen Motorradhandschuh in den Händen und zischte wütend: »Sie unbedeutender Zwerg! Sie haben sich erdreistet meinen Herren zu kränken.« Wallerich warf Mukke den Handschuh vor die Füße. »Der Herr von Wolkenstein fordert Sie zum ritterlichen Zweikampf. Als sein Wappenherold bitte ich Sie hiermit, mir Ihre Waffen zu nennen. Bestimmen Sie Ort und Stunde. Mein Herr verlangt Satisfaktion für die Beleidigungen, die Sie über ihn verbreitet haben.« Der Heinzelmann grinste breit. »Falls es Ihnen genehm ist, schlägt mein Herr für das Duell Motorräder und Kettensägen vor.«

»Motorräder und Ketten… Kettensägen.« Mukke wäre am liebsten in die matt schimmernde Stahlwand des Aufzugs gekrochen.

»Ja, Kettensägen. Sie wissen schon, diese stinkenden, lärmenden Dinger, mit denen man einen dicken Ast so leicht durchtrennt, wie man mit einem stumpfen Messer ein Wiener Würstchen schneidet.«

Der Professor hatte eine käsige Gesichtsfarbe bekommen. Schweiß perlte von seiner Stirn. Ihm waren die Brillengläser beschlagen. »Das ist ein Scherz …«, stammelte er ohne an seine eigenen Worte zu glauben. »Eine dreidimensionale Projektion … Und Sie haben sicher einen Recorder mit dem passenden Band unter ihrer Jacke, Till.« Mukke starrte zur Aufzugsdecke, als würde sich dort des Rätsels Lösung finden.

In diesem Moment streifte auch Oswald einen Zauberring über. Der Ritter trug eine speckige Lederjacke und dazu ein offenes Hawaiihemd und abgewetzte Jeans. Till seufzte. Was seinen Geschmack für Kleider anging, war Oswald wirklich nicht mehr zu retten. Aber solange er so wie jetzt in jeder Hand eine Kettensäge hielt, konnte er sicher sein, dass niemand eine abfällige Bemerkung dazu machen würde.

Der Recke deutete eine Verbeugung nach höfischer Art an, schenkte Till ein kurzes Lächeln und begann dann zu Mukke gewandt zu rezitieren:

»Uns ist in alten maeren wunders vil geseit
von Helden lobebaeren, von grôzer arebeit,
von freuden, hôchgezîten, von weinen und von klagen,
von küener recken strîten muget ir nu wunder hoeren sagen.

Diese Verse solltet Ihr kennen.« Oswald bedachte den Professor mit einem vernichtenden Blick.

»Der ... der Anfang des Nibelungenliedes«, stotterte Mukke.

»So ist es. Und lasst Euch gesagt sein, ich kenne keinen in diesem Zeitalter, auf den diese Verse besser zutreffen würden als auf Till Küster, den ich die Ehre habe einen Freund zu nennen. Weil er das ist, was Ihr ihm vorwerft zu sein, ein Träumer, vermochte er in den letzten Wochen großes Ungemach von dieser Stadt, ja vom ganzen Lande abzuwenden! Aber nicht nur dass Ihr die Augen vor dem Offensichtlichen verschließt, nein, Ihr erdreistet Euch auch noch, mich und meinen Charakter besser einschätzen zu können als mein Freund, und das, obgleich Ihr mich nie gesehen habt und nicht wie Till und meine Wenigkeit dem edlen Bund der Träumer angehört, jenen selbstlosen Recken, die jederzeit bereit sind auszuziehen, um Luftschlösser zu verteidigen.«

Polternd ließ Oswald eine der Kettensägen fallen. »In meiner Zeit war es üblich unter Männern von Stand, solch tief greifende Irrtümer endgültig aus der Welt zu schaffen.«

»Ich bin nicht ... nicht von Stand. Ich bin weder adelig noch Ritter und ...«

»Wie aufrichtig, dass Ihr darauf hinweist!« Oswald lachte höhnisch. »Doch einem Mann von Stand geziemt es, Großmut walten zu lassen. Ihr seid doch ein Professor. Sind das nicht die Ritter des Geistes in diesen modernen Zeiten? Ich erkenne Euch hiermit als vom Stande ebenbürtig an und somit steht einem Duell nichts mehr im Wege.«

Oswald wandte sich um. »Würdest du uns bitte verlassen, Freund Till. Ich fürchte, es könnten nun ein paar Dinge geschehen, die deine edlen Augen beleidigen würden.«

Wallerich stieg Birgel auf die Schultern, um einen der Aufzugsknöpfe drücken zu können. Die verschlossene Tür glitt zurück.

»Sie können mich doch nicht mit diesem Irren allein lassen, Till. Bitte, ich ... wir sollten dringend noch einmal über deine Arbeit sprechen. Manche Dinge erscheinen mir jetzt in einem völlig neuen Licht.«

»Mach dir keine Sorgen«, flüsterte Wallerich. »Oswald hat heute Morgen noch nicht getrunken und in den Kettensägen ist kein Benzin ... Wir werden diesem arroganten Professor nur ein bisschen was von *Nebenan* zeigen und ihn in drei oder vier Stunden wieder im Aufzug absetzen. Ich verspreche dir, er wird dann morgen in deiner Prüfung ein ganz anderer Mensch sein.«

»Aber was ...«

Wallerich legte den Finger an die Lippen. »Kein Wort mehr. Vertraue uns! Du hast *Nebenan* eine Menge Freunde gewonnen ... Bring uns nicht um die Gelegenheit, jetzt etwas für dich zu tun. Vertrau der Magie!«

»Till, Sie können doch nicht ...«

Der Student trat auf den Flur hinaus. Hinter ihm schloss sich die Aufzugstür. Er war im zweiten Stock.

Vor dem Eingang zur Germanistischen Bibliothek wartete Nöhrgel. Der alte Heinzelmann trug einen eleganten Zweireiher. Neben ihm stand ein kleiner Lederkoffer.

»Du hast keinen Spaß an der Sache?«, fragte der Heinzelmann.

Till schüttelte den Kopf. »Vor einem Monat war mein Examen für mich das Wichtigste auf der Welt ... Aber was bedeutet es jetzt noch?«

Nöhrgel strich sich nachdenklich über den Bart. »So geht es den meisten *Langen*, die einmal *Nebenan* waren. Sie finden keinen Frieden mehr in ihrem Leben. Mir scheint auch ...« Er schüttelte den Kopf. »Mozzabella wünscht dich zu sehen. Du kennst sie ja. Es ist besser, sie nicht warten zu lassen.« Er senkte die Stimme. »Bei manchen Sorgen ist sie wirklich eine Hilfe. Es wird dir gut tun, mit ihr zu sprechen. Ich glaube, sie und Neriella waren Freundinnen. Es ist schon alles arrangiert. Du kannst jederzeit nach *Nebenan*. Ich habe im Ältestenrat durchgesetzt, dass man dich das Tor passieren lässt, wann immer du willst. Es steht übrigens wieder dort, wo es hingehört, tief unter der Universität. Du wirst keine Schwierigkeiten haben hinüberzugehen, auch wenn ich nicht mehr hier bin.«

Allein an Neriella zu denken ließ einen dicken Kloß in Tills Hals aufsteigen. Er wollte jetzt nicht reden und auch nicht nach *Nebenan*. Am liebsten hätte er sich einfach nur verkrochen und in seinem Elend begraben. »Du wirst gehen?«, fragte er einsilbig.

Nöhrgel sah zu dem Koffer, der neben ihm auf dem Boden stand. »Tja ... Ich dachte, es kann nicht schaden, sich ein bisschen den Wind um die Nase wehen zu lassen. Ich war schon zu lange hier in Köln. Ich sollte mir auch den Rest der Welt einmal anschauen ... Außerdem soll Laller ruhig sehen, wie es so ist, der Älteste zu sein. Wenn ich bliebe, würde es nicht lange dauern, bis er wieder anfängt Intrigen zu spinnen. Ich bin diese nutzlosen Machtkämpfe müde. Soll er doch haben, was er begehrt. Ich bin neugierig auf die Neue Welt. Ich hatte schon zu Zeiten Karls V. einmal daran gedacht, nach Amerika zu segeln. Manchmal muss man ziemlich alt werden, um sich seine Jugendträume zu erfüllen. Mache nicht denselben Fehler, Till. Geh zu Mozzabella. Sie wird dir helfen!« Der Älteste griff nach seinem Koffer, zog eine schwere Uhr aus seiner Weste und ließ den goldenen Deckel aufschnappen. »Es ist an der Zeit für mich. Ich werde noch meinen Flieger verpassen. Leb wohl, Till.«

Der alte Heinzelmann ging in Richtung der Rolltreppen am Ende des Flurs und wich dabei einer jungen, blonden Studentin aus, die keine Ahnung hatte, wessen Weg sie kreuzte.

Jetzt, wo er allein war, fühlte Till sich sehr verloren. Sollte er auf den Ältesten hören?

*

Als Till aus dem Tor trat, schlug ihm atemberaubender Ziegengestank entgegen. Mozzabella hielt ihre kleine Laterne hoch, deren Licht kaum reichte, um auch nur die halbe Höhle auszuleuchten. »Du bist spät. Typisch Mann! Ich stehe hier schon eine halbe Ewigkeit und warte auf dich!«

»Aber ...«, setzte der Student an, doch die Älteste unterbrach in barsch.

»Versuch nicht dich herauszureden. Ich habe sämtliche lahmen Männerausreden schon dutzende Male gehört. Komm lieber mit, dort hinten wartet jemand auf dich.« Sie scheuchte ein paar Ziegen zur Seite und machte sich auf den Weg zum anderen Ende der Höhle.

Das schaukelnde Licht der Laterne verwandelte die Höhle in einen Hort tanzender Schatten. Dann sah Till ein Paar Füße, das in Lederstiefeln steckte. Außerordentlich gut geputzten, schwarzen Lederstiefeln! Das Licht tanzte zurück. Im nächsten Augenblick enthüllte es ein zweites Paar Füße, in Lackschuhen mit breiten Silberspangen und rotweiß geringelten Socken. Auch der Zipfel eines mit Rabenfedern besetzten Umhangs war zu sehen.

»Gabriela?«, rief Till ungläubig.

Mozzabella hob die Laterne ein wenig höher und jetzt endlich war die schwarz gewandete Tänzerin in voller Größe zu sehen. Neben ihr stand die krummbeinige Hexe aus dem Knusperhäuschen.

»Ich lasse dich mit den Damen allein«, sagte die Älteste und stellte die Laterne auf dem Boden ab. »Ich denke, ihr habt vielleicht einiges zu besprechen.«

Gabriela wedelte mit einem parfümierten, schwarzen Spitzentüchlein vor der Nase. »Reden wir lieber draußen. Hier fühlen sich nur Ziegen wohl.«

Die Tänzerin hinkte und stützte sich auf eine schön geschnitzte Krücke aus dunklem Holz. Um den rechten Oberschenkel trug sie einen Verband aus schwarz eingefärbtem Leintuch.

Endlich im Freien fand Till Gelegenheit, sie aufmerksamer zu mustern. Gabrielas Gesicht wirkte spitzer, und wenn das überhaupt möglich war, schien es noch ein wenig blasser als sonst zu sein. »Was ist passiert?«

Sie grinste breit. »Du kannst mich jetzt Drachentöterin nennen! Ich wäre allerdings nicht hier, wenn mich Knuper nicht vor dem Ertrinken gerettet hätte. Wie dem auch sei, wenn ich das richtig im Blick habe, bin ich als erste Frau in die Männerdomäne der Drachentöter eingedrungen.«

Die Hexe an ihrer Seite nickte zustimmend. »Und gestern haben wir den urallererersten Verein zur Selbstverwicklung von Frauen in Feenwelten gegründet. Alle Gründungsmitglieder sind Hexen!«

»Selbstverwirklichung«, verbesserte Gabriela.

Die Hexe nickte ernst. »Natürlich. Wir werden dafür sorgen, dass Riesen, alte Drachen, verholzte Waldschrate und andere Machos endlich lernen, was Frauenpauer ist!«

»Frauenpower«, warf die Tänzerin ein.

»Sag ich doch«, entgegnete die Alte leicht gereizt. »Frauenpauer! Übrigens, falls du etwas länger bleibst, morgen trifft sich die Hexenselbsthilfegruppe Bergisches Land bei mir zu einem Vortragsabend. Die Morrigan wird unsere Referentin sein und ihr Thema ist: Die Rolle der Frau bei der Ausübung angewandter Magie und die Bedeutung der Farbe Schwarz für Damenmoden.« Die Hexe zwinkerte schelmisch mit den Augen. »Es heißt, für einen Mann seist du ganz in Ordnung, deshalb würden wir davon absehen, dich in einen Frosch zu verwandeln, wenn du morgen bei uns hereinschneist. Übrigens hatte ich vor, ein gutes Stück von meinem Schornstein als Imbiss zu reichen.«

»Ähm ... Danke«, entgegnete Till leicht verwirrt.

»Schade, dass ich die Schlacht am Drachenfels verpasst habe.« Gabriela seufzte. »Man erzählt hier *Nebenan* eine Menge darüber. Es würde mich nicht wundern, wenn mit der Zeit eine eigene Sage daraus wird und wir alle anfangen uns hier als Sagengestalten zu manifestieren.«

»Mir wäre es lieber, das alles wäre gar nicht passiert«, entgegnete Till düster. Hätten sie den Erlkönig nicht zum Rückzug durch das Tor gezwungen, würde Neriella noch leben.

Einen Moment lang herrschte Schweigen zwischen den dreien. Dann schnippte Knuper mit den Fingern und ein recht zerzauster Reisigbesen kam um eine Häuserecke geflogen. »Ich mach mich mal auf den Weg, Kinder. Ich muss noch ein paar Dachschindeln backen und meine Hütte auf

Vordermann bringen. Ich möchte mich morgen Abend schließlich nicht schämen müssen.« Sie raffte ihren ohnehin schon recht kurzen Rock, sodass die ganze Pracht ihrer Ringelsocken zu sehen war, schwang sich auf den Besen und flog in Richtung des großen Flusses davon.

»Du willst hier bleiben?«, fragte Till tonlos.

»Ja, es ist einfach wunderbar hier! Vielleicht schaffe ich es sogar mit der Zeit, den Hexen über ihren recht verschrobenen Modegeschmack hinwegzuhelfen.«

»Rolf vermisst dich. Er spricht oft von dir.«

Gabriela blickte zu Boden. »Es gibt hier niemanden, mit dem man auf so hohem Niveau streiten kann ... Ich ...« Sie presste die Lippen zu einem schmalen Strich zusammen. »Vielleicht kannst du ihn ja mit herüberbringen?«

»Ich weiß nicht, ob ich noch einmal wiederkomme. Mozzabella will irgendetwas von mir. Hätte sie nicht darauf bestanden, wäre ich wohl nicht zurückgekehrt.«

»Du solltest etwas sehen. Deshalb wollte Mozzabella, dass du hierher kommst. Diese Welt hat selbst mich verändert!« Sie zögerte kurz, bevor sie fortfuhr. »Ich glaube nicht, dass ich noch einmal zurückkann. Ich will es auch nicht!« Ein trauriger Unterton schwang nun in ihrer Stimme. »Vielleicht kannst du ja Rolf hierher bringen? Dein Wort hat hier Gewicht, Till. Und nun sieh!« Sie löste den schweren, schwarzen Umhang von ihren Schultern und ließ ihn einmal im Kreis um sich wirbeln. Die Luft flimmerte so wie an einem heißen Sommertag. Dann war Gabriela verschwunden und vor Till hockte ein Rabe auf dem Boden, der am rechten Bein einen sehr ordentlich verschnürten Verband aus schwarzem Leinen trug.

»Fooolge mirrrr!«, krächzte der Vogel und erhob sich in die Lüfte.

*

Beinahe einen halben Tag lang folgte Till dem Raben. Wann immer er fast außer Sichtweite geriet, ließ sich der Rabe auf einem Baum nieder und wartete, bis der Student ihn wieder eingeholt hatte. Schließlich erreichten sie einen Wald, der weit im Westen der Feensiedlung Colonia lag. Auch wenn die Schneekönigin vertrieben war, zogen *Nebenan* die ersten Vorboten des Winters ein. Doch in diesem Wald war davon nichts zu spüren. Es schien, als habe ein Zauberer ihn mit dem Frühling geschmückt. Alle Bäume prunkten in üppiger Blütenpracht. Die Luft war erfüllt von Vogelgezwitscher und dem Duft von Flieder und Apfelblüten.

Der Rabe führte Till auf einen Weg, der dem Studenten mit jedem Schritt vertrauter vorkam. Schließlich erreichten sie eine weite Lichtung, in deren Mitte sich ein mächtiger Baum erhob. Sie hatten jenen Ort erreicht, von dem aus sie erst vor wenigen Tagen in die Welt der Menschen geflohen waren. Neriellas Hain.

Till schluckte hart. Der Kloß in seinem Hals war zurückgekehrt und einen Moment lang glaubte er an seiner Trauer ersticken zu müssen. Wütend drehte er sich zu dem Raben um. »Warum hast du mich hierher gebracht?«

»Weil ich sie darum gebeten habe«, erklang eine vertraute Stimme hinter Tills Rücken.

Der Student war wie versteinert. Er wagte es nicht, sich umzudrehen, aus Angst, es gäbe dort nichts zu sehen. »Ich ... ich habe dich sterben sehen«, stammelte er fassungslos.

»Du hast gesehen, wie ich in deiner Welt vergangen bin, weil dort mein Baum starb. Doch hier lebe ich, solange auch nur ein winziger Splitter vom Herzen meines Baumes weiterbesteht.«

Der Rabe hatte seinen Kopf schräg gelegt und blinzelte Till zu. »Gähhh zu ihrrrr!«, krächzte er. Dann stieß er sich von seinem Ast ab und erhob sich mit kräftigen Flügelschlägen hoch in die Luft.

Till sah Gabriela nach, bis sie als winziger, schwarzer Punkt im weiten Graublau des Himmels verschwand. Noch immer wagte er es nicht, sich umzudrehen und sich mit eigenen Augen davon zu überzeugen, dass Neriella wirklich noch lebte.

»Jedes der Feenvölker hat seine Geheimnisse.« Ihre Stimme klang jetzt ganz nah. Einen Augenblick glaubte er sogar ihren warmen Atem auf seinem Nacken zu spüren. »Manchmal kommt es vor, dass die Wurzeln des Baumes einer Dryade von *Nebenan* bis in deine Welt reichen. Und noch seltener entsteht aus diesen Wurzeln ein Trieb, der schließlich zu einem Baum heranwächst. So konnte ich von einer Welt in die andere wechseln, ohne eines der Tore benutzen zu müssen, über welche die Zwergenvölker so eifersüchtig wachen. Und ich konnte diese Reise machen ohne mich jemals weiter als hundert Schritt von meinem Baum zu entfernen. Doch als meine Esche auf dem Friedhof starb, wurde das Band zwischen den Welten zertrennt. So musste ich dort vergehen, doch hier lebe ich noch immer.« Eine zarte Hand legte sich auf Tills Schulter.

Jetzt endlich wagte er es, sich umzudrehen. Und da stand sie vor ihm, noch immer schön wie an jenem Tag, als er sie berauscht von Pennerfusel zum ersten Mal gesehen hatte. »Ich ...« Sein Herz ging ihm über und er versuchte vergeblich seine Gefühle in Worte zu fassen.

Neriellas blassgrüne Finger streiften sanft über seine Lippen. »Sag jetzt nichts. Ich weiß ...«

Lange lagen sie einfach nur wortlos einander in den Armen, bis ein seltsam quäkender Ton die beiden aufschrecken ließ. Strogow, die Kuriermaus, war auf der Lichtung eingetroffen und blies in ein winziges Posthorn.

»Dringende Depesche für Till Küster«, verkündete sie

mit einer für eine Maus recht stattlichen Stimme. Dann zog Strogow einen etliche Male gefalteten Umschlag aus der Tasche an seiner Seite, grüßte zackig und verschwand im hohen Gras der Lichtung.

Verwundert öffnete Till das Kuvert. Es trug das Siegel der Universität zu Köln. Ungläubig überflog er die wenigen Zeilen.

»Was ist das für eine Nachricht?«, fragte Neriella mit leicht schmollendem Unterton.

»Professor Mukke versichert mir, dass er meine Arbeit neu bewerten wird und er sie in einem ganz neuen Licht sieht. Er schreibt, die Abschlussprüfung sei nur noch Formsache, und bietet mir ein gut dotiertes Stipendium an. Ich glaube, er möchte, dass ich bei ihm promoviere.«

»Das ist schön.« Sie schien sich aufrichtig für ihn zu freuen. »Was wirst du nun tun?«

Till lächelte. »Noch vor einer Stunde hätte ich jeden Titel ohne auch nur eine Sekunde zu zögern aufgegeben, um dich nur noch ein einziges Mal wieder sehen zu dürfen. An diesem Gefühl hat sich nichts geändert.« Er zerknüllte das Schreiben und warf es fort. »Was ich will, fragst du? Bei dir sein ... Ein Wanderer zwischen den Welten sein. Und ich glaube, ich möchte ein Buch schreiben. Mir spukt da eine verrückte Geschichte im Kopf herum. Sie ist wirklich sehr schräg ... und in ihren besten Momenten vielleicht sogar ein kleines bisschen poetisch.«

ENDE

Was noch geschah ...

Gabi und *Joe Pandur* stellten sich unter den Schutz des Mailänder Erzbischofs. Sie wurden zu Mailänder Volkshelden, weil sie nach über 800 Jahren die gestohlenen Reliquien der Drei Könige zurückbrachten. Schon bald erhielten sie eine Audienz beim Papst und Gabi konnte sich einen Kindheitstraum erfüllen und seiner Heiligkeit die Haare schneiden. Auf *Blau* hatte die Audienz im Vatikan einen merkwürdigen Einfluss. Seither schnüffelt er nur noch an Weihrauchfässern und ist der Überzeugung, dass er der erste Hund sein wird, der für seine Verdienste um die Kirche selig gesprochen wird.

Mariana, der Mozzabella die Erinnerung an ihre Zeit mit Cagliostro raubte, trat einen langen Selbstfindungsurlaub in die Karibik an. Dort wurde sie als die weiße Voodoo-Königin berühmt und revolutionierte den Ablauf der traditionellen Rituale, indem sie den Kulthandlungen das meditative Schwenken getragener Cowboystiefel hinzufügte.

Nöhrgel lehnte es ab, wieder den Posten als Ältester der Kölner Heinzelmänner zu übernehmen, und reiste nach Hollywood, um Sharon Stone näher zu sein. Zurzeit arbeitet er gemeinsam mit Francis Ford Coppola am Drehbuch zu *Der Pate – Teil IV*.

Pater Anselmus wurde, nachdem er einen wahrheitsgemäßen Bericht über die Erlebnisse mit Pater Wschodnilas verfasst hatte, auf einen längeren Genesungsurlaub in einem sehr abgelegenen Sanatorium in den Schweizer Alpen geschickt.

Pater Wschodnilas ist im Augenblick einer innervatikanischen Verschwörung auf der Spur. Er vermutet, dass einige jesuitische Wissenschaftler den Papst durch einen Klon ersetzen wollen, um eine neue Papstwahl bis zum nächsten Dienstag nach Armageddon hinauszuzögern.

Almat beendete sein Studium und wurde eine Kapazität auf dem Gebiet der experimentellen Archäologie. Zurzeit organisiert er Gladiatorenkämpfe in der Arena von Xanten.

Cagliostro machte gemeinsam mit Rübezahl ein Vermögen im Gebrauchtperückenhandel.

Und der *Erlkönig*? Er manifestierte sich schon bald wieder neu, hatte jedoch nur noch sehr lückenhafte Erinnerungen an sein vorheriges Leben. Vielleicht ist das der Grund, warum er sich berufen fühlte sich auf die Suche nach einem gewissen Mr Spock zu machen, von dem er sich Antwort auf all seine Fragen erhoffte. Insbesondere darauf, was dieses verdammte Wort *Klingonen* für eine geheimnisvolle mythologische Bedeutung hat ...

Ein Wort zum Schluss

Nein, ich bin noch keinem leibhaftige Heinzelmann begegnet und doch sind in diesem Buch mehr Wahrheiten versteckt, als es auf den ersten Blick scheinen mag. So gibt es zum Beispiel einige der erwähnten Mittelaltergruppen wirklich. An dieser Stelle sei dem Clan der Raben ein besonderer Dank ausgesprochen. Sie haben mich mit ihren Erzählungen über ihre legendäre Winterschlacht zu manchen Szenen beim Kampf um die Nibelungenhalle inspiriert. (Ja, genau dieses Katapult oder besser gesagt die Munition ...)

Was meine Freunde Ralf, Martin und Eymard angeht, kann ich nur hoffen, dass ihnen niemand etwas über dieses Buch verrät. Andernfalls hätte ich vielleicht wie der junge D'Artagnan drei Duelle an einem Vormittag am Hals, denn sie alle sind ausgezeichnete Schwertkämpfer.

Ein Meister der Feder hingegen ist Christian Buggisch, der diese Zeilen lektorierte und ohne dessen unermüdliche Ausdauer und dessen freundlichen Zuspruch in dunklen Stunden es dieses Buch vielleicht nicht gegeben hätte. Ebenfalls danken möchte ich meinem Verleger Hansjörg Weitbrecht, der auch nachdem ich meinen Abgabetermin zum dritten Mal verschoben hatte, nicht den Glauben daran verlor, dass dieses Buch eines Tages doch noch fertig würde.

Und ganz zum Schluss noch ein paar private Worte für jemanden, der sie zu lesen versteht: *Maneme – Aze ja tahazdakem.*

Bernhard Hennen, im Mai 2001

Die Deutsche Bibliothek – CIP-Einheitsaufnahme
Ein Titeldatensatz für diese Publikation ist
bei Der Deutschen Bibliothek erhältlich

Bernhard Hennen
Nebenan
ISBN 3 522 71675 2

Umschlaggestaltung: Zero, München, unter Verwendung
von Abbildungen der Agentur Premium und
Bärbel Stumpf, München
Schrift: Stempel Schneidler
Satz: KCS GmbH, Buchholz/Hamburg
Reproduktion: immedia 23, Stuttgart
Druck und Bindung: Friedrich Pustet, Regensburg
© 2001 by Weitbrecht Verlag in K. Thienemanns Verlag
Stuttgart – Wien
Printed in Germany. Alle Rechte vorbehalten.
5 4 3 2 1* 01 02 03 04